放弃我

STAY WITH ME

抓紧我 [上]

LOVE IS A SWEET TORMENT

苏静初 ✦ 著

湖南文艺出版社
HUNAN LITERATURE AND ART PUBLISHING HOUSE

博集天卷
CS-BOOKY

任时光匆匆流去 / 不改初心 / 我只在乎你 〵〵

CONTENTS

目
录

放 弃我，抓紧我

CONTENTS

目
录

放 弃我，抓紧我

Chapter ⌄1

"厉薇薇根本没有心，她永远也不会爱上你！"

放弃我，抓紧我

法国，巴黎。

中国的高级婚纱礼服品牌"玲珑"举行新一季的发布会，会场在一栋巴黎老式建筑里。秀场外竖满了玲珑大秀的海报，灯光将秀场外照得一片透亮。

各色名流鱼贯而入，迎接即将到来的一次时尚界的狂欢。

此时，秀场外已经围满了各路记者，长枪短炮已经架在了秀场外。记者们正对着摄像机做现场播报，各路记者的声音交织在一起。

水晶灯、炫目的灯光、鲜花，秀场布置得非常奢华和梦幻。大多数的嘉宾已经入座，对玲珑的这次大秀充满期待。

和秀场上形成了强烈反差，后台则是一派紧张忙乱的景象：模特们有的正在试衣服，有的正在化妆收拾头发，有的拿着台本在核对一会儿的出场次序，工作人员也拿着衣服和各种配饰忙乱地穿梭其中。

厉薇薇沉着犀利的声音充斥着整个后台，苛刻得近乎变态地强调着每一个细节。

"把现场音量调低三个分贝，这里是秀场不是迪厅。

"你以为你要去夜总会跳大腿舞吗？马上换掉！"

接到厉薇薇意见的模特和工作人员都不敢怠慢，立即依令而行。

此时乔治慌慌张张地跑来："厉爷，24号的头纱不见了！"

厉薇薇不慌不忙地走到穿着24号婚纱的模特面前，一个新人设计师一脸害怕地解释："我在秀场全都找过了，可能是落在酒店了。"

乔治看着表数落设计师："酒店离这儿有20多公里，根本来不及！没了头纱，这就不是件完整的作品，你知道今天的大秀有多重要……"

"刺"的一声响打断了乔治的话，乔治、新人设计师和模特都惊讶地看着厉薇薇拿着剪刀，直接将24号的婚纱裙摆剪下一大块。

在众人惊诧之中，厉薇薇剪刀飞舞，双手在布料间来回穿梭，很快，一件时尚有新意的短款头纱就已经戴在了模特头上。她还摘下自己胸花上的一朵白玫瑰，点缀在头纱上。

乔治满脸惊叹："硬纱多角度展开，个性多端的头纱与干净利落的发髻相互烘托，效果活泼自然，而且更符合模特甜美的气质，被撕掉的裙摆呈现出不对称的美感，与俏皮的头纱完美呼应，比原先的那款好多了！"

厉薇薇脸上并无喜色，对新人设计师说："马上离开我的秀场，我不想再看到你！"

新人设计师求饶，厉薇薇却丝毫不理会，直接走了。

秀场外一辆高级轿车在门口停下，身穿高级定制西服的年轻男人从车上下来。模特般的身材，英俊的脸上带着冷酷的神情。

记者认出是DU的总裁陈亦度，急忙上前采访。

陈亦度根本无心搭理记者提问，快步走进秀场，在第一排的黄金座位落座。

音乐响起，玲珑大秀正式开始，模特身着一套套精美的婚纱华丽亮相。

宾客们的脸上露出惊叹的表情，闪光灯此起彼伏。

厉薇薇站在后台屏幕前聚精会神地看着秀场内的表现，一杯咖啡递到面前，她转头一看，原来是霍骁。

她喝了一口，忍不住皱眉。

霍骁解释说："加了奶和糖，老喝黑咖啡对胃不好。"

厉薇薇把咖啡还给他："我可不想为了喝这么一小杯咖啡，去跑步机上浪费二十分钟。"

霍骁还想说什么，此时大屏幕画面切到歌迪亚女士的近景。厉薇薇眼睛依旧盯着屏幕，做了一个"嘘"的手势。

霍骁说："歌迪亚女士好像对我们的作品很满意。"

厉薇薇冷笑："这个歌迪亚从开场以来脸上一直是这个表情，这不是因为欣赏而发自内心的笑容，而是出于应付的一种礼节，看来我们没有摸对这个法国人的脾胃。"

霍骁试图安慰她："你别太紧张了，只是一家百货商场的入驻权而已。"

厉薇薇不赞同他的说法："只是一家百货商场的入驻权，却关系着玲珑和DU究竟谁能率先进驻欧洲市场，谁能跻身国际一线品牌。关键是，我绝对不能输给陈亦度！"

此时，欧秘书慌慌张张地跑来："不好了，主秀模特刚刚把脚崴了。五分钟之后就该她上场了，现在临时也没人能替她，怎么办？"

霍骁一脸焦急，厉薇薇却异常沉着，一言不发地看着大屏幕上的歌迪亚，心里暗暗做了决定。

走秀接近尾声，音乐声中，主秀模特登场，谁知上台的竟然是身穿主秀婚纱的厉薇薇。台上的她一点不怯场，走起秀来颇具专业水准。

陈亦度看见厉薇薇竟然是主秀模特，先是惊讶，接着嘴角轻轻上挑，露出不屑的神情。

整场秀结束，所有的出场模特从舞台两侧走出来，站在厉薇薇两边。她带领全体模特上前，向观众鞠躬致意。

全场爆发出热烈掌声，气氛达到最高潮。

这期间，有中文记者问陈亦度："陈先生觉得厉薇薇小姐的设计怎么样？"

陈亦度风度翩翩地回答："厉小姐的设计技巧娴熟，配色艳丽，装饰奢华，的确美得让人目炫。"

记者有些惊讶："这么说，您很欣赏厉小姐的作品？"

陈亦度语气一转，露出轻蔑的神色："您误会了，我从来不提倡华而不实又缺乏情感的设计。当然，这只是我个人的坚持。毕竟一位设计师的风格往往与其性情、人品相关，无法勉强。"

台上，厉薇薇瞪着陈亦度，压下怒火，努力向众记者宾客挤出微笑。

"各位，我想大家一定很好奇，为什么今天会由我亲自演绎这件主秀婚纱。Tomber l'amour，陷入热恋——是这件婚纱的名字，也是我此刻的心境。今天的大秀对我来说，不仅是一次作品的展示，更是见证我的爱情开花结果的重要时刻。"

此时霍骁上场，走到厉薇薇身边。

厉薇薇转身，深情地看着他："霍骁，感谢你出现在我的生命中，你给予我每个女人都渴望的爱情，更让我的每一件设计都有了情感寄托，有了灵魂。"

歌迪亚盯着厉薇薇，露出一丝会心的笑意。

厉薇薇拿出订婚戒指，向他求婚："霍骁，我想嫁给你，一辈子做你的女人。"

霍骁面带喜悦，接过厉薇薇手里的订婚戒指，为她戴在中指上。接着，两人甜美拥吻。

全场宾客再次爆发出掌声和欢呼声，歌迪亚感动得悄悄抹眼泪。

厉薇薇悄悄观察到歌迪亚的反应后露出胜利的笑容，她又与台下的陈亦度对视，眼中有刀光剑影，也有泛着醋味的怨恨。

霍骁注意到厉薇薇与陈亦度的互动，脸上带着微笑，在台上示威般地把她搂得更紧。

有法国记者问："歌迪亚女士，你认为玲珑和DU的表现，谁更优秀，谁能得到进驻枫丹的资格？"

歌迪亚谨慎地回答："我承认我今天也很激动，能够见证一对恋人的幸福时刻，实在荣幸之至。不过在激动的时刻不适合做重要决定，更何况他们双方的表现都十分优秀，实在难分胜负。所以，我决定在三天之后加赛一轮，届时会有巴黎最顶尖的时尚界人士跟我一起担当评判，决定最终的结果。"

台上的厉薇薇听了后，眼里流露一丝小失落。

在回酒店的车上，霍骁真诚地看着厉薇薇："结婚的事你是认真的吗？"

厉薇薇看着手上的设计图头也不抬，轻描淡写地说："当然是认真的。"

霍骁迟疑："结婚毕竟不是一件小事……"

厉薇薇打断他："人总是要结婚的，我已经快三十岁了，不嫁给你也得嫁给别人，还不如嫁给你省事。既节约了彼此猜测的时间，又稳固了我们合作伙伴的关系。怎么，你不愿意？"

霍骁竭力掩饰失落："薇薇，我对你的感情你一直都清楚。但我始终觉得，婚姻不应该用利益来衡量，你现在后悔还来得及的。"

厉薇薇语气犀利："不用了，我没有那么多的时间考虑工作以外的事情。婚姻的本质就是互相利用，我们俩从事业上的合作伙伴上升为生活中的伴侣很顺理成章。"

霍骁问："这样你真的会开心吗？"

她毫不犹豫地答："当然，祝我们俩在新阶段的合作愉快。"

霍骁对她笑了："薇薇，我一定会让你幸福的！"

厉薇薇只顾着工作的事，仿佛根本没听见霍骁说的话。

　　酒店大堂，厉薇薇、霍骁进门的时候与准备出门的陈亦度、蒂凡尼正好碰上。

　　蒂凡尼是DU的首席设计师，此时她正跟在陈亦度的身后，穿着低胸的紧身晚礼服，一身的珠光宝气。

　　看见厉薇薇，蒂凡尼不由得挺胸抬头，誓要在气势上不输给她。

　　蒂凡尼挖苦说："我今天真是开眼了，我们DU为了一场比赛只是付出了一个月的努力，而厉总可以为了一场比赛付出一辈子的努力，实在是太拼了！"

　　陈亦度脸上带着嘲讽的笑容："恭喜二位，厉设计师不愧是时尚界的楷模，在秀场上光展示作品不够过瘾，索性连婚姻大事都一并展示了。祝你们夫唱妇随，期待二位将来在秀场上给我们带来更精彩的表演。"

　　霍骁不满地说："陈亦度，你这话什么意思？"

　　厉薇薇拉住霍骁，优雅地反击："谢谢，作为玲珑的总经理夫人，我接受你们的祝福以及你们祝福里掩饰不住的嫉妒。对了，蒂凡尼也让我大开眼界，一个总把自己打扮得那么扎眼的人，即使从未获得过老板的关注，却几年如一日地努力博人眼球，真是非常拼命。巴黎天冷，穿那么少，别感冒了。"

　　说完，她挽着霍骁走了。

　　蒂凡尼气得浑身发抖，陈亦度盯着厉薇薇的背影，冰冷的目光里带着一丝嫉恨。

　　玲珑的大秀结束后，歌迪亚被莫凡约在巴黎塞纳河边的露天酒吧见面。

　　歌迪亚一边看着莫凡刚刚交给她的一份文件，一边听他说："您应该知道我提出的回报对枫丹集团是多么有价值，而要得到这些，您所要做的只不过是在DU和玲珑的比赛当中放弃 DU。换句话说，就是请您选择玲珑作为最后的胜利者。"

歌迪亚放下文件，问："你是想让我在比赛中帮你作弊？"

莫凡笑了："这对您来说简直不费吹灰之力，尤其是在这样巨大的诱惑之下。"

歌迪亚皱眉，没有正面回答："我能知道你为什么要这么做吗？"

莫凡含糊地说："歌迪亚女士，有些事情你还是不必了解得那么清楚。这和你，和枫丹集团都没有任何关系。"

莫凡、歌迪亚和康星身后的墙角边，一个戴鸭舌帽的男子在鬼鬼祟祟地偷听。

莫凡送歌迪亚离开，康星落在最后，被一个戴着鸭舌帽的男人叫住了，康星问："你找我？我好像不认识你吧。"

戴鸭舌帽的男子说："你不认识我很正常，我只是枫丹集团的一个小助理。准确地说，是前助理。"

康星皱眉问："你找我干什么？"

戴鸭舌帽的男子笑了："今晚我无意中录到了一段小视频，我相信你一定会对它感兴趣的。"

他打开手机开始播放，偷录的视频内容恰好是莫凡叫歌迪亚不要让DU赢得比赛。

康星顿时紧张了："你想干吗？"

戴鸭舌帽的男子阴笑："很简单，就是找你要点钱花花，我刚丢了工作，手头有些紧。"

康星打断他："你要多少？"

戴鸭舌帽的男子伸出五个手指："五万欧元，你们都是谈大生意的有钱人，不会在乎这个小数目。明天早上八点我会在你住的酒店门口把拷有视频的U盘交给你，但在那之前，我希望我的银行户头已经收到你的汇款。"

说完，他转身就离开了。

第二天早上，陈亦度站在DU秀场门口，望着远处出神，他拿出了兜里的一枚小小的方形钻戒看了起来，脸上露出痛苦的表情。

蒂凡尼和几个工作人员从秀场出来，一边走一边交代加赛秀的事宜。

陈亦度看见蒂凡尼走过来，下意识地收起戒指。

蒂凡尼察觉戒指的事，但她暂时没有表露："明天上午你去敲定加赛秀服装的事已经安排好了。"

陈亦度答："明天上午我有别的安排。"

蒂凡尼忍不住问："你不会是想去厉薇薇的婚礼吧？你是DU的董事长，要是去闹人家的婚礼会显得我们DU非常low，你是不是对厉薇薇还旧情未了……"

陈亦度冷冷地看着蒂凡尼，打断她："你今天的话有点多！"

与此同时，玲珑的秀场后台，厉薇薇工作狂一般指挥大家为加赛秀做准备。

霍骁走到厉薇薇身边："明天的婚礼你要选哪一件礼服？"

厉薇薇边忙边说："你选就好了，婚礼随便怎么样都行，不要出差错就好。"

霍骁在原地愣了片刻，失落地转身回到了酒店。

走在酒店健身房门外的走廊上，霍骁想到厉薇薇对婚礼冷淡的态度有些心寒。但很快他深吸一口气，重新摆出信心满满的样子。

他路过敞开的健身房门外，正好遇到里面正恶狠狠地打沙包的陈亦度。

陈亦度也看见了他，投以挑衅般的眼神："敢不敢比一场？"

霍骁不甘示弱，一边进门一边直接拉掉领带，接着扒掉西装衬衣，赤裸上身，直接上前迎战。

两人戴着拳击手套肉搏，两个男人把心中酝酿已久的醋意在拳场上都释放出来，拳拳都透着狠劲。

霍骁上来一拳把陈亦度撂倒："陈亦度，你给我听好了，明天之后厉薇薇就是我霍骁的妻子！"

陈亦度反身撂倒霍骁，冷笑说："她心里怎么想的你最清楚！"

霍骁将陈亦度推开："没错，就因为我知道她是怎么想的，所以明天的婚礼一定会如期举行。"

陈亦度对着霍骁挥出一拳："被人利用还心甘情愿，霍骁，你可真伟大！只可惜你这份真心到头来还是白费，厉薇薇根本没有心，她永远也不会爱上你！"

霍骁一脸愤怒，也对着陈亦度狠狠挥出一拳："我可不是你，你得不到，我未必不行！"

两人打了一场，最后不欢而散。

第二天的清晨，霍骁送一脸疲态的厉薇薇回到酒店套间。

"婚礼十点准时开始，现在还有些时间，赶紧休息一下。"

厉薇薇点头："你先下去，等会儿在酒店门口见。"

她穿着婚纱站在镜子前，看着镜中美丽却疲惫的自己。此时此刻没有丝毫喜悦的心情，在无人的房间里，她终于流露出对即将到来的婚礼的茫然和不确定。

突然想起什么，厉薇薇翻出手机里厉爸爸的照片，喃喃说："爸爸，今天我要结婚了。可惜你喝不到我的喜酒了，你在天堂一定要保佑女儿幸福，不，我一定会幸福的！"

她穿着婚纱下楼，电梯门正要合上的时候，陈亦度挤了进来："我听到了一件有意思的事，原来歌迪亚女士年轻时也曾经主动向丈夫求婚。厉小姐，你说是不是很巧？"

厉薇薇虚应："是挺巧的。"

陈亦度冷冷地说："你分明事先知道，所以才投其所好，故意在秀场上演了一出当众求婚的大戏。"

他慢慢逼近，一手撑在厉薇薇身后的墙上威胁说："如果歌迪亚知道了真相，你的手段还会奏效吗？"

厉薇薇推开他："不会有人相信我会用婚姻大事来炒作，而且我真的想嫁给霍骁，这只不过恰好是最适当的时机。"

陈亦度狠狠地捏住厉薇薇推自己的手腕，盯着她的眼睛说："你的心跳加快，分明在说谎，我不会让你这种人赢的！"

厉薇薇冷冷回敬："那就麻烦你拿出真本事来跟我较量，而不是在这里跟我耍嘴皮子。"

她甩开陈亦度，走出了电梯。

酒店门口，康星焦急地等着昨天那个戴鸭舌帽的男子。

等戴鸭舌帽的男子守约把U盘交给他的时候，康星忍不住问："我怎么知道你有没有复制？"

戴鸭舌帽的男子故作为难地说："我没法证明，你只能选择相信我。而且要祈祷我的钱不要那么快花完，希望我们不会很快又见面。"

康星看着他的背影，眼里露出一丝杀气。

厉薇薇赶到大堂，霍骁迎了上来："走吧，车已经在外面等着了。"

这时，电话响了，厉薇薇翻着包接电话，不留神撞到了迎面进来的康星。

两人的U盘都掉落在地上，康星匆匆捡起其中一个U盘就回到房间，用电脑打开后发现里面全是婚纱设计稿，这才发现自己的U盘跟厉薇薇的调了包，不由得气急败坏。

康星掏出手机，拨通了电话："我遇上了麻烦，你马上帮我找几个人。"

不久后，一个工人在偏僻处的小巷内收垃圾。

工人把垃圾箱倾倒过来，一个浑身是血已经死去的人——那个勒索康星的戴鸭舌帽的男子从垃圾箱里滚了出来。

工人吓得尖叫，然后报了警。

另一边的厉薇薇和霍骁上车赶往教堂，霍骁握住她的手说："这次婚礼仓促，来不及通知双方的亲戚朋友，等回国了，咱们一定再隆重地补办一次。"

厉薇薇想要躲开，霍骁却把她的手握得更紧。

圣心教堂门口，厉薇薇和霍骁在鲜花和欢呼声中被迎下花车，两人挽着手在一片花雨之中步入教堂。

另一边，隐藏在路人之中的陈亦度看着厉薇薇穿着婚纱和霍骁走进教堂，露出落寞的表情。

他失魂落魄地走到教堂门口的广场，一个街头艺人正表演着王尔德的《小王子》，路人纷纷把钱投进艺人的罐子。

陈亦度也从自己兜里掏出什么东西，仔细看了看，最后扔在了罐子里。

街头艺人发现扔进铁罐里的是一枚小小的方形钻石戒指，就叫住他："先生，你的戒指。"

"这枚戒指对我已经没有意义了。"陈亦度头也不回地走了。

他掏出手机打电话："准备好加赛秀预备的全部服装，我马上赶来敲定。"

婚礼进行的同时，一辆车停在秀场的门口。

几个打手模样的人从车上下来，领头的吩咐说："目标是一个U盘，把里面所有的U盘都找出来。"

他们迅速装扮成运送设备的工作人员来到秀场后台，到处翻箱倒柜找U盘。

几个U盘集中起来，他们的首领看了看摇头，根本就不是他要找的，他气愤地把手中还没熄灭的烟蒂往地上一扔："无论如何一定要找到！"

教堂内，厉薇薇干巴巴地宣读誓词。

"我厉薇薇愿意嫁给霍骁，让他做我的丈夫。我用最真诚的喜乐与你共赴新的生命，正如同你承诺将你的生命及全部的爱给我，我也同样欢喜将我的生命给你，我也将信赖你。五年来，我们一起走过风风雨雨，玲珑的每一件设计作品，都见证了我们的爱情，今天的婚礼，明天的大秀，都是我们爱情的结晶。"

全场响起热烈的掌声。

牧师说："现在，请霍骁先生为厉薇薇小姐戴上结婚戒指。"

霍骁笑着拿出戒指朝厉薇薇走来，她看着戒指，脑海中却闪现出另一幕相似的场景，不由得皱起了眉。

戒指还没戴上，欧秘书气喘吁吁地跑进来："不好了，秀场着火了，后台的衣服快烧光了！"

厉薇薇回过神来立刻跑出教堂，戒指跌落在地上也顾不上，霍骁失望地捡起戒指，跟在她身后离开。

两人赶到秀场，到处浓烟滚滚。

厉薇薇不顾消防员的阻拦，执意冲进了火场，后台已经一片狼藉，所有的衣物都已经烧毁，白色的薄纱残片在空中凄凉地飞舞。

她一脸绝望，被霍骁搂在怀里带出了火场。

他安慰厉薇薇："我已经派人联系国内工厂车间清点库存服装，赶最近一班的飞机送一批新的婚纱过来，你别担心，我们还有机会……"

她抬头说："不用安慰我，我不会轻易认输的。"

霍骁突然想起什么，从裤兜里拿出一个U盘交给了厉薇薇。

"对了，你的U盘。之前你来秀场的时候落在车上了，我就帮你收起来了。"

厉薇薇接过U盘，放回自己包里。

另一边的康星坐在摩托车上目睹了厉薇薇放U盘的这一幕，顿时皱起了眉。

有警察来询问秀场着火的事，怀疑是人为纵火："你们有没有得罪过什么人？"

厉薇薇忽然起身，咬牙切齿地说："是陈亦度做的，一定就是他！"

酒店大堂，蒂凡尼和陈亦度正要出门。

穿着婚纱的厉薇薇怒气冲冲地跑到陈亦度面前，后者以为她又是来跟自己吵架的："新娘子，大喜的日子出言不逊，当心一辈子倒霉。"

话还没说完，厉薇薇就伸手打了他一巴掌。

陈亦度被打蒙了，他迅速反应过来，狠狠拉过厉薇薇的手，把她牢牢锁在怀里："你疯了！"

此时霍骁进来，见厉薇薇倒在陈亦度怀里，气不打一处来："你这个卑鄙小人！"

陈亦度看见他，直接甩开了厉薇薇："你们这一对可真有意思，一个在新婚当天对别的男人投怀送抱，一个管不好女人，还管不好公司，连秀场都被火烧了。"

霍骁气得一拳头挥向陈亦度，陈亦度身子一侧就躲开了："自己无能只会找旁人撒气，霍总可真有出息！"

说完，陈亦度不甘示弱地反击，两人扭打在一起。

霍骁怒吼："你这个伪君子，赢不了玲珑就用这种下作招数，你会遭报应的！"

陈亦度冷笑："遭报应的是你们吧，不择手段、毫无底线，连老天爷都看不下去了，所以才一把火烧了你们的秀场。"

"闭嘴，你根本就是嫉妒。"

"嫉妒？嫉妒你要娶一个根本不爱你的女人？"

两个男人越打越凶，厉薇薇却黯然离开。

　　酒店保安把两人拉开，陈亦度擦了一下嘴角的血渍，整整衣服，吩咐蒂凡尼："立即联系法国媒体，把厉薇薇假结婚企图骗取枫丹百货入驻权的事好好渲染渲染。"

　　两名警察却过来拦下了陈亦度，问他："今天上午玲珑秀场着火的时候你在哪里？"

　　他答："我去散步了，你们不会怀疑我纵火吧？"

　　警察点头："是的。经过初步盘问，我们接到了厉薇薇小姐的举报，发现你非常符合纵火犯的特征，有动机，还没有时间证人。陈先生，请你跟我们回警局一趟，协助调查。"

　　陈亦度认为清者自清，尽管生气，还是跟着两个警察走了。

　　厉薇薇一个人郁闷地在街上游荡，路人对新娘装扮却打扮邋遢、失魂落魄的她指指点点。

　　在她身后，两个大汉正鬼鬼祟祟地跟着。

　　走到一个偏僻处，他们忽然发难，上前拉扯厉薇薇的包。

　　厉薇薇一边跟大汉拉扯自己的包，一边高喊呼救："来人啊，这里有强盗！"

　　争夺之中，她脚下一个不稳，连人带包掉进了一旁的塞纳河里。

　　厉薇薇不会游泳，一边呛着水，一边大喊了几声救命，然后就慢慢沉入了水里。

Chapter ⌄2

"虽然一觉醒来变成了一个老女人,但总算还是个成功的老女人!"

中国，上海。

被路人救起之后整整两个月，厉薇薇依旧在医院昏迷不醒。

康星一脸阴沉地从窗外盯着病床上的她，见有医生、护士走来，他立刻拉低帽檐，悄悄离开，跟霍骁在走廊上擦肩而过。

欧秘书走在霍骁身边，边走边汇报："巴黎警方认为秀场纵火案和厉总遇袭都是意外，跟陈亦度没有关系。"

霍骁压根不相信这是意外，然而巴黎警方已经结案了："求人不如求己，你立刻在巴黎当地找一家可靠的侦探社。玲珑和薇薇的账，我绝不会就这么算了！"

他想到主治医生的话，神色凄然。

医生认为厉薇薇很可能遭受了程度不明的脑损伤，最坏的情形就是她一直无法苏醒，让霍骁做好心理准备。

查房的护士突然发现病房里的厉薇薇不见了，立刻冲了出来，正好碰到霍骁和欧秘书："不好了，厉小姐不见了。"

欧秘书大惊："会不会是陈亦度为了泄私愤，把厉总给劫持了？"

霍骁听得满脸焦急，只想要尽快找到厉薇薇。

陈亦度下车后看见几个护士慌慌张张从医院冲出来，并没有在意。

厉薇薇爬上树帮一个孩子取了风筝却下不去，正苦恼着。

不留神她的一只鞋子从树上掉了下去，陈亦度正好经过，不由得好奇地上前捡起鞋子。

厉薇薇脚下一滑，尖叫着从树上摔了下来，结结实实地把陈亦度压在身下，两人还嘴对嘴亲在了一起。

她立刻跳起来，扯住陈亦度的领带："臭流氓，居然乘人之危吃我豆腐！"

陈亦度毫不犹豫地推开她起身："厉薇薇，你发什么疯？"

厉薇薇一愣："你怎么知道我叫什么？我知道了，你这个变态跟踪狂！"

她挥手打了一下陈亦度的脸，被他一扭就压在树干上："你的演技可真叫炉火纯青，在巴黎诬陷我是纵火犯，现在又骂我是流氓，这种跳梁小丑一般的把戏，你还真是玩不腻啊！"

厉薇薇一脸迷惑，完全不知道他在说什么。

这时有护士发现了她，大叫："8号床在这里！"

霍骁和欧秘书听见后，也跟着跑了过来。

厉薇薇看见一群人向她跑过来，吓得白眼一翻就晕了过去。

陈亦度原本想扶她的，但是心里窝火，索性撒手不管。厉薇薇倒在地上，被护士七手八脚抬回病房去了。

霍骁拦下陈亦度，满脸敌意："你来这里做什么？"

陈亦度冷冷地说："当然是来看厉薇薇死了没有！"

"我警告你，离我的女人远一点。"

听了霍骁的话，陈亦度不由得冷笑："那你最好把她看紧点，别让她再来招惹我！"

说完，他扬长而去。

霍骁看着陈亦度的背影，满眼怒火。

霍骁匆匆回到病房，床上正捂着脑袋迷迷糊糊的厉薇薇看见他眼睛一亮："快帮我收拾东西去机场，不然来不及参加开幕式了。"

霍骁和欧秘书面面相觑："什么开幕式？"

"奥运会开幕式啊。不是约好的吗？我刚刚被电瓶车撞了一下，不过没什么事，医生都看过了，咱们赶紧去机场吧！"

医生拦下正在找衣服的厉薇薇，问她："你知道今年是哪一年吗？"

她回答："2008年啊！"

闻言，霍骁和欧秘书都是一脸震惊。

医生由此诊断说："由于缺氧性脑损伤引起记忆障碍，厉小姐目前的记忆停留在七年前。对于这类逆行性遗忘，目前医学上也没有什么特别有效的治疗手段，只能多讲讲过去发生的事情，也许能帮助她尽快恢复记忆。"

厉薇薇的病没必要继续留在医院，欧秘书和霍骁送她回家休养。

霍骁当着厉薇薇的面打开她家的大门，一个奢华绝伦的家展现在厉薇薇的面前。

厉薇薇简直不敢相信，不论是对家里的摆设，还是对自己拥有的那些东西。

她瞠目结舌地问："这，这是我家？"

霍骁点头："当然！"

厉薇薇愣愣地对霍骁说："你打我一下！"

霍骁愣了："干吗？"

厉薇薇瞪大眼说："我觉得我是在做梦，你不打我，我就该当真了！"

霍骁好笑，却没舍得打她。

厉薇薇见他不动手，就动手打了霍骁一下，霍骁痛得叫了一声。

她看着霍骁的反应喃喃说："看来是真的。"

厉薇薇走进客厅，这儿摸摸那儿看看，不敢相信地嘀咕："这些东西真的都是我的？"

趁着厉薇薇没注意，霍骁悄悄进了书房，把墙上挂着的厉薇薇父亲的遗像摘下，对着遗像说："对不起了，叔叔。"

厉薇薇忽然开门走了进来，他还没来得及把遗像放进抽屉里藏好，只能藏在身后。

幸好她就对着满屋的书惊叹了一句便去了其他房间，霍骁连忙把遗像藏好。

进了衣帽间，厉薇薇刚打开衣橱就傻眼了，因为眼前是一水的大牌衣服。

她再打开鞋柜，也是各种款式的奢侈鞋品。

首饰柜里，是琳琅满目的各色珠宝。

包柜里则是一柜子各种大牌包包，按照颜色整齐摆好。

厉薇薇站在衣帽间里幸福得差点跌倒，霍骁连忙在身后把她扶住。

厉薇薇嚷嚷："我发财了！"

霍骁无奈地纠正她说："是成功了。"

厉薇薇感叹："虽然一觉醒来变成了一个老女人，但总算还是个成功的老女人！"

她高兴地搭着霍骁的肩膀："好兄弟，为了庆祝我一觉醒来就突然从屌丝变成白富美，我请你吃大餐！"

霍骁发现厉薇薇所谓的大餐不过是在路边撸串，愣愣地被她拉着坐下。

烤串和啤酒摆了一桌，霍骁受不了这个，摇头说："我不吃，不过我陪着你。"

厉薇薇吃着烤串，好奇地问他："我到底是怎么发财的？彩票中奖了？"

霍骁回答说："五年前我们合作创立了玲珑，大获成功。"

闻言，厉薇薇恍然大悟："我就知道你聪明又够义气，跟你合作是一百个靠谱。"

霍骁笑了："你也很厉害，现在是国内一流的服装设计师了。"

看厉薇薇不信，他从包里拿出了一本杂志，封面就是她本人。

厉薇薇抱着杂志猛亲封面："好像没吃什么苦头，梦想就成真了。"

霍骁并不赞同："你吃了很多苦，今天所有的成就都是你辛辛苦苦打拼来的。"

厉薇薇点头，对着他举起酒杯："为了三十岁的我，干杯！"

霍骁笑着跟她碰了碰杯，又听厉薇薇问："对了，你今年也有三十二岁了，还单身吗？"

"有未婚妻，她长得漂亮，性格也好。"

厉薇薇更好奇了："谁啊，我认识吗？"

霍骁看着她："就是你。"

厉薇薇惊得一口酒全部喷了出来。

见她不信，霍骁拿出手机，给厉薇薇看了她在秀场当众向自己求婚的视频。

"原来我们之间发生了这么多的事。"厉薇薇闭上眼，脑海里是一个男人和她牵手漫步的画面，却看不清男人的脸，不由得迟疑地问，"我爱的人真的是你吗？"

霍骁毫不犹豫地回答："是我。"

他深情地看着厉薇薇，两人之间越来越近，她却突然笑着推开霍骁："哈哈，我一想起你小时候流着鼻涕穿着开裆裤坐在地上哭的样子就忍不住想笑。"

霍骁对厉薇薇晃着手里的视频："铁证如山，就算你失忆了也不能赖账。"

厉薇薇懊恼地说："连自己的好兄弟都下手，我还是人吗？就算是嫁不出去，也不能祸害霍骁啊！"

霍骁看到她这个样子简直哭笑不得，厉薇薇又拍拍霍骁的脸当作安慰："实在对不起了，我的好霍骁，我的好兄弟，我真的不该对你有非分之想，我替三十岁的厉薇薇向你道歉！"

霍骁的表情无奈至极，但也只得暂时投降："好好好，因为你这段时间失忆了，所以你说什么我都不怪你，就当是放你长假好了，我会耐心等你恢复的！不过你要向我保证，这段时间你可不能喜欢上别的男人。"

她瞪了霍骁一眼，拿出自己的手机："你管得真多！我得给我爸打个电话，怎么回来都没看见他？"

霍骁顿时紧张了："都这么晚了，别打了吧。"

厉薇薇反驳说："我爸是夜猫子，这个点清醒着呢！"

看她拨通了电话，霍骁着急，无力地阻止："你爸也许打牌正打到兴头上，有什么事明天再说不好吗？"

说完，他就要去抢手机。

突然手机里传来语音留言："老厉我托闺女的福，去欧洲豪华游了，现在正在坐豪华游轮畅游地中海，国际长途话费太贵，有事请在嘀声后发短信啊，嘀！"

霍骁暗自松了一口气，厉薇薇幸福地笑了，感慨地说："我发达了，可以让爸爸去欧洲豪华游了！"

她想想又觉得不对劲："你说我老爸连豪华游轮都坐了，还舍不得打长途电话？这也太抠门了吧？"

闻言，霍骁尴尬地笑了。

第二天大清早醒来，厉薇薇在床上睡成一个"大"字，名牌包包、鞋子堆了一床。

她翻身看到手边的包包，心情大好，抱着亲了又亲："果然'包'治百病啊！"

这时客厅传来说话声，厉薇薇起来将门打开一条缝偷看。

　　欧秘书在客厅里对霍骁说："公司现在是最需要厉总的时候，厉总昏迷了这么长时间，公司业绩已经让DU超过不少，再这样下去一定会输给DU的！"

　　霍骁摇头："不行，薇薇现在失忆，身体也刚刚恢复，我不想让她再为公司的事情操心。"

　　欧秘书着急了："可是现在除了厉总没人能挽回局面，到时勇总一定把所有责任都推到您身上。"

　　霍骁吩咐说："对我来说，薇薇的身体比什么都重要，记住，不许拿公司的事情去烦薇薇。"

　　欧秘书无奈，只好答应下来："我送您回公司？"

　　霍骁摆手："不用，你留下来照顾好薇薇。"

　　说完，他匆匆离开了。

　　厉薇薇开门出来，假装刚睡醒的样子。

　　欧秘书毕恭毕敬地打招呼："厉总。"

　　她看到一桌子早餐，惊讶地问："这都是你做的？"

　　欧秘书摇头："是霍总做的，担心你早上没的吃。"

　　厉薇薇一听，想到之前霍骁的话，顿时一脸感动。

　　欧秘书看着厉薇薇吃饭，一脸的愁容。

　　厉薇薇瞄了一眼欧秘书，问他："你是霍骁的秘书？"

　　欧秘书点头："是，我姓欧，单名一个叶字。"

　　厉薇薇又问："欧秘书，公司是不是出了什么事情？"

　　欧秘书立刻摇头撒谎说："没有，公司好好的，什么事都没有。厉总，你别操心，好好养病。"

　　她听了眼珠一转，放下勺子，按住脑袋："啊呀，头好痛！"

　　欧秘书吓坏了："厉总，你怎么了？"

　　厉薇薇趴在桌上号啕，欧秘书急忙凑近她看。

　　她突然抬头，把欧秘书吓了一跳。

厉薇薇正色看着欧秘书。

"厉总，你——"

厉薇薇打断他说："我恢复记忆了！"

欧秘书一脸惊喜："啊？真的吗？"

说完，他又不信了："你不会是骗我的吧？"

厉薇薇瞪着欧秘书看，欧秘书被看得心里发毛，忍不住伸手摸自己的脸。

"几天不见，你脸上的褶子怎么这么多了？"

欧秘书紧张了："天哪！真的吗？我上个月才打过玻尿酸啊！"

厉薇薇想笑，又拼命忍住："这两个月我不在公司，到底发生了什么事？"

欧秘书欲言又止。

厉薇薇翻个白眼，有些不耐烦地开口："不肯说是吧？那我打电话问别人！"

厉薇薇拿出手机，作势要打电话，欧秘书吓坏了，急忙摁住她："厉总，我说我说！您恢复记忆实在是太好了，公司出大事了，非您出马不行啊！"

知道她昏迷这段时间，玲珑的设计师陆陆续续被DU挖走了，厉薇薇就冷笑着拍案而起："陈亦度挺有种啊，居然敢趁我病着来抢我的人，我倒是要见识一下你是个什么狠角色！"

说着，她就要往外走。

欧秘书一脸迷茫："厉总，我们要去哪儿？"

厉薇薇不耐烦地答："当然是去找陈亦度啊！"

欧秘书拉住厉薇薇，指指她的睡衣，问她："厉总，您要这么出门吗？"

厉薇薇顿时尴尬了："你等着，我先去换套衣服！"

等她穿着不合时宜的鲜艳衣服出来，欧秘书傻眼了，很快又怀疑地问："厉总，您是真的恢复记忆了吗？"

厉薇薇觉得自己也没必要装了，对着欧秘书做了一个鬼脸，把他吓一跳："你骗我！"

"骗你又怎么样，反正我就是要去公司，你爱去不去！"

欧秘书急了："等等！厉总，这样去，不穿帮才怪呢！等我出马，帮你改造改造。"

玲珑公司门口，一副传统女魔头打扮的厉薇薇下车了。

欧秘书跟在她身边，小心翼翼地提醒："记住，千万别穿帮了！"

厉薇薇不以为意："不就是面无表情，只管吓唬人嘛！"

说完，她直接往前走。

欧秘书立刻纠正："那边是厕所，公司往这边走。"

厉薇薇这才昂首挺胸地进门，职员们立刻就感受到她扑面而来的杀气。

珍妮看见她突然来上班，语无伦次地上前汇报工作："厉总，您来了。这两个月的工作室日志已经做好了，请您过目。"

厉薇薇没听清："什么？"

珍妮吓得手上的资料全都掉在地上："厉总，对不起！"

厉薇薇还想帮珍妮捡，欧秘书在一旁猛咳嗽，她只好一脚踩在地上的资料上。

珍妮吓坏了："对不起，厉总，两个月的日志是有点少，是我不够仔细，我会写好检讨书，半个小时后，您会在办公桌上看到它！"

厉薇薇愣愣地收起脚，扬长而去。

她身后的欧秘书安慰地拍拍珍妮的背："别害怕，没事的。"

珍妮感激地点头。

厉薇薇路过展示厅时，男模正在试衣服。她脚下突然一停，一直端着的杀气突然全部卸光，因为看见了一屋子半裸的帅气男模。

男模们一看见她立刻围上去讨好："厉总，好久不见，我们都想你了！"

厉薇薇笑得春心荡漾，差点幸福得昏过去，伸手就要摸一摸男模的人鱼线。

看到欧秘书猛对她使眼色，厉薇薇只好收住手，板起脸，指着男模，没事找事地开训："你是不是熬夜打游戏了，眼圈这么黑？还有你，鼻毛都露出来了，太恶心了！"

被训斥的男模连忙照镜子审视自己。

其中一个最帅气的男模冲厉薇薇抛出媚眼："厉爷，那你看我怎么样？"

厉薇薇开始鸡蛋里面挑骨头："你眼角有细纹，应该去打点那个什么玻尿酸！"

说完她往外走去，一边走一边还忍不住回头看。

欧秘书小声提醒她："别看了，厉总！"

厉薇薇叹气："唉，他们是知道我来，特地穿那么低的腰给我看？"

欧秘书听了，哭笑不得："这是最近几年流行的，露人鱼线。"

厉薇薇赞叹说："这流行我喜欢！"

公司会议室内，霍锐勇拿着一支亮闪闪的笔，笔的一端还带着羽毛，他嘲讽地说："从此君王不早朝，整整两个月的时间，你们都见识到了我们的小霍总是怎么管理公司的吧？"

在座的人都不说话。

霍骁表情平静，不以为意。

霍锐勇一边说话，一边很难受地拉了一下自己系得过紧的领口："我们玲珑之所以能走到今天，靠的是厉薇薇一个人吗？当然不是！现在倒好，设计总监昏迷，总经理什么都不管，公司里优秀的人才一个一个都被DU挖走了，再这么下去可怎么办？"

众高管附和他说："是啊，这样下去也不是个事啊！"

霍锐强表情沉静，责备地看了一眼霍骁。

霍骁的脸色依旧平静。

霍锐勇继续说："我觉得，在这样危急的形势下想要力挽狂澜，必须得有一个真正走在时尚前沿的人出来主持大局。"

说着，他悄悄对朱秘书使眼色。

朱秘书立刻会意，开口提议说："我觉得霍总不如一心一意照顾厉总，公司的事情干脆交给勇总来管。"

众高管听了，一个个点头附和。

霍锐勇很高兴，一边拉领子一边对着霍锐强说："大哥，情况就是这么个情况，接下来就看您的决定了。"

霍锐强点点头，问："霍骁，你还有什么话说？"

霍骁没说话，看着勇总被一颗扣子憋得面色通红，走过去帮他把扣子解开。

霍锐勇立刻紧张了，问他："你要干吗？"

闻言，霍骁故作惊奇："二叔难道不知道？如果不打领带，衬衣领口的第一颗纽扣是不能扣上的。"

霍锐勇愣了愣，神情尴尬。

霍骁继续和颜悦色地说："连最基本的穿衣规则都不懂，恐怕二叔并不是这个公司里品位最好、最懂时尚的人。"

霍锐勇反驳说："品位好就能打理好公司了吗？你品位好，也不看看公司的业绩怎么样了，这样下去能打败DU，进驻枫丹吗？"

霍骁解释："上次枫丹百货的PK被临时取消了，这两个月来我一直在和枫丹的高层沟通，终于又争取到了一次机会。歌迪亚女士表示将以未来一年在中国国内的销售业绩作为考核标准，业绩更优秀的品牌将会获得入驻枫丹的机会，从而一举打开国际市场。"

霍锐勇冷笑："这有什么用，我们现在业绩这么差，一年后只会死得更难看而已！"

霍骁皱眉："如果薇薇康复，重新回归玲珑，就一定可以战胜DU。"

霍锐勇继续冷笑："厉总都在床上躺两个月了，她回得来吗？"

这时厉薇薇推门而入，听到霍锐勇的话，不服气地说："我说你这油头大叔，凭什么咒我？"

会议室的众人看见她突然出现，神色很是意外。

霍骁想要拦，却来不及了。

霍锐勇转头，眼睛都直了："什么，你叫我油头大叔？"

厉薇薇看到油头大叔竟然是霍锐勇，顿觉不好意思，又看到主位上还坐着霍锐强，于是咧嘴挥手："霍伯伯好！"

霍骁和众人一听，又是一愣。

霍锐强看到厉薇薇这个样子和自己打招呼不由得一愣，先是微笑，然后又继续板起脸，见霍骁想拦住厉薇薇，就伸手拉住霍骁。

厉薇薇叉着腰对勇总说："大不了我的烂摊子我来收拾，公司交给你，我还不放心呢！"

看见有高管低头偷笑，霍锐勇气坏了。

"大哥，你看见没，厉薇薇一直就是这么嚣张，对我这个长辈也是，实在是太不尊重人了！"

这时霍锐强起身发话："既然薇薇身体恢复了，还这么有干劲，那就立刻去把DU挖走的那些人都找回来！如果你五天内把人找回来，刚才他的提议我们就不予采纳。"

霍锐勇觉得哥哥是在帮自己，格外高兴："大哥的决定我举双手赞成。"

霍骁皱眉，想要阻止："可是，薇薇她刚刚出院……"

厉薇薇打断他的话，一脸无所谓："找回来就找回来，没什么大不了的！"

大家达成共识，会议就此结束，霍骁和厉薇薇送霍锐强下楼。

霍锐强回头，看着厉薇薇，目光变得亲切："薇薇，你的身体恢复得怎样，真的能回公司了吗？"

霍骁想要接话："爸爸……"

霍锐强打断他："我在和薇薇说话，你不要插嘴。"

厉薇薇连忙说："霍伯伯，谢谢您的关心，我现在已经好了！"

霍锐强点点头："希望你能体谅我的一片苦心，你昏迷了两个月，公司内部人事动荡，风言风语不少。之所以让你亲自把那些人找回来，就是要让那些说闲话的人闭嘴，我相信这样的小事对你来说不算什么！"

听完，厉薇薇点头表示赞同。

等霍锐强离开，厉薇薇看着他的背影，悄悄问霍骁："你爸爸是不是也打了玻尿酸，怎么一点都不显老？"

霍骁听了，顿时哭笑不得。

回到别墅，厉薇薇坐在霍骁对面漫不经心地吃着坚果，霍骁坐在沙发上正犯愁地拿着iPad编辑着备忘录。

"DU是我们最大的竞争对手，也是仇家！如果你在要人的过程中一不小心暴露了自己失忆的状况，被他们拿来当作把柄，到时就算你把我们的人都要回来，玲珑也完蛋了！"

霍骁严肃的表情让厉薇薇觉得事情很严重，她有些郁闷地说："我是有点冲动，可是你说过玲珑是我们俩一起创立的，我总不能眼睁睁看着它被你叔叔夺走啊！"

霍骁叹气："我再想想办法吧。"

厉薇薇毫不犹豫地说："还有什么好想的，眼下唯一的办法就是我假装没失忆，冒充以前的厉薇薇去拯救玲珑！"

霍骁听着哭笑不得："罗马不是一天建成的，就算你要假装没失忆，也要做些功课才好吧。"

他把手里的iPad递了过去："我帮你整理了一个备忘录，里面有你这七年里所有认识的人，还有经历过的事情。"

厉薇薇感激地接过："不愧是好兄弟，真是体贴！"

霍骁叮嘱她："好好学习，在你记下这个备忘录里所有的东西之前，公司的事情你不许插手，凡事有我，明白吗？"

厉薇薇笑了："瞧你那德行，小时候可都是我罩着你的，现在你倒扬眉吐气啦！"

"好好记，回头考你！"

霍骁离开后，厉薇薇打开iPad上的备忘录看，发现里面记的第一个人就是陈亦度。

只见他的头像边上赫然写着两个血红的大字"仇人"，友好指数负五，画了五个地雷。

厉薇薇大惊失色："什么，原来那个大色狼就是陈亦度！"

一想到在医院她从树上摔下来的时候跟陈亦度嘴对嘴，厉薇薇就咬牙切齿，一怒之下捏碎了手里的纸皮核桃："变态，果然是个大浑蛋！"

对着备忘录研究了一个晚上，第二天一早厉薇薇换了一身鲜艳的衣服，一副年轻女孩子的打扮离开别墅，气冲冲地说："陈亦度，大色狼！大浑蛋！敢抢我的人，你今天死定了！"

她抱着iPad下出租车，来到大楼下，手指划过iPad屏幕上乔治、老万、苏菲的照片。

接着厉薇薇抬头看着DU集团的标志，给自己鼓气："乔治、老万、苏菲，兄弟们，我来救你们啦！"

陈亦度此时正在DU的展示厅忙着指导布置展台："最重要的是灯光，你让他们严格按照效果图来。"

"是，陈总。"

这时曹钟过来说："陈总，玲珑的那几个设计师已经在会议室了。"

陈亦度冷冷地说："让他们等着。"

曹钟犹豫了："这样会不会不太尊重人？"

"一次不忠百次不用，他们能在玲珑最困难的时候背叛，这样的人不配得到尊重。"

曹钟疑惑了："既然您都不信任他们，为什么还要出重金把人挖过来呢？"

陈亦度冷笑："优秀的设计师DU从来都不缺，但如果能让玲珑从此无人可用，我不介意多花点钱。"

苏菲、老万和乔治忐忑不安地等待着，过了许久，陈亦度才在蒂凡尼的陪同下不慌不忙地进来，看了看眼前的三个人，又看了看桌子上的资料。

蒂凡尼介绍说："这三位就是玲珑设计部的核心成员，设计师苏菲和乔治，还有打板高手老万。"

陈亦度面无表情地冲三人点了点头："既然你们选择了DU，就应该明白自己今后的立场，我不希望看到你们和玲珑再有任何交集。"

蒂凡尼把三份合同放在三人面前："这是合同，按照我们之前的约定，给你们的年薪是玲珑的两倍。"

苏菲、乔治和老万拿起合同，有些犹豫，彼此交换了一下眼神。

蒂凡尼看着几人："你们不会是还舍不得厉薇薇吧？别忘了她平时是怎么刁难你们、剥削你们、侮辱你们的！"

陈亦度冷笑一声，神情不悦："看来各位还没想明白，那就不要耽误彼此的时间了。不过我还是要提醒各位一句，时尚圈很小，风言风语却很多，你们今天踏进了DU的大门，就算不签这个合同，恐怕也回不了玲珑了。"

说完，他给蒂凡尼使了个眼色便离开了。后者会意，眼神犀利地看着三人："识时务者为俊杰，厉薇薇就算身体康复，玲珑恐怕也没实力再和DU竞争了。更何况你们现在也回不了玲珑了，还是多为自己的前途着想，赶紧签了吧！"

三人面面相觑，抖着手签了合同。

就在此时，楼下传来厉薇薇的尖叫声："你们放开我！"

蒂凡尼和三人都是一惊，趴在窗口往下看。厉薇薇被两个门卫一左一右地拎着扔出去，她披头散发勾着脚去捡鞋，样子十分狼狈。

蒂凡尼得意了："看见了吗，连厉薇薇现在都是这副狼狈样，玲珑还能有什么未来？"

老万战战兢兢地问蒂凡尼："我们几个既然签了合同，那在DU会担任什么样的职务？"

蒂凡尼挑眉："那要看你们的能力了。"

苏菲急忙拿出自己的设计稿给蒂凡尼看："这是我去年参加时尚设计大赛的获奖作品，我相信它可以说明我的实力。"

蒂凡尼漫不经心地看了一眼："这种乡土印花布的创意，早就过时了，垃圾！"

苏菲吃惊地看着蒂凡尼毫不犹豫地将设计稿撕碎扔到了垃圾堆里，还鄙夷地说："这种水平在我们DU，还得再练练。"

闻言，苏菲十分受挫。

乔治不高兴了："你这不是瞧不起人吗？"

蒂凡尼笑了："你们既然有弃暗投明的勇气，难道没有重新开始的决心吗？"

老万看着她："你就直说打算让我们做什么吧！"

蒂凡尼看着几人："眼下倒是有一份工作很适合你们。"

等去了工作间，三人发现自己要和另外两个玲珑的老员工在婚纱上钉珠片，这才发觉他们被骗了。

他们不由得懊恼起来，在玲珑的时候，不管厉薇薇多苛刻，好歹能学到东西，不过现在说什么都晚了。

霍骁急匆匆开车赶来，发现厉薇薇泰然自若地坐在大楼外的阶梯上。

他来到厉薇薇面前，陪着她一起坐下："你去DU闹事了？"

厉薇薇叹气，看了看门口的保安："首战告负，门都进不去。"

霍骁劝她说："先回去吧，我来想办法。"

厉薇薇摇头："我不会就这么算了，里面是他们的地盘，外面他们总管不着了吧？我今天一定要把我的人抢回来！"

霍骁叹气："欧秘书打听过了，他们合同都签了，恐怕你坐在这里也没有用，走吧。"

厉薇薇不肯放弃："我就不信了，我们既然都在一起共事好几年了，总会有感情的吧，我就算是求，也要把他们求回来！"

霍骁一听，不由得苦笑："他们对你可能没那么多感情。"

她不明白了："为什么？"

霍骁欲言又止，厉薇薇只好把胳膊架在他的脖子上，强迫他说实话。

"你经常强迫老万加班，骂他工作不仔细，嘲笑乔治品位低俗，扣他的薪水，还撕碎过苏菲的设计稿，恐怕他们早就对你耿耿于怀了。"

听了霍骁的话，她不由得一怔："我居然这么变态？"

厉薇薇叹息，一脸歉意地看着霍骁："都怪我，是我连累了你。"

霍骁笑笑，安慰她："你别这么说，其实错都在我。是我没有把你保护好，才让你溺水受伤的。"

厉薇薇满脸沮丧："你别安慰我了，我本来以为失忆后的自己已经很麻烦了，没想到失忆前的厉薇薇更是个惹祸精！"

此时，一个清洁工出来往门口的垃圾桶里丢垃圾。

几张碎纸片飘到厉薇薇脚下，她觉得不对，捡起来定睛一看："苏菲？"

霍骁也凑过来看："没错，这是苏菲的设计稿，这是她的签名。"

厉薇薇听了，急忙阻止清洁工："等一等！"

她走过去，把苏菲的设计稿碎片塞进自己袋子里。

霍骁叹气："看来，苏菲他们在DU也不是那么顺利。"

厉薇薇气得要命："我说什么也要救他们出来！"

晚上，厉薇薇躺在床上翻来覆去，看到手机上自己和爸爸的合影，想了想，给爸爸发了短信。

霍骁在卧室里正看着桌上的一张合影，照片上是厉薇薇二十出头的样子。想到现在厉薇薇变身女萝莉淘气可爱的样子，他忍不住发笑。

这时房间里响起手机的声音，他从枕头下拿出另外一部手机，上面赫然是厉薇薇的短信：老爸，怎么办，我好像闯祸了，很对不起霍骁，作为好闺密，我不但帮不了他，还给他添了更多的麻烦！

霍骁欣慰地笑笑，回了短信。

另一边厉薇薇收到了"爸爸"的短信：丫头，爸爸相信你的能力，你是最棒的！

她高兴地收起手机，起来把自己换下的衣服挂好，突然摸到揣在兜里的设计稿碎片。

厉薇薇坐在桌前把碎片拼好，喃喃自语："设计得很好啊，为什么不要呢？"

她盯着设计图看，想到霍骁说自己还撕过苏菲的设计图，突然眼睛一亮：有了！

Chapter ⌄3

"她好像突然变了，是她但又似乎不像她。"

厉薇薇忙碌了一整晚，穿上了苏菲设计图上的小礼服，化了一个大浓妆，拉着欧秘书又来到了DU门口。

欧秘书无奈地挣扎："厉总，你来就来吧，为什么拉上我？"

厉薇薇理所当然地说："我怕我一个人打不过他们！"

闻言，欧秘书顿时浑身颤抖："霍总不是叫你不要轻举妄动吗？"

厉薇薇冷哼："霍总霍总，全听他的就什么都做不成了！对付陈亦度这样的变态，就得用点非正常手段！"

欧秘书看着她的礼服装扮，倒吸一口冷气："非正常手段，你不会是想色诱吧？"

他还没反应过来，厉薇薇已经大摇大摆地走进了DU。

门卫盯着厉薇薇，她拉着欧秘书，脸上带着矜持的微笑。

"我是预约来拍照的模特，这是我的经纪人！"

还没等门卫反应过来，厉薇薇便拉着欧秘书进入了大楼。

门卫将信将疑地盯着厉薇薇的背影看了一会儿，急忙拿起对讲机："大家注意，那个厉薇薇又来了！"

工作间里，苏菲、老万和乔治等人正在没精打采地钉珠片。

这时听到一阵高跟鞋响，他们以为蒂凡尼来了，急忙强打精神直起身子。

谁知来的是厉薇薇和欧秘书，两人的出现让苏菲等人眼前一亮："厉爷！"

厉薇薇摆了个pose。

苏菲认出厉薇薇身上的衣服，顿时感到受宠若惊："我设计的衣服竟然穿在厉爷身上！"

老万和乔治也惊呆了，十分意外。

厉薇薇来到苏菲面前，端着架子说："虽然还有很多值得提升的空间，但是我觉得你的设计还是很有想法的。"

苏菲听了，顿时喜极而泣。

厉薇薇拍拍手："怎么样？钉珠片钉够了吗？够了就跟我回去！你们的正经事是设计婚纱礼服，不是在这里浪费时间！再说了，让DU付着工资，给我们玲珑的员工放大假，我心里也过意不去啊！"

欧秘书也拍手："厉总说得好！"

苏菲忍不住开口："厉爷，对不起，我想跟您回去！"

老万和乔治也附和："我也是，这里我一天都待不下去了！"

此时，陈亦度的声音传来："想走？恐怕得问过我。"

厉薇薇得意地叉腰拦在大家前面，直面陈亦度，挥挥鼻子前的空气，做嫌恶状："大家嫌你的地盘太臭，不想待了，你管得着吗？"

陈亦度胜券在握地说："不好意思，他们所在的都是公司中的机要岗位，如果不经我的同意就离职，按照合同约定他们不仅要赔偿DU二十四个月的薪水，而且五年之内都不能从事设计类工作。"

一个设计师，五年不能从事设计工作，基本也就废了！

厉薇薇气急败坏，狠狠盯着陈亦度，恨不得把他吃下去："钉珠片算什么机要岗位，你也太欺负人了！"

陈亦度笑了："这怎么能叫欺负人呢？这些都是合同上白纸黑字写着

的，他们签字的时候应该都看过了。"

苏菲、乔治、老万面面相觑，露出理亏的神色。

陈亦度又说："对了，蒂凡尼，立刻报警，就说玲珑的人乔装打扮混进DU来窃取商业机密，现在人赃并获！"

蒂凡尼得意地应了："是！"

陈亦度瞪着厉薇薇，脸上带着胜利的笑。

厉薇薇气得要挥拳打他，被欧秘书拦住："厉总，不能轻举妄动。"

"反正他要报警，先让我打个痛快！"

可是陈亦度和蒂凡尼已经扬长而去，留下保安围住了厉薇薇。

霍骁把垂头丧气的厉薇薇和欧秘书从警察局领出来。

"虽然警察局是澄清了，不过小报记者们大概又要乱写了。"

欧秘书十分愧疚："霍总，对不起，是我没看好厉总，又让她闯祸了。"

厉薇薇双眼喷火："这个陈亦度，居然玩阴的，我就不信我治不了他！"

她恨不能用鞭子把陈亦度狠狠抽一顿！

光是想到陈亦度被抽的可怜样子，厉薇薇就忍不住笑了。

欧秘书和霍骁愣愣地看着厉薇薇，她连忙收起笑容。

欧秘书忧愁地掐指一算："董事长给厉总的时间只剩下不到三天了，DU那边又死活不肯放人，现在怎么办？"

霍骁吩咐说："你们都别管了，欧秘书，你先送薇薇回家休息。"

欧秘书看着霍骁，顺从地点头。

当天晚上，霍骁约了陈亦度在酒吧见面。

陈亦度坐下后不耐烦地开口："有话就说，我没空陪你叙旧。"

霍骁在桌子上推给陈亦度一张支票。

陈亦度看了一眼支票，等他开口。

霍骁解释："这是毁约赔偿金，希望你放手，让玲珑的人离开。"

陈亦度觉得好笑："霍总，你觉得我缺钱吗？"

霍骁瞪着他："你是不缺钱，不过我劝你一句，得饶人处且饶人，这笔钱足够你雇人钉上一辈子的珠片。"

陈亦度拿起支票看了看，微微惊讶："霍总真舍得下血本，可惜我一向对握手言和没什么兴趣。还有，和亲眼看着厉薇薇焦心难受的愉悦感相比，这笔钱真的没什么诱惑力。"

陈亦度将支票撕碎，抛在霍骁面前。

霍骁约见陈亦度回来后没说什么，想来是因为没能摆平陈亦度。

约定期限的第四天一早，厉薇薇再次带着欧秘书来到DU公司楼下。

门口两个强壮的门卫挥舞着手里的警棍，牢牢盯着他们。

这次两人没能轻易混进去，厉薇薇忽然看见陈亦度的车子出来，急忙拦下一辆出租车鬼鬼祟祟地跟上。

车子很快停在了一家温泉酒店门口，陈亦度一踏进大堂，服务生连忙迎了上来："陈总，林大师和林太太已经在里面等您了，请跟我来。"

陈亦度点了一下头，和蒂凡尼一起随着服务生走到里面。

大堂一侧的一个大花瓶后，厉薇薇和欧秘书一左一右探出脑袋。

厉薇薇悄悄问："这个林大师是何方神圣？"

欧秘书小声回答："就是这几年爆红的钢琴界大师，听说最近要跟比他小两轮的女朋友结婚了，看来陈亦度今天是要来谈大生意啊！

"咱们撤吧，今天这个场合不适合去要人。要是搅黄了陈亦度的生意，估计他更会恼羞成怒，把咱们直接撕了啊！"

厉薇薇忽然有了主意，坏笑着凑到欧秘书耳边低语一番。

说完，她大摇大摆地去了酒店的女更衣室，里面暂时只有蒂凡尼一个人。

厉薇薇蹑手蹑脚地用拖把柄插上了厕所隔间的门，让蒂凡尼出不来，又翻开她的包包，拿出一件比基尼换上。

发现泳衣里面还有两个硕大的胸垫，她鄙夷地看了看，低声骂道：“低俗！”

林大师、林太太、陈亦度泡在一个池子里，陈亦度开口问：“林大师，林太太，相信二位已经收到了DU的设计方案，不知是否满意？”

林大师摇头：“陈总，你可别怪我说话不客气，贵公司的设计，我太太的确不大满意。”

林太太噘嘴抱怨：“你们DU也是国内数一数二的婚纱设计公司了，怎么拿出那么俗气的东西，弄那么多珠片，浑身上下还有羽毛和流苏，能配上它气质的，我感觉也只有平安夜的圣诞树了。”

陈亦度面露尴尬，态度依然诚恳：“林太太，好的设计一部分源于设计师的创作，另一部分是来源于跟客户的反复沟通磨合。我们DU非常看重和您二位合作的机会，这次我把设计师也一起带过来了，相信我们一定能设计出让林太太满意的婚纱。”

林大师略带不满地说：“我们的婚期就快到了，时间上已经耽误不起了。要是今天你们的设计师还不能理解我太太的意图，我们也只能请别人做了。”

此时，身穿比基尼的厉薇薇笑嘻嘻地走向温泉池，并向林大师、林太太挥手。

陈亦度用余光瞥了一眼，并没有仔细看，想当然地介绍：“哦，她来了，这就是我们DU的首席设计师……”

“林大师，林太太，你们好！”

她说着走进温泉池坐下，陈亦度这才发现来者竟然是厉薇薇，他面露震惊：“你！”

厉薇薇直接抢过话来：“林太太，想不到您这样年轻漂亮有品位啊！"

林太太不动声色，并没有享受她的恭维。

厉薇薇再接再厉："以我的经验，一般的大众化设计肯定不能打动您，奢华对您来说是个庸俗的贬义词。您追求的是清新脱俗的感觉，柔美的色彩搭配、甜美浪漫的造型、童话般的意境，仿佛找回儿时的公主梦。"

林太太摘掉了自己的太阳镜，很认真地看着厉薇薇："你叫什么？"

厉薇薇笑了笑，又挑衅地看了一眼陈亦度："叫我Vivian就好。"

陈亦度见她出其不意地把林太太哄得好好的，很是尴尬无奈，只好把揭发厉薇薇的事按了下来。

厉薇薇盯着林太太手机上蒂凡尼的设计图看了看，满脸嫌弃："这算什么？把看起来值钱的玩意全都堆在一起，这身衣服穿起来，活脱一棵行走的圣诞树啊！"

林太太笑了，惊喜地说："英雄所见略同！"

林大师听了，略带不解地问："不过，这好像也是你的设计作品吧？"

厉薇薇一愣，马上反应过来："这一定是我吃错药了才设计出来的，不过没关系，我今天肯定没吃药！"

林太太问她："那你有什么具体修改方案吗？"

厉薇薇摇头："不是修改方案，是重新设计方案！"

陈亦度假装猛咳嗽，趁机捂嘴，拉过她小声质问："你到底有什么企图？"

厉薇薇小声说："我帮你拉客户啊！"

说完，她又转过头耐心解释："在林太太的婚纱设计上，首先整体轮廓要采用'A'字公主裙式，这种样式强调腰部和胸部线条，林太太那么好的身材，不秀出来简直是暴殄天物！其次装饰上要尽量简约，林太太这样的绝代佳人，在装饰上只要些许点缀就足以烘托出您清水芙蓉的气质，绝对不能像之前那一稿一样用力过猛。另外考虑到林大师是音乐界的大才子，你们两人的相识也是源于音乐，我觉得是不是可以用跳动的音符作为这件婚纱的设计主题？"

林大师听得一脸惊喜："对对对，这个想法很有意思！"

厉薇薇故意问陈亦度："陈总，你觉得呢？"

陈亦度僵着脸在一边尴尬赔笑："嗯，不错。"

没多久的工夫，厉薇薇和林太太两人就有说有笑，好似闺密一般亲近。

陈亦度在一边阴沉着脸，看着厉薇薇和林大师、林太太相谈甚欢。

林太太笑说："Vivian，我很期待你的婚纱设计。"

林大师点头附和："既然今天我太太和设计师聊得这么愉快，那我看我们差不多就可以和DU这边正式签合同和付定金了。"

厉薇薇得意地瞥了陈亦度一眼。

陈亦度尴尬地对林大师笑了笑："谢谢林大师对我们DU的肯定。"

此时，蒂凡尼押着被打得鼻青脸肿的欧秘书过来了。

看到厉薇薇穿着自己的泳衣坐在陈亦度身边，蒂凡尼气不打一处来，直接冲上前去："你个女流氓，到底打算干吗？"

厉薇薇见状，立即下意识地躲到了陈亦度身后。

陈亦度冲着蒂凡尼猛瞪眼，用眼神制止她说："这位小姐，你好像认错人了！"

蒂凡尼一愣，霎时间摸不着头脑。

陈亦度冲蒂凡尼努嘴，示意她先走开。

厉薇薇也冲欧秘书使了个眼色，后者心领神会，装出哭腔："亲爱的，我错了，我以后再也不背着你偷偷瞄别的漂亮姑娘了，你就原谅我吧！

"不好意思，打扰了。"

说完，欧秘书搂着蒂凡尼转身离开。蒂凡尼瞬间石化，呆呆地被欧秘书强行拉走。

　　泡完温泉，厉薇薇和陈亦度一起送林大师、林太太上车。

　　林太太对厉薇薇笑着说："我们的婚礼就定在五一，到时候你和陈总可都要来参加呀！"

　　厉薇薇点头："只要陈总批准，我一定去！"

　　陈亦度瞪了她一眼，对林大师说："到时候，我们一定带着礼物前去恭贺。"

　　陈亦度和厉薇薇笑着对汽车挥手，目送林大师的汽车开走。

　　躲在大堂内大花瓶后的蒂凡尼一个箭步冲了出来，径直上前拽住了厉薇薇的衣领："你到底在耍什么花招？"

　　厉薇薇瞪了回去："你看不出来我是在帮你们吗？这么大个客户，你那个'圣诞树'设计差点把人家吓跑了，是我力挽狂澜，帮你们谈成了好不好！"

　　她瞥了一眼蒂凡尼，恍然说："也难怪了，你个老女人，怎么可能懂少女心！"

　　蒂凡尼怒了："你说什么，我老女人？你很嫩吗？"

　　欧秘书摸着被打伤的脸，拦在蒂凡尼和厉薇薇中间对陈亦度说："作为厉总帮你谈成生意的回报，以及我被蒂凡尼打伤的赔偿，我们想把玲珑的那几个老员工要回来。"

　　陈亦度不屑地冷笑："要是我不同意呢？"

　　厉薇薇挑眉："你要不愿也行，那我马上就给林太太打个电话跟她说清楚，我不是DU的设计师，我是玲珑的设计师。她要是想跟DU合作，那就还得穿成行走的圣诞树。"

　　陈亦度眯起眼问："你威胁我？"

　　厉薇薇摇头："别说那么难听啊，只是交易而已。不过算算看，用这么大个单子换几个天天钉珠片的工人，绝对是稳赚不赔，对不对？"

欧秘书附和："就是！"

蒂凡尼冷笑说："别唱双簧了！你又不是第一天认识我们DU，我们怎么可能让你们玲珑好过……"

陈亦度打断她，瞪着厉薇薇："如你所愿，带着你的人滚回玲珑吧！"

厉薇薇和欧秘书听了，激动地击掌欢呼。

陈亦度突然盯着厉薇薇问："不过，林太太小你八岁，你说蒂凡尼是老女人不懂少女心，那你是怎么做到跟她聊那么投机的？"

欧秘书顿时紧张了，以为陈亦度看出厉薇薇失忆了。

厉薇薇迅速反应过来，掏出手机："想知道少女心还不简单，用手机上网搜啊！这么弱智的问题都能问出来，还董事长呢！"

她带着欧秘书离开，刚上车就迫不及待用手机拨通了霍骁的电话，激动地说："好消息，我把人要回来了！"

陈亦度看着厉薇薇离开的背影，不由得皱起了眉。

蒂凡尼咒骂说："这个厉薇薇，别的本事没有，耍阴谋诡计可是一等一的高手。"

陈亦度却若有所思："她好像突然变了，是她但又似乎不像她。"

闻言，蒂凡尼一脸茫然地看着陈亦度。

霍骁正在展示厅内查看，欧秘书从温泉酒店赶回玲珑，脸上贴着胶布，风风火火地跑进来。

"霍总，厉总还真搞定陈亦度了！没想到厉总虽然失忆了，可什么情况都应付得来啊。"

霍骁摇头："你真以为陈亦度是被她的小把戏打败的？"

欧秘书一愣："难道不是吗？"

霍骁笑得意味深长："DU这一季推出的'京都樱花'礼服系列，采用的是日本进口的手绘桑蚕丝面料。虽然样衣已经推出了，订单应该也接了不少，可惜日本市面上这种面料突然断货了，因为我提前把所有的面料都买光了。"

欧秘书恍然大悟："原来是霍总用陈亦度紧缺的面料换回了老万他们，我跟厉总算是白忙活一场了。"

此时霍骁的手机突然接到厉薇薇的微信：今晚烤串摊好好庆祝一下！

烤串摊上，厉薇薇与霍骁正举杯庆祝。

"我们打赢了大魔头陈亦度！"

"成功解救了玲珑的员工！"

厉薇薇自恋地说："我觉得我自己今天简直是太帅了！"

霍骁挑眉："是吗？我看欧秘书的尊容，好像不怎么帅啊！"

她吐一吐舌头："谁叫他那么窝，连蒂凡尼都打不过。"

霍骁用开玩笑的口吻说："虽然这次你打赢了，可你不事先跟我汇报就又跑去找陈亦度，知错了吗？"

厉薇薇嘟嘴："错是错了，可看在我舍身勇救同事，智斗恶魔，冰雪聪明，还美丽可人的分上，就将功抵过吧。"

霍骁捏了一把厉薇薇的脸："算了，看在你脸皮这么厚的分上就原谅你了！不过下不为例，陈亦度是天字第一号的大变态，你以后还是少接近他为妙！"

厉薇薇点头："只要他不来惹我，我才不会接近他！行了，今天可是庆功宴呀，不是批斗会！"

说完，她直接拿起大腰子开始啃起来。

霍骁愣愣地看着大腰子，突然觉得胃里一阵翻江倒海，连忙拿起水杯猛喝一大口水。

厉薇薇嘲笑他："至于吗！"

霍骁叹气："以前上学的时候，忍着陪你来撸过几次大腰子。后来你突然改邪归正不吃大腰子了，我以为总算逃过一劫，没想到你掉进了一次塞纳河又犯老毛病了。"

她尴尬地笑笑，指着自己的脑袋："我这里出问题了嘛，整个人难免有些混乱。你要不想吃，就先回去吧。"

霍骁打断她的话："我是不吃，但我喜欢看着你吃。"

厉薇薇好笑地说："我的吃相真有那么销魂？"

他笑了："是啊，看得我骨头都酥了！薇薇，只要你高兴，我怎么样都行。"

厉薇薇一脸感动，很认真地看着霍骁："你干吗对我这么好？"

霍骁半开玩笑地答："我欠你的啊！"

她笑着拿竹签子敲霍骁的脑袋："老实交代，你上辈子是不是变着法地欺负我了？"

霍骁也跟着笑了："是啊，我上辈子肯定是给你做饭不放盐，给你泡茶水不开，你喝水我戳你脸，你睡着了，我就在你脸上乱涂乱画还设成电脑桌面！"

厉薇薇哈哈大笑："你上辈子还没电脑呢！"

在她开心的笑容中，霍骁别过脸去，在厉薇薇看不见的角度收起微笑，流露出伤感的神色。

欧秘书开车送霍骁回家，见他愁眉不展，觉得奇怪："霍总，陈亦度挖人的事情不都解决了吗，您怎么还闷闷不乐的？"

霍骁满脸纠结："薇薇忘了过去七年发生的一切，忘记了自己从一个小设计师跻身为国内顶尖设计师所掌握到的一切设计技能，也忘记了跟陈亦度之间爱恨交织的孽缘，忘掉了最惨痛的一段记忆。"

欧秘书感叹："这样想来，厉总这病也不算是坏事嘛。"

霍骁依旧担忧："可即使这样，失忆之后的薇薇却还总是跟陈亦度扯在一起。"

欧秘书皱眉："您是担心，过去的一幕会重演，历史会惊人地相似……呸呸呸，我乌鸦嘴了。"

霍骁脸上露出坚定的神色："不管怎么样，一定要让薇薇离陈亦度远一点，我绝不能眼睁睁地看着她再受伤一次。"

厉薇薇躺在床上，拿出手机，拨通爸爸的电话。

但是电话那头依旧无人接听，只有录音回复：老厉我托闺女的福，去欧洲豪华游了……

她噘嘴，转而给父亲发微信语音：老爸，我今天打赢了陈亦度，成功抢回了我的员工！哈哈，你随便夸几句就好了，千万不要夸得太用力哦！

片刻之后，薇薇收到"父亲"的文字回复：祝贺你，再接再厉！

她看着手机嘟囔："什么嘛，这么敷衍！"

不过厉薇薇还是对着手机发语音：一看你就没心思搭理我！不为难你了，好好玩，注意安全，早点回国！

在跟厉薇薇约定的第五天早上，霍锐勇去玲珑的时候穿得格外鲜艳，大摇大摆地走进公司，朱秘书很狗腿地跟在后面。

霍锐勇故意问："朱秘书，今天是周几了啊？"

朱秘书立刻配合，谄媚地回答："已经周三了，厉薇薇和霍骁还没把人弄回来，所以明天就该从玲珑圆润地离开，给勇哥您腾位子了！"

霍锐勇奸笑着说："怎么样，明天我正式走马上任第一天，穿成这样是不是够抓人眼球，够霸气外漏，配得上一把手的气质？"

朱秘书违心地赞美："您这身打扮，别说抓眼球了，我的眼睛直接被您亮瞎了啊！"

霍锐勇情不自禁地对着一边的玻璃摆了两个霸气的一把手造型，突然身后传来老万的笑声。

他吓得差点跌倒，被朱秘书一把扶住，回头却见苏菲等人不知什么候已经抱着纸盒站在了自己身后。

苏菲笑眯眯地说："您今天穿得这么美，一定是为了欢迎我们回来吧！"

乔治也笑："听说勇总在玲珑一直惦记着我们，这下我们回来了，勇总天天都可以看见我们了，一定很开心吧！"

霍锐勇一张脸僵着，气得浑身发抖。

苏菲三人抱着纸盒朝楼里走去，站在厉薇薇的面前。

老万叹气："厉爷，这次要是没有您，我们说不定就要在DU钉上好几年的珠片了。"

乔治道歉："厉爷，对不起，是我们先对不起您，没想到您不计前嫌，还把我们从火坑里救了出来。"

苏菲满脸内疚："听说厉爷是帮DU谈下了一个大订单才把我们换回来的。"

厉薇薇眨眨眼说："因为你们比大订单重要啊，没有你们，再大的订单我接回来有什么用，还不是没人干活！"

闻言，众人顿时十分感动。

"厉爷，我答应你，今后我乔治一定对您以身相许，不离不弃。"

老万拿胳膊碰了一下乔治："什么以身相许，是忠心耿耿，赴汤蹈火，在所不辞！"

霍骁上前说："行了，回来就好，回来就好好干吧！"

厉薇薇点头，又说："对了，你们大家以后都不要叫我厉爷了，我好歹也是个花容月貌的大美女，厉爷一听就像个七老八十，又抽烟又喝酒的糙老爷们，多难听啊！"

众人听了，满脸诧异。

霍骁故意转移话题："好了，既然大家都回来了，我们就赶紧进入工作状态吧。玲珑马上要举行新一季的新款发布会了，大家一定要加油努力，争取设计出更优秀的作品，提升玲珑这两个月来一直下滑的业绩，在接下来的这个季度战胜DU！"

众人高呼："战胜DU！战胜DU！"

玲珑设计部办公室里，厉薇薇转来转去，假装巡查，其实是在观察每个人的工作。

她走到老万和苏菲身边，看到老万正对着一个穿着礼服的人形模特在和苏菲商量如何改良最新设计。

老万说："新进的法国料比较软，但又用它做了大片绣花，绣针上下运动的时候，这些布料被拉伸了，直接导致了布料扭曲，影响了这件衣服的整体效果。"

苏菲点头："那是不是得考虑换成硬一些的国产重磅真丝面料？"

厉薇薇心想老万真是人如其名，一看就是很有经验的老师傅。苏菲好像是除了她之外设计团队里的NO.1，她得和他俩处好关系！

厉薇薇站在一个人形模特前，开始夸奖起来："嗯，这件衣服太出色了！利用线性放射原理，并将其作为视觉中心向外伸展出射线式的褶皱，柔美的蝴蝶结，飘逸的鱼尾，大片立体蕾丝绣花，富有跳跃感的单肩，一看就知道设计师具备极高的美学天赋，苏菲，你快赶上大师的水平了啊！"

苏菲、老万疑惑地面面相觑。

苏菲说："厉爷，不，厉总，这是您的设计啊！"

厉薇薇一愣，顿时尴尬了："我的意思是老万你的打板手艺真不错，无论是服装结构还是面料的选择和制作工艺，都太专业了！"

老万更加疑惑，愣了愣说："这是我的助手做的，事实上它还有很多缺陷，我和苏菲正在商量怎么改进。"

闻言，厉薇薇简直尴尬到极点："是吗？"

老万突然反应过来，惊恐地问："厉总，您是不是对我们的工作不满意？"

苏菲带着哭腔求饶："厉总，我们错了，我们马上就改，请您一定不要开除我们！"

厉薇薇听得满脸不解，睁着无辜的大眼睛："你们到底哪儿错了？"

老万更加害怕地说："我们哪儿都错了！"

此时，霍骁赶紧跑过来，故意掩饰地说："薇薇，我有事要和你商量！"

说完，他拉走了厉薇薇。

老万和苏菲看着厉薇薇离开的背影都松了一口气。

在茶水间，乔治、老万、苏菲和珍妮正悄悄议论。

老万琢磨着："我觉得，厉总好像变了。以前她总是变着法地骂我，现在她竟然开始夸我了！可她一夸我，我总觉得后背一阵阵发凉。"

苏菲附和："她一对我笑，我就起一身的鸡皮疙瘩，总觉得她会扑上来咬我！"

乔治疑惑地说："你是说她调整了折磨人的战略战术？"

珍妮立刻维护厉薇薇说："你们别这样说厉总，别忘了是谁把你们从DU的火坑里救出来的！"

老万点头："也对……难道，她对我们的夸奖都是真心的？但是这没道理啊！"

乔治不解地说："她会不会是因为生了一场大病，所以突然看破红尘，放下屠刀了？"

苏菲点头："说不定是什么大病的后遗症！"

珍妮不高兴了："看你们都是什么心态啊，对你们好还不好吗？厉总可是艺术家，艺术家就是这种喜怒无常、阴晴不定的状态！"

在几人背后，正好路过的朱秘书鬼鬼祟祟地偷听着。

朱秘书回到办公室，立刻把刚才偷听来的情报汇报给霍锐勇。

霍锐勇惊喜地问："厉薇薇有问题？"

朱秘书摇头："我不敢确定，不过现在连她身边的人都在怀疑了！"

"厉薇薇有问题，那就是我篡位夺权的大好机会啊！看来是老天爷都欣赏我的才能，不忍心看我怀才不遇，所以才给我这一个大好机会，时尚行业即将冉冉升起一颗璀璨的新星！走，朱秘书，让我们出发，去改变这个世界！"

霍锐勇摆了一个夸张的姿势，昂首阔步出门，朱秘书立刻紧跟在后。

办公室内，厉薇薇正吃着零食喝着饮料，脚还翘在桌子上，一边听音乐，一边嘴里哼几句，心不在焉地画几笔设计稿。

霍锐勇鬼鬼祟祟地走到厉薇薇办公室门口，吸了一口气，猛地打开门，却发现她正画着设计稿。

厉薇薇凌厉的眼神直射霍锐勇，冷冷地问："为什么不敲门？"

被厉薇薇的气势震慑到，霍锐勇眨巴两下眼睛："忘了！"

"你把自己打扮成一只火鸡，是为了来吓跑我的创作灵感吗？"

霍锐勇听了，呆呆地审视一下自己的衣服："火鸡？这可是我漂洋过海，在时尚之都米兰找传承五代的制衣工匠花了半年的时间，一针一线……"

厉薇薇直接打断他说："很丑，有事吗？"

霍锐勇愣愣地笑："没，没事！"

她指着大门说："那请你立即转身，抱成团，圆润地离开我的视线！"

"抱成团，圆润地……"霍锐勇忽然反应过来，那不就是滚出去吗？

他吓得连忙转身就出门，却不知何时大门已经关上，一脑袋直接撞在门上，痛得惨叫一声。

霍锐勇摸着头上的包狼狈地回来，朱秘书略带急切地问他："怎么样，厉薇薇到底有什么变化？"

"她是变了，变得比以前更变态了！"

厉薇薇看着关上的大门，哈哈大笑。

她低头看着桌子底下，不仅藏着一堆少女零食、饮料和MP3，还藏着个大活人霍骁。

霍骁急忙从桌子底下钻出来，对着厉薇薇做了个"嘘"的手势。

厉薇薇反应过来，连忙捂嘴笑。

霍骁埋怨说："你还笑呢，刚才要不是我，你差点就穿帮了！"

厉薇薇拿出巧克力，掰了一半给他，又丢了一块到自己嘴里："别紧张，舒缓下神经，不过你叔叔可真是一朵大奇葩啊！"

此时敲门声又响了起来，霍骁连忙又躲起来。

厉薇薇狂嚼几下，试图把巧克力全吞进肚子里，嘴边还留了巧克力残渣，冲着大门说："进来。"

进门的是送文件的珍妮："厉总，这是接下来一周各部门的工作安排。"

她假装正经，嘴里含着半块巧克力跟珍妮交代："收到，你去忙吧。"

珍妮不动，一直愣愣地看着厉薇薇嘴边的巧克力，忍不住提醒："厉总，您嘴边有巧克力！"

厉薇薇一愣："是吗？"

她伸舌头舔了一下，又问："现在呢？"

珍妮惊讶地说："厉总，您过去经常训斥在办公室吃甜食的人。"

她又模仿薇薇的语气说："能控制身材的人，才能控制人生！"

厉薇薇听得一惊，喃喃说："这么严重啊。"

珍妮又说："我注意到您的零号衣服已经紧了，请您一定要自重啊！"

说完，她头也不回就跑了。

霍骁再次从桌子底下钻出来，把厉薇薇的少女零食全都装在了一个兜里："全部没收！"

厉薇薇惊了："凭什么？"

"为了你的安全着想！"

厉薇薇可怜兮兮地说："那至少留一个吧……"

霍骁无视她的请求，看着厉薇薇画的设计稿忍不住皱眉。

厉薇薇连忙说："哪儿不好，我再改改？"

他摇头说："这些作品跟你以前的稿子相比，差距太大了。"

闻言，厉薇薇懊恼地说："我真的已经想得大脑都短路了。我每天得装成女魔头，还得脑补七年所拥有的超高的设计水平，小女真的做不到啊！为什么我不能跟大家坦白，告诉大家我失忆了，现在是二十三岁的厉薇薇？"

霍骁叹气："你觉得像玲珑这样的大公司会让一个大学刚毕业的新人做设计总监吗？你觉得你失忆的消息要是传出去，小报记者会放过这样的劲爆消息吗？你觉得客户会一如既往地追捧一个二十三岁的新人设计师的设计吗？"

厉薇薇打断他，哭丧着脸："别说了，我继续画就是了！反正我都失忆了，大不了连抑郁症也一起得了。"

她抬头看看乏味的办公室，想了想，突然调皮地笑了："不过，霍总，我们能不能换个创作环境，帮助我脑洞大开一下呢？"

两人去了游乐场，厉薇薇拉着霍骁坐在过山车上。

过山车非常刺激，她开心地尖叫，霍骁吓得脸色煞白，紧闭双眼。

结束的时候，厉薇薇神清气爽地从过山车上下来，笑了："坐了两圈过山车，我整个人顿时腰不酸了，腿不痛了，连抑郁症都好了！"

霍骁在一边捂嘴吐，问："薇薇，你非要这样才能有设计灵感吗？"

欧秘书在一边帮霍骁拍背。

厉薇薇纳闷地问："又害喜啦？你看见大腰子想吐，坐了一圈过山车也想吐。我最喜欢的东西你看着都想吐，你就差没看见我也想吐了！我倒是好奇，你过去七年是怎么把我骗到手的？"

霍骁急忙搪塞："你跟我好的时候，早就没这些特殊爱好了。"

她似懂非懂地点点头，突然视线落在另一边，兴奋地说："跳楼机！"

霍骁一听，又是一阵恶心，连忙朝着厉薇薇摆手。

欧秘书提议："霍总，要不您先回去休息一会儿？"

厉薇薇不高兴了："霍骁，你不能临阵脱逃啊，我们还没K歌，没喝酒呢！"

霍骁虚弱地摆手："我申请放假半天，晚上我直接去KTV找你！"

无奈之下，厉薇薇玩完一圈后只能自己一人先去了KTV包厢。

K歌之余，她不断用桌上放着的洋酒润嗓子，很快有了几分醉意。

这时候霍骁打来电话，厉薇薇接起来说："我在25号包厢！"

她拿着空酒瓶当麦克风，猛吼一嗓子作为歌曲的收尾。

酒的后劲上来，厉薇薇醉意比刚才更重了，嘟囔着说："霍骁怎么还不来，我连钱包都没带！"

她摸了摸肚子，歪歪斜斜地出门打算上厕所。

KTV的走廊里，陈亦度、蒂凡尼带着梁志海，和另外几个DU的员工一起走来。他们来KTV为梁志海过生日，其中一个员工手里还拿着一个蛋糕。

曹钟笑说："梁总，今天陈总亲自为你庆祝生日，你这生日过完了，可得拿出厚厚一沓订单来报效陈总啊！"

梁志海也笑了："当然，陈总这么器重我，我一定加倍努力！"

蒂凡尼指着26号包厢："是这里！"

包厢内，众人就座后，陈亦度笑着带众员工举杯庆祝："这杯酒，祝梁副总监生日快乐。"

蒂凡尼也举杯："也祝我们DU能在下一季度继续战胜玲珑，把厉薇薇这个女魔头打得爬不起来！"

厉薇薇上完厕所回来，歪歪斜斜地想回自己的包厢，结果晕晕乎乎地走到了隔壁陈亦度的26号包厢门口，推门而入，醉醺醺地答："还行，我还能爬起来！"

见状，包厢内的众人全都石化了。

厉薇薇愣愣地看着众人打嗝："怎么，我就出去上了一趟厕所的工夫，霍骁就叫了这么多朋友一起玩啊！好啊，人多热闹！"

她径直拿起酒杯："来，弟兄们一起high起来！"

曹钟吓得杯子直接掉在了地上，陈亦度走上前："厉薇薇，麻烦你出去！"

厉薇薇醉意颇重，脚下一个不稳一下子倒在了陈亦度身上。

蒂凡尼见了，连忙上前拉厉薇薇，后者顺势倒在了蒂凡尼的胸前。

蒂凡尼顿时又羞又怒："厉薇薇，你这个女流氓！"

厉薇薇伸手去抓蒂凡尼的胸："什么沙发，这么硬，肯定不是真皮的！把后面那个棉花垫子拆掉，硌得我肩膀痛！"

曹钟忍不住双手捂住眼睛。

蒂凡尼忍无可忍，咬牙切齿地抓住厉薇薇的手："你不要脸，没节操没底线！"

厉薇薇打了个饱嗝："还没带钱！"

陈亦度实在看不下去，伸手把她一把拽了出去。

走在KTV门口的街上，厉薇薇醉醺醺地唱着跑调的《爱情买卖》。

陈亦度看着她，一脸厌恶的表情，伸手拦了一辆出租车，直接从钱包里掏出一百块给司机说："送她回家！"

厉薇薇醉醺醺地喊："我不回家，没玩够是画不出设计图的！"

陈亦度根本不理她，转身往里走。

KTV服务生拿着账单追了出来："先生，25号包厢的账还没结呢！"

陈亦度面无表情地说："跟我有什么关系，我不认识她！"

服务生为难地看着陈亦度，此时，司机高喊起来："喂，小姐，小姐！"

陈亦度一回头，发现厉薇薇已经直挺挺地倒在地上。

司机喊陈亦度："先生，你不能把人这样丢给我啊，这搞不好会出事的！"

服务生愣愣地看着陈亦度："先生，麻烦你结一下账！"

陈亦度看看司机，又看看服务生，接着盯着厉薇薇咬牙切齿，心中暗骂，无奈只好自认倒霉。

出租车上，陈亦度陪着厉薇薇打车回去。

厉薇薇倒在后座，陈亦度很嫌弃地坐在前座。

司机问他："先生，我们去哪儿啊？"

陈亦度冲着后座问："喂，你住哪儿？"

厉薇薇完全没反应。

陈亦度只好从兜里掏了一张纸巾团成一团，直接丢到她脸上："问你呢，住哪儿？"

厉薇薇依旧醉醺醺："我家，我家住大别墅……特别大的别墅……"

陈亦度一听，瞬间石化。

司机感慨地说："作孽啊，都不知道人家住哪儿，就把人家姑娘灌成这样，现在的年轻人……"

陈亦度怒了，只觉得百口莫辩，压下火气说："去前面的假日酒店！"

陈亦度架着厉薇薇，把她拖进酒店房间，试图扔在床上。

厉薇薇已经烂醉，死死勾着他的脖子。

陈亦度气得要发作："厉薇薇，松手！"

厉薇薇向后一倒，连带着陈亦度也一起倒在了床上。

她已经醉醺醺地睡了过去，完全听不见陈亦度在说什么。

陈亦度距离厉薇薇很近，脸上甚至能感受到她的呼吸。

他收起愤怒的表情，看着自己抱着的厉薇薇。此刻陈亦度真情流露，眼前的一幕让他想起了昔日两人相处的幸福瞬间。

此刻厉薇薇安静熟睡的样子，正如同当年自己深爱过的那个单纯的姑娘。

陈亦度情难自禁，把她往自己怀里搂了一下。

突然，厉薇薇狠狠推了他一把，随即站了起来，带着醉意说："霍骁，我警告你不要乱来啊！我，我还是很保守的！"

陈亦度站在厉薇薇面前，看着她不屑地冷笑。

厉薇薇双手护胸："我一直都没搞明白，我怎么就沦落成你的未婚妻了，全天下男人难道都死光了吗？"

陈亦度露出一丝阴沉的表情，故意引诱她说："你真的不喜欢霍骁？"

"我喜欢你个头！咱们俩从小穿一条开裆裤长大的，你非说我喜欢你，好猥琐啊！"

他鄙夷地看着厉薇薇："之前扮恩爱不是扮得挺开心吗？怎么未婚夫抱在怀里还没焐热，就忍不住酒后吐真言了？"

此时陈亦度的手机响了，是蒂凡尼来电。他看着厉薇薇，突然冒出了一个主意，他按掉电话，拿手机摄像头对准厉薇薇。

"你敢不敢把刚才说过的话再说一遍？"

厉薇薇歪歪斜斜地站着，对着他的手机镜头。

陈亦度诱导她说："把你刚才说不喜欢霍骁的话再说一遍。"

厉薇薇对着镜头开始傻笑，接着开始脱衣服。

他顿时紧张了："你干吗？"

"脱衣服洗澡啊！"厉薇薇神色淡定地继续脱。

陈亦度气急败坏："谁让你脱衣服了，给我穿回去！"

厉薇薇不管他，脱得只剩下贴身内衣。

陈亦度一惊，从地上捡了一条厉薇薇的围巾，掩面握着手机逃了出去，喃喃说："厉薇薇，算你狠！"

KTV门口，霍骁和蒂凡尼等人撞到了一起。

霍骁打厉薇薇的电话，电话里传来机械的女声："您拨叫的号码暂时无人接听……"

蒂凡尼打陈亦度的电话，也是没人接。

他们两人齐声质问对方："你们把薇薇/陈总弄到哪里去了？"

这时候，欧秘书押着服务生从里面出来。

服务生无奈地解释："我真的只知道25号包厢的小姐和26号包厢的先生上了同一辆出租车，然后车子就开走了。"

霍骁愤怒地盯着蒂凡尼，对服务生说："我只是半路车被刮了，耽误了半小时，就发生了这种事，你们怎么能眼睁睁地看着陈亦度带走薇薇呢？"

蒂凡尼瞪向霍骁，也不甘示弱地对着服务生发飙："你们到底是怎么当服务员的，大晚上的竟然让一个女酒鬼带走我们老板！"

霍骁继续说："万一他图谋不轨呢？"

蒂凡尼也吼："万一她又耍流氓呢？"

服务生看看霍骁，再看看蒂凡尼，掩面跑了。

霍骁没能从服务生那里得到线索，只得像没头苍蝇一般拉着欧秘书在大街上乱转。

他正拿着手机，急切地打电话："110吗，我要报案，我未婚妻失踪一小时了……什么？一小时不算失踪？可她是跟她的死对头一起失踪的，这很有可能是一起有组织、有预谋的绑架案，说不定……"

欧秘书连忙抢过手机："喂喂，对不起啊，警察同志，我老板他太紧张了，不好意思，打扰了。"

霍骁又把手机抢回来："警察同志，你别听他胡说……喂……

喂……"

　　欧秘书叹气，喃喃说："我算是看明白了，别看霍总平时那么英明神武，可在厉总面前，他的智商瞬间就被清零了。"

　　清晨，厉微微从梦中醒来，发现自己竟然躺在酒店里，喃喃自语："我怎么会在这儿？发生了什么事？"

　　她挣扎着打算起来，一看自己身上竟然只穿着内衣，顿时震惊了。

　　"难道昨晚我酒后……"

　　大堂服务员帮厉薇薇查看开房记录，她拿着自己的提包挡住脸，等在一边。

　　"你好，小姐，昨晚你住的那间房是用陈亦度陈先生的名字开的。"

　　厉薇薇震惊又气愤，也顾不得捂脸了，咬牙切齿地说："陈亦度，我要掐死你！"

　　发现周围的人都对她投来异样的眼神，厉薇薇顿时尴尬地连忙用包继续捂住脸，灰溜溜地逃出酒店，气势汹汹地去DU找陈亦度算账。

　　厉薇薇野蛮地一脚踹开DU的会议室大门，打断陈亦度的会议。

　　"陈亦度，你给我滚出来！"

　　蒂凡尼怒叫："厉薇薇！"

　　会议室众人愣愣地看着厉薇薇，陈亦度用眼神示意蒂凡尼不要妄动，不慌不忙地说："麻烦各位先看下手上的资料。"

　　等陈亦度出了会议室，厉薇薇一把揪住他，满脸怒意地小声质问："你昨天晚上到底对我做了什么？没想到你堂堂一个董事长竟然坏得那么不上档次，这种下三烂的招数你都用。你眼里还有没有王法了？我要去告你。我宁可玷污自己的名誉，也要把你这只披着人皮的色狼绳之以法。"

　　陈亦度打断她："闭嘴，我做了什么，你自己看！"

他掏出手机，打开视频，点击播放。

视频上，醉酒的厉薇薇正对着镜头脱衣服。

她尴尬地看着陈亦度，恨不得找个地缝钻进去。

陈亦度冷笑："除此之外，你昨晚K歌、打车、住酒店都是我付的钱！"

厉薇薇欲哭无泪："真的吗？我真的那么浑蛋吗？"

"你不是要去告我吗？"他扬着手机，"证据我都帮你搜集好了！"

说完，陈亦度转身就要离开。

她一不做二不休，直接扑上前去抢陈亦度的手机。

会议室内，蒂凡尼见陈亦度太久没回来，就开门出去，却见厉薇薇和陈亦度又扭打成一团，她心中又泛起一阵浓浓醋意。

陈亦度喝道："厉薇薇，你给我放手！"

她摇头："不放！"

厉薇薇的力气当然没有陈亦度的大，逐渐落了下风。

陈亦度故意想耍她，突然一放手，在惯性作用下，手机结结实实地敲在厉薇薇的脑门上。

"现在又加一条罪状，抢劫！手机你拿去吧，反正那份视频我已经复制了好几份了，随时随地都可以拿出来欣赏，不知道用多大的屏幕观摩你的丑态才够刺激！"

厉薇薇捂着脑袋，欲哭无泪。

蒂凡尼气鼓鼓地上前抢过厉薇薇手里陈亦度的手机。

陈亦度冷冷地看着厉薇薇："明天不想上头条就给我滚！"

闻言，她无奈之下只能灰溜溜地走了。

厉薇薇一身狼狈，懊恼地走进公司。

欧秘书一见她立刻惊喜又意外地迎上来："厉总，你回来了！"

她呆呆地看着欧秘书，问："为什么我回来了，你好像很意外的样子？"

欧秘书一脸尴尬："我不是这个意思，你不知道昨晚霍总找了你一晚上，一直到现在还在外面找呢！"

说到霍骁，他连忙掏出手机："对了，我得赶紧给霍总打个电话，告诉他你回来了。"

霍骁赶回厉薇薇办公室，急切地看着她："薇薇，你知不知道昨晚我有多担心你！"

厉薇薇满是歉意地说："对不起，我一高兴就在KTV唱high了喝high了，结果就……"

他心痛地看着厉薇薇，紧张地问："结果怎么样……"

厉薇薇懊恼地把头埋进胳膊："哎呀，你就别问了嘛！"

"陈亦度没有对你做什么吧？"

厉薇薇一听，顿时尴尬了："没有，不过我好像对他做了点什么……"

欧秘书和霍骁大惊，面面相觑，欧秘书还忍不住悄悄伸出一个大拇指。

霍骁愣愣地点头："总之，你没吃亏就好。对了，你昨天寻找了一天的灵感，设计稿怎么样了？"

厉薇薇一愣："你不说我还真忘了！"

欧秘书和霍骁听了，都是一脸崩溃的表情。

她捂着脑袋："昨天本来打算K完歌回家画的，结果被陈亦度那么一搅和，就把稿子的事丢到爪哇国去了。我现在就开始画，可是昨天喝大了，头好痛。"

欧秘书叹气，然后看向霍骁。

此时，敲门声响起，进来的是珍妮。

"厉总，新一季压轴作品的设计图出来了吗？"

厉薇薇无奈地看着珍妮，摇了摇头。

　　珍妮催促她说："厉总，距离新一季的新品发布会只剩下一周了，今晚下班前您可一定要把压轴作品的设计图拿出来，否则的话老万他们就算通宵加班也来不及制作样衣。"

　　厉薇薇把目光转向一边的霍骁，他对厉薇薇做了一个点头的姿势，她只好应下："我知道了！"

Chapter ⌄4

"将来有一天，我一定会穿着这件婚纱嫁给你！"

放弃我，抓紧我

玲珑的设计部里，众人在为即将召开的发布会各自忙碌着。

老万有些焦躁地来回踱步，看见珍妮走过来，他急切地迎上去，讨好地问："珍妮大美女啊，怎么样，压轴作品的设计图有了吗？"

珍妮无奈地答："叫仙女也没用，厉爷还没画出来。"

老万顿时急了："这都什么时候了，还没出来？"

苏菲颇为惊讶："话说这厉总的风格还真是变了。以前哪一次不是一早就画好设计稿，然后跟周扒皮似的盯着老万打板。这次竟然到现在都还没动静，太不正常了！"

老万琢磨说："说不正常嘛，其实也算正常，但凡是个人都会有才思枯竭、江郎才尽的时候。"

珍妮不满了："不要用你们凡人的思维方式去理解厉总。厉总是谁啊，她是我们时尚界的神话！我相信她拖稿只会有一个原因，那就是一个伟大的作品正在孕育，她肯定是在精益求精呢！等着吧，这次的压轴作品一定会亮瞎你们的眼！"

说完，她气鼓鼓地离开了。

玲珑的天台上，厉薇薇一番夸张的压腿、撑腰、转手腕、原地高抬腿等准备活动之后，她吸一口气，随后豪迈地从屁股兜里拿出笔准备画设计图。

霍骁、欧秘书悄悄来到天台，发现地上已经是一堆的纸团。

霍骁有些心疼，他上前轻轻拍了一下她的肩膀。

厉薇薇吓了一大跳，下意识地藏起手上的"设计稿"，还是被霍骁看见了。

"设计稿"上画着的是一幅她自己抓耳挠腮的漫画自画像，霍骁、欧秘书看见都被雷到了。

她抱歉地朝霍骁笑笑："我实在是画不出来嘛，我觉得自己好像是个临时抱佛脚去应付考试的学渣，本来实力就不行还特别紧张，结果就只能交白卷了。"

厉薇薇紧张起来："你说要是我这次真的交个白卷会有什么后果，会不会天下大乱、民不聊生呢？"

欧秘书插嘴说："我看差不多，影响品牌和销量还是小事，弄不好厉总你的设计师生涯也就此玩完了。而且，勇总那个不省油的灯也肯定会利用这件事大做文章，达到把霍总赶下台的阴险目的。"

厉薇薇倒抽了一口冷气："看来不是天下大乱，是宇宙爆炸，地球毁灭啊！"

霍骁故意宽慰厉薇薇："哪儿有那么严重啊，不过就是一张设计稿。你别烦心了，设计稿的事情，小事一桩，交给我就好！"

厉薇薇笑着狠狠一拍霍骁的肩膀："到底是铁哥们，患难见真情啊！你就是我的超人、蝙蝠侠，现在轮到你变形拯救我、拯救地球了！"

霍骁在玲珑设计部外面的走廊上，看看四下无人，他对欧秘书小声吩咐："在我事先买的那些国外新人设计师的作品里，找张像样点的作为这次的压轴设计吧。"

欧秘书略带惊讶地说："霍总，您可要想清楚啊，这可是一着险棋啊。"

他压低声音，强调说："这算是剽窃啊，弄不好……"

霍骁打断欧秘书："我知道，我事先跟那些设计师都签过保密协议，他们不会透露出去的。"

欧秘书松了口气："那我马上就去办。"

霍骁叮嘱他："还有，千万别让薇薇知道！"

欧秘书连连点头。

展示厅内，珍妮正在清点新运来的样衣。

欧秘书把新人设计师的稿子交给珍妮，她诧异地问："厉总的设计稿？"

欧秘书听了，有些不自然地点头。

珍妮赞叹："竟然真的只用了大半天时间，就设计出了压轴作品！刚才还有人怀疑她水平下降了，这下他们该闭嘴了。"

欧秘书掩饰地说："那是，要不是因为是压轴作品，厉总可能更快呢！"

珍妮信服地点点头。

旁边一排衣服后面的小助理尹磊听到珍妮和欧秘书的对话，面露疑惑。

众人看着薇薇的设计稿，面色各异。

苏菲皱眉："这不太像厉爷一贯的风格啊！"

珍妮反驳说："你们懂什么，玲珑开创这么多年了，厉爷的设计风格就必须一成不变吗，她就不能创新发展啊？"

苏菲摇头："不光是设计风格的问题，就连绘画的笔触都跟以前不太一样。"

珍妮继续反驳："隔了两个月没拿笔，手法难免跟以前不太一样。总之，我告诉你们，厉爷的心思你们可别猜，说不定这幅设计稿就要引领下一个五年的婚纱设计风潮呢！"

老万拿过设计稿："行了，我赶着去打板！"

尹磊一边整理资料，一边留心听着众人的话，神色若有所思。

晚上的时候，尹磊有些忐忑地坐在茶馆里。

蒂凡尼从门口进来，坐在了他的对面。

"这么着急见我，是不是你这边已经抓到了厉薇薇的什么把柄？"

尹磊点头："厉薇薇自己给自己埋了一颗重磅炸弹，玲珑下一季新装发布会上的压轴作品，是剽窃的！我已经私下核实过了，那幅作品是瑞典一个年轻设计师的，根本不是厉薇薇的！"

蒂凡尼立刻笑逐颜开："太好了，想不到你不光会设计衣服，还挺有做侦探的潜质。"

尹磊有些拘束地笑了："你过奖了，我就想安安分分地做个设计师。"

蒂凡尼明白了："你放心，如果这次能成功扳倒厉薇薇，我一定会立即兑现承诺，请你去DU工作，并且让你从助理直接升任设计师！"

蒂凡尼回到公司陪着陈亦度巡视DU展示厅时，忽然说："明天下午，我们要去参加玲珑的新品发布会。"

陈亦度头也不回地说："我没有给厉薇薇捧场的爱好。"

蒂凡尼神秘地笑笑："谁说我们是去捧场的，我们是去看玲珑的好戏的！"

陈亦度皱眉，转头看着她。

玲珑秀场上，欧秘书正在指挥大家忙碌着："把那个花束再往右边来一点。"

霍骁走到欧秘书身边，如释重负："压轴作品的样衣刚刚送来了，我已经看过了，效果还不错。"

欧秘书点点头，笑了："那当然，我默默地给我们自己点一百个赞！"

而秀场后台，珍妮正在帮厉薇薇画眉毛。

厉薇薇坐着，表情十分不安，双手还忍不住微微颤抖。

"厉总，您怎么了，身体不舒服？"

厉薇薇回过神来："我就是有点紧张。"

珍妮惊了："紧张？巴黎、米兰、纽约的台子您都站过了，区区一个新装发布会，您会紧张？"

她语噎，不知道该怎么回答。

此时，霍骁走了进来，站到厉薇薇边上，对珍妮说："我来吧。"

珍妮点了点头，走开了。

霍骁从饮料堆头上拿下一瓶饮料递给她："放心吧，我已经把所有事情都处理妥当了！"

厉薇薇接过饮料喝了一口，又深吸几口气，给自己打气。

他拿起眉笔，温柔地把厉薇薇没画完的眉毛画好。

"由我去负责打打杀杀，你只管负责貌美如花！"

闻言，厉薇薇终于被逗笑了。

秀场门口挂着玲珑新季度大秀的海报，新装发布会即将开始，众宾客陆续进入秀场。

霍锐勇和霍锐强也入了场，前者抓住一切机会打小报告："我听说新一季的压轴服装简直是丑毙了，厉薇薇一定是脑子坏掉了才设计出那样的婚纱！"

霍锐强看着他说："你是玲珑的副总经理，今天是玲珑的新装发布会，我不希望在这个场合继续讨论这个话题。"

霍锐勇顿时尴尬了："那咱们回去单聊？"

陈亦度和蒂凡尼也来到秀场。

陈亦度看看周围的记者："看来玲珑的新装发布会，关注度还挺高的。"

蒂凡尼冷笑说："他们的关注度越高，对我们DU就越有利。"

陈亦度一听，忍不住问："我倒是好奇，你说的好戏到底是什么？"

蒂凡尼神秘地卖关子："提前知道就不刺激了，一会儿你就知道了！"

秀场内，玲珑的秀已经开始，T台上的模特们正迈着猫步展示玲珑新一季的礼服和婚纱。

台下的观众看得聚精会神，一切看似并无异常。

随着一声振动，蒂凡尼打开手机，新闻推送上面已经出现了对厉薇薇剽窃事件的报道：时尚界爆惊天丑闻，婚纱女王厉薇薇涉嫌剽窃。

她露出得意的笑容，将手机递给一边的陈亦度，后者看了看手机新闻，不由得皱起了眉。

另一边的霍锐勇也看到了新闻，先是一阵惊讶，接着抱着手机一阵狂笑，将手机递给一边的霍锐强。

霍锐强一看，顿时面色铁青。

此时，周围的记者和嘉宾也纷纷收到了新闻消息，人群开始骚动，议论纷纷。

秀场后台的欧秘书惊慌失措地拿着手机去找霍骁："大事不好了，剽窃的事情不知怎么被爆到记者那里去了，新闻稿都已经被推送出来了。"

霍骁拿过手机，新闻上赫然写着"婚纱女王厉薇薇疑似剽窃"，他不由得大惊失色。

"怎么会出这样的新闻，这事是谁捅出去的？"

欧秘书立刻赌咒发誓："绝对不是我，霍总，我跟您这么多年了，您是懂我的！"

霍骁露出急躁的表情。

服装秀已经接近尾声。

此时网络上已经因为厉薇薇剽窃的事情闹得沸沸扬扬，在场的记者和其他设计师如同嗅到血的鲨鱼，准备下一瞬就把她生吞活剥了。

T台上，最后一位模特穿着压轴的婚纱隆重出场。

闪光灯以空前的热情响起，记者们和在场的其他设计师几乎沸腾了。

蒂凡尼也激动地拿起手机，决定记录下这个时尚界的传奇女魔头倒下的瞬间。

陈亦度本来纹丝不动地坐着，当看清楚压轴婚纱时，他也露出了震惊的表情，这件婚纱和他记忆中的某个设计图相似度极高。

T台上所有参与发布会的模特全部登场，一起鼓掌欢迎主设计师厉薇薇。

在模特的掌声中，厉薇薇登场，一时间，她成了全场的焦点。

"各位来宾，感谢大家今天能来参加玲珑的新装发布会。这一季玲珑的设计主题是'过去的时光'，我的压轴作品名字就叫作'初心'。我希望这一季的作品能勾起我们每一个人最美最纯真的回忆，能让我们的心回到最初的地方。不忘初心，心怀美好，凭心而为，方得始终。"

陈亦度听了，脸上露出鄙夷和愤怒的神色。

厉薇薇说完，台下并没有响起掌声，而是死一般寂静。

台下的记者迫不及待地站起来发难："厉薇薇小姐，如果说你的初心不是剽窃来的，我相信会更有说服力。"

会场里沉默了一瞬，闪光灯响，喧哗声炸裂。

"网上有爆料，说你的压轴作品是剽窃一个瑞典年轻设计师的，请问你怎么解释？"

厉薇薇满脸震惊："我没有剽窃，'初心'是我自己设计的，我有手稿为证！"

蒂凡尼忍不住站出来发难："有手稿有什么用，谁能证明那张手稿是出自你手？"

厉薇薇一时不知道该如何解释，蒂凡尼露出得胜的笑容，看着女魔头惊恐地看着台下这群就要把她生吞活剥的人。

记者们不甘示弱，继续追击，抛出更犀利的问题。

"这是不是已经不是玲珑第一次剽窃了？"

"厉小姐，出了这样的丑闻，你会不会宣布退出时尚界？"

一片混乱之中，霍锐勇以英雄的姿态跳出来大骂："厉薇薇，作为一个知名设计师，你怎么能干这么龌龊的事呢，你把我们大家的脸都丢尽了！身为玲珑的副总经理，我实在感到万分痛心，不过我必须向大家澄清，这次剽窃跟玲珑，尤其是跟我本人，还有我大哥，那绝对没有半毛钱的关系……"

霍锐强坐在台下，脸色越来越难看。

此时霍骁上台，他紧紧握住了厉薇薇微微发抖的手，并给予她一个肯定的眼神。

"各位，我是玲珑的总经理霍骁，我在此声明，我全力支持厉薇薇小姐。她的所有设计全部是原创，绝对没有抄袭，网上的新闻是恶意诽谤造谣，玲珑将保留追究其法律责任的权利。"

霍锐勇顿时不满了，悄悄对霍锐强说："哥，你看，霍骁还护着她！"

蒂凡尼对霍骁说："好，既然你说这是诽谤，那我们就等着看最后的真相揭晓。爆料人说他马上就会在网络上同步发送厉薇薇剽窃作品的原稿，我们倒要看看到底是谁在撒谎，谁在犯罪！"

此时，台下响起此起彼伏的手机提示音。

蒂凡尼点开推送新闻一看，神色巨变，原来爆料人爆出的设计图和厉薇薇的压轴作品完全不一样。

霍锐勇也是大惊失色，反复对比压轴作品和手机上的图片，似乎不敢相信。

霍锐强看了，神色逐渐平静。

台下众人交头接耳，却不再有大声质问的声音。

霍骁也看了看手机，冷静地对众人说："相信大家看到事情的真相了，事实上在这次新品发布会前，玲珑的确从国外秘密购买了一批优秀新人设计师的设计作品，意在为开拓海外市场做资料储备。"

伴随着霍骁的话语，T台上的投影屏幕出现了一幅幅设计图。

他继续说："但是，没有想到我们一个非常合理的商业举动被某些人利用，他们策划了这次用心险恶的栽赃事件，还勾结一些不明真相的媒体来扩大影响，结果上演了这一出荒唐的闹剧。为了澄清真相，今天我们被迫把商业机密提前公开。"

话音刚落，投影屏幕上又出现了多个国外设计师的联系方式。

"所有国外设计师的设计图和联络电话都在这里，这其中就有爆料中提到的所谓枪手设计师，诸位可以立即打电话向他求证。"

记者问："霍总，既然事实已经澄清，那你觉得谁才是这件事的幕后黑手，是谁栽赃陷害了玲珑呢？"

"抱歉，在获得确凿证据之前我不便猜测，但玲珑将会保留追究法律责任的权利，我们决不会放过任何一个别有用心的恶人！"

说着，霍骁死死盯着台下的蒂凡尼和陈亦度。

台下的陈亦度对厉薇薇投以愤恨的眼神，她也瞪了回去。

敏锐的记者们立刻嗅到了其中的火药味，纷纷向DU提问。

"陈总，作为玲珑最大的竞争对手，你怎么看今天的事情？"

"陈总，你觉得霍总刚才的话，是不是在影射你呢？"

"陈总，我们《东北时尚》想给你整个专访。"

陈亦度阴沉着脸起身离开，蒂凡尼也有些懊恼地跟在他身后匆忙走了。

秀场外，人已经散得差不多了。

厉薇薇和霍骁、欧秘书从秀场里走出来。

厉薇薇感慨："幸好我厉薇薇浑身上下都充满了设计师细胞，做了个梦都能直接梦到灵感，三下五除二就设计出了这一季的压轴婚纱。否则的话，说不定真就着了陈亦度的道了！"

欧秘书尴尬地咳嗽："是啊，就差那么一点点！"

霍骁笑了："也幸好我英明神武，关键时刻力挽狂澜，让他们个个哑口无言。"

厉薇薇咬牙切齿："陈亦度，有种别让我看见，否则我见他一次扁一次，骂他骂得我嗓子都冒烟了！"

"我去给你买水！"

霍骁刚离开，厉薇薇就看见陈亦度的车从稍远处开了过来，顿时气不打一处来。

她直接追上去，挡在陈亦度车前。

陈亦度的车子直接朝厉薇薇开来，并不刹车，厉薇薇吓得闭上眼。

车子在几乎就要碰到她的时候刹车停下，陈亦度冷冷地从车窗里甩出一句话："如果不是要承担法律责任，我还真想撞过去！"

厉薇薇睁开眼，大骂："陈亦度，你还要脸吗，竟然这样害我！"

陈亦度冷笑："你的演技越来越高了，满嘴谎话居然一点违和感都没有。"

她没听懂陈亦度的话，更生气了："你的脸肯定是不要你了，做了坏事不承认，还贼喊捉贼！告诉你，我厉薇薇是不会屈服于你这样的恶势力的！有本事你给我下车，咱们当面把账算清楚！"

蒂凡尼坐在副驾驶，一直不敢说话，脸上带着尴尬和恐惧。

陈亦度根本不理厉薇薇，直接倒车，随即开走，临走还溅了她一身泥。

厉薇薇气得把两只鞋先后砸在了他后窗玻璃上，鞋子落在车上，陈亦度并不停车，直接把车开走了。

看着陈亦度的车扬长而去，她光着脚欲哭无泪。

霍骁拿着水小跑过来，在厉薇薇面前蹲下："上来吧，没有鞋的小姐。"

他把厉薇薇背在身上，一边往回走，一边打开水给她递上，安慰说："别生气了，我们已经在查网络上的爆料人了，一旦找到确凿证据，一定不放过陈亦度！"

厉薇薇咬牙切齿："往死里整！"

霍骁点头附和："绝对不留活口！"

欧秘书看着霍骁背着厉薇薇，不由得感慨："世界上，怎么有陈亦度和霍总这两个差别如此大的物种？"

车上，蒂凡尼坐在副驾驶，忐忑不安。

陈亦度并不看她，直接问："这次的爆料人是你安排的吧？"

蒂凡尼低头纠结片刻，还是说出实话，神色愧疚："对不起，阿度，这件事是我被厉薇薇设计了，都是我的错。"

陈亦度脸上表情波澜不惊，似乎无心质问蒂凡尼的过错，幽幽地说："先别急着认错，孰是孰非还未定呢。"

蒂凡尼有点没听明白陈亦度的意思，却也没再问。

回家后，陈亦度神情凝重地从书架上抽出一个信封，打开之后，里面是一份已经泛黄的设计手稿。

手稿上面画的婚纱款式，同厉薇薇在新品发布会上展示的几乎一模一样。

手稿的一角，写着作品的名字"初心"，边上分别签着陈亦度和厉薇薇的名字。

陈亦度看着手稿，陷入回忆之中——

五年前在老工作室内，陈亦度把自己修改过的婚纱设计稿拿给厉薇薇看。

她一脸惊喜："哇，经你这么一修改之后，这件婚纱瞬间就可以跟世界级大师的作品相媲美了！"

陈亦度笑了："正好有杂志社找我约稿，不如就把这件作品以我们俩的名义发表出去？"

厉薇薇想了想，把稿子抱在怀里，撒娇说："不嘛，我不想把这件作品作为商业设计。因为这是我们俩第一次合作的设计作品，应该永远只属于我们俩。"

她看着陈亦度，又说："将来有一天，我一定会穿着这件婚纱嫁给你！"

陈亦度笑着看着厉薇薇，从后面将她轻轻搂住："我答应你，这件作品永远只属于我们两人，这是属于我们的初心。"

陈亦度捏着稿子的手忍不住颤抖，表情痛苦。

"初心？连这点东西都不肯留下！厉薇薇，你这个冷血的魔鬼！"

第二天一早，玲珑公司里，霍锐勇正在等电梯。

厉薇薇走到他身边，狠狠瞪着他看。

霍锐勇被她看得心里发毛，神色尴尬，开始不打自招地解释："那个昨天我在秀场是有那么点激动，正义感爆棚，忍不住站出来说了几句。不过我也是被那些小道消息骗了嘛，都怪我这个人too young too simple（太年轻，太单纯）……"

厉薇薇打断他，幽幽来了一句："你裤子拉链没拉！"

霍锐勇瞬间石化，低头一看，恨不得钻到地洞里去。

他双手捂住要害部位，螃蟹一般横移挪动到了一旁的柱子后面，猥琐地拉好拉链，总算松了一口气。

霍锐勇正想走出去，看见前面的玻璃上映出了自己身后还站着乔治和苏菲。

乔治和苏菲大笑，他顿时崩溃。

　　玲珑设计部里，霍骁正向大家宣布："经过公司内部的反复核查，发现泄漏公司机密给竞争对手公司的人是设计部的助理尹磊。人事部正在找尹磊谈话，随后将公布对他的处理意见。"

　　欧秘书怒了："原来是这家伙！不过他到底是怎么从我这里知道新人设计稿的事情的？"

　　霍骁安慰他说："算了，这次的事都过去了，以后我们对于公司的商业机密要更加妥善保管才好。不过这次也算是因祸得福，剽窃事件反而成了我们打击竞争对手DU的一个重磅炸弹。"

　　珍妮略带激动："这样看来，欧秘书还算稀里糊涂地立功了！"

　　欧秘书同样激动地看着珍妮："是啊！"

　　珍妮脸上飞起两朵红云，忙害羞地低下头。

　　此时，厉薇薇赶来说："好消息，尹磊刚刚招了，承认自己就是网络上那个神秘的爆料人。而幕后黑手，就是DU的蒂凡尼！"

　　众人一惊，随后都露出一副大快人心的表情。

　　苏菲笑了："这个蒂凡尼，别看长得挺精明的，没想到智商那么让人着急！"

　　乔治喷了两声："这就叫no zuo no die（不作死就不会死）！"

　　老万点头："这叫搬起石头砸自己的脚！"

　　厉薇薇接着说："各位，为了庆祝DU阴沟里翻船，我决定晚上请大家吃饭，集体high一下！"

　　周围瞬间安静了。

　　苏菲摇头："今晚我爸生日，我得陪他吃饭。"

　　珍妮慌忙说："我减肥！"

　　乔治表态："我晚上约了暧昧对象看电影。"

　　厉薇薇把目光投向老万。

　　老万尴尬地说："这个，我晚上在家里修电扇。"

　　乔治故意问："现在这个天，你家还用电扇？"

他急忙辩解："这叫未雨绸缪啊，你懂什么啊！"

气氛变得尴尬，厉薇薇觉得她有些自讨没趣。

霍骁突然说："我有空，晚餐、消夜、K歌，随时奉陪。"

DU公司门口，陈亦度、蒂凡尼被大批记者包围。

记者纷纷叫陈亦度正面回应关于栽赃陷害玲珑的事情。

"陈总，关于栽赃等不正当竞争问题，请你谈两句吧。"

"据说DU在玲珑安插商业间谍，确有此事吗？"

"请问你们有没有接到法院的传票，此事对DU的销售有没有直接的影响？"

陈亦度、蒂凡尼根本不理记者，径直走向大门方向。

有几个愤怒的记者直接堵在DU的大门口，挡住两人的去路。

"陈总，DU作为一家上市公司，利用不正当的经营手段获取利益，是不是严重违背了一个企业应有的基本素质？作为董事长你觉得你应该承担什么责任？"

"你们是不是一直存在不诚信经营的问题，是不是始终不把法律和行业规范放在心上？"

话筒和摄像机拥向陈亦度，他试图用手挡开横在自己面前的摄像机，却刚好被一支话筒打到手肘。

蒂凡尼看着眼前失控的一切，自责情绪加重。

正当陈亦度感到难以招架之时，一辆车停在DU门口。

一副高端金领打扮的莫凡从车上下来，器宇轩昂地走向DU大门口。

陈亦度看见莫凡，也是小小地诧异了下。

有记者认出他，小声说："是莫凡，刚从华尔街回来的著名投资人！"

记者立刻追过去，把话筒伸向莫凡："莫总，请问你出现在这里，是否意味着你要投资DU？"

莫凡机灵地回答："我出现在这里并不能直接说明什么，不过我这次回国的目的确实就是要寻找合适的合作企业，DU是我第一个来洽谈的企业，我对他们很感兴趣。"

闻言，众记者纷纷把注意力转向莫凡。

"莫总，你一定听说了DU刚刚爆出的丑闻吧，请问这会不会影响你对这家公司的判断呢？"

"莫总是不是有意趁火打劫，强行入股这家公司呢？"

"莫总也考虑收购吗？"

陈亦度看着记者们把莫凡团团围住，稍稍松了一口气。

DU公司天台，陈亦度正蹙眉看向远方。

莫凡从他后面走来，上前拍了一下陈亦度的脑袋，开玩笑说："怎么，被那帮记者逼急了，想跳楼？"

陈亦度不屑地笑笑："就这点小风小浪，我还嫌不够刺激呢！"

莫凡笑了："刚下飞机就让我看见你被那群记者围殴，还嘴硬。"

陈亦度不满地说："什么围殴，分明就是对打，是对打！"

莫凡搂住他的肩膀："行啦，多少年的兄弟了，我看你出丑还少吗？多这一次也不多嘛！"

陈亦度也笑了，略带尴尬地说："本来你回来我应该安排一个欢迎会的，结果却阴错阳差变成了个记者会。刚才还帮我解围，谢啦。"

莫凡撇撇嘴："反正都是会嘛，无所谓。"

他又提醒陈亦度："这次事情闹得不小，DU的品牌价值应该会大大降低，相信不久就会出现订单锐减的情况。你得赶紧拿出对策，组织一系列公关战术，尽量消除影响。"

陈亦度苦笑："莫大军师，你回来得正好，赶紧帮我想想对策，这几年在华尔街你总不是白混的吧？"

莫凡挑眉："想取经？"

陈亦度也挑眉："舍不得？"

莫凡点头："那下班后，我在老地方等你。"

陈亦度刚回到办公室，蒂凡尼就把一份辞职信交了过来。

"对不起，这次的事都因我一个人而起。是我派了尹磊去抓厉薇薇的把柄，是我让他偷偷爆料给媒体，是我对不起DU。"

陈亦度看了看辞职信，面无表情。

蒂凡尼继续说："明天一早我会召开记者招待会，主动承认所有的事情。阿度，你放心，我会承担下所有的责任，一定不会连累你、连累DU的。"

说完，她就出去收拾办公室里属于自己的东西。

桌子上的奖状、照片，都代表了这几年蒂凡尼陪着陈亦度走过的岁月，看着桌子上自己和陈亦度的合影，蒂凡尼忍不住轻轻抬手擦了擦眼泪。

门外，陈亦度本想进去，却在门口看见了蒂凡尼流泪的这一幕。

他顿住脚步，没有进去，虽然脸上依旧冰冷，心里却有了动摇。

晚上在桑拿房里，陈亦度闷闷不乐地坐着。

莫凡走进来，拿起勺子在一边的木炭上洒水，炭上蒸腾起一股热气，可以看见莫凡手上有个很明显的疤痕。

他走到陈亦度身边坐下，感慨地说："没想到这家店还在啊。"

陈亦度扯下脖子上挂的毛巾递给莫凡："原先是澡堂子，几年前改成了桑拿房，也算是与时俱进了。"

莫凡接过毛巾，心领神会地看着他笑了："转过去！"然后在陈亦度背后帮他擦背。

陈亦度一副很享受的表情："澡堂子是变了，人还是咱们两个。你这'海龟'投资家，喝了那么多年的洋墨水，独门绝技还是没生疏啊！"

莫凡笑了："一晃都十年了，一切都好像还在昨天。"

"还记得我俩是怎么认识的吗？"

闻言，莫凡陷入回忆："那天我出门，路上被个疯子撞了，这人撞了我，连句道歉都没有，就光顾着玩命地在校园里跑圈。我那个气啊，就追了上去，想揍他！结果那小子摆了张苦瓜脸告诉我，他爸爸刚刚去世了，他很难过，不知道该怎么办……"

陈亦度点头："被我撞的那个学长骂我屁，说我不就是没了个爸爸吗，他可比我惨得多，他从小父母双亡。我好歹还有一个妈，他在世上的亲人，是一个都不剩了。我要是跑一圈，那他就得跑两圈。"

莫凡感叹："于是我跟那小子就一起在校园里跑啊跑，现在想想，真是傻透了！"

说完，两人相视而笑。

莫凡动容："后来我们混熟了，那小子说了一句让我一辈子都感动的话：'你就当我大哥吧，以后我妈就是你妈。'这样我在这世上，也算有亲人了！"

两人都陷入略带伤感的温馨回忆之中，陈亦度突然嚷起来，想打破伤感气氛："喂，怎么刚擦几下，手上就没劲了？看来老美的伙食不行啊。"

莫凡打趣说："那是因为你的皮比以前厚了，我擦着费劲！"

在笑声中，莫凡转移话题："还是说说你吧。听说明天一早蒂凡尼要自己开记者招待会，就算她一个人扛下所有的罪责，也消除不了这件事对DU的影响，这毕竟是个职务行为。"

陈亦度叹气："其实这件事不怪蒂凡尼，厉薇薇的作品的确不是她一个人的独立作品，而是我们俩之前的联合创作。厉薇薇自己并没有作品独立的使用权，更不能将它用于商业用途。"

莫凡愣了一下，随即迅速反应过来："你打算一直瞒下去？为了厉薇薇？"

他纠结地看着莫凡："你应该知道，如果我把这件事捅出去，厉薇薇的下场会怎么样。"

莫凡点头："信誉扫地，破产，职业生涯终结！但你如果不说实情，你的下场不会比她好多少。为了一个早就跟你撕破脸的女人，你觉得这样做值得吗？"

闻言，陈亦度沉默下来。

莫凡又说："作为一个职业投资人，我不得不提醒你必须对你的股东负责，现金流、利润、成本、增速、客单价、平米贡献率，这些无聊的数字还是有意义的，股东可不关心你和谁情投意合。没有漂亮的财务数字，你这个董事长不可能交代得过去。明天的新闻发布会是个好机会，我相信你会做出正确的选择。

"厉薇薇明知道'初心'对你的意义，还是擅自拿出来做压轴，在她看来这件婚纱不过是一件能卖钱的商品而已。这次卖的是你们两人合作的婚纱设计稿，下一次是不是拿你们交往过的事来吸引眼球？"

陈亦度知道莫凡不是危言耸听，对厉薇薇的所作所为顿时既伤心又愤怒。

晚上，厉薇薇在办公室加班，拿着一堆垃圾食品埋首于一堆时尚杂志中，眼下看的那本是《全球时尚十年大事记》，边看边吐槽："Aquas-cutum（雅格狮丹）破产了，小马哥离开了LV，Alexander McQueen（亚历山大·麦昆）竟然自杀了！"

说完，她自嘲一笑："我觉得还可以加一条，婚纱女王厉薇薇失忆了！"

霍骁站在办公室门口敲敲门，提醒她说："薇薇，已经很晚了。"

厉薇薇喝一口饮料，发现空了，顺手扔在一边："我精神好着呢，你先回去吧，不用管我。我得恶补一下最近七年的设计界动向，下次可不能再像这次新装发布会一样抓瞎了。"

她说着，拿起垃圾食品猛啃。

霍骁看不下去了，上前夺过这些垃圾食品都扔到纸篓里。

"加班还吃垃圾食品，你们老板还是人吗！等着，我去给你打包好吃的！"

厉薇薇激动了："那我要吃福记的云吞面，外加凤爪两只。"

"没问题，一刻钟后，连同极品帅哥一个一起送到。"

霍骁前脚刚离开公司，陈亦度后脚就气冲冲地闯进玲珑，推门进了办公室。

厉薇薇正盘腿坐在桌上看书，还以为来的是霍骁，没有任何防备，也没抬头："怎么又回来了？我要的是云吞面和凤爪，不要单点的极品帅哥！"

陈亦度径直上前直接揪住她的衣领，狠狠质问："厉薇薇，说，你到底为什么这么做？"

厉薇薇一头雾水，怒了："说你个头啊，谁让你抢我台词的？你栽赃陷害我，还有脸大晚上跑到我公司来闹事？你等着，明天我们玲珑就会把这件事正式移交司法机关，告你诽谤。让你这样没档次、没风度、没人性的恶人，得到应有的下场！"

陈亦度气得发抖，直接抓起厉薇薇桌上的玻璃杯，狠狠砸在地上："厉薇薇，你怎么能无耻到这种地步？"

厉薇薇顿时被吓住了。

陈亦度更紧地抓住她，厉薇薇想要挣扎却反被按在了办公桌上。

他满腔怒火地瞪着厉薇薇，好像要把她吞下去。

厉薇薇紧张地说："陈亦度，我知道你现在是气急败坏，但你千万要冷静，千万不要狗急跳墙，别把民事纠纷上升成刑事案件！"

陈亦度拿出"初心"的手稿，直接扔在她的脸上："以为我没有证据？这份手稿我一直留着。"

厉薇薇拿起手稿，发现泛黄的手稿上写着自己和陈亦度的名字，不由得震惊了。

陈亦度激动地说："这手稿有什么意义，你最清楚不过！厉薇薇，这些年来你一次又一次地刷新底线，现在竟然连'初心'都可以拿来换钱，你可真是让我大开眼界！"

此时，厉薇薇心中其实已经猜了个大概，却不好细问。

"明天DU的记者招待会上，这就是你的下场！"

陈亦度当着她的面撕碎手稿，碎屑像雪片一样飘落。

他气鼓鼓地转身出门，却刚好撞见了拎着打包盒进来的霍骁。

霍骁上前把陈亦度堵住，没好气地说："你来做什么，又来害薇薇？"

陈亦度冷笑："你们玲珑的人都是疯狗吗？见人就咬！"

霍骁怒了，正要对他发难，厉薇薇突然冲出来，一把将霍骁拉到天台上。

厉薇薇质问霍骁："陈亦度刚才说的都是真的？"

霍骁别过脸去不敢看她，沉默不语。

厉薇薇上前把他的脸转过来，强行让霍骁看着自己。

霍骁尴尬地敷衍说："其实你和陈亦度以前曾经合作过一段时间，但是后来闹掰了。"

她皱眉："那你为什么之前不告诉我？"

霍骁答："你们闹掰之后，发生了很多不愉快的事，最后你们的关系就演变成了现在这样。我怕你听完之后会吃不下睡不着，所以没告诉你。"

厉薇薇喃喃说："看来陈亦度说的都是实话了，亏我还以为自己是在梦中得到的灵感，现在想起来就是大脑短路，稀里糊涂想起了之前的设计。就是因为你没告诉我实情，我才闹了个大乌龙。"

霍骁无奈地说："我也没想到会那么巧。既然事情已经发生了，在我们想好对策前，你暂时先不要对外承认压轴作品是你们共同创作的。"

厉薇薇的反应很大："我剽窃了陈亦度的设计，我还不承认。我还骂陈亦度卑鄙无耻，结果最卑鄙无耻的人是我，我从来没有像现在这样讨厌自己！"

霍骁自责地说："对不起。"

厉薇薇转身跑了，他不由得追问："你去哪儿？"

她有些生气地答："别理我，我还没原谅你。你给我好好反省反省，酝酿一下忏悔书该怎么写！"

霍骁独自一人站在天台上，看着厉薇薇上了出租车，消失在夜色中。

"薇薇，你现在功成名就，衣食无忧，我会当那个让你可以依靠的男人。就这样无忧无虑地生活下去吧，千万不要再想起过去的痛苦……"

Chapter ⌄5

"我们还有比一起创作更亲密的时候，怎么，你要重新
尝尝这滋味吗？"

陈亦度把车开到家门口停下。

想到莫凡说的，明天记者招待会后，厉薇薇很有可能会声名扫地，再也当不了设计师，他趴在方向盘前再次陷入了痛苦。

此时一个人站在了陈亦度的车灯前，车灯把她的脸照得好像女鬼一般。

陈亦度吓了一大跳，仔细一看，竟然是气喘吁吁的厉薇薇。

"对不起，手稿的事，是我的错，希望你能原谅我。"

他盯着厉薇薇冷笑："得知铁证如山，立刻就换上另一副嘴脸。厉薇薇，你的演技还真是收放自如！"

她焦急地辩解："不是这样的，手稿的事，我一时没想起来。"

陈亦度冷笑："一时没想起来，怎么不说你失忆了。"

厉薇薇差点就要把自己失忆的事说漏嘴，话到嘴边还是忍住，她可怜巴巴地看着陈亦度："我是真的没想起来，陈总裁，你大人有大量，原谅我吧！"

陈亦度靠近她，似乎就要吻下去，厉薇薇一脸惊恐地闭起眼睛不敢看。

他抬起厉薇薇的下巴："想打感情牌，使美人计？你也太瞧得起你自己了！"

陈亦度狠狠甩开厉薇薇，她还想追上去："你能不能听我解释？"

"我一个字都不想听！"

陈亦度回到家里，松开衬衣领子，喘了一大口气。

门外忽然响起敲门声："快递。"

陈亦度看一眼时钟，已经是晚上九点了，他露出怀疑的神情，但依旧打开了门。

站在门口的快递员伸手指指身后："是她叫我这么干的！"

陈亦度还没反应过来，只见厉薇薇"嗖"地一下从快递员背后钻了出来，试图闯进门。

陈亦度眼明手快地把厉薇薇拦住，想要关门，她却挤在狭小的门缝中跟陈亦度杠上了。

"厉薇薇，我就没见过脸皮像你这么厚的人！"

她说："我就是想跟你道个歉嘛，你要不要这么没风度啊！"

厉薇薇的力气始终没陈亦度大，陈亦度把她挤出去，狠狠把门关上，却听到门外传来哎哟一声惨叫。

门内的陈亦度冰冷的脸上闪过一丝紧张，下意识地想要开门，手已经按在门把手上，想想，却又停住了。

门外，厉薇薇的手被门夹出了血泡，她看着自己的手，抬头委屈地看看关得死死的大门。

"对不起，如果你想让我付出代价我也愿意，但请你一定收下我的道歉。"

陈亦度隔着门听见厉薇薇说的话，流露出心痛与难过。

是夜，陈亦度躺在床上辗转反侧无法入睡。

第二天清早陈亦度出门去上班，却意外发现厉薇薇缩成一团靠在自己的车外。

陈亦度纳闷地踢了她一脚，她迷迷糊糊地动了一下。他蹲下来又推了她一把，却意外地发现厉薇薇浑身滚烫，顿时露出紧张的神色。

厉薇薇已经烧得晕乎乎的了，嘴里却喃喃地一直向陈亦度道歉："虽然我的确挺讨厌你的，但这次的事的确是我错了，请你原谅我！"

陈亦度盯着她："苦肉计？"

此时，厉薇薇的脑袋一下子歪到了陈亦度肩膀上，嘴唇正好对着他的脸颊。

陈亦度冷若冰霜的脸上，露出一丝动容。

他拿出手机拨通霍骁的电话："立刻来我家门口接厉薇薇，晚了，她就死了！"

接到电话的霍骁很快赶来，急忙把厉薇薇抱上车，风风火火地走了。

街角的陈亦度坐在车里，目睹厉薇薇被霍骁接走，暗自松了一口气。

汽车后座，霍骁心痛地抱着厉薇薇，焦急地说："快，去最近的第三医院。"

厉薇薇虽然虚弱，但依然坚持："不，先去DU，我要亲自在记者面前公开事情的真相。"

欧秘书大惊："公开真相？厉总啊，你烧糊涂了吧。虽然这件事是我们的错，但你也不能自暴自弃，直接拿刀自杀啊！"

她恳求地看着霍骁："既然是我的错，就应该承担责任。我主动承认，总比被陈亦度揭发好。"

霍骁犹豫了片刻，对欧秘书说："去DU，不管什么样的后果，都有我担着！"

DU会议室内，记者招待会开始，蒂凡尼忐忑不安地站上台。

"各位媒体朋友，今天我在这里召开记者招待会，是想澄清之前发生的栽赃玲珑的丑闻。整件事情都是我一人所为，是我一个人策划并独立操作的，DU公司以及陈亦度先生本人事先并不知情，也没有参与任何的环节，他们不需要承担任何责任，与本事件完全无关。"

此时，虚弱的厉薇薇进入会场，打断蒂凡尼的话："蒂凡尼说的不是事实！"

台下顿时一片哗然，蒂凡尼也震惊地看着她。

厉薇薇拖着病体站上台说："各位，其实事情的真相和你们听到看到的完全不同。真相就是，我的确剽窃了不属于我的作品。准确地说，是侵犯了联合作者的权利。"

众记者震惊，闪光灯对着她不停闪烁。

厉薇薇从怀里拿出"初心"手稿，手稿已经用胶带仔细地一片片粘好："这幅作品其实是几年前我和陈亦度先生联合创作的。但是我没有经过他的同意就擅自将它作为这一季的压轴婚纱作品发表了，我在此向陈先生郑重道歉，并接受公众的谴责。"

台下的记者们已经炸了锅，厉薇薇被团团围住，各种尖酸刻薄的问题向她抛来。

"厉小姐，你现在讲出实情是什么用意，你是在愚弄公众吗？"

"厉小姐，请问你和陈先生到底是什么关系？"

"你的剽窃行为违背了行业的基本道德，你打算怎么向公众致歉，就靠一句对不起吗？"

霍骁上前站在厉薇薇身边，想保护她退出去："对不起，厉小姐暂时只能说这么多。"

然而记者已经疯狂，他护着厉薇薇寸步难行。

人群中，莫凡皱眉，有些无奈地看着眼前的一切。

这时陈亦度却突然出现在会场门口，他从人群中挤了过来，从厉薇薇手上一把抢过话筒，调侃说："厉小姐，你还不打算说实话吗？"

闻言，厉薇薇有些诧异地看着他。

陈亦度故作轻松地说："这次的剽窃事件，其实是DU和玲珑的一次联手炒作。"

众记者诧异，会场上顿时安静下来。

陈亦度继续说："玲珑新发布的作品'初心'，的确是我在五年前和厉薇薇小姐一同创作的。我们是想以此为契机，开启DU和玲珑的二次合作，下一季的新品将由玲珑和DU共同推出。"

全场静默片刻，随后大家一起鼓掌。

蒂凡尼、霍骁、厉薇薇全部是一副震惊的表情，而莫凡则是皱眉，随即轻轻叹气。

在DU集团的办公室里，霍骁和陈亦度面对面，互相都很不友好的样子。

霍骁咬着牙，忍着怒火问："你说的合作是什么意思？"

陈亦度丢了一份计划书过去，他急忙拿起来，看完竖起眉毛："你果然没安好心，这份计划书我不同意！"

陈亦度笑笑："与DU合作是你们唯一的救命稻草，难道你要眼看着厉薇薇身败名裂？"

霍骁咬牙隐忍："合作可以，但是薇薇不能到DU工作。"

陈亦度冷笑："霍总好像还没有搞清楚状况，现在有求于人的可是你们。"

霍骁只能放低姿态："只要你放过薇薇，不管你要什么我都答应！"

陈亦度想了想，试探地问："如果我要玲珑放弃争夺枫丹百货的入驻权呢？"

霍骁挣扎后点头："可以。"

话音刚落，一道声音在霍骁身后响起："等等。"

霍骁和陈亦度看到带着一脸病容推门而入的厉薇薇故作轻松地说："不就是到DU上两天班嘛，没什么大不了的。"

霍骁急了："薇薇，事情没有你想的那么简单。"

厉薇薇根本不理会他，径直来到陈亦度面前："谢谢你。"

陈亦度故意板着脸说："不用谢我，我救你是因为你还有利用价值。"

她点头："不管怎么说，我还是很感激你。接下来该承担什么责任，我不会逃避。"

陈亦度冷冷地点头："很好，合作从明天开始。上午九点开会，希望你不要迟到。"

说完，他起身离去。

霍骁担心地看着厉薇薇，她却对霍骁视若无睹。

霍骁急忙跟着厉薇薇，亦步亦趋："薇薇，你听我说！"

厉薇薇不理他，打车离去。

霍骁沮丧地转身，却听见身后的汽车喇叭声。

他回头看见陈亦度的车开到自己身后，他明显是看到了刚刚的那一幕，脸上露出讥讽的笑。

"啧，看来霍总的一片真心，人家并不领情？"

霍骁气坏了，只能怒视陈亦度驱车离去。

陈亦度和莫凡在酒吧见面，后者郁闷地说："只差临门一脚，你居然就这么放过厉薇薇了？你不恨她了？"

陈亦度喝着酒，脸色平静："退一步海阔天空，得饶人处且饶人，这不都是你教我的？"

莫凡没好气地说："我好像还教过你以牙还牙，斩草除根，你怎么没听进去？"

他一边喝酒一边把脸别过去，小声说了一句："妇人之仁。"

陈亦度急了："说谁呢！"

莫凡冷哼："就说你呢，怎么着吧！真是气死我了，今天你埋单！"

正说着，手机响了，他接起电话，脸上的笑容渐渐消失："我知道了。"

陈亦度担心地问："怎么了？"

莫凡挂断电话："没什么，就是想找的人没有找到。"

陈亦度不由得好奇："什么人？是不是你那个神秘资助人？"

莫凡点头："当初要不是因为他我连大学也读不了，可惜到现在我也不知道自己的恩人是谁！"

陈亦度同情地拍了拍他的肩："别郁闷了，来，喝酒！"

第二天一早，蒂凡尼拿着早餐在办公室等着，看到陈亦度走过来，急忙过去把准备好的早餐递上，装作若无其事的样子："早餐多买了一份，知道你肯定没吃。"

陈亦度接过："谢谢。"

蒂凡尼又问："对了，厉薇薇要是来了，阿度你打算让她做什么？"

陈亦度正打算开口，被欧秘书一行的动静打断，只见他带着几个人搬了一堆东西过来。

欧秘书看到曹钟，立刻朝曹钟挥手，趾高气扬地说："你带着他们把这些东西搬到厉总的办公室。小心一点，这是饮水机、咖啡机和小冰箱，要放在专门的架子上，这个指甲油烘干机是放桌子上的，靠垫放在椅子上，鲜花摆在窗前，衣帽架放在门的左首，记住了没？衣橱已经定做了，明天送到。"

陈亦度过来，毫不客气地说："这里没有厉薇薇的办公室，把这些都给我搬走！"

欧秘书疑惑："不是你们要求厉总来DU工作的吗，怎么连个办公室都没有？"

陈亦度鄙夷地笑："DU有DU的规矩，不管厉薇薇以前在玲珑是什么身份，到了这里就是新人，一切配置自然是按照新人的标准。"

这时厉薇薇过来，正好听到陈亦度的话。

陈亦度看到她，转身吩咐蒂凡尼和曹钟："开会！"

欧秘书心疼地看着厉薇薇："厉总，他们摆明了欺负人，您还是跟我回去吧！"

厉薇薇摆手："你们走吧，我知道该怎么做。"

欧秘书叹气："万一您在这里受了委屈，我怎么跟霍总交代啊？"

"放心好了，还不知道谁欺负谁呢！"

说完，她看着陈亦度冷笑了一下。

陈亦度也对厉薇薇冷笑，两人眼中电光交锋。

见状，欧秘书只得无奈离开。

会议室内大家都已经落座，蒂凡尼拿着文件朝自己的座位走去。

突然厉薇薇斜插过来，占了蒂凡尼的位子。

她利落地在桌子上摆好笔、本子和iPad，正襟危坐，一副准备要开会的样子。

蒂凡尼翻了翻白眼，嫌弃地冲厉薇薇甩手，叫她离开："喂，这里没你的位置。"

厉薇薇不解："不是叫我来开会吗？"

陈亦度讥笑："你不会真以为自己来DU，是以设计师的身份和我们合作的吧？"

大家一听，顿时大声哄笑。

厉薇薇感觉到气氛的不友好，强忍怒气："那你要我来做什么？"

陈亦度漫不经心地说："我还没想好。"

正在这时曹钟进来了："不好意思迟了点，刚刚有个清洁工请假，耽误了几分钟。"

陈亦度坏笑着看向厉薇薇："清洁工请假？那倒真是时候。"

厉薇薇刚把展示厅打扫完，蒂凡尼就故意踢倒垃圾桶，让她不得不重新打扫。

好不容易打扫完，蒂凡尼又拿出一大堆样衣塞给厉薇薇，让她必须手洗干净。

折腾了大半天终于把样衣洗完了，厉薇薇筋疲力尽，蓬头垢面地想找个角落休息一下。

这时候蒂凡尼走过去说："饮水机的水没了，去换一下。"

厉薇薇气坏了，但也只得起身往饮水机的方向走去。

但厉薇薇从来不是软柿子随便让人捏，她拿着快递在公司一通乱窜，故意大声叫喊："田金凤，快递！"

蒂凡尼急匆匆地跑过来，气得脸都红了："别叫了，在办公区域大喊大叫，你不觉得自己很没素质吗？"

厉薇薇装作无辜地说："我是好心帮你拿快递，但是快递好重，你买了什么东西啊，金凤？"

围观的员工们一个个忍住笑，蒂凡尼忍住怒火，劈手拿过快递就走。

厉薇薇觉得报了仇，在蒂凡尼背后做鬼脸，然后笑了。

另一边经过的陈亦度看到厉薇薇的样子，忍不住皱眉。

曹钟感慨地说："陈总，我感觉这个厉薇薇和以前不大一样。"

陈亦度冷哼一声："有什么不一样，还不是那睚眦必报的德行？"

傍晚路过更衣室，陈亦度听到厉薇薇在里面唱歌，唱的却是七年前流行的歌曲。

陈亦度有些恍惚。

这时厉薇薇换好了衣服出来，刚好撞见他，顿时吓了一跳，一脸的防备和警惕："你是不是偷看我换衣服？"

"你有什么可看的！"陈亦度冷笑着，转身离开。

霍骁亲自接厉薇薇下班，看见她疲倦得在车后座睡着的样子，十分心疼。

厉薇薇回去后就累得睡着了，却被手机铃声惊醒，是陈亦度打来的电话。

"设计部的计划表不见了，你过来找一下，我只给你十五分钟时间。"

闻言，厉薇薇彻底醒了，只能顶着冷冷的夜风打车去了DU公司。

等她十分困顿地来到办公室，陈亦度却正在认真地看文件，他看了一眼厉薇薇，表情波澜不惊："不好意思，文件我刚刚找到了，你回去吧。"

厉薇薇终于忍不住发飙："陈亦度，你够了，这样折腾人有意思吗？"

陈亦度点头："有意思，挺有意思的。"

她愤怒地说："好，就算我用了那张设计图，可它毕竟也有我的心血！不管你怎么恨我讨厌我，可是我们毕竟还有一起创作一起合作的时候。"

厉薇薇话还没说完，就被陈亦度逼到墙角，她吓坏了："你要干什么？"

他似乎要吻下去，吓得厉薇薇闭上眼睛。

陈亦度冷笑："我们还有比一起创作更亲密的时候，怎么，你要重新尝尝这滋味吗？"

厉薇薇紧张极了，觉得陈亦度不怀好意，打了他一个耳光："无耻！"

然后她使劲推开陈亦度，跟跟跄跄地跑到楼外。

厉薇薇喃喃自语："我的脸怎么这么烫，心脏怎么跳得这么快？该死的，肯定是被那个浑蛋吓的。"

翌日，DU婚纱门店的店长带着员工们迎接陈亦度一行人的到来，发现厉薇薇跟在陈亦度和蒂凡尼的身后，不由得有些意外。

厉薇薇看到DU门店的婚纱，顿时有眼花缭乱的感觉。

陈亦度满意地点头："展示婚纱的数量不要太多，要让客户一眼望去觉得每一件都是精品。另外，一年之内没有销售出去的婚纱，全部处理掉。"

"是！"店长似乎想起了什么，指着店里展示的一款婚纱说，"陈总，这里有一款婚纱，挂在店里已经三年了，到现在也没有卖掉，是不是也要处理掉？"

蒂凡尼看了一眼那款婚纱，脸色大变，很不高兴。

这款婚纱分明是她设计的！

厉薇薇没听见，自顾自地绕着这件婚纱转了个圈，毫不犹豫地开口了："腰部线条的设计不够简洁，新娘穿上去容易显得臃肿，裙摆这么厚，内衬却用了不透气的涤纶布料。冬天穿了上面冷，夏天穿了下面热。"

蒂凡尼听了，觉得每句都像在针对自己，气得冷着脸说："再怎么着也比某些人自己设计不出来，剽窃别人的东西强。"

厉薇薇这才明白过来："原来这一款婚纱是你设计的，别难过，你这婚纱搁在大学毕业设计里算优秀的了。"

蒂凡尼气得瞪着她："你厉薇薇设计的婚纱，难道每件都能卖掉？"

厉薇薇得意地说："不好意思，供不应求。"

蒂凡尼冷笑："你那么有本事，还不是来我们这儿做清洁工。"

"那是因为你们不敢让我做回本行，怕我把你们都比下去！"

两人目光交锋，一时间剑拔弩张。

陈亦度见两人吵得不可开交，开口了："你们两个都给我闭嘴！"

陈亦度看着厉薇薇说："给你三天的时间，把这款婚纱卖掉。"

她满脸诧异："你这是强人所难，这么难看的婚纱，三天怎么可能卖得掉？"

陈亦度板着脸说："你现在没有资格和我说不行。"

DU婚纱店门口，人来人往，顾客进进出出。

厉薇薇赔着笑脸给几个客人推荐那款婚纱："欢迎欢迎，我们店里的婚纱都是国内顶尖设计师设计的，尤其是这一款……"

可是客人们看都不看，直接绕开。

厉薇薇脸上的笑变得僵硬，难不成她要穿着这件婚纱来推销？

此时，霍骁进来，愤愤不平地说："他们竟然让你在这里替他们卖婚纱？"

她不耐烦地说："是我自己愿意的，跟你没关系。"

"把这里所有的婚纱都买下来，"霍骁直接吩咐欧秘书，又拉住厉薇薇的手，"我们走，不用在这里受气。"

厉薇薇赌气地甩开他的手："这个店里的婚纱这么丑，你买给谁穿？这么多婚纱，你打算结多少次婚用掉？"

她把霍骁推出了门店："有很多事情，单用钱是解决不了的，我的事情也不用你管！"

霍骁舍不得离开，干脆在门店外找了个地方坐着，一心一意地看着门店里的厉薇薇忙碌。

直到厉薇薇拖着疲惫的步子走出门店，霍骁才突然起身拦住厉薇薇的去路，一把抓住她的手说："我带你去一个地方。"

厉薇薇下了车，眼前的娃娃店外霓虹灯闪烁，一切好像是在梦里。

她满脸诧异，忍不住开口问："这是怎么回事？"

"你小时候最喜欢的娃娃店，现在它属于你了。"

霍骁拉着厉薇薇进去，娃娃店内除了一排排的娃娃，还有一个工作台。

他指着娃娃一一介绍："这是你八岁的时候做的，那时你刚学会织毛衣；这个是你九岁生日的时候做的婚纱娃娃；这个是你十岁的时候做的，你那时会刺绣了，所以做了绣花的裙子。"

厉薇薇一脸感动："没想到这么多年，我的这些玩具你都留着。"

　　霍骁珍惜地拿起娃娃，一脸怀念："前几年你搬家的时候叫我拿去丢掉，结果我发现是这些宝贝，就都悄悄留下来了。你还记得吗？我小时候总是把我妈给我补课的钱拿去给你买各种娃娃，然后看你给它们做衣服。你跟我说你的梦想就是成为世界顶尖的服装设计师，让人们以穿上你设计的衣服为荣。"

　　说完，他假装遗憾地叹气："以我的资质，本来多补补课就可以成为哈佛大学的高才生，结果就这样耽误了。"

　　厉薇薇忍不住笑了："别装了，你留了两次级才勉强考上大学，那种成绩怎么补都不行吧？"

　　霍骁嘟囔："不留两次级怎么和你同班？"

　　她没听清："你说什么？"

　　"我说还好，我算是用这笔钱一手栽培了一个世界顶尖的设计师，也不算亏。"

　　厉薇薇白了他一眼："每次考试都偷看我的答案，你也算是我培养出来的。"

　　霍骁说："那我就拿这个娃娃店当作你培养我的答谢礼好了，你以后可以经常到这里来给娃娃们做衣服，你是不是特别感动？"

　　厉薇薇感动得眼睛慢慢红了。

　　霍骁看到她认真的眼神，上前轻轻抱了抱她："我的小姑奶奶，你别生气就好，千万别感动得哭出来。"

　　厉薇薇哭笑不得地推开他："走开！"

　　霍骁见她终于不生自己的气了，原地满血复活，抓起一个娃娃对着厉薇薇，学娃娃的声音："薇薇公主，对不起，我以后再也不惹你生气了，你原谅我，我们和好吧！"

　　厉薇薇也拿起一个娃娃："好啊，我们是一辈子的好闺密。你一定要答应我，以后不许再骗我，否则的话——"

　　霍骁连忙用娃娃的声音回答："不会的，我保证以后永远不会欺骗你！"

　　她这才笑了："这还差不多！"

　　回去的车上，厉薇薇忽然尴尬地问："对了，我和陈亦度除了曾经一起设计婚纱之外，还有没有比合作更亲密的事情？"

　　霍骁一愣，当机立断地摇头："没有。"

　　厉薇薇松了一口气："那个浑蛋果然是骗我的！"

　　霍骁有些不安："他是不是又欺负你了？"

　　她摇头："没事，虽然那个大变态变着法地刁难我，可是我厉薇薇也不是那么好惹的。再说了，我爸爸从小就教育我，遇到事情不要逃避，要勇敢面对。所以你放心好了，不管他怎么折腾我，我总有法子对付他。"

　　霍骁听了，一边开车一边笑。

　　第二天早上，国内知名时尚杂志的何主编约陈亦度到茶馆见面。

　　陈亦度坐下后疑惑地问："何主编忙里偷闲请我喝茶，一定是发生了什么不得了的事情吧？"

　　何主编坏笑："不是不得了，是了不得，听说你们DU现在在和厉薇薇合作？真合作假合作？"

　　陈亦度听得一愣："合作哪里会有假的？"

　　闻言，何主编慢悠悠地把小记者拍到的陈亦度和厉薇薇吵架的相片摆在陈亦度面前："瞧你们这脸红脖子粗的样子，我看不像是真合作啊！"

　　陈亦度半开玩笑地说："您这分明是先入为主，工作过程中有些分歧是正常的，事实上我和厉薇薇合作得相当愉快！"

　　何主编半信半疑："厉薇薇可是出了名的女魔头，她能乖乖听你的？"

　　陈亦度点头："当然。现在我们两家公司的合作，是以DU为主导。"

　　何主编想了想说："这样吧，我马上就过生日了。你让厉薇薇给我送份礼物，她可是从来没给我送过礼物，看你的了！"

陈亦度有些尴尬，但还是应下了："没问题！"

此时的厉薇薇正对着那件卖不掉的婚纱死死地看，她突然走到办公桌前拿了剪刀，径直走向那件婚纱开始修改。

蒂凡尼知道自己设计的婚纱被厉薇薇擅自修改后，气呼呼地来到门店打算找她兴师问罪，结果却发现两个客人争着加价要买那件婚纱。

蒂凡尼简直气爆了，抓过婚纱说："这件婚纱不卖了！"

厉薇薇和两个客人都急了："凭什么不卖？"

蒂凡尼怒了："你懂不懂什么叫尊重别人的劳动果实？你知不知道对设计师来说作品就像他的孩子一样？如果我对你的孩子动刀子，你怎么想？"

厉薇薇不甘示弱："那你知不知道你的这件作品已经过时了，而且穿上去毫无美感，更没有舒适感。你的作品既然是你的孩子，那你宁愿它无人问津才高兴吗？"

蒂凡尼气得哇哇叫："我不管，你是怎么改成这个样子的，就给我怎么改回去！"

厉薇薇拒绝："不可能，现在这件婚纱也有了我的心血，更有了欣赏它的人，我不会因为你的无理取闹就屈服的。"

两个人正吵得面红耳赤，恰好这时候陈亦度带着何主编进来，看到这个情形不由得暗自咬牙。

何主编假装意外："陈总，你确定你们合作得很愉快？"

蒂凡尼看到陈亦度和何主编进来，立刻闭了嘴。

陈亦度尴尬地笑了："我一向认为艺术创作有碰撞才有火花，就拿这件婚纱来说，由蒂凡尼原创，再经过厉薇薇加工。虽然过程比较激烈，但您也看到了，成果显然是令人满意的。"

蒂凡尼立刻会意，换上一副友好的面孔："陈总说得对。"

厉薇薇依旧瞪着蒂凡尼，陈亦度只好猛给她递眼色，蒂凡尼也悄悄伸手在她背后掐了一下。

厉薇薇只好皮笑肉不笑地点点头："没错。"

见状，何主编将信将疑。

蒂凡尼领着何主编参观门店的时候，陈亦度把厉薇薇叫到一边。

厉薇薇不悦地说："陈总，我只有三天的时间来卖你们店里的破婚纱，你可别耽误我宝贵的时间！"

陈亦度说："现在有一件更着急的事要你去办，何主编快过生日了，你以自己的名义给他订一份生日礼物。"

厉薇薇脱口而出："哪个何主编？"

他觉得不对，厉薇薇立刻反应过来，假装自己知道："何主编，我知道！"

她掏出手机说："这还不简单，订个大蛋糕给她，我知道哪家的最好吃。"

陈亦度冷冷地看着厉薇薇："何主编有乳糖不耐症，从来不吃蛋糕，你不知道？"

她一愣，一边掩饰地笑，一边悄悄地打开和霍骁对话的微信："我开玩笑的，怎么可能会不知道。何主编过生日，当然要买她最喜欢的东西。"

厉薇薇摁住微信录音键，把自己说的话传给霍骁，等待他的回复。

陈亦度再度逼问："那她最喜欢什么？"

他看着厉薇薇的眼神十分犀利，步步紧逼："厉薇薇，连何主编最喜欢的东西你都不知道，这不像你的风格，你……"

这时，厉薇薇的手机轻轻振动一下，她摸索着点开，假借伸手撩头发的工夫，看了眼手机屏幕，淡定地说："何主编的最爱就是波尔多朗文酒庄的红酒。"

陈亦度冷笑："勉强及格。"

闻言，她暗自松了一口气。

　　陈亦度等人送何主编出门，他刚要松口气，谁知何主编忽然回头说：
"对了，明天有一个我们杂志主办的业内酒会，我想邀请你和厉薇薇一起
参加。这算是给你们一个辟谣的机会，也好澄清业界对DU和玲珑合作的
误会，这对你们公司的形象有好处。"
　　陈亦度一愣，很快礼貌地微笑："那是我们的荣幸，我和薇薇一定
参加。"
　　何主编说："希望你们俩合作的事是真的，别让我抓到你的把柄，否
则的话，我可是一定会爆这个大新闻的。"
　　闻言，陈亦度沉着一笑："你唯一要爆的大新闻就是我们两家公司不
但是真的合作，而且合作得还很愉快。"

　　第二天一早，陈亦度把厉薇薇叫到DU公司。办公室内，一件美得
无与伦比的礼服展示在厉薇薇面前，她眼睛都直了："好漂亮，送给
我的？"
　　见陈亦度点头，她顿时神色戒备："我不要，我才不信你会这么
好心。"
　　陈亦度口气冷硬："少废话，今晚有一个酒会，你穿上它陪我
出席。"
　　厉薇薇翻了翻白眼："酒会？不去。"
　　"你必须去，这不是商量，而是命令！"
　　她依旧拒绝："我跟你只是业务上的合作，可不负责陪你喝酒聊天。
而且我最讨厌这种场合，这次我恐怕恕难从命了。"
　　陈亦度压下火气："那你到底要怎么样才肯去？"
　　厉薇薇坏笑："要不你低声下气地求求我？"
　　他神色隐忍，语气冷淡："我求你。"
　　厉薇薇觉得好爽："嘴上说太没诚意了，得来点实际行动。"
　　"你要什么实际行动？"

　　她一屁股坐在椅子上："你这几天让我做了很多事嘛，我实在是太累了，浑身疼，先捏捏肩膀吧。"

　　陈亦度只好忍着，给她捏肩，厉薇薇被捏得痛了："你这是要谋杀啊，这么重，轻点！"

　　他只好轻轻捏，随便捏了几下："你够了吧？"

　　厉薇薇被捏得格外享受："没够，你折磨我那么久，继续继续，到本姑娘高兴了为止！"

　　陈亦度只好死死盯着她，手上继续捏。

　　她忽然说："我肚子突然有点饿，你去给我买份蛋包饭。青木街28号李家店的蛋包饭，注意少辣、不要葱、多放番茄酱。"

　　陈亦度怒了："想吃自己买。"

　　厉薇薇急忙说："我没力气，看样子酒会去不了了！"

　　陈亦度气得揪住她，慢慢凑近："不肯去？很好，那你就等着被记者扒出剽窃设计图的事情吧！"

　　她眨巴着眼睛，一脸无辜的表情："吃了蛋包饭，不去是小狗！"

　　陈亦度狠狠地瞪了她一眼，到底还是把蛋包饭买回来了。

　　她吃了一口饭，大赞："不错，还是从前的味道，太美味了！"

　　陈亦度故意没好气地说："里面加了烟灰，味道当然不错。"

　　厉薇薇"噗"的一口吐出来，陈亦度僵硬的脸上被喷了几粒米饭。

　　晚上的时候，酒会开始后没看见厉薇薇，何主编问："听说厉薇薇从来不出席这种场合，你说她真的会来吗？"

　　陈亦度也有些不安地看了看自己的手表。

　　这时，入口处传来议论声，穿着礼服的厉薇薇带着微笑朝陈亦度走过来。

　　何主编对陈亦度笑说："陈总果然面子大！"

　　陈亦度终于松了口气，看着艳光四射的厉薇薇脸上灿烂的笑容，恍如隔世，有些晕眩。

她离自己越来越近，陈亦度以为厉薇薇要扑向自己的怀抱，顿时有点恍惚。

谁知她看到的是陈亦度身后的一个过气男模，热情地上前搭讪："你不是黄安迪吗？我上大学的时候特别崇拜你，你本人比相片帅多了。"

厉薇薇拉着男模各种自拍，眼里根本就没有陈亦度。

陈亦度黑着脸看着她，何主编笑了："你说厉薇薇这样做是不是对你表示一种无声的蔑视？这么多人都看着，她怎么都不搭理你？"

陈亦度急忙强装笑脸，假装亲热地去拉厉薇薇。

厉薇薇还在和黄安迪合影，被他打断，依依不舍地看着黄安迪："我一会儿再去找你。"

陈亦度气坏了："你这辈子没见过男人吗？"

"没见过这么帅的！"厉薇薇转头发现陈亦度的脸近在咫尺，急忙闭上眼睛，"你的脸不要凑这么近，简直不忍直视！"

一群人围着陈亦度和厉薇薇问问题，两人的脸上带着虚伪的假笑。

"厉设计师，您不是一向和陈总水火不容吗，这次为什么要和DU合作？该不会是有什么把柄在陈总手上吧？"

厉薇薇答："陈亦度这个人，其实就是个浑蛋。"

陈亦度用犀利的眼神瞪着她，她故意干咳几声，用眼神示意他给自己递饮料。

他只好拿过饮料给厉薇薇倒上，她喝了几口继续说："我是说表面上，实际上大家也看到了，他很有绅士风度，对人也特别体贴照顾，所以我们合作得很好。"

闻言，大家都笑了。

"请问二位这次合作，是以什么方式呢？"

陈亦度回答："优势互补，薇薇在DU一定会发挥她的强项。"

　　这时厉薇薇看到穿着性感晚礼服的蒂凡尼站在不远处，满脸敌意地看着她。

　　"没错，我的强项正好弥补了DU最弱的短板。相信有我在，DU的设计水平会显著提高。是不是啊，田金凤总监？"

　　陈亦度在厉薇薇的胳膊上狠狠捏了一下，她也不甘示弱，用高跟鞋鞋跟悄悄踩回去一脚。

　　两个人都各自忍痛装出笑脸。

　　蒂凡尼听到厉薇薇的话十分愤怒，拿着白酒敬她："我们公司的团队风格和玲珑的不太一样，我们一贯保持着陈总倡导的谦谦君子的风范，和你的霸道犀利可能有些格格不入。总之在合作的这段时间相互磨合吧，这杯酒就算是我代表DU的设计部敬你的。"

　　大家对蒂凡尼的大度也投以赞赏的表情。

　　厉薇薇看着蒂凡尼手里的酒和她脸上不怀好意的微笑，心里打鼓，急忙按着脑袋："头好晕，一定是最近工作太拼命了。陈总，我要是喝了这杯酒，明天就没法干活了，您看？"

　　陈亦度只好在众目睽睽之下接过蒂凡尼递来的酒："厉设计师不胜酒力，这杯我替她喝了，在这里也感谢她为两家合作做出的贡献。"

　　在众人的鼓掌声中，陈亦度把酒杯还给蒂凡尼，还瞪了她一眼。

　　人群散去，陈亦度把厉薇薇拉到无人的角落。

　　"你知不知道这是什么场合？你能不能别乱说话？"

　　厉薇薇按摩着自己的脸颊："我这人说话一向直爽，不满意你别叫我来啊！一直在配合你，你知不知道我笑得脸都僵了。"

　　陈亦度依旧不悦地说："那你又知不知道有多少双眼睛盯着我们，一旦假合作的事被拆穿，DU和玲珑都会颜面扫地。"

　　她冷哼着翻白眼："你要是怕穿帮就对我态度好点，别这么凶，好好伺候着。"

　　陈亦度气得壁咚她："你是不是以为我不敢对你怎么样？"

厉薇薇反过来壁咚他："我怕你啊？有本事你来啊！"

这时何主编路过，陈亦度一慌，下意识顺势把厉薇薇搂在怀里。

何主编一脸"我懂的"的表情，默默走开。

等何主编走后，两人立刻分开。

陈亦度嫌弃地掸了掸衣服，厉薇薇见状翻了个白眼。

陈亦度回到会场内，何主编过来向他打招呼："陈总玩得开心，我有事先走了。"她随即又换上暧昧的表情："之前我还一直纳闷为什么厉薇薇会取消跟霍骁的婚礼，不过今天一看是明白了，我觉得你和厉薇薇有戏。"

陈亦度假装很高兴地掩饰："何主编，您想多了，我们仅仅是合作伙伴而已。"

何主编一脸暧昧地离开，她一走陈亦度的脸立刻冷下来，随后又露出一丝得意的坏笑。

陈亦度来到乐队处，和其中的一个人低声说了点什么，乐手点头，然后他风度翩翩地来到厉薇薇面前，伸出手，面无表情地说："请你跳舞。"

他故意提高嗓门，让大家都听见："厉小姐，不知道我有没有这个荣幸？"

大家鼓掌起哄，厉薇薇顿时急了，想起霍骁劝她千万不要跳舞，小声说："我不跳舞。"

陈亦度反问："为什么，你不敢？"

厉薇薇突然假装一拐："我脚扭了，跳不了。"

这时音乐响起，陈亦度说："别装了，大家都在等着我们呢。"

她急了："你是故意要我出洋相？"

陈亦度冷笑："没错，不想丢脸就好好配合我。"

就在厉薇薇要把手放在他手上时，霍骁突然出现，把自己的手放到陈亦度手上。

"我来陪你跳。"

陈亦度愣了一下："哪儿有这样的规矩？"

霍骁冷笑："我说有就有，难道你不敢？"

"哼，有什么不敢的。"说完，陈亦度拉着霍骁跳了起来。

大家都看呆了，厉薇薇也傻眼了。

霍骁冷冷地在陈亦度耳边警告说："尽快放手，别缠着薇薇，否则我不会放过你的。"

陈亦度立刻反击："尽管放马过来！"

两个男人寸步不让，斗舞十分激烈。

酒会一结束，霍骁立刻拉着厉薇薇上了自己的车。

陈亦度看着两人的背影，心里泛起一股醋意。

第二天，DU的会议室内，陈亦度合上企划书说："新一季婚纱硬照的企划案没什么问题，可以开始执行。至于男主角的人选，必须从国内一线男模里找。"

曹钟闻言拿起一沓资料正准备递上，却被蒂凡尼抢走。她殷勤地将资料递给陈亦度："我已经准备了一些候选人，这是他们的资料。"

陈亦度赞许地冲蒂凡尼点点头，翻看备选男模的照片资料。

蒂凡尼一脸的笑意荡漾，曹钟看了一脸受不了的表情。

厉薇薇坐在最后，看起来像是一本正经地在记笔记，目光却不由自主地在陈亦度脸上巡视。

陈亦度从一堆照片中挑出安德鲁的照片，放在最上面："安德鲁的外形和咖位与我们公司最契合，就定他。"

蒂凡尼听了一脸犯难，用胳膊捅捅曹钟。曹钟假装望天，不搭理她。

陈亦度皱眉："有什么问题？"

蒂凡尼为难地说："其实我们已经联系过安德鲁的经纪人了，对方一听是给婚纱拍硬照，连企划书也不看就拒绝了。"

"一次不行就继续联系，硬照对下一季的销量影响重大，我决不允许退而求其次。"

陈亦度视线一转发现厉薇薇正盯着他看，语气冰冷地问："厉薇薇，你到底有没有在听大家说话？"

她强装镇定："有啊。"

陈亦度冷笑："那你把我刚才的话重复一遍。"

厉薇薇支支吾吾："你刚才说，嗯，那个……"

蒂凡尼讥讽地说："原来玲珑的人做事就是这种态度啊，怪不得今年销量一直落后。我看枫丹百货的比试，你们还是乖乖认输算了。"

陈亦度看了蒂凡尼一眼，后者立刻住了嘴。他问："邀请安德鲁的任务有谁愿意接手？"

众人低头沉默，厉薇薇赌气地举手，见众人惊异的神色，她踧踖地问："怎么，有问题吗？"

陈亦度冷笑："没有问题，那么邀请安德鲁的事就由厉薇薇全权负责。"

说完，他率先走出会议室，厉薇薇快步追上。

"既然安德鲁对DU这么重要，这活我总不能白干吧？"

陈亦度停下脚步，没什么表情地看向她。

厉薇薇小心试探："如果我这次成功请来安德鲁，你就放我回玲珑，怎么样？"

他毫不犹豫地答："可以。"

厉薇薇愣了愣，刚要欢呼，陈亦度又冷冷地补充说："别高兴得太早，如果我是你，现在就会去安德鲁可能出现的地方蹲守。如果到时请不来安德鲁，耽误了DU的硬照，我会把这笔损失分文不差地算到玲珑头上。"

他说完头也不回地离开，厉薇薇气愤地冲陈亦度的背影挥拳头。

Chapter ⌄6

"他就是国际排名第三，亚洲排名第一的超级男模里奥。不过里奥一直在纽约发展，怎么突然回国了？"

厉薇薇赶去了电视台，在大厅被一群粉丝挤得站立不稳。

男模安德鲁在经纪人的陪同下从电视台里出来，在粉丝们的尖叫中，安德鲁给她们签名，与她们合影。

她努力挤到安德鲁身边，艰难地把企划书递到他的面前。

"安德鲁先生，这次DU婚纱真的很有诚意想要和您合作，请您看一下企划书。"

经纪人没接企划书，把厉薇薇推开，不耐烦地说："让开，别挡路。"

这时一辆轿车在电视台门口停下，一个冷面帅哥从车里下来，一下吸引了所有人的目光。

"是里奥！"粉丝们认出他来，丢下安德鲁冲了过去。

安德鲁满脸懊恼："这是谁啊？"

经纪人告诉他："他就是国际排名第三，亚洲排名第一的超级男模里奥。不过里奥一直在纽约发展，怎么突然回国了？"

厉薇薇还不死心，见缝插针地上前："安德鲁先生，这次DU的硬照我们邀请了国内顶尖的摄影团队，效果绝对可以保证，请您看一下我们的企划书。"

"你怎么还在？我不是早说过了，我们安德鲁这么大牌，怎么可能给婚纱当陪衬？别做梦了！"

经纪人把企划书扔到地上，带着安德鲁离开了。

厉薇薇表情失落，弯腰想捡企划书，另一只手却先她一步捡起。她一看，居然是里奥。他面无表情地将企划书递了过来，厉薇薇愣愣地接过。

里奥从她身边走过，没多久又停下脚步，摘下墨镜，隔着人群朝厉薇薇的方向飞吻。

厉薇薇左看右看，见周围并没有别人，顿时一脸莫名其妙。

厉薇薇一身狼狈地往公司走，突然脚下一拐，高跟鞋的鞋跟断了一只。

她坐在花坛上想把另一只鞋的鞋跟也掰断，结果使出吃奶的劲也掰不断，顿时恼火地拿着高跟鞋砸花坛发泄。

陈亦度走出大楼，从保安手里接过车钥匙，看见这一幕想要上前。

霍骁却先来到厉薇薇跟前，好笑地看着她："别敲了，把鞋给我。"

他接过高跟鞋，动作利落地掰断鞋跟，又蹲下帮厉薇薇穿上。

"谁惹你了，火气这么大？"

厉薇薇起身踩了踩鞋子，沮丧地说："别提了，今天真是太倒霉了。"

霍骁想了想："不如我请你吃好吃的，安慰一下你受伤的心灵？"

远处的陈亦度看着二人，面无表情地开车离开了。

坐在烧烤摊前，厉薇薇边啃烤串边向霍骁抱怨。

"你说陈亦度为什么非和我过不去？开会的时候那么多人开小差，他干吗偏偏点我的名啊？他要不点我，我能一时冲动接下这么个吃力不讨好的活吗？这人真是太讨厌了！"

她放下烤串，一脸严肃地问："我有个问题要问你，我和陈亦度到底是怎么闹掰的，我们俩是不是有什么深仇大恨？"

霍骁愣了愣，含糊地说："陈亦度和我们是生意场上的对手，关系当然不会好。"

厉薇薇半信半疑："真的？"

"千真万确，"霍骁晃了晃空酒瓶，起身离开，"我去要两瓶啤酒。"

烧烤摊的电视正在播放对里奥的采访，引起了厉薇薇的注意。

主持人问："您在纽约的发展十分顺利，为什么突然决定回国？"

里奥答："为了一个最重要的人。"

"电视机前的观众朋友一定也想知道，这个最重要的人是谁，是女朋友吗？"

里奥直直地望向镜头："秘密，在得到她的允许前，暂时保密。"

厉薇薇有种错觉，仿佛电视里的里奥正盯着自己看，顿时不自然地别开目光。

搏击馆里，陈亦度和莫凡在比试。

陈亦度神情严肃，动作越来越激烈。

莫凡用有疤痕的那只手格挡陈亦度的进攻，突然一声闷哼，握住受伤的手腕。

陈亦度回过神，焦急地走到他身边，担忧地问："手怎么样？要不要紧？"

莫凡忍着痛回答："没事。"

两人去了一侧的休息区并排坐下，莫凡从冰柜里拿出两瓶饮料，递给陈亦度一瓶，问："怎么，今天心情不好？"

陈亦度接过饮料，没有回答。

莫凡继续试探地问："是不是因为厉薇薇？"

陈亦度面无表情地说："我没有心情不好，也不关厉薇薇的事。"

莫凡挑眉："我还不了解你？脸上越是平静，心里就越是波涛汹涌。看你现在这副死德行，恐怕心里已经大海啸了吧。"

闻言，陈亦度瞪了他一眼。

莫凡神色严肃地说："看什么看，难道我说错了？说真的，我劝你还是赶紧把厉薇薇打发回玲珑吧，这种人留在身边就和放了颗炸弹没两样。她当年是怎么对你的？我真的不想看到你再被她伤害！"

陈亦度感激地说："放心吧，同一个坑我不会掉两次。别光顾着说我，你呢？你这手上的疤到底是怎么来的，这么多年了还是不肯说？"

莫凡愣了愣："还没到时候，以后会告诉你。你这臭小子，别给我岔开话题！"

陈亦度开车送莫凡到公司门口停下，他认真地说："大哥，不如你来公司帮我吧。"

莫凡开玩笑地说："我来DU？也不是不行，不过你得把董事长的位置让给我。"

陈亦度毫不犹豫地答："好啊。"

莫凡一听，不由得惊讶了。

陈亦度语气轻松地开口："我早说过，我的就是你的。如果你来DU当董事长，我正好可以干回老本行，重做设计师。"

莫凡感动地说："好了，不开玩笑。你的心意我领了，可是我很喜欢现在的工作，暂时还不打算跳槽。"

他说着就下了车，和陈亦度挥手告别。

陈亦度叮嘱说："对了，有空去看看咱妈。"

莫凡笑了："知道啦，还用你说！"

夜里，厉薇薇架着醉醺醺的霍骁进门，抱怨地说："也没喝几杯啊，怎么就醉了？"

"我没醉。"霍骁靠着厉薇薇，嘴唇碰到她的脸颊。

厉薇薇一个激灵把霍骁扔到沙发上，用手擦脸："看在你喝醉的分上，不和你计较。"

她为霍骁倒水，装醉的他偷偷睁眼，看到厉薇薇为自己忙碌忍不住偷笑。

厉薇薇察觉到不对劲，顿时起疑，一手捏住霍骁的鼻子，一手端着杯子猛灌水。

霍骁装不下去了，推开杯子猛咳。

她冷笑着问："为什么装醉？赖在我家里想干吗？"

霍骁整理好仪态，一本正经地说："是这样的，新闻说这附近有变态色狼出没。我之所以装醉留下，是想保护你的安全。"

厉薇薇突然揪住他的耳朵，在霍骁的惨叫声中恶狠狠地说："说实话！"

霍骁豁出去了："因为薇薇你最近都不在公司，我想你了，想多和你待一会儿。而且身为未婚夫，我有随时探视未婚妻的权利。"

厉薇薇倒吸一口冷气："停！不要再说了。"

"我现在一闭上眼，还能看到你小时候光着屁股被我揍的样子。既然大家这么熟了，能不能拜托你以后别再说什么未婚妻未婚夫的了？"

她一手夹住霍骁的脖子，把人推出门外："今天的事就这么算了，你要是再敢骗我，我一定要你好看！"

霍骁看着大门在眼前关上，神情有些失落。

翌日，厉薇薇在模特经纪公司的大堂转悠。等安德鲁和经纪人出来，她连忙装作低头打电话的样子，一头撞在安德鲁身上。

安德鲁看清是厉薇薇，一脸嫌弃："怎么又是你？"

经纪人说："不是跟你说了，你们那个项目我们安德鲁是不会接的！"

厉薇薇装模作样地挂掉电话："你们误会了，我是来找里奥的。"

安德鲁疑惑了："里奥？"

她点头说："对啊，里奥不知道从哪里得知了我们的企划案，主动找到我们，说他很有兴趣。"

安德鲁和经纪人互相看看，面露惊讶。

厉薇薇凑近两人，小声惋惜道："说实话，我觉得里奥根本比不上安德鲁你，而且吧……"

安德鲁急了："而且什么？"

她继续说："而且这个里奥好像是因为我们公司选中你，所以故意过来抢的。"

安德鲁听了，气得咬牙切齿。

"我还约了里奥，不多说了，改天再聊。"

厉薇薇向大楼里走，背影十分镇定，脸上却十分焦急。

安德鲁急忙给经纪人使眼色，后者开口叫住她："等等！"

厉薇薇假装镇定地转身："还有什么事吗？"

经纪人干咳一下说："是这样的，经过慎重的考虑，我们安德鲁同意接受DU的邀请，为你们拍摄新一季的硬照。"

她听了，一脸为难："可是里奥那边……"

安德鲁沉不住气了："没什么可是，你们先邀请我的，现在我答应了，根据行规DU不能再接洽别的模特，这件事就这么说定了。"

厉薇薇等安德鲁和经纪人走远，高兴地蹦了起来。

不远处，里奥正饶有兴趣地看着这一幕。

厉薇薇准备打出租车回去，里奥却骑着摩托车忽然在她身边停下，将一个头盔递了过去。

"上车，我送你。"

闻言，她迟疑了。

里奥笑了："你要是不上来，我只好去找安德鲁谈谈了。"

"别！有话好说。"厉薇薇赶紧接过头盔，动作迅速地戴好上车。

里奥拉过她的手环住自己的腰，她顿时面色尴尬。

路上，里奥故意加速，让厉薇薇紧张地抱紧自己，他得意地笑了。

摩托车一个甩尾，停在DU大楼门口。

厉薇薇从车上下来，脸色发白，腿还有点打战。

里奥下车，温柔地替她摘下头盔。

厉薇薇讨好地说："谢谢你捎我回来，求你别去找安德鲁好不好？拜托了！"

里奥却突然一把抱住她，亲热地说："薇薇，我好想你，有好多话想要对你说，今晚来酒店找我吧。"

她推开里奥，摆出龙爪手："做梦吧你！我警告你，我可是练过的。你要是再动手动脚，我就不客气了。"

说完，厉薇薇慌慌张张地跑进DU大楼，里奥好笑地看着她落荒而逃。

不远处，刚从车上下来的陈亦度和蒂凡尼看到这一幕。

蒂凡尼不屑地说："那不是里奥吗？厉薇薇可真会勾搭。"

陈亦度脸色冰冷地走进公司大堂，叫住了厉薇薇："到我办公室来一趟。"

办公室内，厉薇薇大大咧咧地往沙发上一歪，得意地说："安德鲁已经接下企划案了，我的任务完成了。"

陈亦度面无表情地说："硬照拍摄还没完成，别高兴得太早了。"

厉薇薇不耐烦地问："你找我到底干吗？"

他有些尴尬，环视了一圈办公室，最后从碎纸机边的废纸篓里拿出一团绞碎的废纸，塞到厉薇薇手里，冷着脸说："有一份重要文件被绞碎了，你把它拼回来。"

厉薇薇无语了："绞碎了就不能再打印一份吗？"

陈亦度恼羞成怒："少废话，让你拼你就拼。"

她翻了个白眼，抱着纸团就要出去。

"站住，"陈亦度指了指茶几，"就给我在这儿拼。"

厉薇薇坐在茶几旁的地上，一脸不爽地拼碎纸。

陈亦度冷着脸假装批阅文件，看也不看她。

这时手机响了一下，厉薇薇一看，是里奥发来一张自拍，下面还有一条文字信息：帅吗？

她把手机按掉刚放在一边，就又响了，这次是一条文字信息。

万豪酒店 1503 房间。

厉薇薇还不理他，过了一会儿手机又响了。

陈亦度忍不住烦躁："你能不能让它别响了？"

她不理陈亦度，手机里显示的是一张里奥搂着安德鲁的自拍。里奥嚣张地笑，安德鲁却一副要哭的表情。

厉薇薇咬着牙回复：等着。

里奥立刻回了一张心心眼的笑脸和一条语音。她手快地点开，里奥的声音直接被放了出来。

"我在酒店等你哦！"

陈亦度瞪向厉薇薇，她面色尴尬，赶忙咳嗽掩饰："那什么，外面天都黑了，我要求下班。"

陈亦度头也不抬："不行，不把文件拼完不许走。"

厉薇薇想了想，直接起身往门口走。

陈亦度把文件一放："说了不准下班。"

她无赖地说："陈总，人有三急，要是这也不准的话，我就只能就地解决了。"

陈亦度无语了："去吧。"

厉薇薇冲他挑挑眉，得意地走了。

陈亦度察觉不对，立刻跟上。

厉薇薇急匆匆地从DU大楼内走出，这时霍骁打来电话。

"薇薇，下班了吗？我去接你。"

"我还没下班，陈亦度那个大变态逼我加班，你别管我了。"

她心虚地挂了电话，在街边招了一辆出租车走了。

不久，陈亦度也出来坐上了一辆出租车，紧跟其后。

楼前街对面的车里，霍骁有些疑惑地看着两人离去，立刻掉转车头跟上。

厉薇薇来到里奥的酒店房间外，按了门铃。

里奥穿着运动服开门，他一头大汗，高兴地说："薇薇，你来了，快进来！"

厉薇薇犹豫了一下才进屋，刚进门里奥立马给了她一个拥抱。

"有话好好说，你别这样。"

里奥松开厉薇薇，一改之前酷酷的样子，整个人像个大小孩："你有没有看到我的电视采访？"

她迟疑地点头，就听里奥邀功似的说："我为了你回来，你开不开心？"

厉薇薇大惊："你说的那个最重要的人，是我？"

里奥表情严肃地贴近她："我是认真的！从你五年前第一次牵起我的手，我就认定你是我这辈子最重要的人了。"

厉薇薇条件反射性地一把推开他，里奥低头闻了闻自己的衣服："我刚运动回来，有汗味吗？我先去洗澡，你等我。"

他当着厉薇薇的面脱掉上衣，她吓得赶紧后退，跌坐在床上。

里奥走进浴室，很快传来哗哗的水声。

厉薇薇环视周围，床上摊着里奥的证件、钱包。她打开里奥的护照，看了看里奥的出生年月。

"今年二十二岁，那五年前——十七岁？我这是在犯罪啊！"

她又看到床头放着酒店预备的安全套，更是觉得刺眼。

浴室门忽然被拉开，里奥闭着眼睛探出半个身子："薇薇，把剃须刀递给我！"

厉薇薇吓得尖叫一声，落荒而逃。

她刚上了电梯，另一边的电梯门打开，陈亦度走了出来，两人正好错过。

陈亦度敲开了门，见里奥赤裸上身，只围着一块浴巾出来，脸色顿时变得很难看。

里奥饶有兴趣地靠在门边，看着陈亦度在房间里搜了一圈："我认得你，你是DU的总裁，老和薇薇作对。"

陈亦度语气冰冷地问："厉薇薇人呢？"

"她刚走了。"

陈亦度冷着脸："你和厉薇薇是什么关系？"

里奥踮踮地笑了："我为什么要告诉你？"看陈亦度咬牙，他又补充说："总之是很好很好的关系。"

厉薇薇回去后在电脑上查到她的绯闻报道，看到自己和里奥亲密地共进晚餐的照片。

难道她不仅对自己的好哥们下手，连未成年人都不放过？

满心纠结的厉薇薇第二天忍不住试探着问霍骁："我以前是不是很风流，惹了一屁股桃花债？昨天随便搜了下新闻，结果找到好多报道，连照片都有。"

霍骁故作轻松："别瞎想，以前你那些绯闻都是记者们捕风捉影乱写的。你绝对没有到处风流，只是对我一个人风流。"

厉薇薇苦着脸，欲哭无泪。

来到摄影棚，厉薇薇发现安德鲁拖了两个小时的打扮才慢吞吞地出来。

安德鲁跟女模刚摆好造型，又推开女模说要吃麻酱面。

见状，厉薇薇暗道不好，刚要偷偷溜走，却被蒂凡尼叫住："你立刻去给我买麻酱面，快去快回。"

厉薇薇只得冲出去买了麻酱面，回来喘着气进电梯的时候发现陈亦度也在。

他皱眉："谁准许你上班时间溜出去买吃的？"

"别误会，这不是我吃的，是拿来孝敬小祖宗安德鲁的，反正等今天的硬照一拍完我就解放了。"电梯一开，她急忙赶回摄影棚。

陈亦度跟着过去，见安德鲁吃了一口面又吐了出来。

"好难吃，你们再给我去买一碗。"

厉薇薇怒上心头，上前揪住安德鲁的领口："你有完没完啊！"

"放开！"安德鲁一把将厉薇薇推开，她绊到灯架摔倒，灯架晃了晃砸了下来。

厉薇薇吓得闭上眼，再睁眼时看见陈亦度挡在自己面前。灯架砸在他的背上，他的脖子被玻璃碎片划伤。

蒂凡尼反应过来，惊叫着跑到陈亦度身边查看伤势。

厉薇薇看到陈亦度身上的血迹怒火攻心，边冷笑边撸袖子，一步步逼近安德鲁。

安德鲁支支吾吾地说："这不关我的事，都怪你自己没站稳。"

经纪人想要上前，被DU的工作人员挡住。

厉薇薇在他面前站定，笑容危险。

安德鲁慌了："你要干吗？"

"揍你！"厉薇薇一拳又一拳，揍得他惨叫，毫无还手之力。

陈亦度看着安德鲁被揍，一脸同情，一旁的蒂凡尼惊得嘴都合不拢。

最后厉薇薇满意地起身整理衣服。安德鲁鼻青脸肿地倒在地上，哭哭啼啼："我要报警。"

厉薇薇揉了揉手腕："去啊，正好我也要告你蓄意伤人。"

安德鲁小声抽泣，不敢再说话。

陈亦度望着厉薇薇出神，而DU的员工们第一次领略厉薇薇霸气的一面，全部惊呆了。

坐在公司天台长椅上，厉薇薇动作轻柔地给陈亦度清理伤口。

她别扭地道谢："你这个人虽然平时很讨人厌，没想到在关键时刻还挺仗义的，刚才多谢你了。"

陈亦度口是心非地说："不用谢我，反正我也不是有意要救你。我本来是要躲开的，脚下一滑才挡到你前面。"

他捏着厉薇薇的下巴，打量了一下，又松手。

"你需要人救吗？这张脸就算被玻璃划两下，和现在也没什么区别。"

厉薇薇气得把酒精棉狠狠摁在陈亦度的伤口上，他小声痛呼。

"活该！疼死你！"

陈亦度看着厉薇薇离开，神情有些迷茫。

厉薇薇回到摄影棚时，蒂凡尼正冲着工作人员发脾气。安德鲁受了伤，一时间找不到代替他的男模。

看见厉薇薇，蒂凡尼怒了："都是你惹的祸，要不是你把安德鲁揍得跟个猪头一样，我们的拍摄计划怎么会泡汤？"

厉薇薇不耐烦了："至少我把安德鲁请来了，你有本事你去请啊！"

蒂凡尼动手要推搡她，里奥挡在厉薇薇身前，握住蒂凡尼的手腕。

蒂凡尼看着里奥，不由得愣住了。

厉薇薇看着里奥很是头疼："你来做什么？"

"来救场，"里奥看向蒂凡尼，"你看我可以吗？"

蒂凡尼傻笑着点头："当然可以。"

有了里奥加入，拍摄很顺利。

剩下最后一组照片，需要女模背对着镜头露出婚纱后背的细节。

里奥一听，顿时有了主意，向摄影师提出要求："我要薇薇当拍档。"

厉薇薇无奈，不得不答应下来。

陈亦度走到摄影棚门口的时候，听到里面传来一阵惊叹声。

他看见厉薇薇穿着婚纱出来，不由得满目惊艳。

里奥上前牵着她的手，走到灯光下："薇薇，你好美！"

"不许盯着我看，再看就把你的眼睛戳瞎。"

厉薇薇一边说着一边背对镜头，听从摄影师的指挥调整站位。

"靠近一点，再近一点，新娘把手搭到新郎肩上。"

她挣扎着抬起手，却还是下不了决心。

里奥索性拉过厉薇薇的手搭在自己肩头，又亲昵地搂住她的腰。厉薇薇不自然地挣了挣，却没挣开。

摄影师大赞："很好，就是这样。"

里奥对厉薇薇耳语："昨晚为什么自己走了？"

厉薇薇面色一变："我警告你，不管以前我们有过什么，都一笔勾销！总之，你别再对我抱有幻想了，我们俩是没有未来的，忘了我吧。"

他固执地说："忘了你？不可能！"

厉薇薇郁闷了："你这孩子怎么这么犟呢？"

陈亦度注意到两人在拉扯，忍不住皱眉。

这时摄影师满意地放下照相机："搞定，收工！"

厉薇薇听了，立刻要离开，里奥却拉住了她的手。

这时陈亦度过来，冷着脸将里奥的手扯开。

里奥看看陈亦度，又看看厉薇薇，露出别有深意的笑："这么巧，陈总，又见面了。"

厉薇薇好奇地问："你们俩认识？"

里奥一脸坏笑："薇薇，你不知道吗？昨晚你刚走……"

陈亦度打断他说："不好意思，我有工作要吩咐厉薇薇，她恐怕没有时间和你闲聊。"

里奥耸耸肩："那好吧，薇薇，改天我再找你。"

陈亦度面色更冷了，众目睽睽之下拉着厉薇薇离开了摄影棚。

出了摄影棚，厉薇薇用力一挣，甩开他的手。

陈亦度冷声说："厉薇薇，我不管你以前在玲珑是什么样，但既然你现在在DU做事，代表的就是我们公司的形象。你能不能克制一点，不要在工作场合勾三搭四？"

厉薇薇觉得莫名其妙："我怎么勾三搭四了？我不是好好替你干活的吗？"

陈亦度怒了："你是在干活吗，我怎么觉得你是在败坏DU的风气！"

厉薇薇鄙视地看着他："陈亦度，你是不是脑子有病啊？有病就去治！别拖着害人害己。"

陈亦度指着她，气得说不出话。

厉薇薇转身就走："反正我任务完成了，我走了。"

Chapter ⌄7

"你们三个都说是薇薇的男朋友，不过我觉得只有你才是真的。"

放弃我，抓紧我

厉薇薇抱着收拾好的一箱子东西大摇大摆地走出DU，陈亦度冷不丁地出现在她面前。

　　"厉薇薇，谁说你可以离开DU的？"

　　她满脸不敢相信："当初不是说好的，我帮你搞定硬照，你就放我回玲珑？怎么，想赖账啊？"

　　陈亦度把手机里里奥的硬照调出来放在厉薇薇面前："你给我睁大眼睛看清楚，我们当初的约定是请安德鲁来拍摄，不是里奥。"

　　厉薇薇怒了："你给我搞清楚，地球人都知道里奥比那个什么安德鲁高端大气上档次多了，你捡了便宜还存心为难我？"

　　他冷笑："不好意思，游戏规则是由我来定的，而且你没有中途退出的权利。"

　　厉薇薇压下火气，问："你到底要怎么样才肯让我走？"

　　陈亦度说："下一个任务我还没想好。"

　　他说完就走了。

　　厉薇薇看着陈亦度咬牙切齿，抓起手边的宣传纸，狠狠揉成一个纸团就往他的背后扔过去。

　　但她用力过猛，纸团在陈亦度面前落下。

陈亦度一脚狠狠踩在纸团上："以你这个态度，我应该会想很久。"

在公司茶水间里，厉薇薇气鼓鼓地往夹心饼干里挤芥末，往咖啡杯子的把手上涂清凉油，然后端着饼干和咖啡去了会议室。

陈亦度正带着大家开会，在座的有几个其他公司的合作伙伴。

厉薇薇把饼干盘子放在陈亦度面前，把咖啡放在蒂凡尼面前，接着开始帮其余众人加水。

客户介绍说："下面，请允许我介绍一下我们灿美商场。我们商场在华东区拥有八家顶级的Shopping Mall（购物中心），覆盖华东所有一线及准一线城市，DU的成衣业务如果进驻我们商场，我相信对于双方都会是一个双赢的合作，品牌与渠道就是应该强强联手……"

陈亦度拿起一块饼干咬了一口，突然脸色变了一下，抬头死死盯着厉薇薇，却碍于合作伙伴在场不好发作。

一直偷瞄他的厉薇薇正憋着笑。

陈亦度停了一下，当着合作伙伴的面，还是硬装作没事的样子把饼干吃完。他狠狠瞪着厉薇薇，眼里却已经噙满了泪水。

厉薇薇心下感慨：战斗力太强了，这样都能吃下去。

另一边蒂凡尼刚喝完一口咖啡，看着陈亦度的表情有些紧张。

厉薇薇在一边看了看蒂凡尼的手，又盯着她的脸，小声提醒："你睫毛膏掉下来了。"

闻言，蒂凡尼忙揉眼睛。刚揉完，也是神情大变。

蒂凡尼的尖叫声从会议室里传了出去。

厉薇薇得意地离去，嘟囔着："不让我走，那我只好留下来陪你们好好玩玩了，看谁先整死谁！"

会议结束后，陈亦度以牙还牙，冷笑着说："公司的复印机送去检修了，不过没关系，我们还有一台永远不需要检修的人肉复印机。"

路过的员工纷纷把文件扔到厉薇薇的办公桌上，厉薇薇只好埋头拼命抄写文件。

她咬牙切齿："陈亦度，好好的复印机一定是你弄坏的，为了整我你可真能下血本。等着吧，我一定让你血债血偿！"

话音刚落，厉薇薇就被门外飞来的一沓资料击中，差点晕过去。

夜里，霍骁在娃娃店内帮厉薇薇按摩手部。

她痛得叫了起来："哎哟，轻点！"

霍骁手上的动作柔和下来。

厉薇薇恶狠狠地说："死陈亦度，我这一双指点时尚风云的手，活活地给他抄文件抄废了。"

霍骁顿时自责地看着她："薇薇，都怪我，是我没用，才让你这么受欺负。我知道陈亦度正在谈灿美商场的入驻权，这个商场恰好有霍氏的股份，我会试着跟他谈谈看，看能不能尽早把你换回来。"

厉薇薇断然拒绝："不行，我要留在敌人内部，当敌人的眼中钉肉中刺。我要天天诅咒他吃饭噎死，喝水呛死，出门栽死，总之不得好死！"

霍骁说："别再想陈亦度的事了，我带你来这里就是想让你放松放松心情。"

厉薇薇斜眼瞥到一边的橱窗里，有一个男娃娃正对着自己笑，不由得怒了："你还有脸笑，信不信我一定把你打得哭笑不得！"

她起身把男娃娃的手脚全都卸了下来："哼，我不出手，你就不知道我文武双全！"

霍骁看着被"分尸"的娃娃，倒吸一口冷气："你还没把陈亦度整死，倒先把自己气死了。"

第二天在DU的展示厅内，蒂凡尼正在整理展出的衣服，曹钟跑了过来。

"我刚得到了一个消息，听说国内NO.1的明星经纪公司辉煌娱乐，正打算找一家礼服公司合作。

"辉煌娱乐，那可是一水的一线大咖啊。如果能跟他们合作，那些大咖去录个节目，开个演唱会，闹个绯闻什么的，不都得穿咱们DU的礼服？到时候那曝光度，那话题量，那影响力，还不得一下子提高N倍？咱们的销量绝对会以人类无法想象的速度增加啊！"

蒂凡尼听得两眼发光："有点意思。"

曹钟又说："就是听说辉煌娱乐的刘总不太好伺候，有好几家公司找他谈过，结果都灰头土脸地被赶出来了。不过只要你出马，肯定没问题。"

他说完，猥琐地偷瞄了一眼蒂凡尼的身材。

蒂凡尼一惊，随即反应过来，下意识地捂住了自己的胸口："你是存心想把我往火坑里推啊！"

她眨眨眼，忽然心生一计："不过有一个人，倒挺合适的。"

蒂凡尼把厉薇薇叫上天台，说："你来DU这些天，你的能力大家也是有目共睹。所以，我们想让你以首席设计师的身份，跟辉煌娱乐的刘总去谈合作。"

厉薇薇问她："这是陈亦度给我布置的新任务？"

蒂凡尼故意扯谎说："是啊，陈总亲自安排的。"

厉薇薇怀疑地问："这不像你们DU的风格啊，只是争取一个客户这么简单？"

蒂凡尼掩饰地说："你可千万别以为这是什么轻松的差事，这个单子很大，而且很多同行都没争取到，如果你争取到了，陈总没有理由不放你走。"

厉薇薇将信将疑地看着她："这个客户肯定很变态很难对付吧？"

蒂凡尼眼神闪烁，转过身去："天底下哪儿有什么好对付的客户？"

厉薇薇想了想，自我安慰地说："不过再变态也没有陈亦度变态，见过陈亦度这样的绝世'奇葩'，什么样的妖魔鬼怪在我眼里都是浮云。"

蒂凡尼催促她："那你就赶快出发吧，方案和样衣我都替你准备好了，你直接去跟客户展示一下就一切搞定了。"

厉薇薇奇怪了："你倒是反常地给力啊！"

蒂凡尼又说："客户家很远，你再不走小心让别家公司抢了先。对了，那些样衣都是按照你的size（尺寸）挑的，方便你为客户展示。设计师亲自展示，会格外凸显DU的设计理念，让客户一眼就喜欢上你。"

厉薇薇不解："喜欢我？"

蒂凡尼连忙改口："不，是喜欢我们的品牌。"

车子在郊区一栋气派的别墅门口停下，厉薇薇拿着文件夹和几件样衣从车里出来。

她上前按门铃，没人应门。

见铁门没关，厉薇薇径直走了进去："请问有人在家吗？"

她走到别墅的窗户面前，瞥见自己穿着礼服的样子，忍不住伸手拉了一把胸前的布料。

此时，厉薇薇从窗玻璃上看见自己身后站着一个老头正在看着自己。

她连忙回头，模样猥琐的刘总露出淫笑，把厉薇薇吓了一大跳，勉强挤出一个笑容，冲刘总挥挥手。

"您好，我是DU的首席设计师厉薇薇，是来跟您谈合作的。"

刘总问她："你不是玲珑的设计师吗？"

厉薇薇答："玲珑和DU不正在合作嘛，这次我是以DU的首席设计师的身份来的。"

刘总带着厉薇薇走进自家别墅，屋内挂着很多裸女画像，还有裸体雕塑作品。

他一边走，一边从上到下细细打量厉薇薇，视线还在她的胸前、腰身、大腿上停留许久。

厉薇薇看看这些画像，再看看刘总盯着自己的眼神，顿时不寒而栗。

刘总靠近她说："厉小姐，你今天用的香水味道真不错。"

厉薇薇吓得连忙拿出文件夹挡在自己和刘总中间："我没用香水，我还是先给您讲讲我们DU的设计方案吧。"

她急忙打开方案开始念："DU作为一线的婚纱礼服品牌，深刻理解时尚的含义，力求把美的诱惑蕴含于柔和的曲线美之中。为了配合辉煌娱乐的气质，我们将推出'魅惑'系列礼服，力求通过凹凸的人体韵律体现妩媚和神秘，让人产生探究的冲动和……和野性？"

厉薇薇读了几句，自己都被雷到了。

这个蒂凡尼为了整她，也真是煞费苦心了。

厉薇薇硬着头皮继续念设计方案："相信穿上了DU的礼服，辉煌娱乐的明星们一定会令万千粉丝为之忘乎所以，为之癫狂迷醉、沉溺至死……"

她念完合上文件夹，自己也觉得很想死。

刘总淫笑："在你们DU的眼里，我就是喜欢这种露骨的夜店风格吗？"

厉薇薇脱口而出："这哪儿是露骨夜店风，这分明就是猥琐不要脸风。"

她说完反应过来，连忙改口："不是，我的意思是，可能之前做方案的设计师不太了解您的喜好，所以才写了这么扯的设计方案。您可以把您的喜好告诉我，我会重新给您设计的。"

刘总坏笑着看厉薇薇："想知道我的喜好，那你就应该好好了解了解我，这种了解一两个小时的时间是远远不够的。"

她听得不寒而栗："那再多加半个小时？"

刘总摆摆手："何必那么心急，今晚你可以住在我这儿。这儿很清静，就我们俩，没人来打扰。"

厉薇薇听得倒吸一口冷气："还是不了，我一点准备都没有，等明天我准备准备再来。"

说完，她立刻收拾好文件夹和样衣，起身准备走。

刘总叫住她："我这里什么都有，住起来很方便，不用准备。"

"我……主要是做心理准备。"

厉薇薇一边尴尬地说着，一边走向门口。

刘总忽然说："对了，忘记告诉你，我怕司机等太久，所以已经叫他回去了。"

厉薇薇一脸震惊地停住脚步，觉得自己是羊入虎口，回头愣愣地看着刘总，一副想哭的表情："我……我想上卫生间。"

说完她一溜烟跑进卫生间，锁上门，喘了一大口气。

她掏出手机来想给霍骁打电话求救，却发现手机没信号，不由得大惊失色："这是什么鸟不拉屎的破地方，连手机信号都没有！"

厉薇薇想死的心都有了，却也无可奈何，只能暗骂："陈亦度、蒂凡尼，你们给我等着，等我逃出生天之后，一定亲手废了你们俩。"

厕所不是久留之地，她还是回了客厅，硬着头皮不停地换样衣，自己担当模特给刘总展示。

蒂凡尼挑选的样衣每一件都很妖冶性感，厉薇薇摆着一张哭丧脸，样子也很别扭。

刘总坐在一边看着，一副不满意的表情："衣服够紧，够土，就是没内涵。模特够漂亮，够凹凸，就是不够随意，不够奔放，一点表现力都没有。"

厉薇薇听得无奈了："您的意见能说得再具体一点吗？"

刘总想了想说："具体一点来说，就是……我也说不上来……我们都工作这么久了，不如先放松休息一下吧。"

厉薇薇顿时紧张了："怎么个放松法？"

刘总色眯眯地看着她："我教你练瑜伽。"

说完，他就开始脱自己的外衣。

厉薇薇看着刘总脱衣服，心中暗叫不好："完了完了，他终于要对我下手了！怎么办，我到底是反抗，还是顺从，还是先顺从后反抗，还是反抗失败只好悲惨地顺从？"

柔和的音乐响起，刘总只是在自己的瑜伽垫子上做示范，看着厉薇薇身体在瑜伽垫上扭曲得不能再扭曲，他提醒说："腿再抬高一点，屁股不要晃。"

她实在难以坚持，"哎呀"一声摔在了地上。

练了一会儿瑜伽，刘总已经一身大汗："我去冲个澡，厉小姐，你要不要也……"

厉薇薇紧张地打断他说："我还想再练一会儿。"

"那我去去就来，一会儿咱们再好好聊聊。"

看着刘总去了浴室，厉薇薇感觉机会来了，一定要趁机逃脱魔爪。

她拿上包蹑手蹑脚地走到门边，刚准备去摸门把手，就听见浴室方向传来刘总的喊声："厉小姐……"

与此同时，门把手自己转动起来，外面有人要进来！

厉薇薇进退两难，一脸惊恐地顺手抄起一边的台灯。

门被打开，进来一个人，厉薇薇二话不说闭着眼睛直接砸了上去。

特地赶来的陈亦度捂着脑袋怒气冲冲地瞪着她发飙："厉薇薇，你这个女疯子，我千里迢迢赶来救你，你就这么感谢我？"

厉薇薇反驳说："你这么鬼鬼祟祟的，谁知道你是来救我的还是来害我的。"

陈亦度转身装作要走："那我现在就走，你自己在这儿好好享受吧。"

她立刻伸手死死拉住陈亦度："来了还想跑，你给我站住。"

陈亦度和厉薇薇两人身后，刘总裹着浴巾，头上全是泡泡，急急忙忙从屋里跑出来："出什么事了？"

陈亦度看一眼刘总的尊容，吓得立刻往厉薇薇面前一挡："我是薇薇的男朋友，顺路来看看她的单子谈得怎么样了。"

厉薇薇满脸震惊，瞪了他一眼。

陈亦度偷偷踩厉薇薇的脚，示意她不要多说。

刘总一愣："你的路可真够顺的啊！不对，你不是DU的陈亦度吗，你们俩是男女朋友？我之前好像看过新闻，说厉薇薇要跟霍骁结婚的啊。"

陈亦度尴尬地答："这不是因为我，所以才没结成嘛。"

厉薇薇也尴尬地赔笑："年轻人嘛，难免冲动犯错。"

刘总恍然大悟地笑了起来："那既然来了，晚上就都留下吧。等我冲完澡，出来开瓶好酒，咱们好好聊聊。"

说完，他暧昧地看了一眼陈亦度，看得陈亦度直发毛，他才走了。

厉薇薇狠狠瞪他："你干吗冒充我男朋友？"

陈亦度叹气："你没看出来我是在救你吗？"

她不屑地说："你是在救你的大订单，这个刘总胃口好得连你都不放过，咱们还是跑为上计，你的车在哪里？"

陈亦度摇头："车抛锚了，我坐的士……不，我是坐拖拉机来的。既然我来了，就得把这个单子谈成再走。"

厉薇薇倒吸了一口冷气："变态你也招架得住？"

他冷笑着说："招架不住就拿你喂狼。"

厉薇薇气得要打陈亦度，被他一把抓住了手。

"既然要扮情侣，就给我扮得像点，要是让刘总看出破绽，发现我们在骗他，我保证你这辈子休想再回玲珑。"

别墅花园里，厉薇薇、陈亦度和刘总三人在喝酒。

陈亦度正给刘总看星座："刘总是双鱼座，O型血，这种人是典型的浪漫派，多愁善感、温柔迷人，虽然情感丰富，但多情却不滥情。"

刘总哈哈大笑："准！其实我哪里是那么随便的人，要真是什么采花圣手，还会放着厉小姐这朵大红花不采，等着你上门护花吗？"

闻言，陈亦度尴尬地赔笑。

厉薇薇恍然大悟："是哦，刘总您这个人虽然看起来色眯眯的，但的确没占我半点便宜。"

陈亦度拿胳膊肘顶她，狠狠瞪了她一眼："什么看起来色眯眯的，那是你眼神不好！"

刘总不在乎地说："我在江湖上名声是不好，这都是大家对我的工作产生的误解。做明星经纪嘛，欣赏美、发现美就是我的职业需求。但我可是一个人格高尚，而且脱离了低级趣味的人。好在我冰清玉洁惯了，不怕别人诽谤，外面那些风言风语，我根本懒得澄清。"

陈亦度举杯，以眼神示意厉薇薇也举杯，一起向刘总敬酒："刘总，我和薇薇敬您一杯。"

厉薇薇连忙举杯说："您用高尚的人格粉碎了不实谣言，实在是让人肃然起敬。"

三人碰杯，刘总将酒一饮而尽，笑着说："难得有人这么懂我，之前来跟我谈生意的那些人都太肤浅、太世俗，要么张口闭口就是钱钱钱，要么就硬把一些庸脂俗粉往我身上推，我还是喜欢和厉小姐、陈总这样的人打交道，咱们都是有档次的人。"

厉薇薇突然想起来："对了，既然您根本不是采花圣手，我也就不瞒您了，其实我和陈亦度也……"

她话没说完，就被陈亦度一把搂在怀里，厉薇薇的表情顿时僵在脸上。

刘总看着两人："也什么？"

陈亦度抢着说："没什么。"

刘总意味深长地说："如果连恋爱关系都是假的，那让客户怎么相信你们的方案，相信你们的合作是真诚的呢？不过，我觉得你们俩肯定是真的。不光你们年轻人会玩什么星座血型，我也会，我会看相。我看你们两个绝对是彼此的命定之人，只是情路坎坷，相爱相杀。"

陈亦度表情尴尬，厉薇薇则是违心地说："您算得可真准。"

刘总笑了："看着你们俩恩爱的样子，我就想起自己和太太年轻时恋爱的样子。我太太是个画家，我家里挂的画都是她的作品。来，这杯我敬你们，祝你们越爱越深！"

闻言，陈亦度和厉薇薇尴尬地悄悄对视。

夜深了，厉薇薇没喝几杯就已经喝高了。

陈亦度看着她，抱怨说："酒量那么差偏偏酒风还那么好。"

厉薇薇迷迷糊糊把刘总当作自己的玩具熊，靠近他说："不喝了，睡了。来，宝贝，亲一口。"

陈亦度吓得连忙拦在刘总面前，她正好亲在了陈亦度脸上，他顿时有种浑身过电般的感觉。

刘总识趣地起身："酒不醉人人自醉，看你们两个情真意切的，我就不当电灯泡了。花园让给你们，客房在楼上，你们享受年轻吧，我一个老人家就先告退了。"

陈亦度摸着被她亲过的脸，很认真地问："厉薇薇，你究竟亲过多少男人？"

厉薇薇捂着脑袋思索："想不起来了，我失忆了嘛……"

陈亦度自嘲地笑笑，又灌下一杯酒，并没有把厉薇薇的醉话当真。

另一边，刘总悄悄躲在灌木丛中偷看陈亦度和厉薇薇，心下琢磨：假的？不像。真的？好像也不像……到底是个什么情况？

陈亦度扛着喝醉的厉薇薇去了楼上客房，她如烂泥一般倒在床上。

陈亦度用一只脚踩着床沿猛摇床，床发出了"嘎吱嘎吱"的声音，他脸上是嫌弃却又无可奈何的神色。

刘总把耳朵贴在墙壁上，听着陈亦度和厉薇薇房间的动静，露出坏笑：啧啧，还挺能折腾！

客房里的厉薇薇受不了陈亦度摇床，一下子从床上坐起来，气得高喊："陈亦度，你的什么破拖拉机这么颠，把我都快颠吐了。去！给我派辆汽车。"

陈亦度连忙上前捂住她的嘴，片刻之后见厉薇薇不再说话，他才放开手："我要睡了，你睡地板去。"

厉薇薇根本不理他，直接一头栽倒在床上。

陈亦度怒了："喂，听见没有，我命令你立刻给我腾地方，别忘了谁是老板！你这种表现，我让你下辈子都回不了玲珑。"

她没半点反应，显然已经睡熟了。

陈亦度想了想，一赌气索性直接关灯睡觉："谁怕谁，反正我不吃亏。"

黑暗中，厉薇薇转过身一把抱住了他。

陈亦度一瞬间恍惚，看着黑暗中睡得甜美的厉薇薇，享受着被她抱着的片刻时光。

厉薇薇继续说醉话："大熊，你今天怎么这么硌手，一点都不舒服，不过倒是挺暖和的。"

接着她的脚也伸了上来，直接横在陈亦度肚子上。

陈亦度忍无可忍，甩开厉薇薇，抱着枕头逃下床，咬牙切齿说："厉薇薇，算你狠。"

第二天一早，厉薇薇起床后在卫生间里不紧不慢地化妆。

陈亦度在卫生间门口焦躁地踱步："喂，你是不是掉马桶里了？"

她故意敷衍："我还得再用一会儿，别急。"

厉薇薇慢吞吞地化完妆，实在没什么可磨蹭的了，又开始仔细欣赏卫生间墙壁上挂的装饰画。

门外的陈亦度气得猛敲卫生间门："你已经在里面一个多小时了，你这是化妆还是整容？卫生间不是你一个人的，我也有使用权。我以老板的身份命令你，立刻给我出来！"

他忍无可忍，刚要抬脚，卫生间门突然开了，厉薇薇笑嘻嘻地出来。

陈亦度急得一把推开厉薇薇，闪身进了卫生间，"砰"的一声关好门。

厉薇薇笑了，对着门说："对了，刚才一直听见你在外面气急败坏地嚷嚷，我真是相当享受，一时间才思泉涌，想到一个讨好刘总的好办法。"

厉薇薇坐在花园里画一张设计图，陈亦度站在一边看着她画图时动人的样子有些出神。

他忍不住走过去，用手握住了厉薇薇的手，她满脸诧异。

陈亦度并不看她："别动。"

他握住厉薇薇的手帮她修改设计稿，她本想反抗，但这一幕对她来说竟有一种说不出的熟悉感，顿时愣住了。

不远处，刘总看见陈亦度和厉薇薇一起创作的样子，露出笑意，喃喃说："看来是真情侣，错不了啦。"

陈亦度改完设计稿之后，突然反应过来，松开厉薇薇的手，恢复了以往的冷酷语气："你倒是挺有闲情逸致，还在这里画图，别忘了，你到这儿来是干什么的。"

厉薇薇答："这才是正经事好不好，我观察了刘太太绘画作品中的配色和服饰，总结了一下她的创作规律和喜好，然后投其所好给她设计了一件礼服。刘太太喜欢，刘总自然也会喜欢。怎么样，这样高大上的主意你挖空心思也想不出来吧？"

他看着图纸，想了想说："既然这样，光是一张设计图还不够有诚意。"

屋内的厉薇薇一剪刀剪下桌布的花边，陈亦度一把扯下窗帘，飞快地缝着礼服。

她用花边迅速挽成装饰用花，还就地取材，用了屋子里的干花、水晶灯的吊坠等物作为装饰。

一件用窗帘和桌布改制的礼服出现在两人面前，厉薇薇一脸陶醉："我觉得自己简直太牛了，光凭这一项绝技，就可以秒杀任何一个时尚大师了。"

陈亦度白了她一眼："少往自己脸上贴金，如果没有我扎实的剪裁技能画龙点睛，你这次的设计只是泛泛之作。"

厉薇薇鄙夷地看看他："至少点子是我想的，用这件礼服来讨好刘总应该不错吧。说不定刘总一高兴，就把单子给我们了，你可别想抢我的功劳。"

陈亦度不屑地看着厉薇薇："你等着对我感激涕零吧。"

刘总正在客厅看报，忽然见刘太太匆匆回来，不由得诧异："你怎么来了？"

刘太太答："DU的陈总找人联系我，叫我一定要赶到这里来，也不知道是什么事。"

此时，厉薇薇和陈亦度提着刚刚做好的礼服走过来。

陈亦度说："刘总，刘太太，明天是两位的结婚纪念日，所以我和薇薇为你们准备了一份惊喜，聊表心意。"

刘太太和刘总有些惊喜地对视："我们都老夫老妻了，自己都记不得什么结婚纪念日了，倒是你们居然还帮我们记着。"

厉薇薇笑说："刘太太，快穿上试试吧。"

刘太太换上礼服走了出来，礼服非常合身，刘总看得双眼发亮。

陈亦度问："刘太太，衣服还合适吧？"

刘太太赞许地站在镜子前看："不只是合适，这裙子的风格样式都是我最喜欢的。可是我与你们素未谋面，你们是怎么知道我的喜好的？"

陈亦度得意地笑了："这是刘总透露给我们的。"

刘总纳闷了："我说过吗？"

厉薇薇说："刘总告诉我们您是画家，我们是通过观察屋子里您的绘画作品，知道您的喜好的。"

刘总和刘太太先是惊讶，接着是赞赏的神色。

刘太太笑了："你们可真是有心。"

刘总点头："不仅肯花时间去了解客户的真实需求，更有如此出色的专业技能。最让我感动的还是陈总和厉小姐的爱情，你们的作品都是爱和默契的结晶。"

闻言，厉薇薇和陈亦度略带尴尬地笑了笑。

刘总拍板说："相信把辉煌娱乐的合作权益交给你们，你们也一定不会让我失望的。"

厉薇薇满脸惊喜："陈亦度，你听见了吗，我们拿到刘总的订单了。"

她兴奋得忘乎所以，抱着陈亦度欢呼起来。他在这一瞬间也忘乎所以，高兴地和厉薇薇一起笑了起来。

不料此时半路杀出个程咬金，大门被"砰"的一脚踢开，门外站着气喘吁吁的霍骁，不由分说地高喊："我是厉薇薇的男朋友，谁都不许动她。"

众人看着霍骁，瞬间石化。

厉薇薇迅速反应过来，连忙松开陈亦度，着急地解释："他是过去式，前男友。"

霍骁愣住，厉薇薇朝他猛使眼色。霍骁不明所以，却也不敢再说什么。

陈亦度急忙上前打圆场："既然跟刘总的合作已经基本谈妥了，我们打搅这么久也该回去了。"

刘总笑着摇头："不急不急，不管新的旧的，相逢就是有缘。既然都来了，那就一起吃个午饭再走吧。"

五人一起在餐厅吃饭，陈亦度为了证明自己跟厉薇薇的确是真情侣，带着挑衅地和她亲昵地秀恩爱。

他不但用自己的筷子夹菜叫厉薇薇张口吃，帮厉薇薇拿掉落在胸口的食物残渣，还顺便帮她整理衣服。

见状，霍骁憋着一肚子火气，拿刀狠狠地把好好的牛排切成渣渣。

刘总和刘太太似乎并没有发现三人之间的玄机，开心地和大家一起笑着。

一场午饭，宾主尽欢。

刘总送厉薇薇、陈亦度和霍骁到别墅门口，笑说："很高兴能和三位认识，以后大家都是朋友，有空就来我这里坐坐，我这里随时有香茶美酒恭候。"

厉薇薇点头："刘总，您客气了。"

陈亦度也说："我们这些生意场上的晚辈，以后免不了要常来向刘总请教的。"

刘总上前和三人一一握手告别，此时里奥急匆匆赶来，看见刘总正和厉薇薇握手，急得大叫："薇薇是我女朋友，你不许碰她。"

刘总一愣，厉薇薇只好继续瞎编："这是我的……前前男友……"

说完，她自己也是一副想死的表情。

刘总看看稚嫩的里奥，又看看厉薇薇，愣愣地说："厉小姐的胃口还真是不错啊。"

刘太太急忙打圆场说："好了，快上车吧。"

厉薇薇率先躲进车里，霍骁、陈亦度、里奥三人都争着要跟厉薇薇坐一辆车，同时打开车门要挤进去。

刘太太急了："不是还有一辆车吗，干吗都挤在一起？"

陈亦度开口命令说："你们两个给我下去。"

霍骁不同意："凭什么，要走你走。"

里奥说："没事没事，我不嫌弃你们俩，大冬天的挤一挤，暖和。"

刘总上前劝阻："人家小两口坐一辆车，你们两个大灯泡起什么哄。去，你们俩坐那辆，别闹。"

霍骁和里奥看看陈亦度，再看看刘总，只好乖乖隐忍，走向另一辆车。

刘总悄悄对陈亦度说："你们三个都说是薇薇的男朋友，不过我觉得只有你才是真的。"

闻言，陈亦度惊讶地看着刘总。

刘总笑了："不是从你身上看出来的，是从厉小姐身上看出来的。你跟她之间有化学反应，我看人可是很准的。"

说完，他又露出招牌式的淫笑。

路上颠簸得很，厉薇薇直接被颠到了陈亦度身上。

陈亦度连忙嫌弃地推开她，厉薇薇尴尬地说："不是我想碰你，都怪这路太颠了。"

陈亦度转身一下子贴近她，好像就要吻上去，厉薇薇不由得一惊："干吗，要报复我？"

他伸手拉下一边的安全带给厉薇薇系上，冷冷地说："没人教过你坐车要系安全带吗？"

回到公司后，陈亦度警告蒂凡尼不要再擅作主张。这让蒂凡尼对厉薇薇更加嫉恨。

陈亦度约了莫凡见面，神色纠结。

莫凡见他如此，笑了："又是因为厉薇薇？"

陈亦度点头："最近我总感觉她似乎变了，变得越来越像我最初认识的厉薇薇。"

闻言，莫凡反问："于是你就再一次不可自拔地爱上了她？

"但是我不得不提醒你，这个厉薇薇你爱几次结果都是一样的，说不定这又是她精心布置下的一个圈套。这些年她在商场上一次次变着花样地伤害你，甚至还害了咱妈。你这么精明的人撞过南墙一次，总不见得还要撞第二次吧？"

陈亦度神色凝重："已经吃过的苦，我一辈子也忘不了。"

莫凡点头："总之在厉薇薇这个项目上你已经多次投资失败，而且这是一个典型的高风险预期项目。我的建议是，你最好迅速撤出全部投资。"

陈亦度深吸一口气，像是下定了决心。

厉薇薇再次抱着纸箱打算走出DU公司，正好在大堂又遇到陈亦度迎面而来。

她条件反射般地上前警告陈亦度："你不许再耍赖，虽然设计稿你是帮我画了几笔，但办法是我想到的。上次蒂凡尼叫我去谈客户的时候，我已经拿手机录了音，随时都可以作为呈堂证供。"

陈亦度面无表情，爽快地说："你走吧。"

厉薇薇抱着箱子向外走去，走出几步又折回来，再三确认："陈亦度，你真的没耍花招？"

"在我改变主意前，你最好快滚。"

他仿佛下定决心一般，扭过头去，大步离开。

厉薇薇冲陈亦度的背影吐吐舌头，大摇大摆地走出了公司，又好像有些不舍一般，回头看了看，自嘲一笑：虽然赢了陈亦度，但是她怎么没想象中那么高兴？

陈亦度站在窗边，悄悄看着厉薇薇离去的身影，脸上露出一丝伤感，痛苦地闭上眼睛转过身去。

Chapter ✓8

"哥，你相不相信这个世界上有些事和人可以重来？曾经伤害过你的人，到底值不值得再给他一次机会？"

放弃我，抓紧我

厉薇薇回到玲珑受到所有人的欢迎，她不由得有些飘飘然。

珍妮跟着她进了办公室说："这些天公司的会议纪要，还有新到的样衣都给您放这儿了。另外还有一个从法国警察局寄来的邮包，说是上次你在巴黎遇袭的事情结案了，可以把扣留的证物还给您了。"

厉薇薇顺手打开包裹，发现里面是自己的提包，还有一些日常用品，以及一个U盘，于是漫不经心地随手把包放进抽屉里，然后去天台透气。

她背后一个黑影慢慢靠近，伸手作势要把她推下去。

关键时刻，厉薇薇似有所感，突然回头，发现身后站着一个男人。

那人笑着掏出名片递了过去："厉总，我是新来的市场部经理康星，久闻您的大名，所以特地来拜会一下。"

康星又说："厉总，我们以前是不是在哪里见过，我怎么觉得您看着好像有点眼熟？"

厉薇薇认真地看了看康星，摇头说："可能是在电视上见过吧，我是时尚版面的常客。"

康星笑了："可能是我记错了。"

办公室内，曹钟将一沓照片递给陈亦度。

　　"陈总，这些是上次婚纱硬照的成片，请您过目。这次的硬照效果很好，国际名模到底不一样，现在公司里的小姑娘都被里奥迷得神魂颠倒的。"

　　陈亦度接过照片翻看，从一堆照片中拿起厉薇薇与里奥拍的那张。

　　曹钟探头看了看："陈总，您真有眼光，这张也是摄影师最满意的。"

　　陈亦度有些尴尬，冷着脸把手里的照片扔进垃圾桶："这张不要，其余的拿去做成宣传册。"

　　曹钟听了，纳闷地拿起照片出去了。

　　陈亦度瞥了一眼垃圾桶里的照片，有些心烦意乱。很快他又从垃圾桶里捡了起来，心中挣扎。

　　最后陈亦度像是下定了决心，将那张照片撕碎。

　　厉薇薇走进一家小饭店，熟门熟路地冲老板招呼："来一份蛋包饭。"

　　老板抱歉地说："不好意思，最后一份蛋包饭刚刚卖给那位顾客了。"

　　她顺着老板指的方向一看，竟然是陈亦度。

　　陈亦度也看着厉薇薇，神情有些意外。

　　厉薇薇一下来了精神，坐到他的对面："好巧啊，你经常来这里吗？你也爱吃蛋包饭啊？"

　　陈亦度冷着脸说："我同意你坐这儿了吗？"

　　厉薇薇笑嘻嘻地说："大家这么有缘，而且一个人吃饭多可怜，我陪陪你呗。"

　　老板端来蛋包饭，放在桌子正中："蛋包饭来了。"

　　厉薇薇痴痴地望着蛋包饭，咽了咽口水："好香啊。"

　　陈亦度对厉薇薇的样子视而不见，伸手想将蛋包饭移向自己这边。

　　厉薇薇语气严肃地说："等等！"

趁着陈亦度一愣，她飞快地用刀叉将蛋包饭切成两半，厚脸皮地说："这么大份你也吃不完，不如我帮帮你。"

说完，厉薇薇用叉子叉向自己的那一半。

陈亦度伸叉子阻止："不好意思，我从来不和人分吃蛋包饭。"

厉薇薇再次伸叉子："万事开头难，人生要勇于尝试。"

陈亦度继续阻止，两人叉子打着架，僵持着。

陈亦度突然松手，半份蛋包饭被厉薇薇的力道带得飞起，最后摔到她身上。

厉薇薇沾了一身番茄酱和米饭，整个人呆住了。

陈亦度站起身，冷着脸俯视她："厉薇薇，你听好了，我们不是朋友，更没有熟到可以一起吃饭。希望你以后不要再来打扰我，最好这辈子都别再和我有交集。"

说完，他大步离开。

厉薇薇无语了："不就是半份蛋包饭吗？要不要这么小气。"

厉薇薇回家后嫌弃地看看沾满污渍的衣服，边脱边走进浴室。

她脱掉外套，正要脱背心，突然从镜子里看到浴缸中的里奥，不由得大惊，尖叫着跑了出去。

里奥也受到惊吓，差点一头栽倒。

片刻后他换了睡衣，和厉薇薇隔了茶几坐着。

厉薇薇委婉地说："你看我们孤男寡女的，住在一起实在是不太方便。万一被媒体拍到，还会引起很多不必要的麻烦。我的意思，你懂吗？"

里奥点头："我明白的，薇薇是为了我好。你一直不希望我俩的关系曝光，怕有人说我是抱你大腿才走红的。现在情况不同了，我已经在模特界站住了脚，我觉得是时候公布我们的关系了。"

她惊慌地说："你不要冲动，我们还是一刀两断吧。"

里奥可怜巴巴地说："薇薇，你以前可不是这么说的，当初你夸我是万里挑一的小鲜肉，说我这张脸怎么看都看不厌，说我身材好，天生就是衣服架子。我努力成为模特，就是为了不让你失望。"

他每说一句，厉薇薇就内疚一分，最终还是没狠下心把无家可归的里奥给赶出去。

第二天厉薇薇一早去了玲珑，走到霍骁办公室外正准备敲门，发现门虚掩着。

门里传来欧秘书的声音："我们目前的销量远低于DU，再这么下去，枫丹百货入驻权的竞争玲珑肯定会输。"

霍骁皱眉："这一季的宣传方案有没有按照计划执行？"

欧秘书答："全部执行了，但是销量仍然没有起色。销售部那边反映，主要是因为我们这一季的设计中规中矩，缺少新意，市场反响远远低于以往。"

霍骁合上文件："我再想想办法。"

欧秘书抱怨说："就算您的宣传方案再厉害，如果厉总那边的设计跟不上，还是没用啊。"

厉薇薇听到两人的对话，沮丧地离开，却在走廊发现布告栏贴着"新浪潮服装设计大赛"的海报，冠军能获得电商平台一个亿的天价订单。她顿时激动了，趁着四下无人撕下海报送到霍骁面前。

"这个比赛如果赢了，就能有一个亿的订单。如果玲珑得到了这笔订单，我们就可以挽回颓势，和DU打个平手。"

霍骁觉得这个主意不错，问她："你打算派谁去？"

厉薇薇指着自己，他断然拒绝："不行。"

她不明白："我为什么不能去？"

霍骁语气一缓："像这样的比赛让公司其他设计师去就行，不用你亲自出马。"

厉薇薇得意一笑："但是我刚才已经报名了。"

她起身拍了拍霍骁的肩膀："这次这个枫丹百货的入驻权，我知道不管对玲珑还是对你都十分重要。我厉薇薇最讲义气，愿意为朋友两肋插刀。你尽管放心，增加销量的事就交给我来搞定。"

霍骁对厉薇薇毫无办法，看着她离开，叫来欧秘书，吩咐说："你联络一下节目组，就说玲珑婚纱很有兴趣为他们提供赞助。立刻去办，不要耽搁。"

趁着没人注意，康星悄悄进了厉薇薇的办公室四处翻找。

打开抽屉，他看见厉薇薇在法国用过的包包，脸上一喜正要打开，厉薇薇却从霍骁那里回来，身后还跟着珍妮，康星只好立刻躲了出去。

厉薇薇进来看见打开的抽屉，在包包里找到U盘，随手插在电脑上，却发现U盘是坏的，索性交给了珍妮说："你拿去修一修。"

珍妮点头，又问："厉总，这里面的资料很重要吗？"

"我不知道。"厉薇薇说完暗道不好，又掩饰地说，"是，很重要。"

珍妮带着U盘出了办公室，打算下班的时候带去修理。

康星假装撞上来，珍妮手里的东西掉在地上，东西散落一地，其中就有那个U盘。

他双眼一亮，伸手就要把U盘拿到手，欧秘书正好经过，上前一步捡起了U盘递给珍妮。

康星眼看失败，被霍骁叫住问了两句话，再追出去的时候，珍妮已经不见踪影。

"新浪潮服装设计大赛"的演播厅舞台布置得华丽又时尚。

十二位选手站在舞台中间，厉薇薇姗姗来迟，发现自己站在蒂凡尼的身边，蒂凡尼扭开头并不搭理她。

灯光一暗，蒂凡尼用力挤向厉薇薇，得意地占据了舞台正中央的位置。

主持人上场："本轮初赛共分两项任务，第一项任务——解救导师。大家可以看到这里一共有十二位选手，但是我们的导师只有六位。导师们现在被'困'在庄园的不同区域，各位选手必须亲自'救出'导师，没有找到导师的选手将被淘汰。"

说完，礼仪小姐端着一个托盘从选手们面前走过，托盘上是十二把一模一样的钥匙。

厉薇薇、蒂凡尼和其他选手各自从托盘里挑选了一把钥匙，主持人立刻宣布："现在比赛正式开始！"

演播厅的大门被打开，选手们鱼贯而出。

众人抢着下楼梯，厉薇薇和蒂凡尼跑在最前面。两人你追我赶，互不相让。

厉薇薇一咬牙赶超了蒂凡尼，蒂凡尼面目狰狞地把她拽倒。

眼看被蒂凡尼和其他选手超过，厉薇薇迅速从地上爬起来追上他们。

蒂凡尼正在花园的灌木丛里搜寻导师，厉薇薇忽然指着她大喊："那边有导师，蒂凡尼找到导师了。"

蒂凡尼疑惑地回头，忽然被其他选手扑倒摔进灌木丛里，才知道被厉薇薇阴了。

厉薇薇趁机跑进小教堂，环视四周一个人也没看到，正打算离开，圣坛的位置突然传来一声响动。

她警觉地转身，害怕地问："谁在装神弄鬼？"

但是教堂里除了她自己，并没有别人在。

厉薇薇抓起手边的小雕塑防身，哆哆嗦嗦地向圣坛走去。

圣坛上摆放着一口西式棺材，她苦着脸看着眼前的棺材，犹豫了一会儿，最后一咬牙闭着眼掀开棺材盖。

棺材里面躺着穿着一身晚礼服的陈亦度，他的眼睛蒙着黑布，双手被手铐铐住。

厉薇薇惊呆了，手中的雕塑掉落在地上。

陈亦度靠声音分辨出她的位置，举起被铐住的双手，平静地问："你应该有钥匙吧？"

厉薇薇恍然大悟，把他扶坐起来，帮着打开了手铐。

陈亦度揉揉手腕后摘掉蒙眼布，渐渐恢复视觉。看到厉薇薇蹲在棺材旁，双手捧着脸看着他，不由得皱眉："怎么是你？"

厉薇薇表情嫌弃："我还想问为什么偏偏是你呢！"

陈亦度站起身："我不愿意当你的导师，你去找别人吧。"

她一听顿时着急了："那怎么行，别的导师这会儿说不定都被人找到了，要是没有导师，我会被淘汰的。"

陈亦度冷笑："你被淘汰关我什么事？"

厉薇薇气哼哼地说："别以为我不知道你在想什么，想让我不战而败是吧？做梦！我就要你当我的导师，要死也要拉上你垫背。"

陈亦度不耐烦地说："你不走我走，我去找别的学员。"

他不理厉薇薇，径直往外走。

厉薇薇看看拿着的手铐，灵机一动，冲上前用手铐将自己和陈亦度铐在一起。

陈亦度没料到她有这一招，简直难以置信。

厉薇薇得意地晃了晃手铐钥匙："反正我是赖上你了，陈导师，跟我去交差吧。"

陈亦度伸手就抢："钥匙给我。"

"不给，"厉薇薇迅速把钥匙塞进乳沟里，冲陈亦度得意地挺挺胸，"有本事来拿啊！"

陈亦度目瞪口呆地看着这一幕，抓狂地说："厉薇薇，你还是不是女人！"

两人被手铐铐着，一前一后地往回走。

陈亦度阴沉着脸走在前面。

厉薇薇看了一会儿他的后脑勺，突然觉得有些委屈，情绪低落地问："我说，我到底哪儿得罪你了，你为什么这么讨厌我？"

陈亦度停下脚步回头看她，面露厌恶，语气冰冷地说："你真的不知道？"

厉薇薇一脸无辜地摇摇头。

他冷笑："那我就再告诉你一遍，因为你是一个眼里只有名利，做事没有底线，为达目的不择手段的人。我多看你一眼，心里就更讨厌你一分。"

厉薇薇听了感到气愤，上前两步走到陈亦度面前，踮起脚直视他的眼睛，不服气地说："你凭什么这么说我？你这是偏见、误解，对我的恶意诽谤。我一定会向你证明，你这些看法是完全错误的。"

回到演播厅，六对导师和学员两两站好。

蒂凡尼看到厉薇薇找到了陈亦度，很是懊恼。

陈亦度站得离厉薇薇稍远，厉薇薇戴着手铐的手一使劲，他就被迫站近一点。

里奥隔着蒂凡尼和陈亦度向厉薇薇打招呼，厉薇薇瞬间头疼，假装没看见。

陈亦度注意到里奥和厉薇薇的互动，面色更冷。

主持人宣布第二个任务："由导师配合学员，根据节目组选定的主题设计一套服装，这个主题就是——父亲。"

厉薇薇看到主题，信心满满："陈导师，多多关照了。"

陈亦度冷笑着揉手腕："你不后悔就好。"

两人去了给学员配备的设计室，厉薇薇在人台上制作服装，因为无法将前门襟调整到理想状态，她有些烦躁。

　　转头见陈亦度坐在窗前的沙发上悠闲地看书，她不满了："你别光顾着看书了，能不能过来指导一下我呀？"

　　他头也不抬地答："不能，你要是不满意，可以申请更换导师。"

　　厉薇薇愤愤地瞪了陈亦度一眼，突然像是想到了什么鬼主意，从桌上的辅料中翻出一枚巨大的铆钉。

　　她将最后一枚大头针固定在人台上，露出满意的神色。

　　"打扰了。"助理导演进来把镜头对准了厉薇薇，问，"请问作品进展顺利吗？可不可以向大家展示一下呢？"

　　"当然可以。"厉薇薇侧开身，露出身后的人台。

　　人台上是一件浮夸朋克风的男装西服，黑白撞色，有着造型夸张的铆钉耸肩，胸前还交错着金属链条。

　　助理导演和摄像看清衣服后默默对视一眼，神色怪异。

　　陈亦度合上书，等着看厉薇薇的笑话。

　　厉薇薇语气夸张地说："你们是不是觉得眼前一亮？这件作品是陈亦度导师和我的心血之作。"

　　陈亦度听了，神情有一瞬的呆滞。

　　厉薇薇继续介绍说："大家请看，耸肩、铆钉、撞色这些元素通通是在陈导师的建议下使用的，通过这件作品，我仿佛可以看到陈导师的艺术之魂在熊熊燃烧。这次能和陈导师合作，我真的受益良多。"

　　陈亦度表情平静地上前，用力握住厉薇薇的肩，她顿时疼得龇牙。

　　他笑容和蔼地说："其实这是我们和节目组开的一个小玩笑，真正的作品暂时保密。"

　　导演露出恍然大悟的表情，陈亦度送导演离开，阴沉着脸转身。

　　厉薇薇得意扬扬地看着他："这回你愿意指导我了吗？陈导师！"

　　人台上展示着厉薇薇最初的设计，陈亦度表情严肃地审视服装。

"和女装不同，男装打板时在'胸省'的处理上讲究不着痕迹。你采用的仍然是女装的'胸省'手法，所以会使得前胸不平整，破坏服装的整体效果，要修正这个问题其实很简单，只需要……"

厉薇薇茅塞顿开，激动地打断他："我知道。"

陈亦度有些意外地看着她捏起口袋线和中腰线之间的缝线位置："只需要将胸省转移到这个位置，隐藏在缝线中，问题就解决了。"

陈亦度赞许地点头："没错。"

厉薇薇有些得意，拿剪刀将衣服之前的缝线拆开，衣服有些滑动，她的动作不太顺畅。

她拉过陈亦度的手，放在缝线的另一头，理所当然地说："帮我固定一下。"

陈亦度看着厉薇薇认真工作的侧脸出神，拉住衣服的手没有及时松开，被剪刀划伤了手指。

厉薇薇条件反射性地抓起陈亦度的手指吮吸伤口，紧张地问："痛不痛？你怎么不知道松开？"

陈亦度看着她有些恍惚，回过神来立刻把她推开。

厉薇薇一脸莫名其妙，嘀咕说："又怎么了？"

服装完成，厉薇薇亲手为陈亦度穿上自己的作品。

陈亦度发现袖口有一个小小的花体"V"字绣花，问她："这是什么？"

她得意地笑了："这是我给自己设计的签名，以后大家一看到这个标志就知道是我的作品了！"

陈亦度闻言，多看了一眼"V"字绣花。

演播厅里，里奥身穿蒂凡尼设计的男装礼服亮相。

现场观众露出惊艳的神色，掌声雷动。

蒂凡尼掩饰着得意，向观众挥手示意，姿态优雅地扶着里奥的手走到一旁的选手席坐下。

"让我们有请下一位选手，来自玲珑婚纱的厉薇薇。"

陈亦度和厉薇薇上台时，厉薇薇被裙子绊了一下，陈亦度及时扶住。

厉薇薇小声道谢，陈亦度不自然地松开她。

陈亦度身穿厉薇薇设计的中式便装亮相，初一看不太起眼。

现场观众表情疑惑，小声议论，选手席中的蒂凡尼面露不屑。

厉薇薇没有被大家的反应影响情绪，仍是自信满满。

陈亦度也十分淡定。

主持人问："为什么你没有像别的选手一样设计西服，而是选择了便装？"

厉薇薇答："因为我爸爸不穿西服，既然是以父亲为主题，当然要设计出爸爸们爱穿的衣服。我采用了柔软、透气，还好打理的天丝面料，板型上也做出调整，爸爸们可以穿着它打太极、跳广场舞，保证三百六十度毫无束缚感，还有……"

她向陈亦度示意，后者动作潇洒地脱下外套，递给厉薇薇。

厉薇薇三两下把外套改造成一个背包："这件外套可以随时改装成背包，方便爸爸们在遛弯回来的路上顺便买菜。"

随着厉薇薇的介绍，观众们对她的设计越来越感兴趣。

主持人转向陈亦度："请问您对厉薇薇学员的创意有什么评价？"

陈亦度平静地说："作为设计师，无论什么时候都不应该忘记以人为本的原则。厉薇薇的设计充分考虑到穿着者的需求，而不是一味追求浮夸，在我看来十分难得。"

闻言，蒂凡尼的面色变得十分难看。

主持人把六对导师和选手请上台，让观众现场投票。

舞台后方的大屏幕上数字跳跃，显示实时投票结果。

投票完毕，厉薇薇的票数领先。

厉薇薇用手肘轻轻捅了捅陈亦度，得意地说："怎么样，陈导师？没给你丢脸吧。"

陈亦度波澜不惊地说："我的学员得第一是应该的。"

这时，助理导演突然上台递给主持人一张字条。

主持人低头查看，表情惊讶："在宣布结果前，我们还有一段视频要为大家播放。"

台下，摄像们调整镜头，全部对准厉薇薇，大屏幕开始播放她的采访视频。

视频里，厉薇薇正坐在花园里接受采访。

助理导演问："这次比赛，你最希望谁能看见？"

厉薇薇毫不犹豫地说："我爸爸，可惜他正在国外旅游，可能看不到节目。"

助理导演又问："厉爸爸在国外也关注比赛吗？"

她点头，展示手机微信里的聊天记录："当然，我和爸爸常常聊天，我有什么事都会对他说，这次爸爸也一直发信息鼓励我。"

陈亦度惊诧地看向厉薇薇，她毫无察觉。

主持人说："在我们的采访中，厉薇薇选手多次强调她与父亲感情很好，经常联系。但就在今天，有人匿名给节目组发来消息，称厉薇薇的父亲其实早在五年前就因为空难去世，我们特意核实了这一情况。"

屏幕上转为当年的新闻报道，由荷兰阿姆斯特丹国际机场飞往上海浦东国际机场的波音747飞机在起飞后不久与塔台失去联系，然后出现的是飞机残骸的画面。

厉薇薇神色骤变，悲痛欲绝。

主持人语气沉重地说："经过核实，厉薇薇的父亲厉杜仲确实在遇难名单上。"

所有人都注视着厉薇薇，眼神里有同情，有鄙夷。

蒂凡尼一脸看好戏的样子，里奥则是神情悲伤。

陈亦度望着厉薇薇，流露出鄙夷的神色。

主持人对着厉薇薇问："你为什么要有意隐瞒父亲的死？那些微信聊天记录是不是你自己伪造的？去世的父亲要怎么给你发微信？"

厉薇薇红着眼眶张了张嘴，说不出话。

主持人又问："陈亦度导师对学员的这种行为有什么看法？"

陈亦度沉默片刻后语气冰冷地说："我无法与一个连去世的亲人都要利用的人合作，本人宣布不再继续担任厉薇薇的导师。"

厉薇薇绝望地看向陈亦度，见他不为所动，突然转身冲出演播厅。

里奥面无表情地甩开蒂凡尼的手追了出去，陈亦度看着厉薇薇离开的方向面露不屑。

厉薇薇边哭边跑，对着手机微信大喊："爸爸，他们都是骗我的，你还活着对不对？爸爸，你说话啊。"

她又拨通电话，痛不欲生地说："告诉我你现在好好的，你在温哥华，在多伦多，坐头等舱，住五星级酒店，每天玩得没工夫理我。你不理我也好，你不接我电话也好，哪怕你永远留在国外不回来了，我只要你活着，我只要爸爸还在这个世界上活着！"

霍骁听着厉薇薇撕心裂肺的哭声，流下眼泪："薇薇，对不起……厉叔叔五年前就去世了。"

她听到电话那头传来的声音，悲愤地说："霍骁，你为什么要骗我！"

厉薇薇绝望地放下电话，蹲在街头泣不成声。

里奥骑着摩托车在厉薇薇面前停下，将头盔递给她："上车。"

她擦了擦眼泪，接过头盔。

后座的厉薇薇将头埋在里奥背后哭泣，他有些心疼。

机车在两人熟悉的公园里停下，里奥与她并排坐在湖边的长椅上，视线落在远处。

"你现在心里一定很害怕，这世上最爱你的人没了，再也没有人会无条件地包容你，让你依靠。你还觉得后悔，后悔曾经和他怄气，后悔没能对他更好一点，多陪陪他，后悔没有告诉他你有多爱他。我知道你现在的心情，因为我爸妈也在那班飞机上。空难后你收养了我，我是你的弟弟。"

闻言，厉薇薇满脸震惊。

里奥笃定地说："薇薇，你失忆了。"

她没有吭声，算是默认了。

"其实我们第一次见面，是空难发生半年后。那天我在孤儿院外被一群小混混围攻，是你把他们打跑了。"

里奥翻出手机里的照片给她看："这是你给我过十八岁生日，这是你送我去美国前我们的合影。"

厉薇薇已经擦干眼泪，看照片看得入神。

里奥认真地说："薇薇，我知道你现在很痛苦，但是痛苦会一天一天减少。你也不要害怕，因为你不是一个人，你还有我。我会代替你爸爸，永远无条件地爱你，包容你，让你依靠。"

厉薇薇看着里奥，突然抱住了他，红着眼眶说："对不起，我把你忘了。"

里奥满脸感动，故作轻松地说："不要紧，我魅力这么大，就算你把我忘了，我也有信心让薇薇你重新爱上我。"

他将厉薇薇的头按在自己怀里："好了，我批准你再伤心几天，等伤心够了，就要振作起来。"

她吸了吸鼻子，点点头。

夕阳西下，余晖洒在两人温馨相拥的身影上，直到夜幕降临。

第二天一早，陈亦度到了DU，第一时间开始翻阅替补学员的资料。

曹钟敲门进来："陈总，快打开电视。"

电视机打开，画面上是霍锐强在向镜头展示手机，展示和厉薇薇的聊天记录："厉薇薇口中的爸爸，其实是我。厉薇薇是我们霍家的准儿媳，我一直把她当作半个女儿疼爱。我之所以亲自出面澄清，就是不希望大家因为这件事继续误会薇薇。"

曹钟说："厉薇薇这次好像真的受了很大的打击，听说到现在仍然行踪不明，已经三天了。陈总，您说她会不会真的出事啊？"

陈亦度冷笑："我看她是没脸见人。"

陈亦度下楼时，正好在大堂看见厉薇薇迎面走来。

两人都停下脚步，厉薇薇冲陈亦度扯出一个难看的笑脸："我听说你正在挑选替补学员？我希望你能给我一个机会，继续担任我的导师。"

陈亦度冷笑："我为什么要给一个不择手段、满口谎话的人当导师？"

厉薇薇否认："我不是。"

"难道拿去世的亲人炒作的不是你？"

她再度否认："我没有炒作，我是有苦衷的。"

陈亦度咄咄逼人地问："什么苦衷？说啊。"

厉薇薇欲言又止，始终没说出口。

陈亦度冷笑说："编不出来了吧？你明明靠实力也有机会赢得比赛，偏偏要用这种卑鄙的手段。我真是没有看错，厉薇薇，你就是一个毫无底线、毫无廉耻的人。"

厉薇薇忍着眼泪说："不管你对我误会有多深，多讨厌我，我都要完成比赛。如果爸爸在这儿，也一定不准我放弃的。"

陈亦度满脸厌恶："少在我面前惺惺作态，你说得越多，会让我越恶心你。"

说完，他怒气冲冲地离开。

厉薇薇看着他的背影，终于忍不住泪流满面。

里奥见厉薇薇很沮丧，为了帮她分忧，单独去见陈亦度。

"我有些话要说，说完就走。"

陈亦度没有接话，而是望着里奥，等他继续。

里奥说："我来是想告诉你，你错怪厉薇薇了。薇薇她这些年一直无法接受厉叔叔的死，所以不断地自我蒙蔽，时间久了常常分不清真实和想象。她不是利用死去的爸爸炒作，而是真的以为厉叔叔还活着。"

闻言，陈亦度冷笑："我凭什么相信你的话？"

里奥慢慢走近，直视他的双眼："就凭我是厉薇薇收养的弟弟，而我的父母也在那场空难中去世。"

陈亦度听了，满脸震惊。

陈亦度回去后坐在画架前画素描，想到自己对厉薇薇的误会，只觉得心烦气躁，将笔一摔，直接开车去了公墓。

公墓里，厉薇薇蹲在爸爸墓前，将墓碑擦拭干净，又将鲜花摆放好。

她轻轻抚摸墓碑上爸爸的相片，哽咽着说："爸爸，对不起，我不是有意把你忘掉的，你不要生我的气。你放心，从今以后我会好好照顾自己，你女儿不是那么容易被打倒的。"

陈亦度站在不远处默默看着这一幕，神情有所触动。

陈亦度和莫凡在搏击场馆比试，陈亦度出手狠辣，莫凡很快败下阵来。

一边的休息区内，两人在椅子上坐下，莫凡递水给陈亦度，自嘲一笑："说起来你的搏击术还是我教的，没想到现在我这个师傅已经完全不是徒弟的对手了。"

陈亦度心不在焉地问："哥，你相不相信这个世界上有些事和人可以重来？曾经伤害过你的人，到底值不值得再给他一次机会？"

莫凡联想到他对陈亦度的复杂情绪，神情有一瞬间的茫然。再开口时，他像是在回答陈亦度的问题，也像是在对自己说。

　　"那就要问问你的心，再有原则的人，也总有打破底线的时候。如果在你心里，这个人真的十分重要，当然应该再给他一次机会，这也是给你自己的机会。"

　　闻言，陈亦度终于做出决定。

　　厉薇薇坐在湖边对着湖水发呆，忽然发现陈亦度走来，不由得露出戒备的神色："你怎么知道我在这儿？"

　　陈亦度居高临下地答："里奥告诉我的。"

　　她起身平视陈亦度，摆出一副撒泼的架势："你不会又想来臭骂我吧？我告诉你，不管你怎么打击我，我都不会改主意的。如果你坚持换学员，我就去电视台一哭二闹三上吊，总之不会让你得逞。"

　　陈亦度沉默片刻，语气冷淡地答："知道了。"

　　他拿出机票递了过来，厉薇薇接过机票看了看，面露疑惑。

　　"下一次拍摄后天出发，你尽快准备一下。"

　　厉薇薇终于反应过来："你答应继续做我的导师了？"

　　陈亦度傲娇地说："既然你想继续在全国观众面前出丑，我当然不会反对。"

　　她不服气地说："你别瞧不起人。"

　　走远的陈亦度背对着厉薇薇，嘴角轻轻上扬。

　　霍骁开车沿途寻找厉薇薇的踪迹，神色担忧。

　　这时手机突然响起，是厉薇薇发来的微信：想赎罪就老地方见。

　　他欣喜若狂地赶到烧烤摊，急忙对厉薇薇道歉："对不起，我……"

　　厉薇薇打断他的话，指着桌上的十串大腰子说："真想道歉，就先把这些吃了。"

　　霍骁犹豫了一下，拿起一串腰子开吃，边吃边干呕。

　　他终于把十串大腰子吃完，捂着嘴要吐："这下你可不能再生气了。"

厉薇薇不高兴地说："这是惩罚你对我的不信任，你是不是觉得我会因为爸爸的事一蹶不振？难道我在你眼里就这么没用？

"对了，有个好消息要告诉你。我已经搞定了陈亦度，可以继续参加比赛了。"

霍骁立刻反对："不行，我不同意。"

她挑眉："不同意？那就再来十串大腰子。"

霍骁惊恐地摇头，只得勉强同意此事。

Chapter ✓9

"陷入爱情的女人嘛，难免有点神经兮兮的。"

放弃我，抓紧我

翌日一早，车队开到村口，厉薇薇和蒂凡尼，还有其他选手和陈亦度等导师陆续下车。

主持人穿着当地特色的服装，出现在众人面前。

"欢迎大家来到山清水秀、民风淳朴的南溪村。接下来，各位选手要在各自导师的带领下，住进农家。各位将在这里得到新的灵感、新的火花，让一贯高大上的婚纱礼服设计与接地气的乡村题材相碰撞，最终创作出一件最具乡土特色的婚纱礼服作品，进行最后的冠军角逐。"

随着主持人的叙述，众人开始打量乡村，围观的质朴村民看着时髦的设计师们纯朴地笑。

一个村民赶着一群鸭子从众人身边走过，一只掉队的鸭子跑到厉薇薇脚边，把她吓了一大跳，差点跌到一边的陈亦度身上。

一个熊孩子流着鼻涕跑过来，满是泥巴的手一下子蹭到了蒂凡尼的裙子上。蒂凡尼看着衣服上的手印，表情尴尬。

主持人又说："节目组预先为每位选手准备了不同的特别线索，并把线索都藏在你们即将入住的民宿中，不过能找到什么样的线索就全凭各位的运气了。你们将凭借这份地图开始寻找自己的民宿，最先到达民宿的一组学员和导师就获得入住权。下面我宣布，'新浪潮服装设计大赛'决赛，正式开始。"

众人拿着地图，四散出发。

村路上，蒂凡尼观察地图，发现全村所有的民宿中，胖大婶家最大最气派。

厉薇薇不知道该选哪家，干脆小声点兵点将，手指在地图上点来点去，最后点到了胖大婶的2号："就这里。"

两方都向胖大婶家进发，里奥不小心摔了一跤扭到脚，蒂凡尼找老乡借了板车推着他继续走。

厉薇薇和陈亦度走了一圈冤枉路，打算休息的时候发现蒂凡尼和里奥两人选的也是2号，顿时着急地一路狂奔过去。

早就筋疲力尽的厉薇薇跑不动了，陈亦度眼看着蒂凡尼跟自己拉开距离，突然停住脚步，转身一把拉起厉薇薇朝前跑去。

厉薇薇被陈亦度牵着手，脸上泛起一片红晕。

蒂凡尼看见陈亦度跟厉薇薇牵手，顿时醋意大发，推着板车狂跑，里奥在车上被颠得七荤八素。

眼看离胖大婶家的院门已经很近，厉薇薇突然脚下一滑，直接向前扑倒，带着陈亦度重重摔在了地上。

见蒂凡尼马上要追上来，厉薇薇抱着陈亦度又多滚两个圈，直接滚进了胖大婶家院子。

胖大婶愣愣地看着两人："不就是找个地方住吗，还得用滚的啊，你们城里人真会玩！"

厉薇薇和陈亦度发现两人抱在一起，连忙触电般地尴尬分开。

蒂凡尼抢夺民宅失败，还看见了陈亦度和厉薇薇抱在一起翻滚的一幕，醋意大发，懊恼地把板车扔在一边。

里奥趴在板车上，捂着胸口还没缓过劲来。

旁边稍微寒酸一些的院子里，瘦大叔走出来冲着蒂凡尼、里奥挥手。

"来来来，我家虽然小点，但也是节目组指定的民宿嘛，住我这里一样好！"

卧室内，灰头土脸的厉薇薇看着墙上装饰用的老绣片露出惊讶的表情："太美了！"

胖大婶说："这是合欢花，是我最喜欢的花，也是我们南溪村的村花。"

厉薇薇肯定地说："这绝对是乡村奢侈品啊，这一定就是组委会留下的线索。"

陈亦度点头："中式礼服为了突出独特的东方韵味，往往会大面积使用中国传统的刺绣工艺。如果能将如此精美的刺绣图案与现代感的设计相结合，肯定会是一件不同凡响的作品。DU在制作高端华服上，非常有经验，如果你放低姿态向我求教，我心情好的时候，倒是可以指点你一二。"

他灰头土脸，模样狼狈，却一本正经地解说，厉薇薇忍不住笑出声来。

陈亦度皱眉："笑什么？"

厉薇薇摇头："没有，就是看着你突然有点出戏了。"

他擦了一下脸，蹭下来一手泥，顿时尴尬了。

第二天一早，天刚亮，胖大婶就叫醒两人起来干活。

陈亦度和厉薇薇睡眼惺忪，各自出门，两人都穿着农家民族服装，造型搞笑。

胖大婶拿着篮子从屋子里出来，打量一下两人："你们俩这么一打扮，还真挺像我们村里人的，而且还像一对！"

他们一听，互相鄙夷地对视了一眼。

到了果林，厉薇薇一边用画笔在本子上画出老绣片上的合欢花图案，一边享用水果。

"大婶，原来您说的干活，就是让我们坐在这里舒舒服服地吃水果啊。"

大婶抱着一篮子水果，使劲往厉薇薇和陈亦度怀里塞，一本正经地说："这怎么不是活，你得敞开肚皮使劲吃，玩命吃，而且要专拣大的吃。"

陈亦度说："您实在是太客气了，我们吃不了这么多。"

大婶拿起两个大苹果各咬一口，直接扔了："实在吃不了，多糟蹋几个也是好的。"

厉薇薇和陈亦度惊得面面相觑，还没缓过神来，就听见后面传来歇斯底里的骂声："抓贼啊，抓偷果贼啊！"

他们两人一回头，赫然发现隔壁瘦大叔拿着锄头，后面还带着抄着扫把、铁锹的同样做村民打扮的里奥、蒂凡尼。

胖大婶高喝一声："跑！"

厉薇薇和陈亦度惊慌逃跑，厉薇薇一时没注意把自己的画本遗落在地上。

后面瘦大叔带着里奥和蒂凡尼追了上来。

蒂凡尼一脚踩到厉薇薇的画本上，顺便捡起来，这一幕被落在后面的里奥看见。

瘦大叔带着蒂凡尼、里奥在后面举着锄头、铁锹、扫把继续猛追。

"你们这群不要脸的臭毛贼，给我站住！"

就要跑不动的时候，正好有个老乡开拖拉机路过，陈亦度豪迈地以拦的士的姿态拦下拖拉机。

拖拉机停下后，厉薇薇还没来得及上去，瘦大叔挥舞着锄头即将追到拖拉机后面。

老乡心急火燎地发动拖拉机，厉薇薇刚上去，拖拉机就发动了，她正好和陈亦度抱了个满怀，陈亦度连忙把厉薇薇推开。

后面的蒂凡尼远远看见陈亦度和厉薇薇抱在一起，气得怒喊一声，猛一发力就直冲上前。

眼见与拖拉机的距离越来越远，她只好无奈地停下来。

瘦大叔气得原地挥舞着锄头："胖婆娘，你给我等着！"

拖拉机上的陈亦度虽然是村民打扮，样子狼狈，却依旧端着霸道总裁的架子。

他警告厉薇薇："不要一次次打着比赛的幌子，趁机吃我豆腐。"

厉薇薇鄙夷地答："放心，我不爱吃臭豆腐。"

陈亦度又说："我是有原则的，如果你继续一次又一次地试图接近我，第一，我保证你不会得到任何好处；第二，我会上报组委会，取消你的比赛资格，让你的流氓行径得到应有的下场！"

厉薇薇憋住笑："有没有人告诉过你，你打扮成这样还继续走霸道总裁路线，会产生一种浓浓的喜剧效果？"

他一惊，连忙对着一边的镜子开始照。

厉薇薇突然想起什么，抱怨说："大婶，您怎么没告诉我们，这果子是人家大叔的？"

胖大婶愤愤不平："吃的就是他家的，那老家伙平时没少欺负我，我偷他几个果子吃，还算是便宜他了！"

看着拖拉机走远，瘦大叔见没追上胖大婶、厉薇薇和陈亦度三人，索性回了胖大婶家，一边在门口放风，一边让蒂凡尼和里奥在院子的鸡窝里偷鸡。

胖大婶回来发现鸡丢了，跑到瘦大叔家里发飙。

争吵中，胖大婶抄着擀面杖对着瘦大叔的脑袋来了一棍子。

众人都很惊讶，意识到大婶这一棍子打重了。

瘦大叔却站着岿然不动，在他身后，里奥捂着脑袋缓缓倒下。

村口树下，三个人排排坐，正懊恼地冥思苦想。

厉薇薇托着腮帮子："大婶给我布置了任务，叫我好好想想怎么报复大叔，你们肯定也接到了报仇任务吧？"

里奥摸着头上的包，哭丧着脸："你不觉得报仇这事，我们两队应该分开想吗？不过，你可一定要提醒胖大婶，下次打人一定要打准一点。"

蒂凡尼一副不屑的表情："无聊！你们继续跟大叔大婶玩乡村二人转吧，我可得去采风了，灵感是走出来的，傻坐着只能浪费时间。"

厉薇薇反驳："你才无聊，融入这里的民情民风本身就是我们来这里的目的，你以为看些山山水水、花花草草就能画出设计图吗？艺术创作需要的不是灵感，而是故事里的你。"

里奥鼓掌附和，蒂凡尼则是一脸气急败坏。

此时，陈亦度走了过来："你们不用白费力气了！"

厉薇薇问："莫非你已经想出了让胖大婶一招制胜的绝招？"

他摇头："输赢根本不重要，掐架只是他们互相表达爱慕之情的一种方式。"

蒂凡尼一愣："口味这么重？"

厉薇薇若有所思："的确是有这么一种人，虽然心里喜欢对方，却碍于种种原因，不愿意开口表白。"

陈亦度点头："所以彼此为敌成了他们能够产生联系的唯一方法，如果不能相爱，那就只能相杀。"

厉薇薇叹气："这种联系虽然痛苦，但总比老死不相往来要好得多。"

蒂凡尼感慨："这种人内心得有多扭曲多变态啊。"

里奥看看陈亦度和厉薇薇："我怎么觉得你们俩好像很懂他们似的？"

陈亦度咳嗽了一声掩饰尴尬："我只是观察力比较敏锐，而且刚刚我找村主任核实过了。大婶和大叔的确一直不好意思跟对方开口表白，是远近闻名的欢喜冤家。"

厉薇薇突然灵机一动："我们是不是修正一下思路，把帮他们俩掐架变成撮合他们在一起，怎么样？"

几人决定努力撮合胖大婶和瘦大叔，可是第二天四人在村中河边会面时，里奥脸上贴了胶布，大家都在叹气。

厉薇薇沮丧地说："大婶寻死觅活折腾了一晚上。"

里奥委屈地说："大婶和大叔轮流打我，把我打得就快要退出模特圈了。"

陈亦度皱眉："看来是我们想得太简单了。"

蒂凡尼不高兴了："要我说，别管人家的闲事了，好好想想咱们的比赛才是正经。"

"说起比赛，"里奥拿出画本还给厉薇薇，"你怎么那么不小心，画本都弄丢了，还是我从垃圾箱里给你捡回来的。这里面可画着节目组给你留的重要线索呢，不过幸好你才画了一半。"

蒂凡尼紧张地看着里奥，他却朝蒂凡尼笑笑，没有当面揭穿蒂凡尼捡走厉薇薇的画本并偷偷扔掉的事，她暗自松一口气。

厉薇薇接过画本，满脸懊恼："现在到底该拿那一对老活宝怎么办啊？"

村中树下，厉薇薇拿着颜料在本子上给合欢花图案上色。

陈亦度站在旁边一边看，一边琢磨："合欢花的图案看着倒是简单，就是刺绣技法过于复杂。"

厉薇薇喃喃说："看来不弄个刺绣高手来，肯定是搞不定的，难道我要沦落到去求蒂凡尼？"

此时，一个小女孩哭着跑过来。

陈亦度问："小妹妹，你怎么了？"

小女孩带着哭腔说："他们都笑话我，说我的裙子丑。"

陈亦度打量了一下小女孩的裙子，裙子有些旧，上面还打了两个补丁。他对小女孩笑笑："你别哭了，哥哥会变魔法，能把它变成全世界最好看的裙子。"

小女孩惊喜地说："真的？"

他点头："当然，你闭上眼睛。"

小女孩听话地闭上眼睛，陈亦度拿起一边厉薇薇的颜料和画笔，直接在小女孩的裙子上画起来。

陈亦度画裙子的样子很专注，一向冷酷的脸上，充满了温柔。

厉薇薇在一边看得有些动容，看看他的样子，随即也提起笔在画本上画起来。

不一会儿，小女孩的旧裙子被陈亦度画成了一条五彩缤纷的新裙子。

小女孩睁开眼睛，高兴得跳起来，跟陈亦度挥手告别，开心地去找同伴玩耍。

陈亦度看着小女孩露出了笑容，厉薇薇有些享受地托着腮帮子看着他的笑容。

他回头发现厉薇薇以花痴眼神看着自己，尴尬地咳嗽一声，随即恢复冷酷表情。

厉薇薇不满了，突然伸手提了一下陈亦度的两边嘴角："其实你笑起来还是挺帅挺可爱的。"

陈亦度扭过头，冷冷地说："我看见你一辈子都笑不出来。"

厉薇薇对着陈亦度的后脑勺做了个鬼脸。

远处，胖大婶抱着瘦大叔家的狗狂奔，瘦大叔挥舞着粪勺在后面追。

两人在树下把这一幕看在眼里，厉薇薇喃喃说："怎么会有这样死心眼的人，明明心里喜欢别人却怎么都不肯承认。"

陈亦度想起自己和厉薇薇的事情，痛苦地闭上眼睛，一语双关地说："也许是因为曾经伤得太深……"

她认真又有些不解地看着陈亦度："你受过伤？"

陈亦度冷冷地看着厉薇薇，没有回答。

厉薇薇恍然大悟："不好意思承认？我说呢，你怎么一副感同身受的样子，原来也是身经百战的情场老手啊！不过就你这德行，是哪个母夜叉胃口那么好，能把你收了啊？"

陈亦度无法忍受她一副轻松的表情，直接把厉薇薇压在树干上，狠狠地质问："你这副事不关己的样子真让人厌恶，难道你就没有被伤过？"

厉薇薇看着突然激动的他，不知道该怎么回答，瞪着无辜的眼睛，先是摇了摇头，又点点头，接着，还是摇摇头……

陈亦度逼近她，恶狠狠地说："厉薇薇，我真想把你的心掏出来看看是什么做的。"

厉薇薇被他愤怒的神情吓得连手里的画本也掉在了地上，风吹开画本，陈亦度看见上面画的是方才自己站在树下对着小女孩笑的场景。

陈亦度看着她的画，一时间有些出神。

厉薇薇连忙上前捡起画本，藏在身后，掩饰地指着一边："我画的是那边的老伯。"

另一边倒是真的有个老伯正在赶鸭子，陈亦度却根本不看老伯，只是看着厉薇薇，在瞬间情不自禁地流露真情。

厉薇薇看着他，也有些害羞起来。

此时，蒂凡尼跑了过来："我要跟阿度单独说点私事，麻烦你让一让。"

闻言，厉薇薇立刻抱着画本害羞地跑走了。

等她走了，蒂凡尼问陈亦度："怎么样，厉薇薇得到的节目组线索究竟是什么？"

陈亦度摇头："我不会告诉你，这有违比赛精神！"

蒂凡尼焦急地说："事关一个亿的大订单，事关我们能不能入驻枫丹百货，和这些相比，比赛精神算什么。厉薇薇以前用过的招数比这阴N倍，阿度。"

陈亦度打断她："不用再说了，我当导师的初衷，是选出真正有实力的选手，不是为DU赢得订单，我不会违背自己的原则。"

蒂凡尼盯着陈亦度，一副看不懂的样子："你以前不是这样的。"

陈亦度掩饰地继续解释："生意是生意，比赛是比赛，我希望你能分清楚。"

突然，蒂凡尼盯着陈亦度的肩膀，从他的肩头捡起一根长头发。

陈亦度看见长头发，想起刚才厉薇薇的头发掠过自己的肩膀，顿时紧张了，连忙慌乱地解释："哦，这是我刚才帮一个小姑娘画了一下她的裙子……"

蒂凡尼瞪着他："你紧张什么？"

陈亦度紧张的表情一览无余，却还要装出霸道总裁的气势："你哪只眼睛看到我紧张了？"

厉薇薇离开陈亦度后，走在回胖大婶家的路上，里奥忽然在她背上轻轻拍了一下，把厉薇薇吓了一大跳。

里奥纳闷了："干吗一副做了亏心事的表情？"

厉薇薇掩饰地摇头："我没有……"

里奥看看她脸红的表情，心领神会："肯定是陈亦度对你说了什么，做了什么吧？其实我早就发现了，他喜欢你。"

厉薇薇又是害羞又是窃喜，表面却还装作很惊讶的样子："怎么可能，陈亦度天天对我摆个苦瓜脸，不是骂我就是整我……"

里奥打断她说："有一种爱叫作爱你在心口难开，陈亦度跟大叔一样口是心非。而且告诉你个秘密，你也挺喜欢他的。"

厉薇薇震惊了，羞愧难当，拿着画本砸里奥的脑袋："我怎么会喜欢他，我都快恨死他了，满脑子想的都是怎么弄死他。"

里奥夺过她手里的画本："别装了，都是姐弟，装来装去多伤感情。我是你弟弟，你能骗别人，休想骗我。"

说完，他淡定地举起手里画本上陈亦度的画像。

厉薇薇一声哀号，整个人栽倒在一边的稻草垛里。

里奥笑了："还好意思说人家大婶大叔，你们俩也病得不轻。我看，应该把你们几个人的病一块治了。"

下午的时候，村里把女人们和厉薇薇、蒂凡尼以及其他几个参赛选手集中在村口，一起制作一种长得像扇子一样的特殊工具。

厉薇薇问："大婶，大冬天的，村里为什么还要做扇子啊？"

胖大婶答："今晚有寒潮，气温会一下子降下来，为了防止室外的果树被冻坏，要点上火堆，再用这个特制的大扇子扇风，以促进热空气流通，保护果树。"

厉薇薇恍然大悟地点头，然后别出心裁地把扇子做成蝴蝶翅膀的样子。

她把蝴蝶翅膀套在自己身上扇动，在夕阳下转了几个圈。

另一边的陈亦度站在树下，看着厉薇薇动人的模样出神。

里奥站在陈亦度边上，看看陈亦度的眼神，偷笑着说："我姐够正点吧？"

陈亦度连忙回过神来，冷冷地问："你姐最近是不是有点不正常？"

里奥以为他发现了厉薇薇失忆的事："这都被你发现了？"

陈亦度说："自从她出院之后似乎变了个人，倒像是我刚认识她的时候那样……"

里奥松了一口气，赶紧把话题打住："陷入爱情的女人嘛，难免有点神经兮兮的。"

陈亦度反问："陷入爱情？"

里奥点头："是啊，可惜就是眼光不怎么样，爱上了你这么个连笑都不会笑的面瘫。"

陈亦度的心弦被轻轻拨动了一下，但他马上又冷静下来。

"爱上我？原来你们费尽心机，一会儿扮苦情，一会儿牺牲色相，就是为了这个？你们要算计我，至少也要有点新意吧？"

里奥不满地瞪陈亦度："谁要算计你！男欢女爱，喜欢就说出来，整天算计算计地挂在嘴上，你累不累啊！唉，别装了，我看你明明也喜欢我姐。"

"闭嘴！我喜欢厉薇薇？你瞎了吧。"

说完，陈亦度甩下里奥，径直走开了。

果树林里，每行果树的首尾都已经升起了一团火焰。

在男性村民的口哨和欢呼声中，化作蝴蝶仙子的老少姑娘纷纷登场，扇动翅膀在一排排的果树林中行走，仿佛翩翩起舞。

一边的里奥顺着瘦大叔的视线看过去，发现前方原来是戴着蝴蝶翅膀的胖大婶正在林间扭动着胖胖的身体。

里奥偷笑，调皮地用手在瘦大叔面前晃了几下，瘦大叔尴尬地回过神来。

里奥拿出一包纸巾递给瘦大叔，示意他擦擦嘴角的口水。瘦大叔接过纸巾，恨不得找个地洞钻进去。

蒂凡尼也戴着蝴蝶翅膀亮相，里奥看着她露出欣赏的表情。

"蒂凡尼找对了属于自己的风格，其实还是挺迷人的。"

陈亦度听了，瞥了里奥一眼。

此时厉薇薇压轴亮相，众女全部让开，她独自一人仿佛林中仙子一般穿梭在果林中。

厉薇薇纯真、美好的样子勾起陈亦度心底最美好的一段回忆，他露出动容的表情。

全场男人兴致高昂，各种欢呼、吹口哨。

陈亦度在一边看着众男的样子，吃了一肚子的醋。

厉薇薇走到众男中间，众男顿时沸腾了，几个年轻的小伙子还摘了野花朝厉薇薇扔去，她笑着朝大家打招呼。

其中一人鼓起勇气说："薇薇小姐，我明天晚上想请你一起去村口的录像厅看电影。"

陈亦度愤怒地打断："厉薇薇没时间看电影，她还要准备比赛。"

里奥笑嘻嘻地走到陈亦度身边，悄悄问："吃醋了？"

陈亦度瞪着他："别仗着年纪小就总是乱说话。"

里奥撇撇嘴："你别仗着比我老几岁就可以睁着眼睛说瞎话。"

清晨，厉薇薇和陈亦度在田间劳作。

她问："我昨晚的表现如何？"

陈亦度不屑地答："乡村非主流风，引得一群小伙子为你疯狂，挺出风头的。"

厉薇薇撇撇嘴："那我今晚就约大叔去录像厅high一下。"

陈亦度怒了："你敢去我就通报节目组说你违规，让他们立即取消你的比赛资格。"

"你这是赤裸裸的羡慕嫉妒恨。"

厉薇薇说着，看见地上的一朵野花迎风招展，忍不住伸手摘花，没想到花蕊中藏着一只蜜蜂。

蜜蜂围着她飞，厉薇薇吓得边跑边尖叫，忽然惨叫一声倒下，她捂着腿，表情痛苦："我被蜜蜂蜇了。"

陈亦度顿时紧张起来，拉开厉薇薇的手一看，她的腿上已经肿起一大块，连忙背着她在田间狂奔。

厉薇薇被他背着，幸福得有些忘乎所以，直接靠在了陈亦度的肩膀上。

陈亦度有些紧张地问："厉薇薇，你不会已经晕过去了吧？"

她故意地说："是啊，我已经四肢抽搐、口吐白沫、神志不清……"

陈亦度责备她："你还有心思开玩笑！我告诉你，土蜂毒性很强，搞不好你小命都不保了！"

厉薇薇冷哼："我死了不正合你的意吗，以后你独霸商场，笑傲江湖。"

他打断她说："我才不会让你死，你要死也得死在我手上，哪儿能这么便宜你。"

回到胖大婶的家里，陈亦度把捣好的药仔细地给厉薇薇敷在受伤部位。

厉薇薇突然一把抓过陈亦度的手摊开，看见他的手上赫然是几个大血泡，顿时感动了："这是捣药捣的？"

陈亦度掩饰地缩回手："没干过这种活，不太习惯……"

她动容地看着陈亦度，打断他说："原来只有我病了的时候，你才会对我好。"

陈亦度反驳："别自恋了，谁要对你好，我是看你快死了，发扬一下人道主义精神。"

此时，胖大婶端着一碗汤进门："来，薇薇，我给你熬了一碗清热解毒的汤。没事啊，我们被蜜蜂蜇是常有的事。阿度啊，你也别紧张了。"

厉薇薇故意套大婶的话："他刚才很紧张我？"

胖大婶点头："是啊，他说在新闻上见过有人被蜜蜂蜇死的，非要拦个拖拉机拉你去医院，幸好我给拉住了。阿度这个人平时挺有主意的，怎么没多大点事就乱了方寸？"

厉薇薇偷瞄陈亦度，陈亦度低头不看她。

"阿度，你照顾薇薇，我去忙我的了啊。"

说完，胖大婶就出门去了。

厉薇薇对陈亦度道谢："那个，谢谢了。"

他还是嘴硬："有什么好谢的，就算换作隔壁大叔家的阿花被蜜蜂蜇了，我也不会见死不救。"

厉薇薇笑了，突然有感而发："对了，你说我们让大叔也紧张大婶一次怎么样？"

里奥和蒂凡尼神色慌张地跑进瘦大叔家。

"大叔，大事不好了，隔壁大婶刚刚在家里突然晕过去了。"

蒂凡尼添油加醋地说："会不会是脑溢血什么的，我姑妈当年就是脑溢血，好端端的一下子就没了。大婶那么胖，还真有可能就是这个病！"

瘦大叔急得二话不说出了门，飞奔进了胖大婶的家，看见大婶"昏迷"在床上，他忍不住老泪纵横。

"胖婆娘啊，好端端的，你怎么就倒下了啊？你不知道，其实自从你守寡之后，我就开始喜欢你，就是一直没好意思说。孩子们说得没错，我三天两头找你的碴，其实就是为了接近你。事到如今，说什么都没用了。但如果老天爷肯再给我一次机会，我一定要亲口对你说，我爱你。"

此时，胖大婶直挺挺地从床上坐起来，愣愣地看着瘦大叔。

瘦大叔看着胖大婶，也呆住了："你没事了？"

胖大婶害羞地说："我有什么事，就是睡会儿午觉，刚睡着你就跑到我这里来说什么爱不爱的。"

此时，厉薇薇等人从门口探出头来，一起鼓掌。

第二天一早，瘦大叔搂着胖大婶出现，对众人说："其实，我跟你们大婶有一个想法，趁这几天就把婚礼办了。现在年轻人结婚不都兴穿婚纱什么的吗，我觉得你们都是做衣服的，能不能给她也设计一件婚纱？"

蒂凡尼看着胖胖的大婶不吭声，厉薇薇却高兴地说："大婶，小case，包在我身上！而且，我觉得你还可以当我的模特，上台替我参赛去呢。"

里奥倒吸了一口冷气："薇薇，你可要想清楚啊，这个模特的条件可是'盖世无双'。"

陈亦度也赞同她的意见，对里奥说："我看行，模特就非得瘦得跟你一样吗？"

厉薇薇也不在乎："就算那些评委不开眼我也认了，婚纱才不是T台上模特的展示品，它是每个女人最美瞬间的情感寄托。大婶和大叔的爱情故事那么动人，我有信心给大婶设计出最美的婚纱。"

陈亦度赞许说："身为导师，我完全支持厉薇薇的想法。"

蒂凡尼顺水推舟地说："那不如我就给大婶当伴娘吧，伴娘礼服我就自己来设计，然后用它去参赛，至于伴郎嘛……"

她看向陈亦度，里奥连忙抢话："那当然当仁不让就是我了。"

蒂凡尼看着里奥，有些懊恼。

厉薇薇说："蒂凡尼，我还有个建议，既然我们在大婶、大叔的事情上合作了一次，那是不是还能再合作一次？"

蒂凡尼面露不屑："我们俩可是竞争对手，接下来可是进入了真正的婚纱礼服创作环节。这个时候你跟我谈合作，该不会是想趁机耍什么阴谋诡计吧？"

厉薇薇摇头叹气："你真是以小人之心度君子之腹。"

说完，她不由分说地直接拉蒂凡尼进屋。

蒂凡尼看着厉薇薇卧室墙上的老绣片，顿时眼睛直了。

"我开始就说了，节目组提供的最有价值的线索肯定就是在胖大婶家藏着。"

陈亦度叹气："这个图案虽然很精美，但我和厉薇薇一直也不知道这是用什么技法绣成的。"

厉薇薇看着蒂凡尼笑了："不过我知道你擅长刺绣。"

蒂凡尼略带得意地说："你的图样，我的手艺，这样你不算吃亏，我也不算占你的便宜。"

里奥纠正她："是双赢！"

胖大婶家的绣片已经摆在了蒂凡尼面前，蒂凡尼拿着针线在空白的绷子上飞针走线，指尖飞舞，让人目不暇接。

众人看得瞠目结舌，胖大婶忍不住赞叹："这姑娘绣花就跟表演杂技一样。"

里奥一副自豪的表情："那是，您也不看看她是谁的学员。"

蒂凡尼绣完的成品摆在胖大婶的老绣片边上，陈亦度皱眉说："相似度倒是挺高，在刺绣技法上是完全一致的。"

里奥点头："就是怎么看都是一个正品，一个高仿A货。"

蒂凡尼瞪了眼里奥："我已经尽力了，有本事你来绣啊。"

陈亦度琢磨说："问题应该不在刺绣技法上，也许是丝线的印染技法出现了差错。"

厉薇薇连淋浴的时候都在思索着做出老绣片的方法，正想着突然墙上爬过一只蟑螂，吓得她尖叫一声，拿起拖鞋闭着眼睛一通拍。

陈亦度正好在门外路过，听到里面的尖叫和玻璃打碎的声音，立刻闯了进去。

厉薇薇发现他闯进来，立刻尖叫，吓得陈亦度急忙转过头，落荒而逃。

厉薇薇急忙扯过浴帘遮挡，惊魂未定。

等厉薇薇洗完出来，胖大婶端上一碗鸡汤说："吃饭咯！"

厉薇薇一边拨弄着披散的头发，一边坐在桌边。

她故意用头发遮住半边脸，不去看坐在一边的陈亦度，神色有些尴尬。

相比之下，陈亦度则是若无其事地吃饭。

胖大婶力劝厉薇薇吃鸡胸脯，还主动给她夹："薇薇啊，来来来，给你这个！吃胸补胸，身材好的女孩子男人才喜欢，就像我！"

厉薇薇道谢："谢谢大婶！"

陈亦度低声补刀："哼，吃再多也没用。"

厉薇薇又羞又怒，狠狠瞪了他一眼。

午饭后，厉薇薇一边帮胖大婶剥白菜，一边和她聊天。

　　"大婶，老绣片上用的丝线到底是哪里来的，为什么我怎么找都找不到颜色一模一样的？"

　　胖大婶答："这都是我奶奶那辈传下来的东西了，我哪儿知道。"

　　厉薇薇郁闷了："那不就是失传了？"

　　陈亦度突然想到："大婶，你知道老绣片上绣的图案代表什么意思吗？"

　　胖大婶想了想："村里的老习俗，姑娘小伙子要是看对眼了，姑娘就会给小伙子绣一个合欢花的荷包。"

　　陈亦度和厉薇薇对视一眼，似乎都想到了什么。

　　厉薇薇兴奋地问："咱们村里哪里有合欢树？"

　　胖大婶遗憾地说："村口的山坡上有一棵，不过现在村里的年轻人很少再自己绣荷包了，合欢树也被大家忘记了。"

　　厉薇薇对陈亦度说："我们等会儿就去找那棵合欢树。"

　　胖大婶微笑着陷入回忆，害羞地说："村口的那个山坡也是我和你大叔第一次见面的地方，那时候我们都很年轻，他去放羊，一共才三只羊，结果居然因为偷看我采花给弄丢了一只。

　　"你们也可以去那里转一转，找找你们说的那份浪漫。"

　　厉薇薇撇嘴："我和这个面瘫在一起，哪里会有什么浪漫？"

　　陈亦度和厉薇薇互相翻白眼。

　　胖大婶偷笑："对了，你俩第一次见面是在哪里，怎么个情况？"

　　厉薇薇一愣，看向陈亦度："你说！"

　　陈亦度不肯说："你说。"

　　她抱歉地说："我忘了。"

　　陈亦度听了脸色一冷，起身说："我也忘了。"

Chapter ⌄10

"我以为他是大灰狼，谁知道哈士奇才是他的真面目。"

放弃我，抓紧我

傍晚时分，厉薇薇和陈亦度直奔山坡。

山坡上鲜花遍地，生机盎然，她一边采摘野花野草，一边感慨："原来这里就是大婶心中浪漫爱情的圣地。"

趁着陈亦度休息的时候，她把远处的陈亦度放在手机相机的取景框里，准备拍的时候脸色大变。

屏幕里出现了一匹狼！

陈亦度还没反应过来就看到厉薇薇朝着自己飞奔而来，她本想向陈亦度求助，谁知跑得急了，一下子扑到陈亦度身上，两人顺着山坡滚下去。

厉薇薇吓得紧紧抱住陈亦度，两人滚到山坡下，她惊魂未定："狼！那里有狼啊！"

陈亦度看向山坡，果然有一匹狼远远地看着他们。

厉薇薇吓得发抖："怎么办？"

陈亦度果断地说："跑！"

他拉着厉薇薇的手就跑，结果那匹狼火速蹿过来。

厉薇薇落到后面，吓得尖叫。

陈亦度明明可以跑掉，却不忍丢下厉薇薇："我把它引开，你爬到那棵树上。"

厉薇薇赶紧爬树，陈亦度去引开那匹狼。

厉薇薇在树上看到陈亦度被狼追得很危险，叫他："快，你快爬上来。"

陈亦度火速蹿上那棵大树，和她坐在一根粗树枝上。

树枝一晃，厉薇薇一个重心不稳差点掉下去。

"小心！"陈亦度急忙拉住厉薇薇，那匹狼在下面等着她掉下来。

"抓紧了！"他想把厉薇薇往上拽，她的身体却不住下沉。

厉薇薇看着陈亦度，一脸要慷慨赴死的表情："你松手吧，别管我了，不然的话你也会掉下来的，我不能连累你。"

陈亦度大吼："少废话，抓紧我！"

他的吼声感动了厉薇薇，她闭上眼睛，紧紧抓住了陈亦度的手。

陈亦度咬紧牙关把厉薇薇拽了上来，她连忙道谢："谢谢你！"

他避开厉薇薇的眼神，去看树下的狼，那匹狼也在树下坐了下来。

陈亦度皱眉："等它走了我们再下去。"

厉薇薇问："它一直不走怎么办？"

他白了厉薇薇一眼："乌鸦嘴！"

厉薇薇折下树枝丢向树下的狼，想把狼赶走，可是狼纹丝不动。

她大声呼救，但是附近一个人影也没有。

听到陈亦度肚子咕咕叫的声音，厉薇薇叹气："胖大婶一定做了好吃的等我们。"

陈亦度的肚子又是一阵咕咕叫，他神情很是尴尬。

厉薇薇看着他问："刚才你一个人明明可以跑掉，为什么又回来救我？"

陈亦度鄙夷地说："我救你了吗？我救的是狼。你一肚子坏水，我怕你把狼毒死了。"

厉薇薇冷哼一声："我被狼吃了你就省心了，没人和你们争枫丹百货的入驻权，也没人再招惹你，岂不是一了百了？"

陈亦度没好气地答："说得挺有道理，要不我现在把你推下去？"

厉薇薇尖叫一声，身体一摇晃，好像要掉下去似的，陈亦度急忙伸手紧紧地抓住了她。

她调皮地笑了："你这个人，明明心眼挺好，嘴巴为什么这么坏呢？"

闻言，陈亦度狠狠瞪了厉薇薇一眼。

月光如水，四周一片静谧。

远处却时不时地传来狼的叫声，厉薇薇吓得哆嗦："怎么办，难道我们今晚要在树上过夜吗？"

陈亦度故意调戏她："刚才我也算救了你一命，现在应该轮到你知恩图报了。"

她问："怎么个报法？"

陈亦度说："你下去把狼引开，我好逃走。"

厉薇薇愣了一下，对他眨巴着无辜的大眼睛："我把狼引开？那我不就成了狼的夜宵吗？"

陈亦度耸了耸肩："你跑快点，再把它甩掉不就行了？"

厉薇薇嘟囔："那你怎么不去，还以为你真的那么好心救我呢。"

她看看陈亦度，再看看树下的狼，深吸一口气，准备往树下跳。

关键时刻，陈亦度一把拉住了她："让你跳你就跳，你还真实在。"

她感激地瞥了一眼陈亦度，露出调皮的笑容："就知道你是逗我玩的。"

陈亦度看看厉薇薇的眼神，依旧嘴硬："就你这点肉，还不够给狼填牙缝的，我怕狼吃了你反而胃口大开，更有力气追我。"

她一眼瞪了过去："鸭子死了嘴还硬！"

一阵风吹来，厉薇薇哆嗦了一下："好冷，这一晚上不被狼吃了，也会被活活冻死吧？"

她看看陈亦度的衣服，又故意哆嗦了两下。

陈亦度说："别看我，我也冷。"

厉薇薇撇撇嘴："你真是一点也不懂怜香惜玉。"

她转过身去，往两只手上哈气取暖。

突然，一件衣服从厉薇薇身后把她盖住，原来是陈亦度脱下外套的一半盖在了厉薇薇身上，接着又抱紧她。

厉薇薇有些恍惚地看着他，陈亦度说："别动，这样大家都暖和。"

她转过头去，偷偷露出幸福的笑容："你可做好准备啊，说不定咱们得这样待一整个晚上。"

陈亦度一直紧绷的嘴角也松弛下来，却继续埋怨："给我老实待着。"

厉薇薇窝在他的怀里，两人靠在树枝上，一人头上戴一个树枝编成的花环，还拿着两根树叶茂盛的树枝挡着自己的脸，看起来好像掩藏在一片树丛之中。

树下的狼就是不走，厉薇薇叹气："这狼可真够可以的，我们伪装成这样子，都快和这棵树融为一体了，它都不打算走。脾气这么倔，太像你了，别是你亲戚吧？"

陈亦度瞪了一眼厉薇薇，她笑了："你看你瞪眼的样子跟它一样，还发绿光呢！"

厉薇薇扭头看着他的样子，陈亦度躲在一堆树枝里，模样很是搞笑，她忍不住大笑起来。

陈亦度反唇相讥："你以为你的尊容比我好多少？"

说着，他也忍不住笑了。

厉薇薇看着他的样子，惊讶地说："原来你这个冷面魔王也会笑？"

陈亦度连忙收起笑容，恢复严肃表情。

厉薇薇突然瞥见他的衣服领子上沾着一朵合欢花，大叫："合欢花。"

她捡起合欢花，抬头看去，月光下的树顶上合欢花开得正盛。

"原来这棵树就是合欢树。"

厉薇薇再一看自己身上蹭着的合欢树叶和花瓣的汁液，兴奋地说："我知道那个绣片，还有胖大婶的嫁衣该怎么做了。"

陈亦度看着她思考的样子，有些欣赏。

厉薇薇很快累得睡着了，陈亦度不敢睡，在月光下凝视着怀里的她。

等厉薇薇从陈亦度怀里醒来，差点从树上掉下去，陈亦度吓得急忙抓紧她："小心！"

厉薇薇这才意识到自己还在树上，她看向树下："那匹狼总算走了。"

两人终于松了一口气，爬下树回去了。

厉薇薇满意地看着布兜里的合欢花，和陈亦度回到胖大婶院子外，却发现那匹狼竟然在那里等着，此时天已亮了。

她吓得尖叫一声躲在陈亦度身后，陈亦度下意识地护住她。

这时胖大婶闻声出来，叫着："大灰灰，回去。"

胖大婶把那匹狼给赶走了，陈亦度和厉薇薇不由得面面相觑。

厉薇薇跑到胖大婶身边："大婶，您怎么一点都不怕狼啊？"

胖大婶笑了："狼？都说大灰灰长得像狼，把你吓着了吧？它是村口老白家的哈士奇，最喜欢追着陌生人跑，吓唬人家。"

厉薇薇和陈亦度听了，顿时哭笑不得。

胖大婶脸上带着坏笑看着陈亦度和厉薇薇："你们俩昨晚去哪里了，一夜都没回来？"

"我们可倒霉了……"厉薇薇还没说完就被陈亦度拽到一边，往自己身后一推。

"我们昨天夜里在山上迷路了。"

厉薇薇一愣，看着陈亦度。

陈亦度小声说："不嫌丢人你就说实话！"

厉薇薇也觉得丢人，顿时不吭声了。

两人遮遮掩掩的样子让胖大婶更加觉得他们有什么奸情，偷笑说："迷路好，你们俩共患难过，以后就知道互相珍惜啦。"

他们听得一愣，厉薇薇有些害羞，陈亦度则是有些尴尬。

这时蒂凡尼和里奥过来，蒂凡尼看到这一切，十分生气："阿度，我有事找你。"

厉薇薇看着里奥，冲他眨眨眼："我也有事情要跟你说。"

厉薇薇把自己采到的合欢花拿了一部分给里奥："这就是老绣片上的合欢花，老绣片用的丝线，就是用合欢树的花和叶子染制的。你去告诉蒂凡尼，她一定会对你这个导师刮目相看的。"

里奥无奈地说："你心可真宽，这么大的秘密你也敢告诉竞争对手。"

厉薇薇冷哼："你姐姐我实力超群，不需要藏着掖着也能赢了她。"

另一边的蒂凡尼把陈亦度拖到角落，尽量使自己的语气显得平和自然。

"阿度，你和厉薇薇一晚上不知道去哪里了，大家都很担心，你们到底发生什么事了？"

陈亦度表情淡然："我们遇到一些麻烦，不过现在已经解决了。"

蒂凡尼关切地问："遇到麻烦？什么麻烦？"

他想到昨晚的遭遇，忍不住笑了一下。

蒂凡尼好奇："你笑什么？"

陈亦度摇头："没什么，总之没事，你不用担心。"

这时厉薇薇叫他："陈亦度，快来吃饭，一会儿还要干活呢。"

陈亦度似乎也真的饿了，没多话，转身朝厨房的方向走去。

里奥迎面过来找蒂凡尼，陈亦度看到里奥手里拿的合欢花，又看了看厨房里正在狼吞虎咽的厉薇薇，眼里闪过一丝柔光，不由得笑了笑。

蒂凡尼看着陈亦度和厉薇薇在厨房里一起吃饭的温馨情景气坏了，一跺脚就离开了，里奥急忙跟着。

"等等，我有很重要的事情告诉你。"

客厅的工作台边，厉薇薇正忙碌着。

陈亦度帮忙用合欢花调制染料，看着厉薇薇认真地画图、剪裁，头发散落下来遮住眼睛，厉薇薇不时用手把头发撩到耳后，陈亦度不由得看出神了。

等厉薇薇发现他在看自己，陈亦度又立刻换了一副嫌恶的表情，拿夹布料的夹子给她把头发胡乱夹起来，动作粗暴，她气得瞪了陈亦度一眼。

厉薇薇做好了样衣，看了看节目组提供的人台，比了比，摇摇头，不满意。

这时陈亦度端着茶过来，刚要坐下，就被她拽住："等一等，帮我试一试这个。"

陈亦度指了指人台："不是有现成的吗？"

厉薇薇说："这是按照标准身材的模特仿制的，可是胖大婶的身材和这个完全不一样，怎么能试出效果？我看你的气质和胖大婶挺接近的。"

他皱眉："你哪只眼睛看出我跟她气质接近了？"

厉薇薇开始耍赖："胖大婶又不在，为了节约时间，你就穿起来让我找找感觉嘛。"

她不由分说便手脚伶俐地把样衣往陈亦度身上套，陈亦度无奈，只好任由厉薇薇摆布。

厉薇薇一边装模作样地用别针在样衣上做了些记号，一边悄悄拿出手机打算拍照。

陈亦度鄙夷地看着她："我看你根本不是在找感觉。"

她调皮地冲着陈亦度笑，扬起手机："是找捉弄你的感觉，你反应可真够迟钝的。来，笑一个！"

陈亦度不甘示弱，扑上前去夺手机，却不小心把厉薇薇扑倒了，婚纱的大裙摆盖在了两人身上，手机刚好拍到了他压在厉薇薇身上的这一幕。

厉薇薇正尴尬时，胖大婶正好提着水果进来，看见这一幕不由得一愣，连忙转身出去："我忘买豆腐了。"

厉薇薇从婚纱的蓬蓬裙里钻了出来："大婶，不是您想的那样。"

陈亦度狠狠地瞪了她一眼，一把脱下衣服，看着手机里的照片又说："照片拍得不错。"

厉薇薇听了，气急败坏地去夺手机。

一通手忙脚乱后，厉薇薇总算赶出了胖大婶的婚纱，也迎来了第二天的决赛。

在欢快的音乐声中，主持人宣布决赛环节开始。

"接下来的总决赛环节将向各位展示一场真实的婚礼，婚礼中出现的新娘及伴娘礼服全部由我们的参赛选手设计制作，而身着这些礼服的都是南溪村的普通村民。平日里高高在上的定制礼服穿在像你我这样的普通人身上，到底会是什么效果，让我们拭目以待。"

各个选手带着自己的模特穿着设计好的礼服在瘦大叔家的院子里集合，村民们鼓掌叫好。

主持人笑着说："新娘怎么迟迟不见踪影，新娘再不来，我们大叔看这些姑娘都要看花眼了，让我们用热烈的欢呼声来迎接新娘的到来好不好？"

在大家的鼓掌欢呼中，胖大婶穿着厉薇薇设计的嫁衣出现了。

厉薇薇拉着胖大婶的手，向大家阐述："其实一开始我也不知道给大婶的嫁衣要从何处下手，脑子里一片空白。直到有一天听大婶说起她和大叔第一次见面的情景，初见——就是今天这款婚纱的主题。"

胖大婶和瘦大叔含情对视，胖大婶有些害羞。

厉薇薇又说："当然激发我灵感的，还有我个人的一些经历。"

陈亦度听了，露出赞赏的表情，但也有一丝不易察觉的羞涩。

厉薇薇笑说："我觉得爱情是一次甜蜜的冒险，而婚姻就像一棵枝繁叶茂的合欢树，只要努力生长，就会在枝头开出最绚丽的合欢花。"

在掌声中，胖大婶十分激动，又有些紧张，语无伦次地说："我今天太高兴了，我有点激动，我希望天下有情人终成眷属，就像我们俩一样！"

说完，她径直把捧花给了厉薇薇。

"薇薇，要是遇到觉得好的男人，别想太多，错过了可就是一辈子，大胆去追吧。"

厉薇薇点了点头，和胖大婶拥抱。

大家鼓掌起哄，陈亦度发现厉薇薇的目光投向自己，有些难为情，转身避开，假装和身边的瘦大叔聊天。

"大叔，结婚以后，要好好对大婶，别再跟她拌嘴了。"

瘦大叔忙说："我哪里还舍得气她，现在想想，以前那都是孩子气。"

陈亦度看了看正在和胖大婶说话的厉薇薇，忍不住微笑了一下。

见蒂凡尼生闷气，里奥悄悄走过来在她耳边低语："比衣服呢，是薇薇姐的好。不过比人呢，还是你美。"

蒂凡尼正得意着，里奥补充道："我说的人是胖大婶。"

闻言，蒂凡尼怒了："请你马上给我圆润地离开。"

里奥淘气地吐了吐舌头："就要投票了，你还不对我好一点，争取关键性的一票。"

蒂凡尼冷哼："我靠的是实力。"

里奥笑了："有骨气，我喜欢。"

选手设计师每个人拿着一个瓶子站成一排，主持人宣布投票程序。

"得到合欢花数量最多的参赛选手，将成为本届新浪潮服装设计大赛的冠军。参与投票的有我们的导师、服装行业的专业人士，以及我们南溪村的村民。节目组这么做的目的，就是力求比赛的公平公正，选出最有才华，同时又最受欢迎的设计师。"

这时里奥过来投票，他看了看蒂凡尼，又看了看厉薇薇，两人瓶子里的合欢花看起来一样多，最后他把手里的花丢进了蒂凡尼手中的瓶子里。

里奥在厉薇薇耳边低语："虽然我觉得你的设计挺好，但我真心觉得蒂凡尼这次更加出彩一丁点，你千万不要因为这个打击报复我啊。"

陈亦度作为投票者取了合欢花，正准备去投票，却听见主持人的声音，不由得脚步一停。

主持人说："看样子最终的角逐将在蒂凡尼和厉薇薇之间进行，我刚刚数了一下，二位目前的票数不相上下，都是十一票。现在最关键的一票将直接决定本届冠军花落谁家，陈亦度先生，您想好要投给谁了吗？"

蒂凡尼一脸轻松，挑衅地看了厉薇薇一眼。

陈亦度拿着合欢花走过来，看看蒂凡尼，又看看厉薇薇。

蒂凡尼已经在微笑了，陈亦度松手，手里的合欢花落入另一边的瓶子里。

厉薇薇的表情是不敢相信，蒂凡尼简直目瞪口呆。

主持人开口问："我想大家心中也都和我一样充满了疑问，陈亦度先生，您这关键的一票为什么不投给自己公司的设计师呢？"

厉薇薇则有些不解，她期待着陈亦度的答案。

陈亦度不紧不慢地开口："厉薇薇的作品成功再现了一个女人一生中最美好的回忆，并且赋予了穿者追求美丽的自信和对幸福生活的期盼。她的设计已经超越了时尚本身，代表了更美好的追求。

"不仅如此，厉薇薇还将还原合欢花刺绣图案的关键技术，无私地分享给了竞争对手。她这种正直、豁达的比赛精神，也令我十分欣赏。"

厉薇薇听了十分感动。

主持人说："现在，由我荣幸地宣布，本届新浪潮服装设计大赛的最终获胜者是——厉薇薇！"

厉薇薇在掌声中被指引到领奖台，有人将一个鲜花的桂冠戴在厉薇薇头上。

主持人问："今天的你不仅赢得了冠军头衔，还赢得了竞争对手陈亦度先生的欣赏和认可，对此你有什么想说的吗？"

厉薇薇答："陈亦度这个人古板、挑剔、爱记仇，还睚眦必报，做他的朋友未必能落好，而做他的竞争对手嘛——更是刀口舔血，一刻都不能松懈。"

大家都傻了。

陈亦度盯着她，仿佛厉薇薇说出这样的话他并不奇怪，一副无所谓的神情。

厉薇薇又说："这次比赛我和他狭路相逢，本以为他会抓住机会狠狠地报复我，可是他没有。"

她的神色有些动容，盯着陈亦度："我以为他是大灰狼，谁知道哈士奇才是他的真面目。"

陈亦度没料到厉薇薇会来这么一句，惊了一下，随即开始咳嗽。

厉薇薇对陈亦度笑了："陈亦度，谢谢你对我的帮助和包容，说好的大餐，我一定不会赖账的！"

在大家的鼓掌声中，陈亦度神色动容。

大赛结束，接下来是欢乐的喜宴。

厉薇薇和村民们喝着酒，载歌载舞，忽然发现陈亦度一个人拿着酒离开了院子。

见状，她也拿着酒跟出去了。

听着院子里传来的喧闹声，陈亦度一个人坐在角落喝酒。

他闭上眼睛，脑海中是自己和厉薇薇被困在树上和厉薇薇让自己试穿样衣等画面。

陈亦度晃了晃脑袋，喝了一口酒，自言自语："都结束了。"

　　这时身后响起厉薇薇的声音："比赛虽然结束了，可你也别想这么快溜掉。"

　　她坐在陈亦度对面，把手里的酒放在桌上："一个人喝酒多没意思，我陪你？"

　　陈亦度摇头："算了吧，你不是我的对手。"

　　厉薇薇不服输："谁说的，咱们比瞪眼，谁要是先眨眼谁就输，输了的人要把这剩下的酒全喝了。"

　　他挑眉："真的要比？输了可不许耍赖。"

　　厉薇薇和陈亦度瞪着眼睛看着对方，趁着醉意，两人的眼神都有些动情。

　　厉薇薇喝多了，忽然咕咚一下直接趴在石桌上。

　　陈亦度看着脸上带着傻笑醉倒的她："这个样子，多像从前的你。"

　　他有些忍不住想上前摸厉薇薇的脸庞，一只手伸出来抓住了陈亦度的手。

　　陈亦度抬头，发现是霍骁找来了。

　　霍骁怒气冲冲地说："我警告过你离薇薇远点，别再让我看见你接近她。"

　　陈亦度又恢复冷面无情的模样，推开霍骁，不怀好意地说："这话你应该留给厉薇薇，现在主动投怀送抱的可是她。"

　　霍骁不悦地说："想想你之前对薇薇做下的事，再看看你现在这副嘴脸，你不觉得自己心理扭曲吗？"

　　陈亦度嘲讽地答："心理扭曲的人是你吧？你希望看到什么，看我公报私仇，让厉薇薇输掉比赛？"

　　霍骁怒了："你少惺惺作态，蓄意纵火，谋杀未遂，你不会以为自己犯下的罪行永远不会被人发现吧？"

　　陈亦度反问："证据呢？"

霍骁攥紧拳头，不说话了。

陈亦度冷笑："也对，要是真有证据，恐怕我这会儿已经在警察局，而不是在这里听你耍嘴皮子了。"

"无耻！"霍骁忍不住一拳挥向陈亦度，却被陈亦度牢牢握住了他打过来的拳头。

"小心没把我送进警察局，先把自己送进去了。"

"你等着，我一定会找到你的罪证。"

霍骁回转身去，背起喝醉了的厉薇薇离开了。

霍骁将厉薇薇放进车里，后者酒醉把霍骁当成了陈亦度，一把抓住他。

"陈亦度，不许走，继续喝。"

霍骁强忍愤怒的表情："我不是陈亦度。"

厉薇薇睁开眼，看着他问："那陈亦度呢？"

霍骁答："比赛已经结束了，我带你回去。"

他坐进驾驶位，看到厉薇薇躺在后座上已经睡着了。

霍骁生气地砸了一下方向盘，平复了一下，还是下车体贴地给她盖上毯子。

第二天厉薇薇回到玲珑，受到所有人的热烈欢迎。

砰的一声，彩色碎片像烟花一样打在空中，大家热烈鼓掌，唯独康星站在人群外，看着她的眼神很冷。

老万把奖杯放在陈列台上，厉薇薇看着奖杯，有些感慨："其实这次比赛，我最大的收获并不是这个奖杯，而是——朋友。"

霍骁看着厉薇薇盯着奖杯出神的样子，很不是滋味，上前把她拉进办公室。

厉薇薇好奇地看着他："你有话就说，干吗搞得这么神神秘秘的？"

霍骁严肃地说："你和陈亦度不可能成为朋友，而且你要小心提防他。"

厉薇薇不解了："为什么？"

霍骁有些犹豫，但还是决定说出来："因为他从前伤害过你。"

她皱眉："他伤害过我什么？"

霍骁注意着自己的措辞，既不能太刺激厉薇薇，又不能让她太不在意："他伤害过你很多次。"

厉薇薇不在意地说："我和他是竞争关系，所以关系不好也是正常的。他伤害我，我肯定也伤害过他。可是我现在不想再那样斗来斗去了，老天爷安排我失忆或许就是想给我个机会忘记所有的不愉快，让我重新开始。"

霍骁摇头："你失忆了不代表过去不存在，不是所有关系都能重新开始的。"

厉薇薇有些不痛快："这是我的事，不用你帮我决定。"

说完，她转身离开。

霍骁很郁闷，一拳砸在桌子上。

陈亦度和莫凡在桑拿房见面，莫凡试探地问："这次的比赛你和厉薇薇狭路相逢，恐怕不太愉快吧？"

陈亦度摇头："正好相反，这些天相处下来，我更加坚信厉薇薇和以前不一样了。"

莫凡惊讶了："阿度，你上次说想要再给一次机会的人，不会就是她吧？"

他没吭声，算是默认了。

莫凡皱眉："你怎么这么糊涂，你在厉薇薇身上吃的亏还不够多吗？"

陈亦度开口解释："可是你也说了，这不仅是给对方的机会，也是给自己的。哥，我恨了厉薇薇这么多年，真的不想再继续下去了，我的心好累。"

莫凡看着陈亦度的样子有些不忍，叹了口气："你自己都想好了，我还能说什么呢？大不了回头你在厉薇薇那里吃了亏，我还像当初那样，再把你揍醒。"

陈亦度笑了："我知道你是关心我，谢啦。"

莫凡不客气地把搓澡巾甩到陈亦度脸上："要谢我就要拿出诚意，好好伺候着，大爷满意了重重有赏。"

陈亦度翻了个白眼，不情愿地给他搓起背来。

第二天早上，蒂凡尼给陈亦度送来DU下个季度的礼服设计图册，他正在认真看图册，桌上的手机忽然响起。

蒂凡尼好奇地看了一眼，陈亦度手机屏幕上显示出厉薇薇的名字。

陈亦度说："你先去忙吧！"

等蒂凡尼愤愤不平地离开，他才接起了电话。

厉薇薇的声音听起来是一种强装的自然："为了感谢你在比赛中尽职尽责，我答应过的，要请你吃大餐……"

陈亦度冷淡地答："我现在很忙。"

她顿了一会儿，锲而不舍："那么甜品？"

"也没时间。"

陈亦度似乎在期待着她的再接再厉，所以等待着电话那边厉薇薇的声音。

厉薇薇没有让他失望："那你什么时候不忙，我可以送货上门。"

他露出微笑，但声音依旧装得很冷静："你有空送上门，我未必有空吃。"

陈亦度刚放下电话，却见蒂凡尼急匆匆地进来。

"陈总，楼下出事了，您快去看看。"

DU集团楼下，一个姑娘身边支着一袭婚纱，一些好奇的人看了，议论纷纷。

姑娘说："我叫拿铁，我本来可以拥有幸福的爱情和美满的婚姻，可是这一切全被DU集团给毁了。他们利欲熏心，用廉价的毒面料制作婚纱，害得我皮肤严重过敏，我未婚夫也因为这个和我分手了。DU集团，今天你们一定要给我一个说法，不然我就跟你们死磕到底。"

蒂凡尼在楼内愤愤不平："这根本是污蔑，要我说直接报警抓她，告她诽谤！"

陈亦度摇头："不要轻举妄动，先把事情调查清楚。无论如何，我们都要做到问心无愧。"

蒂凡尼却担心了："可是任由她这么闹下去，会不会把五年前的事情给翻出来？"

陈亦度蹙眉："应该不会，当初的事只有我们几个知道。"

蒂凡尼不得不提醒陈亦度："还有厉薇薇，她也是知道的。"

厉薇薇给陈亦度送甜品，在DU设计部外偶然遇到了莫凡。

莫凡看到她一愣："厉薇薇？"

厉薇薇一怔，打量着莫凡，表情疑惑。

莫凡皱起眉头："你不认识我？"

厉薇薇急忙打岔："我是来找陈亦度的，你知道他在哪里吗？"

莫凡有些惊异地看着厉薇薇，恰好陈亦度走来。

厉薇薇对陈亦度和蒂凡尼友好地挥手："甜品我带来了，给你放在办公室了。对了，你什么时候有时间，我请你吃饭。"

莫凡在一边饶有兴趣地看着。

陈亦度有些尴尬："有些棘手的事要处理，最近会很忙。"

厉薇薇急忙说："没关系，我等你忙完好了，你忙完了记得给我电话。"

说完，她就走了。

看着厉薇薇的背影，蒂凡尼带着提防的表情说："她怎么偏偏这个时候来了？"

厉薇薇回去后趴在床上，眼前摆着一本婚纱图册，心思却完全不在图册上。

她一会儿看一下手机，一会儿看一下手机："这个陈亦度，怎么还没来电话？"

厉薇薇看着图册，图册上穿着婚纱的男模女模，瞬间就变成了自己和陈亦度的脸。

她使劲揉揉眼睛再一看，原来只是自己的幻觉。

厉薇薇回过神来，猛拍自己的脑袋："虽然你快三十了还没嫁出去，但你也不至于急成这样啊。瞧瞧你满脑子都是男人，而且还满脑子都是陈亦度，冷静！"

第二天她去公司的时候，员工正议论DU集团的毒布料事件。

有人建议说："厉总昏迷的时候，他们DU对我们各种打击，那现在他们遇到这样的事情，要不我们也趁机推波助澜，顺带帮拿铁姑娘一把？"

厉薇薇不悦地说："你们怎么能有这么猥琐的心态？少幸灾乐祸，趁火打劫！这种倒霉事说不定下一次就轮到咱们自己头上了，事情还没有查清楚，你们少在这儿乱嚼舌头！有空管人家的闲事，还不赶紧管好自己手上的事。"

众人面面相觑，以前DU集团出事，最高兴的就是厉薇薇，她比谁都要幸灾乐祸，怎么突然就完全变了，真的跟陈亦度和解了吗？

厉薇薇回到办公室搜索这个叫拿铁的姑娘，却一无所获，只得求助于珍妮："你帮我查一下拿铁姑娘的联系方式，帮我约她今晚六点在水手酒吧见面。"

康星无意中听见，脸上露出得逞的神色。

陈亦度的手机不停地响，他干脆关机。

曹钟进来向陈亦度汇报："陈总，那个叫拿铁的姑娘我已经联系上了，可是她就是不肯善罢甘休，给钱不要，说联合质检部门调查也不干，也不肯交出她买的婚纱，非说我们要骗走证据。看样子，她是非要把事情闹大不可了。

"有好几家报社打电话来想要采访您，我都帮您婉拒了。"

曹钟的表情越来越凝重："还有很多客户要求取消下一季的婚纱订单。"

陈亦度说："就按他们的要求取消。"

曹钟又为难地说："苏总也打电话来说要约您见面，希望您当面解释这件事。"

陈亦度皱眉："没关系，去吧。"

曹钟松了一口气："我这就去开车。"

两人匆匆赶到茶馆，包厢里的苏总一脸愁容："陈总，现在外面都在疯传，说你们用毒布料做婚纱，你说我的精品店跟你们订了那么大一批货，你叫我怎么办？"

陈亦度正色说："这完全是诽谤，DU正在解决这件事，相信不久就会真相大白。苏总，你我是多年的老朋友了，咱们之间难道连这点最基本的信任都没有吗？"

苏总冷笑："我愿意相信你们，可我的客户不愿意。现在你们的婚纱一件也卖不动，还有一堆顾客嚷嚷着要退货。你说这么大的损失，谁来承担？"

陈亦度说："很抱歉给您带来不便，但作为DU的合作伙伴，我们还是希望您在这个时候能跟我们共同进退。您订的那批货，我可以用名誉保证绝对没问题。"

苏总继续冷笑："名誉？你的名誉值几个钱？"

突然包厢门被打开了，莫凡走了进来。

陈亦度面露诧异："哥？"

苏总不悦地问："你是谁？"

莫凡不慌不忙地坐下来，自己给自己倒茶喝："要是陈亦度的名誉不值钱，你又怎么能借着这个机会狠狠敲他一笔，来填平你公司的资金缺口呢？"

苏总一愣："你说什么？"

陈亦度嗅到不对劲，在一边饶有兴趣地看着。

莫凡继续说："你的精品店快破产了，现在正到处找钱，我可以明确地告诉你，你打算弄的那个高端礼服租赁项目已经被否了。"

苏总脸色一变："你到底是谁？"

莫凡漫不经心地自我介绍："启智投资的CEO，莫凡。"

苏总吓坏了，站起身对莫凡哈腰："莫、莫总……"

莫凡打断他说："启智投资不会给你们投一分钱的，阿度，咱们走。"

不顾已经瘫软的苏总，莫凡拉着陈亦度离开。

两人上车后，陈亦度看向莫凡，两人相视而笑。

陈亦度感激地说："谢了，哥。"

莫凡笑了："对待这种小人，我还是很有办法的。走，找个地方陪我喝一杯去。"

车子正开着，路上突然有个年轻人横冲直撞过来，差点撞上他们的车。

陈亦度急忙刹车，年轻人没有被撞到，急急忙忙走开了。

莫凡似乎被触动了神经，有些生气，吼他："你是怎么开车的，万一撞到人怎么办？"

陈亦度满脸吃惊："哥，已经没事了。"

莫凡意识到自己失态，狠狠地瞪了他一眼，又换上一脸关心责备的表情："你开车不能这么大意。"

陈亦度有些感动，拍拍莫凡的肩膀，笑笑："我知道了，瞧你的样子，怎么一点小事把你紧张成这样？"

他继续开车，莫凡把脸别过去，表情复杂。

两人到了酒吧，坐下后莫凡问："你有没有想过毒面料的事玲珑是最大的受益方，你难道一点都不怀疑这件事和厉薇薇有关吗？"

陈亦度摇头："她不会这么做的。"

莫凡反问："你为什么这么肯定？"

"因为我相信她。"

话音刚落，陈亦度便看到厉薇薇和霍骁走进酒吧，不由得一愣。

等看见拿铁和厉薇薇见面，他顿时大惊。

陈亦度盯着厉薇薇看，她一直在和拿铁说着什么。

不久后拿铁起身离开，还经过陈亦度和莫凡的身边。

莫凡一脸惊讶的表情："咦，那不是昨天闹事的姑娘吗？"

厉薇薇和霍骁随即也离开酒吧，并没看见陈亦度和莫凡。

"果然是他们在背后搞鬼！"莫凡一脸愤怒的样子要追过去，被陈亦度拉住。

"你为什么拦着我，捉贼拿赃，你不上去揭穿，难道是还想给厉薇薇机会？"

陈亦度艰难地开口："或许，这只是个巧合。"

莫凡无奈地说："巧合？阿度，这话你自己信吗？"

第二天一早，曹钟把拿铁带到陈亦度面前。

拿铁十分桀骜不驯："你就是DU的老板？"

陈亦度点点头，在桌面上推给拿铁一张支票。

拿铁斜眼看了一眼支票："怎么，想拿钱收买我？"

陈亦度摇头："别误会，这是我个人对你的遭遇表示同情。但有一点需要说明白，我们DU的婚纱没有任何质量问题，更不存在什么毒面料。

如果你继续罔顾事实，胡闹下去，我们只好启动诉讼程序，告你诽谤！"

拿铁冷笑："想吓唬我？没用！我才不要你的臭钱，我要的是你们身败名裂！"

说完，她把支票撕掉就离开了。

陈亦度见了，不由得咬牙切齿。

他去附近的自动售货机上买东西，投币之后东西出不来。

这时一个女人过来，推了几下售货机，饮料出来了。

她把饮料递给陈亦度，他接过饮料道谢后抬头，发现这个女人竟然是厉薇薇。

厉薇薇微笑着看着陈亦度："我知道你最近很心烦，你别担心，那件事一定会解决的。"

陈亦度皱眉，盯着她看。

这时，陈亦度手机响了，是曹钟的电话，他有些提防厉薇薇，转身拉开距离接听。

"陈总，我一个记者朋友跟我说，有人想给他塞钱，让他把拿铁的负面报道搞得越大越好。"

厉薇薇耐心地等待着陈亦度，发现他很不高兴。

陈亦度愤怒地挂掉电话，看了一眼她，又看了一眼手里的饮料，把它砸进了身边的垃圾桶，转身就走。

厉薇薇想上去追他，电话却响了。

"厉总，已经帮您约好拿铁姑娘了。"

厉薇薇高兴地去赴约，拿铁不高兴地问："你又找我干吗？是陈亦度派你来的吗？"

厉薇薇笑了："别着急，先坐下喝点东西，我给你点了杯长岛冰茶，味道很特别，很好喝。"

拿铁摇头："不好意思，我不喝酒，你有什么话最好直说。"

厉薇薇问她："嗯，你就没想过和DU和解吗？"

拿铁冷哼："做梦！不管你们说什么，出多少钱，我都不会屈服的，就算是为了保护其他姐妹不再上当吃亏，我也要和DU斗到底。"

厉薇薇安抚她："别激动，不和解就不和解，我支持你。他们家的提拉米苏可好吃了，吃饱了才有力气继续抗议。"

服务生端来两块蛋糕放在她们桌上，拿铁缓和了一下情绪，开始吃蛋糕。

厉薇薇看了她一眼问："蛋糕好吃吗？"

拿铁别扭地说："凑合吧。"

厉薇薇挖一勺蛋糕："我最喜欢吃提拉米苏了，特别是里面手指饼干蘸朗姆酒的部分。"

拿铁大惊，猛地放下勺子，站起身，指着她说："你设计我！"

她说着开始挠胳膊，身上起了红疹子。

厉薇薇装糊涂："哎呀，你怎么又出疹子了？难道你今天这身衣服也是毒面料做的？"

拿铁听了，顿时一脸心虚。

厉薇薇话语一转，严肃地说："你明明知道自己是酒精过敏，却诬陷DU的婚纱有问题，毁坏人家的名誉，你说你这种行为算不算诽谤呢？不管你是出于什么目的，我现在给你一天的时间来澄清事实，向DU道歉。不然的话我就将真相公之于众，到时候名誉扫地的可就是你了。"

她说完就起身离开，留下面色惨白的拿铁。

陈亦度推门进了办公室，发现蒂凡尼和曹钟正在焦急地等待着自己，疑惑道："怎么了？"

曹钟说："陈总，刚刚有人在网上爆料说我们的面料的确有问题，因为我们五年前就进过毒布料。"

蒂凡尼也说："阿度，五年前的事除了我们三个，就只有厉薇薇知道，这件事肯定是她在背后捣鬼。"

陈亦度面无表情地说："你们先出去。"

蒂凡尼郁闷了："都这样了，你难道还以为是巧合？还要为厉薇薇这种女人辩护吗？"

陈亦度提高声音："出去！"

曹钟拉着愤怒的蒂凡尼出去，她甩开曹钟悻悻离去。

两人离开后，陈亦度露出愤怒的表情，捶着桌咬牙切齿："厉薇薇！"

厉薇薇正在看员工们更换展示厅的装饰物，手机响了，她一看是陈亦度，激动坏了，急忙接听。

"陈亦度？"

陈亦度的口气有些生硬："今天晚上请你吃饭，打扮得漂亮点，我去接你。"

厉薇薇还没开口，陈亦度就挂了电话。

她高兴地说："肯定是要感谢我帮他解决了大麻烦。"

回家在镜子前精心打扮了很久，听见外面响起喇叭声，厉薇薇这才急忙抓起小手包出去。

陈亦度面无表情地在车里看到厉薇薇艳光四射地出来，晚礼服外面套着薄羊毛大衣，在车窗外朝自己挥手。

他冷静地下车，面无表情地给厉薇薇开车门。

厉薇薇坐在副驾驶上，陈亦度坐在自己的驾驶位上，伸手给厉薇薇系上安全带。

厉薇薇暗喜，又有些害羞："谢谢。"

陈亦度发动车子，厉薇薇看着外面的风景，发现已经到了城郊，奇怪地问："怎么要开这么远？我们要去哪里吃饭？"

他冷笑："到时候你就知道了。"

厉薇薇恍然大悟："卖关子是吧？"

车子终于停下，陈亦度说："到了。"

厉薇薇好奇地向外张望："这是哪里呀？"

她把包和手机都丢在车上，从车上下来。看着路边的夕阳美景，十分陶醉。

"这里真美啊！这么浪漫的地方，是不是也该发生一些浪漫的事呀？"

厉薇薇情不自禁地朝陈亦度身边挪了挪："你就没有什么重要的话要跟我说吗？"

不管她怎么暗示，陈亦度就是冷着脸看向远方。

厉薇薇有些懊恼，一阵风吹来，她打了个寒战，往陈亦度身边靠了靠，悄悄伸手挽住他的手臂。

陈亦度终于回头，冷眼看了看身边的她。

厉薇薇一脸幸福地顺势靠在了他的肩膀上，陈亦度伸臂搂住她的肩膀，那只手却在不自然地轻轻颤抖着。

她感慨地说："一年三百六十五天，太阳每天都要落山，可今天的夕阳特别好看。我想，是因为我身边一起看夕阳的人不一样。"

厉薇薇期待地看着他，陈亦度也看着夕阳："你最近那么大费周折地折腾，就是为了让我陪你看夕阳吗？"

陈亦度冷笑着，厉薇薇不解其中深意，撒娇说："当然不是啦，我想要的更多。"

他看着厉薇薇，表情高深莫测："那你想要什么？我的公司？我的名誉？还是我全部的财产？"

厉薇薇皱起鼻子，表示嫌弃："真俗！你应该说：我的人，我的心，我的余生都给你！大方点嘛！"

陈亦度凑近她，盯着厉薇薇的眼睛，嘲讽地说："好，我的一切全部给你！"

厉薇薇感动得一塌糊涂："你是认真的吗？"

　　陈亦度低下头，厉薇薇以为他要吻自己，急忙闭上眼睛。

　　结果，等来的却是他的一声冷笑。

　　厉薇薇很意外，睁开眼睛，神色有些蒙。

　　陈亦度冷冷地说："厉薇薇，你真的很了解我……我的犹豫，我的纠结，我内心深处的期待，都被你看得一清二楚。过去这些年，我们在商场上彼此为敌，你耍狠，我比你更狠；你刺痛我，我会让你更痛；你让我付出的代价，我会让你加倍奉还……

　　"然而我一次次在关键时刻收手，让你可以绝处逢生，再次站在我的对面，再次伤害我，刺痛我。我为什么这么做，其实你一直都知道对不对？厉薇薇，这场比赛我从最开始就输了，因为我爱你。"

　　厉薇薇看着陈亦度的样子，有些被吓到了。

　　这句"我爱你"是她一直想听到的，但此时此刻，它听上去是那么刺耳。

　　陈亦度又说："当你又一次接近我，对我示好的时候，我就像个疯子一样，听不进任何劝告。就算眼前有再多破绽，我都视而不见，只知道自圆其说。我原谅你、理解你、接受你。可惜即使这样，我还是无法打动你。厉薇薇，你就这么想让我死吗，为了整垮我，不惜一切代价，连色相也能牺牲，连感情也能践踏？"

　　厉薇薇大惊："我没有，你一定是哪里误会我了！"

　　陈亦度冷笑："误会？难道拿铁不是受你指使？难道五年前那件事不是你爆料给媒体的？"

　　她焦急地辩解："不是这样的，拿铁那边我已经帮你解决了。还有，什么五年前的事，我不明白。"

　　陈亦度打断厉薇薇的话："你已经得逞了，我现在一败涂地，你不用再演戏了。"

　　他狠狠甩开厉薇薇，后者重重摔倒在地上。

　　厉薇薇哭着叫住他："陈亦度！"

　　"从今天起，无论你做什么，我都不会再和你产生任何一点交集。"

说完，陈亦度转身开车离开。

"陈亦度，你给我停下！"

厉薇薇跟着车跑起来，脚突然扭了一下，她再次摔倒，膝盖上流出鲜血。

"陈亦度，你个浑蛋。你要扔掉我也挑个好点的地方啊，专挑这种鸟不拉屎的地方，你是有预谋的。"

她一瘸一拐地捂着肚子咬牙在路边走着，喋喋不休地骂着陈亦度。

脚太疼，厉薇薇脱下鞋光着脚走，走几步之后，脚更疼了。

"陈亦度！我数十下，不，一百下，你要是回头来接我，我就原谅你，我也不打你了。"

她一边数一边走，迎面开来一辆车，厉薇薇挥手拦车，车却无情地开过去了。

"90……95，96，97，98，99——"

厉薇薇又摔了一跤，摔得更严重了。

她打了个喷嚏，头发凌乱，脸上的妆也花了。

"99，99，99……"

厉薇薇看着膝盖上的血，咬牙爬起来，继续走。

"99.991，99.992，99.993……陈亦度，你知不知道我一直在给你机会，你怎么还不出现？"

陈亦度一夜辗转难眠，一早听见敲门声，打开后却看到脸色苍白的厉薇薇。

她光着脚，膝盖流血，蓬头垢面，红着眼睛，十分狼狈。

厉薇薇已经有些神志不清了，喃喃说："99.99992，99.99993……你如果道歉，我就原谅你，我还没数到100呢。"

说完，她就晕倒在陈亦度面前。

陈亦度只得把厉薇薇扶进来，丢在沙发上。

他不小心触碰到厉薇薇的手，发现厉薇薇在发烧。

Chapter ⌄11

"厉薇薇，我对你的感情，对你的期待，我已经亲手毁灭了。从今以后，我不会再为你动一丁点情感，你不配！"

厉薇薇醒来发现自己躺在陈亦度家的客厅里，他在给自己换额头上的毛巾降温。

她可怜兮兮地看着陈亦度："我真的没做过你说的那些事……"

陈亦度冷冷地说："既然醒了，那你可以走了。"

厉薇薇皱眉："你既然那么讨厌我，为什么还这样照顾我？"

他生硬地答："我只是不想你死在我家门口。"

厉薇薇还想解释："拿铁的事……"

陈亦度打断她，打开大门："够了，我没兴趣看你演戏。"

厉薇薇看着他，做了一个破釜沉舟的表情："我失忆了，根本不知道五年前发生了什么，也根本不可能向媒体爆料五年前的事，更不可能串通拿铁陷害DU！"

陈亦度看着厉薇薇，随即苦笑："厉薇薇，这又是什么新招数？"

她解释说："我真的什么都不记得了，甚至不记得你……"

陈亦度怒了："我已经认输了，究竟还要把我羞辱到什么程度你才满意？过去五年我没有一天不受煎熬，没有一天不在苦苦挣扎，这还不够吗？在我面前装得一副可怜兮兮的样子，编一个这么荒谬的谎言，你觉得我会信？厉薇薇，我对你的感情，对你的期待，我已经亲手毁灭了。从今以后，我不会再为你动一丁点情感，你不配！"

他把厉薇薇从沙发上揪起来，朝门外拉去。

厉薇薇虚弱地争辩："我是真的失忆了……"

陈亦度根本不听她的话，狠狠地把厉薇薇推出门外，把她的衣服和鞋丢出去，接着用力关上门。

他看着关上的门，大口喘着粗气，脸上是痛苦绝望的表情。

厉薇薇虚弱地敲了敲门，可惜门内毫无动静。

她只得捡起自己的东西，怅然离开。

门内的陈亦度正悲愤难平，这时座机忽然响起。

是曹钟的来电："陈总，我给您邮箱发了一段视频，您要是有时间马上看一下吧！"

陈亦度立刻打开电脑，视频里是拿铁在道歉。

"我发布这段视频是公开向DU集团道歉，我错了，其实我全身起了疹子并不是婚纱布料的问题。之前我在不明真相的情况下误会了DU婚纱，给他们造成了很大的困扰，对不起！我希望我的道歉和澄清能给你们挽回名誉和损失，真的对不起。"

曹钟在电话里继续说："我逼问了拿铁，原来是厉薇薇揭穿了她酒精过敏的事实，她才被迫澄清的。看样子，这件事真的是厉薇薇帮了我们。"

陈亦度愣住，缓缓放下话筒，接着急忙冲出家门。

他看到厉薇薇一瘸一拐的背影，心里更加内疚和难过。

陈亦度心疼地一把将她搂在怀里，心痛地说："对不起，对不起……"

厉薇薇愣愣的，有些不敢相信，抬头看看他，接着就在陈亦度的怀里晕了过去。

陈亦度万分紧张，一个公主抱把她抱起来，带回家轻轻放在床上，握住了厉薇薇的手，想起了往事。

曾经的两人一起布置老工作室，忙得不亦乐乎的时候，厉薇薇会给陈亦度做蛋包饭，还在蛋包饭上用番茄酱画爱心。

他们甜蜜分吃蛋包饭之后，陈亦度握着厉薇薇的手感激地说："谢谢你一直在我身边帮助我，鼓励我！"

厉薇薇笑了："那你要怎么报答我？"

"我以身相许？"说完，陈亦度抱住厉薇薇，吻她，"你帮我实现我的梦想，我也要为你实现你的梦想，告诉我是什么？"

她闭上眼睛，说："我的梦想就是有一天在巴黎你的大秀上，你向我求婚。"

陈亦度点头："好，我答应你！"

厉薇薇悠悠醒来，陈亦度关心地看着她。

"薇薇，对不起。"

她噘嘴不理陈亦度，他又问："有没有哪里不舒服？"

厉薇薇委屈地喊："我哪儿都不舒服！"

她躺在沙发上，陈亦度认真地给她膝盖上、手上的伤口涂药，动作轻柔："好些了吗？"

厉薇薇没好气地看着陈亦度："没有。"

陈亦度温柔地给她按摩受伤的手，厉薇薇得意地享受着，嘴上依旧不满地说："还是疼！"

他看看厉薇薇，低头轻轻吻了一下她的伤口："现在呢？"

厉薇薇害羞地说："就算好了那么一点点。"

陈亦度满脸歉意："薇薇，对不起，虽然我知道这三个字很无力，但我还是要对你说。"

她忍住心里的喜悦，面上不为所动："别以为你用美男计就能收买我，我可不会忘记你差点害死了我，我是不会原谅你的，我得好好想想怎么问你要赔偿。"

"要赔偿是吧？"陈亦度靠近厉薇薇，厉薇薇已经闭上眼睛准备迎接陈亦度的吻。

最后关头，他似乎想起了什么，动作一顿，并没有吻下去。

"我送你回去。"

厉薇薇等了半天，不甘心地睁开眼睛。

霍骁坐在厉薇薇家门口的车里，即使拨了整整一夜还是不放弃，继续一遍又一遍地给她打电话，可惜对方依旧显示关机。

正在这时陈亦度开车过来，停在霍骁面前，扶着病恹恹的厉薇薇从车上下来。

霍骁上前一把揪住陈亦度的衣领："你对薇薇做了什么？"

陈亦度挑衅地说："我对她做了很多，你问的是哪一件？"

闻言，霍骁挥拳就要打他，被厉薇薇一把抓住胳膊。

"别这样，不关他的事，你放开他。"

霍骁怒视着陈亦度，后者不甘示弱地瞪回去。

这时候里奥正好出来，急忙搀扶着厉薇薇："姐，你怎么了？生病了？怎么脸色这么难看？"

他看了看霍骁和陈亦度剑拔弩张的样子："你们两个要打架换个地方，别在这里妨碍我姐休息。"

说完，里奥扶着厉薇薇进屋，关上了门。

霍骁狠狠瞪着陈亦度："我警告过你很多次了，让你离薇薇远一点，可是你好像听不懂我在说什么！"

陈亦度说："也许是我之前没有把话说清楚，我是不会离开薇薇的。"

霍骁大惊："陈亦度，你到底有什么企图？"

陈亦度答："什么企图？我只希望薇薇能够幸福。如果可以重新开始，我会小心保护好她，不让她再受一点伤害。"

霍骁盯着他："重新开始？重新给薇薇希望再让她绝望，重新狠狠地伤她一次？你以为我会给你这个机会吗？"

陈亦度挑衅地看着霍骁："机会不用你给，这是我跟薇薇之间的事。"

霍骁盯着他，突然冷笑："我不相信你们能重新开始，别忘了，你和她之间还隔着你母亲的半条命！"

陈亦度突然愣住，顿时无言以对。

傍晚时分，陈亦度拖着略带沉重的步子走进医院。

医院花园，老顽童一般的陈母正拿着一张陈亦度小时候光屁股玩耍的照片和两名小护士说话。

"我儿子很优秀的，长得一表人才，又精明能干，就是你们小姑娘现在都喜欢的那款——霸道总裁。"

她又叹气："美中不足的就是我这儿子岁数不小了，一直也没结婚，变成了大龄剩男。"

陈母说着，捧着照片看着，露出舒心的笑容。

一旁的树下，陈亦度看见母亲的样子，笑容中露出担忧。

陈母的主治医生对他说："陈先生，你来得正好。你母亲的病情最近比较稳定，她自己一直要求出院住一段时间。经过我们的综合测评，决定答应她这个请求，允许她暂时回家待一段时间。你准备一下，明天一早就来接她出院吧。如果她情况良好，我看也可以考虑让她在家多住一段时间。"

陈亦度点头："我知道了，谢谢你。"

第二天清晨，一个小护士正在帮陈母收拾东西。

陈母听说要回家了，一脸的兴奋。

小护士笑问："阿姨要回去了，你开心吧？"

陈母笑了："那当然，你们把我照顾得再好，都不及我亲儿子好啊。"

此时曹钟风风火火地进门打算帮忙搬东西，陈亦度跟在后头。

陈母满眼噙泪看着他们走了过来，陈亦度伸出手想拥抱她，不料陈母却直接上来抱住曹钟："阿度……"

曹钟尴尬无比，愣愣地看着身后的陈亦度。

陈亦度从曹钟身后走出来，心酸地喊了一声："妈。"

陈母看着陈亦度，这才反应过来，连忙走过去，摸摸他的脑袋："阿度，你又长高了。"

曹钟搀扶着陈母去医院门口上车，主治医生在后头叮嘱陈亦度说："阿尔茨海默病目前还没有方法可以治愈，咱们能做的只有尽力维持不让病情进一步恶化。老人家回去之后，在生活中肯定会遇到一些障碍，你们家属多多留心吧，平时多陪陪她，千万别刺激她，良好的家庭氛围对她的病情是非常有帮助的。"

陈亦度点头，与医生挥手告别。

回到家，陈亦度带着母亲进门，说："妈，我给你请了最有经验的看护，三天之后就能来了。这几天我尽量抽空在家多陪陪你，实在忙不开的时候，就由曹秘书来陪你。我买了些你爱听的戏曲DVD，给你解解闷。"

陈母拿着自己的提包，在沙发上坐下："我很忙的，哪儿来那么多时间听戏。"

她打开提包，从里面拿出了一大堆从报纸上、杂志上剪下来的漂亮姑娘相片，略带急切地说："阿度啊，来来来！"

陈亦度不明所以地走过去，看了看陈母手里的相片，惊讶地问："妈，你什么时候开始追星了？"

陈母得意地笑了："好看吧？我看着也都不错，这些姑娘都是报纸上登出来着急嫁人的，妈都给你剪下来留好了，你好好看看啊！"

陈亦度顿时尴尬了："好，我会找时间看的。"

曹钟伸手拿起照片："我先替陈总收着，会督促他看的。"

闻言，陈亦度偷偷瞪了曹钟一眼。

这时候门铃忽然响了，曹钟打开门，蒂凡尼提着大包小包进来了。

陈母看见蒂凡尼就问："这是谁啊？跟我家阿度是什么关系？"

曹钟正要开口，被蒂凡尼打断，她害羞地说："我是阿度的女朋友。"

闻言，曹钟顿时被蒂凡尼的没节操震惊了。

陈母打量了一下蒂凡尼，斩钉截铁地否定了："骗人！我家阿度我还不了解吗，他才不喜欢你这种类型的呢！"

蒂凡尼尴尬地赔笑说："我是故意跟阿姨开个玩笑，逗您开心的。"

曹钟连忙打圆场："阿姨，这是我们DU的首席设计师，蒂凡尼。"

陈母点头，随即转头对曹钟说："小曹陪我下楼去逛逛吧。小蒂啊，逗乐你是一点都不在行，不过看你买了那么多菜，是不是做饭挺在行啊？那晚饭就交给你了，一会儿留下来一起吃饭吧。"

蒂凡尼二话不说，立刻答应下来。

曹钟陪陈母逛街，陈母看见路上有一个卖臭豆腐的摊位前排了好多人，一时兴起说："闻着挺香的啊，咱们也买几块尝尝吧？"

曹钟为难地说："可是陈总说了让我一步不离地看着您。而且这臭豆腐也不卫生吧，您刚出院……"

陈母打断他："可阿度也说了，你得把我陪好，让我开心啊！"

曹钟拗不过陈母，只好去排队了。

陈母转过头，视线突然被一个走来的姑娘吸引，双眼放光："这个姑娘不错。"

她犹如看到猎物一般，直接上前，拉住对方："姑娘，你有对象了吗？"

来人正是厉薇薇，她警惕地看着陈母："干吗？"

陈母激动地说："姑娘，你的面相很好啊，旺夫！而且从面相上看，我儿子就很适合你，大公司的董事长呢，一表人才，精明强干，还温柔体贴……"

厉薇薇紧张地打断她："阿姨，我有男朋友了，我的旺夫相还得留着旺他，你儿子就算了吧。"

陈母不依不饶地说："男朋友？那不就是还没结婚吗，那我儿子还有机会。"

厉薇薇说："没机会了，阿姨，我这辈子非我男朋友不嫁！"

两人僵持之中，曹钟举着两串臭豆腐回来，看着一边的厉薇薇惊讶地问："你怎么在这里？"

厉薇薇也纳闷地看着曹钟，继而仔细看看陈母，又看看身后陈亦度的公寓，忽然反应过来："原来她是陈亦度的妈妈。"

她挽扶着陈母，把陈母送到楼下，两人相谈甚欢。

陈母说："薇薇，没想到你还认识我家阿度。"

厉薇薇害羞地提醒陈母："阿姨，那你刚才说想让我去见您儿子的事……"

陈母激动了："你同意啦，太好了！"

厉薇薇又说："不过你先别告诉阿度，我想给他一个惊喜。为免夜长梦多，咱们就明天中午十二点约在茉莉餐厅见。"

陈母点头："没问题。"

厉薇薇悄悄塞给陈母一张纸："这是我的电话，有情况打电话给我。那我先走了，明天见。"

她笑着挥手跟陈母告别，陈母也笑着一直站着目送厉薇薇离开。

晚上，陈亦度带着疲态回到家。

陈母迎了上来："回来啦？小曹说他晚上还有点急事，我就先让他回去了。"

陈亦度问她："怎么样，搬回来第一天，都还习惯吗？"

陈母点头："习惯，自己家有什么不习惯的？我吃得好睡得好，顺便收拾了一下屋子，还帮你安排了明天中午的相亲。"

正喝水的陈亦度惊得嘴里的水差点喷出来："妈，你别瞎操心了，我还没这个打算。"

陈母不赞同地说："你都多大了还没这个打算，想让我别操心，你倒是领个姑娘回家给我看看啊，刚才那个俗气的不算。"

陈亦度含糊地说："我自己的事自己有打算，你就别瞎操心了。"

陈母假哭说："是啊，你长大了，有自己的打算了，不用妈管了。既然你不要妈操心了，我明天还是回医院去好了。我岁数也大了，就是想看你结婚生子，这要求也不高啊。"

陈亦度没辙了："好吧，明天我去就是了。"

陈母立马喜上眉梢："明天茉莉餐厅，我陪着你去。"

蒂凡尼吸取昨天陈母说陈亦度肯定不喜欢自己这个类型的教训，换了一个元气少女风格的造型，第二天依旧提着大包蔬菜水果来到陈亦度家门口。

准备按门铃的时候，门突然打开了。

开门的是陈亦度，他看着门外蒂凡尼的造型，顿时被雷到了。

蒂凡尼娇滴滴地对陈母说："阿姨，今天是周末，我特地好好准备了一下，过来给您做点好吃的。"

陈母点头，对她的造型十分不感冒："那你就好好做吧，我跟阿度出去一趟，晚上回来。正巧还有一大堆脏衣服，你顺便去洗一下吧。"

说完，陈母拉着陈亦度朝外走。

"阿度啊，你说刚才那个女的，不会是想到我们家来当保姆吧？"

陈亦度连忙解释："妈，你忘了，她昨天来过，是我们DU的首席设计师蒂凡尼。"

陈母疑惑了："设计师转行做保姆，做得来吗？"

两人赶到餐厅，精心打扮后的厉薇薇戴着一个面具，远远冲着陈亦度挥手。

陈亦度相当尴尬，顺手摘了路边的一片滴水观音的叶子挡在面前。

陈母笑了："阿度，男大当婚女大当嫁，这种事情你一个大男人害什么羞呢。看来这事真得妈出马帮你找，要不然再好的姑娘你也不敢见。"

陈亦度嘀咕："不是害羞，是怕丢人。"

陈母拉着扭扭捏捏的陈亦度，来到厉薇薇跟前："姑娘，这就是我儿子。他平时可是个大忙人啊，今天让我生生给你抓来了，这么大了还腼腆。"

她又对门口的服务员说："给他们俩开个包厢。你们俩好好聊聊，不用管我。我哪儿都不去，就在门口坐着等你们的好消息。"

两人进了包厢，陈亦度冷冷地开口："小姐，我对相亲没有半点兴趣。我这次纯粹就是来应付应付我妈，你千万别认真。"

厉薇薇说："你不想认真，那是因为你还不知道我是谁。"

说罢，她直接摘下面具。

"厉薇薇？"陈亦度本能想躲，但无奈手脚没厉薇薇快，被她直接拦下。

厉薇薇伸手直接把陈亦度挡着脸的叶子从中间撕成两半，让他的脸露出来，笑眯眯地说："陈亦度，看你往哪里逃。"

陈亦度企图开门离开，她用身体死死挡住门把手，两人僵持不下。

他没好气地说："你让开。"

厉薇薇摇头："偏不让！你妈让你来相亲，亲还没开始相呢，你就想跑。"

陈亦度恶狠狠地说："我还没问你呢，你是怎么找到我妈的？是不是你别有用心故意接近她？"

她反驳说："才不是，你妈一看我就打从心眼里喜欢，所以就……"

陈亦度打断说："你给我闭嘴，不管是什么理由，你绝不能接近我妈。你到底让不让开？"

厉薇薇继续摇头："打死我也不让，就算买卖不成，情意还在，好歹你也请我吃个饭。我有那么矬吗，把你吓得要逃跑？"

陈亦度瞪着她慢慢靠近，忽然一把抱住她的腰，接着一手解下脖子上的领带。

她大惊失色："这么快就进入状态了？"

厉薇薇被陈亦度用领带绑在椅子上，她又惊又羞："陈亦度，这是公共场合，你口味会不会重了点？"

陈亦度瞪了她一眼，转身径直打开门，潇洒地出去。

她在后面大喊："你就这么走了？快放我下来！"

陈亦度样子狼狈，出去后气鼓鼓地要拉陈母回去："妈，我们走！"

陈母不明所以："怎么这么快就出来了？那姑娘呢？"

一声大喊传来，她转头看见薇薇后面还背着把椅子，一瘸一拐地狼狈追来，不由得一惊："这到底怎么回事？"

陈亦度狠狠地瞪着厉薇薇："厉薇薇，不管你这次是用什么方式接近我妈的，我警告你，从今往后不许你再碰她！"

厉薇薇没好气地说："谁要碰你妈，人家要碰的是你。"

"警告的话我不会再说第二遍，你最好给我记清楚。"

说完，陈亦度硬把陈母拉走了。

厉薇薇想追出去，身后背的椅子却被门卡住了。

她嘟囔说："陈亦度怎么翻脸比翻书还快，我怎么就偏偏喜欢上了这么个喜怒无常的变态。不过他妈妈都站在我这边，我就不信陈亦度逃得出我的魔爪。"

咖啡馆内，康星正跟一个男人见面："老大，拿铁道歉了。"

那男人转过头来，正是莫凡，他冷笑着说："这家伙运气真好！"

康星神色忐忑地说："法国那边出了点小状况。"

莫凡皱眉："怎么了？"

康星掏出一张相片给他看："说是霍骁的人找到了一个狗仔，那人拍下了当时的相片。相片里有我，现在他们在法国找了个私家侦探，到处在查我。"

莫凡看着相片，责备地说："你怎么能这么大意？"

康星歉意地说："的确是我疏忽了，不过好在我戴着头盔，在法国也一直用吕西安这个名字，他恐怕一时查不到我头上来。"

莫凡忽然注意到相片上和康星正在说话的那个男人："这不是陈亦度吗？"

康星点头："我当时不小心撞到了他。"

莫凡思索片刻笑了："真巧，既然霍骁现在认定陈亦度是最大的嫌疑人，那我们不妨把这个吕西安也变成陈亦度的人。"

跟康星分开后，傍晚的时候莫凡跟着陈亦度回家做客。

莫凡感慨地说："这都多少年了，好久都没有回家吃饭的感觉了。我还记得以前在国内上学时，最高兴的事情就是每周末去你家吃饭，每次咱妈都做一大桌子的好菜，还把菜净往我碗里夹。"

陈亦度点头："是啊，你还好意思说，你吃鸡腿，轮到我就只能吃鸡爪子了！"

莫凡笑了："阿度，谢谢你，谢谢妈，给了我一个家。"

正说着，楼上突然掉下来一片窗玻璃。

在一瞬间，陈亦度本能地伸手护住莫凡，他的手顿时被玻璃残片划伤。

一旁的路人惊呼起来，莫凡紧张地查看，只见陈亦度的手被划开一个口子，鲜血直往外涌。

"阿度，你怎么样？"

陈亦度不在意地说："没事，一点小皮外伤。"

莫凡连忙掏出袋子里的手绢，仔细替他包扎起来。

陈亦度笑了："瞧你那大惊小怪的样子，一会儿见到妈可别提这事啊，她会担心的。"

莫凡担心地说："要是你不替我挡这一下，说不定我连小命都丢了。你怎么这么傻，就不怕丢了命吗？"

陈亦度故作轻松地答："丢了命也要救你啊，谁叫你是我哥呢。快走吧，妈还等着我们！"

莫凡看着他的背影，露出纠结痛苦的表情。

到了陈家，晚饭已经准备好了。

莫凡笑着跟陈母寒暄几句，忽然瞥见了客厅一角摆放着的陈父的相片和灵位。

看着陈父的相片，莫凡握紧拳头，额头上青筋暴起。他稍微收拾一下情绪，转身挤出一如平常的微笑朝大家走去。

饭后两人散步，陈亦度跟莫凡说起陈母逼着自己去相亲，谁知道对方却是厉薇薇的事。

莫凡叹气："妈虽然得了病，忘记了很多事，甚至都不记得厉薇薇是谁，但心里对她的好感一直都在，可见这份好感是扎根到她心里去了。"

陈亦度担忧地说："我对厉薇薇的恐惧感也是扎根到心里去了，我一看见她跟妈在一起就会条件反射地紧张起来，总害怕妈会再出意外。"

莫凡说："我能理解，毕竟当年那件事对妈的伤害太大了。"

陈亦度点头："正因为这样，我越是想要接近厉薇薇，就越觉得对不起妈，我怕我永远也跨不过心里这道坎。"

莫凡看着他，一语双关："我又何尝不是？"

蒂凡尼一直不放弃，第二天再次大包小包地到陈亦度家里来。

陈母依旧不记得她，只以为蒂凡尼是保姆，支使她干家务。

陈亦度去公司开会，交代蒂凡尼陪着陈母。

蒂凡尼担心陈母，不让她下楼。

陈母气鼓鼓地到阳台上，看见厉薇薇在楼下打招呼。趁着蒂凡尼不注意，她就偷溜下去跟厉薇薇会合了。

"薇薇，真是不好意思，上次在餐厅没想到我家阿度会那么不懂事。"

厉薇薇嘟囔说："没事的，阿姨，他也不是第一天这么对我了。"

陈母安慰她："不过你别灰心，阿度是我儿子，我最了解他，而且我绝对有信心帮你搞定他。走，今天我带你去买阿度以前最爱吃的点心，我还把他喜欢什么不喜欢什么通通告诉你，保准让你拿下他。"

厉薇薇笑了："阿姨，你对我可真好，不过先等等。"

她从包里掏出事先准备好的彩色假发套、墨镜和一件鲜艳时髦的衣服帮陈母打扮上。

陈母问："这是干什么？"

厉薇薇指指楼上："你不是有盯梢的吗？这样比较不容易被人发现。"

陈母笑了："还是你机灵。"

两人身后，康星从墙后走出来，鬼鬼祟祟地跟上。

街上，陈母带着厉薇薇走到十字路口，两人已经逛得有点疲惫了。

陈母茫然地看着十字路口，死活也想不起来陈亦度小时候爱吃的那家点心店是在哪里。

"奇怪，阿度喜欢的那家点心店，应该就在这儿的啊，怎么没了呢？"

厉薇薇安慰她："阿姨，您别急，您先坐这儿歇会儿。我去附近找找看，找到了我再来喊您。"

陈母点头："也好，你去吧，我就在这儿等你。"

厉薇薇刚离开，角落里的康星就走向陈母。

"阿姨，您又自己出来瞎跑了，陈总叫我来带您回去。"

陈母迟疑了："那薇薇……"

康星打断她说："陈总会打电话给她的，您就放心吧。"

陈母郁闷地点点头，站起来跟着他走了。

康星带着陈母来到人来人往的大街上，趁着陈母走神的工夫，一转身，他就消失在了密集的人流中。

等陈母回过神来已经不见了康星的人影，她四处张望，顿时慌了神。

陈母又急又怕，突然脚下一滑摔了一跤，左手本想撑在地上，结果却根本支撑不住身体的重量，整个手被压在身体下面。她惨叫一声，露出痛苦不堪的表情。

厉薇薇拿着点心回到跟陈母约定好的十字路口，却惊讶地发现陈母已经不见了。

她顿时紧张了，抬头朝四处张望，也没发现陈母的人影，顿时焦急地开始四处寻找。

最后不得已，厉薇薇只能报警找人了。

街角隐蔽处的车上，康星约见莫凡。

"老大，事情办妥了。我在半路上甩掉了陈亦度他妈，老太太现在已经被警察送去医院了。"

莫凡点头："做得不错，陈亦度最在乎的人就是他妈妈，这次他绝对不会原谅厉薇薇的。"

康星看着表："嗯，现在陈亦度肯定已经得到消息往医院赶了。"

莫凡看向窗外，喃喃说："他们让我失去了我至亲至爱的人，我也要让阿度尝尝永远得不到至爱的滋味。"

医院走廊，厉薇薇可怜巴巴地低着头，手里捏着给陈亦度买的点心，站在走廊边。

陈亦度风风火火地从外面进来，经过厉薇薇身边的时候，狠狠瞪了她一眼。

厉薇薇抬头一脸歉意地看着陈亦度，他没搭理厉薇薇，直接冲进病房。

病房内的陈母已经熟睡，左手上打着石膏。

小护士正在观察记录陈母的基本情况，医生在一边小声地说："老太太左手桡骨远端骨折，断端稍稍错位，我已经给她打了石膏。警察把她送来的时候，她的情绪很不稳定，明显是受了惊吓，所以我给她用了一点镇静剂，让她能好好休息一下。"

陈亦度点头："麻烦你了。"

医生责备地说："你们作为病人家属怎么能这么大意，老太太才出院几天就又被送回来了？你们要没能力看护好病人，不如不要让她出院。"

陈亦度内疚不已，看着病床上的陈母，除了内疚之外，也有对厉薇薇的愤恨。

蒂凡尼风风火火地赶来医院，看见走廊上的厉薇薇，气得直接上前，一把将她拖向楼梯间，恶狠狠地说："厉薇薇，我从来没见过你这么不要脸的女人，为了接近阿度，竟然处心积虑地在陈妈妈身上动脑子，你真让人恶心！"

厉薇薇喃喃地说："对不起，我不是有心的。"

"鬼才会信你的话，像你这样虚伪善变、蛇蝎心肠的女人，一辈子都不配得到爱情。对你这样的人，我根本不用顾及什么修养，今天我就替陈亦度，替陈妈妈，好好教训教训你。"

里奥匆匆赶来拉架，眼见蒂凡尼正要扬手打厉薇薇耳光，他上前一把推开厉薇薇，蒂凡尼不慎一巴掌刚好打到里奥脸上。

里奥脸上顿时出现了五个红红的手指印，他捂着脸说："你敢打我的脸，你不知道我是靠脸吃饭的？"

"我管你啊！"

蒂凡尼继续推搡厉薇薇，厉薇薇差点从楼梯上摔下去的时候，却被一只手拉住了，原来是陈亦度。

蒂凡尼一惊："阿度？"

里奥一手捂着脸，一手把激动的蒂凡尼直接拖了出去。

陈亦度一只手抱着厉薇薇，用冰冷的语气质问："你到底为什么要这样做？我已经警告过你，让你离我妈远一点了！"

她流着泪说："我真的不知道阿姨她有这个病。"

陈亦度激动地说："不知道就可以敷衍过去了吗？厉薇薇，过去的事你可以忘了，我忘不了。"

厉薇薇只是喃喃说："对不起……"

陈亦度咆哮："对不起？你一句对不起我妈的病就能好吗？一句对不起就想把一切一笔勾销吗？一句对不起就以为我能重新接受你吗？

"厉薇薇，你现在的所作所为简直又滑稽又可恶。我告诉你，这辈子我都不会爱上你。"

陈亦度松开手，厉薇薇尖叫着从楼梯口摔了下去，落在下方的平台上，扭伤了脚。

听见厉薇薇的尖叫，陈亦度脸上闪过一丝心疼，但他狠下心来，没有回头。

厉薇薇给他买的点心掉在地上，陈亦度直接一脚从点心上踩了过去，点心被踩得稀巴烂。

厉薇薇眼睁睁地看着陈亦度离开，拖着扭伤了的脚一瘸一拐地出门，边走边抹泪。

此时，霍骁急匆匆地走了进来，看见厉薇薇的脚一瘸一拐，顿时紧张地上前扶住她。

"薇薇，你怎么了？"

她看见霍骁，顿时绷不住了，泪如雨下："我没想到事情会弄成这样……"

霍骁伸手把厉薇薇的脑袋揽到自己肩膀上，宽慰她："我知道，你只是出于好心，想去陪陪人家老太太。"

厉薇薇问："我是不是很笨，什么事情都做不好？"

霍骁反驳："胡说，你见过哪个笨蛋能当上国内顶尖的设计师！在我眼里，你就是全宇宙最冰雪聪明的姑娘。"

霍骁搀扶着厉薇薇向外走，让她在街角的长椅上先坐下等他。

他手上拿着一瓶药油和一根棒棒糖很快就回来了，把棒棒糖剥开塞到厉薇薇嘴里。

"说好了，有糖吃不许哭了啊。"

霍骁把厉薇薇的腿放在自己的膝盖上，小心地脱掉鞋子，轻轻拉开袜子，露出了红肿的一大块。

他用嘴巴哈出热气，暖了暖自己的手，接着倒上一点药油，轻轻地为厉薇薇扭伤的部位按摩起来。

厉薇薇吃着棒棒糖，看着霍骁的样子，情不自禁想起多年前相似的一幕。

她感动地说："谢谢你，从小到大，不管我开心还是难过，孤独还是失落，你都一直陪着我。"

霍骁叹气："既然你知道我的一片良苦用心，就不许再摆个苦瓜脸了。"

厉薇薇努力想对霍骁挤出一个笑脸，但想到刚才陈亦度对自己说的狠话，还是忍不住落泪。

霍骁安慰她："薇薇，事情的原委我都知道了。今天的事真的不能怪你，你别太自责了。"

她摇头说："陈妈妈弄成这样都是我的错，如果我不偷偷带她出门，她肯定还好好的，也难怪陈亦度会这样对我。"

"其实，陈亦度之所以这样对你，也是因为……"

厉薇薇追问他："因为什么？"

霍骁一顿，搪塞说："因为你跟他一直都是冤家对头，所以他抓到了一点你的把柄，难免要好好借题发挥一下。"

他伸手轻轻擦掉了厉薇薇脸颊上的泪，语气坚决地说："薇薇，我想一直把你保护得好好的，不允许任何人伤害你，让你难过。今天的事，过去就过去了，我不想你再跟陈亦度扯上什么关系。"

厉薇薇坚定地摇头："如果我这样不闻不问地消失，岂不是更加浑蛋？不管陈亦度怎么对我，我都会对陈妈妈负责到底的。"

霍骁皱眉，不再跟她争辩，却悄悄握紧拳头。

回到病房里的陈亦度满脸内疚地看着熟睡中的陈母，脑海中再次浮现出五年前厉薇薇跟他分手的时候，陈母拉着厉薇薇阻拦却被她不小心推下楼梯的一幕。

当时医生就说陈母头部的脑外伤直接损伤到了神经细胞，引发了阿尔茨海默病。

这是一种慢性进行性中枢神经系统退行性病导致的痴呆，当年的陈亦度既震惊又心痛。

他握住陈母的手，喃喃说："妈，对不起，都是我的错，让你替我承受了这么多，我绝不会让你再受任何一点伤害了。"

陈亦度默默在病房里坐到天亮，等陈母醒了，他把曹钟带来的粥吹凉，一口一口慢慢喂她。

曹钟一边削苹果，一边说："阿姨您不知道，昨天您差点把我们大家都吓死了！"

陈母纳闷了："我不就是出门逛了逛吗？"

曹钟说："您失踪了，连警察都惊动了，您还摔伤了手，也是警察把您送来医院的。"

陈母看看自己打着石膏的手，接着摇摇头："我不记得了。"

陈亦度说："总之，您以后别再背着我们瞎跑了，昨天还好是警察发现得及时，否则后果不堪设想。"

陈母琢磨着说："我昨天到底去干什么了？只记得我和薇薇……"

陈亦度打断她："妈，以后别再提薇薇了。"

陈母诧异地问："为什么，这姑娘挺好的，难得我看着又有眼缘。"

陈亦度再度打断她："妈，我已经有女朋友了。"

曹钟惊得把手上正削的苹果掉在了地上，陈母惊讶地问："你有女朋友了，你跟我说过吗，还是我又忘了？那敢情好，把你女朋友叫过来让我见见。"

病房外的走廊上，陈亦度正烦躁地来回踱步，抬头看见蒂凡尼过来，顿时心生一计："你来得正好，帮我个忙。"

他带着蒂凡尼去见陈母："妈，她就是我的女朋友。"

陈母盯着蒂凡尼看了看，纳闷了："我记得你，你是阿度家的保姆。"

满脸堆笑的蒂凡尼立刻蔫了，曹钟连忙纠正："阿姨，您记错了，这不是保姆，是我们DU的首席设计师！她挺能干的，除了会做衣服还很会做饭。"

陈亦度说："总之我已经有女朋友了，妈以后就不要瞎操心了。"

陈母听了，无奈地摇头。

蒂凡尼挽着陈母的手说："阿度啊，你赶紧去忙公司的事吧，阿姨这儿有我呢！"

陈母对着陈亦度挥挥手，后者带着曹钟走了。

陈母坐在一边，闷闷不乐，一直低头撕报纸上相亲广告里的美女相片。

蒂凡尼不高兴地问："阿姨，你这些相片是给谁准备的啊？"

陈母答："当然是给阿度准备的，你也想要的话，小伙子的资料在后面。"

蒂凡尼�’嘴说："阿姨，我现在可是阿度的女朋友，你当着我的面给阿度搜集相亲资料，这样真的好吗？"

陈母说："阿度一时看走眼了，肯定马上就要换的，我抓紧时间，先多给他找几个'备胎'。"

蒂凡尼生气地问："阿姨，我就那么差吗？"

陈母摇头："你一点也不差，只是我看得出来阿度他不喜欢你。阿度是我儿子，他的喜怒哀乐我全都看得清清楚楚。阿度跟你在一起的时候，天天阴着个脸，一点也不高兴。你说，他能喜欢你吗？"

蒂凡尼被她说得哑口无言。

Chapter ⌄12

"我的失忆不是一场噩梦，而是一份礼物？"

放弃我，抓紧我

厉薇薇提着礼物特地来医院探望陈母，看到她身边的蒂凡尼，就偷偷去换了一身护士装，戴着一个大口罩，捏着嗓子喊："阿姨，你该吃药了。"

等陈母靠近，她拉下一点口罩："阿姨，是我。"

"薇薇！"陈母一脸惊喜，转头打发蒂凡尼去买吃的。

厉薇薇扶着陈母回病房，内疚地看着她打着石膏的左手："阿姨，对不起，昨天都怪我把您带出去，却没把您照顾好。"

陈母笑着说："行了，事情都过去了，我都忘了是怎么回事了。"

厉薇薇从袋子里拿出给陈母买的小礼物，一个迷你iPad："为了表达我的歉意，这是送给阿姨的小礼物。"

陈母好奇地问："这是什么？"

"简单说呢，这是DVD加收音机，加游戏机，加图书馆，加照相机，加定位仪。有了它，您想玩扑克就玩扑克，想听戏就听戏，想我就看照片。最重要的是，有了它，您随便跑，不管跑到哪儿，我们都能立即把您找出来，神吧？"

厉薇薇一边说一边点开iPad演示，陈母满脸惊奇："这东西有意思啊，阿度就知道叫我看什么戏曲影碟，还是你有心。"

陈母戴着老花镜，在厉薇薇的指导下打开麻将游戏玩得不亦乐乎。

厉薇薇催促她："碰啊。"

陈母琢磨说："不能碰，碰完了就没有一条龙了。"

这时候门外传来脚步声和陈亦度的咳嗽声，厉薇薇顿时紧张起来。

陈亦度等人走进病房，只见厉薇薇背对众人，正戴着口罩，装模作样地在记录。

陈母把iPad塞到了被窝里，装作一副正襟危坐的样子，略带紧张地问："阿度，你来啦？"

医生以为厉薇薇是护士，吩咐说："急诊开的退烧针，你帮这位陈先生去注射一下。"

厉薇薇大惊，看向陈母。

陈母也愣住了，不知道该怎么办。

陈亦度看看陈母问："妈，你脸怎么这么红啊，是不是不舒服？"

陈母摆手："不是，就是天气热。"

医生在一旁催促，厉薇薇只好硬着头皮，接过单子去了注射室。

厉薇薇背对陈亦度站着，茫然地看着托盘里的一堆药瓶，根本就不知道该怎么给他打针。

陈亦度自己解开皮带走向打针的座椅："护士，麻烦你快点，我还要回去照顾我妈。"

她想到这人害得自己昨天扭伤了脚，今天礼尚往来，扎他一针出出气，还算是便宜他了！

厉薇薇这样想着，就从一堆注射器里，拿出了最粗的针筒，露出坏笑。

她回过头去准备扎陈亦度，没想到他居然已经解开皮带，背朝自己，坐在了注射用的椅子上，手还往下拉裤子。

厉薇薇顿时花容失色，吓得尖叫起来。

陈亦度纳闷地转头，发现身后的小护士不对劲，一把揭开小护士的口罩，发现竟是厉薇薇。

他咬牙切齿地说："我见过脸皮厚的，但没见过脸皮像你这么厚的。脚上的伤还没好，你竟敢又来打我妈的主意了？"

厉薇薇解释："我没有恶意，只是来看看阿姨，想亲口对她说声对不起而已。"

陈亦度冷哼："够了，你虚情假意的道歉我妈一个字都不想听，看见你只会让她受到更大的伤害。"

她反驳说："你又不是你妈，你凭什么当她的发言人啊？阿姨见了我，不知道有多开心呢！"

陈亦度咆哮："我说不准就不准。"

两人不欢而散，陈亦度回到病房，看到陈母依旧正襟危坐，对他挤出一个笑容来。

"阿度，你不用担心我。我没事散散步，看看书，困了就睡一会儿，这里很安静，我休息得很好。"

此时陈母的被窝里响起"二饼……五筒……碰"之类的声音，她顿时尴尬了。

陈亦度纳闷地循声从被窝里拿出iPad，陈母抬头看着陈亦度，就像个做错事情的孩子，小声说："这是薇薇送给我的。"

陈亦度打开iPad里的定位软件，曹钟恍然大悟："对啊，有这个阿姨下次就不怕走丢了。"

陈母对陈亦度怯怯地问："能还给我吗？我挺喜欢的。"

陈亦度看着这个iPad，没说话，心里刚刚积攒的怒气却已经消了大半。

他把iPad递还给陈母，陈母露出孩子般的笑容。

翌日一早，莫凡赶到医院来探望陈母，可惜陈母恰好吃药后睡着了，他只能跟着陈亦度从病房里退出来，轻轻带上门："我买了最早的票从纽约赶回来，结果飞机延误，弄到现在才来看妈，希望妈别怪我。"

陈亦度说："你的心意到了就行，妈现在已经没什么大碍了，伤口恢复得不错，情绪也稳定了。"

莫凡点头："真是不幸中的万幸啊，你说这个厉薇薇到底是怎么搞的，她还真是命里克咱妈，次次都能把妈弄成这样。"

陈亦度轻轻叹气："是我不好，没有照顾好妈。"

莫凡摇头："你还替她说话，你这个人在商场上如狼似虎，怎么到了情场上却成了一只小绵羊？我真好奇这个厉薇薇，到底是怎么把你迷得分不清东西南北的？"

陈亦度无奈地说："你知道这五年来我一次次地强迫自己放下薇薇，甚至不惜与她为敌，可是我对她的感情非但没有因此被冲淡，反而越压抑越旺盛。"

莫凡皱眉："都说感情的事在受过伤之后就会学着聪明，我的傻弟弟已经遍体鳞伤，怎么却还执迷不悟呢？前天妈的事算是虚惊一场，可你觉不觉得，这就像个预警，你就不怕五年前的事情会重来一次吗？"

闻言，陈亦度看看他沉重地叹了一口气。

陈母在花园玩iPad，打开微信，点开厉薇薇的头像说话。

"薇薇，我想你了，你什么时候来找我玩啊？"

她打开相册里厉薇薇的自拍照，看着厉薇薇的笑脸，也露出了舒心的笑容。

蒂凡尼和陈亦度这时候来看陈母，蒂凡尼手里提着保温桶，笑着打招呼："阿姨，我跟阿度来看您了。"

陈母抬头一见蒂凡尼，笑脸顿时收了起来。

蒂凡尼讨好地说："阿姨，今天感觉怎么样？您不是爱吃我做的菜吗？今天十菜一汤，我都给您打包带来了。这些可都是我跟阿度起了个大早，一起给您做的呢。"

她故作亲昵地想挽起陈亦度的胳膊，他却条件反射般地要躲。

蒂凡尼猛朝陈亦度使眼色，强行要把自己的手塞进他的臂弯。

陈母把这一切都看在眼里："行了，你们俩就别装了，你们不累我看着都累。阿度啊，妈是脑子不好，忘了很多事，但眼睛还没瞎。"

两人顿时尴尬了，蒂凡尼说："阿姨，您可真会开玩笑。"

陈亦度打断她："你先回去吧，公司应该还有很多事等着你处理。"

蒂凡尼懊恼地离去，陈母感慨地说："其实这个小蒂人也挺好的，可我就是不怎么喜欢，不像薇薇，我就是喜欢她。"

陈亦度问："喜欢她什么？"

陈母琢磨片刻才开口："说不上来，就是喜欢。阿度，你真的不考虑考虑吗？"

陈亦度纠结了："妈，你真的不在乎薇薇曾经伤害过你吗？"

陈母一愣，接着说："我听护士说了，不过就是个意外，哪儿有你说的那么严重，我这不是挺好的吗？你要是总也不给我找个儿媳妇，我才不好呢。"

陈亦度听着陈母的话，内心有所触动。

厉薇薇接到陈母的信息，立刻提着一包东西来医院了。

看见陈亦度被护士叫走了，裹着大头巾的她才鬼鬼祟祟进了病房。

陈母看见她来了兴奋不已，厉薇薇说："阿姨，我已经想好了。陈亦度不是不让我来看您吗，以后我就给您当干女儿，我来看自己干妈，天经地义，看谁还敢拦我。"

陈母满脸欣喜，却有点小遗憾："这个办法好，不过女儿虽好，我更想让你给我当儿媳妇。"

厉薇薇笑了："陈亦度不识时务嘛，就让他打一辈子光棍。不理他了，我们玩我们的，看我给你带了什么好东西。"

她从袋子里倒出一堆女孩用的东西，有发卷、面膜和指甲油。

陈母新奇地看着袋子里的东西，问："这都是些什么？"

陈亦度拿着药往病房走，刚要推门就听见门里传出欢声笑语。

他透过门缝，看见病房里的厉薇薇正在帮陈母上发卷。

陈母脸上贴着一张面膜，正在照镜子："这个发型一弄，我当真看上去年轻了五六岁。"

厉薇薇笑了："一会儿揭了面膜，我再给您化个妆，保准您年轻至少十五六岁。"

陈母被逗得哈哈大笑，陈亦度看着，不忍心进门打搅。

在他身后的医生感慨地说："很久没见老太太这么开心了，老太太好像挺喜欢这姑娘的，天天嚷嚷着要找儿媳妇，这下子总算找到了。"

陈亦度略带尴尬地说："我妈真是奇怪，忘了那么多事，偏偏总是惦记着要给我找对象。"

医生摇头说："阿尔茨海默病的病人，遗忘是常态。一般他们能够记得的只有印象格外深刻的事情，你们总是说她什么都忘了，但不要忽略一点，她嘴里总是念叨着的恰恰是她心里最忘不了的。她虽然病成这样，甚至会忘记儿子的长相，会轻易迷路，却总是念叨着要给你找对象。老太太这不是糊涂，而是她心里，忘不了要让你幸福。"

陈亦度听了医生的话，心里十分触动。

他看着病房里一脸幸福的陈母，也露出了笑容。

陈亦度推门而入，厉薇薇和陈母顿时紧张了，忙收起笑容。

厉薇薇摆出一副随时迎战的姿态："我告诉你啊，阿姨现在是我干妈了，你没有权利干涉我看我干妈。"

陈亦度一言不发，看见陈母石膏上用指甲油画的图案是一个女孩的笑脸。

厉薇薇尴尬地解释说："打着石膏影响阿姨的颜值嘛，我帮她弄得好看点。"

陈亦度突然从她手里夺过指甲油，厉薇薇顿时紧张了："你要干吗？"

"这边太空了，应该再加几笔。"

他说着，用指甲油在陈母的石膏上画了起来。

厉薇薇和陈母面面相觑，都有些诧异。

很快，石膏上女孩的笑脸旁边，多了一个男人的笑脸。

陈亦度送厉薇薇出医院时，有些尴尬地开口："谢谢，谢谢你这几天为我妈做的事。"

厉薇薇有点受宠若惊，不敢相信地看着他："这话确定是跟我说的？"

见陈亦度苦笑着点头，厉薇薇一愣："你的弯拐得也太快了吧，不过喜怒无常好像一向是你的风格。说好啦，这次不许你再无缘无故翻脸。"

陈亦度说："薇薇，你跟我妈一样，虽然都忘了很多事，但在你们的内心深处，也有很多永远都忘不了的事。不过幸好，你们忘记的都是不愉快的事，记得的都是快乐的事。所以我似乎开始觉得，这一切看上去像一场噩梦，但其实也是上天送给我们的一份特殊的礼物。"

厉薇薇一副听不懂的表情，摇头说："我的失忆不是一场噩梦，而是一份礼物？"

陈亦度点头："你没必要懂，你只要知道，我决定跟你们一样试着去忘记过去，忘记痛苦，弥补遗憾，重新开始。"

一阵风吹过，树上的花瓣落在厉薇薇脸上。

陈亦度凑近厉薇薇，伸手替她拿掉落在脸颊上的花瓣，深情凝视着她。

时光仿佛在这一刻停滞，陈亦度几乎就要吻上厉薇薇。

霍骁抱着文件夹匆匆赶来，正好看见这一幕，突然喊了一声："薇薇！"

厉薇薇这才回过神来，看见霍骁，脸上露出尴尬的神色。

陈亦度看着霍骁，露出略带挑衅的眼神。

"公司有份重要文件，急着要你的亲笔签名。"说完，霍骁把厉薇薇硬是带走了。

"周末有时间吗？"

"随时恭候。"

搏击馆里，陈亦度收到厉薇薇的回信，笑着放下手机。

莫凡换好道服走过来，看见他的表情，说："一副发情的样子，你不会真的跟厉薇薇又在一起了吧？"

陈亦度笑笑："我希望给自己，给薇薇，给妈一个机会。"

莫凡无可奈何地说："我早就提醒过你，盲目控股厉薇薇这个商业模式不清晰、财务数据不准确的项目是风险极高的，你现在就是典型的套牢状态，小心到头来变负资产啊。"

陈亦度反驳说："没有风险哪儿来的利润，放手一搏，或许我们真的有机会弥补之前的过错，让一切重新开始，让之前的不幸变成幸运。"

莫凡叹气："我们虽然是这么多年的兄弟，但归根结底，你我是兄弟殊途，你走你的路，我过我的桥，我们不是一样的人。"

陈亦度问："怎么不一样？"

莫凡转身看向窗外，露出冷峻的表情："你是个浪漫的理想主义者，而我是个冷酷的现实主义者。"

陈亦度不解其中深意："我都听说了，你在华尔街是出了名的铁腕投资家，没少让人倾家荡产，流落街头。也许这就是我们的宿命，你做你的投资家，单枪匹马地追求一家独大；我做我的婚纱，跟我爱的人一起，分享我们的idea（想法），分享我们的快乐。"

说完，他笑着摆好开赛姿势。

"来吧！现在让你见识见识我这个理想主义者的冷酷！"

莫凡也摆好架势："输赢还未可知，狭路相逢勇者胜，你小子尽管放马过来。"

话音刚落，陈亦度就开始向莫凡发起猛烈攻击。

第二天一早，陈亦度来接厉薇薇，却是里奥开的门。

陈亦度略带尴尬地说："我找薇薇。"

里奥凑在陈亦度耳边问："我姐说了今晚不让我早回来，你觉得我几点回来合适？"

陈亦度不解："什么意思？"

里奥冲陈亦度抛媚眼："意思就是，我几点回来全看你的表现喽！"

陈亦度笑了："好吧，我请你吃饭。"

里奥故作恼怒地说："那我七点回来，说不定心情不好还会再早一点。"

陈亦度又说："米兰时装周的VIP入场券？我跟顶级奢侈品牌Martin Lu的董事长私交还不错。好像你正在争取他们品牌的代言吧，我可以安排个饭局，让他们更好地了解你。"

里奥睁大眼睛看着他："好，你完事后打我电话我再回来。"

此时穿着礼服裙的厉薇薇急急忙忙从里面走出来，她狠狠瞪了一眼里奥，里奥识趣地自动消失。

"陈亦度，请允许我邀请你去听意大利歌剧。"

陈亦度一愣，接着忍不住哈哈大笑，指着她的脚下。

厉薇薇低头一看，原来自己上面穿着礼服裙，脚下竟然踩着一双拖鞋，顿时尴尬不已。

陈亦度又说："别听什么意大利歌剧了，我知道你也不爱听那玩意。我带你去个地方，你保准喜欢，不过前提是你先换换这身打扮。"

陈亦度带着换了一身休闲打扮的厉薇薇来到游乐场，她顿时激动了："你怎么知道这是我最喜欢来的地方？"

陈亦度笑了："心有灵犀？"

厉薇薇说："那我要坐过山车、跳楼机、海盗船……对了，你不会一上去就狂吐不止吧？"

他摇头："放心，经验丰富，奉陪到底。"

厉薇薇兴奋地欢呼一声，却听见陈亦度的电话响了。

陈亦度伸手准备拿电话，被厉薇薇野蛮地一把抢过去调成静音，放在自己包里。

"今天我们俩谁也不准接电话，不准谈工作，你今天被我承包了。"

陈亦度笑了："遵命，老板！"

两人疯玩过山车、旋转木马之后，一起拍大头贴照片。一开始陈亦度还一本正经，厉薇薇掐着他的脸，帮着摆出鬼脸。最后陈亦度也放开了，和厉薇薇一起做出各种搞怪表情。

陈亦度和厉薇薇一起吃一个棉花糖之后，又一起看恐怖电影。

身边的一对情侣，胆小的女孩已经扑到了男孩的怀里。

厉薇薇无心看电影，心里盘算着怎么扑到陈亦度怀里。

她斜眼瞥了一眼陈亦度，却发现身边这人已经被吓得面如土色，下意识地往厉薇薇身边靠。

厉薇薇灵机一动，索性一伸手，把陈亦度一把搂到自己怀里。

电影院里充斥着银幕上传来的惨叫声，她抱着陈亦度忍不住偷笑。

厉薇薇中途去洗手间，从包里拿出粉来补妆，无意中瞥见陈亦度的手机亮了。

她拿出手机一看，上面显示打来电话的人是蒂凡尼。

厉薇薇心生一计，决定好好耍耍蒂凡尼，她接起了电话："喂……哦，阿度啊，他在洗澡，要不我去卫生间叫他好了。"

她打开水龙头，把手机凑近，假惺惺地说："honey，有人找你。"

蒂凡尼气鼓鼓地挂断电话，厉薇薇顿时露出得胜的笑容。

看完电影，厉薇薇把陈亦度带回家，把他按在自己家客厅的沙发上。

“今天我请客吃饭，最高级别的家宴。”

陈亦度露出怀疑的眼神：“你一个人真的行？”

厉薇薇点头：“放心吧，我这么心灵手巧、冰雪聪明，你只要等着吃现成的就好。”

她进厨房没多久，厨房里就传来两声巨响。

陈亦度好奇地走过去，只见厨房里乱成一团，厉薇薇正手忙脚乱地在收拾残局，浑身都是各种酱料汤汁。

见状，他忍不住笑了起来：“牛皮吹爆了吧，还信誓旦旦请我吃大餐呢。”

陈亦度上前要帮厉薇薇洗碗，被她阻止：“不用了，你坐着，我自己来就好。”

他知道厉薇薇嘴硬，宠溺地说：“没关系，我来吧。”

厉薇薇噘嘴：“一回生二回熟，你多来吃几次，说不定我的厨艺就突飞猛进了。”

陈亦度装出一脸崩溃的表情：“那我得吃下去多少黑暗料理啊。”

厉薇薇生气地嘟嘴，突然灵机一动，调皮地把洗洁精泡沫往他脸上抹了一把，然后笑着跑开，陈亦度不甘示弱地追上。

两人在厨房打闹着，厉薇薇突然脚下一滑，倒在陈亦度的怀里。

两人四目相对，气氛暧昧。

厉薇薇有些不好意思地说：“我把里奥赶走了，今晚他绝对不敢在十二点前回来。”

陈亦度笑了：“好啊，原来你今晚请我吃的是鸿门宴。”

她坏笑：“你跑不掉了！”

陈亦度揶揄地说：“不过鸿门宴也得有宴吧，你这个架势不会想请我喝西北风吧？”

厉薇薇顿时尴尬了："我做是做了，就是……"

她举着食谱，看着自己厨房里摆的两碗黑暗料理叹气："这菜谱上的每个菜肯定都PS过。"

陈亦度看看菜谱，又看看厉薇薇做的菜，大笑着说："你会做的只有一道蛋包饭，就别耍什么花枪了，老老实实做你的蛋包饭吧！"

陈亦度在客厅点起蜡烛，在厉薇薇做的蛋包饭上用番茄酱浇出一个爱心。

厉薇薇把蛋包饭切成两半，自己和陈亦度一人一半。

"你知道吗，今天是我失忆以来最开心的一天。明明只是跟你一起吃蛋包饭，却满足得像吃了满汉全席一样；明明只是和你一起散步，却开心得好像环游了世界；明明前一天还跟你吵得天翻地覆，这一刻却只想和你在一起。"

陈亦度笑着看着薇薇："明明只是握住了你的手，却幸福得好像拥有了整个世界。"

他悄悄握住了薇薇的手，两人深情对视。

厉薇薇说："你好像很了解我，知道我喜欢去哪里玩，爱看什么样的电影，就连我只会做蛋包饭都知道。而且我对你也有一种似曾相识的感觉，就好像我们已经认识了很久很久。"

陈亦度迟疑片刻，开玩笑地说："因为我们俩是老对手啊，在商场上专注掐架好几年，掐着掐着就成了最了解对方的人。"

厉薇薇将信将疑："那我们那么多年不是白打了？"

她靠在陈亦度肩膀上，幸福地抱着他的胳膊看着星空。

陈亦度开口："薇薇，对不起，以前我曾经很深地伤害过你。"

厉薇薇笑了："那就罚你一辈子给我当牛做马，一辈子只许对我一个人好！"

他忍不住问："你真的不介意？"

厉薇薇眨眨眼："算你走运，我失忆了，全都忘光光啦！"

陈亦度深情地看着月光下她的笑脸："薇薇，谢谢你的坚持，让我能够看清自己的内心，让我们可以重新开始。"

厉薇薇看着他，慢慢闭上眼睛。

陈亦度慢慢凑近她，两人即将吻上的时候，却被电话声打断了。

厉薇薇拿出电话，气愤地想按掉，一看手机上显示有三十七个霍骁的未接来电。

陈亦度也看见了，说："接吧，说不定真有什么重要的事。"

闻言，她只好无奈地接起电话。

"薇薇，是我。半个小时后，在烤串摊见面。我有很重要的公事找你，不见不散。"

厉薇薇挂了电话，一脸懊恼。

"到底是什么公事，非得挑今天这个黄道吉日谈！"

陈亦度安慰她说："去吧，来日方长，我一个大活人，又不会跑。"

"等等。"

陈亦度还没反应过来，厉薇薇已经凑过来在他的耳根上亲了一下，留下了一个唇印。

"给你盖个戳，证明你是我的人。"

陈亦度捂着耳朵，看着她笑了。

烤串摊前，霍骁正东拉西扯地跟厉薇薇说一些根本不重要的公事。

"上个季度的财报昨天已经出来了，毛利率还是比较平稳的，但是成本问题比较严重……"

厉薇薇打断他："昨天你不都和我讨论过了吗？"

霍骁连忙说："我忘了，那设计部的人力资源配置问题……"

厉薇薇有些不高兴，再次打断："行了，你大晚上的那么着急把我叫来，就是为了说这些已经讨论过八百遍的事吗？"

霍骁面露尴尬："如果我没什么重要的事，就不能见你吗？其实，我就是想你了。"

厉薇薇一看他这个样子，顿时气消了大半。

她为难地说："我一闭上眼睛就满脑子都是你穿开裆裤在地上打滚的样子，实在没法把你和未婚夫联系在一起，所以……"

霍骁打断她说："当初是谁勾引我的，是谁在巴黎向我求婚的？"

厉薇薇满脸懊恼："我过去的七年到底做了什么，连我最要好的朋友都没放过？"

霍骁心中难过，但脸上依然保持着微笑，喊来服务员："这儿来十串大腰子！"

她忙说："我吃过了。"

"谁说大腰子是给你的，我偶尔换换口味，调剂一下。"

闻言，厉薇薇有些担心："你没事吧？"

霍骁努力挤出笑容："我胃口那么好，能有什么事。你还有事吧，让欧秘书先送你，回头再来接我。"

她将信将疑，但还是走了。

霍骁看着厉薇薇离去的背影收起微笑，露出苦涩的表情。

陈亦度第二天约厉薇薇到凤凰山上看日落，两人手牵手走到山顶观景台。

山下华灯初上，整座城市映照在金黄色的余晖下。

厉薇薇对着山下喊："陈亦度，我爱你。虽然我们的事还不能见光，但我还是期待有一天能让全世界的人都知道，你陈亦度是属于我的。"

见陈亦度含笑看着自己，她顿时不满了："喂，我向你表白了，你怎么一点表示都没有？"

他装糊涂地问："你想让我怎么表示？"

厉薇薇有些不好意思："我都对你说了那三个字，你是不是也该对我说啊！"

陈亦度一脸糊涂："什么三个字？"

"就是……算了！"

厉薇薇郁闷地转身要走，却被陈亦度一把抱住。

他贴在厉薇薇的耳朵边，深情地说："厉薇薇，我爱你！"

厉薇薇呆住，微风拂过她的秀发，衬得她的脸庞格外动人。

陈亦度笑她："不是你要我表示的吗？怎么自己反而傻了？"

她这才反应过来："好啊，你耍我！"

厉薇薇突然把冰凉的手往陈亦度的领口塞去："请你吃冰激凌。"

他笑着拉开衣服的拉链，把厉薇薇整个人包裹进去："那我就送你人肉暖宝宝。"

她使坏，故意在衣服里胳肢陈亦度。

两人嬉笑打闹间，摔倒在一边的草地上。

气氛浪漫，两人渐渐靠近，正要吻上的时候，突然传来霍骁的声音。

"薇薇！"

厉薇薇一惊，仔细竖起耳朵听，周围却又安静了。

"可能是我幻听了，我们继续！"

两人再次靠近，却传来嘈杂的对话声和说笑声。

陈亦度辨认后说："好像是曹钟和蒂凡尼……"

厉薇薇也愣了："还有霍骁、欧秘书……"

两人刚站起来，欧秘书和曹钟汗涔涔地举着小旗率先爬上山顶，冲着他们两人挥手。

欧秘书说："厉总，你来得好早啊！"

曹钟接着说："陈总，我还准备打电话通知你我们两家公司的拓展友谊赛在这里举行呢，结果你的手机一直无法接通。"

两人听得一头雾水，陈亦度小声问厉薇薇："什么情况？"

厉薇薇摇头："两个人的浪漫之夜变成了集体party？"

欧秘书冲着后面喊："山顶有惊喜，厉总、陈总已经提前在山顶等我们了。"

众人纷纷上了山顶，高兴地冲两人挥手。

厉薇薇和陈亦度只好尴尬地向众人挥手致意。

　　草坪上，正举行小型烧烤会，大家一起边喝饮料边吃东西，气氛一片融洽、欢乐。

　　厉薇薇坐在一旁，脸上带着尴尬的笑容。

　　霍骁跑过来，殷勤地把刚烤好的鸡翅和饮料递给厉薇薇。

　　"怎么样，拓展友谊赛安排在这里，别有新意吧？瞧大家都玩得多开心，气氛多和谐。"

　　厉薇薇接过饮料喝了一口，敷衍地答："开心，真是好开心。"

　　她偷偷和陈亦度对视一眼，两人都是一副无奈的神情。

　　陈亦度起身，刚想朝厉薇薇走去，霍骁对欧秘书使了一个眼色。

　　欧秘书和蒂凡尼连忙上前，分别把陈亦度跟厉薇薇拉走。

　　欧秘书说："厉总，大家请你去与民同乐呢。"

　　蒂凡尼也说："陈总，这些家伙都说要请你去打牌，准备在牌场上好好杀你一把。"

　　两边闹到半夜，陈亦度跟厉薇薇完全没机会再单独在一起。

　　第二天是真人CS比赛，按公司分成两组对抗。

　　欧秘书宣布规则："参赛者在比赛中一旦被彩弹击中，就立即出局。被击中的人必须原地躺下，不能再参与对抗。只有当其中一组的成员全部出局，游戏才算结束。

　　"现在有五分钟时间让大家寻找掩护，五分钟后比赛正式开始。"

　　话音刚落，众人四下散开，迅速寻找掩护。

　　"薇薇，你……"霍骁边说边回头，却发现厉薇薇已经不见了。

　　另一边，陈亦度拉着厉薇薇在林子里穿梭。

　　她疑惑地问："你带我去哪儿？"

　　陈亦度还没回答，身后突然传来脚步声。

　　他立即拉着厉薇薇闪躲到树后，用身体护住她，两人紧紧挨着。

　　霍骁从后方追来，边跑边四处张望。

陈亦度将厉薇薇藏到一旁的灌木后。

霍骁没有发现两人，又到别处去找了。

陈亦度小声交代："躲在这里别动，乖乖等我回来。"

厉薇薇拉住他："你去哪儿？"

陈亦度动作利落地将枪上膛，答："去杀人。"

没多久他就跟霍骁狭路相逢，一番角逐后两人都中弹了。

他们持枪对峙，气氛剑拔弩张。

霍骁问："你把薇薇藏哪儿了？"

陈亦度冷笑："我为什么要告诉你？"

"薇薇是我的未婚妻，应该由我保护。"

"可惜薇薇并不认你这个未婚夫。"

霍骁气得把枪一扔，扑上去揪着陈亦度领口："说！你接近薇薇到底有什么图谋？"

陈亦度挣脱霍骁，说："我和薇薇是两情相悦，正常交往。"

霍骁恶狠狠地说："你别忘了，薇薇最恨的人就是你，她说过永远都不会原谅你！"

陈亦度冷笑："那是以前！"

霍骁顿时紧张了："你什么意思？"

陈亦度笑得有些得意："没错，你知道的我也知道了，现在的厉薇薇已经不是过去的那个厉薇薇了。你放心，这件事我会保守秘密。我不会让任何人伤害薇薇，但谁也不能阻止我们在一起！"

他松开霍骁，游戏结束的号声也响了起来。

厉薇薇等在训练场入口处，兴奋地说："我们赢了，是不是很厉害？"

霍骁看着她没心没肺的样子，笑得有点勉强。

厉薇薇与霍骁身后的陈亦度视线相交，陈亦度温情脉脉，她顿时有点害羞。

Chapter ⌄13

"不管你想做什么，我都奉陪。"

放弃我，抓紧我

⋁⋁

拓展友谊赛结束后第二天，霍骁开车带着薇薇去了一个舞蹈排练室。

一对男女正专注地排练探戈，霍骁给薇薇介绍说："易航、安安，著名的探戈舞者，下个月他们将要代表中国参加国际探戈舞大赛。"

厉薇薇不解："这和我们有什么关系？"

霍骁答："如果只是普通的舞蹈比赛，当然和我们没什么关系。但是国际探戈舞大赛有一个传统，那就是历届选手的舞服都出自知名设计师之手。这项比赛不光是探戈舞的比拼，更是时尚界的角逐。

"现在易航他们正在寻找合适的品牌定做舞服，如果我们的设计被采用，就代表着玲珑将从此进入世界顶尖品牌的梯队，这对我们争夺枫丹百货的入驻权会非常有利。"

厉薇薇听得热血沸腾："我懂了，你放心，我一定会抓住这个机会的。"

霍骁温柔地说："我对你绝对有信心。"

易航和安安一舞完毕，周教练立即为两人递上水和毛巾。

厉薇薇上前搭讪："周教练，你好，我是玲珑婚纱的厉薇薇，现在方便聊一聊你们对舞服的要求吗？"

周教练说："等人齐了一起说吧。"

话音刚落，陈亦度和蒂凡尼就走进了排练室。

厉薇薇和陈亦度看到对方都很吃惊，霍骁却并不意外。

周教练向双方解释："是这样的，为了能多些选择，我们同时邀请了DU婚纱和玲珑婚纱。"

他看到双方的人脸色都不太好，有些尴尬地说："我知道你们两家都是国内数一数二的大公司，但这次比赛真的很重要，所以我们还是希望能通过比稿的方式得到最佳方案。"

陈亦度面色平静地答："好的，没问题。"

四人从舞蹈室出来，分头准备上车。

厉薇薇偷偷打量了一眼陈亦度，鼓起勇气上前，却被霍骁拦下了。

"薇薇，周教练要求我们三天就出设计稿，时间紧张，我们要赶紧回公司商量对策。"

陈亦度走到车前，有些不放心地回望厉薇薇。

蒂凡尼见状，赶紧挡住他的视线说："阿度，关于舞服的设计我有一些想法，我们上车说吧。"

说完，她拉着陈亦度上车，厉薇薇顿时闷闷不乐。

"你是不是早就知道我们要和DU比稿？"

霍骁神色平静："没错，我早就知道了。"

她不高兴了："那你还让我去？"

霍骁明知故问："有什么问题吗？"

厉薇薇支支吾吾地说："我就是觉得老要和DU争啊抢啊的，太难看了。"

霍骁耐心地说："玲珑和DU本来就是竞争关系，像今天这样抢夺同一个项目的场面司空见惯。我知道薇薇你不喜欢和人争，但在商场上这是无法避免的。这样吧，不如你就以这次比稿作为契机，学着适应？"

厉薇薇蔫蔫地点头："知道了。"

厉薇薇回去对着白纸叹气，陈亦度也是心事重重。

两人晚上相约在餐厅见面，面对面坐着分吃一份蛋包饭。

厉薇薇吃一口蛋包饭叹一口气，伤感地说："一想到要和阿度你做对手，我心里就很惆怅。我觉得我们现在就像罗密欧和朱丽叶，梁山伯和祝英台，许仙和白娘子。"

陈亦度被逗笑了，弹了一下她的脑门："厉薇薇小姐，有你说的这么惨吗？这样吧，不如我们约法三章，以后公是公私是私，约会的时候禁止谈公事，在商场上也不许互相留情，怎么样？"

厉薇薇故作严肃地答："难！"

陈亦度被唬得一愣，又听她继续说："前一条容易，后一条嘛……我怕自己经受不住考验，被陈总裁你的美色诱惑。"

陈亦度取了一勺蛋包饭塞进厉薇薇嘴里，好笑地说："吃还堵不上你的嘴！"

厉薇薇看着陈亦度，调皮地笑了。

第二天厉薇薇一大早赶到玲珑公司的设计部，一边跟苏菲、乔治商量如何修改，一边拿着笔在画稿上利落地添了几笔。

三人忙碌了很久，终于把设计稿定下来了。

厉薇薇满意地点点头："就它了。"

苏菲咬牙切齿地说："等这次我们赢了，一定要狠狠羞辱DU的人。"

厉薇薇无奈地说："不用这么夸张吧，冤家宜解不宜结，更何况DU和我们纯粹只是商业上的竞争而已，人家并没有做错什么。"

苏菲奇怪了："厉总你都忘了吗？这些年每次我们落败，DU的人总是变着法踩我们。"

乔治附和说："就是，这份大仇怎么能说解就解！"

厉薇薇听了，无奈地叹气。

霍骁看了设计稿后，对着无精打采的厉薇薇说："薇薇，我知道你现在把陈亦度当成朋友，不想和他竞争，这次这个项目让你很为难。但我相信你分得清主次，不会因此不顾玲珑的利益，让公司上下所有人的努力白费，对吗？"

她有些心虚，内疚地说："放心吧，我不会让大家失望的。"

DU公司里，蒂凡尼堵住曹钟，让他去找人在网上抹黑厉薇薇。

曹钟支支吾吾地说："这事还是请示陈总，不要私下擅自做主的好。"

蒂凡尼冷笑："阿度现在被厉薇薇迷得狠不下心。反正抹黑厉薇薇的文章我都准备好了，你找几个公众号一发，我就不信周教练他们看到以后还会让玲珑参加比稿。"

陈亦度恰好经过，听见两人的话，阴着脸说："你要是能把心思都花在准备比稿上，而不是净想些歪门邪道，根本就不用担心被玲珑的人骑到头上。"

蒂凡尼不甘心，喃喃说："阿度……"

陈亦度神色严厉："你不是第一天认识我，应该知道我的原则。我决不允许DU的人使用不正当的手段竞争，如果再被我发现类似的事，你们俩立刻给我走人。"

周教练拿到玲珑和DU的画稿后一脸为难，看着四人说："不好选，我觉得都挺好的。"

蒂凡尼不高兴了："怎么会不好选呢？我们的方案采用了红色作为主色调，红色象征着爱情，和探戈的主题多符合啊。"

周教练听了觉得有些道理，点了点头。

厉薇薇没开口，霍骁和颜悦色地反驳："就是太符合了，这么显而易见的联系，大家都能想到。万一到了赛场上，发现十对选手里七对半都穿了红色，那场面就太尴尬了。"

闻言，蒂凡尼求救地看向陈亦度。

陈亦度面色沉静，并不打算参与争执。

蒂凡尼硬着头皮继续争辩："那也比你们玲珑乌漆墨黑一坨的好！"

厉薇薇顿时不服气了："怎么会是乌漆墨黑的一坨呢？我们采用了黑色暗纹加金色钩边的礼服样式，神秘、高贵、与众不同，保证不会撞衫！"

周教练有些心动："那要不……"

蒂凡尼口不择言地打断他："撞衫也比剽窃好！"

陈亦度厉声叫了一声："蒂凡尼！"

蒂凡尼知道自己说错了话，讪讪地住嘴了。

厉薇薇被她的话戳到痛处，有些委屈。

周教练左看看右看看，表情尴尬："大家不要那么激动，我得再考虑考虑，要不我们明天再继续讨论？"

四人一起离开，厉薇薇因为刚才蒂凡尼的话，情绪低落。

陈亦度关心地看着她："薇薇……"

厉薇薇看也不看他，低着头从陈亦度身边走过，坐进车里。

半路上，她忽然说："我不回公司，去医院。"

厉薇薇挽着陈母在医院的花园里散步，陈母和蔼地问："今天怎么有空来看我？"

她有些委屈地说："因为我想阿姨了。"

陈母笑了："还是我们薇薇好，惦记着我，不过你是不是和阿度吵架了？"

厉薇薇心虚地摇头："没有，我和阿度好着呢。"

陈母半信半疑，又说："要是那小子欺负你，你可一定要告诉我。阿姨会帮你做主，狠狠揍他屁股！"

闻言，厉薇薇被她逗笑了，心里慢慢有了决定。

与此同时在玲珑公司，康星找上了霍锐勇。

"勇总，恭喜！"

霍锐勇奇怪了："恭喜我什么？"

康星笑着说："恭喜您得到一个绝地反击的大好机会！"

闻言，霍锐勇来了兴趣："什么机会？"

"给国际探戈舞大赛设计舞服。"

霍锐勇一听，顿时沮丧了："这不是被厉薇薇接了吗？"

康星忙说："根据我刚刚打探到的消息，厉薇薇和陈亦度今天在比稿的时候吵得不可开交，搞得委托方都看不下去了，如果现在有第三方强势加入比稿的话……"

霍锐勇恍然大悟："这确实是个好机会！"

第二天，练舞室外一辆出租车和DU的车同时到达。

厉薇薇从出租车上下来，直奔陈亦度面前，焦急地说："阿度，我有办法让DU和玲珑不用再互相攻击了！我们不用再做对手，只要DU和玲珑谁也不去参加这次比稿！"

蒂凡尼怒了："你疯了吗？你是不是明知比不过我们，所以想骗DU也弃权？"

厉薇薇没有辩解，而是期待地看着陈亦度。

他心中挣扎，问："就算这次可以，那以后呢？"

厉薇薇答："我不知道以后会怎么样，但如果不试一试，这样的局面永远也不会改变。"

说完，她拿出设计稿在陈亦度面前撕得粉碎。

众人震惊，欧秘书想上前阻止，被霍骁拦住。

霍骁冲他摇了摇头。

厉薇薇霸气地说："陈亦度，你敢不敢和我赌一把？赌我们可以打破僵局，不用再争得你死我活。"

陈亦度被她的信心感染，向蒂凡尼伸出手："给我设计稿。"

蒂凡尼难以置信："不行，阿度，你不会真的相信她吧？这一定是她的阴谋，她是骗你的！"

陈亦度不容拒绝地重复："给我设计稿。"

蒂凡尼咬咬牙，最后不情愿地把设计稿交到他的手里。

陈亦度也将DU的设计稿在厉薇薇面前撕掉，温柔地说："不管你想做什么，我都奉陪。"

厉薇薇冲陈亦度笑得甜蜜，一旁的霍骁面色沉重，眉头紧锁。

回去的车内一片低气压，欧秘书调了调后视镜，从镜子里观察后座的两人。

厉薇薇讨好地说："霍骁，你要是生气的话就骂我吧，打我也行，别不说话啊！"

霍骁叹气："我没有生气，我是担心。时尚圈更新换代飞快，如果每一次玲珑和DU都为了回避竞争而放弃商机，那只有一个结果，就是我们两家公司都被行业淘汰，这些薇薇你想过没有？"

厉薇薇想反驳，却发现自己找不到理由。

另一边的曹钟接到周教练的电话，对着陈亦度欲言又止。

陈亦度停下脚步，问他："怎么了？"

曹钟小心翼翼地说："刚刚是周教练打来电话，他说玲珑派人去比稿了。"

蒂凡尼满脸愤怒："我就知道，厉薇薇从一开始就没安好心。这种卑鄙小人，她说的话一个字都不能信！阿度，你这下总该看清她的真面目了吧！"

陈亦度垂下眼帘，掩饰失落。

厉薇薇回到玲珑公司，端着杯咖啡心事重重地往办公室走。

霍锐勇带着朱秘书挡在她跟前，虚伪地说："厉总监，这次真是太感谢你了，感谢你给了我一个大出风头的机会！"

厉薇薇满脸疑惑，又听他继续说："怎么，你还没听说吗？我刚刚帮公司争取到了探戈舞服的单子。"

她一脸震惊："不可能，玲珑已经弃权了！"

霍锐勇挑眉："弃权的是你厉薇薇，不是玲珑。"

厉薇薇脸色惨白："完了，这下被你害惨了！"

说完，她打电话给陈亦度，约他在湖边见面。

厉薇薇赶到湖边，陈亦度背对着她站着。

厉薇薇怯怯地唤他："阿度。"

陈亦度转过身，没什么表情地看着她。

厉薇薇满脸着急地解释："阿度，你听我说，霍锐勇去参加比稿的事我真的不知道，我没有骗你！"

他语气冷静："我相信你。"

厉薇薇松一口气："吓死我了，你知不知道我来的路上有多紧张，真怕你不听我解释。"

陈亦度看着她，掩饰不忍，不带感情地说："我们分手吧。"

厉薇薇愣住了："你说什么？"

他加重语气："我说，我们分手。"

厉薇薇委屈了："你刚才还说相信我的。"

陈亦度摇头："不是因为这次的事。"

她着急地追问："那是因为什么？"

陈亦度语气平静地说："因为薇薇你不可能离开玲珑，而我也不会扔下DU不管，我们敌对的立场永远无法改变。玲珑和DU是我们的责任，也是我们的原罪。如果我们继续在一起，今后每一次事业上的交手，都会变成心上的一道疤。日积月累，这些伤疤层层叠叠，心会变得麻木，爱情会全部变成怨恨。长痛不如短痛，与其等到那种境地再分开，不如趁现在分开，大家还能留下美好的回忆。"

厉薇薇哭着打断他："你凭什么这么说？我们才刚刚开始，你凭什么肯定我们不会有好结果？"

陈亦度神情悲伤，欲言又止。

她小声哀求："阿度，你再努力一下嘛，你不要这么快放弃我们。"

陈亦度压抑悲伤，说："我已经决定了。"

说完，他转身大步离开。

厉薇薇冲着陈亦度的背影喊："我不分手，陈亦度你回来！"

陈亦度神情悲伤，脚下却没有停留。

厉薇薇独自站在湖边，委屈地哭了起来。

厉薇薇回家后就把自己反锁在卧室，里奥在外面焦急地拍门。

"薇薇，你没事吧？你快开门啊，有什么不痛快别憋在心里。陈亦度那个大浑蛋居然敢欺负你，我这就去揍他。"

房门这时候打开了，厉薇薇穿了一身运动装备，没什么表情地站在门口，说："去啊。"

里奥嬉皮笑脸地说："嘿嘿，仔细想了想，我好像不是陈亦度的对手。薇薇你这么疼我，一定不舍得我被揍吧？"

厉薇薇一脸鄙视地看着他，转身回房间，一只玩具熊脸上贴着陈亦度的大头照，被五花大绑地吊在空中。

她狠狠对着玩具熊拳打脚踢，一旁的里奥盘着腿坐在地上，一脸不忍地看玩具熊被虐。

厉薇薇气哼哼地说："死陈亦度居然敢甩我，看我不打死你。"

里奥问："薇薇，你现在打算怎么办？"

她停下动作，很有气势地握拳，恶狠狠地说："还能怎么办？当然是把他追回来！"

里奥挑眉，问："怎么追？"

厉薇薇瞬间泄气了："我不知道。"

里奥得意地笑了："看来关键时刻还是得我出手。"

厉薇薇一脸怀疑："你靠谱吗？"

里奥真诚地说："这你就不懂了吧，其实每个男人内心都渴望被征服！"

闻言，厉薇薇半懂不懂地点点头，里奥告诉了她一个极好的主意，她一个电话打到了蛋包饭餐厅。

一如往常，陈亦度到蛋包饭餐厅里点了餐后等着晚饭。

忽然一群店员端着蛋包饭从厨房走出，将蛋包饭摆在陈亦度桌上，然后在桌前站成两列。

顾客们朝陈亦度指指点点，小声议论，陈亦度顿时有些尴尬。

厉薇薇一身黑色熟女装扮，众星拱月般走到陈亦度面前。

她俯身拉着陈亦度的领带将他拉近，邪魅一笑："阿度，我要让全世界知道，这家店的蛋包饭都被你承包了！"

陈亦度将领带用力从她手中抽出，起身居高临下地说："可惜我一看到你就没胃口，这些蛋包饭我埋单，请在座的所有人吃。"

说完，他转身就走。

厉薇薇气势汹汹地回家，一进门就拧着里奥的耳朵，恶狠狠地说："你那什么馊主意，根本没用！"

里奥揉着耳朵，目光灼灼："这招不管用，那就只有出撒手锏了。你知道吗，男人对女人的眼泪最没有抵抗力了。"

厉薇薇听了，一脸跃跃欲试。

厉薇薇听从里奥的建议，在下班时间提前埋伏在DU公司停车场电梯不远处，虽然拼命想挤出眼泪，但毫无作用。

看见陈亦度从电梯出来，她顿时着急了，拿出眼药水对着眼睛猛挤。

厉薇薇白衣飘飘，双手挡脸，脚步轻盈地向陈亦度走来。

陈亦度不由自主地后退两步，嘴角抽了抽。

厉薇薇松开手，露出一张脱妆的大花脸，凑到陈亦度面前，嗲声嗲气地说："阿度，自从跟你分了手，我吃也吃不好，睡也睡不好，拉也拉不好，浑身上下都难受，人家真的不能没有你！"

陈亦度不停向后仰，厉薇薇拼命往前凑。

一个保安从转角走出，一抬头看到厉薇薇，惨叫一声"鬼啊"就晕倒在地。

厉薇薇疑惑地看看保安，又看看陈亦度，后者只能无奈叹气。

她再次以失败而告终，只得回去揍了里奥一顿来泄愤。

第二天厉薇薇去了舞蹈排练室，安安和易航换上舞服出来。

看见厉薇薇，安安不高兴地问："她怎么在这儿？"

周教练连忙解释："是这样的，我思前想后觉得之前几个方案一直不能尽如人意，主要是因为设计师还没有感受到探戈的魅力，所以我特意邀请厉设计师来参观我们排练。"

厉薇薇点头："接下来的一周我会跟随大家训练，请多多关照。"

她心想要不是霍锐勇的设计稿没能让周教练满意，霍骁又再三请求，自己也不会再到这里来。

易航冲着厉薇薇吹口哨，调侃说："加油哦，大设计师。"

见状，安安不屑地哼了一声。

周教练播放探戈舞曲，安安和易航开始练舞，二人互相配合，默契十足。

厉薇薇坐在一旁看得出了神，神情有些羡慕。

排练结束，厉薇薇刚从排练室走出，易航就快步追上，调侃说："大设计师，看了半天我们的排练有什么感想？"

厉薇薇想了想，一本正经地答："跳得挺好。"

易航无语了："我和安安好歹也是世界水准的探戈舞者，在你眼里就只是'跳得挺好'？"

她顿时尴尬了："不瞒你说，其实我对舞蹈一窍不通，不过我真的很羡慕你们。"

易航疑惑道："羡慕我和安安？"

厉薇薇点头："对啊，羡慕你们有个合作无间的拍档，也羡慕你们可以为了相同的理想奋斗！"

易航得意地说："那是，你知道吗，我和安安其实以前是对手，我们俩都各自有舞伴，安安是我抢过来的。"

她惊讶了："抢过来的？那你一抢，安安就同意和你搭档了？"

易航摇头："当然不同意，但我硬拉着她跳了一支探戈，终于成功地让安安意识到我才是她的最佳舞伴。"

厉薇薇若有所思："哦，原来是霸王硬上弓啊。"

易航反驳："什么霸王硬上弓，你别说得这么难听。听哥哥一句话，不管是在生活上还是在事业上，完美的搭档都是可遇不可求的！有的人可能一辈子都遇不到，所以一旦遇到了就绝对不能放过，记住了吗？"

厉薇薇被一语点醒，激动地握住易航的手。

"记住了！你说得对，绝对不能放过，我现在就去霸王硬上弓！"

说完，厉薇薇激动地跑了。

易航看着她的背影，笑了："真是孺子可教。"

陈亦度从电梯出来，看到眼前的景象愣了愣。

公寓走廊上堆满了搬家的纸箱，一个半人高的玩具熊面对着墙靠着。

隔壁的房门开着，搬家工人正将纸箱往里搬。

搬家工人看到陈亦度，立刻将他跟前的纸箱挪开："不好意思不好意思，我们很快就会搬完。"

陈亦度皱着眉点点头，小心翼翼地跨过其他纸箱，开门进屋。

他刚进门，厉薇薇就从隔壁的房子里走出，见搬家工人准备搬靠在墙边的玩具熊，赶紧把玩具熊抱起。

"师傅，这个我自己搬就行了。"

厉薇薇抱着玩具熊转身，玩具熊脸上贴着陈亦度的头像。

见她深情地看着贴着陈亦度头像的玩具熊，屋内帮忙搬家的里奥愤愤不平地问："陈亦度到底有什么好，用得着你这么大费周章？"

厉薇薇摇头："他的好你不懂。"

她忽然放下玩具熊，哥俩好似的搭住里奥的肩："听说你和蒂凡尼关系不错？"

里奥否认："听谁说的？没这回事。"

厉薇薇眨眨眼："你帮我去蒂凡尼那儿打探打探陈亦度的消息，从现在开始我要布下天罗地网，三百六十度无死角地追求阿度，谅他也逃不出我的手掌心！"

里奥听了，开始同情陈亦度了。

陈亦度端着一杯红酒走到阳台上，刚喝一口酒，隔壁公寓的阳台突然灯光全灭，只剩下浪漫的烛光，接着响起了爵士乐。

他有些奇怪地看着邻居的阳台，忽然见厉薇薇化着浓妆穿着性感睡衣，姿态撩人地走上阳台。

陈亦度目瞪口呆，咕咚咽下口中的红酒。

厉薇薇假装没有注意到陈亦度，边做作地摆出各种性感姿态，边偷偷瞄他的反应。

陈亦度表情尴尬，悄悄后退。

她故作羞涩地不看陈亦度："阿度，你说我们能在这迷人的月光下重逢，是不是很有缘分？"

没听见回应，厉薇薇转头发现陈亦度早就已经不在阳台了，气得跳脚。

屋内的陈亦度靠着墙，听着外面的她在发脾气，表情有些无奈。

第二天一早，陈亦度刚开门出来，厉薇薇就跟着开门。

她故作惊讶地问："这么巧，你也上班啊？"

陈亦度瞥一眼厉薇薇，不搭理她，自顾自地摁电梯。

厉薇薇装模作样地说："阿度，我刚刚租了你家隔壁的房子，我们以后是邻居了，要互相关照哦。"

电梯门开，陈亦度率先进去。

厉薇薇刚想进电梯，被他用身体阻拦。

"不好意思，厉薇薇小姐，大家立场对立，为了避嫌，麻烦你坐下一趟吧。"

说完，陈亦度摁下关门键。

电梯门在厉薇薇面前关上，她不由得神情沮丧。

陈亦度一走进DU公司，曹钟就拿着iPad迎了上来。

"陈总，玲珑为探戈大赛制作服装的消息已经正式公布，网络关注度很高。如果我们不尽快想出对策，很可能就要落于下风。"

陈亦度心情烦躁，突然停下脚步，打断曹钟说："去把我家隔壁那套房子买下来，立刻去办。"

曹钟一脸疑惑，还是应下了。

厉薇薇愁眉苦脸地坐在玲珑公司的天台上画设计稿，脚边堆了一堆揉成团的废稿。

霍骁在她身边坐下，捡起一张废稿打开来看了看，语气轻松地问："怎么，找不到灵感？"

她幽幽地看一眼霍骁，一声不吭。

霍骁安慰说："没关系，灵感这事急不来。"

厉薇薇夺过他手上的画稿揉成一团扔掉，不悦地说："你懂什么，我找不到灵感是因为我心里有道坎过不去。"

霍骁立刻会意："是因为二叔的事？"

她沮丧地点头："这次我们靠背信弃义才抢到订单，胜之不武，我一想到这个就怎么都画不出来了。"

霍骁摇头说："背信弃义的是二叔，薇薇你并不知情，不是你的错。"

厉薇薇着急地说："但我是受益者啊，和帮凶有什么区别？"

霍骁正色说："商场上本来就尔虞我诈，这样的事并不少见。没有一个人能说自己无辜，就算陈亦度也不能，你不要有负担。"

她闷闷不乐地问："你还记得我创办玲珑婚纱的初衷吗？"

霍骁愣了愣："初衷？"

厉薇薇神情严肃地说："虽然我什么都不记得了，但我相信当初创立玲珑的时候我一定不会希望有一天自己的品牌以见不得光的方式取胜。"

霍骁沉默半晌，无奈地笑了笑："我总是说不过你，你心里已经有主意了，对吗？"

"你不愧是我的好哥们，一点就通。"她看着霍骁笑了。

厉薇薇手里拿着文件，在DU公司大堂正中躺成一个"大"字。

保安一边阻止路人上前围观，一边劝说她起来。

厉薇薇态度坚决地拒绝："我一起来你们就把我撵走了，你让你们陈总出来见我，我见了他马上就走。"

陈亦度匆匆赶来，挥了挥手让保安退开，居高临下俯视她："厉薇薇你又搞什么鬼？"

厉薇薇看到他，露出满意的笑容，伸出手："快拉我一把。"

陈亦度把她拉起身，厉薇薇整理完衣服，这才看清陈亦度身后还站着曹钟和蒂凡尼。

蒂凡尼鄙视地说："没什么事就请你离开，我们公司不欢迎你。"

厉薇薇撇撇嘴："谁说没事啊，我有很重要的事！"

她将手中的文件递到陈亦度面前，神情严肃地说："这是联合设计的合同。"

陈亦度一听，感到意外："什么意思？"

厉薇薇得意地说："意思就是，玲珑婚纱愿意和DU共同设计这次探戈大赛的服装。"

陈亦度没有表态，似乎在犹豫。

她再接再厉说："怎么，这么一个绝佳的宣传机会，你真的要放弃？还是说，DU婚纱怕被玲珑比下去，怕丢了面子，不敢接？"

陈亦度做出决定，动作利落地要接合同。

厉薇薇却手一闪，将合同藏到身后，调皮地眨眼："别急啊，我还有一个条件。"

陈亦度看着她："说。"

她这才开口："我的条件就是，DU这边必须由你作为设计师和我合作。"

蒂凡尼听了又惊又怒："什么？厉薇薇你别太过分了！"

陈亦度示意蒂凡尼少安毋躁，对厉薇薇说："可以。"

他上前两步贴着厉薇薇，像是一个要抱住她的姿势，却从她背在身后的手上抽走合同。

"对公司有利的事我自然不会拒绝，但如果你还有什么别的期待——我劝你最好放弃。"

厉薇薇完全不受影响，神情得意地说："放不放弃是我的事，就不劳陈总裁操心了。"

陈亦度转身，叫来保安，示意他们把厉薇薇赶走。

保安上前一人一边架住厉薇薇，把她送出DU大楼。

晚上的时候，厉薇薇站在公寓的阳台上向隔壁探头探脑，想看陈亦度房里的动静。

陈亦度刚洗完澡，围着浴巾出来，她看得流口水。

陈亦度注意到厉薇薇，走到玻璃移门前将窗帘拉上。

厉薇薇满脸遗憾："看看又不会少块肉，真小气！"

她突然想到什么，露出坏笑。

门铃响了起来，陈亦度穿着家居服去开门。

厉薇薇端着一盘蛋糕不由分说地挤进来，献宝似的把蛋糕捧到陈亦度眼前："阿度你看，这是我亲手为你做的蛋糕，香不香？"

陈亦度冷着脸说："谁准你进来的，麻烦你立刻出去。"

她厚脸皮地凑近："你这个人就是口是心非，其实你心里很想吃吧？别害羞嘛，快尝尝。"

厉薇薇不容拒绝地拿起一块蛋糕送到陈亦度嘴边，他侧了侧脸躲开了。

她威胁说："真的不吃？你自己想清楚哦，反正今天你不吃我是不会走的。"

陈亦度没好气地冲厉薇薇伸出手："拿来。"

厉薇薇笑眯眯地把蛋糕放在陈亦度手上，他咬了一口蛋糕，面色缓和了一些，问："真是你做的？"

她神色期待："对啊，好吃吗？"

闻言，陈亦度别扭地点点头。

厉薇薇一脸春情荡漾："那你多吃一点。"

陈亦度嚼着嚼着开始挠脸，低头看到手上出了红色的疹子。

厉薇薇奇怪了："怎么了？痒吗？我帮你挠挠。"

她说着就要上手，陈亦度后退两步躲开，警觉地问："厉薇薇，蛋糕里放了什么？"

厉薇薇一脸无辜："你最爱的杧果啊。"

这是她威胁里奥，然后他千辛万苦从蒂凡尼口中打听来的。

陈亦度面色一黑，指着她气得大喊："谁告诉你我最爱杧果了，我对杧果过敏！"

她面色一僵，动作利落地夺过陈亦度手里剩下的蛋糕放回盘子里，向门口退去，心虚地开口："那什么，不打扰你了，我先回去啦，你好好休息啊！"

厉薇薇退出大门，正要把门关上，突然又从门外探出头，关心地问："要不要帮你叫救护车？"

陈亦度一脸崩溃："滚！"

"遵命！"厉薇薇砰地关上大门。

陈亦度痒得忍不住挠，一脸抓狂。

早上去上班的时候，陈亦度从家里走出，警惕地四处打量，没有发现厉薇薇的身影。

他松了口气，刚上车，厉薇薇突然蹿出来，坐进副驾驶座，自顾自地系上安全带："反正大家同路，一起走吧。"

陈亦度看着她正要说话，却被厉薇薇抢先。

"停！我知道你想说什么，要避嫌对不对？别忘了，现在我们是合作伙伴不是对手，所以不用保持距离！"

他冷着脸开口："我想说的是，我并没有同意你搭车。"

厉薇薇耍赖地抓住椅子说："反正我已经上来了，你要赶我我就喊非礼！"

闻言，陈亦度只能冷着脸发动汽车。

两人去了舞蹈排练室，安安与易航在练舞。

陈亦度专心地在一旁观看，厉薇薇完全忘了看舞蹈，托着下巴直勾勾地盯着他。

一曲结束，陈亦度看也不看厉薇薇，朝安安和周教练走去。

易航边用毛巾擦汗，边凑到厉薇薇身旁，他用下巴指指陈亦度，一脸八卦："霸王硬上弓，成了？"

她痛心疾首地摇头："革命尚未成功。"

易航同情地拍拍厉薇薇的肩膀，问："要不要哥哥帮你一把？"

厉薇薇听得两眼发亮，连连点头。

陈亦度注意到易航与厉薇薇互动，面色不太好看。

易航扬声说："我有个主意。"

得到所有人的注意，他才继续说："我觉得两位设计师就算再厉害，光用眼睛看也领略不到探戈的精髓。我提议厉设计师和陈设计师，不如你们亲自上场感受一下探戈的魅力？"

厉薇薇一惊，陈亦度语气委婉地拒绝："这恐怕不太合适。"

安安冷冷地附和："我同意易航的提议。"

周教练乐呵呵地开口："我也觉得易航这个主意好。"

厉薇薇为难地说："可是我不会跳舞。"

周教练摆手："快别谦虚了，厉设计师都看我们练那么久了，基本的动作肯定都记住了。"

安安不高兴了："你们到底是不会跳舞，还是对我们的委托毫无诚意？"

厉薇薇与陈亦度对视一眼，两人都一脸无奈，只得答应下来。

排练室关掉灯光，只余下正中一盏顶灯。

换上舞服的厉薇薇和陈亦度站在灯光下，她觉得不好意思，低头不看陈亦度。

安安帮两人调整姿势，将厉薇薇的脸对准陈亦度。

她严肃地说："探戈最重要的一点，就是舞者始终要深情凝望对方，视线不可以有一刻从你的舞伴脸上挪开。好了，开始吧。"

安安走开，周教练开始播放音乐。

Por Una Cabeza（《一步之遥》）舞曲响起，陈亦度领着厉薇薇起舞。

厉薇薇动作生涩，手忙脚乱。

陈亦度毫不慌张，动作专业。

厉薇薇不停地踩他的脚，陈亦度忍着痛。

她尴尬地道歉："不好意思啊。"

易航和周教练在一旁偷笑，安安没什么表情地瞥了两人一眼，他们赶紧收敛。

安安皱眉，语气严肃地说："厉薇薇，眼前这个人是你毕生至爱，他就要离你远去，投入别的女人的怀抱，这是挽回他爱情的最后机会，你就是这么去诱惑你的情人吗？"

厉薇薇联想到她和陈亦度的关系，情绪被激起，咬牙占据舞蹈的主动，竭力诱惑他。

陈亦度望着她的双眼，被她迷惑，流露出爱意，两人渐入佳境。

一曲终了，大灯亮起。

厉薇薇和陈亦度的视线仍然胶着，直到周围传来掌声，两人才回过神来，尴尬地分开。

易航赞叹："太棒了！安安你说是不是？"

安安依旧冷冷的："还凑合吧。"

厉薇薇心里得意，偷偷打量陈亦度。

陈亦度有些恍惚，说："不好意思，公司还有点事，我先走了。"

闻言，厉薇薇有些失落。

易航凑到厉薇薇耳边说："放心吧，你绝对有希望。你是没看到他刚才看你那个眼神，啧啧！肉麻死了。"

她一听，精神一振："真的？"

晚上，厉薇薇向陈亦度房间猥琐地张望。

这一次窗帘并没有拉上，陈亦度正在工作台前画稿。

厉薇薇一脸花痴："认真工作的男人最帅了。"

房间内的陈亦度心烦意乱，将画稿揉成一团。

他神情疲惫地走到阳台上，看向厉薇薇客厅的方向。

厉薇薇正一边傻笑一边画稿，手舞足蹈的。

陈亦度看着她，脸上忍不住露出笑意。

门铃响起，厉薇薇惊讶地看着提着保温桶的霍骁。

他笑着举起手里的保温桶："海底椰南北杏煲猪骨，你的最爱。"

厉薇薇正端着小碗喝汤，霍骁拿起她桌上的设计稿看，惊讶地说："薇薇，短短几个月的时间，你的水准已经快赶上以前了。"

她得意地说："那是，我是谁啊。"

霍骁放下设计稿，翻看工作台上的其他画稿。画稿最下面，一张陈亦度的卡通画像露出一角。

厉薇薇放下碗，慌张地过来将陈亦度的画像用稿纸盖住："别看了，这些都是乱画的，没什么好看的。"

霍骁笑笑，没有戳穿她："对了，为什么你突然放着好好的别墅不住，搬来公寓？"

厉薇薇心虚地说："因为……因为这里离公司近嘛。"

霍骁走到窗前，看似漫不经心地问："我听说陈亦度好像也住在这个小区？"

她干笑着说："这么巧？"

霍骁观察着厉薇薇的神色，不由得心里一沉。

他心下叹气，话锋一转："汤好喝吗？"

厉薇薇如蒙大赦，连忙夸赞："好喝，霍骁你真是太贤惠了，以后谁要是娶了你简直是行大运啊！"

霍骁深情地看着她："那不如你娶我吧，我天天给你炖汤喝！"

她尴尬得不知如何回答，突然用力一拍霍骁的肩膀。

"你是我的好哥们，我要喝你的汤还用得着这么麻烦吗？"

霍骁看看搭在自己肩上的手，又看看厉薇薇说："我可没当你是好哥们。"

她迅速收回手，岔开话题："对了，我这几天没去公司，珍妮他们想我了没？"

闻言，霍骁难掩失落。

Chapter ⌄14

"我最讨厌你们这种人了，口口声声说为了对方好，却连一点坚持下去的勇气都没有，这才是真的在伤害对方。"

放弃我，抓紧我

几天后，安安、易航分别穿上了陈亦度和厉薇薇设计的舞服。

安安的是一件冰蓝色的长袖露背礼服裙，易航的则是暗红色的衬衣配西裤。

周教练面露惊艳，赞叹说："好看，太好看了！"

厉薇薇说："我们这次设计的主题叫'冰与火之歌'。"

陈亦度附和："对，经过这些天的观察，我们觉得这个主题最符合安安和易航的气质。"

厉薇薇又说："周教练您看，安安是冰，易航是火。火打动了冰，冰最终被火融化，这就是安安和易航用舞蹈向我们讲述的故事。"

陈亦度点头："我们将这个故事融入服装中，帮助观众更直观地理解安安和易航的表演。"

周教练恍然大悟："原来是这样，你们考虑得可真周到！"

易航宠溺地看向安安，问："安安你怎么看？满意吗？"

安安第一次露出笑容："谢谢你们，辛苦了。"

厉薇薇受宠若惊地摆手："不辛苦，一点都不辛苦。"

陈亦度也向安安点头示意。

周教练拿出手机，招呼安安和易航站到一起："安安、易航快站好，我给你们拍张照！"

厉薇薇和陈亦度看着这一幕会心微笑，厉薇薇小声说："陈总裁，这次我们合作得这么愉快，不如晚上一起吃蛋包饭庆祝一下？"

陈亦度沉下脸说："不好意思，合作到此结束，以后我们最好继续保持距离。"

她听了，脸色不由得一僵，气冲冲地跑上前拦下要走的陈亦度，气愤地说："你明明喜欢我，为什么还要躲着我？"

陈亦度冷冷地说："喜欢你又怎么样？我早说过了，我们的立场敌对，在一起不会有好下场的。"

厉薇薇不理解了："你凭什么这么肯定，你都没有试过、没有努力过，凭什么就说我们不会有好下场？"

他压抑着痛苦："你怎么知道我没努力过？"

她一愣，又听陈亦度说："如果我告诉你，在我心里你永远排不到第一位呢？理想、事业，甚至一起奋斗的战友，在我心里他们通通比你重要，就算这样你也要和我在一起吗？"

说完，陈亦度绕过厉薇薇继续向前走。

厉薇薇短暂犹豫后，再次追上他，单手撑着墙挡住陈亦度的去路。

陈亦度想绕过厉薇薇，她又用另一只手撑着墙，堵住他的退路。

他被厉薇薇拦在两臂之间，无路可逃。

厉薇薇坚定地看向陈亦度："我愿意，就算现在你的理想、事业、战友都比我重要，我也愿意跟你在一起。因为我相信总有一天，我在你心中的分量会超过他们。"

陈亦度听了，心中有所触动。

厉薇薇又说："就算你现在不接受我也没关系，只要你能给我一个机会追求你，不要再把我推远！"

他轻声问："你觉得这么做值得吗？"

厉薇薇坚定地说："值得。"

陈亦度看着她，神情变得柔和。

厉薇薇观察他的神色，小心翼翼地问："你不说话我就当你答应啦？"

他的脸上依旧装出冷酷的神色，说："我不会答应，你就死了这条心吧。"

陈亦度推开她大步离开，厉薇薇的脸上难掩失落。

厉薇薇有些落寞地回到玲珑，珍妮一见到她，立刻迎上去，紧张兮兮地说："厉总，霍总让我告诉您，千万别去他办公室。"

厉薇薇一听，纳闷了："怎么了？"

珍妮摇摇头说："霍总没说原因，不过今天董事长来了，一副怒气冲冲的样子，好可怕。"

厉薇薇愣了愣，不顾珍妮的阻拦，转头往霍骁办公室走去。

她走到霍骁办公室门口，把门推开一条缝偷看。

她看见霍锐强焦躁地来回走："我是怎么和你说的？你又是怎么向我保证的？"

霍骁垂目站着，一声不吭。

霍锐强又说："我问你，已经到手的大好机会为什么白白让一半给人家？这是谁的主意，是你还是厉薇薇？"

霍骁神色平静地回答："是我的主意，和薇薇无关。"

霍锐强不悦："混账！你说，你这么做到底是为什么？"

霍骁坦言："这次二叔拿到项目，原本靠的就是不光彩的手段。现在我们让出一半和DU联合创作，才是公平公正的解决方案。"

霍锐强兜头对着霍骁就是一巴掌，大怒："你跟人家讲公平公正，人家也会跟你讲吗？我怎么生了你这么个天真的儿子！"

霍骁依旧嘴硬："不管别人怎么做，我有自己的原则。"

霍锐强看着他满眼失望："你真是气死我了！"

厉薇薇看着父子俩争吵，心里既内疚又担忧。

她转身离去，过了一会儿拿着冰袋上天台，霍骁正背对她站着，她不由得轻轻叫了一声："霍骁。"

霍骁背影一僵，原地微微转了转身，不让厉薇薇看自己的脸。

厉薇薇叹了口气："我刚才都看见了，严重吗？转过来让我看看。"

闻言，霍骁依旧一动不动。

她皱眉："你再不转过来我就生气了！"

霍骁这才慢吞吞地转过身，脸颊果然有些红肿，嘴角也破了。

厉薇薇心疼了："过来坐着，我帮你敷一下。"

她拉着霍骁坐在长椅上，给他冰敷，抱怨说："霍伯伯下手也太狠了，到底是不是亲爹啊！"

霍骁摇头："你别怪爸爸，他生气我能理解。"

厉薇薇没好气地说："那你呢？你为什么替我顶罪？和DU合作明明是我的主意。"

他沉默片刻后才开口："那天你问我，你创立玲珑时的初衷是什么，你现在还想知道吗？"

厉薇薇听了，点了点头。

霍骁的目光投向远处，说："我记得你最早创立玲珑婚纱，是为了做中国NO.1的婚纱礼服品牌，让中国创造走出国门，不再让那些老外一提起made in china（中国制度）立刻联想到山寨和粗制滥造，而我的初心就是帮你实现你的愿望。"

他突然握住厉薇薇拿冰袋的手，深情地说："从五年前到现在，我的这份初心从来都没有改变，薇薇你懂吗？"

厉薇薇有些慌乱，把冰袋塞到霍骁手里，惊慌失措地说："我突然想起还有事，你自己敷吧。"

霍骁看着她跑开，眼神坚定。

欧秘书经过玲珑公司前台的时候，被前台小姐叫住了。

"有法国来的快递。"

欧秘书道谢后接过文件袋，被正要离开公司的康星看见，悄悄尾随在后。

欧秘书拿着文件袋敲门进屋，见霍骁不在，他就把资料直接放在了办公桌上，拨通了霍骁的电话："霍总，巴黎大火目击证人的资料已经寄到了。是，证人回国的事也都安排妥了。到时候一指认，我们就知道凶手到底是谁了。"

康星在暗处看到这一幕，神情紧张。

他摸黑潜入霍骁的办公室，很快在写字台抽屉里找到文件袋，掏出资料，拿手机拍摄后放回原处。

康星正打算离开的时候，门外突然传来脚步声。

是苏菲忘了拿钱包，曹钟陪着她回来拿，两人听见办公室里的声响吓了一跳。

康星因为紧张，不小心触动了办公室里的报警器。

苏菲和曹钟以为自己闯祸了，匆匆从安全通道离开，康星也紧跟其后。

不过前后脚的工夫，保安就赶到了霍骁的办公室。

第二天厉薇薇到公司，才知道霍骁的办公室昨晚进贼了。

她满脸震惊，看着霍骁检查了办公室，却什么都没丢。

他说："可能是还没来得及下手。"

欧秘书神色凝重地跑进来，手里拿着一个U盘："霍总，昨晚大堂的监控的确拍到了可疑人物。"

霍骁问："视频拷来了吗？"

欧秘书举起U盘："拷来了，就在这里放？"

霍骁点头，欧秘书还在犹豫，被厉薇薇一把夺过他手里的U盘插进电脑。

康星在围观的人群里神情紧张，生怕自己露出马脚。

视频里却显示出公司大堂，苏菲和曹钟正鬼鬼祟祟地潜进公司。

众人都震惊地看向苏菲，苏菲脸色变得煞白。

乔治疑惑了："这不是DU婚纱的曹钟吗？苏菲姐，你怎么会和他在一起？"

欧秘书痛心地说："我刚才也是难以置信，知人知面不知心，没想到苏菲你居然是DU的间谍！"

珍妮气愤地打断他："别乱讲，苏菲才不会是间谍！"

厉薇薇上前打圆场："你们都别吵，让苏菲自己说，为什么你会带曹钟来公司？"

苏菲苦着脸看看大家，支吾了一会儿，终于咬牙说出真相："因为……曹钟是我男朋友！"

闻言，众人震惊了。

苏菲站在厉薇薇、霍骁和欧秘书面前，既抱歉又坚决。

"事情就是这个样子，我可以向你们保证，我和曹钟是真心相爱的，我没有因为感情出卖公司的利益，可是我也不会为了公司的利益出卖感情！"

霍骁问她："真爱和工作，如果你只能选一样，你选哪个？"

苏菲毫不犹豫地回答："我选曹钟，我相信只要我们俩在一起，所有的困难都能克服！"

厉薇薇听得有些感动，欧秘书却忍不住插嘴。

"你这样做对得起厉总吗，她费了多大劲才把你从DU集团抢回来！"

苏菲哭了："是，我是对不起厉总，可是我都快三十了，好不容易遇到曹钟这么好的男人，事业是重要，可是真心也难得。如果遇到自己喜欢的人，为什么要放弃？为什么不能争取？"

厉薇薇看着苏菲，想到陈亦度跟她说分手的事，心里不快。

"你们都出去吧，我想静一静！"

霍骁关心地看了厉薇薇一眼，拍拍她的肩膀，带着哭丧着脸的苏菲和一脸担忧的欧秘书离开。

出去后，欧秘书忍不住感慨："如果是从前，厉总一定毫不犹豫就把苏菲开除了，现在的厉总心太软了。"

霍骁理解地说："其实这才是真正的厉薇薇。"

苏菲眼睛红红地去了DU的大楼外面，曹钟急匆匆过来。

"你怎么这个时候来了？"

她哭丧着脸说："我们的事被发现了，公司里的人都反对，厉总好像也不希望我们在一起，怎么办？"

曹钟一愣，安慰说："虽说你们厉总是个女魔头，可是我看她对你还是挺好的，你好好求求她，她应该不会为难你的！你的上司是女魔头，你不知道我的那个老板，可是比女魔头还要厉害一百倍的活阎王，要是他知道了我们的事，我怕……"

话音未落，陈亦度出现在两人面前，问："怕什么？"

看到他阴冷的表情，曹钟吓得推开苏菲，低头站在陈亦度面前。

"陈总，请你相信我，苏菲真的是个非常好的姑娘，我们俩是真爱。"

陈亦度不以为然："别忘了，你们立场敌对。"

曹钟说："我爱上苏菲，并不代表我会背叛DU。陈总，我可以发誓，我没做过任何对不起公司、对不起您的事情！"

陈亦度问："现在没有，以后呢？"

曹钟坚决地说："以后也不会！陈总，我一直跟着您，从白手起家到现在，这些年我对公司也算是忠心耿耿，没有功劳也有苦劳，您就给我个机会，让我留下吧。"

陈亦度冷酷地摇头："我的原则是用人不疑，疑人不用。给你两个选择，要么和她分手，要么辞职。"

闻言，曹钟转身沮丧地离开了。

第二天苏菲像往常一样到玲珑的设计部上班，坐在工作位埋头干活的时候，周围的员工们却对她指指点点。

珍妮同情地看了她一眼，苏菲很难过，用笔在纸上乱画。

厉薇薇走到苏菲面前，忽然一掌拍在苏菲桌子上，把大家吓了一跳。

苏菲也吃了一惊，起身看着厉薇薇。

厉薇薇说："大家听好了，这件事情就到此为止，我相信苏菲不可能是内奸！还有，恋爱自由，追求幸福是每个人的权利。苏菲，我希望你不要介意，也不要屈服，工作要努力，爱情也要坚守，我相信你和曹钟一定能修成正果，得到幸福的！"

苏菲感动得说不出话来。

霍骁和欧秘书经过，正好看到这一幕。

欧秘书叹气："苏菲不过是个被爱情冲昏了头脑的女人，肯定不是什么内奸。"

霍骁赞同地点头："虽然办公室里没有少东西，但的确有被翻找过的痕迹。如果只是误闯，肯定不会进我办公室随便翻看。不管这个内奸是谁，一定要揪出来。"

霍骁敲门进了厉薇薇的办公室，问她说："苏菲的事情都处理好了？"

厉薇薇没有直接回答："小时候，我爸带我去看戏，《天仙配》，我恨死里面的王母娘娘了，非要拆散七仙女和董永，人家明明是真爱，你凭什么去插一杠子？"

他点头："我知道你的意思。"

厉薇薇叹气："所以我支持苏菲，她有权利去追求自己的真爱。"

霍骁皱眉："可惜治标不治本，苏菲和曹钟仍然处境尴尬。毕竟玲珑和DU在竞争，一旦出了什么事情，所有人都会立刻怀疑到他们两个头上。"

厉薇薇在琢磨他的话，霍骁拍拍她的脑袋："傻瓜，并不是所有的上司都和你一样通情达理的。"

她一愣："你的意思是，陈亦度会刁难曹钟？"

厉薇薇顿时义愤填膺："陈亦度要是敢棒打鸳鸯，那我就棒打他。"

厉薇薇正在展示厅看塑料模特身上穿的礼服，对其中一个模特头上的头饰不是很满意。

这时苏菲哭丧着脸来找厉薇薇："厉总，曹钟他被逼辞职，离开DU集团了。"

厉薇薇一听，震惊了："什么？曹钟是老员工了，陈亦度竟然也能这么狠心？别哭了，这个公道我一定会帮你们讨回来。陈亦度，我倒是要看看你的心到底能有多硬！"

她手一抓紧，把模特的头饰干净利落地扯掉了，塑料模特的脑袋也随之掉落。

厉薇薇直接杀去陈亦度家，在他门口等着。

陈亦度刚走出电梯，就被她一把拉住："你逼曹钟辞职了？"

"让开！"陈亦度不想和厉薇薇多说话，打算去开自己家的门。

厉薇薇纠缠不休地说："你怎么能这么冷血？你自己胆小如鼠，不敢面对自己的感情也就算了，你为什么还要阻挠别人？我最讨厌你这样的人了。"

她拦住陈亦度不让他开自己家门，被陈亦度推开了。

"随你怎么说。"

陈亦度回到家，把她关在门外。

厉薇薇气得在外面踢了一脚门："说不过我就躲，陈亦度，你是个缩头乌龟！"

蒂凡尼特地上门来劝陈亦度说："让曹钟回来吧，毕竟那么多年了，大家一起共患难过来的，你已经离不开他了，他更离不开你。他走了，一时也找不到能顶替他的人，损失的还是公司。"

陈亦度丝毫不动摇："鱼和熊掌不可兼得，用这件事给员工一个警告也好。"

她看着陈亦度的眼光变得有些暧昧："只是这样一来，当年一起创业的人，就剩下我和你了。不过你放心，我是绝对不会离开你的。"

陈亦度不习惯蒂凡尼刻意营造的温柔气氛，急忙起身岔开话题："你要喝点什么？"

"咖啡，谢谢。"

等他走开，他的手机忽然响了，蒂凡尼拿过来一看，竟然是厉薇薇打来的。

蒂凡尼毫不犹豫地接听，厉薇薇一听是她的声音，不由得呆住了："怎么是你？陈亦度呢？"

蒂凡尼刻意娇媚的声音传了过来："他在洗澡，你要我把电话给他吗？"

厉薇薇一听，顿时醋意大发："这么晚了，你在他家做什么？"

蒂凡尼冷哼："想做什么就做什么。"

厉薇薇怒了："你有本事给我等着。"

没过多久有人摁门铃，蒂凡尼开了门，没料到竟然是厉薇薇。

蒂凡尼意外了："你怎么这么快？"

厉薇薇得意地说："当然了，也不看看我是谁。"

说完，她强行挤进了陈亦度的家。

厉薇薇左看右看："陈亦度呢？你们两个到底在干什么？"

蒂凡尼看着她身上还穿着的家居服和拖鞋："你不会就住在隔

壁吧？"

厉薇薇点头："你知道就好，趁早死了你的这份心，近水楼台先得月懂不懂？"

蒂凡尼诧异道："你是不是疯了？早知今日何必当初？我从来就没见过像你这么不要脸的女人！"

厉薇薇并不懂她到底在说什么："什么今日当初？你看看清楚，到底是谁大晚上的穿这么少往单身男士的家里跑。你们这样孤男寡女共处一室，我要是不来阻止，谁知道你们会犯下什么弥天大错。"

蒂凡尼冷笑："我们犯我们的错，跟你有什么关系？"

陈亦度端着咖啡出来，厉薇薇看见不由得得意起来。

"看样子这屋子里没人洗澡啊，谎言被戳穿了吧？这个男人对你根本没兴趣！"

蒂凡尼瞪她："你有什么好得意的，不请自来，这里没人欢迎你！"

陈亦度看两个女人唇枪舌剑，急忙放下咖啡，把两人往外赶。

"你们两个，要吵出去吵！"

蒂凡尼没想到陈亦度也要一并将自己赶走："阿度，我还有话没说完呢！"

没想到厉薇薇先一步把蒂凡尼推出门，自己却把门锁上。

厉薇薇靠在门上就是不让陈亦度去开门，陈亦度皱眉："你到底要干吗？"

厉薇薇说："我要和你好好谈谈，先坐下。"

她坐在陈亦度沙发上，手里还端着陈亦度刚才端出来的咖啡。

陈亦度不耐烦地说："有话快说。"

厉薇薇问："你为什么非要和曹钟、苏菲过不去？你这样棒打鸳鸯，不觉得自己很缺德吗？"

他不以为然："前一秒卿卿我我，后一秒为了利益反目成仇，这种例子我见得多了。我倒觉得我是在帮他俩一个大忙，帮他们早日认清现实。"

厉薇薇反驳:"你错了,为了心爱的人,别说什么利益不利益的,就算是性命也能随时为对方牺牲。"

陈亦度更是嘲讽地一笑:"我错了?你能证明我错了吗?"

她放下咖啡杯:"证明就证明,但你要同意,如果我能证明他们为了爱甘愿牺牲自己的利益,甚至是自己的性命,你就得让曹钟回去上班,耍赖是小狗!"

看着厉薇薇倔强的眼神,陈亦度点了点头说:"可以,不过你也要答应我一件事,如果他们为了各自的利益屈服了,你就彻底从我面前消失,再也不许纠缠我。"

她满脸自信:"没问题,你就准备认输吧!"

第二天一早,曹钟被厉薇薇叫来咖啡厅,一脸疑惑。

"厉总这么急找我,有什么事吗?"

厉薇薇坐到曹钟对面,脸上带着大事不妙的神情:"是有件事,不过希望你先做好心理准备。"

曹钟听了,有些紧张地点了点头。

厉薇薇继续说:"昨天听说你辞职的消息后,苏菲借酒浇愁,一不小心喝多了,现在昏迷不醒,正躺在医院的重症监护室里。"

曹钟大惊失色:"什么?"

厉薇薇又说:"你先别激动,更糟糕的还在后头,医生说她是急性肝功能能衰竭,只有做肝脏移植手术才能救她!"

曹钟顿时着急了:"苏菲在哪家医院?我要去看她。"

厉薇薇眼睛一红,很伤心的样子:"她现在在ICU,你就算去了也见不到人。不过我找你来还有另外一件事,我们已经取得了你之前的体检报告,发现你的肝脏和她的配型成功,所以现在只有你能救她了。"

她说完有些心虚，装作擦眼泪来掩饰。

曹钟愣住了："你的意思是要我把肝割给她？"

厉薇薇点头："我知道割掉一块肝对你的身体肯定会有很大的伤害，而且这辈子再也不能吃肉、不能喝酒、不能劳累。你好好考虑一下，明天中午给我答复。"

曹钟颤抖着嘴唇，问她："那要割多大块的肝？"

厉薇薇随意比画了一个肝的大小："大概这么大。"

曹钟拿杯子的手抖个不停，又问："那正常人的肝是多大？"

厉薇薇又比画一个肝的大小，曹钟愣了："那不是全割了？"

厉薇薇用手比画了个硬币的大小："不会啊，这不还给你剩下了一点嘛！"

曹钟崩溃了，想拿起杯子，却因为手抖得不行，杯子被碰翻了。

他坐立不安，厉薇薇过去把手搭在曹钟肩膀上，像安慰孩子一样说："我知道你心里很难过，很纠结，我们也是没办法。为了苏菲，只好牺牲你。如果你不愿意，我们也不能强求，毕竟你是苏菲最爱的男人，苏菲即便自己活不了，也肯定会希望你活得好好的。"

曹钟哭了："为什么？我们俩的命怎么这么苦啊！"

厉薇薇拍拍他的背，同时又转过头调皮地吐了下舌头。

另一边，陈亦度开车带着苏菲来到医院门口。

他停下车看了看手表："想知道曹钟对你的感情有多深，就看他今天会不会来了。"

苏菲神情坚定："他一定会来的。"

陈亦度笑笑，不以为然。

等了又等，始终没见到曹钟。苏菲不停低头看手表，又向外张望。

陈亦度冷冷地说："他不会来了。"

苏菲心里难过，却倔强地坚持："不，他一定会来的。"

陈亦度摇头："人都是自私的，更何况关系到自己的性命。你们相处时间也不是很久，用不着难过。你还年轻，不愁找不到别的男人，走吧。"

苏菲抬头生气地瞪着他："你说的还是人话吗？如果生病的人是你，你希望自己的恋人弃你于不顾吗？"

陈亦度眼底露出悲伤的神色："我会希望她放弃我。"

苏菲骂他："我最讨厌你们这种人了，口口声声说为了对方好，却连一点坚持下去的勇气都没有，这才是真的在伤害对方。"

闻言，他有些震撼地看向苏菲。

苏菲哭了："我不管，要走你走，我不会走的！我要等他来，他一定会来的。别说是换肝了，就算是换心换肾换大脑，我也相信他一定会来的，因为他是我选择的男人，再难我们也要在一起，一辈子在一起。"

陈亦度有些感动，抽了一张纸巾递给苏菲。

苏菲却不搭理他，他只好讪讪地缩回手。

厉薇薇和曹钟坐车到了医院门口，曹钟犹豫着要不要走进去。

厉薇薇注意到曹钟的表情，说："你要是不想去，现在后悔还来得及，不然待会儿一刀下去可就迟了！"

曹钟握拳，像是鼓起莫大的勇气，含泪说："苏菲的病也是因我而起，大丈夫敢作敢当，走吧，我愿意为她割肝！"

厉薇薇高兴地说："你果真没让我失望。"

两人往里走着，曹钟看到了站在门口的苏菲和陈亦度。

他满脸震惊，赶紧跑过去抓住苏菲。

"苏菲，你怎么出来了？你没事吧？你的肝还疼吗？什么时候手术医生有没有说？"

苏菲感动得一把抱住曹钟大哭起来，曹钟也紧紧抱住苏菲。

厉薇薇欣慰地看着两人，冲陈亦度得意地使了个眼色，指指曹钟和苏菲。

陈亦度移开目光，假装没看见。

曹钟跟苏菲你侬我侬后，才知道事情的真相，责备地看着厉薇薇。

"你们竟然联合起来耍我们，真是太可恶了！"

厉薇薇笑了："好了，我承认都是我的错，作为补偿，就让陈总把曹钟再请回DU集团，加薪放假，怎么样？"

陈亦度不快地看着她："你出的馊主意，我为什么要替你这么做？"

厉薇薇以眼神示意曹钟，后者立刻反应过来："谢谢陈总，我一定会加倍努力工作来报答您的。"

苏菲也拉着厉薇薇的手，道谢说："谢谢厉总，是您帮了我们。"

厉薇薇好笑："别谢来谢去的没完了，曹钟今天被我吓到了，你想个办法好好安抚安抚他吧。"

看着苏菲和曹钟离开的背影，厉薇薇一脸的喜悦。

"怎样？我赢了。这下曹钟回公司，你不可以再为难他了。"

陈亦度嘴角掠过一丝不经意的微笑，故意说："到现在一直都是你在说，我可没答应。"

他转身离开，厉薇薇生气地追上去："你不能说话不算话！"

陈亦度背对着她，嘴角缓缓勾起一丝笑意。

厉薇薇回家后一边烧水一边喃喃自语："浑蛋陈亦度，说话不算话，气死我了！"

她看着水壶，眼珠一转，出门猛摁陈亦度家门铃，大喊："不好啦！着火了！快开门！"

趁着陈亦度开门，厉薇薇不等他反应就一溜烟地钻了进去。

厉薇薇一屁股坐在陈亦度沙发上，一副女王表情。

"门口还有一箱酒，麻烦你搬进来。"

陈亦度无奈，只好把酒搬进来，问："你要干吗？"

她说："我爸爸说过，要是能成功撮合一对相爱的人，能增寿十年！本来我能活到一百岁，现在能活到一百一十岁，为了庆祝，请你喝酒！咱们来个大战三百回合，你敢不敢接招？"

陈亦度瞪眼："你还是不是女人？"

厉薇薇把酒拖到阳台上："就这里好了，这里风景好，视野开阔！胃口也会大开啊！来，把这个打开！"

她让陈亦度把箱子打开，自己偷偷锁上了阳台门。

厉薇薇拿起一瓶酒扔进陈亦度怀里："接着，是男人就喝！"

他无奈接住，两人在阳台上对喝起来。

厉薇薇笑说："今天真高兴，没什么比看到有情人终成眷属更让人高兴的了！"

陈亦度看了她一眼："你真的变回从前那个为朋友两肋插刀的厉薇薇了？"

她一下凑近他："那你还不好好珍惜我？抓紧我？"

陈亦度有些触动，但仍板着脸，喝了一口酒来掩饰："你就这么饥渴？"

厉薇薇又掏出几瓶酒："对呀，我没吃晚饭，现在真是又饥又渴。来，喝！"

两人不知不觉把一箱酒喝完了，陈亦度说："好了，酒喝完了，你可以回去了。"

她笑眯眯地说："你喝这么多酒，就没一点想吐的意思吗？"

陈亦度摇头："让你失望了，我好得很。"

厉薇薇看着一地的酒瓶子，好整以暇地看着他："人有三急，怕是你也躲不过吧？"

陈亦度连忙问："你又在耍什么花样？"

厉薇薇吹起了口哨，陈亦度下意识地捂住小腹，去开门却发现门被锁了，打不开。

陈亦度瞪她："你是故意的！"

厉薇薇冷笑："谁让你说话不算话？"

他急得团团转，转身去爬阳台。

厉薇薇赶紧跟上："去我家啊？那你拉我一把！"

两人一前一后跑进屋子，厉薇薇死死拦住洗手间的门不让陈亦度进去。

"你答应让曹钟回去上班，我就放你进去！"

陈亦度大吼："我没说不答应！"

闻言，厉薇薇这才让开，他火速冲进洗手间。

陈亦度站在马桶边，她突然蒙着眼睛冲进来，拿着手机一通乱拍，把他吓了一跳。

"我告诉你，这就是把柄。你要是敢说话不算话，就等着让你的员工欣赏吧！"

陈亦度听了，气得不行。

厉薇薇从厨房端着蛋包饭出来，放在陈亦度面前："这算是给你的谢礼！"

陈亦度看着蛋包饭，不高兴了："就这个？"

厉薇薇对陈亦度眨眼睛："你听我说，既然你可以成全苏菲和曹钟，那是不是顺便也能成全一下你自己？比如你和我？"

陈亦度不说话，拿起番茄酱，在蛋包饭上画了一个爱心。

厉薇薇明白了他的意思，甜蜜地微笑，准备去拉陈亦度的手。

这时陈亦度手机响了，厉薇薇见是蒂凡尼的来电，不想让他接听。

"不许接她的电话！"

陈亦度没理她，接起了电话，厉薇薇在一边噘嘴。

蒂凡尼说："喂，陈总，你赶紧打开公共邮箱，所有的员工都收到了奇怪的邮件，不知道是怎么回事。"

陈亦度打开手机邮箱，看到了厉薇薇拍摄的自己在洗手间的相片，只是因为她是蒙着眼睛瞎拍的，所以很模糊。

厉薇薇见状觉得不妙，蹑手蹑脚地想溜，他大喝一声："你给我站住！"

陈亦度揪住她，厉薇薇无赖地回头："人家不是故意的嘛，只是手抖发错了而已。"

他狠狠瞪着厉薇薇，似乎要揍人的样子，吓得她连忙闭上眼睛。

"陈亦度，你个暴力狂！"

话音刚落，陈亦度却突然用嘴堵住她的嘴。

厉薇薇既震惊又欣喜，睁眼使劲看着他，似乎不敢相信。

陈亦度挪开嘴唇，深情地看着她。

厉薇薇噘着嘴说："重新来，刚才太潦草了，我都没做好心理准备。"

"我看你永远也做不好心理准备。"

陈亦度笑着再次吻上她，时间仿佛停在了这一刻。

霍骁和欧秘书来到餐厅，目击者已经提前在餐厅等着了。

欧秘书招呼说："你就是巴黎来的方女士吧？"

目击者点头，霍骁又问："方女士，麻烦你具体说说，玲珑秀场失火那天，你都看见了些什么？"

方女士想了想说："我家就住在附近，那天我去买菜，回家的路上就看到一个男人从秀场鬼鬼祟祟地出来。出来之后，他还跟一个开摩托的男人说了些什么。我经过的时候，就听见他们说这一把火烧得他们办不成大秀之类的，因为他们说的是中文，所以我印象比较深刻。"

闻言，霍骁和欧秘书彼此交换了一个眼神。

欧秘书问："你看见的那个形迹可疑的男人，大概长什么样？"

方女士答："大概三十岁，身高一米八几，长得还挺帅的。"

霍骁也问："他那天是什么装束？"

方女士说："他穿深蓝色西装，打着红色领带，脚穿黑色皮鞋。"

霍骁脸上不动声色，心里却已经有了怀疑。

欧秘书肯定地说："不用问了，就是他，没错。"

霍骁问她："方女士，我还有一点不明白，既然你知道这么多，当时巴黎警方调查失火案的时候，你为什么不去报案？"

她尴尬地回答："我实话告诉你们吧，我的签证有点问题，平时都是离那些警察远远的，再加上那天看见的那个男的一脸凶巴巴的，一看就不是什么好人，我何必去蹚那浑水呢？"

霍骁转头对欧秘书使了个眼色，后者从兜里掏出一张支票推给方女士。

"大老远让你跑一趟，辛苦了。"

闻言，方女士笑着收起支票。

欧秘书出了餐厅后，义愤填膺地说："咱们现在就去找陈亦度算账吧，这下证据确凿了。"

霍骁皱眉想了想，突然对欧秘书："你现在转过身去，说说我今天穿了什么衣服，打了什么领带，脚上穿的是什么样式的皮鞋，说得越详细越好。"

欧秘书不解地转过身，想了想说："西装是浅灰色的，领带好像是蓝色的？鞋子的话，鞋子我没留心看啊！"

霍骁走到他面前说："我今天打的是紫色圆点领带，穿的是棕色皮鞋。你刚刚见过我，都不会对我装束的细节记得那么清楚，可是这个目击者隔了那么久，却能把陈亦度当时的装束说得一清二楚，这难道不奇怪吗？"

欧秘书恍然大悟："难道这个目击者有问题？"

霍骁点头："她记得太清楚了！"

欧秘书猜测："莫非是有人故意让我们找到这个事先背好台词的目击

证人？又是那个幕后黑手？"

霍骁吩咐他："你注意监视一下那个目击者，看看她和什么人联系，有什么可疑举动。"

Chapter ∨15

"薇薇，你知道吗？你不在我眼前的时候，我的整个世界仿佛只有你，你在我眼前的时候，你就是我的整个世界。"

放弃我，抓紧我

玲珑公司天台上，康星正给莫凡打电话。

"老大，事情全都办妥当了，放心吧！"

他转身看见霍锐勇，淡定地打招呼："勇总。"

霍锐勇对着康星抱怨厉薇薇让他丢了面子，忽然问："你一向脑子好使，你倒是帮我想想，有没有什么办法能让我扳倒厉薇薇？"

康星想了想说："昨天最新一季财务报告已经出来了，很明显玲珑的销售、毛利、增速等主要指标都依旧跟DU存在很大差距。接下来霍总和投资人那边，肯定会给他们施加巨大的压力，我们不妨用财报表现来做些文章……"

霍锐勇听得眼睛一亮，于是开会的时候直接找厉薇薇的麻烦。

"昨晚我看完财报，这个季度的销量跟DU相比简直就是惨不忍睹。这样下去怎么打赢DU，怎么获得枫丹百货的入驻权？对此，公司的设计总监厉薇薇应该负全责。"

厉薇薇反驳说："我也承认今年的财报跟去年同期存在一定差距，这和我之前住院休养了两个月也有关系。这一季度的财报虽然依旧不太好看，但跟上一季度相比已经有了稳步提升。"

霍骁附和说："我觉得这恰恰说明了薇薇在公司的价值，公司一天都不能没有薇薇。但薇薇不是铁人，无法做到不生病，所以把销量下降的责任全部推给她，显然是……"

霍锐强打断他说："霍骁你先坐，我想听听勇总有什么提高业绩的想法。"

霍锐勇说："其实我不是质疑厉总的能力，相反我还非常欣赏厉总。一个女人短短几年就把玲珑婚纱做成了国内一线的品牌，换我，我就做不到。"

众人听见他话锋一转，都露出惊讶的神色，只有厉薇薇是一副蛮受用的表情。

霍锐勇又痛心地说："但是目前公司发展遇到了瓶颈，各项业务得有个轻重缓急。我认为目前没有比女便装更重要的品类了，因此我建议厉总监把全部的精力投入女便装，暂时把相对成熟的婚纱业务抛开。这样调整之后，玲珑对消费者的品牌影响力会更加显著，对于我们成功进驻枫丹百货也会大有帮助。"

霍骁打断他："我反对。"

霍锐勇摇头："我早就料到你们会反对，厉总虽然能干，但我看她的能力也仅限于婚纱礼服领域。别的事情，我看她是搞不定的。"

厉薇薇被他一激，顿时怒了："谁说我搞不定，你的提议我同意。我相信以我的能力，很快就能把女便装业务做得跟婚纱业务一样出色。"

说完，她挑衅地看着霍锐勇。

霍锐强点头："我也觉得这是个好主意，不过任务需要量化，应该有个明确的考核目标。我建议只要当月女便装业务的销售额达到传统婚纱礼服业务的百分之三十，薇薇就将统领女便装和婚纱两个设计部，升任高级设计总监。"

厉薇薇赞同："好，成交。"

霍锐勇一听，心下狂喜。

茶水间里，厉薇薇惊得一口水喷在欧秘书脸上。

"什么，根本没有女便装部，霍锐勇要我？"

欧秘书抹了把脸，叹气说："没有销售，没有采购，没有设计师，没有销售渠道。总之，一无所有，比我的脸还干净。"

厉薇薇愣愣地看向霍骁："你之前怎么不提醒我？"

霍骁无辜地看着她："我第一时间就反对了，只是被某人驳回了。"

她喃喃地说："我还以为除了婚纱礼服，玲珑还有另外一个销售不佳的女便装部。"

霍骁满脸愁容："把根本不存在的女便装业务做到婚纱业务销售额的百分之三十，简直是痴人说梦，二叔肯定是想用这个办法把你撵走。"

厉薇薇豪迈地说："算了，既然我已经中招了，就别再唉声叹气了。不就是重新创立一个品牌吗，我又不是没干过。你们刚才有一点没说对，女便装部并不是一无所有。"

霍骁纳闷了："那有什么？"

她笑着指了指自己说："有我啊。"

厉薇薇抱着一个纸箱，跟在康星身后。

两个小职员以异样的眼光看着厉薇薇，在背后窃窃私语。

她发觉后有些难过，但还是抬头挺胸，不愿输掉气势。

厉薇薇跟着康星走过一间又一间办公室，一直到走廊尽头。

康星在一个紧挨着厕所，类似仓库的办公室前停下，拿钥匙开了门。

办公室内环境脏乱差，厉薇薇看了不由得皱眉。

刚放下纸箱，桌上就飞起一层灰，弄得厉薇薇连连咳嗽。

康星阴阳怪气地笑着说："厉总监，这就是公司为新成立的女便装部精心挑选的办公室，请您慢慢享用。"

说完，他转身离开。

厉薇薇趁四周无人，对着康星离开的背影做了个飞起一脚猛踹的姿势。

她一个人辛苦地收拾着办公室，弄得灰头土脸的。

突然，门口一个又一个人鱼贯而入，原来是珍妮、苏菲、乔治、老万四人，一人抱着一个敞口纸盒走了进来。

厉薇薇惊讶了："你们怎么来了？"

"我们几个都是来求入伙的，求厉总收留我们几个！"

她感动了："你们就不怕这地方庙太小，养不起你们这几尊大佛啊？"

苏菲说："由于我们过于积极争取进入我们公司新成立的女便装部，勇总为了刺激我们的工作积极性，特意取消了我们所有的奖金，还把基本工资都调低了一半。"

"厉总，我们不能没有您，没有您的办公室是冰冷的，我待不下去！"

"厉总，自从您把我们从DU赢回来，我就打定主意，退休之前都跟着您混了。"

听着他们你一言我一语的，厉薇薇眼眶发红："谢谢大家，我一定会努力的。"

她说着伸出一只手，众人把手叠在一起。

"让那些妖魔鬼怪全都见鬼去吧，加油！"

蒂凡尼推门进了陈亦度办公室，说："刚刚玲珑公司的网站发布了一份任命通告，厉薇薇不再担任玲珑婚纱部的设计总监，改任女便装部设计总监。问题是他们根本就没有女便装部，简直笑死我了。"

陈亦度皱眉问："怎么会做这样的调整？"

蒂凡尼一副幸灾乐祸的样子："还用说吗，肯定是因为内斗。设计婚纱的去做便装，这不就是奔驰转行生产拖拉机吗？这下厉薇薇算是没戏可唱了，以后我们DU没了对手，应该会很寂寞吧。”

闻言，陈亦度陷入了沉思。

厉薇薇向霍锐勇申请新部门的预算，却被他驳回了。

巧妇难为无米之炊，没有预算，等于没有设备，没有宣传，更没有推广，根本无从下手。

她安慰着部门其他人总会有办法的，回去后翻箱倒柜把自己所有的包包都拿出来，打算贱价变卖。

这时门铃响了，厉薇薇去开门，门外站着的是陈亦度。

陈亦度故作调皮地说：“恭喜你，又上了时尚新闻的头条了。”

她噘嘴说：“人怕出名猪怕壮啊，就这一点小事还上了头条，真是不好意思啊。”

陈亦度说：“婚纱女王调任女便装部，这可是行业重磅炸弹，想必你一定是手握重金、兵强马壮、信心满满吧？”

厉薇薇翻个白眼说：“你是来摧毁我最后的自信的吧？我告诉你，我现在穷得叮当响，落魄凤凰不如鸡啊。所以欢迎社会各界踊跃捐款救济，像你这样的成功人士就应该伸出援助之手，帮我一把啊！”

她说着，没脸没皮地伸出了手。

陈亦度开玩笑地板着脸，一把抓住了厉薇薇的手：“给你捐款？我开心还来不及呢！”

厉薇薇怒了：“好啊，不给钱，还落井下石！”

陈亦度一把将她拉到了自己怀里，坏笑着说：“答对了，我就是来欢庆胜利的。我明天还特意请假一天，准备好好虐一虐你，彻底摧毁你仅存的那点斗志。明天早上八点半，女便装设计课在我家准时开课，不许迟到！”

第二天，陈亦度开始向厉薇薇教授设计课程，客厅里摆了几个模特，还有一些布料衣物。

陈亦度说："女便装设计虽然看上去没有婚纱礼服那么复杂，但市场上竞争对手众多，如何找到自己独特的设计风格并不是件简单的事。"

厉薇薇想了想说："那就发挥玲珑在婚纱礼服行业的品牌优势，把婚纱礼服的设计感、潮流感带到便装设计里，凸显女性卓尔不群的个性美，口号就叫'你可以与众不同'，怎么样？"

陈亦度赞许地说："有想法。现代女性工作压力大，不希望被束缚，也不能接受被标签化，更不喜欢庸俗，玲珑的设计感、潮流感恰恰是优势所在。为了迎合女性顾客风格多变的需要，可以考虑加入针织、印花等元素，让设计充满现代感和多样化。"

陈亦度手把手教厉薇薇制作女便装，先给她讲解各种布料的特性。

厉薇薇调皮地拿着各种布料看，陈亦度讲完一转身，她已经用布把自己缠成了一个印度少女，还在几个人形模特边摆了一个静止造型逗陈亦度。

陈亦度怒了，捏着她的鼻子一把就把她揪了出来。

他又亲自光着上半身，教厉薇薇立体剪裁技术。

厉薇薇很花痴地看着陈亦度傻笑，两只手在他的身上摸来摸去，陈亦度看着她一副不专心的样子很崩溃。

最后陈亦度只能带着她出门，到了服装店外的街上。

他说："百闻不如一见，看别人的作品，分析别人的得失是我们学习的最好方式。走，进去看看。"

厉薇薇指指门口说："不过人家门口好像挂了个'同行勿入'的牌子，我们俩算是勿入那一类吧！"

陈亦度叹气："谁叫你不动就上个时尚版首页，辨识度那么高！"

她正琢磨着，视线落在一边，有两个戴着米老鼠、唐老鸭装扮头套的人正在发传单。

厉薇薇转转眼珠，心生一计。

服装店内，两个戴着米老鼠、唐老鸭头套的人进门，引来两名店员注目。

店员迎上去阻拦："请问，有什么能帮二位的吗？"

陈亦度捏着嗓子说："哦，我们想看看有没有适合我们穿的衣服。"

店员对视一眼，一副弄不懂的表情。

陈亦度呛店员："怎么，唐老鸭、米老鼠就不能买衣服吗？"

店员说："能买，最好到动物园去买。"

厉薇薇呵斥她们："你这是什么态度？我可告诉你，你要再胡说我就给你发到微博上，我的粉丝可有好几十万呢，到时候保准让你们一件衣服也卖不出去。"

店员一听，只好乖乖让开。

厉薇薇和陈亦度开始在店里挑衣服，一边挑还一边在身上各种比画照镜子，摆pose。因为视线阻挡，而且身形庞大，在店内各种乱撞。

两人挑了很久才离开，他们提着大包小包的衣服走在街上，米老鼠、唐老鸭的头套还抱在怀里。

厉薇薇对陈亦度抱怨说："你在店里看看就好了，干吗那么实在都买回家，这下我穿得过来吗？"

陈亦度不悦："谁说是给你穿的？是叫你卖的！"

街边摆着几个小地摊，有卖红薯的，有卖小饰品的，还有卖女士内衣内裤的。

陈亦度走到地摊边，把几包衣服往地上一扔。

"这个位置不错，风水宝地，在这儿练摊保准能生意红火！"

厉薇薇愣了："你没搞错吧？我好歹也是国内设计界的大红人，你叫我摆地摊？"

陈亦度把米老鼠头套给厉薇薇套回去："什么大红人，你打扮成这样不就没人能认出你来了吗？好好卖啊，卖出了什么衣服，多少钱卖出去的，都要有详细记录。我在一边车里等你。"

她顿时急了："什么，我摆地摊，你去车里等我？"

"我现在是你的老师，你这个笨学生得听我的。"

说完，陈亦度走开了。

厉薇薇没辙，看着身边卖红薯的，卖各色内衣内裤的，尴尬不已，却也没别的办法，只好硬着头皮摆开地摊开始卖。

她有些拘束地喊："卖衣服了啊，走过路过别错过了啊。"

陈亦度脱下头套坐在车里，一边窃笑一边看着不远处开始卖衣服的厉薇薇。

天色渐暗，厉薇薇的衣服已经卖了大半。

刚送走一个买衣服的大嫂，就听卖红薯的小贩一声高喊：

"城管来啦！"

接着，身边的所有小贩迅速收拾东西开始狂奔。

厉薇薇一惊，也跟着胡乱捡了几件衣服开始跑。

她双手各抓了一把衣服，头上还戴着头套，眼看身边的小贩个个都跑到自己前面去，厉薇薇又急又慌。

不远处的陈亦度开车追厉薇薇，却遇到了红灯。

他一着急把车靠边停下，跑上前去追厉薇薇。

陈亦度气喘吁吁，好不容易追上厉薇薇，上前拍她的肩膀。

厉薇薇误以为是城管，一着急，脚下一滑就要摔倒。

陈亦度见状去拉她，却也被厉薇薇带着两人抱在一起滚到一边，没卖完的衣服从天而降都盖在两人身上，米老鼠头套也掉在一边。

追上来的城管扯开两人脸上的衣服，陈亦度正好压在厉薇薇身上。

两人被扶起来，被城管教训了一顿。

到了街上另一边，厉薇薇气得猛捶陈亦度。

"你这是什么老师啊，出了这么个馊主意整我，差点就把我害死了！"

陈亦度尴尬："我哪里舍得整你，叫你去卖衣服是锻炼你跟客户沟通的技巧，叫你记录下卖出的数量和款式，是让你了解大多数客户的喜好和需求。是发生了点意外，但你也不能因为这个就否定我的良苦用心吧？"

厉薇薇将信将疑地问："真的？"

陈亦度点头："当然是真的，我们，不，我当年就是通过摆地摊了解客户的真实需求的。这都是我的成功秘籍，今天无私地奉献给你，你还不跪地谢恩？"

她恍然大悟，放下拳头，有些内疚地帮陈亦度揉了揉被打痛的胸部。

"陈老师，痛不痛？你一片苦心教导我，还要忍受我的误会和殴打，真是不好意思！"

陈亦度拿出霸道总裁的架势："一句不好意思就想糊弄过去吗，道歉是要付出代价的。来，让我亲一下出出气！"

厉薇薇害羞，陈亦度搂过她吻了上去。

她却突然冲着陈亦度的嘴里吹气，陈亦度的脸鼓成一个球状。

厉薇薇拿着手指头戳了一下他鼓起的脸："好了，气出了。哈哈，大仇得报！"说完赶紧就跑。

陈亦度在后面追："你给我站住！"

她一边跑一边往回看，不小心撞了一下路边的电线杆。

厉薇薇捂着被撞了的脑袋，表情痛苦。

陈亦度连忙追上去："你没事吧？"

她摇头，抬头看看陈亦度，隐约觉得这里有种熟悉的感觉。

厉薇薇突然问："这个地方……我们是不是以前一起来过？"

陈亦度愣了一下，眼神闪烁："哪儿有，你肯定是被我虐了一天，太累了，所以开始胡思乱想了吧。"

她摇头："这条街，这个时候的你，这个场景，我以前绝对遇到过。"

陈亦度煞有介事地说："你知道吗，有的时候人会对自己格外迷恋的事产生一种心理假设，会把自己幻想的事当作真实发生过的。"

厉薇薇将信将疑："啊？难道我除了失忆之外，还有别的病？"

他认真地点头："嗯，从心理学上来讲，这就叫作花痴效应。"

她这才反应过来，笑着搂住陈亦度的脖子："我就要对着你犯病一辈子！"

陈亦度笑了："说吧，晚上想吃什么？"

这时厉薇薇的手机突然响起，她接起电话，是霍骁打来的。

她略带尴尬地问："有什么事吗？"

霍骁说："晚上在娃娃店等你，聊聊女便装工作的事。"

"好，晚上见。"

看厉薇薇挂掉电话，陈亦度轻描淡写地问："霍骁？"

她点头："他说想跟我聊点工作上的事。"

陈亦度说："去吧，我没事。"

厉薇薇既尴尬又为难地说："其实婚约的事我早就想跟霍骁说清楚，只是一直没找到合适的机会。"

他说："我明白你是不想伤害他，但你有没有想过这样拖下去，可能只会让他的误会越来越深。"

她点头："我知道，现在不是感情用事的时候，还是得快刀斩乱麻。"

烤串摊上，霍骁已经跟厉薇薇说了一堆工作上的事。

厉薇薇坐在一边，心里想着要开口跟他说解除婚约的事，一副坐立不安的样子。

霍骁继续说："供应链、设计图、品牌推广策略已经都拿出了初步方案，和渠道代理商也开始接触了……"

她鼓起勇气打断说："霍骁，我想跟你说一件事。"

霍骁笑了："你先听我说完啊，接下来是重大利好消息，本人这个玲珑的总经理已经正式调任女便装部担任部门经理。"

厉薇薇惊讶了："你要陪我一起跳火坑？"

霍骁笑着点头："是跟你共同进退，经费的事你也不用担心了，我已经帮你解决一部分了。二叔不肯给钱，我已经抛售了我自己持有的霍氏股份，全部投入女便装部了。"

她大惊："你不怕我给你赔个底朝天吗？"

霍骁淡定地说："生意不都是有赚有赔吗，再说了，像你这样的优质潜力股应该是让我赚得盆满钵满的机会比较大。另外，不够的部分我再想办法厚着脸皮去借一点，老爷子生意场上那些酒肉朋友，应该多少会卖我几分薄面。"

厉薇薇难过地说："我记得你以前最不喜欢跟你爸生意场上的朋友来往。"

他不在意地说："为了你，我就豁出去不要脸一回呗。对了，你的包我都帮你赎回来了。咱们还没到要砸锅卖铁创业的地步好不好，明天一早全都完璧归赵。"

厉薇薇动容地说："霍骁，你干吗对我这么好？"

霍骁笑着拍了拍她的脑袋："傻瓜，男人挣钱不就是为了哄女人开心吗？谁叫你是我未婚妻，我不对你好会遭天打雷劈的！"

厉薇薇看着他，把解除婚约的话又咽回了肚子里。

霍骁问："对了，你刚才要跟我说什么事？"

她低着头，沉默不语。

厉薇薇回到家，在客厅内焦躁地踱步。

突然门铃响了，她十分紧张，犹豫半晌还是去开了门，发现门口站的是里奥，顿时松一口气："幸好不是陈亦度。"

里奥纳闷了："你搬到这里住不就是为了想方设法地接近陈亦度吗，干吗躲他？"

厉薇薇懊恼地说："你老姐我现在陷入了爱情的困境，一边是自己喜欢的男人，一边是喜欢自己的男人。"

里奥问："左右为难，难以决断？"

她点头："为什么我会在失忆前后爱上两个完全不同的男人？不管我做什么样的决定，这个感情的罪人我是当定了，魅力大真的好烦恼！当然这种纠结，你这样的小孩子是不懂的！"

里奥愣愣地说："我懂！姐，我好像恋爱了！"

厉薇薇一愣，又听他说："我的生命中第一次遇到这样一个跟我命运如此相似，并且能够保护我的女人！今天遇到来找碴的，是她出手帮了我。"

她睁大眼睛："你说的女人不会是蒂凡尼吧？你脑子坏掉了？"

里奥一本正经地说："爱情本来就是不理性的，但她好像对我没什么兴趣，不过我有信心，一定要把她征服！"

厉薇薇倒吸一口冷气："想不到你年纪小小的，胃口倒是还真不错啊！"

晚上，康星和莫凡约在酒吧见面。

康星说："老大，按照您的想法，霍锐勇现在已经把厉薇薇搞到了莫须有的女便装部。接下来只要再让厉薇薇犯个小错，就可以让她在时尚界永世不能翻身了。"

莫凡喃喃说："陈亦度，我要让你亲眼看着你最心爱的女人坠落谷底，让你也尝尝锥心之痛。"

康星附和："以后就再也没有什么时尚女王了，只剩一个陈亦度独孤求败。我们再对付陈亦度，也不会那么麻烦了。"

他喝下一杯酒，借着酒劲问莫凡："其实有件事我一直想不通，老大你和陈亦度看上去就是一对好兄弟，你家大业大，肯定也不为财，你到底为什么要这样针对他？"

莫凡冷笑："好兄弟？"

他说着，摸了摸自己手上的疤痕。

"我的伤疤一辈子也愈合不了，它一直以一种最丑陋最狰狞的方式提醒我，恨未解，仇未报。人生总有定数，虽情同手足，却无奈命中注定……好兄弟？下辈子吧。"

翌日，霍骁正在玲珑办公室里办公。

欧秘书急匆匆地进来，压低声音，凑在霍骁耳边说："霍总，有发现！巴黎的私人侦探传来消息，那个目击者方女士的法国银行账户上突然汇入了一大笔钱。"

闻言，霍骁警觉地盯着欧秘书。

欧秘书继续说："经过查证，这笔钱竟然是从中国汇过去的！"

霍骁点头："不出所料，她背后果然有人。"

欧秘书气愤地说："又是那个幕后黑手！"

霍骁沉吟说："这个人既要害薇薇，又处心积虑地嫁祸给陈亦度，说明他是陈亦度和薇薇共同的敌人。"

欧秘书问："既然这个目击者是假的，那会不会我们之前找到的证据都是那家伙故意安排的？"

霍骁冷哼："曹钟不就因为曾改名叫吕西安而被我们当成过疑犯吗？"

欧秘书恍然大悟，倒吸一口冷气："这么说，这个家伙就潜伏在我们身边？"

霍骁冷笑："他自以为是神龙见首不见尾，却不知螳螂捕蝉，黄雀在后。"

女便装部，厉薇薇正主持会议，黑板上已经贴了几张设计草稿。

"玲珑女便装的第一季设计主题就是'与众不同'，我们将区别于现在市面上大多数的便装品牌，把婚纱礼服的设计感、潮流感带到便装设计里。现在距离女便装第一次发布会的时间不多了，大家抓紧时间，争取给我们的女便装部来个开门红。"

场下大家干劲很足，马上分头行动。

私下陈亦度不但给一张张的设计稿提意见，还指导厉薇薇修改样衣。

蒂凡尼知道后，气势汹汹地去办公室质问陈亦度。

"你怎么能帮厉薇薇去做女便装呢？玲珑的内斗是一个千载难逢的机会，我们本来可以坐收渔翁之利的，你干吗还去拉厉薇薇一把？"

陈亦度说："DU的成功靠的是自己的努力，而不是别人的失败！"

蒂凡尼盯着他一副看不懂的样子："过去这些年厉薇薇是怎么对我们的，你难道都忘了吗？你知不知道你这么做就是养虎为患，到时候一定会后患无穷！"

陈亦度摇头说："过去是过去，现在的厉薇薇跟过去不一样。"

蒂凡尼激动地反驳："怎么不一样？阿度，其实我知道你心里一直对她还存有幻想。可是五年了，她一次又一次地伤害你，你为什么还不肯看清现实？你以为你的一往情深能打动她吗？你错了，这只能暴露你的弱点，让她更容易置你于死地。"

陈亦度冷冷地打断她："够了！厉薇薇过去是我的竞争对手，但现在她是我的女人。"

蒂凡尼眼泪汪汪地瞪着他，问："那我呢？"

他叹气，回答说："你永远是我最好的合作伙伴。"

莫凡正准备去找陈亦度，却看见蒂凡尼眼圈通红地从办公室里小跑出来，还撞到了自己。

他纳闷地问："蒂凡尼，这是怎么了？"

蒂凡尼捂住嘴巴，表情痛苦地离开。

莫凡看着她离开的背影，若有所思。

他走进陈亦度的办公室，问："怎么，你又辣手摧花了？"

陈亦度无奈地看向莫凡："别乱说。"

莫凡好奇地问："那蒂凡尼怎么哭得梨花带雨的？能让一个女人伤心成这样，多半是感情上的事吧。"

陈亦度挑眉，反问一句："你好像很有经验？"

莫凡说："有些事情当局者迷旁观者清，我倒是觉得蒂凡尼这姑娘不错，至少比厉薇薇更适合你。"

陈亦度苦笑说："你莫大CEO不想着投资，怎么做起媒来了？"

莫凡笑了："谁叫你是我弟弟呢，为了你的终身幸福，我友情客串一下。"

陈亦度摇头说："别白费口舌了，你了解我的。厉薇薇是我爱过、挣扎过、放弃过，但最终还是想倾尽所有跟她在一起的人，这一次我绝不会放手。蒂凡尼年纪也不小了，何必把时间一直浪费在我身上。"

莫凡也摇头："你这个家伙，真是不解风情。"

晚上，酒吧里红着眼的蒂凡尼已经颇有醉意，还在继续灌酒。

里奥匆匆赶来，夺走了蒂凡尼手里的酒。

"干吗？打算把自己灌醉了，再出去发一顿酒疯博同情？"

蒂凡尼醉醺醺地说："走开，我今天没心情跟你废话！"

里奥猜测："心情不好？受打击了？被陈亦度刺激了？被他拒绝了？"

被他猜中心事，蒂凡尼又抽泣起来。

"知道你被陈亦度拒绝，我也就放心了。陈亦度还真是够意思啊，不枉我这么帮他。"

蒂凡尼不理他，伸手去抢一边的酒杯。

里奥把准备好的奶茶塞到蒂凡尼手里说："喝什么酒呀，喝奶茶吧，我知道你喜欢这个。其实你最近过得这么不顺，是有原因的，我掐指一算，发现你命里一直缺一样东西。"

　　蒂凡尼疑惑地问："缺什么？"

　　里奥对着她抛媚眼："缺我啊！"

　　蒂凡尼尽管已经醉醺醺的，还是听愣了，苦笑着说："谢谢你啊，那么忙还专程来调戏我。"

　　里奥看着蒂凡尼，猛向她抛媚眼："别把我想得那么幼稚好不好，我可是很认真的。我还是第一次对异性有这种特殊的感觉，以后就让我做你的小奶茶，一直被你捧在手心里，好不好？"

　　蒂凡尼看着里奥，突然头一歪，醉倒在了他的肩膀上。

　　里奥顿时幸福感爆棚，伸手抱住了她。

　　突然，蒂凡尼靠在里奥肩上发出一阵干呕的声音。

　　里奥连忙松手，急得大叫："不许吐我身上。"

　　第二天一大早，霍骁召集了玲珑女便装部所有人，然后大声宣布："凭借大家的精诚团结和天赋异禀，女便装部已经超额完成了全部任务，咱们的第一季新品发布会已经可以确定时间了。"

　　众人兴奋得鼓掌欢呼，厉薇薇得意地开口："我早说了吧，我们是能创造奇迹的队伍！"

　　霍骁又说："大战在即，晚上我请客，咱们全部门一起狠狠地撮上一顿，作为战前的福利，通通不许请假。"

　　饭店里，同事们一齐举杯庆祝。

　　"祝玲珑女便装第一季新品发布会大获成功！"

　　"祝兄弟姐妹们红到发紫，集体亮瞎他们的眯眯眼。"

　　"接单接到手软，数钱数到脱臼。"

　　众人大笑着干杯，各自喝下了酒。

　　老万给大家倒酒，霍骁自己拿着茶壶倒水。

　　乔治撇撇嘴说："今天唯一扫兴的是霍总，我们喝酒，他一直喝茶。"

霍骁笑了："你们能一醉方休，我可还得开车送厉总回家呢，我这份你们替我喝了。"

众人感慨霍总真是绝世好男人，厉薇薇听了之后，心里也十分感动。

老万忽然问："对了，厉总，你和霍总的婚礼到底准备什么时候办？从巴黎回来，我们就一直巴巴地盼着喝喜酒呢。"

厉薇薇尴尬不语，霍骁打圆场说："大功不成，何以为家。目前公司的销售业绩这么糟糕，女便装部也才刚起步，婚事我们还是想忙过这一段再说。"

庆祝结束后，霍骁送厉薇薇回家。

霍骁下车替厉薇薇开车门："今天你也喝了不少，回去休息吧。要是明天早上起来头痛，就别勉强，我批准你晚点去公司。"

闻言，厉薇薇乖乖点头。

陈亦度正站在阳台上，看着楼下的动静。

霍骁下意识地抬头看了一眼，看见了楼上陈亦度挑衅的眼神。

厉薇薇说："不早了，你也快回去吧。"

霍骁说："薇薇，我已经帮你在市中心找公寓了。有好几个高档楼盘，各方面的条件都比这个公寓要好。"

"不用了，我在这里住得挺好的，晚安！"

说完，厉薇薇转身就要走。

霍骁忽然叫住她："等等！"

厉薇薇停下脚步，他上前突然蹲下帮她把散开的鞋带系好，温柔地责备说："看看你，差点又要摔跤了吧！"

她道谢："霍骁，谢谢你。"

霍骁故作亲昵地捏了一下厉薇薇的脸："你啊，这么大了，却一直不懂怎么照顾自己，凡事都要我替你操心，还偏偏那么犟！市中心那几个楼盘你都没去看过，怎么知道不比这边好？下次我带你去看看，你就知道我没骗你了。"

她听着，尴尬地挤出一丝笑容。

"上去吧。"

目送厉薇薇进大楼，霍骁与楼上的陈亦度四目相对，他回以陈亦度一个挑衅的眼神。

厉薇薇进门看见里奥和陈亦度都在，颇为诧异。

"你们怎么都在？"

里奥笑了："我是来跟我未来姐夫商量战略合作事宜的，我们已经商量完了。我先走了，你们慢慢聊。"

他把陈亦度叫过来，是想要这个未来姐夫帮着自己追求蒂凡尼。既然事情已经说定了，陈亦度也同意了，里奥识相地出门，给两人留下空间。

陈亦度故作轻松地问："一身酒气，谁送你回来的？"

厉薇薇脸色尴尬，心虚地答："哦，今天公司聚餐，同事送我回来的。"

陈亦度看着她，突然一把伸手抱住她。

厉薇薇愣了愣，问："怎么了？"

他说："薇薇，你知道吗？你不在我眼前的时候，我的整个世界仿佛只有你，你在我眼前的时候，你就是我的整个世界。"

厉薇薇又是一愣："干吗没事开始抒情，太不像你的风格了。"

陈亦度说："我满脑子都是你，所以你的一举一动，你的小心思通通休想逃出我的眼睛！对我说谎，可是要付出代价的。"

她听了，心里内疚，坦白说："对不起，刚才是霍骁送我回来的。我不想让你烦心，所以没说实话。"

陈亦度以半开玩笑的口吻说："恭喜你，成功地用谎言让我对你的占有欲更加强烈。不过鉴于你有自首表现，从轻发落。"

他俯身吻上厉薇薇："尽管知道你只拿霍骁当闺密、同事，但我还是会忍不住嫉妒。"

厉薇薇心里愧疚："对不起，是我的错，我应该把解除婚约的事情早点跟霍骁说清楚的。等这次的女便装发布会结束了，我一定跟他好好谈一谈。"

放弃我

—→ STAY WITH ME ←—

抓紧我 [下]

LOVE IS A SWEET TORMENT

苏静初 著

湖南文艺出版社
HUNAN LITERATURE AND ART PUBLISHING HOUSE

博集天卷
CS·BOOKY

L ove is a Sweet Torment

CONTENTS

目
录

放 弃我，抓紧我

CONTENTS

目
录

放 弃我，抓紧我

Chapter ∨16

"问世间情为何物啊，直叫人稀里糊涂。"

一大早，DU公司大多数员工还没来上班，蒂凡尼正在办公室里整理文件。

莫凡敲了敲门，蒂凡尼抬头看见他不由得一愣："莫总找阿度？他还没来。"

"我是来找你的。"他说着走了进来，顺便带上了门。

"我是想让你帮忙劝劝阿度，他现在被那个厉薇薇迷得神魂颠倒的，居然还帮玲珑的女便装部出力。"

蒂凡尼叹气说："我已经劝过阿度了，但是他根本就听不进去。"

莫凡摇头："他不仅不听你的话，连我这个大哥的话也不放在心上了。厉薇薇是个什么样的狠角色，你比我更清楚，阿度这样下去不但伤了自己，也很有可能会连累公司。"

蒂凡尼皱眉："听说玲珑马上就要举办女便装发布会了，一旦让女便装成功创立，对我们DU来说将是致命的打击。"

莫凡看着她说："不错，但我这个大哥现在也是没办法了，你跟了他这么久，是最了解他的人，这个节骨眼上你一定得站出来帮帮他。"

蒂凡尼犹豫片刻后点头答应下来，等莫凡走后她拿出手机拨了一个电话。

"是我，我这边遇到一点麻烦，想找人用非常手段解决一下。"

蒂凡尼刚挂断电话，里奥突然伸手在她肩上拍了一下，把她吓了一大跳，手机直接掉在了地上。

里奥捡起手机递给蒂凡尼，眼神凌厉地看了看她："怎么，做了亏心事？"

蒂凡尼心虚地否认："你才做了亏心事呢。"

她不理里奥，径直离开公司去了公园的角落，一个浑身文身的混混已经等着蒂凡尼了。

两人在树丛掩映下低声交谈了几句，很快就分开了。

不远处的康星看了一会儿蒂凡尼，悄悄离开，去酒吧跟莫凡接头。

康星笑着说："老大，蒂凡尼已经上钩了。"

莫凡露出一丝阴笑："咱们的蒂凡尼小姐要粉墨登场了。"

康星点头恭维说："就算事情败露，被揪出来的也只有蒂凡尼，谁也不会怀疑到我们身上来。老大，您这步借刀杀人走得好啊！"

莫凡喝下一口酒，笑了："女人为了根本得不到的爱情什么疯狂的举动都做得出来，真是蠢得可怜。两个愚蠢的女人，一个更加愚蠢的男人，这出戏真是大有看头，你等着看戏就是了。"

里奥也跟在蒂凡尼身后，看到了那个文身男。他拽着蒂凡尼去了餐厅问："你怎么认识这样的人？"

蒂凡尼胡乱扯谎说："那是我男朋友，你管得着吗？"

里奥霸气地开口："你装作跟别人暧昧，只不过是想引起我的注意，对不对？"

蒂凡尼受不了他，起身去洗手间打算喘口气。

里奥趁机拿起她的手机翻看，发现今天蒂凡尼总跟一个叫雷鸣的人通电话，于是悄悄记下了号码。

他若无其事地跟蒂凡尼吃完饭，回家后偷偷拨通雷鸣的电话，装模作样地说："我是蒂凡尼的男朋友，想找你聊聊。"

雷鸣没好气地说："她给钱我办事，我跟你没什么好聊的。"

说完他就挂断了电话，里奥听了却是若有所思，总觉得此事有些不对劲。

霍锐强在秀场看完彩排，叮嘱霍骁说："别太得意，要不是有我私底下在各方面关照你们，这个女便装的发布会能这么快就开吗？这下你看清楚了吧，我到底有没有害薇薇。"

霍骁连忙道谢："谢谢爸。"

霍锐强又问："不过我儿子和准儿媳也确实是能独当一面了，对了，薇薇最近怎么样？"

霍骁答："她挺好的，一直忙女便装设计的事情，刚才的彩排您也看到了，第一季新品的效果可以用惊艳来形容。"

霍锐强无奈地说："不是问你业务上的事，是问你们俩的感情怎么样了。"

霍骁面露尴尬，敷衍地说："也挺好的。"

霍锐强点头："既然这样，女便装的发布会结束之后，你们俩就尽快选定婚期吧。薇薇算是行业翘楚，你又是公司的中流砥柱，这样的结合对强化投资人的信心，提升公司团队的士气都大有好处。"

霍骁含糊地应下："知道了，爸。"

霍骁开车特地送厉薇薇回家，路上两人谈起了工作。

厉薇薇说："工厂那边没问题，备料都到位了，生产线也全都配置完成了。我亲自和厂长都确认过了，他确保会按时出货。"

霍骁也说："今天彩排的效果也很不错，模特们对产品的理解都挺到位的。只要明天发布会一结束，媒体一报道，咱们的女便装一定会大卖特卖。"

厉薇薇笑了："这次我们的设计里有很多全新的创意点，媒体一定会感兴趣的。"

霍骁点头："玲珑的女便装部从仓促上马到如今的发布会在即，已经算是开创了行业的新速度纪录了，我们两个真应该为咱们的夫妻店狠狠骄傲一把。"

闻言，厉薇薇尴尬地笑笑，没有接话。

此时，车开到了厉薇薇公寓楼下。

霍骁停好车，正准备下车为她开车门，忽然听见厉薇薇开口："等这次的女便装发布会结束，我们俩需要好好聊一聊。"

他心中有些不好的预感，但并没有在面上表现出来，勉强笑笑："好啊，忙过了这阵，我们就有时间了。"

厉薇薇回家后第一时间去见陈亦度，把一张发布会的入场券递了过去。

"明天是我的毕业汇报演出，希望陈老师能赏光出席。"

陈亦度摇头："我明天约了一个重要的客户，你们玲珑的发布会我就不去了。"

厉薇薇噘嘴装作不高兴的样子问："什么重要客户，竟然比我还重要？"

他笑了笑："谁都没你重要，我是怕我出现在秀场会引起一堆不必要的误会。不光那些小报记者爱捕风捉影，霍骁说不定也以为我有什么不良动机。明天对你来说那么重要，我不想因为我给搞砸了。"

闻言，厉薇薇内疚地说："那等女便装发布会结束之后，我就第一时间跟霍骁把话说清楚，你就不用再当大醋坛子了！"

陈亦度拿出手机扬了扬："你的醋估计我得吃上一辈子！放心吧，明天的发布会我会随时关注新闻动态的。还会动用我全部的媒体资源，全方位地好好赞美一下你。"

闻言，厉薇薇高兴地笑了。

玲珑女便装新品发布会即将开始，众宾客和记者纷纷走进秀场落座。

霍骁正在后台忙碌着："还有十分钟，全体人员各就各位。"

厉薇薇悄悄走到霍骁身边，问："怎么了？你脸色似乎不太好。"

他勉强挤出笑容来："昨晚一直在想今天发布会的事，一来二去的就失眠了。"

厉薇薇感叹说："我惹出来的麻烦却让你一直这么操心，谢谢你。"

霍骁打断她："我可是老板，我不操心谁操心？熬个夜算什么。别谢我了，你还是去答谢那些疯狂的媒体吧，他们都长枪短炮地期待你这个明星登场呢。"

厉薇薇点头离开，霍骁看着她的背影，脸上露出苦涩的表情。

发布会正式开始，聚光灯下模特穿着玲珑的新时装一个个出场走秀。

台下闪光灯此起彼伏，众宾客都陶醉其中。

此时雷鸣带着几个小弟，每人手上都拎着一桶油漆，忽然气势汹汹地闯了进来。

还没等众人反应过来，他们就开始往台上几个模特身上泼油漆。

模特们发出尖叫声，四散逃开。

几个混混拎着油漆桶走向台下，众宾客都尖叫着逃出秀场。

厉薇薇和霍骁听见前面的喧闹声从后台冲了出来，看到眼前混乱的场景，两人顿时一脸震惊。

霍骁直接上前试图喝止混混们在秀场内到处破坏："住手！"

一个混混打算往横幅上泼油漆，厉薇薇企图阻止他，上前去夺混混的油漆桶，却一个不小心踩到地上的一摊油漆上，脚下一滑就从舞台上摔了下去。

身边的霍骁看见，惊呼一声："薇薇！"

他一个箭步上前抱住厉薇薇，两人一起掉在了舞台下面。

舞台下，厉薇薇躺在霍骁身上毫发无损，霍骁的后脑勺却撞到了地上的尖锐物。

厉薇薇满脸惊惶，连忙捧起他的头问："霍骁，你没事吧？"

感觉到手上湿漉漉的，她伸手一看，自己掌心里全是鲜血，顿时眼眶一红。

躺在厉薇薇臂弯的霍骁尽管虚弱，却还是试图安慰她，努力挤出微笑，虚弱地说："放心，我没事。"

厉薇薇哽咽着说："你真傻！"

此时，里奥带着几个警察冲进秀场。

混混们一见警察，顿时都泄了气。

医院病房内，霍骁的头部被纱布缠着，正在打点滴。

医生拿着检查报告说："病人后脑勺有两厘米左右的伤口，我们已经为他做了缝合，另外还伴有轻度脑震荡症状。虽然从目前CT的结果来看，应该没有什么大碍，但我们还是建议再住院观察两天。"

霍锐强忙说："劳您费心了，大夫。"

医生点了点头就退了出去，霍锐强看着病床上脸色惨白的霍骁，重重地叹了一口气。

厉薇薇内疚地说："霍伯伯，对不起，都是我的错。"

霍骁安慰她："薇薇，这跟你没关系，现在连那伙人的身份都没能确定。"

霍锐强打断他："行了，都别说了。薇薇，你留下来先好好照顾霍骁，剩下的事情等霍骁出院回了公司之后再说。"

厉薇薇答应了，转身看到霍骁对着自己笑，不由得奇怪地问："都挂彩了，你还笑得出来？"

霍骁说："我这是幸福的笑容，如果挂了彩之后就有如花似玉的姑娘在床前精心伺候着，那么我愿意天天挂彩。"

厉薇薇被霍骁逗笑了："你真傻，明明看见我掉下去还来给我当人肉垫子。"

霍骁说："要没有我，受伤的不就是你了？我想了想，与其伺候你，还不如被你伺候，现在这样多舒服啊！"

厉薇薇满脸歉意："欠你那么大个情，我都不知道怎么才能报答你了。"

霍骁握住厉薇薇的手说："你是我的未婚妻，你以身相许不就已经是最大的报答了？"

她顿时尴尬了："霍骁，我……"

霍骁打断她说："你五岁时就嚷嚷着嫁给我，从小到大对我各种猛烈追求，还当着那么多人的面向我求婚，我不对你好一点都说不过去。等你嫁给我之后，我就要把之前的账一起好好跟你算一算，罚你夏天给我买冷饮，冬天给我泡姜茶，罚你天天看你不爱看的电视剧。对了，还要罚你吃你一闻就吐的香菜。总之你欠我的太多，得用一辈子慢慢还。"

厉薇薇愣住了，看着不顾一切、一直都在为自己付出的霍骁，她张了张口，想说的话无论如何都说不出来。

陈亦度听到秀场有人受伤的报道后匆匆赶来医院，在病房外恰好听到了厉薇薇和霍骁两人的对话。

他没有进去，从门缝里看见厉薇薇听了霍骁的话后沉默不语，并没有立刻拒绝的意思。

陈亦度的心好像受了一记重击，径直转身离去。

DU公司门口，蒂凡尼下班走出来。

里奥一言不发阴沉着脸，上前把她拉走。

"你为什么这么做？！"

蒂凡尼瞪着他："你是明知故问吗？厉薇薇是我的竞争对手，我今天对付她的手腕并不比当初她对付我们的龌龊多少。最重要的是，谁叫她要觊觎我喜欢的男人。"

里奥瞪着她，气势汹汹，好像要把她吞下去一样。

蒂凡尼看着里奥的眼神，也有些害怕："干吗？想替你姐姐报仇？我不会承认闹事的人是我叫去的！另外，我劝你一句，尽快打消对我不切实际的想法。"

里奥突然一把紧紧地抱住她，蒂凡尼先是震惊，然后开始挣扎，里奥却把她抱得更紧，说："世界上怎么会有你这样的蠢女人。算了，蠢我也收了，谁叫我偏偏喜欢你呢。"

厉薇薇疲倦地从医院回到家，发现里奥正坐在沙发上等着她。

里奥说："总算回来了，我是来请你帮个十万火急的忙的。"

她纳闷了："我都这么惨了还能帮你什么忙？"

里奥尴尬地说："在发布会上闹事的那几个混混都已经被拘留了，很明显他们都是被人收买的，背后的主谋其实是蒂凡尼。警察局那边现在肯定会追究蒂凡尼的责任，其实泼油漆性质不算太恶劣，只要老姐你肯出面跟蒂凡尼私下和解，这件事或许就能大事化小，小事化了。"

厉薇薇听得一怒："我精心策划的发布会被蒂凡尼毁了，霍骁也是间接因为她才受的伤，现在竟然还要我低三下四地跟她去和解，简直岂有此理！"

里奥哀求说："我也知道你咽不下这口气，但蒂凡尼是我喜欢的姑娘，我不能看着她身败名裂。就算我求你了，姐弟一场，你不会对我这么绝情吧，现在能救她的只有你了！"

厉薇薇很认真地看了看他："你对蒂凡尼是来真的？"

他点头："因为我爱她，所以愿意包容她的小任性，而且我有信心把她改造好！"

厉薇薇摇头感慨："问世间情为何物啊，直叫人稀里糊涂。"

里奥问："说我？你比我也没好到哪儿去。"

厉薇薇看着他，重重地叹了一口气。

陈亦度离开医院后和莫凡碰面，却坐在一边愁眉不展。

莫凡说："新闻我都看了，玲珑发布会上受伤的不是霍骁吗，你干吗一副愁眉苦脸的样子？因为英雄救美的人不是你，所以吃醋了？"

陈亦度摇头："不是吃醋，是无奈。"

莫凡奇怪："无奈？这可不像你的风格。"

陈亦度说："要是感情能跟投资一样，看好就买看衰就卖，那么简单理性就好了。"

莫凡挑眉："你不是信誓旦旦地说要跟厉薇薇再轰轰烈烈地爱一次吗？"

陈亦度苦笑："我和薇薇之间毕竟隔着七年的光阴，过去七年里周围的人和事都已经面目全非，仅凭我们两人的意愿真的可以从头来过吗？也许是我想得太简单了。"

夜深了，厉薇薇躺在床上辗转反侧睡不着，脑海中浮现出霍骁在医院对自己说的话。

这一夜同样难以入眠的还有陈亦度，他脑海中不断浮现自己在医院看见的那一幕。

第二天，两人早早起来，清晨的时候在电梯里碰见，一时间气氛有些尴尬。

陈亦度走进电梯，看见厉薇薇手上拎着一个保温桶。

他看似不经意地说："昨天我在回来的路上听说你们发布会出事了，不过等我赶到现场的时候已经没有人了。"

厉薇薇回答得轻描淡写："是出了点意外，现在没什么事了。"

此时电梯到一楼打开，厉薇薇和陈亦度出了电梯，各自走向不同的方向。

厉薇薇走出几步回头，看着陈亦度远去的背影想要叫住他，想了想还是扭头走开。

陈亦度在稍远处停住脚步，扭头难过地看着厉薇薇远去的背影。他迟疑片刻，最终还是狠心离开。

医院里的霍骁穿着病号服靠在床头，拿着iPad看视频。

视频里，霍骁为保护厉薇薇晕倒后，她着急地抱着霍骁哭。

霍骁看到厉薇薇为自己着急的样子心中甜蜜，忍不住露出笑容。

霍锐强拎着一袋子食物走到病房门口，看到儿子盯着iPad傻笑的样子立刻冷下脸，不悦地咳了一声。

霍骁看到霍锐强，急忙将视频暂停："爸爸，您怎么来了？"

霍锐强没好气地问："怎么，儿子受伤住院了，当老子的来看看都不行？"

霍骁好脾气地答："我不是这个意思。"

霍锐强走到他跟前将iPad没收了，板着脸开口："医生说了让你多休息，少劳神，这样伤才好得快。"

霍骁见状，只能一脸无奈地妥协了。

霍锐强又从袋子里拿出啤酒和花生，将一罐啤酒拉开递给他："拿着，我们父子也很久没有坐下谈心了。"

霍骁看了看啤酒没有接，无奈地说："爸，好像喝酒也不利于养伤吧。"

霍锐强掩饰心虚，故意板着脸说："臭小子，陪你爹喝个小酒是委屈你了还是怎么着，那么多话！"

闻言，霍骁只能笑着接过啤酒。

父子俩喝着酒，各怀心事。

霍锐强感慨地说："我真是想不通，像我这么英明神武的爹怎么生了你这么个蠢儿子。今天这种场面，明明都知道危险了，你居然还往前扑。你说你，你要是有个三长两短，霍氏的江山我不算是白打了？"

霍骁笑着哄他说："哪儿有您说得那么危险，您看我这不是好好的吗？"

霍锐强瞪他："好好的能在医院？"

见霍骁笑笑不说话，霍锐强一副恨铁不成钢的样子："对你来说，厉薇薇就那么重要？"

霍骁叹气："爸爸，您知道我是什么时候喜欢上薇薇的吗？"

霍锐强愣了愣，显然并不清楚。

霍骁仿佛陷入回忆，面带微笑说："六岁那年我被一群大孩子围攻，薇薇看见了，一边哇哇大哭，一边冲上来保护我，最后那些大孩子也被她不要命的样子吓傻了。"

霍锐强面色温和了一些："这倒是那孩子能干出来的事。"

霍骁平静地说："当时我就想有一天我要变得足够强大，再也不让任何人伤害薇薇。爸，我爱了薇薇二十六年。您可以说我死心眼，但是我已经不可能再花同样的时间去爱上别的什么人了。所以就算秀场的意外再来一次，或者更凶险十倍，我还是一样会豁出命去救薇薇——她是我这辈子认定的人。"

霍锐强心里被感动，嘴上仍然不饶人："哼，你就和你妈妈一个样，看起来好脾气，其实倔得不得了，认准的事十头牛也拉不回来。"

霍骁调侃他："这不是像我妈，是像您。我妈去世这么多年，您为什么没有再娶？"

霍锐强不满了："臭小子，你还说起我来了。"

霍骁认真地说："我认定薇薇，就和您认定我妈是一样的，爸爸您应该最能理解我。"

霍锐强被触动，重重地叹了口气。他心疼地看看儿子，像是做出了什么决定。

霍锐强出去后，问王秘书："我交代的事办得怎么样了？"

王秘书干脆利落地答："都布置好了。"

欧秘书犹豫了："董事长，真的不用事先告诉霍总吗？"

霍锐强没好气地说："告诉他这事还办得成吗？儿子没出息，只能靠我这个当爹的推他一把了。"

厉薇薇赶到医院，从保温桶里盛了一碗汤端给霍骁。

霍骁偷瞄她一眼，夸张地痛呼一声："哎哟！"

厉薇薇顿时紧张地问："怎么了？"

霍骁可怜巴巴地说："薇薇，我手痛。"

"你不是撞到了头吗，怎么会手痛？我这就去叫医生。"

她说着，就要往外走。

霍骁着急了："别叫医生！"

厉薇薇疑惑地停下脚步，又听霍骁一本正经地说瞎话："我早就问过了，医生说是正常现象，过几天就会好，就是这汤我自己喝不了。"

厉薇薇怀疑地盯着霍骁看，后者假装要拿汤勺，手一抬就痛呼。

厉薇薇识破了他的小把戏，但出于内疚没有揭穿，接过汤碗说："下不为例啊。"

她动作温柔地舀起一勺汤吹了吹，送到霍骁嘴边，问："烫吗？"

霍骁就着厉薇薇的手喝下汤，甜蜜地说："刚好。"

欧秘书和珍妮敲门进来，撞见这一幕，忍不住捂嘴偷笑。

厉薇薇有些尴尬，霍骁却是一副理所当然的样子。

欧秘书心虚地说："霍总，厉总，董事长让你们现在下楼。"

霍骁疑惑了："现在？"

欧秘书点头："对。"

霍骁略一思索，起身说："你们稍等一下，我去换一身衣服。"

珍妮连忙说："霍总，董事长特意吩咐，让您穿病号服下去。"

厉薇薇和霍骁对视一眼，都感到奇怪。

厉薇薇问："董事长有没有说是为什么找我们？"

欧秘书愁眉苦脸地欲言又止，珍妮则是一脸喜色："一会儿您就知道了，反正是好事。"

两人虽然一脸狐疑，但还是照办了。

厉薇薇推着坐轮椅的霍骁到医院一楼，霍锐强带着王秘书已经在那里等着了。

霍锐强面无表情地盯着厉薇薇问："你们成衣秀搞出来的烂摊子，打算怎么收拾？"

闻言，厉薇薇顿时露出内疚的神色。

霍骁忙说："爸爸，这次秀场出意外都是我的错，和薇薇没关系，是我在安保方面没有想周全。"

霍锐强不耐烦地说："我不管是你们谁的错，现在有一个机会替公司弥补损失，就看你们愿不愿意做了。"

厉薇薇抢先说："我愿意。"

霍骁则是冷静地问："要我们做什么？"

霍锐强说："很简单，秀恩爱。"

厉薇薇和霍骁一听都震惊了，却不得不答应下来。

无数的记者围在医院大楼前，看见两人出现，顿时一阵骚动，抢着提问："玲珑成衣发布会上厉设计师遇险，霍总舍身相救，能给我们讲讲当时的情况吗？"

厉薇薇张了张嘴没有说话，霍骁看了看她，主动回答："具体情况我们的工作人员一会儿会将视频资料拷贝给大家，相信大家亲眼见到会比我们描述更加清楚。"

记者又问："请问霍总，您在冲上去救人的时候想了些什么？"

霍骁笑笑说："什么也没想，这是一种本能。我相信每个男人看到心爱的女人遇到危险，都会和我一样。"

厉薇薇有些尴尬，逃避着他含情脉脉的视线。

见状，霍骁难掩失落。

有女记者问："您二位平时相处的模式也是这样吗？厉设计师是受保护的一方？"

霍骁摇头："恰好相反，薇薇十分独立坚强。正因如此，我才更加爱她。这次玲珑推出的女便装，薇薇更是将她对女性的认知融入设计理念中。希望我们玲珑的女便装可以帮助更多女性得到自信，找到爱情。"

女记者感慨地说："两位的感情真好，真是让人羡慕。"

霍骁闻言，自然而然地拉起厉薇薇的手。

闪光灯顿时此起彼伏，镜头里的厉薇薇却笑得尴尬。

记者会结束后，记者陆续离开医院。

珍妮迎上来用力鼓掌，激动地说："厉总、霍总，你们刚才的表现真是太棒了，这下我们的女便装一定能大卖。"

霍锐强冷着脸说："女便装你们算是做起来了，之前的赌约算你们赢。但别高兴得太早，这段时间都给我保持低调，公司在这个紧要关头不能再出岔子了。"

霍骁连忙答："是，爸爸。"

厉薇薇一脸惊讶，完全没有反应过来。

珍妮高兴地欢呼："厉总，我们可以回设计部了。"

霍锐强刚要走，又回头看向厉薇薇，别扭地说："对了，薇薇你也好久没来家里吃饭了，有空来一趟吧。"

厉薇薇紧张地答应了："好的，霍伯伯。"

霍骁知道霍锐强这是接受厉薇薇的意思，心里感动不已。

莫凡的车停在街边，康星急匆匆上车。

康星懊恼地说："老大你有没有看新闻？没想到厉薇薇和霍骁轻而易举就把困局给破了！"

莫凡毫不惊讶地说："厉薇薇是什么人，哪儿有这么好对付。我要的照片准备好了吗？"

康星点头："都准备好了。"

莫凡边思考边无意识地抚摩手上的伤疤，忽然，他停下动作，做出决定："立刻把照片发出去。"

蒂凡尼来到公司，路过的DU职员向她点头致意。

蒂凡尼却觉得心虚，不与大家对视。

她装作若无其事地走进设计部，曹钟忽然过来敲门。

"蒂凡尼，陈总找你。"

闻言，蒂凡尼心里一沉。

蒂凡尼心虚地站在陈亦度桌前，陈亦度面无表情地盯着她，手指轻轻敲击桌子。

他忽然停下动作："你知不知道自己错在哪里了？"

蒂凡尼低着头不说话。

陈亦度又问："你做过些什么，需要我提醒你吗？"

她不甘心地说："我这么做，全是为了公司，为了你。"

陈亦度暴怒地拍桌："闭嘴！如果你真是为了我，就该知道我决不会允许厉薇薇受伤害。"

蒂凡尼也爆发了："厉薇薇到底有什么好，你这么护着她？"

陈亦度愤怒地说："她有什么好？这次媒体没有把你报道出来，就是厉薇薇放你一马。不然的话，整个公司都要跟着你遭殃！"

蒂凡尼顿时愣住了。

陈亦度压下怒气说："你现在立刻给我回家反省，最近都不用来了。"

她连忙求饶："阿度……"

他冷冷地说："出去。"

蒂凡尼忍住眼泪，转身离开。

陈亦度给厉薇薇打电话，电话提示音显示一直无人接听。

这时候曹钟一脸慌张，门也没敲就直接进来，急匆匆地说："陈总，董事们不知道为什么全都来公司了，现在正在会议室等您。"

陈亦度有些惊讶，放下了电话，赶去了会议室。

他刚在会议室落座，张槐董事就将一沓照片推到陈亦度面前，冷笑着说："就在刚才，我们每个人的邮箱都收到了相同的照片。"

陈亦度没什么表情地拿起照片翻看，照片上是他和厉薇薇牵着手约会的情景。

他冷静地放下照片，说："拍得不错。"

张槐质问："这就是你要说的？你就不想解释一下，你和厉薇薇到底是什么关系？"

陈亦度淡定地笑笑："照片上已经很清楚了，没错，我和薇薇正在交往。"

曹钟惊得张大了嘴，没想到他坦然承认了。

张槐愤怒了："陈亦度，你作为DU的董事长居然和竞争对手搞在一起，你还有什么资格领导公司？"

吴董事阴阳怪气地开口："说起来最近几个月玲珑的销量逐渐反超我们，不会是您故意放水吧？"

陈亦度态度强硬："我和厉薇薇的关系是我的私事，没必要向各位解释。本人一向公私分明，更何况DU婚纱是我一手创立，我对公司的感情不亚于你们任何一个人，也绝不会因为任何人和事牺牲公司的利益。"

朱董事附和："我相信陈总，这些年来DU能越做越大全靠陈总的领导，我相信他不会做出损害公司利益的事。"

吴董事冷笑："你信我们不信！"

其他董事也附和他。

张槐说："陈总，我们来之前已经商量过了。现在你有两个选择，要么立刻断绝和厉薇薇的关系，要么辞去董事长的职务，你可以考虑一下再回复我们。"

闻言，陈亦度沉默了下来。

他回去后对着沙袋发泄似的反复练习，莫凡看不下去了，抓住陈亦度的手制止他。

陈亦度这才停下动作，大口喘气。

莫凡问："你打算什么时候给董事会答复？"

陈亦度没有回答，自顾自地坐到一边喝水。

莫凡在他身边坐下："你到底在犹豫什么？你不会真的选厉薇薇吧？"

陈亦度看向他，平静地说："如果我说是呢？"

莫凡愣了愣，苦口婆心地劝说："如果厉薇薇真心对你，我也不反对。可是她到现在还舍不得霍骁未婚妻的名分，为了这样的人，你放弃多年的心血值得吗？"

陈亦度摇头："薇薇不是舍不得霍骁，她是有苦衷。"

莫凡说："但只要她和霍骁的婚约一天不解除，你们两个就不会有未来。"

陈亦度攥紧拳头，突然起身离开。

司机正推着霍骁的轮椅进大门，这时陈亦度的车在霍骁家门口停下。

陈亦度冷着脸下车，大步走到霍骁面前，霍骁对司机说："你先回去。"

等司机离开，霍骁才问："怎么，陈总找我有事？"

陈亦度居高临下地看着他："我来是要问你，到底怎么样你才肯对薇薇放手？”

霍骁语气危险地问：“你什么意思？”

陈亦度说：“只要你肯放弃薇薇，我可以用任何东西做交换。”

霍骁撑着轮椅扶手慢慢站起，和他面对面，冷冷地说：“不如你放弃薇薇，我也可以用任何东西交换。”

陈亦度冷笑：“可惜薇薇选择的人是我。”

霍骁不甘示弱：“你就这么肯定？别忘了薇薇当初决定嫁的人是我。”

两人对峙，火药味十足。

陈亦度忽然平静下来，冷笑着说：“既然你非要自取其辱，那我就奉陪到底。”

说完，他转身离开。

霍骁看着陈亦度走远，力竭似的缓缓坐回轮椅上。

他回去敲开了霍锐强的门：“爸爸。”

霍锐强头也不抬地问：“有事？”

霍骁说：“我来是想向您道谢的。”

霍锐强装傻：“谢我什么？”

霍骁笑了：“谢谢您愿意为了我，努力接受薇薇。”

霍锐强合上书，端着架子说：“我只提醒你一句，既然你非厉薇薇不可，那就想办法用手段把厉薇薇牢牢锁在身边，别让她有机会对别的男人投怀送抱。”

霍骁受教：“我知道了。”

厉薇薇从电梯里走出，鬼鬼祟祟地走到陈亦度家门口。

她透过猫眼向里张望，又趴在门上偷听。

“怎么还没回来？”

厉薇薇转身要回去，被身后贴着面膜的里奥吓了一大跳。

她没好气地问："你怎么在这里？"

里奥可怜巴巴地说："我被蒂凡尼伤害了幼小的心灵，来你这里寻求家庭温暖。"

厉薇薇瞪着他："我还不知道你？明明是你把蒂凡尼气得够呛。"

里奥抱怨说："蒂凡尼这个女人真是不知好歹，我救了她她不领情就算了，还把我臭骂一顿，你说她是不是有病？"

厉薇薇白了里奥一眼，一头栽到沙发上。

"一边去，烦着呢。"

里奥一愣，恍然大悟："对哦！薇薇你皮痒了，居然光明正大地和霍骁这个男狐狸精秀恩爱。"

她烦躁地抱头："我该怎么办，我现在连阿度的电话都不敢接，完全不知道该怎么面对他。"

里奥装腔作势地说："要不要聪明伶俐、英俊潇洒、人见人爱的本大侠给你指一条明路？"

厉薇薇期待地点点头。

他得意地伸出四个手指："四个字——负荆请罪。"

Chapter ⌄17

"可是在我心里，你早就不仅仅是朋友了。"

放弃我，抓紧我

厉薇薇在大门口转来转去，时刻注意外面的动静。

听见电梯门开的声音，她立马端起蛋包饭开门出去。

看到陈亦度拿钥匙开门，她端着蛋包饭凑上去献殷勤，讨好地说："阿度，是不是还没吃饭呀？我亲手给你做了爱心蛋包饭，你闻闻，很香哦！"

陈亦度完全当厉薇薇是透明的，在她面前把门摔上。

厉薇薇愣了愣，动作温柔地敲了敲门，撒娇说："阿度你开门嘛，再不开门蛋包饭就凉了哦，人家做得很辛苦的。"

门内的陈亦度毫无动静，厉薇薇顿时恼了，不再装温柔，大力拍门，粗鲁地说："陈亦度，你聋啦，我数到三你再不开门我可就踹了啊，一！二！三！"

她上前两步抬脚快要碰到门的时候，最终还是放下了脚，沮丧地说："阿度，那你早点休息，我回去了。"

说完，厉薇薇转身要走。

门这时候却打开了，陈亦度冷眼看着她。

厉薇薇进门蔫蔫地把蛋包饭放到桌上，一声不吭。

陈亦度冷冷地问："怎么不说话了？你刚才不是话很多吗？"

她心虚地低着头："阿度，你要是生气就揍我一顿吧，我保证不还手，这次是我对不起你。"

陈亦度危险地眯了眯眼，一步步逼近。

厉薇薇不断后退，最后被他逼到墙角。

陈亦度挑眉："说说，你都做了什么对不起我的事？"

她不敢看陈亦度，心虚地说："我没和霍骁提解除婚约的事，还和霍骁在电视上秀恩爱。"

陈亦度语气危险："这么说来，你确实非常对不起我，你说我该怎么惩罚你呢？"

厉薇薇满脸着急，解释说："阿度，我是有原因的，我刚要和霍骁说清楚他就受伤了，秀恩爱是为了保住玲珑女装的销量……"

陈亦度不等她说完，低头狠狠亲了上去。

一吻完毕，厉薇薇还没回过神来。

陈亦度看她这副呆样，好笑地伸手在她眼前晃了晃。

厉薇薇结巴了："你……你……你没生气啊？"

他语气温和地说："我问你，你会将恩情和爱情混淆吗？"

她举手发誓："不会。"

陈亦度深情地看着她："那我就没什么理由生气，只要你选择和我在一起，不管多长时间我都可以等，不管多大代价我都心甘情愿地付出。"

厉薇薇很感动，愣愣地看着他。

陈亦度用手轻轻抚摩她的脸颊，半开玩笑地说："你不能再骗我了，因为你每次骗我，我都会当真。"

闻言，她半懂不懂地点点头。

第二天，厉薇薇一进玲珑设计部，众人立刻围了上来。

苏菲"砰"一声打开香槟，其他人则是拉响了手拉礼炮。

厉薇薇惊呆了："你们搞什么鬼？"

珍妮倒好香槟递过去："厉总，这是为了庆祝我们重回设计部！"

苏菲跟她碰杯，语气夸张地说："这次我们能重回设计部，全靠厉总和霍总的真情感动天地。"

厉薇薇尴尬了："别乱说。"

珍妮疑惑："怎么是乱说呢？当初要不是巴黎秀场突然失火，您和霍总早就成夫妻啦。对了厉总，我还有件礼物要给您。"

她将一张刻录光盘交给厉薇薇说："我收集了您和霍总巴黎婚礼的视频，送给您。"

厉薇薇接过光盘，笑得勉强。

她回到办公室，烦躁地将光盘扔进抽屉。

这时手机响起微信提示音，厉薇薇拿起一看，是陈亦度。

"晚上来我家，给你做好吃的。"

厉薇薇的心情瞬间转好，立刻回复。

"好！不见不散！"

陈亦度放下电话，上电梯时跟莫凡面对面相遇。

莫凡拉住陈亦度问："晚上一起吃饭？"

陈亦度心情愉快地拒绝："不好意思，我今晚有约了。"

莫凡敏感地问："是约了厉薇薇？"

陈亦度卖了个关子："这个嘛……你猜？"

他走进电梯，帅气地向莫凡挥了挥手。

等电梯门关上，莫凡皱起眉头，神情不悦。

厉薇薇在办公室对着镜子整理头发，涂口红，朝镜子里的自己飞吻。

霍锐强敲门进来，她立即装得一本正经。

"霍伯伯，您怎么来了？"

霍锐强语气温和但不容反驳地说："我是来接你的，今晚到我家去吃饭，顺便叙叙旧。"

厉薇薇一脸为难："可是……"

霍锐强打断她："其他的约先往后推一推吧。"

厉薇薇战战兢兢地答："好的，那我收拾一下，这就下去。"

她四处张望了一下确定没有人，立即给陈亦度发微信。

"对不起，阿度，我来不了了。"

厉薇薇犹豫一会儿，还是没说实话："公司临时有事。"

陈亦度收到她的微信，神情失望，又望着准备好的一桌子菜发愁。

厉薇薇去了霍家只管闷头吃饭，霍骁夹了一只白切鸡腿放到她的碗里，即便厉薇薇碗里的菜已经堆成了小山。

他温柔地说："你最爱的白切鸡，多吃点。"

厉薇薇一脸为难，小声说："太多了，别给我夹了。"

霍骁不在意地说："没事，你吃不了给我。"

霍锐强看了一副受不了的表情，咳了两声想引起大家注意。

"我找人算了几个黄道吉日，你们俩商量一下，赶紧把婚期定下。"

厉薇薇听了，大惊失色。

霍骁看着她的面色，平静地说："爸爸，这事不急。"

霍锐强怒了："你们不急我急，我还等着抱孙子呢，总之今年之内必须把婚礼办了。"

霍骁皱眉："爸……"

霍锐强瞪他："你给我闭嘴，我要听薇薇说。"

厉薇薇看看霍骁，又看看霍锐强，硬着头皮说："我会好好考虑的，霍伯伯。"

霍锐强露出笑容，又拿出一个翡翠镯子递给霍骁。

霍骁愣住了，没有接。

霍锐强恨铁不成钢地说："还愣什么？快给薇薇戴上。"

霍骁急忙接过镯子，霍锐强感慨地说："这是我们霍家代代相传给儿媳的信物，霍骁妈妈去得早，今天我替她将这个镯子传给你。薇薇啊，从现在开始你就正式是霍家的人了。"

霍骁替厉薇薇戴上镯子，攥着她的手，他的目光里忍不住流露出爱意。

厉薇薇不自在地抽回手，神情尴尬。

莫凡在酒吧里，坐在吧台点了一杯威士忌。

康星问调酒师要了一瓶啤酒，熟门熟路地坐到他的身边，拍马屁说："老大，听说DU的董事们一看到照片都气疯了，逼着陈亦度和厉薇薇分手，您可真是神机妙算！"

莫凡喝一口酒，没什么表情地说："别高兴得太早，陈亦度根本没把那帮董事放在眼里。"

康星感到意外："您是说他还不打算放弃厉薇薇？"

莫凡没吭声，算是默认了。

康星郁闷了："那可怎么办？"

莫凡笑了："办法很简单，既然现在已经有了小火苗，我们就再往里面添几把柴，让火烧得更旺一些。"

他低声交代几句，康星会意地点点头，没多久就办妥了："照片都寄出去了，电视台那边据说非常感兴趣。"

莫凡冷笑："那我们就等着看明天的头条新闻了。"

吃完晚饭，霍骁送厉薇薇回家，下车的时候厉薇薇欲言又止："霍骁，我其实……"

霍骁打断她，表情悲伤："薇薇，我知道很多事你都不记得了，包括你对我的感情。"

厉薇薇一听，很是内疚。

霍骁突然上前搂住她："这段时间我也一直想努力放手，让你自由，可是我真的做不到！薇薇，算我求你，你能不能为了我再努力一下，努力想起我们的感情？"

厉薇薇想要挣脱，他突然闷哼一声。

她担心霍骁的伤，只好任由他抱着。

陈亦度站在阳台上，正好看见这一幕，不由得皱起眉头。

霍骁回去后，发现霍家的茶几上摆了一排装修的效果图，霍锐强拿着图纸心情愉快地来回比较，看见他立刻招了招手。

"这几套装修方案，你最喜欢哪个？"

霍骁拿起图纸看了看，不确定地问："这是我的房间？"

霍锐强点了点头："虽然你和薇薇结婚后肯定是小两口单住，但家里总要给你们准备个新房的。你看一下，哪个装修风格你最喜欢？"

霍骁委婉地说："爸爸，其实不用这么大费周章，我的房间现在这样也挺好的。"

霍锐强断然拒绝："不行！这件事必须听我的，让你选你就选。"

霍骁无奈地从图纸里挑了一张："就这个吧。"

霍锐强看着图纸，感慨地说："时间过得可真快，还记得当初和你妈妈把你从医院抱回家时，你才跟个小猫一样大，一转眼都要娶媳妇了。唉，我也老喽……"

霍骁感动得上前抱住霍锐强："爸爸，谢谢您。"

霍锐强慈爱地拍拍儿子的背。

厉薇薇一早醒来，睡眼惺忪地伸了个懒腰，用力嗅了嗅，嘀咕说："好香！"

她发现香味是从陈亦度家飘来的，在阳台上探头探脑。

这时手机响起微信提示音，是陈亦度发来的。

“别看了，过来。”

厉薇薇看了，尴尬地吐舌。

陈亦度拿着菜谱，穿着围裙给她开门，和平时霸道总裁的样子判若两人。

厉薇薇看到桌上的菜，一脸馋样，忍不住用手抓了菜放进嘴里，口齿不清地说：“好好吃！”

陈亦度宠溺地说：“昨天没尝到我的手艺，今天给你补上。”

厉薇薇内疚地说：“昨晚是霍伯伯坚持让我去他家吃饭，我没法拒绝，阿度你别生气。”

陈亦度点头：“知道了，我不生气。”

厉薇薇心中甜蜜：“阿度，你真好！”

陈亦度宠溺地刮了刮她的鼻尖说：“你再等等，还有一个菜就可以开饭了。”

厉薇薇听了，乖巧地点头。她看到工作台上的手稿，好奇地翻了翻。

这时陈亦度的手机突然响了，她看了一眼，是曹钟打来的，连忙冲厨房喊：“阿度，电话。”

陈亦度只顾着炒菜没有回答，厉薇薇正想给他把手机送过去，却不小心接通了。

曹钟哭诉说：“陈总，您真的要为了厉薇薇放弃公司吗？您可不能不管我们的死活啊，陈总……”

厉薇薇一惊，挂断了电话。

陈亦度一无所觉，出来喊她：“薇薇，吃饭了！”

她连忙将手机放回原处，脸上不动声色。

厉薇薇一边扒饭，一边偷偷打量陈亦度，旁敲侧击地问：“阿度，你是不是遇到麻烦了？”

陈亦度否认：“没有，怎么了？”

她假装生气地说：“你还骗我，曹钟什么都告诉我了！”

　　陈亦度一惊，很快掩饰说："哦，也不是什么大事。董事会知道了我们俩的关系，有些怨言。这事我已经解决了，你别瞎担心。"

　　厉薇薇怀疑地问："真的？"

　　"当然，"说完，陈亦度给她夹一块红烧肉，"陈氏红烧肉，我的招牌菜，快尝尝。"

　　厉薇薇闷闷地吃着红烧肉，心中半信半疑。

　　与此同时，蒂凡尼穿着邋遢，拎着一袋方便面往家走。

　　里奥站在楼前空地上，身后立着一个人台。

　　蒂凡尼没好气地说："怎么又是你！"

　　里奥闪身，露出背后人台上的婚纱："有没有觉得很眼熟？"

　　蒂凡尼打量着婚纱："这是我们当初法国大秀的压轴婚纱，你怎么搞到的？"

　　里奥装傻："是压轴啊，所以是你设计的？"

　　她不耐烦地说："废话，你还没回答我的问题，这件婚纱是孤品，怎么会在你手上？"

　　里奥得意了："我问我未来姐夫借的。"

　　蒂凡尼完全不信："骗人！阿度才不会把这么重要的东西借给你。"

　　他神神秘秘地说："因为我告诉姐夫，借这件婚纱是为了表演个节目给你看的。"

　　蒂凡尼心中有了不好的预感："什么节目？"

　　里奥从背后拿出一支大号毛笔："看好哦，现在我就要为你表演行为艺术的巅峰之作——婚纱作画。"

　　他举着毛笔，虎视眈眈地走近婚纱。

　　蒂凡尼惊怒，急忙挡在婚纱前想要阻止里奥："你想干什么？"

　　里奥一脸坏笑："等我画完你就知道了。"

　　他继续逼近婚纱，蒂凡尼被迫一步步后退。

里奥提笔开画，蒂凡尼咬牙闭眼，挡在婚纱前不躲开。

他拿着毛笔乱画一通，满意地停下动作，看着蒂凡尼脸上被画了一只大乌龟。

蒂凡尼睁开眼，摸了摸脸上的墨迹，又立刻紧张地转身看婚纱，婚纱却仍是洁白一片。

她长舒一口气，准备冲里奥发飙："你这个浑……"转身却看到里奥冷冰冰地盯着自己，心虚地问："你干吗这样看我？"

里奥正色问："你现在明白了吗？"

她皱眉："明白什么？"

里奥答："眼睁睁看着自己的心血作品被毁掉时的心情。"

闻言，蒂凡尼呆住了。

"不管你和薇薇有什么过节，都不应该使出下三烂的手段让人破坏她的秀场。如果连他人的作品都不懂得尊重，那你根本没有资格当设计师。"

里奥将笔一扔，转身离开。

玲珑公司上班时间，霍骁进了电梯。

电梯门正要关上的时候厉薇薇挤了进来，摁了最顶层的按钮，神情严肃地开口："霍骁，我有话要对你说。"

天台上，厉薇薇小心地拿出翡翠镯子递给霍骁。

"对不起。"

霍骁愣了愣，并没有接，挤出一个难看的笑容："薇薇，你考虑清楚，有些话不能轻易说出口的。"

厉薇薇拉过霍骁的手，把镯子放在他手心，坚定地说："我已经想清楚了，我爱上了陈亦度，所以不能再继续履行和你的婚约了。"

霍骁情绪激动地说："你只是暂时被陈亦度迷惑了，等看清楚他的为人你就会后悔的。薇薇你别急着悔婚，我可以等你。"

厉薇薇摇头："和陈亦度没关系，我心里一直只把你当好兄弟，完全没有男女之情。我不想继续骗你，骗霍伯伯了。霍骁，我们像以前一样做回朋友好不好？"

霍骁悲伤地看着她："可是在我心里，你早就不仅仅是朋友了。"

她轻声说："对不起。"

霍骁悲伤地望着厉薇薇的背影，攥紧了手中的镯子。

厉薇薇如释重负地走进设计部，珍妮他们正围在电视机前。

珍妮一见她，立马将电视关掉。

厉薇薇疑惑地问："你们在看什么呢？"

珍妮结结巴巴地说："没……没什么。"

其他人也别开视线，不敢看厉薇薇。

厉薇薇怀疑地打量着众人，抢过遥控器打开了电视机。

电视上是厉薇薇和陈亦度约会、牵手的画面。

主持人报道说："玲珑婚纱设计总监厉薇薇和DU婚纱总裁陈亦度竟然爆出地下情！这一消息不光令整个时尚圈大跌眼镜，也让玲珑与DU的枫丹百货入驻权之争更加扑朔迷离……"

见状，厉薇薇惊在当场，感觉到身边的苏菲等人向她投来各种复杂的目光。

苏菲愤怒地质问她："厉总，电视上说的是真的吗？您真的和陈亦度有一腿？"

珍妮抢着帮厉薇薇辩解："当然是假的，厉总怎么会这么做！厉总对我们这么好，你居然还怀疑她！"

两人谁也不服谁，顿时吵了起来。

厉薇薇看着大家争执心中难过，转身离开。

她走在走廊上，周围的员工看着她窃窃私语，又在厉薇薇看向他们时，低下头避开与她视线接触。

厉薇薇掩饰着难过，看见霍骁急匆匆往外走。

她急忙迎上去，解释说："霍骁，那些照片我真的不知道是怎么回事！"

霍骁说："爸爸心脏病突发进医院了，有什么事等我回来再说。"

厉薇薇一听，顿时慌了神："我和你一起去。"

霍骁看看她，轻轻点了下头。

两人的车子刚驶出车库，早已守候着的记者一窝蜂围向轿车，隔着车窗对着厉薇薇一番猛拍。

厉薇薇神情有些惊慌，手足无措。

霍骁见状，一手将厉薇薇搂在自己怀里，一手为她遮挡镜头，对司机说："老张，快开。"

轿车加速，冲出记者们的包围。

厉薇薇靠在霍骁的怀里，一脸无助。

同一时间，DU公司所有董事围坐在会议桌前，气氛紧张。

张董事语气强硬地说："陈总，你和厉薇薇的事现在媒体都爆出来了，我们等不了了！到底是选厉薇薇，还是选公司，你现在必须给我们一个答复。"

吴董事也帮腔："就是啊，您到底选哪个？"

陈亦度平静地说："还是那句话，我的私生活不会影响我在公司事务上的决策，我不会与厉薇薇分手。"

董事们也感到意外，面面相觑。

朱董事好心劝说："陈总，您要不要再考虑一下？"

曹钟也满脸焦急，小声劝说："陈总，您不要冲动啊！"

张董事怒而拍桌："既然陈总态度那么坚决，那我们的态度也很坚决，我们坚决反对你跟厉薇薇在一起。我要求立刻召开董事会，启动弹劾程序，让全体董事决定你的去留。"

陈亦度皱眉说："我没有意见，曹钟，这件事你去安排吧。"

曹钟为难了："陈总，这……"

陈亦度开门出来，撞见了正在门外偷听的蒂凡尼。

他站在办公室的落地窗前，背影显得有些落寞。

蒂凡尼在身后看到陈亦度这个样子，脸上流露出心疼，恳求说："阿度，你让我回公司吧！发生了这么大的事，不管是公司还是你，现在都用得上我。之前的事，是我太冲动了，我不该派人去厉薇薇的秀场捣乱。这几天，我已经深刻反省了，以后保证不会再犯！阿度，你就让我回来吧。"

曹钟附和："是啊，陈总，您就原谅蒂凡尼吧。现在这种情形，多一个人多一份力量。"

陈亦度转身看向蒂凡尼，轻轻点了下头，郑重地说："蒂凡尼，曹钟，你们都是DU的元老，亲眼见证它从一间小小的工作室壮大成现在的样子，为公司付出的心血和感情是其他人不能比的。不管董事会的决定是什么，我都希望你们能继续守护着DU，继续守护我们共同的事业。"

蒂凡尼和曹钟两人心情沉重地走进茶水间。

蒂凡尼愁眉苦脸地问："你说老实话，这时候启动弹劾程序，阿度的胜算有多少？"

曹钟用手比了一个"八"。

蒂凡尼看了，略略放心说："有八成？那还不算太少。"

曹钟翻了一个白眼："是八成会输！"

闻言，蒂凡尼郁闷了。

曹钟叹气："本来陈总服个软就什么事都没了，可谁知道这次他是铁了心要美人不要江山了。"

蒂凡尼心中愤恨："说来说去，都怪厉薇薇！"

她气不过，准备打电话把厉薇薇约出来，把真相说出来。

霍骁和厉薇薇焦急地赶到医院，王秘书正在病房外等候。

霍骁着急地问："爸爸怎么样？"

王秘书神情严肃地说："暂时脱离危险了，但医生说董事长的情况不太好，以后要注意静养，千万不能动气。"

霍骁问："现在可以进去看他吗？"

王秘书点点头，为霍骁开了门。

霍骁和厉薇薇走进病房，霍锐强已经醒来，正艰难地想要坐起身。

见状，霍骁立即上前扶霍锐强坐好，关切地问："爸爸，您觉得好点了吗？"

霍锐强点点头，转头看见厉薇薇，情绪很是激动，愤怒地指着她说："你来干什么！我不想见你，你给我出去！"

厉薇薇小声哀求："霍伯伯。"

霍锐强对她是失望透顶："厉薇薇，我算是看着你长大的，我对你怎么样，我们家霍骁又对你怎么样？你对得起我们吗？"

他说着又捂住胸口，像是气不顺的样子。

霍骁一边给霍锐强顺气，一边劝慰说："医生让您别动气。"

霍锐强不看厉薇薇："你让她走！"

厉薇薇内疚得快要哭出来了。

霍骁一脸为难："薇薇，要不你先回去吧，我会好好劝劝爸爸的。"

霍锐强不悦地说："劝我什么，谁劝我都没用！"

厉薇薇听了，难过地退出了病房。

她走出医院，有些彷徨，却突然接到了蒂凡尼的电话。

厉薇薇赶到广场喷泉处，蒂凡尼正气势汹汹地等着她。

厉薇薇戒备地问："你找我有什么事？"

蒂凡尼充满敌意地说："有件事，我觉得应该让你知道。"

厉薇薇一听，满脸疑惑。

蒂凡尼继续说：“陈亦度为了你已经和董事会闹翻了，董事会现在正式启动弹劾程序，要弹劾陈亦度。”

厉薇薇震惊了：“弹劾？怎么会这么严重！阿度明明说他已经搞定董事会了。”

蒂凡尼难以置信：“所以你早就知道？”

厉薇薇着急地解释：“不是的……”

蒂凡尼不等她辩解，愤怒地说：“厉薇薇你怎么能这么自私，你就眼睁睁看着阿度为你放弃奋斗多年的事业？”

厉薇薇张了张嘴，说不出话来。

蒂凡尼语气尖锐地说：“如果你真的对阿度有感情，真的希望阿度过得好，就应该离开他。难道你还看不出来吗？你们两个真的不合适，在一起是不会有好下场的。”

厉薇薇听了，神情悲伤。

她心情沉重地回到家，恰好碰见陈亦度迎面而来。

两人在公寓门口相遇，厉薇薇与陈亦度视线相触后立刻躲开。

陈亦度温柔地问：“有空吗？陪我走走。”

厉薇薇犹豫片刻，点了点头。

两人走在湖边，各怀心事。

陈亦度注意到厉薇薇没有戴手套，动作自然地牵起她的手，为她暖手：“还冷吗？”

闻言，厉薇薇低着头不说话。

陈亦度勾起厉薇薇的下巴，让她看着自己：“不许胡思乱想，多大点事，让大家议论两天就过去了，没什么大不了的。等事情结束，你向公司请个长假，我们一起去巴黎住上两个月，你不是最想去巴黎吗？”

厉薇薇忍着眼泪问：“你是DU的董事长，可以离开那么久吗？”

他沉默片刻，故作轻松地说：“当然可以，我是董事长，我要放假谁敢说不准。”

厉薇薇流着泪哽咽着说："你不要骗我，我都知道了，你为了我放弃了公司。"

陈亦度有些惊讶，最后释然地笑了笑，为她擦干眼泪："知道了也好，本来也没想瞒你。这有什么好哭的，离开了DU我还可以做别的。况且我入行这么久从没有好好放过假，正好趁机休息。"

厉薇薇内疚了："我真是个害人精，害了你，害了霍骁，还害了霍伯伯。"

陈亦度心疼地抱住她："不许想这些不开心的事，不如我们来计划一下到了巴黎都玩些什么。对了，我曾经听过一个传说，只要日落时分在埃菲尔铁塔下和相爱的人接吻，两人就会永不分开，不如我们这次亲自验证一下？"

厉薇薇在他怀里，神情仍然凝重。

朱冠正准备离开DU大楼，蒂凡尼快步上前拦住他。

她放低姿态帮陈亦度求情："朱董事，陈总这次只是一时糊涂，您能不能原谅他这一次，不要弹劾陈总？"

朱董事一脸无奈："田总监，您知道我一直以来都是支持陈总的，可是董事会不是我一个人说了算。"

蒂凡尼神色绝望地说："马上就要召开董事大会了，我真的不知道该怎么做。"

朱董事想了想说："这样吧，我给你出个主意。其实大多数董事都是墙头草，并不是真的反对陈总。只要你能在董事大会召开前说服他们，相信陈总就可以渡过这次危机。"

蒂凡尼听了，一下有了希望："您能不能将那些董事的名单给我？"

朱董事点点头。

DU人事部的主管黄凯悄悄在暗处看着这一幕，小心地避开其他人，拨通了康星的电话。

"蒂凡尼，对，就是陈亦度的那个亲信，正在挨个找董事求情……"

第二天一早厉薇薇赶去医院，拎着保温桶小心翼翼地走进病房。

霍锐强精神好了些，披着衣服靠在床头看一本皇历。

她小心翼翼地开口："霍伯伯。"

霍锐强抬起眼皮看了看厉薇薇，没有搭理。

霍骁起身迎向她："薇薇你来啦。"

厉薇薇讨好地对霍锐强说："霍骁说您吃不惯医院的病号餐，我特意熬了猪骨粥带来。"

霍锐强爱搭不理地"嗯"了一声。

厉薇薇有些紧张地为霍锐强盛粥，霍骁在一旁帮忙。

霍骁将碗端到霍锐强面前："爸爸，这是薇薇的一片心意。"

霍锐强放下皇历，看了看两人，不情愿地接过碗喝了一口。

见状，厉薇薇稍微松一口气。

霍骁笑着打圆场说："爸爸，您喝了薇薇的粥，可不能再生她的气了。"

霍锐强端起架子说："只要你们乖乖结婚，我就不会生气了。"

霍骁和厉薇薇对视一眼，对霍锐强突然提起这个话题感到惊讶。

霍锐强说："我看下月初八是个好日子，婚礼就定那天吧。"

厉薇薇忍住拒绝的话，面色为难。

霍骁看到她的表情感到不忍："爸爸，我和薇薇不打算那么快举行婚礼。"

霍锐强气得把碗往床头柜上重重一放："你们要是不想把我气死，就赶紧结婚。"

霍骁还想劝他："爸爸，婚姻大事，还是不能那么仓促……"

霍锐强突然捂住胸口，一脸痛苦，霍骁和厉薇薇顿时大惊失色。

霍骁扶住霍锐强，厉薇薇摁下呼叫按钮。

霍骁焦急地问："爸爸，您怎么样？"

王医生闻信赶来，走到床头查看霍锐强的情况："怎么回事？好好的怎么又犯病了！"

护士将霍骁和厉薇薇往外赶："家属都出去，你们在这里会妨碍治疗。"

霍骁和厉薇薇一步三回头地离开病房，霍骁坐在长椅上，崩溃地将脸埋进手心。

厉薇薇坐在他身边，满脸心疼，搭向霍骁肩头的手到半路又放下。

走廊上人来人往，霍骁和厉薇薇保持之前的坐姿一动不动。

病房的门打开，王医生和护士走了出来，两人神色有些怪异。

霍骁和厉薇薇立刻起身迎上去，王医生掩饰着心虚，装作愤怒地说："你们怎么可以刺激病人，出了问题谁负责？现在不管他说什么你们都得顺着来，病人要是再动气，随时会有生命危险！"

霍骁自责地说："都是我不好。"

厉薇薇看到他的样子，心里很难过。

厉薇薇扶着门框，望着病房内的霍骁。

霍骁坐在病床边，握着熟睡的霍锐强的手，哽咽着说："爸爸，求您不要有事。我已经没有妈妈了，不能再失去您。"

厉薇薇看到这一幕，忍不住流下泪来。

她离开医院，漫无目的地在街上走，心中痛苦。

厉薇薇不知不觉去了玲珑大楼，走进空无一人的设计部。

她打开抽屉，拿出刻着巴黎婚礼视频的光盘，插入电脑。

厉薇薇看着视频中的自己，心中挣扎。

这时手机铃声响起，显示是陈亦度来电。

她暂停视频，接了电话。

陈亦度问："回家了吗？"

厉薇薇脸上流露出痛苦的情绪，没有回答。

陈亦度疑惑地说："薇薇？"

她压下复杂的情绪说："阿度。"

搏击馆里，莫凡和陈亦度过招，两人边打边说。

莫凡担忧地说："都什么时候了，你怎么还有心情约我来这儿？"

陈亦度神色平静："就是因为已经做好了决定，所以那些忧虑烦恼都烟消云散了。"

莫凡语气平静地试探："你为了厉薇薇放弃DU，不怕将来后悔吗？"

陈亦度很快击败了莫凡，和他一边走向场边一边说："这次失而复得让我终于明白什么才是最重要的，我现在只希望可以和厉薇薇在一起，别的都不重要。"

莫凡沉默片刻说："既然你已经做出决定，我这个做大哥的只能祝福了。"

他拍了拍陈亦度的肩膀，在陈亦度看不到的地方，流露出不甘的神色。

莫凡离开搏击馆后，去见吴董事。

他胸有成竹地问："吴董，有空聊聊吗？"

吴董事看见莫凡，神色疑惑。

陈亦度兴冲冲地跑到约定的地方，走到厉薇薇跟前，摘下手套，亲昵地捂住她的脸，温柔地问："等很久了吗？脸都冻僵了。"

厉薇薇掩饰着难过，慢慢拉开他的手。

陈亦度见她神色不对，纳闷了："薇薇，你怎么了？"

厉薇薇鼓起勇气，看着陈亦度说："我们分手吧。"

他脸色一沉："薇薇，不要开这种玩笑，一点都不好笑。"

厉薇薇神色痛苦："我不是开玩笑。我失忆之后，霍骁每天都活在痛苦中，霍伯伯更是被我气得差点没命。他们都是对我来说很重要的人，我不能那么自私，置他们于不顾，把自己的幸福建立在他们的痛苦之上……"

陈亦度打断她："那你为了别的男人，为了让你自己的良心过得去，就糟践我的感情，伤害我，这就不叫自私？"

她流着泪说："我们才刚刚开始，你会找到比我更好的人。可是霍骁不一样，霍骁爱厉薇薇爱了那么久，失忆前的厉薇薇也爱着霍骁。我不能那么残忍，让霍骁同时失去两个他最爱的人。"

陈亦度脱口而出："你以前爱的……"

他神情痛苦，却欲言又止。

厉薇薇痛苦地说："虽然我不记得，但不代表那七年就不存在，我应该为自己的过去负责。阿度，你忘了我吧！"

陈亦度用力抓住她的肩，直视她的双眼，恨恨地说："厉薇薇，你想清楚。如果你现在退缩，我绝对不会原谅你！即便这样，你还要选择霍骁？"

厉薇薇避开陈亦度的视线，艰难地说："对！"

他失望透顶，松开厉薇薇，苦笑着说："好，我成全你！"

陈亦度将手中的信封撕碎，转身离开。

厉薇薇捡起地上撕碎的信封，看到里面是两张去巴黎的机票，再也控制不住情绪，崩溃地站在雪中，哭得不能自已。

蒂凡尼面带喜色走到陈亦度家门口，刚想敲门，却发现门没有关严。

她犹豫了一下，推门进屋。

陈亦度家中光线昏暗，只开着几盏小灯。

蒂凡尼往前走了几步，在落地窗边看到陈亦度的身影。

他穿着白衬衣和西裤坐在单人沙发上，衬衣领口大敞，正一口接一口地喝着威士忌，看上去十分冷静。

蒂凡尼松了一口气，嗔怪地问："阿度，你怎么不接电话？"

她边说边走近陈亦度，略显激动地说："我有个好消息要告诉你，全靠你的好兄弟莫凡出手，大部分董事已经在他的劝说下改变主意，同意不再启动弹劾程序了。"

陈亦度没有接话，自顾自地喝酒。

蒂凡尼没有得到回应，奇怪了："你有没有在听我说话啊？"

他像是终于注意到蒂凡尼，转头看她，神色茫然。

蒂凡尼看看陈亦度，又看看地上空了大半的威士忌酒瓶，这才发现他虽然面色冷静，其实已经烂醉。

她果断地把酒杯从陈亦度手上拿开，生气地说："别再喝了！你这是喝了多少啊！"

陈亦度想夺回酒杯，却没什么力道，被蒂凡尼避开，她安慰说："我去给你泡杯茶醒醒酒。"

蒂凡尼刚转身，陈亦度一把将她拉回身边，紧紧抱住她，喃喃说："不要离开我，我什么都可以不要，你别离开我。求你了，薇薇。"

笑意在蒂凡尼脸上凝固，她压下心痛，轻轻拥住陈亦度。

"你知道吗，我认识你这么多年，还是第一次看见你这个样子，你到底要为她牺牲到什么地步？"

Chapter ⌄18

"不许再提别的男人，记住，现在在你身边的人是我！"

陈亦度因为宿醉面色有些苍白，正认真翻看拿铁事件和地下情事件的资料，神色凝重。

曹钟敲门进来："陈总，记者会已经准备就绪了。"

陈亦度点了下头，合上文件夹，起身出去。

大堂被布置成发布会场地，正中的发言台上摆满了各个电视台的话筒。

记者和摄像们都已经就位，陈亦度面色沉静，走到发言台前。

"感谢大家到来。这次召开记者会，主要是为了澄清近期的一些不实报道。针对之前部分媒体爆料的地下情事件，我有以下两点声明。一、所有公布的照片都是真实的，照片中的确是我本人。"

记者席一阵骚动，众人都表情诧异。

陈亦度神情冷淡地等记者们安静下来才继续说："二、照片虽然是真实的，但照片中的女性并不是厉薇薇。照片中的女性是一位职业模特，碰巧和厉小姐有几分相像。我和那位小姐曾经是恋人关系，但目前已经和平分手。大家看到的照片，正是我们约会时被偷拍的。

"稍后照片中的另一位当事人也会发表声明证实此事，希望大家不要再传播谣言，继续对本人、DU婚纱以及与此事毫不相干的厉薇薇小姐造成困扰。"

蒂凡尼看着陈亦度，脸上露出放心的笑。

有记者问："您怎么定义自己和厉薇薇的关系？"

陈亦度压抑着痛苦，没有立即回答。

短暂的沉默，让记者们感到奇怪。

蒂凡尼神情紧张，忍不住就想上前。

陈亦度冷淡地答："我和厉薇薇小姐是商场上多年的竞争对手，我很欣赏她的才华，但我们两个并无私交。"

蒂凡尼连忙给曹钟使眼色，后者会意，摆出职业性的微笑上前。

"各位，今天的记者会到此结束，感谢大家参与。"

陈亦度借此转身离开了会场，去了天台。

他神色凝重，站在大楼边沿，望着楼下的车流。

莫凡从身后慢慢靠近陈亦度，神色有些紧张。

陈亦度似乎把身体往大楼外探了探，莫凡攥住他的胳膊，大力将他整个人往回拉。

陈亦度失去平衡，跌坐在地上，莫凡也跌倒了。

陈亦度一脸莫名其妙："你干吗？"

莫凡有些气愤地说："这话该我问你，你站在大楼边上想干吗呀？"

陈亦度略一思索，怀疑地问："你该不会以为……我想不开吧？"

莫凡愣了愣："不然呢？"

陈亦度无语地瞥了他一眼，站起身掸了掸衣服，又把莫凡拉了起来。

莫凡一边整理衣服一边絮叨："知不知道你刚才给我打电话的语气有多吓人，完全是一副生无可恋的样子。"

陈亦度无奈地说："你第一天认识我吗？比这更糟的情况我都挺过来了，又怎么会在这时候寻死觅活。"

莫凡尴尬地转移话题："也对，你找我来究竟有什么事？"

陈亦度说："我想请你帮我调查这次爆料事件的幕后黑手。"

莫凡故作疑惑："事情不是已经解决了吗？再查幕后黑手还有什么意义？"

陈亦度皱眉："没这么简单，最近DU和玲珑发生的一系列事件都透着诡异，我总觉得它们互相关联，是有人在针对我们。"

莫凡沉默了片刻，问："有没有这么玄乎？我看是你最近神经紧张，想太多了。"

陈亦度冷笑："到底是不是我多想，要查过才知道。"

莫凡笑着拍拍他的肩膀："放心，这件事包在我身上。"

霍骁推着坐轮椅的霍锐强，在厉薇薇、王秘书、王医生的陪伴下走出医院。

霍锐强心情愉快地说："婚期定了就好，等喝了你们的喜酒，我就是死也瞑目了。"

霍骁皱眉："爸爸，您别这么说。"

霍锐强笑笑："是我说错了，应该是等喝了你们的喜酒，我的病也就好了大半！"

一边的厉薇薇听了，笑容勉强。

霍锐强对王秘书吩咐："对了，你赶紧把婚期通知媒体，邀请他们到时来喝杯喜酒。"

轿车在众人面前停稳，厉薇薇和霍骁在司机的帮助下把行李搬上车。

王医生小声说："霍先生，您还是早点跟孩子们说实话吧，别让他们为您担心了。"

霍锐强不以为然："您放心，我心里有数。王医生啊，这次多亏了您，我不会忘记的！"

王医生尴尬了："您快别谢我了。"

霍骁走上前推轮椅："爸爸，我们走吧。"

霍锐强与众人告别："哦，好。王医生，摆酒那天您可一定要来啊！"

回家后安顿好霍锐强，霍骁去花园为厉薇薇披上外套。

厉薇薇礼貌疏离地跟他道谢，霍骁担心地说："结婚的事你考虑清楚了吗？我不希望你因为爸爸的病勉强和我在一起。"

她挤出笑容："我已经想得很清楚了，既然失忆前的厉薇薇决定嫁给你，我相信她的选择，想试试和你从头开始。"

霍骁神色感动，将厉薇薇拥入怀中，深情地说："薇薇，我一定会让你幸福的。"

厉薇薇靠在他肩上，笑意勉强。

厉薇薇去公寓收拾东西，拖着箱子经过陈亦度家门口，留恋地停下脚步。

这时电梯门开了，厉薇薇连忙掩饰情绪，转身走了进去。

蒂凡尼正拎着大包小包的食材从电梯里出来，看到她面色一冷。

两人就要擦肩而过，蒂凡尼忽然停下脚步，头也不回地叫住她："我奉劝你一句，既然已经决定嫁人，就不要再对别的男人念念不忘了。你放心，阿度有我陪着，没有人可以再伤害他。"

厉薇薇忍下悲伤，走进了电梯。

蒂凡尼进了陈亦度的家，忙忙碌碌："阿度，我也不知道你晚上想吃什么，所以就都买了一点。"

陈亦度没理她，神色冷漠地看着楼下的厉薇薇拖着箱子离开大楼。

厉薇薇搬回别墅，坐在沙发上拿着拼好的机票发呆。

里奥光着上半身，一边举哑铃秀肌肉，一边看着她。

里奥动作不停，疑惑地问："我真是不明白了，既然你这么舍不得，为什么还要和陈亦度分手呢？"

厉薇薇喃喃说："因为我不愿意让阿度为了我放弃事业，也不希望霍骁因为我失去爸爸。现在这样，对所有人都好。"

里奥放下哑铃，坐到她的身边，心疼地说："可是对你不好啊！"

她强打精神："别担心，总有一天我也会好起来的。"

说完，厉薇薇失魂落魄地进了卧室。

里奥拿起她落在沙发上的机票看了看，轻轻叹了一口气。

霍骁扶霍锐强坐在床上，然后去拿床头柜上的水和药。

霍锐强有些心虚："你先放着，我一会儿自己会吃。"

"好。"霍骁转身离开。

霍锐强打开床头柜抽屉，正想将药扫进抽屉。

霍骁想起什么，突然回转身。

霍锐强惊慌地关上抽屉，强装镇定："你还有什么事？"

霍骁说："我想向爸爸借一个人，王秘书。"

霍锐强疑惑了："王秘书？你要他干吗？"

霍骁说："我总觉得这次针对薇薇和陈亦度的爆料背后还有更大的阴谋，要是由玲珑的人出面调查，怕是会打草惊蛇，如果委托外面的人我又不放心，所以……"

霍锐强稍稍有些不耐烦："好了好了，这点小事，我会让王秘书直接联系你的。"

霍骁笑了："谢谢爸爸。"

霍锐强叮嘱他："调查归调查，正事你可别忘了。婚礼要抓紧筹备，知道了吗？"

霍骁点头："我知道了。"

厉薇薇走进玲珑设计部的时候发现众人都是面带喜色，纷纷向她贺喜。

"恭喜厉总，欧秘书都告诉我们了，您和霍总的婚期就定在下月初八！"

闻言，她面色一僵。

苏菲有些扭捏地走到厉薇薇跟前，羞愧地说："厉总我错了，我不该怀疑您的。"

厉薇薇冷淡地说："我没有生气，这件事已经过去了，以后不许再提。珍妮，客户资料你都准备好了吗？立刻拿来给我。"

珍妮有些反应不过来："准……准备好了。"

厉薇薇点点头，转身走进自己办公室。

设计部众人面面相觑，苏菲满脸疑惑："我怎么感觉厉总又要变回以前那个女魔头了？"

厉薇薇看完资料后，约见了客户。

豪宅里，张助理在前面带路："厉总监，请往这边走，雅伦正在客厅等您。"

方雅伦闭着眼，半躺在贵妃椅上，美甲师坐在一旁为方雅伦修指甲。

张助理提醒说："雅伦，厉总监到了。"

方雅伦慵懒地睁开眼，挥了挥手让美甲师下去，却不搭理厉薇薇。

厉薇薇在她对面的沙发上坐下，打开文件夹，将一些不同款式婚纱的照片拿出来。

"方小姐，这里是一些不同的婚纱款式，您可以先看一下。如果还有什么特殊要求也都可以告诉我。"

方雅伦专注地看着指甲，盛气凌人地说："不用看了，我没什么要求，你下周直接拿十套样衣过来让我挑吧。"

厉薇薇愣了愣，为难了："一周内出十套样衣，实在是有点紧张。不如这样吧，我将每种风格的婚纱都根据您的气质出两版设计稿，下周让您挑选？"

方雅伦发脾气了："我说了要看到样衣！都说了顾客是上帝，上帝有什么要求，你不应该照办吗？还是说你们玲珑一向店大欺客，不把顾客放在眼里？"

厉薇薇耐着性子解释："方小姐您误会了，我们玲珑对顾客提出的要求一直是尽力满足的。"

方雅伦打断她，得意地说："那就这么说定了，下周你拿着十套样衣再来吧。小张，送客。"

厉薇薇无奈地合上文件夹，准备跟随张助理离开，走了两步突然又想到什么。

"方小姐，听说您之前已经找国外的知名设计师制作过一件婚纱，为什么现在又要找人重新设计呢？"

方雅伦以无所谓的语气说："哦，我突然不喜欢了呗。"

厉薇薇听了，顿时有些郁闷。

她回到公司加班，踩上矮梯对照自己记在纸上的数据，视线扫过展示架寻找布料样本，小声默念："Chantilly lace（尚蒂伊蕾丝），Chantilly，Chantilly。"

厉薇薇在展示架上层找到标注为"Chantilly"蕾丝的布料样本，踮起脚伸手去够。

矮梯晃了晃之后失去平衡，她从梯子上摔了下来，一头撞到一旁的人台底座。

昏眩中，厉薇薇的脑海里浮现了一段记忆——

在一个工作室内，她穿着婚纱照镜子，一个面孔模糊的男人正站在她身后。

厉薇薇转了个圈，看着镜中的婚纱惊叹："好美！可惜这么美的婚纱不是我的，我只是帮客户试穿。"

男人从身后搂住她，温柔地说："不用羡慕，等我们结婚的时候，我会亲手为你做一件比这件美上一万倍的婚纱，把所有新娘都比下去。"

厉薇薇调皮地拒绝："不要！"

男人愣了愣，又见她一脸向往地说："等我们结婚时，你把'初心'做出来送我好吗？我就要'初心'，不要别的！"

他宠溺地点头："好，一言为定。"

厉薇薇与他面对面，甜蜜地拉钩。

从地上起身，厉薇薇在展示厅的人台中寻找，终于找到那件名为"初心"的婚纱。

厉薇薇将"初心"比在身前，看着镜子里的自己，神色疑惑。

曹钟敲门进了办公室，看到桌上放的盒饭动也没动。

他心疼了："陈总，您怎么还没吃啊。饭都凉了，我再给您买一份去。"

陈亦度批阅着文件头也不抬："不用了，我还不饿，你把饭先拿走。"

曹钟磨磨蹭蹭地拿起盒饭，嘀咕说："就算厉薇薇要结婚了，您也不能绝食啊。"

陈亦度猛地抬头："你说什么？"

曹钟愣了愣："厉薇薇下月初八结婚，您不知道？"

陈亦度听了，脸色一沉。

离开玲珑公司，厉薇薇心事重重地走在街上。

陈亦度开车在厉薇薇的身边停下，冷着脸下了车，二话不说拉起她的手，将她往车里带。

厉薇薇甩开陈亦度："你干什么！"

陈亦度面目凶狠："跟我走！"

她神色哀戚："我们已经分手了。"

陈亦度说："跟我走，或者我立刻将我们的关系公开，让霍骁沦为笑柄，你选一个吧。"

厉薇薇难以置信："你威胁我？"

他语气平静："没错，我就是在威胁你。"

陈亦度的车在路上飞驰，厉薇薇有些不安地问："你究竟要带我去哪儿？"

他看着前方，并没有回答。

直到车子停在机场前，厉薇薇才知道陈亦度订了飞往巴黎的航班机票。

在巴黎街头，陈亦度拉着厉薇薇在街边打车。

厉薇薇有些焦虑："你带我来巴黎到底想做什么？玲珑还有一堆事要处理，霍骁找不到我也会担心的。"

陈亦度转身向她伸出手："手机。"

她疑惑地说："干吗？"

陈亦度做了个快拿来的手势，厉薇薇有些犹豫地将手机放到他手上。

他在厉薇薇的手机里输入一段信息，随后将手机关机，放进自己的口袋。

厉薇薇着急了："哎，你干吗呀！"

陈亦度强硬地说："不许再提别的男人，记住，现在在你身边的人是我！"

他拦下一辆车，拉着厉薇薇坐了进去。

在巴黎街头遇上堵车，两人的车堵在半路上一动不动。

陈亦度看看表，又看看渐晚的天色，神情焦急，用法语问："能快点吗，我们有急事！"

司机无奈地耸耸肩："堵车了，我也没办法。"

陈亦度看看前面的车龙，突然从钱包里掏出钱来给司机。

"我们就在这儿下车，不用找了。"

说完，他拉着厉薇薇下了车。

两人在街上跑，厉薇薇不解了："这到底是去哪儿，这么赶！"

陈亦度没回答，只是催促她："快点，太阳就快落山了，我们必须在日落之前赶到。"

天边，太阳一点点西沉。

他们似乎怎么跑，都无法阻止太阳落下。

厉薇薇跑着跑着，突然崴了一下脚。

陈亦度上前拉起她，直接背在自己身上继续跑。

他背着厉薇薇终于上气不接下气地跑到了高地，两人都模样狼狈。

太阳已经完全落山了，只有天边还留着几缕晚霞。

陈亦度看着天边，尽管心里懊恼，还是不管不顾地一把抱过厉薇薇吻了上去。

厉薇薇挣扎着，被他紧紧抱着不放手，几乎是强吻。

陈亦度说："还记得那个传说吗，在日落时分的铁塔下接吻，爱情就会永恒。"

闻言，厉薇薇有些动容。

此时，黑夜已经吞噬了仅存的一丝光明。

厉薇薇苦笑："看来，连老天也不祝福我们。"

陈亦度强硬地说："我偏不认命，传说也是由人编纂的，既然是人定下的规矩，当然也可以因人更改。我陈亦度说了，即使是天黑之后在巴黎铁塔下接吻，爱情也依然能永恒！"

说完，陈亦度又吻上她。

厉薇薇起先还挣扎，但最终陶醉其中。

这一刻，两人沉醉在这个吻里。

陈亦度看着厉薇薇："这个传说只属于我们俩。薇薇，给我一夜的时间跟我们的过去告别，到明天清晨，让我们忘记一切，好不好？"

夜色中，厉薇薇真情流露，忍不住靠在他的怀里，眼角流出幸福又哀伤的眼泪。

两人在夜色中的巴黎街头手牵手漫步，安静地感受着彼此指尖的温度。像其他情侣一样，将同心锁挂在新桥，期望着两人的感情能够如同锁头一样长长久久；又在巴黎街头坐旋转木马，握着的双手始终没分开。

在爱墙上中文的"我爱你"的见证下，陈亦度和厉薇薇忍不住彼此紧紧相拥，忘情地亲吻。

月色下的酒店阳台上，陈亦度与厉薇薇拥吻。

他有些忘情地把厉薇薇压倒在床上，在最后一刻陈亦度终于控制住自己，抬起头看着她，露出痛苦的表情。

厉薇薇难过地说："如果我们再也不用分开，如果时间可以停留在这一刻，那该有多好。"

陈亦度温柔地说："别难过，这一刻会永远留在我心里。就算过十年、二十年，我也会一直记得。今天在埃菲尔铁塔下、在新桥、在爱墙、在我们走过的每一处巴黎街头，厉薇薇爱着陈亦度，陈亦度也爱着厉薇薇。"

她笑着流下眼泪，却故作轻松地说："我记得刚认识你的时候，你对我特别凶，说实话你后来为什么会爱上我？"

陈亦度开玩笑地说："因为架不住你对我狂轰滥炸式的追求啊！"

闻言，厉薇薇也笑了。

"那时候你对我那么糟糕，可是我偏偏爱上了你，简直无法用科学原理解释，就好像是命中注定我一定会爱上你。不知道为什么，我总有一种感觉，我记忆里那个从前我爱的人，不是霍骁，而是你。"

陈亦度浅笑，掩藏起痛苦的表情，移开视线不看她。

"可惜，那个人真的不是我。"

厉薇薇轻轻靠在他的肩头说："阿度，下辈子我一定要第一个遇见你，第一个爱上你。"

陈亦度点头："嗯，一定。"

她倚着陈亦度，带着幸福的笑容闭上眼睛。

陈亦度搂紧厉薇薇，看着她熟睡中的脸庞。

"五年了，虽然我们仍怀初心，但一切早已不再是从前的模样。虽然彼此约定，这一次，不会因为任性而不肯低头，也不会因为固执而轻言放手，一定要用尽浑身力气抓住对方，可到头来，抓住的，只是一个梦而已。是梦，总有醒来的那一天。"

等天边露出晨曦的时候，厉薇薇躺在床上依旧熟睡，而陈亦度已经离开了。

霍骁开车亲自把厉薇薇从机场接回来。

两人之间气氛尴尬，相顾无言。

厉薇薇内疚地率先开口："霍骁，我去巴黎是……"

霍骁打断她："那边风景不错，你辛苦那么久，过去放松放松也好。不过回来了，可要抓紧时间继续卖命工作。我已经快被方雅伦那个姑奶奶催死了，你得赶紧去帮我救场。"

厉薇薇看着他，露出心酸的微笑。

在DU天台上，陈亦度正独自望着楼下的车流。

莫凡从后面走上来，看着他问："怎么样，出去玩了一趟，把该解决的问题都解决好了？"

闻言，陈亦度苦笑。

莫凡问："还没解决？"

陈亦度摇头："你最好赶快打我一拳，把我打失忆了，就什么都解决了。"

莫凡开玩笑地轻轻在他的肩头打了一拳说："行啦，连我都收到霍氏发出的婚礼请柬了，既然木已成舟，就别拖泥带水的了。你的情伤就只能交给时间了，时间久了，你自然会痊愈的。"

陈亦度说："这么多年了，我治好的也只有皮外伤而已。"

莫凡摇头："现在真该下场暴雨，把你这颗多情种子淹死。"

陈亦度皱眉看着楼下的车流，做了几个深呼吸，拍了一下莫凡的肩膀："回去工作了！"

在方家客厅里，方雅伦鄙夷地看着手里的几件样衣。

厉薇薇站在一边，等候着方雅伦的意见。

方雅伦毫不客气地说："这就是你们玲珑最高水准的设计？啧啧啧，真是俗出新境界，丑到没朋友。你们以为我是乡村大舞台的歌手吗？我可是国际巨星！你看看这些货色，有哪件配得上我的巨星气质？"

她一边说一边嫌弃地把样衣全部丢在了地上，张助理殷勤地在一边端着一杯温柠檬水，劝方雅伦消消气。

厉薇薇努力压下怒气说："方小姐，您是巨星就可以盛气凌人，随便践踏别人的劳动成果吗？"

方雅伦冷笑："我只是实话实说，你们的劳动成果在我看来就是一堆垃圾，我一次次地跟你们沟通设计细节，简直就是在浪费我的生命。"

"每个客人都有不同的喜好，您不喜欢我们的设计，这很正常。但我希望您能注意您的言行，客户是我们玲珑的上帝，不是皇帝，我们也不是您的奴婢。"

厉薇薇说完，上前把样衣一件件捡起来。

方雅伦张嘴还要反击："你……"

张助理在一边拉住她。

此时，陈亦度带着DU的样衣从外面走进来，看见厉薇薇也在场，他略显尴尬。

张助理介绍说："哦，这是DU的董事长陈亦度先生。因为方小姐对玲珑的婚纱设计一直不大满意，所以我另外联系了陈先生，想多给方小姐一个选择。"

陈亦度说："方小姐，久仰您的大名，今天一见您本人发现比荧幕上还要光彩照人。"

方雅伦笑了："陈总可比厉小姐会说话多了。"

厉薇薇抬头看见陈亦度，心里一阵难过，忍住没有表现出来。

方雅伦说："既然你们也来了，就和那个乡巴佬的玲珑比比看吧，不满意我可不会选择你们啊。"

陈亦度和厉薇薇一起走出方家，两人都一言未发。

陈亦度终于开口，冷漠地说："我收到了你和霍骁的结婚请柬，恭喜。我那几天要去瑞士出差，DU会派曹钟去送贺礼。"

厉薇薇努力控制自己的情绪，淡淡地说："谢谢。"

"但方雅伦的单子我是绝不会手软的，我不会因为你快结婚了就故意放水，DU一定会拿下这个单子。"

说完，陈亦度转身上车。

通过车子的后视镜，他看见厉薇薇待在原地盯着自己的背影，眼眶里噙满了泪水。

陈亦度狠狠心，一脚油门把车子开走了。

厉薇薇看着他的车子远去，脸上满是无奈和绝望。

霍骁这时候开车停在她跟前说："薇薇，上车！"

他一边开车一边向厉薇薇解释："本来应该早点出门的，结果被一个会临时拖住了。"

厉薇薇一直神情沮丧，没接霍骁的话。

霍骁问："薇薇，你怎么了？"

厉薇薇搪塞说："没什么，那个方雅伦对我说了几句难听的话，我气还没消。"

霍骁安慰她："这个单子不好做就别勉强了，方雅伦虽然重要，但哪里比得上我的未婚妻重要！我不想为了争取一个客户，破坏我家薇薇的心情。"

厉薇薇坚持："没有那么严重，我还是想再争取一下方雅伦看看，什么样的'奇葩'客户我没见过？我不信我搞不定她！"

霍骁握住厉薇薇的手："那下次我陪你一起去，免得她又欺负你。走，咱们去选选新房的家具，忘了那些不开心的事。"

到了家具店，店员殷勤地为两人介绍家具："我们是法国品牌，所有家具和家居饰品都植根于浪漫温馨雅致的纯正法式设计。"

霍骁的目光落在一张可爱的婴儿床上，忍不住开始抚摩婴儿床的床栏。

店员连忙说："先生，您想得可真周到，买新房家具还把婴儿床都考虑进去了，您太太可真幸福。"

霍骁的幸福感油然而生，叫厉薇薇过来看。

"薇薇，你看这个！"

厉薇薇却在一边愣愣地看着玻璃橱窗外的车水马龙出神，听见他的话后茫然地回过头，不知道发生了什么。

霍骁略带尴尬地问："你是不是不喜欢这家店，要不我们换家再看看？"

离开家具店，他们又去了教堂。

霍骁说："这儿虽然比不上巴黎那家那么气派奢华，但也算别致，我觉得我们的婚礼就定在这里举行吧，你觉得呢？"

厉薇薇努力挤出笑容来："你喜欢就好。"

霍骁听着她言不由衷的回答，也挤出一个微笑："薇薇，婚礼是一辈子的大事，我希望能给你留下最深刻最美好的记忆。"

闻言，厉薇薇对他敷衍地笑了笑。

霍骁问："你是不是累了？要不我送你回去？"

厉薇薇摇头："不用了，我想一个人从这里散步回去，你去忙你的吧。"

另一边，蒂凡尼拿着设计稿在跟陈亦度汇报："综合参考方小姐以往出席大型活动时的着装，我为她设计了这款婚纱。采用做旧效果的奶黄色，粗犷的编织工艺，配以强烈的吉卜赛风情的细节设计，流畅简洁的剪裁搭配夸张的金属首饰……"

陈亦度无心听她说话，满脑子都在想着厉薇薇。

蒂凡尼看在眼里，心生醋意，故意提醒他："阿度！"

陈亦度回过神来说："把稿子留下，我看过之后再跟你沟通。"

陈亦度离开公司后，到医院探望陈母。

在医院花园里，陈亦度陪着陈母散步。

陈母忽然说："阿度，上次你跟薇薇在电视上传绯闻的事情，那些小护士都来问我啦。我就跟他们讲，你和薇薇那根本不是传绯闻，你们俩老早就在一起了。"

"妈，其实……"

陈母疑惑地看着他："什么？"

陈亦度差点想张嘴跟陈母说自己跟厉薇薇不在一起的事了，但还是忍住了："没什么。"

陈母问："薇薇怎么没来啊？她很久没来看我了。"

陈亦度搪塞地说："她这几天太忙，等忙过了这段时间自然会来的。"

黄昏时分，厉薇薇独自一人坐在蛋包饭餐厅。

服务员给厉薇薇上了一份蛋包饭，她习惯性地把蛋包饭分成两份，把另一份悄悄推到对面。

可是对面现在空无一人，厉薇薇一边吃自己的一半蛋包饭一边落泪，眼泪都落到了蛋包饭里。

陈亦度站在街对面，看见了店里厉薇薇独自吃蛋包饭的这一幕，非常心痛。

此时他的手机响起，手机上显示来电人是霍骁。

陈亦度走进酒吧，霍骁已经等着他了。

两人面对面坐下，霍骁看着他冷冷地说："都是男人，就不拐弯抹角了。陈亦度，请你不要再阴魂不散，请你离开薇薇！"

陈亦度说："我跟薇薇已经分开了。"

霍骁皱眉："但是薇薇心里一直有你，而且她很痛苦！"

陈亦度冷笑："这好像是你自己无能，没法抓住薇薇的心，跟我没关系吧？"

霍骁怒了："你别欺人太甚！"

陈亦度挑眉："我只是实话实说，一个男人要靠施舍才能获得喜欢的女人的芳心，不知这是可笑还是可怜呢？"

霍骁愤怒了，猛地站起来，上前狠狠揪住了他的衣领。

陈亦度看着他波澜不惊地问："这是想把对自己无能的不满发泄到别人身上？"

霍骁看着陈亦度，强忍住心中的怒火，稍微平静下来。

"我今天不是来找你打架的，我知道你爱薇薇，但如果你真的爱她，就应该希望她过得幸福。"

他的话让陈亦度也稍微平静下来。

霍骁继续说："我和薇薇婚礼的请柬想必你已经收到了，薇薇马上就要成为我的妻子。但如果她心里还装着你，这场婚礼对她来说无疑是个灾难。所以请你从薇薇心里走出去，让她彻底忘掉你。这对你，对我，对薇薇，都是最好的结局。"

陈亦度听着他的话，陷入痛苦的纠结之中。

蒂凡尼加完班正收拾东西准备回去，正好遇到走进公司来的莫凡。

莫凡问："有空聊几句吗？"

蒂凡尼放下包："当然，能跟莫总聊聊，是我的荣幸。"

莫凡说："那我就开门见山了，蒂凡尼，我观察你很久了。你性格沉稳，工作经验丰富，对阿度绝对忠诚，很多地方又与他互补。阿度有了你，真是如虎添翼。"

蒂凡尼笑了笑："您过奖了。"

莫凡也笑了："做投资做久了，自然擅长看人。我甚至觉得你除了在工作上和他相辅相成以外，生活上也应该是最适合他的贤内助。而且我看得出来，你心里有他。"

蒂凡尼听了，落寞地说："只可惜他不喜欢我。"

莫凡叹气："阿度心里怎么想的我都知道，这小子别看在生意场上脑子那么活络，在感情上却是一根筋。现在霍骁和厉薇薇的婚事已经是板上钉钉的事了，他心里却还一直放不下，简直就是自虐啊。生意上的事我能帮他，感情上的事恐怕只有你能帮他了。"

蒂凡尼略带诧异地问："我？怎么帮？"

莫凡说："我给你一个建议，阿度现在是处于空窗期，心灰意懒的时候，正需要有人给他一份温暖。女追男，隔层纱。你可一定要把握这个感情投资的大好机会啊。"

蒂凡尼思索片刻，随即信心满满："莫总，您的建议很有价值，我会按您说的努力去执行的。"

第二天，蒂凡尼把给方雅伦的婚纱设计稿交给陈亦度："方小姐的婚纱设计稿已经按你的意思修改过了。"

陈亦度接过设计稿，敷衍地点头："嗯。"

蒂凡尼看着眉头紧锁的他说："阿度，我跟你共事八年，还是头一次看见你这样一蹶不振的样子，一点也不像我熟悉的你。"

陈亦度冷冷地看了她一眼："我的私生活好像不在你的工作范围之内。"

蒂凡尼强调地说："逃避不能解决问题，忘掉过去的最好方法就是重新开始，有一个女人在你身边已经默默地等了好多年。"

说完，她深情地看着陈亦度。

陈亦度皱眉看着蒂凡尼，没有回应她，而是转开了话题："稿子既然完成了，那就去听客户的意见吧。"

霍骁陪着厉薇薇一起去见方雅伦。方雅伦坐在沙发上看稿子，一手捂着肚子，一手漫不经心地翻看着几张设计稿。

方雅伦鄙夷地说："看了你们的设计我整个人都不好了，我觉得我根本就没法跟你们交流，拜托你们能不能用地球人的思维逻辑和我沟通啊。亏你们还是国内首屈一指的大公司，这不是摆明了坑我们客户吗？用点心好不好？"

厉薇薇争辩说："方小姐，这是玲珑修改的第五遍设计稿。我的笔记本里有跟你每次沟通的记录，连起来一看就会发现一个有趣的现象，你给的意见根本就是南辕北辙、自相矛盾。我也算是看出来了，你这是鸡蛋里挑骨头，故意刁难，你根本就不想结婚。"

方雅伦被她识破，又是尴尬又是愤怒，脸色铁青地反击："厉薇薇，你敢胡说。"

霍骁赶紧打圆场："方小姐，薇薇不是这个意思……"

方雅伦愤怒地打断他："我告诉你，我原本以为像你这样即将结婚的女人应该很能体会我的心境，没想到你就拿出这种货色。我看，没什么心情结婚的人是你才对吧。"

正在这时，陈亦度带着蒂凡尼走了进来。

方雅伦说："来得正好，给我看看你们DU的设计。不过我丑话说前面，你们要是跟玲珑一样的'洗剪吹'风格，恕我欣赏不了！"

　　陈亦度瞥了一眼桌上的设计稿："玲珑设计的作品充满了浓郁的时代特色，款式上也有夺目的戏剧效果，但是始终缺乏情感。这就像一个人，徒有其表但丧失了灵魂。"

　　厉薇薇皱眉，看了他一眼，但是陈亦度并不看她。

　　方雅伦示威般地瞥了一眼厉薇薇："陈总的想法跟我完全一致。"

　　蒂凡尼递上设计稿说："方小姐，我是DU的首席设计师蒂凡尼，这次的作品就是我设计的。初次见面，请允许我表达我对您的羡慕之情。一个即将披上婚纱的女人应该是全世界最幸福的人，也是最美的人。婚礼上的婚纱也应该渗透这种感受，给周围的人传递幸福和甜美。作为一个同样处于热恋中的女人，我想我应该能很好地诠释您此刻的心境。"

　　说完，她深情地看向陈亦度。

　　厉薇薇一愣，随即也看向陈亦度。

　　张助理笑了："蒂凡尼小姐和陈总原来是一对。"

　　陈亦度看一眼蒂凡尼，思索片刻，没有否认。

　　方雅伦挑剔地看着稿子："希望你们这对会比那对靠谱些，不过你们的设计稿也有不少的问题。我不想要胸前的这些蕾丝，还有袖口上的刺绣点缀显得非常累赘，头纱的位置会不会喧宾夺主了？"

　　陈亦度、厉薇薇、霍骁和蒂凡尼四人从方家走出来。

　　蒂凡尼与霍骁对视，眼神里都有敌意，厉薇薇和陈亦度则是逃避彼此的目光。

　　霍骁指责说："陈亦度，你有点过了吧，为了拿到订单竟然假扮情侣，欺骗客户！"

　　蒂凡尼冷笑："这还不是跟你们学的，你们结个婚都翻来覆去地拿来炒好几遍了，我们只是在客户面前秀了一下恩爱而已。我们的功力跟你们比，还差得远呢。"

　　陈亦度打断她："蒂凡尼，别说了，我们走。"

蒂凡尼看着厉薇薇，继续补刀："更何况，我跟阿度是认真的。"

厉薇薇一听，忍不住看向陈亦度。

蒂凡尼示威般地挽住陈亦度的手，后者别过头去不看厉薇薇，但没有拒绝牵手。

厉薇薇心碎难过，虽然心里有些不敢相信，但也没有资格去质问陈亦度，眼睁睁看着蒂凡尼挽着陈亦度走远。

回去的路上，霍骁和厉薇薇坐在车后排，一言不发。

欧秘书嘀咕说："其实大家都看得出来，蒂凡尼一直都对陈亦度有意思。这么多年了，蒂凡尼也算是多年的媳妇熬成婆，成功上位了啊！真是看不出来啊，陈亦度一张面瘫脸，终于也被蒂凡尼给攻陷了。"

厉薇薇看向窗外，强忍着即将涌出的泪水。

霍骁坐在一边，把她的伤心难过都看在眼里。

陈亦度神情凝重，径直走进DU公司大厅。

蒂凡尼从后面追上来，上前去挽他的手。

陈亦度下意识地要避开，却被蒂凡尼死死挽住。

他低声呵斥："蒂凡尼，别闹了！"

蒂凡尼压低声音，却语气坚决地说："我没闹！厉薇薇就快嫁作人妇了，而我一直默默地等着你。你理性地想一想，在你身边，除了我还有谁有资格爱你！"

陈亦度没有回答，表情痛苦。

蒂凡尼又说："阿度，我等这一刻已经等了八年，我不想再默默地站在你背后。这一次既然抓住了你的手，我就再也不想放开。"

公司大厅的员工看见这一幕都小声地议论，曹钟正抱着一沓文件路过，看见后也是惊讶不已。

此时，刚进门的里奥也看见了蒂凡尼挽着陈亦度的手走向电梯间。

他气得要冲上前去质问蒂凡尼，却被曹钟死死拉住。

回到办公室不久，蒂凡尼把一碗汤放到了陈亦度的办公桌上："这是虫草母鸡汤，我特地给你熬的。"

陈亦度继续伏案工作，并不抬头，冷淡地说："放着吧。"

"阿度，我知道你一时半会儿可能觉得有些突然。没关系，我会给你时间。八年我都等了，不在乎多等这几天。记得趁热把汤喝了，放凉了对胃不好。"

说完，她把汤放在陈亦度桌上，走了出去。

陈亦度看着蒂凡尼的背影，皱眉叹气，起身去了天台。

莫凡来找陈亦度聊天，脸上带着笑意："你小子真不够意思啊，你跟蒂凡尼的事我还是从你手下员工那里听来的，我这个哥哥也太没地位了吧。"

陈亦度脸上没半点喜悦的神色："你什么时候也开始喜欢道听途说了？我跟蒂凡尼之间什么事都没有发生。"

莫凡怀疑地问："真的？无风不起浪，不会真的什么事都没有吧？"

陈亦度说："只是蒂凡尼一厢情愿而已。"

莫凡问："那你怎么想？"

陈亦度摇头："我跟她是不可能的，只是不忍心伤害她，有些话才没说得那么绝。"

莫凡笑笑，看着远方："你知道的，以前我一向喜欢喝烈酒，而且越烈的越好。烈酒，其形如水，其性如火，我痴迷于它带给我身体的强烈刺激。结果呢，一次喝到胃出血被拉去医院抢救，医生告诉我想要保命最好戒酒。于是我只好乖乖地改成喝茶，不喝浓茶就喝点清淡的，龙井、普洱都不错，提神醒脑、护齿明目。所以兄弟，你是不是也该在被送去抢救之前，戒掉你的烈酒，换成清茶呢？"

　　闻言，陈亦度皱眉不语。

　　莫凡又劝："蒂凡尼也许就是你的那杯清茶，你不妨试试看，茶喝多了你的口味自然也就淡了，烈酒也许就难以下咽了。"

Chapter 19

"我记忆里爱着的那个人，虽然我怎么努力也想不起来他的名字、他的脸庞，但我能感受到他的气息，感受到他存在的温暖，那个人跟你截然不同。"

放弃我，抓紧我

傍晚的时候，厉薇薇孤身一人坐在蛋包饭餐厅吃饭。

陈亦度走了进来，看见她在，故意走到最远的一桌。

厉薇薇抬头看了一眼陈亦度，发现他却像陌路人一般，完全不看自己。

此时，蒂凡尼也跟着陈亦度走了进来，径直坐在他面前。

陈亦度问："你怎么来了？"

蒂凡尼说："跟着你来的啊，谁叫你下班不约我，那我只好自己主动点咯！"

此时，店老板按惯例给陈亦度上了一份蛋包饭。

"陈先生，还是老规矩，一份蛋包饭，少放盐。"

陈亦度正想伸手去拿，蒂凡尼却抢先拿过盘子，撒娇说："今天我请你喝汤，你请我吃蛋包饭，不算过分吧。"

说完她自己动手切开蛋包饭，把一半推到陈亦度面前，自己拿起另一半高兴地吃起来。

蒂凡尼一边吃一边赞叹："怪不得你那么喜欢这家的蛋包饭，味道果然不错！我有空一定来这里学两手，下次做给你吃！"

陈亦度犹豫片刻，用余光看了一眼一边的厉薇薇，对着自己面前的蛋包饭也吃了起来。

厉薇薇看见这一幕，心酸地放下吃了一半的饭，直接走了出去。

她刚出门，正好撞到前面走过来的人。

厉薇薇抬头一看，原来是霍骁。

霍骁故意做出笑脸来："我就知道你在这儿，还没下班就找不到你的人了。"

她努力掩饰心中的难过："陪我去撸串？"

陈亦度余光瞥见店门口霍骁带着厉薇薇离开，叫了一声："老板，来两瓶清酒。"

老板上了两瓶清酒，两个杯子。

蒂凡尼拿过开瓶器和杯子，殷勤地给他开酒，关切地问："怎么突然想起来喝酒了？"

她把倒好的酒杯递上，却发现陈亦度已经直接拿起酒瓶子对着瓶口发泄般地大口喝着。

蒂凡尼有点被他的样子吓到了："你平时不喝酒的，还说喝酒是蠢人安慰自己的手段。"

陈亦度"咚"一下重重地放下酒瓶子，瞪着她说："我不想再活得那么清醒，我也要彻彻底底地糊涂一回！"

蒂凡尼架着烂醉的陈亦度走进他公寓楼下的门厅，听着他喃喃地叫着厉薇薇的名字，顿时露出委屈愤怒的表情。

她拖着陈亦度来到沙发边，想把他放在沙发上。结果陈亦度一头栽倒在沙发上，蒂凡尼顺势摔倒在了沙发前的地上。

蒂凡尼刚想站起来，陈亦度却一把拉住了她的手。

"薇薇……我不许你离开我……"

突然，陈亦度一把拉过蒂凡尼，把她压倒在沙发上，眼神迷离："这个世界上只有我有资格给你幸福，别人都没有！"

他一只手按着蒂凡尼的肩膀，低头像是要吻她。

蒂凡尼紧张得心跳加速，本想推开陈亦度，但思索片刻，她决定将计就计，献身给陈亦度，和他生米做成熟饭也好。蒂凡尼闭上眼睛，准备迎接那个吻。

她等了半天，一睁眼发现陈亦度已经仰面靠在沙发上抱着靠垫睡死过去了。

见状，蒂凡尼顿时又羞又恼。

烤串摊上，厉薇薇面前放着一大盘烤串，她却一点胃口都没有，只是咕咚咕咚地喝杯子里的啤酒，已经有几分醉意。

她喝干杯子里的酒，还要伸手倒，瓶子却被霍骁抢先夺下。

"差不多了啊，小酌怡情、大饮伤身啊！"

厉薇薇去抢瓶子："我还没喝到位。"

霍骁劝说："行了，你有多少酒量我还不清楚吗？你喝到位了，肯定又会做出什么惊天地泣鬼神的举动，这些年我可没少给人家赔礼道歉啊。赔钱事小，丢脸事大，你饶了我吧。"

厉薇薇突然很认真地看着霍骁："我之前爱上的人真的是你吗？"

霍骁一愣，内心慌乱却努力保持镇定："当然，不是我还能是谁！要是不爱我哪个姑娘会从五岁起就决定嫁给我，还在巴黎当着那么多人的面向我求婚！"

厉薇薇脸上浮现出一丝苦涩的笑容："我记忆里爱着的那个人，虽然我怎么努力也想不起来他的名字、他的脸庞，但我能感受到他的气息，感受到他存在的温暖，那个人跟你截然不同。"

霍骁握住她的手，打断她说："薇薇，你失忆了，你丢掉了七年的记忆，不要再用二十三岁的经验去判断三十岁出现的状况。"

厉薇薇难过地用力捶了一下自己的头："为什么我会失忆，如果我在巴黎没出事，没有丢掉记忆，我跟你现在肯定已结婚了，我们俩肯定在一起过得好好的，不会像现在这样难受。"

霍骁看着她的眼神有些躲闪，安慰说："薇薇，这七年你的确经历了很多，现在想用短短几个月的时间把七年的经历一下子补回来，肯定多少会有些不习惯。薇薇，别再想了，烤串都凉了。"

见厉薇薇看着烤串摇头，他又说："你以前不是一遇到郁闷的事情就化悲愤为食欲吗，大吃一顿之后就不就什么事都没有了？"

"我也想没心没肺地大吃一顿忘了一切，可我做不到。不该忘的事都忘了，想忘的事却怎么也忘不掉。霍骁，我从来没像现在这样恨过我自己。"

说着，她哭了起来。

霍骁心酸地看着厉薇薇："如果没有巴黎的意外事故，你已经成了我的新娘。但即便那样，在我心里还是会有太多的遗憾。你的失忆，也许就是老天送给我们的礼物，他让我们之间的一切重新开始。让那个单纯美好的你，能够有机会真的爱上我。薇薇，我想要的不是一个婚礼，而是一个完完整整的你。"

他轻轻搂住了厉薇薇的肩膀，任凭她在自己的臂弯里抽泣。

陈亦度一觉醒来，发现自己躺在床上。

他满脸震惊，连忙掀开被子去看，发现自己浑身光溜溜的，吓得扯过浴袍套上出门，发现蒂凡尼穿着自己的衬衣正在客厅里摆早餐。

陈亦度再次震惊，问她："昨晚到底发生了什么？"

蒂凡尼反问一句："发生了什么你不知道吗？"

陈亦度捂着头："昨晚我喝多了。"

蒂凡尼笑了："是啊，你喝多了，然后就拉着我不肯让我回家，后来……"

陈亦度怀疑地看着她："我自己的深浅我还是有数的，昨晚是喝多了，但最多也就是胡言乱语，还不至于酒后乱性。要是真的发生了什么，应该也是有人趁机占了我的便宜。"

蒂凡尼没好气地瞪着他继续说："后来你吐了我一身，我替你换衣服，收拾卫生，一直弄到半夜。我担心你，所以才一夜没离开。顺便在你家洗了个澡，没有换洗衣服，就随便从你衣柜里拿了一件。"

陈亦度听了，暗自松了一口气："谢了。"

蒂凡尼颇为神秘地说："不过我一时兴起，临时加了一个小节目，你会喜欢的。"

陈亦度皱眉看着她，一副弄不懂的表情。

厉薇薇接到物业的电话，说有人投诉自己租住的公寓水管破了，把隔壁给淹了，她只得带着里奥回去。

两人走进楼道，她正打算开自己家的门。隔壁陈亦度家的门突然打开了，蒂凡尼穿着陈亦度的衬衣走出来，厉薇薇和里奥都惊呆了。

蒂凡尼看见里奥有点尴尬，下意识地向下拉了一下衬衣下摆。

里奥问："你怎么会在这里？"

"你管得着吗？"蒂凡尼心虚地说，又对厉薇薇傲慢地开口，"投诉电话是我打的，我家被淹了，你赶快进来看看吧。"

陈亦度正穿着浴袍站在客厅的一边。

蒂凡尼带着厉薇薇和里奥进来，指着一处浸湿的墙壁说："你看看这墙角湿了一大块，墙纸都掉下来了，墙面上还有小裂纹，这面可是承重墙啊，南方天气这么潮，搞不好会对我们家整个房子都有影响的。"

厉薇薇看见陈亦度穿着浴袍戳在一边，再看看穿着陈亦度的衬衣的蒂凡尼，两人俨然同居情侣的样子，她顿时又难过又绝望。

蒂凡尼叽叽歪歪地说着漏水的事，她一概听不见。

陈亦度在一边用眼睛的余光看看厉薇薇，低着头不发一言。

蒂凡尼嘴上还在叨叨房子的事，早就偷偷把厉薇薇和陈亦度的反应观察得一清二楚，里奥站在一边，也是震惊地看看蒂凡尼，又看看陈亦度。

"什么叫你们家，你别混淆概念，把话说清楚。"

蒂凡尼以示威的口吻说："还要说得再清楚一点吗？我跟阿度已经在一起了，他家现在就是我家了。"

她故意上前挽着陈亦度："阿度，你倒是说几句啊，我们这房子到底该让她怎么赔？"

厉薇薇实在看不下去，扭头直接跑了出去。

里奥见状也气急了，上前一把揪住蒂凡尼，恶狠狠地骂："你这个恶毒的蠢女人，欺负我姐姐，欺负我！等着，我会让你付出代价的。"

蒂凡尼不甘示弱地瞪他："随时恭候！"

见里奥扭头出门去追厉薇薇，蒂凡尼露出了一丝得意的神色。

陈亦度质问她："你为什么要这样做？"

蒂凡尼答："你不觉得这样对你，对厉薇薇，对我，对里奥，都好吗？"

闻言，他痛苦地闭了闭眼。

楼下的街上，厉薇薇哭着狂奔。

跑着跑着，她脚下一滑，重重地摔倒在地上，怎么也爬不起来。

陈亦度站在阳台上，远远地看见厉薇薇摔倒，他下意识地伸了伸手想去扶厉薇薇，却意识到两人之间相隔的距离，顿时痛苦地缩回了手。

里奥上前一把拉起厉薇薇，却发现她的脸颊上已经是一大片泪水，叹了口气："薇薇，忘了陈亦度吧。"

厉薇薇摇头："我越是想忘了，却越是记得清楚；越是想放弃，却越是在乎。明明痛得已经抓不住，却还舍不得放手。"

里奥看着她的样子十分心痛，却也不知道该如何继续劝说。

厉薇薇哽咽着说："我好想不顾一切地任性一次，好想丧失理智地疯狂一次，好想抛弃全世界，只爱这一次，为什么不可以？里奥，我好痛苦，我到底该怎么办？"

里奥只能心痛地伸手把她的脑袋按到自己肩头，厉薇薇靠在他的肩膀上大哭起来。

厉薇薇迷迷糊糊地躺在床上，霍骁伸手摸了一下她的额头，触手滚烫。

他焦急地问："这是怎么弄的，昨天还好好的！"

里奥搪塞说："这几天有冷空气，也许是穿少了。"

霍骁叹气："这么大个人了，怎么会这么不当心。"

"我已经给她吃过退烧药了，那既然你来了，我就靠边站啦。"

里奥识趣地主动退了出去，把独处的空间留给两人。

霍骁端来一盆水，拧干水里的湿毛巾，给厉薇薇敷在额头上。

她迷迷糊糊地说："我真的好难受，阿度，为什么我先遇上、先爱上的那个人不是你？"

霍骁看着烧迷糊的厉薇薇，流露出痛苦的表情，随即又转为自信。

他握紧厉薇薇的手："是我，霍骁。薇薇，你病了，但有我照顾你，你肯定会很快痊愈的。你放心，我会好好地呵护你一辈子，我一定不会再让你生病，不会再让你那么难受。"

厉薇薇看着霍骁，沉默不语。

第二天一早，蒂凡尼走进陈亦度办公室说："方雅伦那边刚刚打来电话，通知说今天的比稿临时取消了，因为玲珑的厉薇薇突然生病了。"

陈亦度心里紧张，悄悄握紧了拳头。

蒂凡尼递上一份资料："既然比稿取消了，我就把这周的例会提了上来。五分钟后，会议室见。"

陈亦度看着她，还是接过了资料。

穿衣镜前，方雅伦穿着厉薇薇新做的婚纱样衣，试图扣上后背的纽扣，动作很是吃力。

厉薇薇大病初愈，有些精神不济地站在一边揉着额头。

张助理走上前替方雅伦扣好纽扣，又动作温柔地为她整理头发，最后双手自然地扶在她的肩头，情不自禁地说："雅伦，你真美。"

方雅伦和张助理通过镜子互相凝视，神情暧昧。

厉薇薇看着这一幕，心中更加确定两人的关系不一般，忍不住咳嗽出声。

方雅伦回过神，挣开张助理，没好气地看了看镜子里的自己："这件婚纱又土又cheap（廉价），显得我屁股那么大，还扎得我浑身痒痒的！"

厉薇薇深吸一口气，彻底失去耐心："方小姐，我看不论我怎么设计你都不会满意。因为你这位准新娘心里爱的并不是你的未婚夫，而是这位张助理。"

方雅伦掩饰着心虚说："你乱说什么？"

厉薇薇眼神犀利："你故意刁难我就是想拖延时间，你根本就不想结婚！"

闻言，方雅伦和张助理顿时既尴尬又愤怒。

方雅伦气急败坏，心虚地说："怎么可能！我一个大明星怎么会爱上一个小助理！"

厉薇薇冷冷地说："麻烦你不要再浪费大家的时间了，这笔生意玲珑婚纱不做了！"

说完，她头也不回地离开。

女佣们看着方雅伦和张助理窃窃私语。

方雅伦看看张助理，又看看女佣，神情尴尬。

张助理看着她，轻轻叹气。

蒂凡尼敲门进来，兴奋地说："阿度，刚刚方雅伦那边打来电话，说玲珑已经被踢出局了！这么一来，方雅伦的婚纱订单就非我们莫属了。"

闻言，陈亦度从文件中抬头，冷静地问："对方有没有说玲珑为什么突然出局？"

蒂凡尼神色得意："这个倒是没说，不过我觉得肯定是我们之前秀恩爱起了作用，所以才能顺利把玲珑挤走。"

陈亦度有些不耐烦地说："如果我平时的行为让你有所误会，我现在正式向你道歉。但我希望你能明白，我对你并没有超出普通朋友的感情，你不要在我身上浪费时间了。"

蒂凡尼咬了咬嘴唇，倔强地说："我不觉得是浪费时间，阿度，总有一天你会明白我才是最适合你的人！"

陈亦度听了，神情很是无奈。

厉薇薇疲惫地走进办公室，刚脱下外套，珍妮就兴冲冲地进来，将几份设计稿依次铺在桌上，献宝似的说："厉总，您快来看，这里面您最喜欢哪件呀？"

厉薇薇在办公桌前坐下，扫了一眼设计稿，疑惑地问："这是什么？"

珍妮一脸喜色地说："您的大婚礼服啊，霍总担心您最近工作太忙无暇顾及，所以让苏菲他们先准备起来。"

厉薇薇神色黯淡下来："原来是这样。"

珍妮看着设计稿略带激动地说："我觉得这件鱼尾露背的您穿着肯定很好看，这件露肩缎面礼服也很适合您！"

厉薇薇打断她："我还要再看一下，你先出去吧。"

珍妮会错了意，调皮地说："哦，我懂。人生大事嘛，是要好好考虑！厉总您慢慢来，千万别急！"

她退出厉薇薇的办公室，体贴地把门关好。

厉薇薇拿起设计稿看了看，脸上带着苦涩的无奈。

这时手机响起微信提示音，是陈母发来的微信视频。

"薇薇啊，你怎么还不来看阿姨啊？我在医院里都快闷死了，阿姨好想你！"

厉薇薇看着陈母的视频，有些心酸。

她到底还是提了零食去了医院，看见陈母在花园里的身影，厉薇薇深吸一口气，努力挤出笑容走了过去，悄悄绕到陈母身后捂住她的双眼，俏皮地装作粗嗓门："猜猜我是谁？"

陈母拿开厉薇薇捂着她眼睛的手，惊喜地回头，激动地说："薇薇你可来了，不对，你怎么才来，是不是早把阿姨忘了？"

厉薇薇见状，立刻挽住她的胳膊，撒娇说："哪儿有，我怎么敢把阿姨忘了。是最近工作太忙了，实在脱不开身。您看，我特地带了好多好吃的来，阿姨您看在这么多好吃的的分上就原谅我吧？"

陈母心疼了："你多来看看我，我就很开心了。你说你一个女孩子家，工作那么辛苦干吗？我看你还是早点嫁给我们阿度算了，赚钱养家的事通通交给他去操心。"

厉薇薇放下挽着陈母胳膊的手，低着头，没有回答。

陈母察觉到她的情绪不对，问："怎么啦，薇薇？"

她心中挣扎，到底还是坦白了："阿姨，我和阿度已经不在一起了，我们分手了。"

陈妈妈先是疑惑，然后反应过来，情绪非常激动，拉住厉薇薇的手臂说："你们怎么能分手！薇薇，你不要离开阿度！你们之间有什么矛盾那肯定都是误会，讲清楚就好了。"

厉薇薇不忍心地说："对不起，阿姨。这次不是误会，我真的不能和陈亦度在一起。"

陈母哭了："怎么会这样？你跟阿度在一起创业，当初那么苦都挨过来了，你可千万不要冲动。"

厉薇薇疑惑了："一起创业？阿姨您是不是搞错了？"

陈母完全不听，对着厉薇薇就要下跪："阿姨求你，阿姨求你了，你千万别离开阿度。"

厉薇薇急忙扶住她，不知所措地说："阿姨您别这么激动——有没有医生啊？"

陈母以为她要走，情绪顿时崩溃："薇薇你不能走，你不要离开阿度啊。"

厉薇薇连忙安抚："阿姨我不走，我是去给你叫医生。"

两人拉扯中，陈母猛地一拉她，厉薇薇摔了一跤，一头撞在路边花坛上。

医生护士闻声赶来，扶住情绪激动的陈母。

护士扶起厉薇薇，她扶着头，感觉周围的声音变得模糊，脑中出现一些记忆的片段。

似乎以前陈母也曾死死拉住她，不让她走。

厉薇薇觉得头脑很混乱，眩晕着扶住墙。

护士扶着她在走廊的椅子上坐下，叮嘱说："你在这里等我，我去叫医生。"

厉薇薇的视线变得模糊，一些记忆开始复苏。

等护士带着医生过来的时候，坐在椅子上的厉薇薇已经不见踪影。

陈亦度开车从DU大楼地库出来，厉薇薇突然从转角跑出来，伸开手挡在他的车前。

他连忙急踩刹车，厉薇薇跌坐在地上。

陈亦度紧张地从车上下来，扶起厉薇薇，查看她有没有受伤，紧张地问："你怎么样？撞到没有？有没有受伤？"

在确定厉薇薇没有受伤后，他放下心，突然发怒："厉薇薇你不要命了，你知不知道刚才我要是反应慢那么一点就会撞到你。"

厉薇薇含着眼泪，痴痴地看着他。

陈亦度问："你脑子里到底在想什么？"

厉薇薇小心翼翼地问："陈亦度，我失忆前爱的人是不是你？"

陈亦度呼吸一顿，没有回答。

她加重语气："我再问你一遍，我失忆前爱的人到底是不是你？"

厉薇薇流下泪来，上前攥住陈亦度的衣襟，声嘶力竭地说："手把手教我画稿的人是不是你？许诺亲手为我做嫁衣的人是不是你？你为什么不告诉我真相，为什么连你也要骗我？"

陈亦度眼眶微红，心中挣扎，攥着的拳头微微颤抖，最后狠下心说："就算是我又怎么样？难道你要悔婚？别忘了，霍骁爸爸的命现在还捏在你手里。"

闻言，厉薇薇一下愣住了。

陈亦度神色痛苦，失望地说："厉薇薇，我给过你机会。我甚至愿意放弃一切和你在一起，你是怎么回报我的？即便对不起我，即便我再也不原谅你，你还是选择了霍骁，你忘了吗？你失忆前爱的人是不是我，又有什么区别呢？"

厉薇薇痛苦地望着他默默流泪，张了张嘴却说不出话来。

陈亦度将她攥着自己衣服的手慢慢扯开，毫不留恋地转身上车。

车子从厉薇薇身边驶过，她慢慢蹲下，再也压抑不住，放声大哭起来。

陈亦度看着后视镜里蹲在地上号啕大哭的厉薇薇逐渐远去，没什么表情地直视前方，眼泪却悄悄滑落。

厉薇薇来到餐厅，坐在她和陈亦度的老位置，看着桌上的蛋包饭默默流泪。

老板看到她这个样子无奈地摇摇头，把一小瓶清酒重重地放在了桌上，豪爽地说："这是大叔请你的，年轻人有伤心事要发泄出来，憋在心里会憋出病的。"

厉薇薇吸吸鼻子，拿起清酒猛灌了一口。

霍骁打不通她的电话，到处找人，急得快疯了。

幸好最后在蛋包饭店里看到了她的身影，这才算是松了一口气。

他急匆匆地跑进店里，走到厉薇薇身边，看见酒瓶皱了眉："你喝酒了？"

厉薇薇看了霍骁一眼，慢吞吞地转过视线，看到酒瓶抓起来又要喝。

霍骁一把夺过酒瓶："别喝了，我送你回家。"

他要结账，老板站在柜台后挥挥手："不用了不用了，小姑娘失恋怪可怜的。"

霍骁听了一愣，弯腰背起迷迷糊糊的厉薇薇，离开了小饭店。

厉薇薇趴在霍骁肩上一动不动，似乎睡着了。

霍骁侧头看着她熟睡的样子，心中充满柔情，微笑着轻声说："薇薇，一切都会好起来的，我会让你成为这世上最幸福的女人。只要是你的愿望，不管有多难我都会帮你实现！"

厉薇薇闭着眼睛，咂巴了一下嘴。

霍骁坚定地说："你想要成为世界顶尖的设计师，我就帮你赢得枫丹百货的入驻权；你想要有一个可以依靠的人，我会永远在你身边支持你，包容你，我只希望你可以永远无忧无虑地生活。"

厉薇薇慢慢睁开眼，看清背着她的是霍骁，心中涌起怒气："怎么是你，放我下来！"

她用力挣扎，霍骁毫无防备，直接摔倒在地。

厉薇薇坐起身，揪着他的领口，恶狠狠地说："霍骁，我正要找你算账，你倒送上门来了！说，你为什么要骗我！"

霍骁愣住了："骗你什么？"

她怒了："你还不承认？我都想起来了！"

霍骁心中一沉，紧张地问："你都想起来了？"

厉薇薇冷笑："我想起我以前爱的人是陈亦度，不是你！"

霍骁试探着问："就这些？"

厉薇薇更生气了："这还不够吗？霍骁，我把你当朋友，处处为你着想，你却骗了我这么久，你还有什么好说的？"

霍骁苦笑："我没什么好辩解的。"

厉薇薇出离愤怒，扑上去边捶边骂："你这个大骗子！浑蛋！我被你害惨了！"

霍骁完全不反抗："薇薇，你尽管打我出气吧，无论如何我都不会让你和陈亦度在一起的，我不会让他再有机会伤害你！"

厉薇薇又委屈又愤怒："你总说陈亦度会伤害我，可是一直以来伤害我、欺骗我的只有你！"

说完，她委屈地大哭。

霍骁像是心里被戳了一刀，流露出痛苦的表情。

里奥远远走来，一眼就看到两人坐在地上，厉薇薇正在哭。

他急忙跑来扶起厉薇薇，手忙脚乱地为她擦眼泪。

霍骁也站起身，情绪很低落。

里奥心疼了："薇薇你怎么了？怎么哭了？是不是这小子欺负你？"

厉薇薇吸了吸鼻子，一声不吭。

见状，里奥无可奈何地说："算了，我们回家。"

里奥扶着厉薇薇离开，霍骁失落地看着她慢慢走远。

第二天，厉薇薇和霍骁同时走进玲珑公司，她昂着头对霍骁视而不见。

霍骁看了看厉薇薇，默默忍耐。

欧秘书迎向两人："霍总、厉总，董事长正等着你们呢。"

闻言，厉薇薇和霍骁都停下脚步。

桌上摆满了宾客名牌，王秘书正按照名单将名牌按桌摆放。

霍锐强拿着一份菜单，用笔在上面写写画画。

霍骁进来后看着满桌名牌问："爸，这是什么？"

霍锐强心情愉快地说："哦，这是宾客名牌啊，我让王秘书先简单分一下桌，你们看看有什么需要调整的。"

霍骁应了，厉薇薇却兴致不高。

霍锐强拉住她："薇薇，你快来看看婚宴菜单，这些菜品你还满意吗？"

厉薇薇笑容勉强："霍伯伯，您定就行了，我没有意见。"

霍锐强有点不高兴了："什么叫没意见？这可是你们的终身大事！"

厉薇薇有些演不下去了。

霍骁看了急忙上前打圆场："爸爸，薇薇总是嚷嚷着减肥，你让她看菜单她当然没意见了，还是我来吧，我看这个'红运当头'就不错。"

霍锐强点点头，勾上菜单："嗯，是不错。我觉得这个'百年好合'，还有这个'浓情蜜意'也挺好的，最适合你们这些恩爱的小两口。对了，'枣生桂子'一定要有，好兆头啊！"

厉薇薇站在一边，随意地翻看桌上的宾客名牌，突然顿了一下，从一堆宾客名牌中拿起一张，名牌上写着"陈亦度"。

她看着名牌发愣，欧秘书好奇地探头看了看厉薇薇手上的名牌，脸色一变，赶紧夺下。

他尴尬地说："这个是不小心混进去的，我一会儿就拿去扔了。"

霍锐强忽然想起来："对了，王秘书，婚宴那天你记得把我酒窖里那些藏货都带上，我要好好喝上几杯！"

厉薇薇惊讶地说："霍伯伯，您有心脏病不能喝酒。"

霍锐强脸色一变，心虚地说："放心吧，我到时候会提前吃好药，没事的！"

她半信半疑："真的吗？我怎么听说吃药更加不能喝酒？"

霍锐强装作不高兴的样子："你懂还是医生懂啊？医生亲口告诉我没关系！"

厉薇薇这才不疑有他，霍骁看着霍锐强，心中却起疑了。

厉薇薇离开办公室，霍骁很快追了上来。

他有些讨好地说："薇薇，婚礼教堂的布置风格参照巴黎那次可以吗？"

她态度冷淡："随便吧，反正我也不记得了。"

霍骁说："巴黎教堂的照片我已经发你邮箱了……"

厉薇薇不耐烦地打断他："我现在仍然履行婚约不代表我原谅你，我只是不想霍伯伯有个三长两短。"

他难过地说："我知道，谢谢你。"

"你不用谢我，反正婚礼之后，我们两不相欠，各过各的。"

说完，厉薇薇大步离开。

走廊转角的康星听到两人的对话，面露疑惑。

陈亦度和莫凡换好服装，走进搏击训练场。

陈亦度问："哥，之前我拜托你调查的事有进展了吗？"

莫凡为难地说："这些年来你和厉薇薇得罪的人太多，查起来千头万绪，短时间内恐怕很难有结果。"

闻言，陈亦度忍不住皱眉。

莫凡试探地问："我看这事也不一定是有人针对你们俩，搞不好只是狗仔队想挣头条而已。"

陈亦度语气坚定地说："不可能，我的直觉不会错的。"

莫凡神色有些阴沉，又很快掩饰过去，语气轻松地说："先别想那么多了，快和我痛痛快快打一场。"

陈亦度奇怪地看了他一眼："没见过找打这么积极的。"

莫凡踢了他一脚，笑骂："臭小子，没大没小的！"

两人上场后摆好架势，开打起来。

Chapter 20

"你爱的人也不顾一切地爱着你，这才是这世上最幸运的事。"

里奥收到方雅伦单身派对的邀请，请厉薇薇作为他的女伴一起参加。

　　晚上两人换上礼服赶到会场的时候，方雅伦打扮精致入时，正接受大家的祝福。

　　看见里奥带着厉薇薇上前，方雅伦有些诧异。

　　她脸色难看："你怎么来了，我好像没邀请过你！"

　　里奥介绍说："方小姐，薇薇今天是我的女伴。"

　　厉薇薇挑衅地问："张助理呢？"

　　方雅伦听见"张助理"三个字立刻尴尬地闭嘴，径直走开。

　　嘉宾们三三两两地聚在一起，小声聊天。

　　厉薇薇和里奥在会场里找了个角落站定，她不经意地环顾会场，突然看到陈亦度的身影。

　　隔着人群，陈亦度和蒂凡尼正与莫凡，还有几个朋友寒暄。

　　陈亦度似有所感地转头，与厉薇薇视线相触，两人都是一阵恍惚。

　　里奥顺着厉薇薇的视线望去，也看到了陈亦度和蒂凡尼。

　　几乎同时，蒂凡尼也注意到厉薇薇和里奥，脸色不由得一沉。

　　里奥冲蒂凡尼不怀好意地挑挑眉毛，蒂凡尼神情懊恼，赶紧转身就跑。

"我去去就回。"说完，里奥朝蒂凡尼的方向追去。

厉薇薇回过神，赌气地扭过头，不看陈亦度。他难掩失落。

厉薇薇看见方雅伦悄悄离开会场，立刻跟上。

方雅伦去了会场外，跟张助理依依惜别。

厉薇薇跟上来，躲在一旁偷看。

张助理说："雅伦，我已经买好了火车票，明天一早就走。你工作别太拼命了，身体不舒服要及时说。心里难过的时候，记得找人倾诉，别用发脾气来掩饰，那样只会让大家对你的误会更深。以后我不在你身边，你要好好照顾自己。"

方雅伦不吭声，眼眶微红。

她掩饰着自己的失落，没好气地说："还用你啰唆，有的是人排队等着照顾我。"

"我知道，那我走了。"张助理说完，一步三回头地离开了。

方雅伦转过身，偷偷擦眼泪。

厉薇薇看着这一幕，叹气："这个方雅伦可真别扭。"

派对的司仪接过麦克风，站到场地中间。

"各位来宾，为了感谢大家出席方雅伦小姐的单身派对，我们特意准备了一个小游戏。"

司仪做了一个手势，会场大灯熄灭，剩下一缕追光。

"我们的灯光师将临时充当月老的角色，在会场内随机挑选来宾凑成舞伴。各位只要被追光照到，不管认不认识，都必须遵守游戏规则，下场跳一支舞。下面，游戏开始了。"

宾客们看着不断移动的光点，心情紧张又期待。

厉薇薇想着心事回到会场，却一头撞到一个人，连忙道歉："对不起。"

她一抬头看清是陈亦度，不由得愣住。

陈亦度虚扶着厉薇薇，两人相对无言。

她不说话，退开一步。

这时追光正好停到两人身上，所有人都看着厉薇薇和陈亦度，他们的表情有些尴尬。

司仪说："看来我们第一对有缘的舞伴已经出现了，让我们给他们一点鼓励。"

在司仪的带领下，宾客们纷纷鼓起掌。

场上响起舒缓的音乐，陈亦度向厉薇薇伸出手："所有人都看着呢。"

她一听，不情愿地将手放在陈亦度掌心，被他牵着走进舞池。

浪漫的灯光下，陈亦度搂着厉薇薇，温柔地看着她。

厉薇薇身体僵硬，别开视线不看他。

陈亦度平静地说："薇薇，我不知道你都想起了什么，但你既然已经决定和霍骁结婚，就把以前那些都忘了吧。"

她没好气地反驳："不用你提醒！虽然霍骁骗了我，但我也做不到不管霍伯伯的生死。至于你居然也跟着霍骁一起骗我，这笔账我会好好记着！"

说完，厉薇薇狠狠踩了陈亦度一脚。

他忍着痛，还得装出若无其事的样子。

舞曲停下，会场灯光亮起，侍应生们为宾客们送上香槟。

厉薇薇和陈亦度分别从侍应生的托盘中拿了一杯香槟，司仪和方雅伦站在会场中间，示意大家举杯。

司仪说："现在让我们为方雅伦小姐举杯，祝福她即将开始的婚姻生活幸福美满！"

方雅伦情绪低落，脸上没有丝毫喜悦。

厉薇薇鼓起勇气，一口喝下香槟，把杯子塞到陈亦度手里，大声喊：

"等一下，我有话说。"

司仪一愣，就被走上台的她一把夺过话筒。

"作为方雅伦小姐的好友，我也有几句祝福想借这个机会当面送给她。"

厉薇薇直视方雅伦，神情认真："我真的很羡慕你，不是因为你长得漂亮，不是因为你是大明星，而是因为你有一个真心爱你的人。"

宾客们面带微笑，轻轻点头。

她突然话锋一转，边说边走近方雅伦："那个人不会被你的臭脾气吓跑，也不因为你毒舌就觉得委屈而疏远你，更难得的是他没有因为你们身份悬殊而失去爱你的勇气！和这份真心相比，别人的看法又算得了什么？"

方雅伦猛地抬头，看向厉薇薇。

宾客们一脸疑惑，窃窃私语。

厉薇薇继续说："更何况等着看你笑话的人总能找到理由，就拿这些人来说，你找个有钱的，他们说你傍大款；找个没钱的，他们说你倒贴；找个年纪大的，他们会说你恋父；找个年纪小的，他们又说你老牛吃嫩草；找个长得丑的吧，他们觉得你品位奇特；找个长得帅的，他们又可怜你天真肤浅只知道看脸；就算你找到一个年轻英俊又多金的，他们还会在心里偷笑，等着看你老公出轨。所以要我说，幸福只有自己知道，根本不用在意其他人怎么想。"

宾客们脸色都不太好看，人群中的莫凡皱眉看着厉薇薇，一副弄不懂的表情。

厉薇薇隔着人群望着陈亦度说："你爱的人也不顾一切地爱着你，这才是这世上最幸运的事。"

陈亦度痴痴地望着她，神色哀伤。

厉薇薇转开视线，自嘲地笑笑："不是每个人都这么幸运，你不知道我有多羡慕你。方雅伦，你要是因为旁人的眼光就放弃这份幸运，那你就是全天下最蠢的人。"

"谢谢你，厉薇薇。"方雅伦突然抱住她，然后转身跑出会场。

厉薇薇惊讶过后，欣慰地目送方雅伦离开。

派对突然中止，宾客们陆续离开会场。

厉薇薇、陈亦度、蒂凡尼、里奥一起走出来。

厉薇薇一言不发地走在最前面，陈亦度一直看着她，似乎有话要说。

里奥一番察言观色后，清了清嗓子说："田金凤小姐由我护送回家，我们先走一步啦。"

蒂凡尼不满了："谁要你送……"

厉薇薇一愣："等一下，那我怎么办？"

里奥冲她挤眼睛："陈总，薇薇就拜托您了。"

说完，他把蒂凡尼强行拖走。剩下陈亦度和厉薇薇，两人都有些尴尬。

厉薇薇没好气地说："我自己回去就可以了，不用你送。"

她转身向出口走去，陈亦度忽然冲动地叫了一声："薇薇！"

厉薇薇停下脚步，没有回头，表情却有些期待。

陈亦度欲言又止，最后还是将话咽下："薇薇，还是我送你吧。"

她很失望，语气冷淡地说："不用了。你说得对，我们都应该把过去的事忘掉，既然要断就断得干脆点吧。"

厉薇薇头也不回地离开，留下陈亦度神色痛苦。

她情绪低落地走出大门，霍骁靠在车门上挥手。

厉薇薇皱眉，上车后冷冷地说："你用不着跟踪我，我说到做到，既然答应了和你结婚，就不会再和陈亦度纠缠不清。"

霍骁好声好气地答："我不是这个意思，之前和方雅伦闹得不太愉快，我听说你去了她的派对，实在不放心才过来看看。"

她冷着脸，没吭声。

霍骁又说："对了，我明天约了牧师在教堂见面，薇薇你也一起去吧。"

陈亦度拎着水果篮去医院探望陈母，远远看见霍锐强带着王秘书与王医生和护士告别，上车离开。

他刚进电梯，王医生与护士也跟着进来了。

护士疑惑地问："王医生，为什么霍先生的病明明已经没有大碍了，每次来还要求开那么多药？"

王医生叹气："还不是为了他儿子。"

护士更加奇怪了："关他儿子什么事？"

王医生皱眉："你别问了，总之有钱人的世界我们不懂。"

电梯门打开，王医生和护士出去了，察觉出真相的陈亦度则面色阴郁。

翌日，厉薇薇和霍骁在牧师的陪同下，边说边走向神坛。

牧师说："婚礼那天，新郎、伴郎会和我一起，先从神坛旁边的房间进来。等到音乐响起后，新娘在花童和伴娘的引导下，从正门进入。"

厉薇薇心不在焉地顺着牧师指的方向看去，一个逆光的身影大步走进教堂。

她定睛看了看，认出是陈亦度。

霍骁神情戒备，挡在厉薇薇的身前，充满敌意地问："你来干什么？"

陈亦度走到他面前，停下脚步，冷笑说："找你！"

话音刚落，他一拳打向霍骁的脸。

看着这一幕，厉薇薇小声惊呼起来。

陈亦度愤怒地揪住霍骁，低吼："我太小看你了，为了让薇薇嫁给你，你还真是什么下流的招数都用得出来。"

霍骁不明所以："你胡说什么？陈亦度你是不是疯了！"

陈亦度冷笑："到现在还不肯说实话？那我帮你！薇薇，你亲爱的霍伯伯根本没病，他们父子俩串通一气装病博同情，用苦肉计逼你就范。"

厉薇薇满脸震惊："霍骁，他说的是真的吗？"

霍骁大吼："不是真的，薇薇你相信我！陈亦度，你得不到薇薇，竟然编出这种离谱的谎话诬陷我。"

陈亦度冷笑："是不是诬陷，你自己心里清楚！"

愤怒的霍骁反手抓住他："我当然清楚，我还清楚地知道，这个世上能给薇薇幸福的人，是我不是你！"

陈亦度一拳揍向他："不择手段地把一个不爱你的女人拴在身边，这就是你给她的幸福吗？"

霍骁反击："我没有做错，如果薇薇恢复记忆，她会感谢我把她从你身边拉开！"

两人说着，打成一团。

厉薇薇依旧在震惊的情绪中，看着保安们跑过来拉架，她一个人转身默默离开教堂。

"薇薇！"见状，霍骁急忙追了过去。

他急切地解释："薇薇，你不要听他胡说，根本没有什么苦肉计……"

厉薇薇转身看着霍骁，摇头说："我很想相信你，但我真的很难再相信你。"

霍骁还想说什么，被她打断了："我想一个人静一静。"

说完，厉薇薇走开了。

霍骁看着她离开的背影，一脸痛苦。

他沮丧地回到家，却看见保姆正把桌上的药倒入垃圾袋，不由得上前询问："阿姨，这些药为什么要丢掉？"

保姆答："霍先生吩咐丢掉的，他说他没病，不用吃药。"

霍骁听得郁闷，看到桌上相片架上父亲的相片，气得伸手把相片架扣在桌上，然后径直走到父亲面前。

"爸，你是不是根本没生病！"

霍锐强依旧不紧不慢地看着书，也不抬头看他一眼。

霍骁看着霍锐强的态度立即明白过来，愤怒地攥紧了拳头："你为什么要这么做？"

霍锐强答："我这么做还不都是为了你！"

霍骁很气愤："你用这种手段来逼薇薇嫁给我，实在是太龌龊了。"

霍锐强也很不高兴，站起来把书往桌上啪地一丢。

"这不就是你想要的结果吗？男人为了得到自己想要的东西，不使一点手段怎么行？"

霍骁激动地说："可这不是生意，不是买卖，这是婚姻！是两个人一辈子的事情，怎么可以用欺骗来成全？"

话音刚落，他的脸上就挨了霍锐强一巴掌，霍锐强气得指着霍骁骂。

"你爱她又放不了手，想得到她又没手段，我帮你想办法你还嫌我手段龌龊，我霍锐强怎么会有你这种没出息的儿子！"

霍骁瞪着霍锐强，毫不示弱："爸，你错了！我做的一切不是为了得到她，我是为了让她更幸福！"

说完，他径直走了出去。

身后的霍锐强大吼："我管她幸不幸福，我只要我儿子幸福。"

霍骁一个人在蔷薇花屋内看着满屋的蔷薇枝叶，独自喝闷酒。

他表情痛苦，闭了闭眼，心中做了一个决定。

晚上，霍骁熟门熟路地赶到公园，果然看到厉薇薇坐在公园长椅上发呆。

她看见霍骁，面无表情，眼神里充满了绝望。

霍骁坐在厉薇薇身边说："我爸爸的心脏病，的确是装的。"

厉薇薇低下头，不看他。

霍骁道歉："对不起，是我欺骗了你，希望你能原谅我。"

她听着，依旧面无表情。

霍骁看着厉薇薇的反应，心痛不已，脸上自嘲地笑笑："你不原谅也可以，随便选个法子来惩罚我好了，我都认。"

霍骁努力挤出笑容看着厉薇薇，她还是不看他。

"这个世界上，我最信任的人就是你。但现在，我最信任的人已经死了。"

霍骁满脸震惊，心如刀绞。

厉薇薇站起身来打算走。

霍骁终于痛苦地说出来："薇薇，我们解除婚约吧。"

厉薇薇停住脚步，但并没有回头。

霍骁继续说："我会找个合适的时机对外公布，爸爸那边我也会解释的。"

她还是没有回头，径直离开。

霍骁下意识地想去拉厉薇薇，但还是忍住了。眼睁睁看着她离开的背影，霍骁伸出的手却已经再也抓不住她，他心里无比痛苦，眼角不知不觉湿润了。

欧秘书开车来接霍骁，已经知道了霍骁要跟厉薇薇解除婚约的事。

他叹气："董事长装病的事情你根本不知道，你为什么不告诉厉总实情呢？"

霍骁摇头："欺骗她的人毕竟是我爸，我怎么可能不承担责任？"

欧秘书说："承担责任就要解除婚约，那也太严重了吧？"

霍骁不语，看着窗外。

欧秘书替霍骁难过："霍总，你爱厉总爱了二十六年，二十六年的感情说断就断了？你二十六年来的心愿，就这样说破灭就破灭了？"

霍骁苦涩地说："如果我放手能让薇薇开心，那我宁愿一辈子站在她身后，默默地看着她幸福。"

霍骁回家后，语气坚决地说："我已经和厉薇薇解除了婚约。"

坐在沙发上的霍锐强震惊了："什么？！"

霍骁继续说："我已经决定了，要给薇薇自由。"

霍锐强满脸愤怒："你给她自由？你们的婚约是你们俩自己就能决定的事吗？你还把我这个做父亲的放在眼里吗？"

霍骁皱眉："婚姻是两个人的事，当然由我们两个决定，请您以后不要再以这样卑鄙的方式干涉我的私生活。"

霍锐强更怒了："你以为我一个上市公司总裁一把年纪了愿意做这样的事吗？我是为了谁才这么做的，你给我弄清楚！"

霍骁怒吼："让根本不爱我的薇薇嫁给我，这样将就的婚姻你认为我会幸福吗？看着我最爱的女人天天那么痛苦，你认为我会幸福吗？"

霍锐强看着霍骁痛苦的样子，似乎也觉得霍骁说得有道理，顿时不说话了。

霍骁稍微平静了一些说："爸爸，挽留一颗已经离开的心，不是爱情，是执念。如果你真为了我好，想让我幸福，就应该支持我的决定。"

霍锐强依旧不说话，狠狠瞪着他。

霍骁不再说话，转身离去。

霍锐强看着他的背影，突然开口："既然你已经做了选择，就跟厉薇薇保持距离吧，以后你们俩只有事业上的合作，在你心里最好彻底把这个女人放下。"

霍骁回头，凄然点头。

饭店里，厉薇薇坐在桌边等待。

老板端了半份蛋包饭上来，厉薇薇有些诧异："怎么只有一半？我明明叫了一份的。"

老板说："哦，还有一半我给那边的先生了。"

厉薇薇顺着老板的手指看到了坐在角落里的陈亦度，陈亦度也看到了她。

"以后你们还是跟以前一样，点一份然后一人一半吧，省得浪费。"

陈亦度端着蛋包饭坐到她的身边，两人深情地看着彼此，相视而笑着像以往一样分食了这一份蛋包饭。

第二天早上，欧秘书和霍骁一起走向玲珑设计部。

欧秘书担忧地说："现在婚约解除了，厉总跟陈亦度又那么好，那厉总会不会不想留在玲珑了？"

欧秘书一边翻看时间表一边叨叨："接下来的时间表真的是接二连三全是大事情，先是婚博会，接着歌迪亚女士也要来视察，要宣布入驻枫丹的公司到底是哪家，厉总要是在这个时候离开，对我们来说可谓雪上加霜。"

霍骁叹气："就算她离开了玲珑，我们的工作也还是要继续，走吧。"

两人走进设计部，集中了正在忙碌的员工们。

霍骁说："马上就要召开婚博会了，我想安排一下每个人负责的工作。"

员工们窃窃私语，毕竟平时这种事都是厉总安排的。

霍骁继续说："这一次的婚博会，媒体联络以及宣传部分由乔治负责，服装展示部分还是由老万负责，公关接待由珍妮负责，主要活动策划和筹备事项由苏菲全权决定，有什么问题可以直接和我商量。"

大家都有些惊讶，苏菲更是意外："由我全权决定？那厉总她……？"

霍骁说："她最近可能没有时间。"

正在这时，随着一串高跟鞋的响声，厉薇薇出现在众人面前："谁说我没时间？"

看见她，霍骁大感意外。

厉薇薇说：“大家都打起精神来。”

霍骁和厉薇薇一起来到天台上，霍骁说：“我担心你自由了，会像鸟儿一样飞走。”

厉薇薇说：“一码归一码，就算我和你解除了婚约，也不会丢下玲珑不管。争取枫丹入驻权的事情我会拼尽全力，和陈亦度来一场公平的竞争。”

霍骁听了很感动：“谢谢你愿意留下。”

厉薇薇看着霍骁说：“进驻枫丹百货不单是我们俩的心愿，也是玲珑上上下下全体职员的共同心愿，我会为了大家而努力的。不过，这并不代表我已经原谅了你。”

说完，她转身离开。

霍骁听了，心里苦涩不已。

与此同时，陈亦度带着蒂凡尼、曹钟赶去婚博会会场。

蒂凡尼边走边说：“整个设计部已经做好了全力以赴的准备，为了最后一个月的销量冲刺，婚博会是我们能抓住的最好的机会。对了，婚博会的活动策划书您看了吗？”

陈亦度心情很好，点点头说：“我看了，我相信你们能做好，努力吧。”

蒂凡尼听了有些意外：“你确定没有意见？”

陈亦度干脆利落地说：“没有。”

蒂凡尼看着曹钟，后者耸耸肩说：“他今天心情好。”

刚刚赶到婚博会会场的厉薇薇和苏菲在大厅一角选定了一个展台。

厉薇薇看了看周围的环境，说：“这个展台位置最好，就订这个好了。"

苏菲刚点了头，蒂凡尼过来不悦地说："慢着！不好意思，这个展台我们已经订了。"

厉薇薇问："已经订了？可是这里并没有任何标记说明展台已经订出去了啊。"

蒂凡尼说："你可以去组委会查啊。"

厉薇薇给了苏菲一个眼色："可是这里没有任何的预订标记，我们的人是先到的，这个展台只能归我们。"

苏菲会意，直接坐在展台桌子上，双手抱在胸前。

"敢和我们抢展台，有本事就来！"

蒂凡尼怒了："以为我们不敢吗？曹钟，把她拖下来。"

正在争执不下的时候，陈亦度也走了过来："怎么回事？"

曹钟连忙说："陈总，你快来看，他们玲珑的人太不讲道理了，光天化日之下公然打劫，抢我们的展台。"

苏菲怒了："呸！明明是我们先看上的！"

陈亦度看着苏菲和曹钟的样子，忍不住偷笑。

厉薇薇以眼神示意他去一边说话，两人悄悄离开。

蒂凡尼看不过去，上前一把把苏菲拉下来："你给我下来。"

两人拉扯了一会儿，蒂凡尼突然反应过来，厉薇薇和陈亦度不知道什么时候不见了。

陈亦度和厉薇薇走到会场外，厉薇薇说："我喜欢这个展台。"

陈亦度假装严肃的样子看着她说："很不幸，我也喜欢这个展台，而且好几天以前就已经订下了。"

厉薇薇说："可是我们玲珑也需要一个好位置啊！"

陈亦度话锋一转："不过为了表示我对你致歉的诚意，我决定把这个展台让给你……"

她一听，顿时惊喜了："真的？"

陈亦度接着说："一半！"

厉薇薇愣了："啊？"

陈亦度说："一人一半，公平合理。"

她想了想："成交！"

厉薇薇随即走开，陈亦度叫住她："你收了我的好处，就没点表示吗？"

陈亦度回来告知DU的其他人，展台要分给玲珑一半。

蒂凡尼听后很不开心，对他抱怨说："两个竞争的公司分一个展台？那半个展台怎么布置？"

陈亦度说："怎么布置不用你操心，让曹钟去办吧！"

看着他转身离开，蒂凡尼气得直跺脚。

曹钟忙着布置展台，不小心把分界线的绳子往玲珑那边挪了一点。

苏菲顿时不满意了："你别老想着占我们的便宜。看清楚了，分界线原来是在这里的。"

她把分界线往DU那边狠狠挪了一大截。

曹钟看出不对来："之前也不是这里！"

两个人跟斗鸡一样互相吹胡子瞪眼，这时厉薇薇和陈亦度过来了。

"你们别吵了。"

陈亦度和厉薇薇一起确定分界线，苏菲和曹钟用大头钉钉死分界线。

陈亦度和厉薇薇又不约而同地去挪同一块布景板，手无意间碰在一起，厉薇薇略带尴尬地收回手，陈亦度笑着看看她。

厉薇薇看看陈亦度，忍不住也露出一个微笑。

她继续布置展台时不小心扎伤了手，忍不住叫出声来。

陈亦度紧张地回头，走过来悄悄拉着厉薇薇到一边幕布后，小心地给她贴上创可贴："你也太不小心了。"

厉薇薇平静地说："谢谢。"

她转身要走，被陈亦度一把拉住，在幕布后就低头吻了上去。

厉薇薇起先小小挣扎了一下，接着就沉浸在这个吻里。

陈亦度问："气消了吗？"

她嗔怒说："没有！"

陈亦度低头要继续吻厉薇薇："你要是还生气，我就一直吻到你不生气了为止。"

厉薇薇忍不住笑出来，他也跟着笑了。

"在原谅你之前，我有件事要问你。那次在你家里，你到底和蒂凡尼发生了什么？你们到底是不是清白的？"

看着厉薇薇认真的表情，陈亦度忍住笑："你有一辈子的时间可以来调查我到底是不是清白的。"

说完，他抱紧了厉薇薇。

当天，康星也来到会场的展台前，珍妮看见了，奇怪地问："你怎么来了？"

康星连忙说："担心这里缺人手，我今天恰好没什么事，所以过来看看有什么可以帮忙的。"

珍妮说："那真是太好了，我们这里正缺能干力气活的。你看，那么多箱子要人搬过来呢！"

康星点头："没问题，交给我好了。"

他一边帮忙搬箱子，一边注意着正在和苏菲、老万、乔治等一起布置展台的厉薇薇。

珍妮满头大汗地来到休息处，把自己的头发扎起来好继续干活。

这时欧秘书过来了，用手帕小心翼翼地给珍妮擦脸上的灰："别动。"

两人越凑越近，含情脉脉地对视，好像就要亲上了似的。

恰好厉薇薇过来看见，好奇地问："你们在干什么？"

欧秘书吓得和珍妮急忙分开，欧秘书还胡诌说："因为歌迪亚总裁要来了，我想我也该好好学学法语，所以趁着休息的机会，想好好向珍妮请教一下。"

厉薇薇很惊讶："珍妮，你会法语？"

珍妮也吃惊了："厉总上次去法国的时候，我帮你翻译了很多资料啊，你不会忘了吧？"

欧秘书有些尴尬，连忙打圆场："厉总贵人多忘事，这几天肯定是忙坏了。"

厉薇薇也附和说："是，忙忘记了，那珍妮，既然你法语这么好，等歌迪亚总裁来了你就当随行翻译好了！"

珍妮又一愣，接着小心翼翼地提醒："厉总，歌迪亚总裁精通几国语言，中文说得可好了，不用翻译。"

厉薇薇眼珠一转，瞪着欧秘书："既然歌迪亚总裁中文那么好，你还学什么法语，想趁机偷懒吧？还不快去干活！"

说完，她赶紧脚底抹油一般溜了。

康星正好听到这一幕，暗自皱眉。

他悄悄离开展馆，跟莫凡在茶馆碰面。

"我发现厉薇薇确实有问题，她好像忘记了很多不该忘记的事情，而且看上去还不像是装的。比如说她不知道歌迪亚会中文，也不记得自己的贴身小秘书法语很好，这也太奇怪了。"

莫凡听了，不由得皱眉。

展台布置得差不多了，大家一起休息吃饭。

厉薇薇见陈亦度那边还没吃，悄悄把自己带来的便当盒给他。

陈亦度打开一看是蛋包饭，上面还有番茄酱画的爱心图案。

厉薇薇趁人不备，去堆头上拿了一瓶饮料递给他。

　　两人相视而笑，甜蜜地吃着蛋包饭，喝着饮料。

　　饭后继续布置展台，厉薇薇站在高处布置婚纱的时候不慎摔下，被陈亦度抱住。两人含情对视，厉薇薇害羞，怕被人看见，急忙跳了下来。

　　霍骁来到婚博会现场，一进来就看见厉薇薇和陈亦度的这一幕，他落寞地转身离去。

Chapter ⋎21

"我是疯了，乱了方寸，失了灵魂，这有什么大不了的？
只要能得到你！"

〣

回去的路上，霍骁接到王秘书的电话，便赶去见他。

王秘书拿出一沓单据，抽出一张，对比快件封面上的字迹："我把这些报销单据上的笔迹和这封快件上的笔迹做了比对，还真有发现，我们要找的人就在公司里。"

他把报销单据和快件递了过去，上面有康星的签名，两份笔迹明显相似。

霍骁皱眉："原来是他。"

王秘书点头又说："我特意调查了一下这个康星，他在大秀的那几天也去过巴黎，而且他的法文名就叫吕西安。"

霍骁沉吟说："那应该就不会错了，看来康星就是玲珑的内鬼。"

王秘书说："我现在就去通知人事部，将他踢出公司。"

霍骁拦下他："先不要轻举妄动，咱们先摸清楚康星到底想做什么，或许他背后还有什么别的人。"

婚博会开始后，人们围在DU集团的展台旁，而玲珑这边的展台就要显得清冷一些。

这时里奥出现在厉薇薇的展台旁，女孩们尖叫着拥过来。

蒂凡尼不服气，把里奥拖过来，女孩们又跑去DU的展台。

厉薇薇冲着里奥瞪眼，招了招手。

蒂凡尼急忙挽住里奥的胳膊，在他的耳朵边吹气："哪里都不许去，老老实实在我身边待着。"

里奥被她诱惑了，撒娇说："那你得陪着我，我就哪儿都不去。"

少女们围着DU的展台尖叫，蒂凡尼暗自得意。

厉薇薇嘀咕："这个重色轻姐的家伙！"

陈亦度对她示意手中的订单，已经是厚厚的一沓。

厉薇薇冲着他做了一个必胜的手势："我不会输给你的。"

说完，她走上展台，对着下面稀稀拉拉的人说："亲爱的朋友们，你们好！谢谢你们来参加今天的婚博会，也谢谢你们出现在玲珑的展台旁边来关注我们，现在我们的活动马上就要开始了。"

珍妮和苏菲有些奇怪地对视："活动？我们今天没有准备活动啊。"

却听见厉薇薇继续说："我们要邀请现场的姐妹们上台来做我们玲珑婚纱的模特。"

苏菲惊讶："太意外了，厉总真是出其不意。"

可在场的姑娘们都很羞涩，没有人自告奋勇地上来，有些冷场。

厉薇薇鼓励说："来吧，我有办法让你们体验一生中最美的时刻。"

这时一个坐在轮椅上的残疾姑娘上前，仰着脸问她："你看我行吗？"

"当然行！"厉薇薇冲着轮椅姑娘伸出手，把她带到了后台。

轮椅姑娘被打扮得焕然一新，穿着婚纱被推出来，大家纷纷鼓掌。

轮椅姑娘感动得落泪："没想到我也可以这么漂亮，可不可以给我多拍几张照片？"

厉薇薇笑了："当然可以。"

见状，顿时好多女孩都举手报名。

珍妮招呼说："报名参加的姐妹们请到这边来。"

女孩们立刻排起长长的队伍，很快玲珑的展台旁就围满了人。

陈亦度和曹钟也饶有兴趣地围观，蒂凡尼翻着白眼说："有什么好看的！"

后台休息的地方，厉薇薇正在喝水，陈亦度拿着杯子悄悄走到她身边。

"平凡人的婚纱梦，这个活动不错，很契合婚博会的主题，又能聚揽人气。"

厉薇薇瞥了他一眼："嫉妒啊？"

陈亦度反问："嫉妒？我用得着吗？"

"那咱们约定，这次的竞争是和平有爱的竞争，我们两个谁也不许耍手段，不许坑对方，也不许耍赖，拉钩！"

厉薇薇伸出小拇指，陈亦度认真地和她拉钩。

"如果你赢了，我会高兴，因为我喜欢的人这么出色。"

陈亦度说："如果我输了，我也会高兴，因为我是被一个可爱的女人打败的。"

说完，两人相视而笑。

婚博会现场，记者们采访陈亦度。

"陈先生，你们DU和玲珑又面临一次现场近距离PK，你有什么话想通过我们传递给对手的？"

陈亦度宠溺地看了人群中的厉薇薇一眼："虽然玲珑的设计师厉薇薇才华横溢、眼光独到、出手不凡，可是面对我们DU，她未必会赢！"

记者一愣，又转向厉薇薇。

"业界知名的时尚女魔头厉薇薇女士，请问您对陈亦度的话有什么感想？"

厉薇薇笑着和陈亦度目光对视："陈亦度这一次输定了，尽管他帅气精明又有魄力，可惜我厉薇薇，永远比他更胜一筹。"

记者疑惑了："我说你们两个这回是在PK，还是在变着法地夸对方啊？"

其他记者也议论："这次风格突变，也是头条。"

蒂凡尼气急败坏地收拾东西要离开，却误拿了厉薇薇的iPad，塞进包里就走了。她回公司加班的时候打开iPad，看着屏保就知道自己错拿了厉薇薇的。

蒂凡尼好奇地打开，看到了霍骁为厉薇薇做的备忘录。

第一张就是陈亦度的相片，还标注了陈亦度是头号危险人物。

"陈亦度，危险指数五颗星？这是什么意思？"再往后看，就是自己的相片，蒂凡尼一愣。"怎么还有我？"

她想了想，心生一计，拨通了里奥的电话。

里奥阳光帅气地出现在餐厅，一看到蒂凡尼出现就眼睛发亮。

蒂凡尼手里拿着平板电脑，一坐下就劈头盖脸地问他："厉薇薇出了这么大的事情，你为什么不告诉我？"

里奥被她问蒙了，愣了一下试探地问："你说的是什么事情？"

"别装了，我什么都知道了。"

蒂凡尼把厉薇薇的iPad放在里奥面前，他翻着看，倒抽了一口冷气，以为她什么都知道了。

"亏你还口口声声说喜欢我，这么大的事情居然都瞒着我。"

里奥乖巧地看了一眼蒂凡尼，眨巴眨巴眼睛，很无辜的样子。

"你知道的，失忆对一个设计师来说不是什么好事，所以我才帮薇薇姐保密的，现在你也知道了，可千万别说出去。"

蒂凡尼震惊了："你说什么？厉薇薇她失忆了？"

里奥也傻了："原来你不知道？"

蒂凡尼笑了："托你的福，我现在知道了。饭你自己吃吧，我还有事情要忙，再见！"

里奥气得大叫："你这个狡诈的坏女人。"

蒂凡尼冲着他坏笑，拿包直接出门。

婚博会结束后，厉薇薇和陈亦度相约去饭馆甜蜜分吃蛋包饭。

厉薇薇说："对了，我有个好消息要告诉你。李医生说我的失忆症可能在好转，为了庆祝，你陪我去医院复查吧？"

陈亦度听得一愣，表情变得有些凝重，皱了一下眉："好。"

厉薇薇注意到他的表情："你看起来好像很不情愿的样子，难道你不希望我快点恢复记忆吗？"

他掩饰说："我是怕你想起我以前欺负你的事。"

"是吗？那我以后要狠狠地欺负你，为自己报仇。"

说完，厉薇薇凑过去亲了陈亦度一口。

第二天，厉薇薇打电话催陈亦度陪她去医院，陈亦度无奈地答应了，刚挂掉电话，蒂凡尼就闯进了办公室。

"阿度，我有很重要的事要对你说。"

陈亦度下意识地看了一下墙上的钟，但还是耐心地坐下："说吧，什么事？"

蒂凡尼问："你有没有发现这段时间厉薇薇的反常？无论性格还是行事的风格，都和以前大不一样？"

陈亦度一愣，盯着她问："你想说什么？"

蒂凡尼狐疑地看着陈亦度，喃喃说："对了，不只是厉薇薇变得不一样，你对厉薇薇也变得不一样了，你知不知道厉薇薇失忆的事情？"

陈亦度神色平静地点头："我知道。"

蒂凡尼震惊了："我明白了，难怪你们又会走到一起。"

陈亦度起身说："既然你现在明白了，这件事就到此为止，不要再声张。"

蒂凡尼生气了："为什么？这件事情如果公布出去，厉薇薇就再也不能留在设计界，枫丹一战我们就会不战而胜。"

他皱眉："因为我不允许！"

蒂凡尼劝他："可这也是我的事业，我的前途。你们两个人恩恩爱爱卿卿我我，难道就要拿我的心血和努力做垫脚石？"

陈亦度说："你不能为了成全你自己就毁了薇薇，这样太卑鄙了。"

蒂凡尼失望地看着他："卑鄙？厉薇薇以前对付我们的那些手段难道不卑鄙？"

他叹气："蒂凡尼，你是我带出来的，你的能力我再清楚不过。你最大的对手不是厉薇薇，毁了厉薇薇也并不代表你能成功，你最大的敌人是你自己。"

蒂凡尼听得心寒，冷冷地说："你喜欢她，自然处处为她着想。但这是我赢她的绝佳机会，我绝不会就这样放过的。"

她说完转身就走，陈亦度急忙追了过去。

蒂凡尼拿着平板电脑进了会议室，对着一屋子DU的工作人员宣布：

"听好了，我有个特大的喜讯告诉大家，我们DU的老对手，玲珑的设计总监厉薇薇，她的……"

陈亦度赶到的时候，想上前阻止她似乎已经来不及。

此时在蒂凡尼身后，里奥一把拉过她，直接吻了上去。

蒂凡尼惊呆了，其余众人也都愣住了。

狂吻之下，蒂凡尼整个人都软了下来。

陈亦度松了一口气，里奥趁机夺走蒂凡尼手上的平板电脑，冲他做了一个"OK"的手势。

里奥松开蒂凡尼，后者呆呆地看着他。

曹钟愣愣地鼓掌："原来蒂凡尼你所谓的喜讯，就是你和厉薇薇的弟弟好上了。"

同事们起哄："超模里奥，蒂凡尼你好厉害。"

蒂凡尼捂着嘴，惨叫一声跑了。

里奥冲陈亦度使了一个眼色："未来姐夫你别管，交给我好了。"

说完，他跑去追上了蒂凡尼。

蒂凡尼看着里奥，羞得满脸通红："你别过来。"

里奥一把抓住她说："我说过的，你敢动我姐姐，我就先动了你。你要是再敢对我姐姐不利，我就……"

他说着冲蒂凡尼噘了噘嘴，她吓得尖叫一声。

里奥疼爱地抱住她，蒂凡尼一愣，接受了这个拥抱。

里奥正色教育蒂凡尼："想赢别人靠的是实力，不是爆别人的隐私。看在你是我喜欢的女人的分上，我才教你的。"

蒂凡尼有些动容，想要挣扎，却被里奥抱得更紧。

"这可是我的初吻啊，你以后一定要对我负责啊。"

她一听，红着眼睛笑了。

陈亦度陪厉薇薇去医院，她停下脚步，深呼吸说："这是我失忆之后第一次复查，我好像有点紧张。"

厉薇薇抓住陈亦度的手："我手上是不是好多汗？"

陈亦度紧紧抓住她的手："其实我比你更紧张。"

厉薇薇问："为什么？"

陈亦度半真半假地看着她："我怕你不光想起我欺负你的事，还想起我欠了你一大笔钱。"

厉薇薇笑了，两人手牵手朝医院里走。

康星为了调查厉薇薇，装扮成医院的清洁工潜进了她主治医生的办公室。

趁着四处无人，他翻抽屉找厉薇薇的病历。

门外一响，主治医生推门而入。

康星来不及出去，迅速合上抽屉，躲在窗帘后面。

主治医生对厉薇薇说："我先给你开一下复查的单据，你先去做各项检查，然后根据检查结果，我们再好好综合评定一下。"

他一边开检查单据，一边又问："你之前忘记的事情，现在想起来多少？"

厉薇薇答："不过九牛一毛而已。"

陈亦度听了，偷偷松了一口气。

厉薇薇又问："医生，这些丢了的记忆会不会永远都想不起来？"

医生答："客观地说，有这个可能。不过也有可能突然一下子全部想起来，这个很难说。现代医学对于失忆这种病症，其实还是知之甚少。"

陈亦度的表情又变得凝重，注视着厉薇薇。

康星躲在窗帘后面，把厉薇薇失忆的情况听了个一清二楚。

跟医生道别后，厉薇薇走在医院的走廊上装虚弱，捂着脑袋，走路颤颤巍巍："哎呀，我头晕。"

陈亦度顿时紧张了："刚才还好好的，怎么突然头晕了？"

厉薇薇说："我刚才抽了五大管血，好像有点贫血了。"

她一边说着，一边绵软地靠在陈亦度身上。

陈亦度知道厉薇薇是故意撒娇，笑笑说："那要不要我背着你走？"

厉薇薇点头，他连忙蹲下。

她被陈亦度背着，靠在他的肩头，露出幸福的微笑。

两人身后，康星走出医院，露出一抹阴笑。

接到王秘书的电话，知道康星正在湖滨公园等什么人，霍骁立刻赶了过去。

他悄悄在公园的角落跟王秘书会合，看见康星和一个男人在聊天。

男人背对着霍骁，看不清脸，在公园的沙地上听着康星汇报。

康星和那个男人分开后，霍骁悄悄跟踪那个男子，想知道那个人是谁。

男子似乎察觉到有人跟踪，加快脚步，很快甩开了霍骁。

霍骁失去男子的影踪，觉得懊恼。

突然，他瞥见一边的中式茶馆门口，有沙土脚印。

想起男人曾站在沙地上，霍骁走进茶馆，目光搜索茶馆里的人。

果然看见和男子装束一样的人，正背对自己。

霍骁急忙上前抓住男子的手臂，对方回头，见是莫凡，霍骁顿时震惊了："是你！"

莫凡见他揪住了自己，不在乎地笑笑。

霍骁在莫凡对面坐下："原来康星是你的人，你把他安插在玲珑，到底想做什么？"

莫凡不慌不忙地说："没什么，就是想跟你合作，就算你今天不来找我，我也会去找你的。"

霍骁冷笑："我怎么可能和你们合作，我现在要做的事情就是把你们做的丑事公之于众！"

莫凡说："那我应该会先你一步，把厉薇薇失忆的事情公之于众。"

霍骁震惊了："你真是无耻。"

莫凡给他递上一杯茶："火气不要这么旺，大家都是生意人，好好合作不行吗？"

霍骁断然拒绝："我跟你没什么好合作的。"

莫凡摇头："我倒是觉得我们有很大的合作空间，我们的目标是一致的，都是要对付陈亦度。"

霍骁听了，讥讽说："你不是陈亦度的好兄弟吗？"

"背后插刀的，不都是兄弟吗？"

他喝了一口茶，继续说："你好好考虑清楚到底是选择跟我合作，拆散厉薇薇和陈亦度，还是选择让厉薇薇失忆的事情曝光，令她身败名裂？"

闻言，霍骁表情纠结。

莫凡从口袋里掏出一个精致的U盘，塞到他的手里："为了表示我合作的诚意，先送你一份大礼——这是陈亦度收买董事会成员的一些证据。"

见霍骁皱眉看着手里的U盘，莫凡又说："我相信霍先生是个聪明人，我们的合作一定会非常愉快。"

陈亦度独自一人来到墓地，把一束鲜花放在墓碑旁。

他看着墓碑上父亲的小像说："爸爸，我来看您了，其实也没什么事，就是想您了，想跟您说说话。"

陈亦度掏出一壶酒打开，倒了一些在墓碑前，自己也喝了一口，笑了笑："爸爸，你也替我高兴吧，人生最灰暗的日子我已经熬过来了。这段时间我过得很开心，而这个令我开心的人我也一定会好好把握，好好珍惜。"

莫凡在远处注视着陈亦度，看着他转身离开后，这才来到墓碑前。

看着墓碑前的鲜花，莫凡拿起来恶狠狠地甩开，拿脚踩个稀巴烂。

他一边踩，一边回想当年的车祸。

抚摸着手上的伤疤，莫凡看向墓碑的表情十分阴鸷。

"我的父母是你撞死的，我的家也是你毁掉的。现在我要让你看看，我是怎么毁掉你儿子的。"

离开墓园的陈亦度跟厉薇薇约好到医院探望陈母，两人陪着陈母直到傍晚的时候才离开。

小护士搀扶着依依不舍的陈母离去，厉薇薇挽起了陈亦度的手走出医院。

陈亦度故意逗她："不怕那些小报记者偷拍了？"

厉薇薇说："尽管拍，我可是你的正牌女友，又不是什么小三小四。我还要感激媒体免费帮我们秀恩爱呢，我再多换几个pose，让他们多拍几张。"

说完，她上前吻了一下陈亦度："阿度，过几天就让阿姨出院吧，我可以搬过去照顾她。我保证会把阿姨照顾得好好的，让她每天都开开心心的。"

陈亦度笑了："怎么，怕我要退货，着急向未来婆婆献殷勤啊？"

厉薇薇笑着捶打他说："退货，你想得美！"

不远处的车上，霍骁看见两人甜蜜的这一幕，痛苦不已。

第二天一早，在玲珑办公室的珍妮突然对着电脑屏幕尖叫起来。

众人瞬间将目光全部投向珍妮，欧秘书一下子跳到了她的身边，紧张地问："你怎么了？"

珍妮指着电脑屏幕说："伊文思竟然自杀了。"

众人纷纷围到珍妮周围来看，议论纷纷。

"就是那个新潮流比赛的三连冠，第一个同时登上四大时装周的华人设计师。"

"我听说他江郎才尽后让老东家一脚踢飞，被炒了鱿鱼，没想到竟然落魄到了要自杀的地步，太可怕了！"

"不过对一个设计大师来说，设计生涯就是生命，没有了才华，活着还有什么意义？"

苏菲说："厉总这个级别的才应该担心呢，从云端坠落的感觉，不是每个人都能够承受的。"

老万接口说："厉总以前亲口对我说，她不做设计的那天就是她进太平间的那天。"

珍妮怒了："呸呸呸，你乌鸦嘴。厉总是凡人吗，她才不会江郎才尽呢！"

众人都没注意到，霍骁不知什么时候已经站在了众人身后，他默默地听着众人的对话，心情沉重，痛苦地闭了闭眼。

康星和莫凡再次在酒吧碰头，康星略带担忧地问："老大，霍骁现在已经发现了我们，他会不会偷偷告诉陈亦度，然后跟陈亦度联起手来对付我们？"

莫凡摇头："敌人的敌人就是朋友，霍骁是个聪明人，这么简单的道理他不会不明白的。况且，我们手里还有厉薇薇的秘密呢，他不会蠢到用厉薇薇去冒险。"

康星点头："不过上次我们跟他提出合作之后，霍骁一直没回话，他真的会乖乖地听我们摆布吗？"

莫凡不慌不忙地喝了一口酒："你抓过蛇吗？不会抓蛇的人往往捕蛇不成，反被蛇咬，而会抓蛇的人下手轻巧，直掐七寸，一旦掐住，再厉害的蛇都得乖乖就范，人也是一样。那个厉薇薇，不就是霍骁的七寸吗？霍骁太爱厉薇薇，爱得已经失去理智，他会为了得到这个女人而忘了自己的准则，忘了现实存在，心甘情愿地为我们所用。"

他举杯与康星干杯："来，先提前祝我们成功。"

这天晚上，蒂凡尼在小餐馆等事先约好的小报记者。

没想到记者没来，来的却是里奥。

他径直走到蒂凡尼面前坐下，她皱眉问："怎么是你？"

里奥说："《南方时尚》的苏记者是我合作多年的密友，知道你约了他，我就料到不会有什么好事，你多半是想把薇薇失忆的事捅给媒体吧？所以，我自告奋勇替他来了。"

蒂凡尼没好气地站起来就要走。

里奥起身，拦在她的面前质问："你干吗三番五次地总要和薇薇过不去？"

蒂凡尼答："这不是显而易见吗？她是我的情敌。"

里奥认真地看着她："你的大脑还真是短路，薇薇是我姐姐，我怎么可能爱上我姐姐？所以薇薇她无论如何也不可能成为你的情敌，最多就是假想敌。"

蒂凡尼有些气急败坏，脸上却飞起两片红云："你大脑才短路，我爱的明明就是陈……"

里奥上前吻住她，刚一松口蒂凡尼就继续争辩："我要去揭发厉……"

里奥低头继续吻住蒂凡尼："如果你继续说些不该说的话，我就见你一次吻你一次。"

蒂凡尼愣愣地看着里奥，顶着满嘴被吻花了的口红，一脸沉醉的表情。

里奥说："别装了，为了一点可怜的自尊心就要拒绝终身幸福，这也太犯不上了吧。"

闻言，蒂凡尼捂嘴逃走。

霍骁疲倦地回到家，客厅里的霍锐强正坐在沙发上看报，看见他不由得问："听说歌迪亚今天下午已经到上海了，明天的记者见面会准备得怎么样了？"

霍骁答："今天市场部全体留下来加班，场地、流程和嘉宾都已经准备好了，明天的见面会一定会万无一失的。歌迪亚女士不愧是行业高手，虽然她之前约定的是以销量定胜负，但显然她也很关注企业的实际运营情况。毕竟数据是死的，企业的运营却是灵活的，所以她才会千里迢迢亲自前来考察。我们对她的来访有足够的心理准备，也知道该给她看什么，您就放心吧！"

霍锐强点头，随即打量了一下他一脸疲惫的样子："你现在一门心思都放在工作上也挺好，男人就应该是这个样子，一切以事业为重。成功的男人才最有魅力，才最能让女人欣赏。只要功成名就，什么样的女人找不到。”

霍骁听了，别过头去，沉默不语。

霍锐强叹气：“忙了一天了，快去休息吧。厨房里有刚炖的鸡汤，我让他们给你盛一碗端上来！”

霍骁走进自己房间，拿起电话，冷冷地说：“欧秘书，明天一早的记者见面会上给我准备鲜花。”

玲珑的记者见面会即将开始，媒体人陆续到场。

霍锐强和霍锐勇亲自等在公司门口迎接。

一辆汽车在门口停下，歌迪亚女士与随行人员一起从车上下来。

霍锐强连忙迎上去：“歌迪亚女士，您好。”

“您好，霍先生。”歌迪亚与霍锐强和霍锐勇分别握手。

霍锐强说：“歌迪亚女士，这次您能亲自莅临我们玲珑指导，实在是我们莫大的荣幸，我代表玲珑全体员工热烈欢迎您的到来。”

歌迪亚说：“霍先生客气了，我本人非常喜欢中国，也很欣赏中国同行们高超的才智，我相信我此行一定会非常完美。”

霍锐强迎着歌迪亚走进公司，包括霍锐勇在内的玲珑其他几个高层也跟在后面，满脸堆笑地拥着她往公司里走。

陈亦度和蒂凡尼跟在后面也来参加记者见面会，他看上去精神抖擞、面带笑意。

里奥也从另一个方向走来，故意跟陈亦度打趣：“今天是不是太阳打西边出来了，你这个万年的面瘫脸终于多云转晴了？是不是快要做我姐夫了，所以抑制不住内心的激动啊？”

陈亦度笑笑，蒂凡尼站在后面沉着脸，没好气地瞪了里奥一眼。

里奥朝着她调皮地眨眼睛，做了一个噘嘴的动作。

蒂凡尼吓得满脸通红，加快脚步朝前走，里奥在后面偷笑。

走廊上，霍骁沉着脸拦住厉薇薇。

"薇薇，我有话要跟你说。"

厉薇薇脸色诧异，跟着他去了办公室。

霍骁不看她："薇薇，我不能接受和你解除婚约。"

她震惊了："什么！霍骁，你怎么能出尔反尔？"

霍骁说："对不起，我不能没有你。"

厉薇薇劝说："我明白你对我的感情，但我对你真的只有友情，再无其他。"

霍骁问："薇薇，陪你长大的那个人是我，陪你经历你的每次欢喜每次悲伤的人是我，为什么牵着你的手陪你度过余生的那个人就不能是我？"

"爱情可以是一个人的事，但婚姻是两个人的事。你别再说了，只要我不同意，这个婚约就不能履行下去。"

说完，厉薇薇就朝门口走去。

霍骁快走几步，拦在她的面前，拿出一个信封递了过去："我希望你看了这个之后，再做决定。"

厉薇薇打开信封看了起来，信封里是陈亦度拿好处笼络董事会成员的证据，她顿时一脸震惊。

霍骁解释说："这是陈亦度拿好处笼络董事会成员的证据，如果你不答应和我履行婚约，我就会把这份证据公开。到时候陈亦度面临的是巨大的丑闻，他将会被再次弹劾，由此可能导致的连锁反应你我都很清楚，DU的股票很可能会变成废纸，这个品牌或许就此成为历史。"

厉薇薇捏着资料的手不住地颤抖，不敢相信地看着霍骁："你怎么会这么做？"

霍骁一愣，无奈地开口："我别无选择。"

玲珑公司的会议室里，众人已经落座。

欧秘书上台主持："各位先生、各位女士，感谢大家前来出席这次的记者见面会。

"能够在中国，在玲珑欢迎歌迪亚女士的到来，我们都感到非常荣幸，请允许我代表玲珑再次表达对歌迪亚女士的敬意。中国人有一句吉祥话，叫作'出门见喜'。首先，请允许我们为歌迪亚女士的这次出行送上一份喜气，让她感受中国之行的快乐和美好。"

在座的人纷纷好奇地小声议论，陈亦度坐在后排皱眉，不知道玲珑葫芦里卖的是什么药。

厉薇薇不知什么时候已经落寞地坐在会场的一个角落，陈亦度看向她却得不到回应，顿时有了不好的预感。

欧秘书接着说："各位，请大家把目光投向会议室门口。"

会议室大门打开，霍骁捧着九十九朵玫瑰的大花束进场。他径直走向厉薇薇，当场单膝下跪，把花束献给她："薇薇，你愿意嫁给我吗？"

陈亦度震惊，激动得攥着拳头，几乎不敢相信。

里奥和蒂凡尼见了，也是一脸吃惊。

连霍锐强也是一脸惊讶，他想了想就露出释然的表情，看着霍骁满意地笑了笑。

厉薇薇面无表情地接过花束，艰难地吐出几个字："我愿意。"

歌迪亚率先鼓掌，全场响起掌声。

记者问："霍总，据我们所知你们两个不是在巴黎就订婚了吗？今天再搞求婚仪式，意义何在？"

霍骁答："没错，我们俩确实订过婚。但那次在巴黎是薇薇向我求婚，作为一个男人，我始终觉得自己亏欠了最爱的人。因此我希望在今天这个重要的日子郑重地再向她求一次婚，让她享受作为我此生至爱应有的幸福。"

记者笑说："霍先生和厉小姐实在是让人羡慕。"

四周闪光灯频频亮起，霍骁走上了主席台。

"各位，我和薇薇的婚礼将于下月初八在麒麟饭店举行。今天的记者见面会不仅是一次求婚，也是一次婚礼邀约，希望届时在场所有同行和媒体朋友都能够来参加我们的婚礼，和我们分享爱的快乐。"

众记者鼓掌，康星在人群中露出笑容。

陈亦度在一片闪光灯和掌声中，铁青着脸转身离去，蒂凡尼和里奥紧跟其后。

蒂凡尼边走边骂："这个厉薇薇平时装得一副纯情的样子，没想到竟然当着这么多人的面公开地玩弄别人的感情，我骂她这几句已经算是便宜她了！"

里奥不高兴了："薇薇一定是有苦衷的，我不许你骂她。"

陈亦度打断他们："好了，都别说了。"

说完，他转身离开了。

记者见面会已经结束，霍锐强和霍骁送别歌迪亚一行人。

歌迪亚说："霍先生，没想到今天的记者见面会还有这样的惊喜，能两次见证你们完美的爱情是我的荣幸。"

霍锐强说："歌迪亚女士，您能亲自见证犬子和薇薇的爱情，也是他们、是玲珑的荣幸。"

霍骁说："请您先回酒店休息，明天一早我会专程陪同您前去玲珑的旗舰店参观。"

霍家父子与歌迪亚挥手告别，霍锐强满意地看看身边的霍骁。

"行啊，保密工作做得够好的，连你老爹都给糊弄过去了。"

霍骁摇头："我也是临时做的决定，还没来得及告诉您。"

霍锐强满意地拍了拍霍骁的肩膀："厉薇薇是玲珑的一张王牌，又是你一直喜欢的人，当然要不惜代价牢牢抓住，你今天这个样子才像我儿子。"

霍骁皱眉不语，强忍着心中的痛苦。

厉薇薇独自一人在玲珑天台上流泪，这时霍骁走了过来。

她听见脚步声回头，发现是霍骁，瞪着他，依旧不敢相信："今天的你，真的是以前那个你吗？"

霍骁心里酸涩，表面依旧坚强："我一直都是那个爱你的霍骁。"

厉薇薇痛苦地摇头："我认识的霍骁是我最好的朋友，他是无条件永远陪在我身边的朋友，宁可自己难受也要让我开心的朋友，绝不是一个不择手段的小人。"

霍骁冷冷地说："是陈亦度小人在先，谁叫他自己做了不光彩的事。我只是借题发挥，达到我自己的目的罢了！"

她震惊了："霍骁，你理智点好不好？"

霍骁说："理智？我一直以为自己是个理智的人，能把握分寸，懂得丈量距离。可这有什么用，我还不是照样要失去你！"

厉薇薇害怕地看着他："你疯了！"

"我是疯了，乱了方寸，失了灵魂，这有什么大不了的？只要能得到你！"

霍骁伸手去搂她，被厉薇薇狠狠甩开。

他看着厉薇薇的背影，心痛如刀绞。

欧秘书走到霍骁身边，看着他，一副看不懂的表情："霍总，您之前不是还口口声声跟我说要对厉总放手，要让她开心的吗，今天怎么……"

霍骁打断他："我改变主意了，我原以为我可以那么高尚，可放手了却发现自己根本就做不到，爱本来就是自私的。我放得下尊严，放得下个性，放得下固执，却唯独放不下她。"

欧秘书说："霍总，我总觉得您不是这样的人。"

闻言，霍骁沉默了。

欧秘书突然想起什么，掏出一张纸："对了，差点把正事忘了。最近法国那边的调查一直没有进展，我心想这么下去不是办法，所以特意列了一份名单。名单上都是我认为身份可疑，很可能就是吕西安的人，我们要不要按照这份名单开始调查？"

霍骁说："不用了，这件事我已经交给别人办了，你以后不用再插手。"

欧秘书顿时失落了："为什么？霍总，您怎么说换人就换人呢？"

霍骁不耐烦地说："你是总经理还是我是总经理？我做每一件事都要向你交代吗？"

闻言，欧秘书一脸委屈。

Chapter 22

"在爱情的赌局里，永远都找不到真正的赢家。"

放弃我，抓紧我

陈亦度满脑子都是发布会上霍骁向厉薇薇求婚的一幕，他拿起手机想给厉薇薇打电话，刚拨出号码，想了想，却又烦躁地挂断。

门外响起敲门声，莫凡推门进来。

"我看了电视新闻，知道了今天在玲珑发生的事。你现在该相信了吧，厉薇薇这个女人，不值得你付出一丁点的爱。"

陈亦度摇头："薇薇不应该是这样的……"

莫凡打断他："那她应该是什么样的？这个女魔头一次又一次地把你伤得血肉模糊，你却还傻乎乎地替她辩解。阿度，现实一点吧。信什么都好，就是别信什么愚蠢的爱情。你是个聪明人，别在厉薇薇身上再浪费时间了。"

陈亦度听着，表情痛苦纠结。

餐桌旁，厉薇薇呆呆地坐着，里奥一边吃饭一边质问她。

"薇薇，你到底为什么要这样做，你跟陈亦度好不容易才走到今天。"

厉薇薇叹气："要不是为了陈亦度，我绝不会那样做。"

里奥不解了："什么意思，为了陈亦度，放弃陈亦度？"

她解释说：“霍骁用陈亦度笼络董事会成员的证据威胁我，如果我不答应跟霍骁结婚，那些证据就会被公之于众，陈亦度将陷于巨大的丑闻之中。”

里奥震惊了：“霍骁？”

厉薇薇喃喃说：“霍骁是我从小一起长大的好朋友，比亲哥哥还要亲的男闺密，没想到他竟然变成这样。”

里奥想了想说：“既然这样，你为什么不直接告诉陈亦度呢？”

她摇头：“我不想让陈亦度担心，更不想让他陷于危难境地。”

里奥感叹：“那你就宁可牺牲你自己？”

厉薇薇说：“你不许大嘴巴告诉陈亦度，他要是知道了指不定会做出什么样的傻事来！”

里奥撇嘴：“难道你今天做的就不是傻事吗？”

第二天，里奥去了DU公司，看见蒂凡尼正在泡茶，伸手夺走了她手里的杯子，直接喝了起来。

蒂凡尼一惊：“那是我的杯子。”

里奥噘嘴：“没关系，我们都这样了，我不嫌你脏。”

蒂凡尼害羞地下意识捂嘴唇，又听他说：“告诉你个秘密，薇薇之所以会愿意跟霍骁结婚，是受了他的威胁。”

蒂凡尼惊了，随即不解地问：“你为什么告诉我？”

里奥耸肩：“因为薇薇叫我不要告诉陈亦度，但没说不能让别人告诉他。”

蒂凡尼看看他：“你不会是在打我的主意，想让我告诉陈亦度吧？”

里奥搭着她的肩膀，暧昧地笑了：“检验你到底爱不爱我的时候到了！”

蒂凡尼在陈亦度办公室门口几番犹豫，走几步又退回来。

这时曹钟路过，不解地看着蒂凡尼："你干吗呢？"

她很认真地问："曹钟，问你一个问题，你一定要很认真地回答我。你觉得是里奥适合我，还是陈亦度适合我？"

曹钟毫不犹豫地答："我选里奥。"

蒂凡尼问："不是你选，是我选，我到底该选哪个？"

曹钟说："你这好像不是选择题，你有的选吗？傻子都知道陈总不喜欢你，否则你怎么会追求他这么多年都没成功。里奥多好啊，又鲜又嫩，最重要的是他脑子坏掉爱上了你，死心塌地地一直追求你。你倒好，竟然捡了这么大个便宜还视而不见，我简直被你蠢得胸闷气短。"

蒂凡尼瞪着他，打断说："闭嘴，我知道了。"

说完，她径直朝陈亦度房间走去，豪迈地一把推开门。

蒂凡尼气势汹汹地站在陈亦度面前说："阿度，你别郁闷了，昨天的事厉薇薇是有苦衷的。"

陈亦度一听，颇为诧异地看着她。

听完蒂凡尼的话，陈亦度立刻离开办公室去找厉薇薇。

里奥进来笑嘻嘻地说："今天你的出色表现，我已经看到了。鉴于你那么赤裸裸地向我示爱，我必须好好地奖励你一下。"

他凑过去准备吻蒂凡尼，没想到她占据主动，反身把里奥压在一边的墙上，让里奥大吃一惊。

蒂凡尼狠狠盯着里奥："我要把之前你对我做的，通通讨回来。"

说完，她仰头吻上里奥。

厉薇薇呆呆地站在街对面，看着陈亦度老工作室，喃喃说："对不起，阿度，这个地方也许我是再也回不去了。"

陈亦度突然出现，从身后一把抱住了她："你回不去，那我就穿越过来找你，然后紧紧抱住你，这辈子再也不松手。"

她神色动容："阿度？"

陈亦度说："薇薇，我都知道了。"

厉薇薇双眼含泪："我不想让你有事。"

陈亦度抱紧她："傻瓜，你一个人承受一切，以为我心里就会好过吗？答应我，以后不管有什么事，都让我们俩一起来承担好吗？"

她点了点头，随即又忧虑了："可是董事会的事你要怎么承担？这毕竟是一桩天大的丑闻……"

陈亦度打断说："你怎么知道这对我就一定是桩丑闻？笼络董事会成员的事情，我一点也不知情。"

厉薇薇诧异了："那是谁做的？"

他想了想，摇头说："既然有人利用这件事做文章，那就证明他一直处心积虑地想要对付我。我一定要找出罪魁祸首，找出事实真相，不能眼睁睁地看着你为了子虚乌有的事被迫成为别人的新娘。"

晚上的时候，陈亦度再次约莫凡到搏击馆练搏击。

莫凡不同于以前，招招凶狠，甚至有些控制不了自己的情绪。

陈亦度破天荒地败下阵来，他颇为诧异，气喘吁吁地问："你今天的水平怎么一下子突飞猛进了？"

莫凡起身说："超常发挥，起来，再玩几个回合。"

陈亦度坐下说："不打了，好汉不吃眼前亏，你这正气势如虹，我可不想让你打得满地找牙，歇会儿。哥，上次你说去帮我搞定董事会成员的事情，后来到底是怎么搞定的？我怎么听人说，外面都在疯传，说是我拿了好处笼络董事会成员呢？"

莫凡故作惊讶："什么？我怎么没听说过这事？"

陈亦度追问他："那你到底是怎么搞定的？"

莫凡答："怎么搞定？还不是用嘴搞定，我亲自上门一个个地劝说。死硬分子，我还得三顾茅庐。好在最终那几个家伙都让我说服了，还赌咒发誓地说会自愿站在你这边，接着不就取消弹劾大会了？"

陈亦度陷入沉思："既然这样，那谣言到底是怎么传出来的？"

莫凡问："你不会怀疑到我头上了吧？"

陈亦度捶了他一拳，笑了："你还挺会讲冷笑话的，你要算计我，哪儿还用等到今天！看来这件事，是有人故意安排，企图栽赃给我。"

莫凡叹气说："难怪你今天节奏紊乱，拳脚稀松，原来你是心里发虚，手上没准啊。"

陈亦度看着他："明枪易躲，暗箭难防，你说到底是谁这样处心积虑地要害我呢？"

莫凡拉着他起来："有我这个文武双全的大内高手在，管他们什么明枪暗箭的，我通通帮你挡住，你就把心放肚子里吧。走，再来！"

两人结束后，陈亦度挥手跟莫凡告别。

莫凡叮嘱他："路上小心。"

目送陈亦度的车子远去，他渐渐收起脸上的笑容，掏出手机打电话给康星。

"是我，之前笼络DU董事会成员的事你做得干净吗？"

康星答："当然。老大，我办事，你尽管放心。"

莫凡叮嘱他："陈亦度已经对董事会的事起了疑心，这段时间你得格外小心。"

霍骁站在办公室里，看着一边书架上厉薇薇小时候送给自己的娃娃。

门外响起敲门声，康星走了进来。

霍骁看见他，不禁皱眉。

康星明知故问："霍总，怎么看见我好像很不高兴的样子？"

霍骁冷着脸问："什么事？"

康星讥笑说："什么事？替你脸红啊。你堂堂一个总经理，看着挺威风，其实外强中干，连个女人都看不住，难怪人家要红杏出墙了。"

霍骁气得揪住他的衣领："你说什么？"

康星挑眉："我说你婚还没结呢，已经戴上绿帽子了。你的计策失败了，厉薇薇和陈亦度已经联起手来准备对付你呢。一旦让他们查清了DU董事会的事，你恐怕没有什么好果子吃。"

霍骁松开他，不解了："什么意思？难道陈亦度是清白的？他没拉拢过董事会成员？"

康星阴笑："是我们帮了他这个小忙。"

霍骁震怒："你们简直卑鄙无耻！"

康星冷笑："嘴巴最好放干净点，别忘了你现在可是跟我们在一条船上。"

霍骁拒绝："我不会跟你们这些无耻之徒合作了。"

"上船容易下船难，那要看看你有没有下船的勇气了。"

康星说着，拿起了柜子里那个厉薇薇送给霍骁的娃娃。

霍骁怒了："放下！"

康星根本不理他："厉薇薇的把柄可是在我们手上，你要是中途跳海，自己淹死也就罢了，还会连累厉薇薇跟你一起，死无葬身之地！"

他说着，就把娃娃从打开的窗口扔了出去。

霍骁追到窗口，看到楼下有一辆汽车正好经过，把掉在地上的娃娃碾个粉碎，他顿时既震惊又心痛。

康星说："霍总，其实我们是很好的合作伙伴。我们有共同的利益，何必闹得这么不愉快呢？我劝你一句，别死守着什么正义感了，只要目的达到，何必在乎手段。"

第二天一早，在DU办公室里，陈亦度召集蒂凡尼和曹钟开会。

"把你们叫到这里，是因为你们俩是我现在唯一能信任的人。"

蒂凡尼紧张地问："出什么事了？"

曹钟说："陈总，我们你就放心吧，谁走漏风声我头一个替你灭口。"

"我希望你们能跟我分头去拜访几个人。"他把一张名单放在蒂凡尼和曹钟面前。

蒂凡尼看了看名单："这不就是董事会那几个墙头草？"

陈亦度点头："上次弹劾大会的事有太多蹊跷，他们之前那么坚决地反对我，突然一下子就临阵倒戈了，我想知道在这中间是不是真的有人用了什么不正当的手段才让他们改了口。"

他们分头行事，陈亦度去了吴董事的办公室，两人针锋相对。

"吴总，我们俩是多年的合作伙伴了，我还是希望你能自己站出来实话实说，免得到时候大家都难堪。"

吴董事不高兴了："陈亦度，你什么意思？我行使我的董事投票权是名正言顺的，我想支持谁就支持谁，想怎么改主意就怎么改主意，我没拿过什么好处，你少在这里威逼利诱。"

"看来，你是不见棺材不落泪了。"

陈亦度直接拿出了一张银行的交易记录，放在吴董事面前。

"这是银行交易记录，在DU约定召开弹劾大会之前，你账户上突然有这么一大笔的现金收入，这怎么解释？"

吴董事心虚，没敢细看交易记录，无话可说，只是叹气。

陈亦度追问他："这钱到底是谁给的？"

吴董事坦白："钱是进了我的账户，但至于是谁给的我可真不知道。我只是按照约定办事，收钱，然后在董事会上支持你。我不想惹麻烦，所以也没深究到底是谁给的钱。"

陈亦度皱眉，满脸懊恼的样子。

吴董事好奇地问："不过你是怎么拿到我的银行交易记录的？我是VIP客户，没有特别权限和途径你不可能拿到我的交易记录啊。"

陈亦度把交易记录往他面前推了推："这是银行交易记录没错，但不是你的，是我的。"

吴董事反应过来，怒了："陈亦度，你耍我？"

陈亦度好笑地说："我没耍你，是你自己做贼心虚！"

闻言，吴董事是又羞又恼。

陈亦度办公室里，众人汇总线索。

曹钟说："我查到的情况和蒂凡尼查到的差不多，董事们明显都是收了好处的，只是有的不敢承认。"

蒂凡尼附和："有的即使承认了，也不知道给好处的人到底是谁。"

陈亦度点头："是时候动手了，蒂凡尼，你以我的名义给全体董事发一个声明。"

蒂凡尼拿出纸笔："好，你说。"

陈亦度说："公司内部调查表明，前期董事会决议存在舞弊行为。希望涉及此事的个别董事能在四十八小时内，主动将所得的不正当收入归还公司财务部。对限期内主动纠正错误者，本着长远发展的态度，公司既往不咎。顽固对抗、拒绝配合的相关人员，公司将依据已掌握的证据，根据董事会内部条例，轻则剥夺其董事权利，重则移交司法机构追究刑事责任。同时，公司将会择期召开董事会，重新进行对董事长陈亦度的弹劾案。"

蒂凡尼和曹钟面面相觑，蒂凡尼叹气说："你这是何苦呢？"

陈亦度说："上梁不正下梁歪，我自己不当好表率，怎么可能管理好整个公司？所以这个纠偏应当从我自己开始。你去发声明吧。"

蒂凡尼点了点头，出门去了。

陈亦度对曹钟说："钱的事算是搞清楚了，但送钱的人还藏在暗处，你尽快去着手查一查。这事还远远没完，一只看不见的黑手一直在暗中和咱们对抗。而且我总有一种不安的预感，似乎我们一直是被人牵着鼻子走的。"

这天下午，厉薇薇在玲珑公司的茶水间里意外遇到霍骁。

她愤怒地瞪了霍骁一眼，转身就走。

霍骁神色凝重，突然叫住她："你脸色很差，没休息好？"

厉薇薇答："这都是拜你所赐，何必明知故问。"

霍骁叮嘱她："好好休息，过几天我们还要一起去拜会歌迪亚女士，我不想让她看见你这个状态。"

厉薇薇说："用卑鄙的手段，你一定不会赢的。"

霍骁痛苦地说："薇薇，别做无谓的挣扎了。这场赌局的赌注是你，所以我一定会赢。你越是努力想要逃脱，伤得只会越重。"

厉薇薇反驳他："你错了，什么都可以拿来赌，唯独爱不可以。在爱情的赌局里，永远都找不到真正的赢家。"

霍骁看着她远去的背影，攥紧拳头的手微微发抖。

厉薇薇担心陈亦度，晚上约了他在餐厅里见面，两人依旧点了一份蛋包饭一起吃。

她担忧地问："重新召开董事会，你有把握不被弹劾吗？"

陈亦度摇头："说实话，还真没有。"

厉薇薇说："没把握干吗还要冒险？"

陈亦度说："把握我没有，但面对最坏结果的勇气我有。不管怎么样，都有你陪着我。"

她笑了："那我就陪着你挨个去找所有的董事会成员谈谈，我相信不用利益，只用真心，也一样可以争取到他们的支持，这天底下不可能都是见利忘义的坏人，更何况DU的董事长本来就那么优秀。"

陈亦度说："而且董事长还有那么给力的贤内助，那我们就从张槐董事开始吧，他可是董事会里的反对派领袖。正所谓擒贼先擒王，如果他都能支持我，其他人肯定不在话下。"

蛋包饭餐厅外停着一辆车，霍骁坐在车里，注视着这一切。

陈亦度和厉薇薇有些忐忑地来到张槐家门口，伸手按响了门铃。

两人说明来意，张槐语气坚决地说："我认为陈总并不适合继续担任DU的董事长，我不会改变我的态度。"

厉薇薇说："张总，咱们能不能好好地开诚布公地谈一谈呢？"

张槐拒绝："我跟你们没什么好谈的。"

陈亦度说："张总，我们这次特地登门拜访真的是诚意十足的。我是创始人，DU就像我的孩子，我希望我们能够一起让它茁壮成长。虽然我们今天有很多的分歧，但是没关系，有分歧可以解决，跨过这些障碍，这个企业的未来……"

张槐打断了他："陈总，你别说了。我张槐做事向来坦荡，之前那些来路不明的人拿着钱到我家来游说的时候，我也没有答应。我不是利欲熏心的小人，我做人有我的原则，我认为你不合适是基于我多年来的商业经验得出的判断，我认准的事情轻易不会改变。所以我劝你们也不用打什么苦情牌，如果真的要再次投票弹劾，我还是不同意你继续担任DU的董事长。"

厉薇薇疑惑了："你到底为什么那么激烈地反对陈亦度？"

张槐怒了："非要我说得那么明白吗？你不就是最好的解释吗？陈亦度，你身为DU集团董事长，竟然联合最直接的竞争对手来游说自己的董事。你让我们怎么信任你，谁知道你是不是吃里爬外，胳膊肘往外拐？"

陈亦度和厉薇薇听了，尴尬地面面相觑。

傍晚，两人沮丧地出了张家，走在街上。

厉薇薇扳着手指左算右算，一脸懊恼的表情，泄气地说："不管怎么算，DU董事会里支持你的都比反对你的要少。"

陈亦度宽慰她："别算啦，你再怎么算我的支持率也不会升高的。"

她叹气："DU是你这么多年的心血，哪里能就这样放弃？"

陈亦度搂住厉薇薇说："比起DU，我更不能放弃的是你。没关系，大不了我不当这个董事长，我们俩回以前的破工作室，从头再来过。"

厉薇薇想了想，不服气地说："软磨硬泡我那么在行，连你这样的死硬分子都被我攻克了，没道理搞不定区区一个张槐啊！"

回家后她躺在沙发上用iPad查阅资料，搜索张槐，突然搜到一篇稿子：

"张槐的事业成功，有一部分是得益于他的贤内助，张太太对时尚行业的理解颇深，同时还是名模里奥的粉丝……"

厉薇薇顿时一惊，想到了什么，惊喜地叫："里奥！"

里奥刚洗完澡，裹着浴巾从浴室里出来。

她色眯眯地盯着里奥看，里奥下意识地捂胸："你想干吗？"

厉薇薇说："你姐有难，找你帮个忙！"

第二天在展示厅，陈亦度作为DU的掌门人向歌迪亚全面介绍了DU公司的生产销售情况。

歌迪亚问："在前面几天我已经对玲珑的整个生产销售情况有了一个全面的了解，我很想知道DU和玲珑相比，你们的差异和优势是什么？"

陈亦度答："歌迪亚女士，正如您所见，DU最近的生产和销售都创造了自品牌开创以来的新纪录，新产品在渠道中很受欢迎，还刚得了几个媒体大奖，公司上下都非常期待和枫丹、和您的合作。"

歌迪亚环顾四周，看着展示厅内的样衣和奖杯，微微点头："不过，陈先生，我还听到了一个奇怪的消息，说DU公司的董事会马上要对你进行弹劾，我真希望这是个谣言。"

蒂凡尼紧张地想打马虎眼："歌迪亚女士，我们是不是该动身去制衣工厂了，司机已经在门口等您……"

陈亦度用眼神制止了蒂凡尼，对歌迪亚直言："很遗憾，这并不是一个谣言。事实是这个弹劾大会的确正在我的领导下紧张地筹备着，我个人的确跟董事会产生了一些分歧，虽然我坚信自己没有做错，但DU是一个非常民主的公司，我们信奉的商业逻辑是：任何分歧都可以通过充分的讨论和投票来化解。所以，我们还是会认真地召开对我个人的弹劾大会。"

歌迪亚有些意外，以欣赏的眼光看着他："陈先生，我欣赏你勇士一般的态度。"

陈亦度大方地说："歌迪亚女士，如果你想真正地了解DU，不妨多了解我们的文化。我非常欢迎您来参加明天的弹劾大会，这或许有助于您更好地判断，要不要和我本人、和DU进行长期的合作。"

歌迪亚欣然答应："当然，我很荣幸。"

送走歌迪亚后，两人回到办公室里，蒂凡尼焦急地说："阿度，你怎么可以邀请歌迪亚来参加弹劾大会，这太冒险了！天知道那帮人会在会场上说什么，这可不是一个颁奖大会、庆功大会，这是DU的家丑，家丑怎么能外扬呢？"

陈亦度说："既然要拉住歌迪亚这个合作伙伴，就应该把她当家里人看待，这样才能让她知道我的诚意。现在胜负未定，何必悲观呢？假如我能获胜，歌迪亚应该会更坚信我的领导力和执行力，这对DU反而是一件好事。"

蒂凡尼叹气："你说得轻巧，现在咱们的胜算很小，你这不是走钢丝吗？"

此时，曹钟推门进来："陈总，您把董事们收受好处的事一笔勾销还是很有效果的，我昨天又多争取到了两个先前反对您的董事。"

见陈亦度满脸欣喜，蒂凡尼依然担忧地说："就算是这样，我们还是没有绝对的胜算啊！"

曹钟附和："是啊，就目前掌握的情况来看，除了张槐，反对您的人和支持您的是一样多。"

陈亦度沉吟："就看那个硬骨头张槐到底会怎么做了。"

晚上，陈亦度约了厉薇薇在蛋包饭餐厅见面。

陈亦度有些心事重重，一直闷头喝汤。

厉薇薇则在一边用牙签搭起一个简易的小房子："知道堡垒哪里最薄弱吗？"

陈亦度有些心不在焉地问："哪里？"

"内部啊。"厉薇薇说着，抽掉了一根放在房子里的牙签，小房子一下子倒塌，"我已经把张槐这个堡垒，从内部攻陷了。"

陈亦度将信将疑地问："怎么个攻陷法？"

厉薇薇说："我派出里奥去攻陷张太太，现在张太太肯定在家给张槐大吹枕头风呢。听说张槐跟张太太感情很好，还有点'妻管严'，他绝对不敢不听他太太的话，到时候，肯定会乖乖地改变主意支持你的！"

陈亦度看着她，笑了起来。

厉薇薇猛地一拍他的肩膀说："明天你肯定胜券在握，我就不上班了，我得在家给你做上四凉八热，好好准备咱们陈董事长的庆功宴。"

公园空地上，一群大妈正热烈地跳着广场舞，张槐的妻子也在其中。

里奥和蒂凡尼在一旁偷偷观察张槐的妻子。蒂凡尼看着张槐的妻子顿时倒吸一口冷气，下意识地握紧了身边里奥的手。

"真是委屈我了！"

里奥说："是委屈我，不是你。"

蒂凡尼瞪他："你是我的，归根结底还不是委屈我吗？"

里奥听了，一脸幸福地笑了。

蒂凡尼又说："不过，你到底有没有信心拿下那个大妈？"

"放心吧，我里奥可是老少通杀、颠倒众生的。"

说完，里奥对蒂凡尼抛出一个媚眼。

蒂凡尼起身假装晨跑的人，不慎撞倒了排在最后的张槐妻子，不好意思地说："大妈，你跳舞怎么不看着点路啊？"

此时，里奥从草丛里以英雄的姿态一个箭步蹿了出来，豪迈地扶起张槐的妻子，对蒂凡尼说："这位大婶，明明是你撞了人，你怎么还冤枉人呢，我刚才可都看得一清二楚了。"

蒂凡尼白了一眼里奥，假装灰溜溜地走开。

里奥温柔地看着张槐的妻子："姐姐，你没事吧？"

张槐的妻子倒在里奥的臂弯里，一脸幸福。突然，她震惊地发现扶起自己的居然是自己的偶像里奥。

她激动了，声音颤抖地说："你……你是里奥？"

里奥在阳光下潇洒地甩了一下头发："没错，就是我。"

众广场舞大妈沸腾了，顿时一拥而上，把里奥团团围住。

张槐的妻子解围说："我提议让里奥跟我们共舞一曲，好不好？"

《小苹果》的舞曲声响起，里奥与大妈们共舞，全场气氛十分热烈。

里奥不时与张槐的妻子各种牵手对跳互动，张槐的妻子简直乐开了花。

蒂凡尼站在远处的树丛里，露出一副吃醋的表情。

在公园小路上，张槐妻子与里奥边走边闲聊。

张槐的妻子满脸堆笑地说："里奥，你现在回国了，在哪里发展？"

里奥说："我刚回国没多久，还在接触国内的公司，前段时间我不是给DU拍了一些硬照吗？我感觉还不错，打算跟他们一直合作下去来着，结果听说DU的老板陈亦度最近可能要被人搞下台了，所以我也不打算跟DU继续合作了，看看别的机会吧。"

张槐的妻子急切地问："不跟DU合作了？为什么？"

里奥答："姐姐，实话告诉你吧。其实陈亦度是我姐的男朋友，要不是我姐软磨硬泡地拉着我去，我才不会去拍婚纱广告，给女模特当陪衬呢，多掉价啊。"

张槐的妻子心里有数，点点头说："DU这样丢掉了跟你合作的机会，实在是太可惜了。"

"姐，我走了啊，我一会儿还有工作。今天能认识你，还能跟你一起跳舞，非常荣幸。"

说完，里奥以西方礼仪一把抱住了张槐的妻子，行了一个贴面礼。

张槐的妻子捂着脸看着他走远的身影，痴痴地笑了半天。

里奥走得远点，才拿出手机给厉薇薇打电话："那个张太太我已经帮你搞定了。"

在张家客厅，张槐妻子正在劝说张槐。

"我看你就不要死犟了嘛，陈亦度有什么不好的。他没本事，能把DU从无到有创立起来吗？他没本事，能慧眼识珠，请动国际一线男模里奥来给你们拍照片吗？"

张槐不耐烦了："我生意上的事，你什么时候这么感兴趣了？"

张槐的妻子说："我就是看不下去，替陈亦度叫屈啊。人家不就谈个恋爱吗，出卖DU的利益了吗？你有真凭实据吗？"

张槐叹气，一副觉得没法跟妻子沟通的样子。

张槐的妻子又说："我就纳闷了，怎么人家找个女朋友就不够格当这个董事长了？你们这就是鸡蛋里挑骨头，吹毛求疵！"

这时候，门铃响了。

张槐打开门，门外站着的是霍骁。

"张总你好，我是玲珑的总经理霍骁，我今天来是想请你做一件事。我知道你一直反对陈亦度担任DU的董事长，我希望你能够在明天的董事会上继续坚持你的态度，投票罢免陈亦度。"

张槐不悦地说："这好像是我们DU内部的事吧，霍总身为玲珑的总经理管得有点太宽了吧？而且我跟霍总也是初次见面，你一张口就跟我提这样的要求，是不是有点冒昧呢？"

霍骁说："你我都是生意人，谈生意，讲的只是一个'利'字而已。

只要你肯在弹劾大会上投票罢免陈亦度，作为回报，我会说服我父亲，让你有机会以很合理的价格入股霍氏。"

张槐认真地盯着他看，突然笑了起来："看来你是做了功课来的。"

霍骁也笑了："霍氏的股权有多难得到你肯定比我更清楚，现在我为你双手奉上，你没有理由错过吧？"

等张槐送走霍骁，门铃再次响起，这次是陈亦度。

张槐皱眉："怎么，你跟霍总两个跟我打的是车轮战？"

陈亦度说："张总，我能猜到霍骁对你说了些什么，我甚至知道你心里是怎么想的。如果你真的可以被收买，绝不会等到现在。共事多年，你的人品我信得过。"

张槐不屑地说："是吗？既然你信得过我的人品，还处心积虑地搞什么美男计？那个里奥是你的人吧？"

陈亦度摇头："那是薇薇一时孩子气想出来的主意，希望你不要介意。"

张槐说："不管你做什么，我的意见还是很明确，我不赞成你继续当DU的董事长。"

陈亦度坦言："张总，我只跟你说两句话，说完我就走。第一，我跟厉薇薇是真心相爱，但我不会用感情交换金钱，因为我根本不需要这样的成就感，目前两家公司的业绩也足以证明我们能够理性地控制自己的感情。第二，弹劾大会上，我希望你不要受任何因素的干扰，用你的商业直觉进行判断。你们选我，我会带领DU做得更好；不选我，我也会夹包走人，不会因此嫉恨你们任何人。好了，我说完了。"

如同他开头所说的，说完想说的话，直接站起身走人。

与此同时，霍骁约了莫凡在玲珑公司的天台上见面。

霍骁说："张槐那边我已经去活动过了，他应该会继续反对陈亦度，明天之后陈亦度这个董事长就将彻底成为DU的历史。"

莫凡满意地说："霍总，你的手段比起我也是毫不逊色啊。"

霍骁答："你弄错了，我只是出于被迫，我跟你们不一样。"

莫凡笑了："是合作，你不是也得到了你想要的东西吗，何必把自己撇得那么干净？"

霍骁盯着他问："有件事我始终没弄懂，既然你那么想让陈亦度下台，为什么不索性在上次弹劾的时候就让他直接下台，为什么还要先帮他一把？"

莫凡阴笑："如果当时就让陈亦度下台，他失去的只是一个董事长的职位而已。可经过我们的一番活动，他现在再下台就会丑闻缠身，身败名裂，DU也会因此失去进驻枫丹百货的资格。"

霍骁盯着他，深感莫凡为人狠辣，同时心中疑惑也加重，到底是什么样的深仇大恨，才让莫凡如此痛恨陈亦度？

莫凡故作悠闲地看着楼下的夜景："古人云：会当凌绝顶，一览众山小。站在高处看世界，果然是气象万千，可要是不慎失足，从这里摔下去，应该也会死得更惨吧！"

Chapter ⌄23

"我一定会拿回属于我自己的东西，不管用什么样的代价。"

放弃我，抓紧我

DU公司门口，前来参加弹劾大会的众董事纷纷到达。

歌迪亚也从一辆汽车上下来，由曹钟引着进门。

莫凡也下了车，面色凝重地走进DU。

会议室里，众人已经全部落座。

陈亦度面前摆着一个投票箱："各位董事，作为董事长，我首先要向大家致歉，上次临时取消的弹劾大会严重违反了董事会的相关规定。不管这里面有什么样的暗箱操作，我作为董事长都有着不可推卸的责任，请大家原谅我的工作失误。"

说完，他朝全体董事鞠躬致歉。

在座董事里，之前收钱的那几个都是面有愧色。

陈亦度继续说："今天我们在这里重新召开董事会，目的就是要更正之前的错误，重新对罢免我的提议进行投票。我们还很荣幸地邀请到了我们尊贵的客人，歌迪亚女士，今天她可以最近距离地看到DU是如何发挥民主机制来调整我们的策略方针。同时，今天的投票过程也会在公司官网上同步向外界直播，确保这次投票过程的客观公正。现在，请大家投出自己宝贵的一票。"

众人一一走到主席台投票，曹钟负责唱票，黄凯负责在一边的黑板上画正字。

黄凯在黑板上记录的赞成和反对的票数一样多。

最后，轮到张槐投关键的一票，现场气氛顿时变得紧张，陈亦度却是一脸胸有成竹的自信样子。

张槐颇有深意地看了陈亦度一眼，接着把手里的票交给了曹钟。

曹钟打开票，惊喜地说：“张总，反对。”

黄凯愣了一下神，接着在黑板上反对的那一栏下，画上一笔。

曹钟宣布：“投票结果，七票反对，六票赞成，罢免陈亦度董事长的提议未获足够票数，所以未能通过，陈亦度将继续担任DU集团的董事长。”

吴董事说：“陈总，你不光不计较之前发生的暗箱事件，这次还敢如此自信地重开董事会进行对你的弹劾，你的这番气度、这番胸襟，着实让人佩服啊。我相信支持你没有错，希望你能令公司发展得越来越好。”

陈亦度说：“谢谢大家的信任，我一定会和大家一起努力，把我们的全部热情和才智投入公司的发展中来，让DU更加生机勃勃地快速发展，跻身于世界一级品牌的行列。”

全场为陈亦度鼓掌，歌迪亚对陈亦度流露出欣赏的目光。

陈亦度悄悄看了一眼张槐，后者依旧不动声色。

歌迪亚说：“之前我听到一些令人不快的谣言，让我的确对陈总、对DU产生了一定的疑虑。不过今天我看到了陈总作为一个企业家的气魄，也看到你们如此真实地表达公司领导层的决断，我只能说我被你们彻底征服了。我相信DU在陈总的带领下，一定会越做越好，越做越强。”

她说完，全场再次响起掌声。

董事会结束，陈亦度送众董事一一离开，最后一个走的是张槐。

“今天从董事会一开始，你就是一副胸有成竹的样子，你是怎么知道我一定会支持你的？”

陈亦度淡定地答：“我并不知道，我只是赌了一把而已，因为我相信你是一个正直并且拥有大智慧的人。"

闻言，张槐笑了，感慨地看着陈亦度。

"昨天你走后，我一夜未眠。我本来是下决心一定要扳倒你的，但是你的两句话让我看到了你的真诚。你和绝大多数商人不一样，你没有伪装，是个单纯的人，只想做好一件对我们大家都有利的事情。我对比和分析了各种可能性后，觉得似乎也只有你才最适合做这个董事长。我的商业直觉告诉我，选你没错！"

他拍拍陈亦度的肩膀："好好干吧，年轻人！"

陈亦度听了，颇有信心地点点头。

霍骁通过视频直播看到了投票结果，既震惊又懊恼，用手重重捶了一下桌子。

这时敲门声响起，进门的是康星，他顺手锁上了门。

"霍总，今天的戏好像没按照你事先写好的台本进行啊。"

霍骁皱眉："我也不清楚是哪个环节出了差错。"

康星说："哪个环节出了差错不重要，重要的是陈亦度现在解决了董事会的危机，厉薇薇也就不会乖乖地听命于你了。"

闻言，霍骁重重捶了一下桌子，无言以对。

康星又威胁说："恐怕你得尽快想出别的办法，否则的话你的厉薇薇可是会逃走的，我们跟你之间的约定恐怕也没法再遵守下去了，后果不用我再强调一次了吧？"

霍骁愤恨地看着他："你不许动薇薇！"

康星冷笑："动不动厉薇薇，不是由我们说了算的，是由你说了算。"

DU的天台上，莫凡正违心地恭喜陈亦度："恭喜你啊，今天这一仗打得漂亮！"

陈亦度坦言："其实我心里也没有十足把握，之所以能赢，是因为一来运气的确站在我这边，二来兵法说置之死地而后生，到了破釜沉舟的时候，不如赤诚相待，袒露我的真心，这不都是你教我的吗？"

莫凡笑了："看来我以后得有所保留了，要不然我这点看家本领还不得被你打包全收了？没想到这次霍骁在背后这么阴你，你还是能赢，你的实力不容小觑啊。"

陈亦度突然回头，盯着他看："你怎么知道霍骁在背后搞了小动作？我好像没告诉过你。"

莫凡一愣，连忙淡定地改口："我猜的，他是你的情敌，又是生意场上的老对手，没理由放过这个整你的机会。"

陈亦度装作没事地笑笑："你的洞察力果然是一流的，什么时候把你这个本事也教教我，免得我这个笨徒弟总是着人家的道。"

陈亦度回到办公室，叫来了曹钟："董事长的位子我们是赢回来了，查幕后黑手的事，你那边有什么进展吗？"

曹钟答："我亲自去调看了每个董事家门口的监控录像，结果发现上门去送好处的竟然都不是同一个人，而且他们都戴了墨镜和帽子，从录像上无法清晰辨认出他们的相貌。您说得没错，那个幕后黑手果然很狡猾，而且有很强的反侦察意识。想让他浮出水面，恐怕还得多花些时日。"

闻言，陈亦度轻轻叹气，皱眉陷入沉思。

客厅的桌子上摆了一桌子的菜，都是厉薇薇为了给陈亦度庆祝而准备的。

厉薇薇坐在陈亦度身边，给他夹菜喂菜："这都是我对着菜谱研究了一天的成果，你今天辛苦了一天，可一定要多吃一点。"

陈亦度很勉强地嚼着嘴里的饭菜，开玩笑地说："一尝就知道是你的手艺，每道菜都具有外星风情，味道非常有想象力。只不过我这个地球人能不能消化，就只能听天由命了。"

厉薇薇夹起一大块肉强行塞进了他的嘴里："那你就多吃一点趁早习惯习惯啊，阿度，谢谢你救了我，现在我不用去霍家当儿媳妇了。"

陈亦度嘴里塞着肉嘟囔着："你天天那么专注地扑倒我，我也得主动表示一点诚意啊。"

厉薇薇突然凑近他："那比起我来，你不觉得你的诚意还差那么一点吗？"

陈亦度故意做出吃醋的表情来："你还是人家的未婚妻呢，我下不了手。"

她有些扫兴地撇撇嘴，下定决心说："明天一早我就杀去公司找霍骁说清楚婚约的事，明天中午咱们在蛋包饭餐厅见面汇报结果，不见不散。"

霍锐勇听说陈亦度居然赢了，颇为可惜，心情十分不好。

康星趁机说："勇哥，刚刚我听姑娘们议论陈亦度的时候发现了一件有趣的事。我们霍总的脸色很是难看，就像是吃了一肚子的醋。"

霍锐勇猜测："难道厉薇薇和陈亦度真的有一腿？"

康星点头："否则他至于生那么大的气吗？要我说，别看霍总和厉总老是不遗余力地各种秀恩爱，他们俩这婚还真未必结得成！老霍总要是知道了，肯定又要气得旧病复发了。"

霍锐勇看着他，突然激动地一拍大腿："他不知道，我这就去让他知道。"

说做就做，晚上霍锐勇就赶去了霍家，在霍锐强面前告状。

"哥，你平时不在公司待着，你是不知道，霍骁虽然表面上跟厉薇薇各种秀恩爱，可是私底下这两人不是一条心。"

霍锐强阴着脸说："不是一条心不要紧，我相信霍骁有本事管好自己的女人，让她回心转意。"

霍锐勇笑了："你心真够宽的，绿帽子都戴上了，还盼人家回心转意。要我说，这婚结得成嘛，可怜咱们霍骁，戴着绿帽子天天同床异梦'守活寡'；结不成嘛，婚礼请帖都发出去了，咱们霍氏就等着把脸丢到爪哇国去吧。"

霍锐强脸色铁青，狠狠瞥了他一眼。

霍锐勇又说："本来结婚是桩喜事，怎么轮到咱们霍骁身上，横竖都是个丑事，我真是替霍骁揪心。"

他正说着，一转身发现霍骁不知什么时候已经站在了门口，正瞪着他。

霍锐勇尴尬地说："时间不早了，我走了，你们父子俩聊。"

说完，他连忙走了。

霍锐强对霍骁说："刚才你叔叔说的话你都听见了吧？"

霍骁阴沉着脸："爸，我和薇薇的感情很稳定，都在紧张地筹备婚礼的事。"

霍锐强说："恋爱是你们两个人的事，你们俩愿意打打闹闹，分分合合，随你们折腾，我都不管。但一旦要结婚，这就是事关我的颜面，事关整个霍氏的大事了。"

霍骁悄悄攥紧拳头："爸，我明白的。"

霍锐强又说："婚姻不是你们年轻人过家家，霍氏也不是你们的玩具。作为霍氏的继承人，我希望你对自己的选择负责。既然这次是你自己下定决心把薇薇争取过来的，那你就必须给我踏踏实实地把婚结了。"

康星跟莫凡在酒吧里碰面，说："我已经给霍骁这小子施加过压力了，连霍家老头子也一并用上了。"

莫凡点头："眼看着心爱的女人即将离开自己，老爷子又追在后面不依不饶，霍骁现在肯定比我们更着急。他是个聪明人，肯定会很快想到应对的办法的。"

此时，霍骁走进酒吧，莫凡朝他挥手。

霍骁走到两人这桌坐下，莫凡故作感慨地说："局势不妙啊，陈亦度赢回了董事长，我看下一步就是赢走你的未婚妻了，你的新郎官眼看就要泡汤了。"

霍骁阴着脸说："未必。古人云，失之东隅，收之桑榆。"

莫凡问："什么意思？"

霍骁解释说："我们在薇薇这边输了一次，或许能在陈亦度那边扳回一局。我之所以会被迫答应跟你们合作，是因为你们用薇薇失忆的事威胁我，同样的威胁对陈亦度也有效。因为他和我一样，太在意薇薇了。"

莫凡笑了："用厉薇薇失忆的事去威胁陈亦度，霍总，你越来越有手腕了。"

霍骁冷笑："这都是跟莫总你这位好老师学的。我现在已经没有退路了，我跟薇薇的婚约不只是我个人的事，更事关整个霍氏集团的前途。你要报你的仇，我也绝不能输。"

莫凡举杯说："来，为我们的合作，为我们的友谊，干杯。"

霍骁冷眼看着他："我们之间从来也没什么友谊，只是为了私利暂时结成的同盟，以后也不会是朋友。"

他说着自己拿起杯子，径直喝下一口酒。

莫凡看着霍骁，露出一抹阴沉的笑。

第二天，霍骁约陈亦度在公园见面，陈亦度问："有什么话不能在公司说，非要来这种地方？"

霍骁冷着脸开口："有些事在公司说不合适。"

陈亦度皱眉，目光凌厉地盯着他。

霍骁说："陈亦度，离开薇薇。"

陈亦度冷笑："你认为你有什么资格跟我说这句话？"

霍骁说："如果你不离开薇薇，我就立即召开新闻发布会，公开她失忆的事。"

陈亦度神色震惊，不敢相信地看着他："我不相信你对薇薇下得去手！"

霍骁看着他，从口袋里拿出手机，拨出一个号码："喂，何主编吗，我是玲珑的霍骁，我要向你爆一个大料……"

陈亦度却依旧是不信的表情，霍骁下定决心，拿着手机继续说："厉薇薇，其实从巴黎回来以后，就失……"

他还没说完，就被陈亦度一把夺过电话说："没事，我跟霍总在喝酒，我们闹着玩呢。行，回头叫上你一起喝。"

陈亦度挂掉电话，把手机扔给霍骁："你已经丧心病狂了吗？你怎么对薇薇下得去手？"

霍骁强忍住心中的痛苦，装作淡定的样子说："我当然不想对薇薇下手，但如果你逼我，非要把她从我身边夺走的话，我宁可毁了她。"

陈亦度怒了："亏你还口口声声说爱薇薇，你根本就不配爱她。"

霍骁冷笑说："我爱不爱她是我的事。你爱她吗？爱就离开她，否则的话就看着我亲手毁了她。如果那样，你和我有什么区别？"

陈亦度震惊了："霍骁，你太卑鄙了。"

霍骁激动地说："我卑鄙？是谁一次次地在商场上狠狠地欺压她？是谁不顾她已经遍体鳞伤还打算再狠狠地伤她一次？是谁厚颜无耻从我手上抢走我的未婚妻？到底是谁卑鄙？陈亦度，我一定会拿回属于我自己的东西，不管用什么样的代价。"

陈亦度警告他："你不许动薇薇！"

霍骁冷笑："与其得不到，不如毁掉。"

陈亦度愤怒地一拳打在他的脸上，霍骁不甘示弱地反击。

两人大打出手，经过的路人闻声赶来阻止，二人才分开。

陈亦度独自一人站在公园里，陷入纠结痛苦之中。

手机里放着厉薇薇的微信语音："阿度，你去哪里了，我已经等你很久了！"

他握着手机，不知道怎么回。

玲珑公司里，厉薇薇拿着打包盒回来，刚好看见霍骁也走进门厅。

她在电梯前追上霍骁："我有话要跟你说，陈亦度现在已经解决了DU董事会的丑闻……"

霍骁故意看着手表打断她说："对不起，我现在很忙，会议室还有两个重要的会等着我。"

此时电梯门打开，他走了进去："有什么事明天再说。"

电梯门缓缓关上，厉薇薇一脸懊恼。

霍骁隔着电梯门缝看着她，心想陈亦度会做出正确的选择。

DU展示厅里，蒂凡尼正在摆弄新品礼服。

陈亦度站在她的身后，有些心不在焉。

蒂凡尼说："新一季的'美好时光'系列在中国传统的红色中融入了更多的西洋元素，整个系列多为正红、枣红色礼服，通过绉纱的层叠带出设计感，展现出中西方元素的完美融合，相信歌迪亚女士一定会很欣赏的。"

说完，她见陈亦度没反应，回头看了一眼，发现他根本没在听自己说话。

蒂凡尼问："解决了董事会的事，又抱得美人归，怎么你还是一副魂不守舍的样子？"

陈亦度问："如果让你在感情和事业上二选一，你会怎么选？"

她纳闷了："你这弯拐得有点大吧？而且我好像也不会遇到这样的困扰吧。"

陈亦度说："纯粹是个假设。"

蒂凡尼一脸纠结，想了想犹豫地说："我选爱情，但我的事业也挺重要的。为什么要二选一，不能两个都选呢？像我这样充满了创作欲望的天生设计师，要是一辈子不能设计衣服，简直就是活受罪啊，到头来一定会郁闷致死吧。还有，如果我不当设计师了，里奥还会像现在一样爱我吗？"

陈亦度轻轻叹气："我明白了。"

他一边朝门外走去，一边拿出手机，开始给厉薇薇发微信。

蒂凡尼看着陈亦度的背影，一副不明白的表情。

元旦前夕，街上被彩灯布置得颇有节日气氛。

厉薇薇等在彩灯下，看见陈亦度远远地走来，她兴奋地挥手，激动地喊："阿度！"

陈亦度看着她，面色凝重，不知该如何开口。

厉薇薇嗔怒说："中午为什么放我鸽子？算了，看在我那么喜欢你的分上，不用解释，我原谅你了！"

她把保温饭盒里的蛋包饭递给陈亦度："今年最后一个蛋包饭被我买了，这可是陈亦度厉薇薇恋爱纪念版。我帮你热好了，快吃吧。"

陈亦度伸手去接过饭盒，低着头不敢看厉薇薇，突然说："薇薇，我们两个就到此为止吧。"

厉薇薇愣住了："什么意思？今年最后一天跟我开这种玩笑吗？这一点也不好笑！"

他说："我没开玩笑，分手吧。薇薇，我是很爱你，但我爱的是五年前的你，不是站在我面前的你。现在的你，只是暂时失去记忆而已。"

厉薇薇忍不住落泪，急切地说："如果你不想让我恢复记忆，那我就一辈子失忆好了。"

陈亦度摇头："这不是你想不想的事，你迟早会恢复记忆，变回原来的你。如果有一天你找回了过去的记忆，恐怕会更恨我，而我将会再次失去你。其实说到底我们都被假象蒙蔽了双眼，我们彼此爱上的只是我们的那颗初心而已。"

看着厉薇薇泪流满面，他又说："薇薇，放手吧。一切都变了，不仅是你，我也不是五年前的样子，我们周围的人、周围的事都已经面目全非。五年前就没有结果的事，五年后再重来一次，只会挖开彼此心里的伤疤，让彼此血肉模糊地再痛彻心扉一次而已。"

她哭着质问陈亦度："这就是你给我的回应吗？我们经历了那么多，那么努力地想要向彼此靠近，你怎么能这么轻易地说放弃？"

"对不起，我没有足够的勇气和自信能给你幸福。薇薇，就在今年的最后一天分开吧，不要把悲伤带到新的一年。"

说完，他把饭盒还给厉薇薇，狠心离开。

厉薇薇捧着饭盒，在原地放声大哭。

晚上，心事重重的陈亦度不想回家，于是约莫凡在搏击馆里一起练搏击。

陈亦度明显不在状态，几次三番被打倒在地，却又一次次艰难地爬起来，继续跟莫凡对战。

看他爬起来摆出姿势还要继续进攻，莫凡说："行了，休战吧，你今天根本不在状态。"

"再陪我练一会儿。"陈亦度说着，继续出拳。

莫凡皱眉看着他，接着狠狠出拳，把人打倒在地上再也起不来。

"你今天就像个憋了一肚子气却毫无战术的毛头小子，甚至都不配做个对手，让我毫无兴趣。"

想到陈亦度狠心离开的背影，厉薇薇独自一人到公园里发泄般地一边哭一边跑，一圈又一圈，跑得已经气喘吁吁。

突然她踩到一块石头，差点摔倒。

这时一只手扶住了她，厉薇薇看见霍骁一脸心痛地看着自己。

"我看你上午没来，电话又不接，担心你会出什么事。"

厉薇薇冷漠地甩开他的手，又要朝前跑去，被霍骁拦住了："薇薇，跟我回去吧，天这么冷，这样下去你会生病的。"

她倔强地说："我生不生病不用你管！"

说完，厉薇薇继续跑，霍骁默默跟在她身后陪跑。

等她再也跑不动了，霍骁拉着她坐到一边的长椅上，看着她满脸痛苦。

霍骁心痛地说："放手吧，薇薇。你之所以会爱上陈亦度，完全是因为你失去了七年的记忆。无论重来几次，你们之间的结局也不可能会改变。"

厉薇薇难过地喃喃说："为什么我失忆了，却还是忘不掉？为什么我已经筋疲力尽，心里却还那么痛？"

霍骁劝她："薇薇，我不希望你一次又一次地重复过去的错误。所以不管用什么方法，即使你误解我，我也想保护好你，不让你受到任何一点伤害。"

厉薇薇抬头，重新审视眼前的他。

霍骁摘下自己的围巾，细心地给她围上："你的烦恼，你的悲伤，请通通交给我。答应我，别再一个人难过，好吗？"

厉薇薇看着他，默默流泪，霍骁伸手轻轻为她拭去眼泪。

蒂凡尼和里奥知道了陈亦度跟厉薇薇分手的事，都是义愤填膺。

里奥特地去找陈亦度质问，却是惹出一肚子的火："什么态度，这个陈世美，我骂得口干舌燥，他就一句无可奉告。"

蒂凡尼纳闷了："前几天明明还好好的，突然一下子不知怎么了，翻脸比翻书还快！"

突然，她想起了什么："等等，他昨天好像跟我说了几句很奇怪的话。他问我如果事业和爱情只能二选一，我会选哪一个。"

里奥琢磨说："莫非他遇到了什么难言之隐，所以才跟薇薇分手的？"

曹钟推门走进蒂凡尼的办公室，早就埋伏在门边的里奥顺手把门反锁住。

曹钟有些奇怪地看了看里奥，蒂凡尼瞪着他问："说，陈亦度和厉薇薇到底为什么分手？"

曹钟答："这是人家的隐私，我哪里知道。"

里奥掏出手机："对了，我手机里还有上次你跟女模特莎莎勾肩搭背的合影，我应该发给小苏菲看看的。"

曹钟急了："里奥哥哥，饶命啊！其实，我是真不知道他们为什么分手。但昨天一早陈总叫我送他去街心公园见了霍骁，回来之后陈总整个人都突然不好了，不知道他们都谈了什么。"

蒂凡尼和里奥对了一下眼色，心里大概有数了。

蒂凡尼说："不用查了，肯定是霍骁这个搅屎棍干的好事。"

里奥点头："这个霍骁是有前科的，上次就用董事会的事威胁过薇薇。没想到这次他又故技重演，去威胁陈亦度。"

蒂凡尼沉吟说："爱情和事业二选一？他应该是用厉薇薇失忆的事情去威胁陈亦度跟厉薇薇分手！"

里奥怒了："亏他长得一副道貌岸然的样子，没想到也是个衣冠禽兽！堂堂一个总经理，竟然也会使这种流氓招数！"

陈亦度独自一人站在天台，表情痛苦地凝望着楼下的车流。

蒂凡尼从陈亦度身后走了上来："我都知道了，是霍骁做的，他用厉薇薇失忆的事威胁你，对不对？"

陈亦度没吭声，算是默认了。

蒂凡尼问："所以你就乖乖地听命于霍骁，跟厉薇薇分手了？你以为你这样做，厉薇薇真的会快乐吗？"

陈亦度叹气："我别无选择。"

蒂凡尼说："别把你自己的逻辑强加给她，你问过她的感受吗？我站在一个女人的角度负责任地告诉你，你的选择只会让她更痛苦。"

陈亦度有些激动地说："那我还能怎么样？继续跟她在一起，然后眼睁睁地看着她身败名裂，成为时尚界的笑柄？那样她就会快乐吗？"

蒂凡尼听了，无奈地叹了一口气。

玲珑设计部里，厉薇薇正和老万一起对着模特身上的衣服商量修改意见。

霍锐勇拿着一份文件气势汹汹地杀了进来，把文件往桌上一摔："厉薇薇，这是这个星期客户投诉的记录，整整十几页纸啊，开创了玲珑的新纪录了，你自己好好看看，我简直被你气出内伤了，今天你必须给我一个合理解释。"

全场气氛紧张，众人都愣愣地看着厉薇薇。

她张口要解释，霍骁却率先上前插话："勇总，没必要解释了，不管我们怎么提升产品品质，总会存在着极个别的不理性客户。我们不能为了一个'奇葩'客户，就来给我们的设计总监开批斗大会。"

霍锐勇瞪着他："霍总，你这是赤裸裸的包庇。"

霍骁说："不是包庇，我是厉总的上级，这次的事由我来承担全部责任。按照公司的规定，这个月我主动扣掉百分之五十的工资作为处罚，检讨报告明天会出现在公司的公示栏里，这样可以了吗？"

"成交！"霍锐勇被堵得再也挑不出错来，转身离开。

众人顿时赞叹："霍总真是超级大暖男，绝世好老公。"

"我们厉总也是全天下最幸福的女人！"

厉薇薇看着霍骁，表情尴尬，一言不发，转身悄悄去了天台。

霍骁没多久也上来了，把一杯姜茶递给她："上午一直待在户外，肯定受了寒，喝杯姜茶暖暖胃吧。"

厉薇薇看着他，迟疑片刻，还是接过了杯子。

霍骁说："薇薇，之前的事，对不起。"

厉薇薇叹气："我认识你这么多年，我任性的时候，会捉弄你，郁闷的时候，会冲你乱发脾气，但你从来没那样对过我。"

他躲开厉薇薇的目光："对不起，的确是我一时心急，乱了方寸，做得太过分了。"

厉薇薇苦笑："原来你能对我过分到这种程度。"

霍骁歉意地说："我知道你一时半会儿没法原谅我，没关系，反正我有一辈子的时间好好地向你赎罪。"

厉薇薇看着远方，表情痛苦，一言不发。

霍骁提议："今晚烤串摊我先自罚二十个大腰子作为我赎罪生涯的序幕，如何？"

此时，欧秘书过来了："霍总，新远集团的马总已经在会议室等你了。"

"薇薇，今晚不见不散。"

说完，霍骁跟着欧秘书离开了。

这时候手机发出一声提示音，原来是里奥给厉薇薇发来了微信："有急事，半小时后在萍水街见。"

厉薇薇赶到约定的地方，里奥把霍骁威胁陈亦度的事告诉了她。

厉薇薇满脸震惊，顿时愣住了。

里奥伸手在她面前晃了晃："你别吓唬我，虽然这个消息是有点刺激，但你不至于被吓傻吧？"

厉薇薇问："你怎么知道的？"

里奥答："虽然不是霍骁亲口承认的，但目前我所掌握的证据都指向霍骁。我敢打包票，这件事除了他去威胁陈亦度，不会有第二种可能。"

厉薇薇突然站起来，径直离开。

她来到烤串摊，霍骁笑着招手，指着一桌子的大腰子："看好了啊，专门为我自己点的大腰子。"

　　霍骁当着厉薇薇的面，开始忍着恶心吃大腰子，没吃几口就赶紧抓起一边的水猛喝几口，不停地拍胸口。

　　厉薇薇一直面无表情地坐着看他。

　　霍骁看看她的表情问："怎么，看我这么狼狈，还不解气？"

　　厉薇薇冷笑："你的演技可真好。"

　　霍骁一愣："什么意思？"

　　她说："我从小跟你一起长大，自认为很了解你，但没想到我其实一直是在用我自己的方式误解你。"

　　霍骁还想打马虎眼："你怎么会误解我？不是总说你是我肚子里的蛔虫吗？"

　　厉薇薇打断他，努力控制情绪："我已经知道了陈亦度为什么要跟我分手，是你用我失忆的事去威胁他。"

　　他心中一惊，苍白地解释说："薇薇，我这么做只是想让陈亦度离开你，并不是真的想伤害你。"

　　厉薇薇失望地说："你承认了？我来之前心里还有期待，希望这是个误会，希望你没那么做过。"

　　霍骁说："我不想失去你，也绝不能失去你。"

　　厉薇薇再也抑制不住愤怒："从你做出这个决定的那刻起，你已经失去了我。原来那个真正变得面目全非的人是你！霍骁，你怎么会变得这么龌龊！"

　　霍骁说："这一切都是因为我太爱你。"

　　厉薇薇冷笑："因为太爱我，所以才不惜以毁掉我来威胁陈亦度。因为太爱我，才一次次地试图从我身边夺走我最爱的人。你不是我认识的霍骁，你是个魔鬼。"

　　霍骁上前去拉她："薇薇，你冷静一点！"

　　"面对一个丧心病狂的疯子，你叫我怎么冷静？"

　　厉薇薇试图挣扎，霍骁却拉着她不肯放手，气急了的她伸手给了霍骁一巴掌。

霍骁终于松开了厉薇薇，痛苦地捂着自己被她打了的脸。

"过去的日子，感谢你为我做的一切。但你对我和陈亦度做的事，我一辈子也无法原谅。我们二十六年的情谊，今天一刀两断！"

厉薇薇说完转身跑开，在街上拦了一辆出租车，迅速钻进车里离开。

霍骁看着开走的车，跟在后面追，不死心地喊着："薇薇！薇薇！"

车上，厉薇薇听着霍骁喊自己，忍不住哭起来，回想着以前霍骁对自己好的一幕幕场景，心里更加难受。

霍骁无奈地看着出租车载着厉薇薇远去，只得放弃追逐，一脸痛苦绝望的表情。

厉薇薇回去后在家里哭得不能自已，里奥不停劝着，感觉头都要大了。

里奥不忍心地说："薇薇，陈亦度这么做也是为了你好。眼下这种情况你们俩分手是唯一的办法，你还是暂时和他保持距离吧。"

她目露凶光，气愤地说："他为我好？他怎么不问问我同不同意？不管是霍骁还是陈亦度，都太小瞧我厉薇薇了！"

里奥大惊："你想干什么？"

厉薇薇擦干眼泪，似乎已经有了主意。

Chapter ⌄24

"你真的宁愿毁了我，也不愿意让我和陈亦度在一起？"

放弃我，抓紧我

服装行业举行年会，厉薇薇和里奥身穿礼服走进会场，霍骁立刻迎向厉薇薇，神情紧张。

他语气卑微地唤了一声："薇薇……"

厉薇薇冷着脸说："闭嘴！我不想听你解释。"

霍骁被她毫不留情地一噎，表情有些受伤。

厉薇薇直直盯着霍骁的眼睛："我问你，如果我不愿意和陈亦度分开，你是不是真要将我失忆的消息曝光，毁掉我的前途？"

霍骁心中挣扎，最后狠下心说："没错。"

她失望透顶："你真的宁愿毁了我，也不愿意让我和陈亦度在一起？"

霍骁掩饰着心虚，与厉薇薇对视："是。"

厉薇薇冷笑一声，转身离开。

里奥愤怒地揪住霍骁的衣领："你浑蛋，要不是薇薇不允许，我真想现在就把你揍得连你爹妈都认不出！你这种卑鄙小人，根本配不上薇薇！"

欧秘书赶紧上前拉住里奥，紧张地劝说："冷静冷静！千万别冲动，大家可都看着呢。"

里奥强忍怒气，松开霍骁。

莫凡在一旁，面带笑意地看着这一幕。

霍骁收敛情绪，整理衣襟，一转身与莫凡视线相遇，他的神情并不意外。

莫凡不紧不慢地跟在霍骁身后，在走廊转角，霍骁拦下了他，皮笑肉不笑地问："真巧，在这里也能遇上莫先生，您该不会是故意跟踪我吧？"

莫凡淡定地笑笑："霍总真会开玩笑，除了您，我在服装行业协会还有几位说得上话的朋友，今天我是受他们的邀请而来。幸亏我来了，才能看到一出好戏。"

霍骁听了，不悦地皱眉。

莫凡心情愉快地说："真没想到，霍总对自己心爱的女人真狠得下心！"

霍骁神色狠戾："厉薇薇不识抬举，一再把我的真心踩在脚下，我自然不会再对她留情。"

莫凡挑眉："哦，原来是这样。"

霍骁笑着说："说到狠心，其实我一直很好奇陈亦度和莫先生究竟有什么深仇大恨，才让您这么处心积虑非要置他于死地。"

莫凡脸色一冷："这就不用霍总操心了，别忘了眼下我们的利益是一致的，你与其花心思研究我，不如想想怎么才能让厉薇薇对陈亦度死心。"

霍骁虚伪地笑笑："莫先生说得是。"

厉薇薇怒气冲冲地走到花园的大树下，深呼吸试图平复情绪，但还是没忍住，抓狂地说："真是气死我了！"

她喊完后觉得冷静下来了，却听见旁边传来树叶被踩响的声音，陈亦度从大树另一边走了出来。

两人看到对方都是一愣，陈亦度略微不自在地解释："我不是有意偷听的。"

说完，他转身打算离开。

厉薇薇危险地眯了眯眼："站住！"

她上前拦住陈亦度，态度蛮横："你什么意思啊！我一来你就走？"

陈亦度垂下眼帘，不看厉薇薇。

她逼近陈亦度，挑衅地说："你是不想别人看见我们在一起呢，还是你心里有鬼不敢见我？"

陈亦度平静地抬眼："我是不希望让你继续心存幻想。"

厉薇薇气愤地咬牙切齿："还装？我都知道了。"

她把陈亦度往后一推，接着就拉低他的领口强吻他。

陈亦度从被迫承受到渐渐放下防备，就在他开始占据主动的时候，厉薇薇突然松开他。

厉薇薇笑容得意，一副刚刚强占完民女的恶霸模样，吊儿郎当地说："其实你完全可以告诉我真相，让我自己选择，这样你就不用为难了。"

陈亦度有些疑惑："薇薇？"

她痞痞地笑："虽然你各方面都让我很满意，但和前途相比，我也只好忍痛割爱了。"

陈亦度猝不及防，流露出伤心的神色。

厉薇薇轻轻拍了拍他的脸颊，恶意地说："你的好意我心领了，既然你这么伟大，牺牲自己的爱情成全我的事业，那我一定不会让你失望，你就好好看着吧。"

说完，她头也不回地离开了。

会场由颁奖台和一张张小圆桌组成，各公司分桌就座。

歌迪亚和助理一行坐在靠前的贵宾席，DU和玲珑婚纱的桌子相邻。

里奥冲蒂凡尼抛媚眼："亲爱的！"

蒂凡尼一脸甜蜜，扭捏着给了里奥一个飞吻。

里奥动作夸张地接住飞吻，并把飞吻摁到胸口。

周围的人看得一阵恶寒，不敢相信两人居然真的"勾搭"上了。

陈亦度最后落座。

蒂凡尼疑惑了："阿度，你去哪儿了？我们刚才找了你半天。你脸色怎么这么差，是不是病了？"

陈亦度摇头："没什么。"

厉薇薇面无表情地直视前方，陈亦度看看她的侧脸，神色黯然。

霍骁状似不经意地瞥了眼莫凡的方向，莫凡正与周围的人寒暄，似乎完全没有注意厉薇薇这边。

主持人走上台。

"女士们、先生们，各位同行，欢迎大家来到一年一度的中国服装大会。这次的行业年会，我们有幸邀请到法国枫丹百货的总裁歌迪亚女士莅临，让我们向歌迪亚女士表示热烈欢迎！"

众人鼓掌，歌迪亚站起，优雅地向大家点头致意。

主持人问："DU婚纱和玲珑婚纱关于枫丹百货入驻权的角逐，似乎已经到了关键时刻。歌迪亚女士能否为我们透露一下，究竟哪家公司更有可能胜出？"

歌迪亚礼貌地微笑："DU和玲珑都是我十分欣赏的中国品牌，至于比赛结果，现在下结论还为时过早，我自己也非常期待。"

主持人装作遗憾地说："看来歌迪亚女士是不肯与我们分享内幕消息了。"

歌迪亚遗憾地耸耸肩，众人发出善意的笑声。

"玩笑过后，我们就要进入正题了，本年度行业杰出贡献奖的得主究竟是谁呢？"主持人拿起一个信封，拆开看了看，神色惊讶，同情地看向陈亦度，"陈董事长，看来你们要加油了，本年度服装行业杰出贡献奖的得主就是——玲珑婚纱的厉薇薇小姐！"

霍骁会心一笑："薇薇，祝贺你！"

厉薇薇不搭理他，起身接受大家的掌声。

里奥趁着大家不注意，悄悄离开会场。

厉薇薇走上台，从主持人手中接过奖杯。

她看了看奖杯说："谢谢大家对我的信任，把这份沉甸甸的荣誉交给我。今天这个杰出贡献奖表彰的是厉薇薇入行七年来为服装行业做出的贡献，很可惜我没有资格领取。"

众人表情疑惑，陈亦度和霍骁神情紧张。

陈亦度喃喃说："薇薇你要做什么？"

厉薇薇鼓起勇气说："因为我并不是这些年来带着玲珑婚纱披荆斩棘的那个厉薇薇，去年的一场溺水事故让我失去了七年的记忆，所有入行以来的经历，我已经全部不记得了。因此，我不能收下这个奖杯。"

众人哗然，摄影记者赶紧对着她按下快门。

莫凡虚握着酒杯的手慢慢收紧。

霍骁一动不动地看着厉薇薇，表情有些不知所措。

蒂凡尼担心地看向陈亦度，后者则是神情凝重地望着厉薇薇。

台上的厉薇薇真诚地说："虽然意外失忆不是我的选择，但因为个人的私心我没有在第一时间坦诚面对，而是选择向大家隐瞒。在这里我郑重地向诸位道歉，希望大家能原谅我！"

说完，她对着台下深深鞠躬。

歌迪亚脸色很不好看，一些设计师开始起哄喝倒彩。

厉薇薇表情悲伤地道歉："对不起，对不起大家。"

她幽幽地向陈亦度的方向看了一眼，转身离开。

陈亦度跟着追出会场时，载着厉薇薇的出租车刚刚驶离。

里奥追着车边跑边喊，故作焦急："薇薇，薇薇你去哪儿？"

他一脸惊慌，转身看到陈亦度，一把抓住他，带着哭腔说："怎么办，薇薇刚刚哭得好惨！她说自己爱情没了，事业也没了，做人没有意思！"

陈亦度紧张了："她这么说的？"

里奥用力点头："对啊，她说话的时候一副生无可恋的样子，你说她会不会做傻事啊？"

"我去追她！"陈亦度焦急地打了车，急忙去追。

会场里的霍骁想要追上厉薇薇，正急匆匆往外走，却被歌迪亚叫住了。

"请问霍先生，刚才厉小姐所说的都是真的吗？她真的失忆了？"

霍骁承认："是真的。"

歌迪亚语气尖锐："所以我是不是可以这么理解，近一年来玲珑婚纱一直故意对枫丹百货隐瞒厉小姐的真实情况？"

霍骁不卑不亢地说："歌迪亚女士，对不起，这件事确实是我们没有处理好。但玲珑与枫丹百货定下的约定是以一年的营业额作为胜负的标准，厉薇薇的身体状况是她的个人隐私，并不在我们约定的范围内。"

歌迪亚打断他，不留情面地说："不管是不是隐私，厉薇薇作为设计师的能力已经让人无法信任，而玲珑婚纱对此事的处理方式也让我为贵公司的诚信感到担忧。我宣布，玲珑婚纱从现在起不再享有枫丹入驻权的争夺资格。"

霍骁沉默片刻后说："如果这是您的最终决定，我感到很遗憾。"

他冲歌迪亚点头致意，转身离开，歌迪亚的神色更加不满。

霍骁快步走出大楼，却不见厉薇薇的踪影。

里奥一改刚才惊慌的神色，一副得意扬扬的样子。

霍骁拉住里奥，焦急地问："薇薇呢？薇薇去哪儿了？"

里奥瞥了霍骁一眼，拿开他的手，讥讽地说："薇薇去哪儿跟你有什么关系，反正你现在手上已经没有薇薇的把柄了，还追个什么劲呢？你这不是给自己找不痛快吗？"

霍骁因为焦急有些失态："薇薇到底去哪儿了？"

里奥嚣张地说："就不告诉你，我劝你趁早死心！"

霍骁神色冰冷："你以为你这样是在帮她？这样只会害了薇薇！"

里奥冷哼一声，不以为然。

陈亦度赶到玲珑大楼，追到电梯间，摁下电梯按键。两部电梯都在使用中，一部向上运行，一部正从楼上向下运行。

陈亦度焦急地反复按电梯按键，向上运行的电梯显示到达顶层。他看到后，转身跑进安全通道。

陈亦度跑着上楼梯，喘着粗气仍咬牙坚持。他嫌西装碍事，边跑边将西装脱下扔掉，只剩一件白衬衣。

可等他跑上天台后，放眼望去却空无一人，并没有厉薇薇的身影。天台边缘躺着一只厉薇薇的高跟鞋，他大惊失色，失魂落魄地上前捡起高跟鞋。

陈亦度恐惧地靠近天台边缘，始终没有勇气探出身察看。

这时背后传来一声轻笑，陈亦度猛地转身。

厉薇薇光着一只脚，神情得意地站在不远处："你现在明白心里被捅一刀是什么感觉了吧？"

陈亦度死死盯着她，喜怒难辨。

厉薇薇赌气地说："看什么看！我告诉你，你要是再敢和我提分手，比这狠的招数我多了去了！"

陈亦度手中的高跟鞋滑落，大步走过去，猛地将她抱在怀里。

她愣了一下："你干吗？"

陈亦度不说话，只是用力抱着厉薇薇。

她有些不知所措："别以为抱一下我就原谅你了。"

陈亦度轻声说："我后悔了。"

厉薇薇倔强又委屈地说："现在知道后悔了？陈亦度我问你，你凭什么替我做决定？你凭什么觉得我会为了自己的前途放弃你？你少瞧不起人！"

他既内疚又懊悔："是我错了，我不会再放手。"

厉薇薇的委屈涌上心头，抱着陈亦度放声大哭。

他心痛地紧紧抱住厉薇薇，让她尽情发泄。

等厉薇薇终于哭够了，陈亦度抱着她坐在长椅上，两人共裹一床毛毯，气氛温馨。

厉薇薇看着月亮，轻轻叹气。

陈亦度温柔地问："怎么了？"

厉薇薇苦恼地说："我今天这么一闹不知道还能不能继续留在玲珑，可是我真的好舍不得啊！你说奇怪不奇怪，我明明不记得，可就是能感觉到玲珑真的对我很重要，我第一次在医院见到你的时候也是一样。"

陈亦度好奇了："第一次见到我是什么样？"

她回想了一下，表情严肃地说："第一次见到你，我立刻就生出一种强烈的危机感，直觉告诉我离你越远越好。"

陈亦度心里一沉，笑容变淡："那你为什么不躲得远远的，还来招惹我？"

厉薇薇调皮地开口："谁说我不想躲啊，不过我后来想了想，既然你是我命中注定的克星，怎么躲也躲不掉，不如乖乖投降算了。"

他危险地眯了眯眼："好啊，连克星你都敢要了。"

陈亦度突然伸手挠她的痒痒。

厉薇薇笑着求饶："哈哈，我错了，饶了我吧！"

陈亦度一把抱紧她，霸道地说："你选了我，就不许后悔。"

厉薇薇愣了愣，甜蜜地说："我没有后悔，我就是需要你给我加加油。"

他问："怎么加油？"

厉薇薇仰头在陈亦度唇上啄了一口，轻声说："就像这样。"

陈亦度微笑，低头吻住了她。

莫凡和康星坐在车内，康星正拨打电话，语音提示无人接听。

康星放下手机，小心地看了莫凡一眼。

莫凡问："还是不接？"

康星点了点头。

莫凡表情阴险："看来霍骁这颗棋子还是不够听话。"

康星犯愁了："可是厉薇薇失忆的消息一公布，我们再没有可以威胁霍骁的把柄了。老大，我们该怎么办？"

莫凡冷笑，一副胸有成竹的样子。

霍骁回到家，霍锐强拿起茶杯砸在他的脚边。

霍锐强大发雷霆："厉薇薇失忆这么大的事居然都敢瞒着我，你们一个两个到底还把不把我这个董事长放在眼里？"

他指着躲在霍骁身后的欧秘书，讽刺地说："我今天才发现，以前是我小看了你。没想到你平时一副没出息的样子，居然连我也敢骗，立刻给我收拾包袱滚蛋！"

欧秘书欲哭无泪："董事长，看在我为公司做牛做马这么多年的分上饶了我这回吧！"

霍骁解释："爸爸，是我逼欧秘书帮我隐瞒的。"

闻言，欧秘书感激地看了霍骁一眼。

霍锐强作势要打霍骁："臭小子，你还有脸说！"

霍骁闭上眼不躲不闪，霍锐强高高举起的手停在半空，舍不得打下去。

霍锐勇姿态悠闲地坐在沙发上看戏，这时放下茶杯，语气虚伪地说："大哥，你也别怪大侄子了，我看他已经知道错了。"

霍锐强叹了口气，坐到沙发上。

霍锐勇观察着霍锐强的神色，试探地开口："要我说，眼下最重要的是赶紧把厉薇薇打发走。你知道吗，同行都在笑话我们，说我们玲珑居然找个失了忆，什么都不会的外行人当设计总监，我听了真是老脸都没地儿搁了！"

霍骁打断他："二叔，薇薇虽然失忆了，但自从她回到公司，玲珑婚纱的销量一直稳步上升，新开发的女便装成衣也大获成功，这些大家都有目共睹，以薇薇的能力完全有资格担任玲珑婚纱的设计总监。"

霍锐强神色缓和一些，似乎觉得他说得有些道理。

霍锐勇煽风点火地说："大侄子你可别忘了，因为厉薇薇，玲珑刚刚失去了入驻枫丹百货的资格，这一个过失可抵得过前面全部功劳！"

霍骁态度强硬："这件事不能怪薇薇，隐瞒失忆是我的主意。"

霍锐勇咄咄逼人："不管隐瞒失忆是谁的主意，现在当众公布的可是她厉薇薇。"

霍锐强严厉地说："都别吵了。你二叔说得对，厉薇薇害得玲珑遭受这么大的损失，还被同行嗤笑，于公于私我都不可能再留着她。"

霍骁皱眉叫道："爸爸！"

"闭嘴！我已经决定了。"霍锐强对霍锐勇说，"你去安排一下，明天正式对外公布，解除厉薇薇设计总监的职务。"

霍锐勇得意地应了，霍骁则是暗暗握拳。

第二天一早，厉薇薇走进玲珑公司的大楼，员工们看着她指指点点，小声议论。

厉薇薇看到后挺挺胸，昂首阔步地走进了设计部。

"我有些话想对大家说，失忆的事一直瞒着大家，是我的错。"

　　她向大家鞠躬道歉，神色真诚："刚来到玲珑的时候，我心里其实很害怕，无数次想打退堂鼓——幸好遇到你们！是你们无私的帮助和全心全意的信任，才让我有勇气走到今天。不管你们原不原谅我，我都想让你们知道，在我心里你们早就不是我的下属、同事，而是我最好的朋友。"

　　闻言，珍妮四人偷偷交换眼神，心中挣扎，但还是没有人开口。

　　厉薇薇有些难过，走进了自己的办公室。

　　两辆轿车同时在酒店门口停下。

　　霍骁和陈亦度从车上下来，两人对视一眼，互不搭理，走进酒店。

　　歌迪亚带着助理正要离开酒店，被霍骁和陈亦度迎面拦下。

　　歌迪亚惊讶了："陈先生，霍先生，这么巧，你们是一起来的？"

　　陈亦度温和地说："我和霍先生只是碰巧遇到。"

　　霍骁则是急切地开口："我是专程来找您的，歌迪亚女士，请您再给玲珑婚纱一次机会。"

　　歌迪亚神情不悦："我想这个问题我们已经讨论过了，枫丹百货只接受最优秀的品牌入驻，而厉薇薇目前的能力显然难以让人信任。"

　　说完，她就要离开。

　　陈亦度上前一步挡住歌迪亚的去路，心平气和地劝："您不妨先听霍先生把话说完。"

　　霍骁真诚地说："歌迪亚女士，我相信一个设计师的才华就像本能一样刻印在灵魂里，不会因为失去记忆而丧失。这半年多来在失去记忆的情况下，厉薇薇仍然带领玲珑取得和DU婚纱不分上下的业绩，这难道还不足以证明她的能力吗？现在离我们当初的一年之约还剩下一个月的时间，希望您能让比赛继续下去，用最后的结果来评判究竟谁更有资格入驻枫丹。"

　　歌迪亚若有所思，看向陈亦度问："陈先生，您怎么看？"

　　陈亦度淡定地说："我的立场很简单，如果您坚持取消玲珑婚纱的候选资格，DU也会立即退出比赛。"

闻言，霍骁讶异地看了他一眼。

歌迪亚震惊了："我不明白，为什么陈先生要为对手说话？"

陈亦度答："因为我想要一场公平的较量，并且我有信心，DU婚纱一定会取得最终的胜利。"

歌迪亚沉默片刻后说："玲珑婚纱可以恢复候选资格，不过我有一个条件……"

霍锐勇和朱秘书忽然气势汹汹地走进厉薇薇的办公室，众人见了，疑惑地起身张望。

朱秘书把厉薇薇推出办公室，厉薇薇一脸莫名其妙："你们干吗呀？"

霍锐勇打开一份文件，在她眼前抖了抖，得意地说："看见没有，这是你的免职通知书，从现在起你不再是玲珑婚纱的设计总监。厉总监，哦不，厉薇薇小姐，麻烦你收拾好私人物品，立即离开公司。"

厉薇薇接过通知书看了看，并不惊讶，平静地说："我知道了。"

珍妮上前挡在厉薇薇面前，焦急地说："等一下，你们说免职就免职啊？如果我没记错的话，设计总监只有总经理才有资格任免吧。"

霍锐勇不耐烦地说："你们设计部的人一个个怎么都这么不识相呢？告诉你们吧，这次的免职通知是董事长亲自下达的，就算霍骁反对也没用。"

珍妮顿时没主意了，苏菲恨铁不成钢地翻了个白眼，走了过去，不慌不忙地问："你说是董事长决定的，有证据吗？"

霍锐勇一愣，不耐烦地说："要什么证据，董事长亲口交代我的。"

苏菲态度嚣张："那就是没证据了？我现在怀疑你们假传圣旨，免职通知书是你们伪造的。"

霍锐勇气急败坏地说："你污蔑我。"

苏菲说："是不是污蔑，不如我们等霍总回来问个明白。"

厉薇薇看着众人都护着自己，心中感动，眼眶微红，哽咽说："我骗了你们，没想到你们还愿意帮我说话……"

众人都有些不知所措，却听见她又说："谢谢大家维护我，但是我犯下了这么大的错，害公司失去了入驻枫丹百货的机会，董事长要开除我也是应该的。和大家相处的这段时光我永远都不会忘记，我会想你们的。"

"厉总。"珍妮忍不住哭出声来。

霍锐勇冷哼："算你有自知之明，赶紧收拾东西走人。"

"等等！"霍骁大步走进设计部，夺过厉薇薇手上的免职通知书撕掉。

霍锐勇震惊了："霍骁，你连你爸的命令都要违抗吗？"

霍骁答："二叔，我刚从爸爸那里过来，他决定再给薇薇一个机会。"

霍锐勇怒了："胡说！你爸不可能再给她机会。"

霍骁淡定地答："薇薇必须留下，因为枫丹百货已经同意玲珑重新加入入驻权的争夺赛。"

厉薇薇瞪大了眼睛，有些不敢相信。

众人听了，不由得欢呼起来。

霍锐勇一听，只能悻悻地离开。

厉薇薇不确定地问："歌迪亚女士真的原谅我了？"

霍骁点点头："不过她还有一个要求，要你做一件令她满意的礼服。"

厉薇薇疑惑了："令她满意？没有别的要求吗？"

霍骁答："对。"

珍妮等四人一听又泄气了，愤愤不平地说："这不是故意为难人吗，到时候满不满意还不是她说了算？"

厉薇薇却是信心十足："没关系，我愿意试一试。"

当晚，陈亦度把厉薇薇带回公寓，亲自为厉薇薇的房门设置好新密码，温柔地问："好了，密码记住了吗？"

厉薇薇甜蜜地笑："记住了，和你家的密码一样，是我们第一次在医院相遇的日期。"

陈亦度温柔地揉了揉她的脑袋："记住密码，你以后可以随时来我家。"

厉薇薇羞涩地应了："嗯。"

陈亦度试探地问："薇薇，既然密码都设置好了，你是不是也该搬回来了？"

她故意拿架子，冷哼说："我还要再考虑考虑。"

陈亦度引诱她："要是你搬回来，我天天给你做好吃的怎么样？"

厉薇薇装作犹豫的样子问："有红烧肉吗？"

他斩钉截铁地说："有，保证管饱。"

厉薇薇又问："那今天有吗？"

陈亦度点头："我马上就做。"

她大笑着跳到陈亦度背上："摆驾回宫，朕要吃红烧肉！"

两人去了陈亦度的公寓，陈亦度系着围裙，一副家庭"煮夫"的样子，开始处理食材。

厉薇薇从身后抱着他，一脸甜蜜。

陈亦度无奈地哄着她："你去外面等好不好？"

厉薇薇撒娇说："我不！"

陈亦度晃了晃酱油瓶，叹气说："厉薇薇小姐，我现在要下楼买酱油，你能不能先放开我？"

厉薇薇立刻松开他："我去买，你赶紧切肉，别耽误我吃红烧肉。"

说完，她转身跑出门。

陈亦度好笑地摇了摇头。

厉薇薇拎着酱油往回走，康星在她身后的转角处，骑跨在摩托上，表情邪恶地盯着她。

　　康星用手机拍下厉薇薇的照片发送给莫凡，然后放下头盔护目镜，发动摩托向着厉薇薇的方向驶去。

　　他骑着摩托从后面飞快地靠近厉薇薇，紧贴着她驶过。

　　厉薇薇受到惊吓，手中酱油瓶摔碎，溅了一身。

　　她气愤地冲康星的方向怒骂："怎么开车的！喂，有种别跑！"

　　霍骁独自坐在吧台喝酒，莫凡在他的身边落座。

　　莫凡对服务生指了指霍骁："和这位先生一样。"

　　服务生为莫凡倒上一杯威士忌，霍骁面色不变地说："莫先生还真是消息灵通，对我的行踪了如指掌。"

　　莫凡喝一口酒，淡定地说："霍总对我避而不见，我只好主动出击了。"

　　霍骁说："你来了也好，我正好有话对你说。"

　　莫凡饶有兴趣地说："哦？我洗耳恭听。"

　　霍骁冷冷地说："莫凡，我不会再与你合作了！"

　　莫凡面色一冷，很快又转怒为笑，语气轻松地说："没关系，反正厉薇薇很快就不再是我的障碍了。"

　　霍骁顿时警觉："你什么意思？"

　　莫凡将手机移到霍骁面前，上面是厉薇薇独自走在街上的照片。

　　他假装遗憾地说："我本来也不想打草惊蛇，可是霍总让我别无选择。"

　　霍骁看到照片，脸色一变，厉声问："你要做什么？"

　　莫凡试探地问："看来你还是舍不得厉薇薇？"

　　霍骁咬牙掩饰："厉薇薇折磨了我这么久，我还没报复够呢，怎么能交给别人对付！而且我要提醒莫先生一句，对他人进行人身伤害可是犯法的。"

莫凡虚伪地笑笑："放心，我是守法公民，当然不会做犯法的事。今天只是开个小小的玩笑。不过有时候就算开玩笑也难免发生意外，就看霍总你怎么做了。"

说完，他一口喝完杯中的酒，潇洒地离开。

霍骁攥紧酒杯，暗暗咬牙。

他叫来王秘书："查到了吗？"

王秘书点头："这个莫凡从小父母双亡，在孤儿院长大。他和陈亦度是大学校友，在大学里就认识了，关系一直很好，莫凡还认了陈亦度的母亲做干妈，实在看不出两人有什么深仇大恨。"

霍骁略一思索，问："莫凡是怎么成为孤儿的？"

王秘书摇头："孤儿院资料管理不当，莫凡进入孤儿院之前的信息全部遗失了。"

霍骁说："你再想想办法，看看能不能从别的渠道打探到莫凡的身世。"

王秘书答应："是，霍总。"

厉薇薇开门进来，陈亦度拿着锅铲迎上来，看到她的样子一呆。

厉薇薇两手空空，裤腿上还溅满了酱油渍。

陈亦度关切地问："怎么搞成这样？"

厉薇薇郁闷了："别提了，刚才回来的路上被一辆没公德的摩托蹭了一下。路那么宽他不走，偏偏要挨着我，你说是不是有病啊。"

陈亦度紧张地打量她："撞到了吗？"

厉薇薇遗憾地说："没有，你别担心。就是酱油洒了，今天吃不了红烧肉了。"

陈亦度抱住厉薇薇，亲了亲她的头发，后怕地说："人没事就好，以后晚上不许一个人出去，听见了吗？"

她莫名其妙："你也太夸张了吧，我就是被蹭了一下。"

陈亦度强硬地叮嘱："听我的！"

闻言，厉薇薇不情愿地点点头。

陈母坐在病房的椅子上发呆，莫凡给她的床头换上鲜花，问："干妈，最近睡得好吗？"

陈母看着莫凡纳闷了："你这孩子是不是认错人了？我不是你妈妈。"

莫凡虚伪地笑了笑："是吗？那可能是我认错人了。"

陈母盯着他的脸瞧，疑惑地问："可是我觉得你有点面熟，我们是不是在哪里见过？"

莫凡饶有兴趣地问："那您仔细想想，我们在哪儿见过？"

陈母陷入沉思："在哪儿见过呢？"

莫凡盯着她，眼里闪过寒意。

Chapter ⌄25

"忘记一切，才好带着你的初心来和我PK啊，我等着你。"

放弃我，抓紧我

厉薇薇兴致勃勃地翻看着时装杂志，嘴里念念叨叨。

"一个四十多岁从事时尚行业的女人会喜欢什么风格的礼服呢？复古太保守，混搭太复杂，金属朋克也有点不合时宜。"

她把杂志丢在一边："我要是歌迪亚肚子里的蛔虫就好了，知道她的喜好才能做出令她满意的礼服。可是她又不给我机会沟通，害得我连她的三围都不知道，所谓量体裁衣，体都不让量，我怎么裁衣啊？"

陈亦度看着厉薇薇抓耳挠腮、唉声叹气，拿起自己的衣服穿上，又把外套丢给她："穿上衣服，我们自己去找答案。"

厉薇薇瞪大眼睛："怎么找？"

两人偷偷去了酒店外面假装逛街，都戴着墨镜和帽子。

厉薇薇鬼鬼祟祟地探头探脑，陈亦度问："出来了吗？"

"出来了！"她急忙转头看着陈亦度，他们鬼鬼祟祟地跟踪歌迪亚。

歌迪亚来到一家室外咖啡厅，饶有兴趣地停下来，拿出手机开始拍摄咖啡厅对面的别致建筑。

厉薇薇和陈亦度跟在后面，厉薇薇说："我口渴了，等会儿进去打包两杯咖啡。"

陈亦度皱眉："就你事多，认真点好不好？"

她撒娇说："我马上就出来。"

说完，厉薇薇快步走进咖啡厅。

陈亦度走神的时候，歌迪亚突然无意间回头，看见了他。

歌迪亚冲陈亦度挥手，接着走了过来："嗨，这么巧。"

陈亦度尴尬了："是很巧啊，歌迪亚女士出来玩啊？"

歌迪亚答："是啊，我很喜欢中国，所以随便逛逛，到处看看。正好遇见陈总，我请你喝杯咖啡吧。"

此时，厉薇薇提着两杯咖啡从店里出来，远远看见陈亦度和歌迪亚攀谈，顿时紧张了。

她也没细想，一个闪身就躲到了一边露天的桌子底下。

歌迪亚带着陈亦度朝桌子的方向走去，没想到正好选中了厉薇薇躲藏的那张桌子。

陈亦度斜眼瞥到厉薇薇，既尴尬又无可奈何。

桌子下面的厉薇薇吓得头撞到桌子腿，为了掩饰，陈亦度假装自己撞到腿，皱着眉头捂膝盖。

陈亦度连忙尴尬地说："不好意思。"

歌迪亚优雅地笑笑，叫来服务生："两杯拿铁。"

厉薇薇在桌子底下目测歌迪亚的腿长和腰围，心想她蛮会穿衣服，根本看不出来腰其实还蛮粗的，不知道胸围怎样。

歌迪亚问："对了，陈总，你对这座城市比我了解，有什么好地方推荐吗？"

陈亦度说："那就看您喜欢去什么样的地方了。"

厉薇薇的手在测量歌迪亚的腿有多长、有多粗的时候，不小心碰到歌迪亚的腿，吓得急忙缩回手。

歌迪亚以为是陈亦度在调戏自己，不高兴地瞪着他："你干什么？"

陈亦度正为歌迪亚的咖啡撒肉桂粉，有些猝不及防："我还以为您喜欢……"

歌迪亚皱眉："难道你们中国男人一点也不懂得尊重女士吗？"

陈亦度误会了："您说得太严重了吧，我只是觉得男人主动一点是应该的。"

歌迪亚误会了，表情严肃地说："陈先生，我丈夫虽然已经过世两年了，可是我并没有准备接受新的感情，请你自重。"

说完，她起身悻悻而去。

陈亦度正一头雾水的时候，厉薇薇从桌子底下钻了出来。

她催促说："快点快点，跟上她。"

说完，厉薇薇拉着陈亦度继续跟踪。

歌迪亚逛中国风店铺时，厉薇薇悄悄跟过去。

她透过窗户可以看见，歌迪亚很感兴趣地看着中国风的一些饰品和围巾。导购在一边热情地一一介绍，歌迪亚对中国风的瓷片项链爱不释手。

厉薇薇跟陈亦度在门外窃窃私语："喜欢中国风，喜欢冷色调，快！闪开！"

话音刚落，歌迪亚走出店铺，在门口差点发现厉薇薇和陈亦度。厉薇薇吓得赶紧拉过陈亦度，躲到门口的雕塑后面。没想到歌迪亚又对雕塑很感兴趣，围着雕塑看起来。

躲在雕塑后面的厉薇薇和陈亦度大气也不敢出，这时陈亦度的手机响了起来。

厉薇薇吓坏了，陈亦度一动也不敢动。

歌迪亚觉得奇怪，正准备上前查看雕塑后面，这时她自己的手机响了。

歌迪亚一边接听一边离开，陈亦度和厉薇薇总算松了一口气。

陈亦度掏出手机，发现是莫凡找他。

莫凡和陈亦度在搏击馆练习搏击，莫凡声东击西，陈亦度数次被击中。

陈亦度笑了："这招有点意思，不像你一贯的风格。"

莫凡意味深长地笑了："项庄舞剑，意在沛公。"

陈亦度问："不就是揣着明白装糊涂，声东击西吗？"

莫凡继续出击，继续使出声东击西这一招，这次却被陈亦度识破，他破解了莫凡的招数。

"你的招数都被我看穿了，还敢再用。"

莫凡笑了："你怎么知道我这次不是在暗度陈仓呢？"

他说着抬脚对陈亦度又发动一轮攻势，陈亦度也不甘示弱地还击。

"就算你暗度陈仓，我也有十面埋伏。别忘了，你可一直都是我的手下败将。"

练习结束后，莫凡跟陈亦度分别去了附近的茶馆。

莫凡进来刚坐下，DU人事部的主管黄凯就露出谄媚的神色靠了过来。

"莫总，我们公司有一个销售副总监最近有些情绪，我觉得可以利用一下，说不定能帮上咱们。"

莫凡点头："也好，既然陈亦度正忙着英雄救美，咱们也得顺水推舟。"

黄凯赔笑："不过您知道，这可能需要点活动经费，这个……"

闻言，莫凡从钱包里抽出一张卡，递给黄凯。

黄凯接过来，高兴得眉开眼笑。

他回去后找来罗伯特·胡，给DU这位梁副总监设了一个局，让他误以为罗伯特·胡是马来西亚富商，打算到中国来做婚纱生意。

梁副总监立刻上钩了，以为自己能为玲珑接一个大单子。

在梁副总监看不见的地方，罗伯特·胡和黄凯趁机交换了一个眼神。

黄凯得手后，急忙向莫凡汇报。

"莫总，如您所料，那个梁志海果然是条呆鱼，已经上钩了。"

莫凡点头："凡事谨慎，不要出什么差错。"

黄凯连忙答应："是。"

王秘书在角落里盯着莫凡，后者却没有察觉到。

王秘书回到玲珑公司，向霍骁秘密汇报。

"霍总，关于莫凡和陈亦度的关系，我已经查出了些眉目。"

霍骁问："有什么发现？"

王秘书答："莫凡十二岁那年，他的父母在一场车祸中全部丧生，而那场车祸的肇事者，就是陈亦度的父亲。"

霍骁神色震惊，随即反应过来："难怪……"

王秘书又说："另外，莫凡跟DU人事部的主管走得很近。"

闻言，霍骁叮嘱他："留意一下，我要知道莫凡究竟想做什么。"

厉薇薇回到陈家，趴在工作台边苦思冥想，用笔在纸上一顿猛画。画着画着，她就睡着了。

陈亦度回来的时候带着吃的，看到厉薇薇睡着了，就没有打扰她。他看到工作台上的图纸，忍不住伸手拿笔在她的设计稿上改了起来。

厉薇薇睡着后做了一个噩梦，梦到自己的设计歌迪亚竟然不满意，吓得醒了过来。

她看见图纸愣了愣神："怎么画完了？"

陈亦度笑着扬扬手里的笔："一起努力吧。"

他又打开袋子说："看我给你买什么好吃的了？"

厉薇薇看着桌上的食物两眼放光："全都是我爱吃的。"

厉薇薇伸手抓起袋子里的巧克力就吃起来，陈亦度则拿着修改好的设计图给她说。

"那天在咖啡厅，我和歌迪亚面对面坐着，近距离仔细观察了她一下。她的肩膀是溜肩，所以你在肩膀这一块要尽量设计得饱满些，否则会暴露她的缺点。"

厉薇薇跑过来看，赞许地说："师父果然是师父，我手动给你点个赞。"

陈亦度说："光点个赞也太没诚意了吧？"

厉薇薇笑嘻嘻地直接吻上他，把嘴里的巧克力渡到了陈亦度嘴里，吻了他一嘴的巧克力汁。

她问："怎么样，甜不甜？"

陈亦度说："这巧克力分明是我买的。"

厉薇薇舔舔嘴唇："可是经过我深度加工了啊。"

陈亦度看着她笑："那我是不是也该礼尚往来一下？"

他揽过厉薇薇，两人甜蜜接吻。

陈亦度陪着厉薇薇去选材，厉薇薇说："歌迪亚喜欢中国风的饰品，我一开始想是不是配一个青花瓷的挂坠比较好，可是仔细一想又觉得不对。"

陈亦度问："为什么？"

"和我设计的礼服太搭调了，反而刺激不到她。"

厉薇薇说着看到一家店铺，顿时眼睛一亮。

她拉起陈亦度就去街对面："去那里。"

结果一辆车过来，厉薇薇差点被撞到。

"小心！"陈亦度急忙拉过厉薇薇，她瞬间想起了一些凌乱的片段。

陈亦度看到她瞪着眼睛出神，关心地问："你怎么了？"

"好像又想起一些以前的事情。"厉薇薇有些振奋地看着他，"也许我可以就这样一点点恢复，说不定我的记忆也会慢慢回来的。"

她笑着抓住陈亦度："走吧！"

陈亦度跟在厉薇薇身后，露出一丝担心的表情。

买好材料后回家，厉薇薇细心地做礼服，剪裁和缝纫。

陈亦度帮忙，两人动作默契，时不时相视一笑。

终于到了最重要的一天，玲珑能不能重新加入枫丹百货入驻权的争夺赛，就看厉薇薇是否让歌迪亚满意了。

宴会厅里衣香鬓影，人群三三两两，有的互相议论，有的在耐心等待。

厉薇薇有些忐忑不安，陈亦度悄悄握了一下她的手给她打气。

霍骁悄悄来到宴会厅，站在角落观察一切。

背景音乐响起，歌迪亚穿着厉薇薇设计的礼服在随行人员的陪同下出场。

大家都惊呆了，霍骁脸上露出赞赏的微笑。

歌迪亚展示着自己的礼服说："这就是厉小姐为我设计的礼服，大家觉得怎么样？"

厉薇薇竖起耳朵听大家的评论，听着都相当不错，顿时高兴了。

歌迪亚露出失望的神色："可是我觉得这套礼服并不怎么合身。"

闻言，霍骁有些担心。

面对歌迪亚的刁难，厉薇薇毫不畏惧地笑笑："您觉得不合身是正常的，因为还有最后一道工序没有完成。"

歌迪亚问："最后一道工序？"

厉薇薇来到歌迪亚身边，一伸手就扯下礼服上的袖子。

众人哗然，歌迪亚也惊呆了。

厉薇薇又拽掉下摆上的流苏说："您的手臂其实比我想象中要纤细，应该可以露出来。作为呼应，膝盖也是一样。"

众人兴致勃勃地看着厉薇薇忙碌。她甚至把歌迪亚礼服背后的薄纱也扯掉，礼服成为露背装。

"是不是感觉轻松了很多？"

歌迪亚问："就是这样？"

"当然不止！"厉薇薇的眼睛到处寻找，然后摘下自己的珍珠项链扯散。

大家都莫名其妙地看着她，不知道她要做什么。

霍骁远远看着厉薇薇，眼神中充满了爱意。

厉薇薇拿出针线，三下五除二把散落的珍珠点缀在了礼服上。

她一顿忙活过后，歌迪亚的礼服焕然一新。

众人对厉薇薇现场展示的才华十分佩服，纷纷鼓掌。

歌迪亚看着镜子里的自己，也被感动了，拉起厉薇薇的手说："你今天的表现彻底征服了我，你虽然失去了七年的记忆，但并没有失去成为一个杰出设计师的天赋，我希望你们玲珑依旧能加入到争夺枫丹入驻权的比赛中来。"

台下响起掌声，厉薇薇高兴地和歌迪亚拥抱。

陈亦度也高兴地看着厉薇薇，两人相视而笑。

台下，霍骁悄悄离开了宴会厅，回到了霍家。

他来到正在看书的霍锐强面前说："爸，薇薇已经在歌迪亚面前证明了她的才华，歌迪亚把参与最终PK的机会还给了玲珑。"

霍锐强看着霍骁问："你想说什么？"

霍骁说："请您让薇薇回来吧，玲珑不能没有她。"

霍锐强的眼睛没有离开书本，不以为然地说："她只是玲珑的一个高级雇员，没有她玲珑还能找到李薇薇、张薇薇……"

霍骁打断他："可玲珑是薇薇一手创办的，她是玲珑的灵魂人物，现在连歌迪亚女士都肯定了薇薇的才华。"

霍锐强看看他："既然你这么说，那就让她回来吧，反正也是一个赚钱的机器。"

霍骁听得有些不舒服，无奈地忍着。

霍锐强又说："不过这次厉薇薇回来，我希望你和她从此不要再有什么感情上的瓜葛，厉薇薇只是公司的一名员工，仅此而已。"

霍骁看着他，露出无可奈何的表情。

梁副总监带着扬眉吐气的神情把合同往销售部总监面前的桌上一放："合同做好了，如果一切OK，这应该是咱们公司成立以来最大的一笔订单了。"

销售部总监瞟了他一眼，把合同递给曹钟。

曹钟说："订单的确是大，合同也没什么问题，可是这批定制婚纱全是马来西亚民族风格的，如果对方退货，这样的婚纱在国内可就找不到买家了，就全废了。"

梁副总监笃定地说："曹秘书您就别担心了，这合同还没签客户就把定金付了，对方已经表现出了十足的诚意，我们这边要是还这么瞻前顾后，恐怕会让他们不快的。再说了，罗伯特·胡先生来自马来西亚出名的富商家族，他们不在乎钱，看重的是效率，今天咱们这合同要是还不签，这单子可就废了啊，到时候这个责任谁负得起？"

销售部总监看着梁副总监挑衅的目光，低头签了合同。

梁副总监满意地笑了。

晚上，厉薇薇和陈亦度一脸疲惫地到了蛋包饭餐厅，老板笑眯眯地端上蛋包饭和饮料。

厉薇薇懒洋洋地拿起刀叉准备分蛋包饭，陈亦度把饮料推给她。

正在这个时候，两个人的手机先后响起来，他们分别接了起来。

厉薇薇说："苏菲？是，下一季的设计图册要改版，摄影师和模特全部更换，展示厅的背景主题要立刻定下来，我半小时后回公司。"

陈亦度说："曹钟，媒体那一块重点放在网络，下午两点安排宣传部门的会议，三点的会面不推迟。"

两人放下电话，相视而笑，刚刚准备开吃，手机又响了。

终于挂掉电话，各自叹气后才开始吃饭。

厉薇薇笑了："我们现在只有十五分钟的时间来好好享受一下这二人世界了。"

陈亦度也笑："那就好好珍惜。"

两人拿着饮料瓶碰了一下，厉薇薇说："不如我们来个约定吧。"

陈亦度问："什么约定？"

厉薇薇说："输赢的约定，要有奖励才好，不然这么累，还和自己心爱的人斗，真是觉得不划算。"

陈亦度面色平静地吃着蛋包饭，淡定地掩饰内心的激动。

"那就这样，如果我赢了，你就嫁给我；如果我输了，我就娶你。"

厉薇薇一听很高兴，可又忍着，矜持地说："如果没有一个盛大的求婚现场，我是不会答应你的。"

陈亦度伸手刮了一下她的鼻子，笑着答应。

陈亦度回家后，在自己房间看着当年自己和厉薇薇一起创业的合影，露出笑容。

这时手机响起来，是曹钟。

"陈总，不好了！跟咱们合作的那个马来西亚公司刚刚宣布破产，咱们生产的一大批马来西亚民族风的婚纱现在没人要了。"

闻言，陈亦度神色震惊，立刻赶去公司。

他赶到的时候，梁副总监正被总监劈头盖脸一通臭骂。

梁副总监恳求陈亦度的原谅，后者冷静地说："现在讨论是谁的责任根本毫无意义，立刻联系其他买家，尽快把这批婚纱卖出去。"

陈亦度看着工作人员在展示厅的一个塑料模特身上套上一件民族风的婚纱，曹钟苦着脸过来向他汇报。

"陈总，那批婚纱因为都是马来西亚当地民族风的，所以国内的商家没人要这批货，这件事对我们进驻枫丹会不会有影响？"

陈亦度没有回答，但表情很沉重。

厉薇薇看到苏菲正在用哭腔和曹钟打电话："亲爱的，你别着急，办法总会有的。你要是急坏了身体，我怎么办啊？"

苏菲挂了电话又叹了口气。

见厉薇薇走过来，苏菲告诉她说："那个和DU集团合作的马来西亚公司突然宣布破产，他们在DU订的那批婚纱现在没人接手了，曹钟快急疯了。"

闻言，厉薇薇大感意外。

她去找霍骁，敲门却没人应，他不在办公室。

厉薇薇想了想，一边进去等，一边拿出手机拨打霍骁的手机，却发现他的手机就在桌上。

她无意中瞥了眼桌上还亮着的电脑屏幕，发现上面正是罗伯特·胡的资料和相片，忍不住皱眉。

这时霍骁进来，看到厉薇薇不由得一愣。

厉薇薇站起来，逼视他问："陈亦度公司出事了，是不是你干的？"

霍骁一愣："不是，和我没关系。"

她根本不信："那请你解释一下，你的电脑上为什么会有罗伯特·胡的资料？"

霍骁略带尴尬："我只是好奇DU集团怎么会拉到这么大的单子。"

厉薇薇冷笑："好奇？我看这个罗伯特·胡根本就是你找来陷害陈亦度的吧？"

霍骁叹气："我知道怎么解释你都不会相信，随便你怎么想。"

厉薇薇走到霍骁面前，狠狠瞪着他，失望地说："你怎么会变成这样，我真希望从来没有认识过你。"

看着她摔门而去，霍骁脸上露出痛苦的表情。

厉薇薇回到办公室后不停地打电话："请问是方总吗？我是厉薇薇……"

对方直接挂了电话。

霍骁悄悄来到设计部，看着办公室里的厉薇薇。

厉薇薇不屈不挠，继续拨打："请问是汤总吗？啊，我是厉薇薇，好久没联络了，有些冒昧啊，有个事情想请您帮个忙，我有一个朋友，积了一批准备出口到马来西亚的婚纱，我想您能不能帮忙想想办法——没有办法吗？那打扰了。"

她挂掉电话，继续在电话本上翻查。

这时烧的水开了，厉薇薇去泡泡面。

她一边用杯面接开水，一边拨打电话，因为心不在焉，把杯面打翻烫到自己的手，她惊叫一声。

霍骁一直在门外心疼地看着，见厉薇薇受伤，急忙冲进来抽纸巾帮她："你没烫到吧？"

厉薇薇缩回自己的手，冷冷地推开他："我的事和你没关系，不用你管，请你出去。"

霍骁只得黯然离开，刚刚走到门口，又听到厉薇薇打电话。

"是杨总吗？我是厉薇薇，我的确有个事情想请您帮忙。什么？见面谈？好啊，去哪里？香格里拉餐厅？马上？有时间有时间！我马上去！"

霍骁回头，见她急匆匆地收拾东西，不放心地问："你是要去见隆鑫的杨总吗？"

厉薇薇冷哼："我说了跟你没关系！"

霍骁着急了："这个人的人品非常差，根本就不值得信任，你别去找他。"

她嘲讽说："难道你就值得信任吗？"

厉薇薇推开他，扬长而去。

在餐厅里，杨总不怀好意地给厉薇薇不停地倒酒，她已经颇有几分醉意。

"杨总，我真的不能再喝了。"

杨总坏笑："你就这点诚意，还想让我帮陈亦度？"

厉薇薇咬牙接过盛满酒的杯子就要喝，这时霍骁冲了进来，毫不客气地抓起酒杯就把酒泼在杨总的脸上，然后抓着厉薇薇的手就往外拖。

厉薇薇离开餐厅后被冷风一吹，顿时清醒了很多。

她甩开霍骁的手："我说了我的事情不要你管。"

霍骁也怒了："你以为我想管吗？我是不想看到你为了帮陈亦度就这样作践自己。"

厉薇薇啪地给了他一个耳光："我为什么作践自己？还不都是因为你，你下套陷害陈亦度，当然不想看到我帮他。"

他吼道："我没有陷害他，都是他自己眼瞎，好人坏人他根本就分不清。"

厉薇薇也跟着吼："眼瞎的人是我，是我好坏不分，才会错信你这种人！"

说完，她转身要回餐厅。

霍骁一把拉住厉薇薇，死活不松手，咬牙切齿地说："陈亦度的婚纱我已经帮他卖出去了，买家是马来西亚一家连锁百货公司。"

厉薇薇听了，不敢相信地看着他。

霍骁又说："如果你还要进去，我立即就打电话取消交易。"

厉薇薇看着他，渐渐平静下来，问："你到底有什么企图？"

霍骁说："我的企图你不都看见了吗？我动用了我爸的私人关系，帮陈亦度解了燃眉之急。"

厉薇薇看着霍骁，一副看不懂的表情："为什么？你之前一次次地针对陈亦度，这次为什么会帮他？"

霍骁答："我不是帮他，我是帮你，我不想让你那么难过。"

厉薇薇心里有些感动，看着他说："就算你这次是真的帮我们，我也不会原谅你的，你做过的让我难过的事已经太多了。"

霍骁忍住心中的痛苦，攥紧了拳头。

她又说："霍骁，我真的不想讨厌你，别再做傻事了。随着时间的流逝，将来的某一天，也许我们还能重新做朋友。"

霍骁皱眉说："转告陈亦度，这次DU出了那么大的事，不像是偶然事件，他应该好好反省一下自己了。"

厉薇薇皱眉，似乎意识到了什么。

在DU公司的会议室里，陈亦度受到了董事们的责难。

吴董事一个劲地拍桌子："这不是小事，这么大的公司出这样的事影响有多坏？企业形象瞬间就崩塌了。枫丹是肯定没指望了，这笔账真是没法算。股价这两天跌了多少，我们的损失你能负责吗？"

陈亦度冷静地劝说："大家的意见我都听到了，时候也不早了，大家还是先回去休息。问题我会逐一解决，造成的损失我也会想办法尽量弥补，请大家放心。"

张槐问："弥补？你怎么弥补？你不会和那个厉薇薇里应外合来坑我们吧？"

陈亦度压下火气答："该说的我已经都说清楚了，各位也都知道现在形势严峻，我不想把时间浪费在无休止的争论中。今天的董事会到此结束，我还有别的安排。"

闻言，董事们气得要破口大骂，这时曹钟匆匆赶来，欣喜地说："陈总，那批婚纱找到买家了。"

董事们面面相觑，都闭上了嘴。

厉薇薇带着蛋包饭敲陈亦度的门，看着憔悴的他，举起手里的饭盒："开饭啦！"

她看着陈亦度吃蛋包饭，笑了："那批婚纱找到了买家，你是不是觉得胃口也好了很多？"

陈亦度问："你怎么知道？不会是你偷偷找人帮了我吧？"

厉薇薇犹豫了一会儿，还是说出了口："其实，那个买家是霍骁帮你找的。"

他纳闷："霍骁？"

厉薇薇说："我也怀疑过他帮你的动机。"

陈亦度想了想说："对方的货款已经全部到账了，这次他还真的不是背后使坏的人。"

厉薇薇听了，表情也变得严肃起来："对了，DU出了这么大的事，你有没有怀疑过自己身边的人？"

陈亦度皱眉："的确，没有里应外合是不可能让DU栽这么大的跟头的，看来我是该好好清理清理门户了。"

厉薇薇琢磨说："除了我们玲珑，DU在江湖上好像也没什么劲敌，到底是谁处心积虑用这样阴毒的办法陷害你？"

他说："也许，不是商业上的竞争对手。"

厉薇薇问："那是谁？"

陈亦度皱眉不语，手上握着的吃蛋包饭的塑料叉子被折断。

正在这时，两人的手机先后响了起来。

陈亦度和厉薇薇分别接了电话，是歌迪亚对两人的邀请。

陈亦度和厉薇薇来到了歌迪亚的套间客厅内坐下。

"今天那么着急把陈总和厉总请来，是想宣布一件事。"

歌迪亚微笑着将两份销售业绩表放在茶几上，看着坐在对面的厉薇薇和陈亦度。

　　"我看了你们两家全年的销售业绩表，用中国话来说，你们两个真算得上不相上下。"

　　闻言，厉薇薇和陈亦度交换了一下眼神。

　　厉薇薇问："歌迪亚女士，如果我们两家的销售业绩相当，那是不是就意味着我们可以一起进驻枫丹？"

　　歌迪亚委婉地说："枫丹是国际顶尖的时尚百货公司，每年想要进驻的品牌多得根本数不清，我们只能留给中国婚纱礼服行业一个席位，只有行业中的第一名才能入驻枫丹。所以在最后两周时间里，我想在DU和玲珑之间举办一个婚纱礼服大赛。届时获胜的一方将获得枫丹百货一个亿的订单，因为你们两家公司的销量几乎一样，所以谁能获得枫丹的这张订单，谁就获得了枫丹的入场券。二位，两周后赛场上见了。"

　　厉薇薇和陈亦度一起离开酒店。

　　她皱起鼻子说："还要再比一次，怎么办，我失去了记忆，失去了所有的经验值，多半斗不过你了！"

　　陈亦度笑了："忘记了才好。"

　　厉薇薇戳他的额头："你要真想让我输，之前何必要那么帮我？"

　　陈亦度抓住她的手："忘记一切，才好带着你的初心来和我PK啊，我等着你。"

　　厉薇薇笑了："好，你准备接招吧。"

Chapter ⌄26

"我手里还有一张王牌，对付一个失忆女人的王牌。"

放弃我，抓紧我

陈亦度去公司后，把梁副总监叫了过来。梁副总监把黄凯约自己去喝酒遇到罗伯特·胡的事说了。

陈亦度问："你和黄凯很熟吗？"

梁副总监摇头："要说熟还真谈不上，那天他看我心情不好，就约我去喝酒，我其实不太想去，架不住他一直劝。"

打发他出去后，陈亦度把曹钟和蒂凡尼叫了进来，问起黄凯的事。

曹钟想了想说："黄凯？公司的人事主管，人不错，踏实肯干，也不爱搬弄是非。"

蒂凡尼说："黄凯的基本情况我也了解过，他的家境很一般。"

陈亦度沉吟说："一个人事主管和一个不熟的销售副总监去顶级酒吧喝酒，还开了一瓶XO，这和黄凯的收入状况不符，你们怎么看？"

蒂凡尼听了，心领神会："我觉得有必要调查一下这个黄凯。"

曹钟不明白了："你们怀疑他是内鬼？他一个小职员，搞垮公司能有什么好处？"

蒂凡尼白了他一眼："小职员？他背后说不定还藏着个大老板呢！"

办公室的员工们都在忙碌地工作，曹钟忍不住盯着黄凯的动静。

黄凯有些心神不宁的样子，掏出手机去一个角落打电话。

曹钟忍不住跟过去偷听，听完立刻回来跟陈亦度说了："他在电话里说了要约什么人见面。"

蒂凡尼问："时间和地点呢？"

曹钟摇头："说是老地方，时间嘛，没听清。"

蒂凡尼瞪了他一眼，陈亦度则说："没关系，笨有笨的办法。"

蒂凡尼在黄凯家门外的街道等着他出门，她戴着墨镜和帽子悄悄跟踪黄凯。

她用耳机悄悄和曹钟汇报自己在哪里："他现在出来了，往地铁站的方向去了。"

里奥看到蒂凡尼跟踪一个男人，顿时气坏了："光天化日之下居然去跟踪一个男人，当我是空气吗？"

他咬牙切齿，偷偷跟在蒂凡尼的后面，一把拥住她，低头就亲了上去。

蒂凡尼被亲得七荤八素，回过神来的时候黄凯早就没了踪影，她气急败坏地瞪了里奥一眼，打电话给曹钟。

曹钟无奈地挂掉电话，跟陈亦度汇报："蒂凡尼把人跟丢了。"

陈亦度说："那就实行B计划。"

黄凯在茶馆等了很久，没等来莫凡，只等到他打过来的钱和一句留言。

"我有些事就不过去了，你要的钱我已经打到你的卡上，姓梁的那边你不用理他就行了。"

黄凯皱眉，总觉得有些不对劲。

第二天上班时间，等电梯的时候曹钟暗地里注意着黄凯。这时快递员送来陈亦度的加急快件，曹钟急忙过去帮忙收了。

蒂凡尼问："什么快件，你干吗这么紧张？"

曹钟假装神秘地低声和蒂凡尼说话，却又故意让走到一边偷听的黄凯听到。

"这是陈总请人调查梁副总监，还有那个内鬼的资料。"

蒂凡尼立刻心领神会："内鬼是谁已经查到了？陈总这会儿出去了，你赶紧放到他办公室吧。"

黄凯假装路过，看到曹钟把快件放在陈亦度办公室后匆匆离开。

见四下无人，黄凯悄悄推开陈亦度办公室的门溜了进去，快速地将桌上的快件偷走。

随即他立刻开车离开了公司，曹钟见了，马上告知了陈亦度："陈总，人已经出来了。"

"我知道了。"陈亦度挂掉电话，发现了黄凯的车，立刻开车悄悄跟在后面。

黄凯去茶馆后坐立不安，最后拨通了莫凡的电话："这件事真的很重要，我是冒了很大的风险才把东西偷出来的。"

莫凡冷冷地说："你先看看是什么，然后再说重要不重要。"

闻言，黄凯只能打开快件，却发现里面是一张白纸："怎么会是白纸？"

莫凡怒了："蠢货，你被盯上了，暂时别联系我。"

说完，他挂断了电话。

黄凯既沮丧又害怕，很快也离开了。

陈亦度看见他就这么离开，不由得露出失望的神色。

回到DU的办公室，陈亦度叫来曹钟和蒂凡尼，冷静分析。

"黄凯背后的人不简单，老练又狡猾，而且对我们的情况了如指掌，应该就是我们身边的人。"

两人听陈亦度这么一说，不由得后背发凉，面面相觑。

陈亦度说："我的判断不会错，他应该知道黄凯已经暴露了，所以才拒绝和黄凯见面，他了解我们的动作。"

曹钟问："现在打草惊蛇了，那怎么办？"

陈亦度说："如果真是熟人，那他一定会想办法试探我到底知道了多少。"

蒂凡尼问："那我们要守株待兔吗？"

陈亦度摇头："不，主动出击，进行C计划。"

曹钟和蒂凡尼一招声东击西，把黄凯的手机悄悄偷了过来。

"陈总，我打算把黄凯最近联系过的号码都复制下来慢慢查，肯定能找到蛛丝马迹。"

陈亦度点头，曹钟刚离开，他的手机就响了，是莫凡打来的。

陈亦度去了搏击馆，和莫凡一边聊天，一边换上搏击服。

莫凡问："最近都在忙什么？"

陈亦度笑笑，盯着他说："我在干一件很有意思的事情，公司里有内鬼，我在当侦探呢。"

莫凡一脸感兴趣的样子："内鬼？那你抓到人了吗？"

见他点头，莫凡的表情有些关切："是谁？"

陈亦度答："只是人事部的一个小主管，不过这只是个小喽啰，他背后还有更狠辣的大角色。"

莫凡盯着他，一点也没流露出心虚的表情："那他背后的人，你也查出来了？"

陈亦度盯着莫凡，半晌没说话。

莫凡突然自嘲地笑了一下："兄弟，你我之间不会还有什么秘密吧？"

陈亦度说："这个幕后的大角色，隐藏了很久，隐藏得很深，行事诡秘，步步精准。"

莫凡挑眉："看来是个高手啊，你有赢他的把握吗？"

陈亦度点头："他机关算尽，在我看来也不过是雕虫小技。"莫凡叮嘱他："江湖险恶，不可掉以轻心。山外有山，人外有人。"陈亦度说："我有这个自信，也有这个能力，一定会把他击垮。"

莫凡故作轻松地笑笑："还没上场就开始说大话，大话说多了，输的时候只会死得更难看。"

此时，他已经换好了衣服："我在场上等你。"

莫凡关上自己衣柜的门，转身离开，但他衣柜的钥匙却忘记拔掉。

这时陈亦度的手机响了，他接了起来，是曹钟。

"陈总，我查到黄凯昨天晚上在茶馆打出的那个号码了，我马上把它发给您。"

陈亦度挂掉电话，见手机屏幕上的信息提示，是一个陌生的号码。

他拨打这个号码，却无人接听，但莫凡的衣柜里传来手机振动声。

陈亦度似乎有预感，他打开衣柜，从莫凡的背包里取出一部陌生的手机。

手机屏幕上显示的是陈亦度的号码，他的脸色顿时一凛。

陈亦度冷眼走向已经在场上做好准备的莫凡。莫凡冲陈亦度挑衅般地做了一个"来"的手势。

陈亦度上场后二话不说就对莫凡发动猛攻，他红着眼睛，表情凶狠，出招凌厉，莫凡明显处于下风，吃力地接招。

莫凡勉强笑笑："我快接不住了。"

陈亦度手上不停，继续一顿猛攻。终于他一拳把莫凡打倒在地，用手肘扼住莫凡的咽喉。

"为什么？我一直拿你当亲哥，你为什么这么对我？"

莫凡一愣，明白过来后忍不住冷笑："总算明白了，看来你还不算太笨。"

陈亦度怒吼："十几年前我第一次叫你哥的时候说过，以后我的就是你的，连我妈、我家都是你的，你要什么我都会给你，为什么你还要在背后捅我一刀？你说！"

莫凡冷眼看着陈亦度，突然趁其不备，推开他重新站了起来："既然你都知道了，我也没必要再演下去了。"

接着，他对陈亦度发动猛攻，招招狠辣，跟之前一直输给陈亦度时的状态截然不同。

莫凡一边打一边发泄般地说："我十二岁那年，一个浑蛋开车撞死了我的父母。从那天起我没了父母、没了家，我只有恨，刻骨铭心的恨！我恨那天我没有和父母一起被撞死，恨我承受了一辈子的痛苦。从那天起，我就发誓要让给我痛苦的人也同样痛不欲生。你，就是那个浑蛋的儿子！"

陈亦度一惊，被他打得东摇西晃，几乎站不住。

莫凡冷笑："我要什么，你都会给？我要我的父母，我的家，我的幸福！你给我啊，你还给我啊！"

他一记重拳把陈亦度打倒在地，爬不起来。

莫凡看看自己手上的疤痕说："这道伤疤就是你父亲当年留给我的噩梦，这些年来它一直以最丑陋的方式提醒着我一定要复仇。总有一天，我也要在你的身上刻上一百道、一千道伤疤，让你忍受蚀骨之痛。"

陈亦度吃力地挣扎，无奈就是站不起来。

莫凡走上前，对陈亦度伸出一只手，像是要拉他起来。

陈亦度看看莫凡，犹豫片刻还是伸出手。

莫凡一把将他拉起来，接着在陈亦度还没站稳的时候，又铆足力气，使出一记重拳，把陈亦度打飞出去。

陈亦度重重地摔在了地上，血沫和汗水在空中画出一条弧线。

莫凡冷笑："兄弟？你真是个蠢货，还一直以为我是你的好大哥，毫无保留地把什么事情都告诉我。你越信任我，只会让你毁灭得越快。跟你称兄道弟，只是我复仇的手段。这十几年来，我从来没有把你当成我的兄弟，一分一秒都没有，你是我一辈子的仇人。在这个世界上，不是你死，就是我亡！"

陈亦度倒在地上，一脸痛苦绝望的表情，不再挣扎着起来，眼角无声无息地落下泪水。

莫凡说着也忍不住流出眼泪，他似乎不敢相信，抹了一把眼睛，对着倒在地上的陈亦度怒吼：

"陈亦度，你给我起来，像个男人一样跟我面对面打，别趴在地上装尿。"

莫凡走后，陈亦度满身伤痕一个人到更衣室换衣服。

他痛苦地闭眼，伤心又愤怒地一拳打在衣柜门上。

离开搏击馆，陈亦度来到蛋包饭餐厅，脸上带着伤疤不停地喝酒。

他表情痛苦，已经颇有醉意，还在一杯接一杯地喝酒。

厉薇薇进来坐下，看到陈亦度脸上的伤，吓坏了："阿度，你的脸怎么回事？"

见陈亦度一言不发，她皱眉问："你是不是抓到那个内鬼了？那个人到底是谁？"

厉薇薇盯着陈亦度，一把夺过他手里的杯子："你叫我来不是看你表演喝酒的吧？内鬼到底是谁？"

陈亦度闭了闭眼，痛苦地说："那个在背后一直处心积虑害我的人，原来是我最敬爱、最信任的人。"

她震惊了："难道是莫凡？怎么会是他！他不是你哥吗？"

陈亦度表情痛苦，从厉薇薇手里夺过杯子，继续喝。

厉薇薇怒了："浑蛋！竟然连最好的兄弟都背叛！"

他痛苦地呢喃："老天爷跟我开了一个天大的玩笑，我最信任的人竟然成了我的敌人。我过去跟他相处的十几年，就是个笑话。"

厉薇薇看着陈亦度痛苦，也很焦急担忧，她轻轻拍着陈亦度的肩安慰他。

"我能明白你的感受，当初霍骁背叛我的时候我也很痛苦。谁也不想这种事情发生，但既然它已经发生了，我们只能坦然接受。阿度，我知道你有多难过，你别憋在心里，想发泄就发泄出来吧。"

陈亦度摇头，苦笑说："我没事，不就是十几年的兄弟吗，没什么大不了的。不对，他从来没把我当兄弟。"

他嘴上倔强，眼里却闪动泪花。

厉薇薇知道陈亦度是在掩饰心里的难过，鼻子不禁也酸了起来。

第二天清晨，陈亦度一脸颓态从自己家出来。

厉薇薇迎面走来，笑着拉过陈亦度，神秘地说："走，我带你去个地方。"

陈亦度有些不解地看着她，直到厉薇薇拉着他走进老工作室。荒废已久的老工作室已经被完全恢复成了当年的样子。

厉薇薇问："还记得这里吗？"

他点头："当然，这儿是我们的老工作室。"

厉薇薇说："这地方荒废了太久，我用了一整晚的时间才把这里收拾出来。"

陈亦度问："怎么突然想到带我来这儿？"

她充满怀念地说："来找你的初心啊！当年我们就是在这个简陋的小工作室里一起创立了'DU'，我们一起熬夜画图，赶制衣服；一起一家一家地推销自己的作品，应付难缠的客户；一起拿了第一个设计奖，一起开庆功大会。"

陈亦度皱眉看着厉薇薇："你都想起来了？"

她扬起手上的相册："是它告诉我的。"

厉薇薇翻开相册，相册里有一张两人讨论设计稿的照片。陈亦度信心满满、英姿勃发。

她拿起相册放在陈亦度脸边对比了一下："看，那个时候的你帅气、自信又有亲和力，哪儿像现在天天摆出一副苦大仇深的表情。"

　　闻言，陈亦度自嘲地挤出一丝笑。

　　厉薇薇又说："那个时候我们只有个小作坊，遇到的困难肯定比现在要大得多，但我们一路都走过来了。我知道莫凡的事对你打击很大，但我也相信你一定能振作起来战胜他！"

　　她举起办公桌上的一本笔记本，扉页上写着一行字：困难只存在于愚人的字典里。

　　"这话可是你自己说的！"

　　陈亦度笑了："这倒是像当初我还不可一世的时候说出来的话，你我的初心，蒂凡尼、曹钟我们几个意气风发的样子，还有这些青涩的誓言，我曾经以为我这一辈子都不会忘记。"

　　他低头看着相册里一张草创时期全体工作人员的合影，大家全都笑得很灿烂，自信满满。

　　厉薇薇说："现在想起来也不晚，阿度，为了咱们的初心，为了那么多支持你的人，赶快振作起来吧！"

　　陈亦度感慨地说："薇薇，谢谢你。"

　　她笑了："不客气，现在满血复活了吗？"

　　陈亦度笑着点头。

　　厉薇薇催促他："快去公司吧！莫凡既然跟你撕破了脸，接下来肯定会疯狂出招的。"

　　陈亦度恢复信心满满的样子，带着曹钟、蒂凡尼走过DU的展示厅。

　　两人看着陈亦度的表情有些可怕，蒂凡尼悄悄问曹钟："那个内鬼后来查到是谁了吗？"

　　曹钟正摇头，这时莫凡带着小股东们也走过来，和陈亦度狭路相逢。

　　曹钟问："莫总？您找陈总？您要不下午再来？我们正要开董事会。"

　　莫凡冷笑："我就是来开董事会的。"

　　曹钟听了满脸诧异，蒂凡尼已经察觉到了陈亦度和莫凡之间的剑拔弩张，伸手拉了一下曹钟。

莫凡盯着陈亦度说："这次的董事会正是由我发起的。"

曹钟和蒂凡尼顿时明白了，原来他就是那个内鬼！

会议室内，莫凡刚坐下就向陈亦度丢出手里的文件。

"这份文件里清晰地写明了，目前在DU，我和你持股数量是完全一致的，都是百分之四十一。也就是说，我有权要求召开董事会，也有权利提出更换董事长的议题。"

有股东附和："公司现在经营状况不佳，进驻枫丹的事情又处处不顺，看来真的要认真考虑接下来由谁来带领公司前进的问题了。"

闻言，其他股东纷纷点头。

陈亦度冷笑着看着虎视眈眈的莫凡："作为现任董事长，我有两件事要告知各位：第一，我不会离开这个位子。第二，这个位子也不是谁想坐就能坐的。"

莫凡看看他脸上的疤说："这个位子究竟归谁坐，得由公司的全体董事来决定。我也告诉你，我就想换人坐这个位子。陈总啊，别伤疤都没好，你就忘了疼！"

陈亦度反驳："只要我坐在这个位子上一天，就会死守一天，我不会让别有用心的人得逞的。"

两人对视，剑拔弩张。

莫凡冷笑："下面我要和各位董事讨论一下更换董事长的议题，还请陈董事长暂时回避一下。"

陈亦度从会议室出来，蒂凡尼和曹钟急忙迎上去。

蒂凡尼问："出了什么事？莫凡要当董事长？"

曹钟皱眉："人心难测，想不到一直要害你的人就是莫凡。"

蒂凡尼说："陈总，您得想想办法治治这种背后捅刀的小人。"

"你们不用担心，我会尽力而为的。"说完，陈亦度一个人默默走开。

蒂凡尼和曹钟面上焦急，却只能无奈地面面相觑。

厉薇薇回家后，发现蒂凡尼正坐在沙发上。

蒂凡尼见她回来急忙站起来，神情凝重地说："莫凡已经窃取了公司百分之四十一的股权，他煽动董事会和陈亦度作对，如果这次陈亦度输给玲珑，就会丢掉DU的控制权。他一手创立的DU品牌，就会落到莫凡的手上。"

厉薇薇一听，不由得呆住了。

蒂凡尼眼睛一红，脸上再也不是以前骄矜的表情，而是恳求："所以我来是想恳求你，能不能帮帮陈亦度？"

厉薇薇想了一夜，第二天在天台等着霍骁。

霍骁来到厉薇薇身边，问："找我有事吗？"

她说："我知道这次入驻枫丹的事情对玲珑来说很重要，如果我们真的输了，还会有别的机会，可是如果陈亦度输了，他就会彻底失去DU。我要为我即将做的事情，提前向你道歉。"

霍骁看着厉薇薇说："不管你做什么，我都会理解的。"

厉薇薇走进玲珑的设计部，看见大家正在研究设计方案。

她拍拍手宣布："我已经决定我个人退出这次枫丹百货的PK大赛，所有的设计方案都由你们全权负责。"

大家听了，一脸震惊。

刚好经过的康星听到这一切，来到珍妮面前："我是来拿设计方案的，市场部做计划书需要用。"

珍妮沮丧地说："设计方案？可能要过几天才能给你了。"

康星看着厉薇薇办公室的方向，露出复杂的表情。

康星和莫凡悄悄在车上见面："老大，厉薇薇在玲珑现在完全撒手不管了，摆明了是要帮陈亦度。如果这样下去，咱们就功亏一篑，白白便宜了陈亦度那小子了。"

莫凡点头："得让他们打起来。"

康星苦恼地说："可是他们俩现在好得如胶似漆，怎么打得起来？"

莫凡冷笑："我手里还有一张王牌，对付一个失忆女人的王牌。"

曹钟走进蒂凡尼的办公室，看到一地的纸团。

蒂凡尼带着懊恼的表情画图，又不满意地撕掉。

一个纸团丢到曹钟脚下，他问："怎么了？这么烦躁？"

蒂凡尼抓狂："不行，脑子里一片空白。我现在觉得手里的这支笔好沉重，这可是枫丹的PK大赛，偏偏又在莫凡要篡权夺位这么个节骨眼上，随便一笔下去，就关系到DU的生死，我完全没办法正常发挥。怎么办？"

这时陈亦度进来，看到一地的废纸团，说："蒂凡尼，你辛苦了那么久，好好休息一下，设计图的事交给我。"

蒂凡尼惊呆了："阿度，你不会是要重操旧业吧？"

陈亦度点头："没错。"

曹钟和蒂凡尼听了，很是意外。

陈亦度在家里认真地画设计图，这时突然响起敲门声。

他去开门，发现门外没人，只有一个打包饭盒，里面的蛋包饭上用番茄酱写了两个字"加油"。

陈亦度拿着蛋包饭，欣慰地笑了。

厉薇薇给父亲扫墓，念叨说："爸爸，这是你最喜欢闻的檀香，这是你最喜欢的扶郎花，还有你最爱喝的龙井茶。"

她看着墓碑上爸爸的相片说："我好想你。"

厉薇薇几乎要落泪，但又坚强地笑了笑："爸爸，你不要为我担心，我虽然失忆了，可是每天都过得很开心，因为我如今比任何时候都更加清楚自己想要的是什么。"

她想到了陈亦度，脸上露出甜蜜的笑意："也许进驻枫丹、成为国际顶尖设计师是我曾经的执念，可我现在却觉得能够成全心爱的人是一件更加快乐的事。爸爸，我知道不管我怎么选择，你都会为我感到骄傲的。"

厉薇薇抚摩了爸爸的相片，微笑着转身准备离开。

此时，她发现莫凡站在她身后，嘲讽地看着她。

厉薇薇厌恶地看了莫凡一眼，一言不发。

莫凡问："怎么，看见我装作不认识吗？"

她停住脚步："我真希望从来没认识过像你这样龌龊的人，请你离开我爸爸的墓地，我们全家都讨厌你这样的伪君子。"

莫凡冷笑："那你爸爸一定更讨厌你站在他的墓前，为害死他的凶手说话。"

厉薇薇皱眉，瞪着他问："你说什么？"

莫凡说："陈亦度一定没敢告诉你吧，你爸爸的死和他可脱不了干系。"

闻言，厉薇薇一脸震惊地看着他。

厉薇薇失魂落魄地闯进DU公司，含泪质问陈亦度："莫凡说的都是真的吗？我爸爸的死真的跟你有关吗？"

陈亦度痛苦地看着她，沉重地叹气："六年前我们两人分手，当时吵得很凶。你打电话向厉叔叔哭诉，厉叔叔一着急就改签了机票临时回国，结果却遇上了空难。不只厉叔叔的事跟我们分手有关，我妈的病也是因为她想阻止你离开才不慎从楼梯上跌落，造成了永久性的脑损伤。"

厉薇薇听得满脸震惊，泪流满面地问："这一切你为什么不早告诉我，为什么要一直瞒到现在？"

陈亦度叹气："因为我怕，我们排除万难好不容易才在一起，我怕会再次失去你。"

厉薇薇冷笑："难道你觉得一直隐瞒、逃避下去，就可以当作什么都没发生吗？"

他认真地说："薇薇，人的一生都在不断地失去，没有回头路。但是上天给了你我一条回头路，让我们可以看清真相，反省过去，让我们可以做出不同的选择。为什么我们不能放下过去的沉重，弥补遗憾和过错，让一切重新开始呢？"

厉薇薇说："我们犯下的是无法弥补的过错，一辈子都弥补不了。"

陈亦度说："我妈妈和厉叔叔的意外，归根结底是因为他们太在意我们，太希望我们能够幸福。所以我们更应该珍惜这段感情，只有这样才对得起他们为我们的付出。"

"对不起，陈亦度，我没有勇气在我爸爸和你妈妈的一条半人命上继续和你相爱。"

说完，她扭头跑了。

"薇薇！"陈亦度跟着追了出去。

茶馆里，霍骁和莫凡碰面。

莫凡亲自为霍骁倒了一杯茶："放心吧，入驻枫丹百货的终极PK，厉薇薇会乖乖配合的。"

霍骁疑惑地看了他一眼："你做了什么？"

莫凡轻描淡写地说："没什么，我只是把厉薇薇父亲死亡的真相告诉了她。"

霍骁震惊了："你知道这件事对薇薇意味着什么吗？"

莫凡点头："就是知道这件事的分量，我才把这颗重磅炸弹一直留到最后才引爆，现在这个时候厉薇薇估计正和陈亦度闹决裂呢。"

霍骁气得站起来一把揪住了他的衣领，怒了："你怎么能这么做，薇薇她怎么受得了这样的打击？"

莫凡淡定地说："她不受点打击怎么跟陈亦度闹翻，枫丹的PK他们怎么斗得起来，你又怎么有机会？妇人之仁哪儿能成什么大事，别被感情动摇了理智！"

霍骁揪着他的衣领，气得浑身发抖："你倒不会被感情动摇理智，因为你根本就没有感情。"

莫凡波澜不惊地说："提醒你一句，快去看看厉薇薇吧，晚了说不定会出什么事呢。"

霍骁心里一惊，松开他，直接飞奔出门。

莫凡看着他远去的背影，伸手掸了掸被抓过的地方，轻蔑地笑了笑。

厉薇薇一边抹泪，一边在街上疯了似的奔跑。

她满脸是泪痕地站在公园湖边，面对一池湖水，痛苦地发泄着心中的绝望。

此时霍骁气喘吁吁地跑了过来："薇薇，有什么话咱们回去慢慢说。"

陈亦度也找到了湖边，厉薇薇看着两人，下意识地往后退了几步："你们都别过来。"

陈亦度努力地劝说："薇薇，过去的事情已经发生了，无法改变，我们能做的就是努力治愈心中的伤痛。"

厉薇薇摇头："我曾经天真地以为失忆是上天给我的一份礼物，但现在才发现这是另一场噩梦，是命运跟我开的一个天大的玩笑，而你们都是这场玩笑的帮凶。"

霍骁劝说："薇薇，你千万别激动。"

陈亦度叹气："是，我们不该骗你。因为逃避不能解决问题，就像你现在这样。薇薇，你迟早要学着承受这一切。"

厉薇薇捂住耳朵大叫："我不要！"

霍骁愤怒地吼道："陈亦度，你给我闭嘴！"

陈亦度继续劝说："薇薇，我们花了那么长的时间，经历了那么多磨难才走到今天。让我帮你吧，让我帮你一起面对。如果厉叔叔在这里也会希望你能够变得坚强，不是吗？"

厉薇薇撕心裂肺地哭喊："我好累，真的好累，别逼我，你们走！"

陈亦度看看霍骁，下决心走向她，伸出手试图再争取。

霍骁忍不住上前去拉他，厉薇薇躲避着陈亦度，下意识地向后退，一失足掉到湖里。

霍骁和陈亦度同时惊叫："薇薇！"

Chapter ∨27

"三十岁的厉薇薇是没有资格再做梦的。"

放弃我，抓紧我

∨∨

夜里，霍骁和陈亦度焦躁又心痛地站在医院走廊两边。

里奥和蒂凡尼急匆匆地赶来，里奥看着两人怒了："你们俩真是够了，薇薇都被你们弄进医院了，你们还戳在这儿干吗？打算等她醒来，第一时间给她添堵吗？你们走，都给我回去！"

闻言，蒂凡尼上前拉走了陈亦度。

霍骁没办法，依依不舍地朝厉薇薇的病房看了一眼，叹着气离开了。

厉薇薇在病床上昏迷着，里奥进了病房。

医生说："从初步检查的结果来看，患者没什么大碍，只是呛了几口水。等她醒来再留院观察一下，要没什么问题就可以出院了。"

里奥听了，这才稍微放心了。他看到病床上的厉薇薇表情痛苦，眼角还缓缓落下一滴泪珠。

陈亦度离开医院后就去了搏击馆，发狠地猛踢沙袋。

蒂凡尼在一旁担心地劝说："阿度，歇会儿吧，你已经练了很久了，你别这样对自己。"

陈亦度根本不理她，还是继续踢打沙袋，直到自己筋疲力尽，重重摔倒在地上。

蒂凡尼难过地上前递给他一块毛巾，陈亦度并不伸手去接。

"其实我一直知道薇薇会迈不过厉叔叔这道坎，但是我不甘心！不甘心我们兜兜转转，拼尽全力，却还是逃不过当年的结局。"

蒂凡尼劝说："你为厉薇薇做了那么多，她总有一天会想明白的。"

陈亦度苦笑："薇薇不会原谅我了，这一切都是我咎由自取，我不该妄想还可以和薇薇重新开始，这是老天对我贪心的惩罚。"

蒂凡尼无奈地安慰："你别这样想，有些事情不是看到希望才去坚持，而是坚持了才会看到希望。"

里奥守在病房里，抓着一包零食吃了起来。

病床上的厉薇薇突然醒来，自己从床上坐了起来。

她瞪着里奥，语气冰冷地说："身为一个模特是没有资格吃零食的。"

里奥嘴里塞了半截杧果干，转头紧张地看着她。

厉薇薇又说："需要我提醒你这段时间偷吃了多少零食吗？你要没有这点自制力，趁早退出模特界。"

里奥奇怪了："你以前不是说就算是个模特，也要想吃就吃，想睡就睡，要不然活着还有什么意思吗？"

厉薇薇一眼瞪了过去："你少造谣，我说过这么没出息的话吗？我可警告你，你十五岁的时候身高一百八十二厘米，体重六十公斤，三围都是黄金比例。现在你身高一百八十八厘米，体重七十三公斤，腰围已经到了我所能忍受的临界点。这两个月我目测你至少重了两公斤，再这样下去你就等着去代言猪饲料吧。"

里奥被厉薇薇噎得一愣一愣的，还嘴硬地反驳："水果干吃了又不会发胖，再说了我只吃了一口，你就这么咒我。连我十五岁时候的三围都记得，要不是看在你是我姐的分上，我就报警了……等等，你能记得我十五岁的时候？"

他这才反应过来，惊得手中的半截杧果干掉在了地上，震惊地大叫一声："医生！"

里奥随即跌跌撞撞地跑出门去，正好遇见迎面而来的霍骁。

里奥并不跟他打招呼，继续向医生办公室跑去，霍骁有点奇怪地看了里奥一眼。

霍骁走进病房，发现厉薇薇已经坐在床上，问她："你醒了？"

厉薇薇冷漠地答应一声："嗯。"

此时，陈亦度正好也捧着一束花走了进来。

霍骁看见他有点激动："陈亦度，你来干什么？你给我出去！"

陈亦度痛苦地看着厉薇薇："我想跟薇薇说一声对不起。"

霍骁质问："她刚醒过来，你还想接着刺激她？"

厉薇薇冷酷地看着陈亦度，打断说："对不起，你我之间好像不需要说这样假惺惺的客套话吧？"

闻言，霍骁和陈亦度都有些吃惊地看着她。

厉薇薇看着陈亦度，一字一顿地说："你是我一直以来的竞争对手，是我最厌恶、最憎恨的人。"

陈亦度不敢相信地唤了一声："薇薇？"

厉薇薇盯着他说："过去一年发生的事情，我已经忘得一干二净了。"

陈亦度听了，满脸震惊。

这时候里奥匆匆拉着医生进来："医生，你快帮她看看，她好像想起来了。"

医生对众人说："麻烦各位先出去一下。"

不久后，医生出来把刚刚检查的结果告诉大家。

"她的确已经恢复了全部记忆，应该是再次落水的经历直接刺激了她的感官神经，唤醒了她的潜意识。"

霍骁问："所以，她已经完全变回了一年前的样子？"

医生点头："可以这么说。"

霍骁露出惊讶的神色，陈亦度则是心如刀绞，绝望地转身黯然离去。

陈亦度失魂落魄地走出医院，手上的玫瑰花被扔在了路边树下。

一阵寒风吹过，花瓣被吹得在空中四散飞舞，映衬着陈亦度离去的身影，显得分外凄凉。

里奥激动地冲进了病房，上前抱住厉薇薇。

"薇薇，太好了，你的病终于治好了。"

厉薇薇面色沉重，没有一丝喜悦，抬眼瞥了里奥一眼。

"你才病了，我只是失忆。快放手，这么大个人了，还一点都不稳重。"

里奥吓得不知所措地缩回手，喃喃说："稳重？你现在这个样子还真是挺稳重的。你失忆近一年，现在终于找回记忆了，你怎么一点都不高兴呢？"

厉薇薇面无表情地说："如果找回的都是痛苦的记忆，不仅不会高兴，还会很绝望。"

霍骁扶着厉薇薇在医院花园散步，他试探着问："你真的什么都想起来了？"

厉薇薇表情冷冰冰的："没错，现在在你面前的不是二十三岁的傻白甜，而是三十岁的女魔头。"

霍骁看着她不知是喜是悲，感慨地说："我就知道，迟早有一天你会恢复记忆的。"

厉薇薇面无表情地说："你不用一直强调我恢复记忆的事，我和你的婚约我还是会遵守的。放心，我是不会赖账的。"

霍骁听了，不由得苦笑："你不欠我的，婚姻是两个人的事情，不存在谁欠谁还。"

厉薇薇说："别太天真了，婚姻本来就是一种合作关系，我们各自持有资本入场，又各取所需，你我一直都是最好的合作者。"

霍骁苦涩地笑笑，岔开话题说："薇薇，虽然医生说你没什么大碍，但我觉得你还是多在医院住一段时间，养好身体……"

她直接打断说："我一分钟也住不下去了，我已叫里奥去办出院手续了，我要立即回到玲珑，开始工作。"

霍骁诧异："不用这么着急吧？"

厉薇薇说："成功是拼出来的，别人在跑，我们就得飞。枫丹的PK大赛已经迫在眉睫，我还能在床上躺着继续装死吗？我必须全力以赴，把这段时间的损失追回来。不仅是为了公司，更是为了我自己的个人品牌。这一次，我绝不允许自己失败。"

无奈离开医院，陈亦度去了DU展示厅工作，却有些心不在焉。

蒂凡尼小跑着进来，急切地问："听说厉薇薇恢复记忆了？"

陈亦度看着她，无奈地点点头。

蒂凡尼纠结了："那她现在到底是什么状态？不会是又变回女魔头了吧？"

陈亦度苦笑着说："她说过去一年的事她都已经忘了。"

蒂凡尼愣愣地看着他："这么绝情？"

陈亦度叹气："我跟厉薇薇再一次开始就是个错误，现在她恢复记忆了，是时候让错位的一切回归原位了。"

蒂凡尼也跟着轻轻叹气，安慰他说："如果真的不能在一起，就把厉薇薇忘了吧，就像你之前把她忘掉一样。"

陈亦度摇头："忘掉？我现在终于明白了，过去的六年我不是把薇薇忘了，而是把她刻成了心里的一道伤痕，一道一辈子也愈合不了的伤痕。"

街角隐蔽处，康星上了莫凡停在街角的车，向他汇报说："刚刚得到的消息，厉薇薇已经恢复记忆了。"

莫凡先是一愣，继而露出笑容："还有比这更好的消息吗？厉薇薇本来是我们的对手，现在却要与陈亦度为敌了。敌人的敌人，就是朋友。"

康星有些不解："你的意思是……？"

莫凡说："厉薇薇会成为我们手里的一柄尖刀，我们就用这把刀刺穿陈亦度的心脏。"

康星问："老大，接下来我们怎么做？"

闻言，莫凡露出一丝难以捉摸的笑。

陈亦度办公室内，曹钟和蒂凡尼正焦急地跟他汇报。

曹钟说："有两笔短期贷款就快到期了，另外还有几笔客户的货款还没到账，流动资金上压力非常大。"

蒂凡尼说："客户方面，先前长期订货的几个精品店客户都莫名其妙地要求退订，要么说手头资金紧张，要么说什么调整经营策略，结果导致咱们的库存快速增长。还有供应商方面，最近也在催咱们付款。"

曹钟叹气："最要命的是枫丹百货的PK大赛在即，这些情况咱们还都是瞒着歌迪亚那边的……"

此时莫凡推门进来，接着曹钟的话说：

"阿度，千斤重担都压在这次跟玲珑的终极决战上了，只有取胜才能让DU反败为胜。"

蒂凡尼和曹钟看见莫凡反应很大。

"输赢和你有什么关系，你这个卑鄙小人，你还来干什么！你走！DU不欢迎你！"

两人说着，就要把莫凡推出去。

莫凡瞪着蒂凡尼说："我可是DU最大的股东，这句话好像轮不到你来说吧？"

陈亦度说："蒂凡尼，曹钟，你们俩先出去。"

蒂凡尼和曹钟面面相觑，犹豫片刻还是都退出去了。

陈亦度问："这是你的新计谋吗？之前处心积虑地欲置我于死地而后快，现在又假惺惺地支持我，如此反复是为了让你的控制欲达到顶点吗？"

莫凡冷笑："别自作多情了，我是想打垮你，但是我可不想打垮DU，我和你现在都是DU最大的股东。我可不想我的真金白银被你打了水漂。所以为了我自己的公司，我有权利督促你赢得这一仗，你现在要对你的出资人负责了，陈董事长。"

厉薇薇走进玲珑门厅，恢复记忆的她好像自带一股凌厉的杀气。

路过的职员们看见厉薇薇的样子，都疑惑地私下悄悄议论。

霍锐勇正好路过，不怕死地上前找碴："厉薇薇，枫丹的PK大赛，明天就要交设计作品了，你的作品在哪里啊？"

厉薇薇死死盯住他，淡定地说："我在玲珑做事这么多年，还没有人可以这样质问我！我倒是想问问勇总，你一个靠哥哥吃了二十几年软饭的挂名副总，这份质问我的底气，到底是从哪里来的？"

霍锐勇被她凌厉的眼神和犀利的言辞，吓得脚下一个趔趄，幸好被朱秘书及时扶住了。

看着厉薇薇扬长而去，霍锐勇疑惑了："厉薇薇这几天是上哪儿练神功去了？怎么这招以眼杀人，我根本抵挡不住？"

玲珑设计部里，众人正在懒散地工作。

苏菲对着摄像头化妆，珍妮一边吃零食一边玩电脑，乔治穿着鲜亮的橘黄色紧身衣和老万在商量新的样衣修改意见。

厉薇薇走进设计部，眼神凌厉地扫视了一下众人，接着以女魔头的口吻开始训斥：

"乔治，你二尺八的腰围是勒给谁看的？明天不换掉你就给我穿裙子上班！苏菲是还有夜场的兼职吗？珍妮，如果你想去举重队当秘书，我可以帮你联系。"

乔治看看自己的紧身衣，一脸受伤的表情。

苏菲连忙收起摄像头，珍妮带着哭腔说："厉总，我马上就写一万字的检讨！不，是辞职报告。"

厉薇薇面无表情地说："你辞职了，我还得花大把时间再找一个秘书，更何况他们未必比你出色。"

闻言，珍妮有些惊讶地抬头看看她。

霍骁紧随而来，瞥了一眼珍妮："还不赶紧把样衣拿到厉总办公室来？"

说完，厉薇薇和霍骁走进自己的办公室。

老万问："厉总今天到底怎么了？"

欧秘书忍不住悄悄透露："她都想起来了！"

众人哀号："好日子才过几天，女魔头又回来了！"

珍妮沉思说："我倒是觉得厉总没有彻底被打回原形，至少比以前温柔多了。"

厉薇薇在办公室里手脚麻利地修改样衣，霍骁戳在一边，担忧地看着她。

厉薇薇头也不抬地说："你一直站在这里，有事吗？有事就说，没事就出去。"

霍骁关切地问："薇薇，你还好吗？"

她面无表情地说："我很好，现在这个样子不就是你想看到的厉薇薇吗？"

霍骁看着厉薇薇，心情复杂。

下班后，厉薇薇把样衣带到了家里，继续专注地修改。

里奥在一边看着，忍不住发问："薇薇，你真的要去参加枫丹的终极

PK，跟陈亦度拼得你死我活？”

厉薇薇看看他，叹气说：“那我还能怎么样呢？梦已经做完了，二十三岁的厉薇薇只属于过去，我该做回三十岁的厉薇薇了，三十岁的厉薇薇是没有资格再做梦的。”

里奥感慨：“薇薇，你变了，我一点也不喜欢你现在这副内分泌失调的样子。”

厉薇薇说：“我也不喜欢我现在的样子，二十三岁的厉薇薇虽然不像现在这样富有，但她单纯、美好，有慈爱的父亲、亲密的挚友，还有最浪漫的爱情和梦想。以前我总是不明白为什么三十岁的我会变成这样一个讨人厌的女魔头，现在我终于明白了。当我一点点失去所有，我不得不穿上带刺的盔甲，伪装成坚强的样子，硬着头皮和这个世界厮杀。”

DU展示厅内，陈亦度熬夜在对婚纱样衣提出修改意见，蒂凡尼在一边充当助手，拿着针线在衣服上缝缝补补。

陈亦度说：“褶量要水平均匀分布，从腰线向下逐渐加大褶量，形成一定的渐变效果。”

蒂凡尼根据他的指示操作，突然不慎扎到了自己的手。

陈亦度问：“没事吧？”

蒂凡尼担忧地说：“没事，只是阿度，我始终觉得莫凡在这次的终极对决中表现得非常奇怪。”

陈亦度皱眉：“是福不是祸，是祸躲不过。”

蒂凡尼问：“他这个人那么阴险，处心积虑地想要害你，这次怎么可能真的袖手旁观？他会不会又在暗地里使什么阴谋诡计？”

陈亦度没有回答她，催促说：“快点修改吧，明天一早就要去提交最终的作品了。”

第二天，大批记者聚集在会场门口。

陈亦度和厉薇薇两拨人马分别拿着自己设计的衣服走进秀场，把作品交给歌迪亚。

歌迪亚把作品交给身边的工作人员让他们帮忙封存。

周围亮起一片闪光灯，各路记者纷纷记录这一历史性时刻。

歌迪亚说："各位，今天我作为来自法国枫丹百货的代表，深深地感到了中国企业的勃勃雄心，我相信在不久的将来，中国一定会诞生影响世界的时尚企业。不管明天的比赛结果如何，我都希望DU和玲珑能够携手并肩，在相互较量中共同开创一片中国时尚业的新天地。"

厉薇薇和陈亦度在闪光灯下握手，并摆出敷衍的笑容。

厉薇薇脸上依旧摆着笑容，语气却是冷冰冰的："之前发生的事我希望你也已经全忘了，你应该记得的就是现在站在你面前的厉薇薇。"

陈亦度脸上也摆着笑容，回答说："我心里的那个厉薇薇，六年前就已经死了。"

厉薇薇说："明天的决赛，我绝不会手软的。"

陈亦度冷哼："随时恭候。"

这时歌迪亚对众人宣布："明天上午，欢迎大家一同来见证历史性的时刻。"

街上，莫凡正好路过一家有电视的小卖店，电视上正在播放枫丹终极PK的报道。

他死死盯着屏幕上笑着的陈亦度，拿出手机给康星打电话："可以开始行动了。"

秀场走廊隐蔽处，康星看着事先找好的工作人员，对方已经换上了秀场保安的制服。康星压低声音叮嘱："现在就看你的了，事成之后钱会立即打到你账上，我们说到做到。"

对方点点头，很快悄悄离开，和另一个保安分别推着挂着两家公司婚纱的推车。

　　保安好奇地打量身边的人："新来的？以前没见过你，你原来在哪个会场的？"

　　这人心虚，支支吾吾答不上来。

　　这时康星出来解围："保安，能帮我开一下化妆间的门吗？"

　　这人立刻心领神会，对一边的保安说："兄弟，你去开门吧。这衣服我知道放哪儿，一会儿我把门锁好了，把钥匙给你，上头说你负责管钥匙。"

　　保安答应了，很快就走了。

　　留下那人紧紧盯着厉薇薇的婚纱，露出得逞的笑容。

　　街上，莫凡的车停在路边，霍骁上了他的车。

　　莫凡发动车子朝前驶去，他递给霍骁一张纸。

　　"这是送陈亦度下地狱的通行证，你想个办法让厉薇薇亲手把它交给歌迪亚。"

　　霍骁看看纸上的内容，皱眉问："这些资料为什么不匿名寄给歌迪亚，或者由我去送，何必一定要让薇薇去做？"

　　莫凡冷笑："一个囚犯站在绞刑架上，却突然发现刽子手是自己最爱的人，那画面该有多刺激？"

　　霍骁看着他，身体轻轻颤抖，强忍住了心中的愤怒。

　　莫凡瞥了他一眼："我这也是为你着想，如果厉薇薇亲手搞死了陈亦度，她肯定会对陈亦度彻底死心，死心塌地地跟你白头到老。"

　　霍骁扭过头去看窗外，依旧没有吭声。

　　莫凡问："怎么，关键时刻你心软了？这可不像你的作风，六年前你不是也对陈亦度痛下杀手了吗？"

　　霍骁震惊了："你怎么知道的？"

　　莫凡说："六年前陈亦度本来得到了一笔足以起死回生的订单，但有人却趁火打劫，不仅抢走了这笔订单，还顺便抢走了陈亦度的女人。"

霍骁打断他："你到底想怎么样？"

莫凡冷笑一下，突然提速，将车开得飞快。

车子在拥堵的车道上左右超车，几乎失控。

"我们已经进入了一条只能加速，不能掉头的快车道，要么被后面追上来的车撞得粉身碎骨，要么就战胜陈亦度，结束这段疯狂的旅途。但如果你中途把事情搞砸了，我一定会拉上你，大家一起玉石俱焚，你会永远失去厉薇薇。"

此时，他们险些撞到其他车子。

莫凡冷静地打方向盘，淡定地将车子停好，霍骁坐在副驾驶大口喘着粗气，惊魂未定。

厉薇薇独自一人站在天台，看着楼下的车河，神情绝望。

霍骁走到她身边，把报表交给厉薇薇。

厉薇薇问："这是什么？"

霍骁说："专业的第三方公司出具的分析报表，有助于更详尽地展现我们玲珑与DU相比的种种优势。相信歌迪亚看了之后，肯定会影响她最终的判决结果。以你的身份去交给歌迪亚可能更有说服力，更可以展示我们玲珑的诚意与自信。"

见她打开资料来看，霍骁又说："今晚我以你的名义邀请歌迪亚在环岛酒店吃饭，位子欧秘书已经帮忙订好了。"

厉薇薇合上资料："我会准时出席的，三点我还有个会，先过去了。"

她抱着分析报表转身离去，霍骁看着厉薇薇的背影，露出淡然的笑意，随即从西装口袋里拿出莫凡给他的那张纸，撕碎撒向空中。

薇薇，这六年来，我无时无刻不在为自己当年冲动的行为感到后悔，我也知道总有一天你会知道事情的真相。对不起，薇薇，我会承担一切后果……

黄昏时分，大家都已经下班了。

厉薇薇拿着分析报表从自己的办公室走出来，准备出门去赴歌迪亚的约。

此时，珍妮突然跑过来找她："厉总，你快去展示厅那边看一下。一个客户订的头纱好像有点问题，她正在楼下发脾气呢。"

厉薇薇皱眉，跟着珍妮走过去，顺手把资料放在了桌上。

此时，康星鬼鬼祟祟地进来，看看四下无人，趁机把那页最关键的资料夹到了分析报表里，随即又快步离开。

片刻之后，厉薇薇带着不耐烦对珍妮说："以后像这样的低级错误我不希望再出现，通知工厂，赶紧严查问题头纱的生产流程，找出直接责任人，该处罚的处罚，该开除的开除。"

说完，厉薇薇重新回来拿上分析报表，快步出门。

厉薇薇和歌迪亚在酒店内见面。

厉薇薇把分析报表递过去说："歌迪亚女士，这是第三方调研公司围绕玲珑和DU两个品牌所做的分析报表，相信这里面的数据对您来说会更加有说服力。第三方机构，相对独立，所以这应该不算我们自卖自夸，请您尽量抽出时间阅读一下，相信会对您明天的判断有利的。"

歌迪亚收下后说："我很感谢玲珑的精心准备，你们的确是用心良苦，但是多年的商业经验告诉我，看问题要全面，不要只看到局部而忽略了整体。"

厉薇薇举起酒杯："您的理性和敬业的态度让我非常敬佩，不过我还是坚信我们玲珑绝对有实力和枫丹百货开始一场完美的合作。来，我敬您一杯，为我们美好的未来。"

歌迪亚笑笑，与她碰杯。

夜晚在酒店房间，歌迪亚坐在沙发上打开厉薇薇给她的分析报表看起来。

当看到康星夹进去的关键一页时，她震惊了。

第二天，厉薇薇梳洗打扮好，打算出门。

里奥突然出现，拦在了她的面前："薇薇，你真的要去参加枫丹的PK大赛，要跟陈亦度沙场相见，拼个你死我活吗？"

厉薇薇冷漠地看着他："我有别的选择吗？"

里奥抓住她的手说："我看得出来，你心里一直都有陈亦度。薇薇，你现在后悔还来得及！"

"从我恢复记忆的那一刻起，就已经来不及了。"厉薇薇甩开他的手，痛苦地走了出去。

另一边蒂凡尼跟着陈亦度走向秀场，蒂凡尼一副忐忑不安的样子，陈亦度则是眉头紧锁，脸上带着痛苦和决绝。

突然，蒂凡尼崴了一下脚，差点摔倒在地上，陈亦度连忙扶住她。

蒂凡尼试图阻止他进去："阿度，从昨天开始我就一直魂不守舍，我有预感，这次的PK大赛肯定会有什么不好的事情发生。"

陈亦度说："比赛马上开始了，别说这些泄气话。"

蒂凡尼说："我的第六感一向很准的，我今天一到秀场门口就觉得这里的气场完全不对，咱们就不能编个借口延迟这次PK大赛吗？实在不行，干脆退出吧。"

"今天我既然站在这里，就不会当逃兵的。该来的迟早会来，否则一切永远都不会结束。"

陈亦度不顾蒂凡尼的阻拦，毅然走进会场。

秀场内，众人全都已经落座。

歌迪亚宣布："各位朋友，各位贵宾，欢迎大家来到由枫丹百货主办的这次终极对决。接下来，两家技艺超群的公司将毫无保留地展现它们的才智和创造力，为我们带来一场精彩绝伦的视觉之旅。"

话音刚落，音乐声响起，身穿DU集团婚纱的模特和身穿玲珑婚纱的模特陆续登场。

台下亮起一片闪光灯，DU的压轴服装更是引来一片喝彩。

最后玲珑的压轴作品登场，厉薇薇看见玲珑的作品顿时震惊了，霍骁则是一副痛苦的表情。

另一边陈亦度和蒂凡尼也是一副难以置信的表情，莫凡在角落里露出一丝阴笑。

珍妮低呼："这不是厉总设计的压轴作品，虽然乍一看长得有点像，但细节完全不一样，而且这件怎么那么像DU上一季的主打设计？"

所有人看着厉薇薇设计的婚纱都默不作声，全是惊讶的表情，只有歌迪亚是一副坦然的样子。

有记者立刻上前："厉小姐，这件服装的主要设计元素与DU集团上一季的主打设计几乎完全一样，您做何解释？"

厉薇薇狠狠瞪了一眼陈亦度，随即回应："我没有抄袭DU，而且这一件并不是玲珑的压轴设计。"

此时歌迪亚站了出来："各位，众所周知，抄袭是一种可耻的犯罪，但今天真正犯罪的不是玲珑，而是DU！"

此话一出，台下再次哗然。

歌迪亚向在场众人出示关键证据——康星夹在分析报表里的关键资料。

"在这次终极对决之前，我接到了一封举报信。信中表明DU为了获得这次比赛的胜利，不仅隐瞒不良的经营状况，更故意在玲珑的婚纱上做手脚，陷害玲珑。"

全场再次哗然，厉薇薇和陈亦度更加震惊，莫凡则是一副看好戏的表情。

歌迪亚继续说："当我读到这封信的时候，我还以为这很有可能是无稽之谈，但随着今天的比赛推进，我不得不相信这封信里所说的是完全真实的。厉薇薇小姐用她的行动证明了她是一位诚实严谨的杰出女士，是她让我们看到了这场对决背后的故事。"

人群中，陈亦度死死瞪着厉薇薇。

厉薇薇一脸茫然，没明白究竟是怎么回事。

蒂凡尼忍不住站出来替陈亦度辩解，激动地说："我用我的性命担保，DU没做过这样龌龊的事。"

厉薇薇不敢相信地看向身边的霍骁，似乎已经明白是他从中做了手脚，以自己的名义举报了陈亦度。

歌迪亚宣布说："枫丹百货能够屹立于时尚前沿而不倒只有一个秘诀，那就是我们只与诚实可靠的合作伙伴携手，我宣布这次入驻枫丹百货的终极决战玲珑获胜。"

陈亦度绝望地看向厉薇薇，她恨恨地瞪了一眼陈亦度，接着又愤怒地盯着身边的霍骁。

霍骁痛苦地闭上眼睛，似乎预感到了接下来即将袭来的狂风暴雨。

陈亦度神情落寞，独自向会场外走去，所有人自动为他让路。

厉薇薇见陈亦度离开，阴着脸追了出去。

莫凡神情得意地看着这一幕，悄悄走到了霍骁身边的位置坐下："多亏了霍总，我们的计划才能实施得如此完美。"

霍骁压抑着怒气，皱眉不语。

莫凡又说："我在酒吧订了位，一会儿咱们好好喝上一杯作为庆祝，怎么样？"

霍骁答："我没心情。"

"是吗？可惜了。"莫凡起身准备离开，又故作仿佛想起了什么，"对了，有件事忘了告诉你。为了保证计划万无一失，我特意让康星想办法将陈亦度的罪证放了一份到厉薇薇的资料里。"

霍骁顿时明白过来，不由得怒火中烧。

莫凡阴笑着，扬长而去。

厉薇薇追着陈亦度走出大楼，快步上前，挡住他的去路。

她狠狠瞪着陈亦度："是你做的吗？"

陈亦度痛苦地沉默着不说话。

厉薇薇说："说话啊！有胆做没胆认吗？"

他痛苦地开口："是我做的。"

厉薇薇似乎不敢相信："你怎么能这么对我？"

陈亦度冷着脸："有什么好奇怪的。你我之间不是向来如此吗？"

她皱眉："我以为你和以前不一样了。"

陈亦度冷笑："怎么，你难道以为我陪你重温了几天旧梦就洗心革面重新做人了？厉薇薇，你未免也太自信了！"

厉薇薇愤怒地伸手给了他一巴掌，陈亦度心里痛苦，却还是怒目瞪着她。

"今天这笔账我会牢牢记着，我说过你耍狠，我会比你更狠；你刺痛我，我会让你更痛；你让我付出的代价，我一定会让你加倍奉还！我劝你最好这辈子都不要再出现在我面前。"

厉薇薇眼里噙满了泪，愤怒地瞪着他。

陈亦度硬起心肠离开，她再也绷不住，压抑地哭出声来。

陈亦度听见厉薇薇的哭声，虽然心如刀绞，但还是狠心离开了。

曹钟无意中听到两人的对话，急切地问："陈总，婚纱调包的事分明就是有人栽赃我们，你不澄清也就罢了，怎么还站出来认罪呢？"

陈亦度冷冷地说："既然有人处心积虑地陷害我，我当然要成全他。"

曹钟问："难道你和厉薇薇真的要因爱生恨，继续回到老路上去？"

陈亦度不语，痛苦地将脸转向窗外。

会场里的人已经走得差不多了，康星和莫凡才从会场里走出来。

康星问："老大，你刚才为什么不质问霍骁？"

莫凡波澜不惊地答："我们的目的已经达到了，何必再浪费力气？"

康星怀疑地说："霍骁这小子一直以来对我们阳奉阴违，我看他根本就是假意跟我们合作，暗地里一直站在厉薇薇那边。"

莫凡高深莫测地说："霍骁究竟站在谁那边不重要，反正他对我们就快没有利用价值了。"

康星听得一头雾水。

厉薇薇面色沉重地回到办公室，桌上堆满了枫丹百货比试的设计稿。

她看了两眼设计稿，心情愈加烦躁，突然发泄似的将桌上的东西扫落。

这时有人敲门，厉薇薇抬头看见霍骁站在门口。

霍骁温柔地说："薇薇，你怎么一个人在这儿？大家都在找你。"

厉薇薇死死盯着他不说话，霍骁走上前疑惑地问："怎么了？"

她直视霍骁的双眼，冷冷地开口："我问你，我给歌迪亚的文件中，那些揭发DU调包罪行的资料是不是你放进去的？"

霍骁犹豫一会儿后语气干脆地答："不是。"

厉薇薇盯着他看了一会儿："希望你这一次不要骗我，不是你，那这件事一定是莫凡搞的鬼。"

霍骁劝说："薇薇，既然这是陈亦度和莫凡之间的恩怨，我们更加应该置身事外。"

厉薇薇冷着脸说："我知道。"

霍骁垂下眼帘，掩饰心中的内疚。

Chapter 28

"到底要不要继续活在虚假的幻象里任人欺骗，全凭你自己选择。"

放弃我，抓紧我

陈亦度坐在落地窗边的单人沙发上，翻开手边的资料，上面显示莫凡的双亲死于车祸。

他放下资料，表情痛苦地合上眼，暗暗下了决心。

第二天，陈亦度走进DU大楼，曹钟神色惊慌地迎上来。

"陈总，莫凡和各位董事今天一早就到了公司，现在正在会议室等您。我总觉得他们来者不善，陈总您要不要先避一避，想想对策？"

陈亦度拍了拍曹钟的肩，面色温和："没关系，走吧。"

会议室里异常安静，陈亦度和莫凡一头一尾坐在会议桌的两头。

董事们交换眼神后将目光投向莫凡，等他发号施令。

陈亦度神色平静地说："各位找我有什么事，不如开门见山吧。"

莫凡啪啪鼓了两下掌，皮笑肉不笑地说："陈总真是好气度，既然如此我就有话直说了。DU婚纱董事长的职位，麻烦你让出来吧。"

陈亦度的目光从各位董事身上滑过："这是莫董事一个人的意见，还是各位都这么想？"

张槐微微皱眉，看上去不太赞同，但他保持了沉默。

吴董事嚣张地说："当然是我们一致同意的，你出了那么大的丑，难道还想赖在董事长的位置上不走？"

朱冠为难地说："陈总，我们也不想这样。可是现在服装行业协会已经正式对你展开调查，一旦你上了行业黑名单，继续留在DU只会拖累公司。不如好聚好散，把股权卖给我们吧。"

闻言，其他董事出声附和。

莫凡望着陈亦度，一副胜券在握的样子。

陈亦度与他对视，露出一丝淡淡的笑容，平静地说："不用这么麻烦。"

他将手边的文件夹往莫凡的方向用力一推，莫凡打开一看，神色骤变："你什么意思！"

陈亦度说："上面写得很清楚，这是一份股权赠予协议。我将手中DU婚纱百分之四十一的股份全部无偿赠送给你。从现在起，你就是公司最大的股东。"

董事们面面相觑，都感到意外。

莫凡猛地拍桌站起，恶狠狠地说："陈亦度，这个公司不是你的心血吗？这么轻易地将它拱手让人，你就不会不甘心吗？"

陈亦度神色轻松地站起身，看向他，神色真诚："这份协议我已经签字了。我早就说过，我的东西只要你想要，随时可以拿去，就算是公司也一样。"

说完，他转身离开了会议室。

莫凡攥紧手中的文件，怒不可遏，跟在他身后追了出去："陈亦度，你别以为你们陈家欠我的，这样就能还清！"

陈亦度停下脚步，并不回头："不管你还想怎么报复我，我都没有怨言。只是希望你可以放下仇恨，好好经营公司。"

莫凡望着陈亦度离开的方向，怒气冲冲地踢倒大厅里的装饰花瓶，把宣传栏整个掀翻，发泄着内心的情绪。

酒吧里，莫凡一杯接一杯地买醉，喃喃地说："为什么？为什么我明明打败了陈亦度，夺走了他的公司，却一点复仇的快感都没有？"

康星也是皱眉不解："我们原以为陈亦度会苦苦挣扎，没想到他竟然那么爽快就将DU拱手让给了我们。"

"陈亦度，我绝不会让你这么好过的。"莫凡深吸一口气，压抑怒气，稍微平静下来，"让你准备的资料呢？"

康星答："老大，都准备好了。"

莫凡目光阴冷地说："接下来，我们该去给厉薇薇送一份大礼了。"

厉薇薇心事重重地闷头走着，被人挡住去路。

她抬头一看是莫凡，警惕地问："你来干什么？"

莫凡好整以暇地说："我来找厉大设计师聊聊天。"

"不好意思，我没兴趣。"说着，厉薇薇绕开他。

莫凡慢悠悠地说："就算和玲珑婚纱的内鬼有关，也没兴趣？"

闻言，厉薇薇停下脚步。

两人去了大楼的天台上，莫凡站在天台边缘，看着楼下的风景，气定神闲。

厉薇薇在他身后不远处，神情戒备。

莫凡开口："说起来我还要好好谢谢厉大设计师，这次多亏了你帮忙，我才能顺利整垮陈亦度。对了，忘了告诉你，玲珑的婚纱不是陈亦度调包的。整件事，都是我跟你们玲珑的内鬼共同策划的。"

厉薇薇瞪着莫凡问："玲珑的内鬼究竟是谁？"

莫凡转身看着她："厉总可真是急性子，那我就长话短说吧。这个内鬼，您不光认识，还很熟悉。一直以来我的计划能够顺利进行，全靠您的未婚夫、玲珑婚纱的总经理——霍骁。"

厉薇薇愣了一下，继而神情愤怒："你不用挑拨离间，我和霍骁从小一起长大，他现在虽然变了，但我清楚他的底线在哪里。"

莫凡将一个文件袋递到厉薇薇面前："他的底线在哪里，你得看了这个才知道。"

厉薇薇不接。

莫凡挑眉："怎么，不敢看？"

他将文件袋放在天台边缘的矮墙上："到底要不要继续活在虚假的幻象里任人欺骗，全凭你自己选择。"

说完，莫凡转身离开。

厉薇薇厉声说："莫凡，不管你这么做的目的是什么，我都不会让你得逞！"

莫凡停下脚步，回头看着她："我劝你不要把话说得太满。"

霍骁从车上下来，与从大楼走出的莫凡迎面相遇。

霍骁见到他，神色有些紧张："你来公司做什么，不是说过有事电话联系吗？"

莫凡心情愉悦地说："霍总误会了，我可不是来找你的。既然遇到了，就顺便通知霍总，我们的合作关系到此为止。"

霍骁难掩紧张地说："莫总，你这话是什么意思？"

莫凡沉下脸，语气危险："霍骁，你一再破坏我的计划，又偷偷带走了我的人，不会以为我毫无察觉吧？"

霍骁沉默片刻，终于卸下伪装，神色变得冷峻："没错，人是我带走的！而且他已经决定出面做证，你的阴谋就要破产了。"

莫凡像是听到什么好笑的事，笑出声来："霍骁啊霍骁，我真是佩服你。自己的女人都要和别人跑了，你居然还一心一意要为情敌翻案。"

霍骁咬牙切齿地说："这是我的事，不用你操心。"

莫凡好笑："说得对，那我就等着看你这份好心会不会有好报了。"

霍骁问："你到底想做什么？"

莫凡头也不回，语气轻松地答："别紧张，这回出手的可不是我，是厉薇薇。"

闻言，霍骁脸色一变，转身就冲进了厉薇薇的办公室。

文件袋已经打开摊在桌上，厉薇薇面无表情地站在书架前，用手抚摩着书架上的一个奖杯。

霍骁直接推门进来，神情焦急："薇薇，莫凡是不是找过你了？他和你说了什么？"

厉薇薇看着奖杯，喜怒难辨："这是玲珑婚纱成立以后，我们得到的第一个专业大奖。我记得你当时说，这个奖杯代表着我们合作的开端。"

霍骁焦急地打断她："薇薇，不管莫凡跟你说了什么，千万不要轻举妄动。你给我一些时间，相信我，我已经有办法救陈亦度了。"

厉薇薇看向他，冷笑："怎么救？就像你六年前那样？"

霍骁一惊，继而神色慌乱。

厉薇薇恨恨地看着他："六年前，我和陈亦度的公司资金链断裂。原本我们已经接到一笔救命订单，但是这笔订单却在关键时刻被一家来历不明的公司抢走。霍骁，这件事是不是你做的？"

霍骁神色痛苦地答："是我。"

厉薇薇听了，失望透顶："如果不是因为你，'DU'就不会破产，我和陈亦度也不会因此分手，之后的一切都不会发生。这六年来我受的苦，都是因为你！"

霍骁眼眶微红，内疚地说："我知道，这些年来我没有一天不在后悔。我一直想要赎罪，希望你有一天能原谅我。"

她一听，怒极反笑："赎罪？你的赎罪就是和莫凡合作，陷害DU和陈亦度？"

霍骁顿时百口莫辩。

厉薇薇挥手将书架上的奖杯扫落，奖杯在地上摔得粉碎。

"霍骁，你可以不用再赎罪了，因为我永远不会原谅你！"

从黄昏到黑夜，厉薇薇神情木然地行走在街头，与周围热闹的环境格格不入。

街头的屏幕上正在播报新闻——

颇受时尚界瞩目的枫丹百货PK大赛调包案有了最新进展，涉嫌此案的DU公司董事长陈亦度无法承受董事会的巨大压力，自愿辞去董事长一职，并无条件转让全部自持股份来消除对其企业的影响。据可靠消息，服装行业协会已经对陈亦度展开调查，陈亦度本人也承认全部违规指控。据行业资深人士分析，如果陈亦度违规行为成立，他将面临的惩罚可能会是终身行业禁入，这意味着曾经公认的一代设计才子将永远退出时尚界。

画面上是陈亦度抱着箱子低头离开DU，被一帮新闻记者围着追拍的狼狈模样。

厉薇薇看着屏幕上的这一切，眼里噙满泪水。

她咬咬牙，拔足狂奔。

等厉薇薇走到陈亦度家门外，又有些情怯地停下脚步。

她将手轻轻搭在陈亦度家的门上，试着输入密码，发现门锁已经打不开了。

厉薇薇面色悲伤，用力拍门："开门！我知道你在里面，陈亦度你开门。"

公寓内，陈亦度听到动静走到门边，手搭在门把手上，犹豫之后仍旧没有开门。

厉薇薇大声质问他："你明明没做过，为什么承认，为什么骗我，你就那么想让我恨你吗？我恨你！恨你让我一次次地爱上你，恨你看不穿我的逞强，恨你就算牺牲自己也想让我离开你！陈亦度，我一辈子都不会原谅你！"

门内的陈亦度表情痛苦，门外的厉薇薇哭喊累了，疲惫地靠在门上，喃喃自语。

"如果六年前公司没有濒临破产，我们没有争吵，阿姨没有因此受伤，爸爸也没有遭遇空难，你说我们现在是不是还会在一起？"

陈亦度听到厉薇薇的话，没有回答。

厉薇薇神色脆弱："我真希望这六年从来没有存在过。"

隔着门，两人的神情皆是痛苦隐忍。

陈亦度心中挣扎，终于忍不住打开门，可惜厉薇薇已经不在了。

厉薇薇脸上满是泪痕，游荡到了一栋建筑前。

她抬头，发现自己走到了陈亦度的旧工作室。

厉薇薇走进工作室，打开灯。看着一张张工作台，眼前的情景与六年前重合。

她看着相册里工作中的陈亦度，他专注、自信、朝气蓬勃。

厉薇薇深吸一口气，心里做了一个决定。

陈亦度桌上的名牌已经换成莫凡，但办公室里仍然留有陈亦度的痕迹。

莫凡拿起桌上自己和陈亦度的合影，那是还在念大学的两人穿着搏击服装照的。莫凡亲热地搂着陈亦度，两人笑容灿烂。

他望着合影皱了皱眉，将合影扣在桌上。

康星进来说："莫总，我们的人已经准备就绪，就等您的指令。证人那边的路一旦被我们堵死，想救陈亦度也就只剩下唯一的一个办法了。不过，厉薇薇那边还没动静，要不要我出面，去敲打敲打她？"

莫凡冷笑："不用，厉薇薇一定会去救陈亦度的。"

霍骁正开车前往公司，这时电话铃声响了，是王秘书。

他焦急地说："霍总，我们被设计了。证人临时改了口风，没有向媒体指认莫凡，而是彻底否认自己调换过玲珑的婚纱。"

霍骁猛踩刹车，满脸震惊："什么！"

王秘书又说："我怀疑这件事从头到尾都是莫凡安排的。"

另一边陈亦度公寓的大门被曹钟敲得震天响，他激动地说："服装行业协会已经撤销了对您的调查。"

陈亦度皱眉问："怎么回事？"

曹钟转喜为忧，支支吾吾地说："厉薇薇刚刚在玲珑的网站上发布了辞职信，而且还承认在枫丹百货的PK大赛上是她一手策划陷害了DU。"

陈亦度听了，怒气冲冲地出门去了DU大楼。

莫凡春风得意地从车上下来，陈亦度愤怒地说："莫凡，你想怎么报复尽管找我，不要动厉薇薇！"

莫凡得意了："怎么，终于知道心疼了？"

陈亦度怒吼："害你家破人亡的是我，跟厉薇薇没有关系。你放过她，我任你处置！"

莫凡一脸嘲讽地看着他："我早就说过要让你尝尝失去一切的滋味，厉薇薇是你最重要的人，你用脑子想想，我怎么可能放过她？"

陈亦度试图扑向莫凡，却被保安死死摁住。

莫凡一脸快意："抢了你的公司你满不在乎，眼看心爱的人为你受伤你却坐不住了！阿度，你现在这个样子我才满意！"

他绕过陈亦度走进DU大楼，对保安叮嘱说："陈亦度已经不是DU婚纱的人，从今以后不准他踏入公司半步。"

服装行业协会经研究决定给予厉薇薇终身行业禁入的惩罚后，她只留下一封信就不见踪影，信上写着"我走了，勿找，勿念"。

陈亦度疯了一般在街上狂奔着找厉薇薇，每看到一个年纪、身形和薇薇差不多的姑娘，他都上前拉住人家辨认。

直到黄昏，他依旧没有找到厉薇薇。

站在人潮汹涌的街口，陈亦度满脸悲痛绝望。

Chapter ⌄29

"厉薇薇就像从人间消失了一样。"

放弃我，抓紧我

〜〜

一年后。

霍锐勇一边为张设计师引路，一边向他介绍玲珑婚纱的情况。

"我们玲珑婚纱虽然成立的时间不算很久，但在业内的地位可是有目共睹的。婚纱定制的业务就不用说了，去年推出的女便装成衣也大获成功。"

张设计师怀疑地问："我怎么听说自从出了厉薇薇那件事后，玲珑的销量一直在下滑？"

霍锐勇装作义愤填膺的样子："谣言！全都是谣言！这是对手们嫉妒玲珑的业绩，故意污蔑我们。"

他赶紧领着张设计师进了玲珑设计部，介绍说："这是你们的新总监。"

珍妮一边说话一边咳嗽，口水喷了对方一脸："张，咳咳，张设计师好！"

张设计师正嫌弃地擦脸，乔治就扑上去紧紧抱住他，还伸手摸了一把。

张设计师一阵恶寒，掉头就走："不好意思，我想了想，这份工作不适合我，你们还是另请高明吧！"

他一走，众人立刻恢复正常，霍锐勇气得要死："这已经是你们赶走的第八个设计师了，你们到底想怎样？"

苏菲冷哼："你去告诉霍骁，他有种就把我们全都炒了。只要我们在玲珑一天，这里的设计总监就只有厉薇薇一个！"

霍锐勇委屈地说："你们以为我不想厉薇薇回来啊，厉薇薇就算是个女魔头，也比现在的霍骁好太多了！"

霍骁带着欧秘书走进工厂，看见一些工人正向外走，王厂长试图阻拦，可惜发不起工资，一个都没留住。

王厂长正神情沮丧的时候看见两人，问："您二位是……？"

欧秘书介绍说："这位是我们玲珑婚纱的总经理霍骁。"

王厂长燃起希望，热情地握住霍骁的手："霍总您好！您是要订我们厂的面料吗？"

霍骁挣开他的手，面色冷淡："王厂长，我来是想谈谈您的面料专利。反正您的工厂也快倒闭了，再留着专利也没什么用，不如卖给我们玲珑。"

王厂长越听越愤怒，抄起铁锹要赶霍骁他们走。

"滚！都给我滚！回去告诉姓莫的，老子的专利就算烂在手里，也不会卖给他这个卑鄙小人。"

霍骁将挡在身前的欧秘书拉开，走到王厂长面前。

"我们不仅不是莫凡的人，还是他的死敌。我知道莫凡为了抢走专利把您的工厂逼得濒临破产。您现在要是把专利卖给我们，不正好让他的阴谋落空吗？"

王厂长听了，有些犹豫。

霍骁又说："对了，我听说您女儿有严重的先天性心脏病，在国内无法手术。我已经联系了美国的心脏外科权威，随时可以安排你们一家过去治疗。"

王厂长咬牙说："好！我卖！五百万，你们准备合同吧。"

霍骁笑了笑："王厂长，五百万是DU给你的报价，不是我们的，玲珑只出三百万。您要是不把专利卖给我们，就只能卖给姓莫的了，您甘心吗？更何况，两百万换您女儿一条命，您也不吃亏。"

王厂长气愤了："你和姓莫的一样，都不是好东西！"

欧秘书在一边看着，忍不住叹气。

霍骁回到玲珑，王秘书向他汇报。

"莫凡做事越来越谨慎，简直可以说是滴水不漏。这一年来我们费尽心机仍然没有找到他的把柄，如果一直这样下去，恐怕永远也不会有进展！"

霍骁想了想说："也许我们应该改变策略，既然找不到他如今的罪证，就去找过去的！你还记得吗，七年前薇薇和陈亦度的公司曾经遭遇过一起毒面料事件。当时那批毒面料来历蹊跷，整件事更是计划缜密，像是有人蓄意设计，我可以肯定是莫凡做的。"

王秘书略一思索就点头说："我明白了。"

霍骁又问："薇薇那边怎么样了？"

王秘书摇头："没有进展，厉薇薇就像从人间消失了一样。"

闻言，霍骁面色惆怅。

陈亦度在旧工作室里疯狂地画稿和制作样衣，累得迷迷糊糊睡过去后梦见厉薇薇就在他的身边。

他笑着张开手臂，却发现这只是一场梦，顿时惊醒过来。

深夜的工作室内还是只剩下他一人，陈亦度挤出一丝苦涩的微笑。

薇薇，一年了，你到底在哪里？

南溪村的村口，一棵大树下挂着一块黑板，上面写着几个大字"我的梦想"，边上坐着几个孩子正拿着纸笔画画，把自己的理想画在纸上。

当地人打扮的女老师正在孩子们中间走着，指导孩子们画画。

一个小女孩画的是一个设计师正在给模特设计礼服裙。

女老师正好走到小女孩身边，不禁看得出了神。

小女孩说："老师，我的梦想是长大了当一个服装设计师，帮大家设计好多好看的新衣服。"

女老师摸了摸小女孩的头，露出欣慰的笑容："只要你好好努力，总有一天你可以实现自己的梦想。"

一边的瘦大叔拉响了树上的铃铛："下课啦！"

孩子们纷纷收拾自己的书包，笑闹着跑开。

胖大婶过来招呼说："薇薇，走，咱们也回家吃饭。"

女老师，也就是厉薇薇，收拾好自己的提包，对胖大婶露出微笑。

三人围坐在院子里吃饭，胖大婶问："薇薇，算起来你来我们这儿也已经一整年了，你真的不打算回去了？"

厉薇薇有些伤感地说："我什么都没有了，还回去干什么？只要你们不赶我走，我就永远住在这儿！"

胖大婶赔笑说："我们当然欢迎，只是你堂堂一个大设计师一辈子待在我们这么个小村子里教小孩子画画，未免太委屈你了。"

瘦大叔实在看不下去，把一个馒头塞到胖大婶嘴里，让她没法继续说话。

陈亦度老工作室里，工作人员正把已经打好包的衣物往门口搬。

曹钟说："陈总，都准备好了，这次我们公司下乡送温暖活动就定在南溪村。咱们公司的设计师每人都设计了几款童装，保准让村里的那些孩子都能开开心心、漂漂亮亮地过个大年！"

陈亦度点头，看着表说："时间不早了，咱们出发吧。"

到了南溪村，曹钟下车后忽然想起来："陈总，这里好像就是上次你们办真人秀的地方，您还记得吗？"

陈亦度点头，他看着熟悉的景物，不禁想起跟厉薇薇一起在村中度过的美好时光。

厉薇薇正在村口给孩子们上课，胖大婶突然神情紧张地走了过来。

"薇薇，陈亦度来了，你赶快躲起来。"

厉薇薇一听顿时慌了神，连忙丢下粉笔，扭头就跑。

另一边已经传来陈亦度和瘦大叔说话的声音。

瘦大叔说："阿度，没想到要给孩子们捐衣服的好心老板就是你啊。"

陈亦度点头："是啊，有些日子没回来了，想乡亲们了。"

瘦大叔朝村口大树下看看，确认厉薇薇已经离开。胖大婶冲瘦大叔使了个眼色，示意没问题。

陈亦度走过去，笑着跟胖大婶打招呼。

瘦大叔说："孩子们，这位陈叔叔专程给你们送来了过年穿的新衣服，还要给你们上一堂画画课。"

众孩子以渴望的眼神看着陈亦度。陈亦度笑着说："艺术是对美的追求，绘画是人类捕捉美的手段。一旦我们具备发现美、捕捉美和创造美的能力，我们的人生将会更加丰富多彩。我希望将来有一天，你们都可以用你们的梦想来创造美，让我们这个世界处处都充满美。"

厉薇薇躲在不远处的树后面，听着陈亦度的声音，眼眶里噙满了泪水。

陈亦度拿起粉笔转身看向黑板，黑板上是厉薇薇留下的村口山坡的风景画。他看着画，不禁出了神。

小女孩骄傲地说："这是我们老师画的，她眼中最美的家乡。"

陈亦度笑了："这也是我眼里最美的南溪村，这里留给我很多最珍贵的回忆。"

树后的厉薇薇捂住嘴巴，已经泣不成声。

胖大婶悄悄斜眼瞥了一眼厉薇薇，重重叹气。

美术课结束，陈亦度也上车离开了。

胖大婶走到哭泣的厉薇薇身边，递上一块手帕，叹气说："你这是何苦呢，有些事你们当局者迷，大婶我旁观者清，我看你心里根本就是一直装着阿度。"

厉薇薇哽咽着说："这一年来我一直试着忘掉过去，开始新的生活。可我越是努力，那些过往就越加清晰。明明舍不得，却一次次地伤害他。什么都不记得，还是忍不住想靠近他。宁愿放弃一切，也要拼尽全力保护他。没想到直到离开他，我才看清楚自己的心。"

胖大婶急切地说："你放不下阿度，我看阿度也放不下你。你们为什么就不能给对方一个机会，重新开始呢？"

厉薇薇摇头："我们每一次靠近，换来的都是刻骨铭心的痛。我怕了，我真的没有勇气再经历一次。现在这样，对我对陈亦度都是最好的选择。总有一天，我们的爱恨和欢乐悲伤都会成为泛黄的一页，被时间轻轻翻过。"

车上的陈亦度拿着厚厚一沓孩子的作品，正在一张一张地看。

孩子们稚嫩又天真的作品让他脸上露出了久违的笑容，突然，一个孩子的作品引起了陈亦度的注意：一个穿着漂亮裙子的小女孩，裙子上绣了一个花体的"V"。

陈亦度一下子愣住了，激动地大喊："曹钟，快回南溪村去。"

回到南溪村，陈亦度拿着孩子的画直接闯进胖大婶家的院子。

胖大婶和瘦大叔正在院子里择菜，看见陈亦度又回来了，颇感惊讶。

陈亦度劈头就问："薇薇呢？"

胖大婶跟瘦大叔忙对了个眼色说："薇薇在城里还好吗？"

陈亦度皱着眉不说话，直接冲进屋里自己找。

"薇薇……薇薇你在吗？"

然而屋子里空荡荡的，一个人都没有。

片刻后，陈亦度沮丧地从屋里出来。

曹钟劝他："陈总，走吧，晚上你还有个应酬，别迟到了。"

陈亦度重重地叹了一口气，垂头丧气地跟着曹钟走了出去。

见陈亦度离开，胖大婶急步跑进屋里。

"薇薇，他走了。"

厉薇薇从门后走了出来，满脸泪痕。

胖大婶摇头叹气，心里犹豫要不要把陈亦度叫回来。只是这样又会出卖了厉薇薇，不由得纠结了。

黄昏时分，厉薇薇独自一人在村中路上走着，一个小女孩拿着一幅画走过来。

"老师，我在村口山坡上写生，可怎么画都画不好，您能教教我吗？"

厉薇薇轻轻点头，跟着小女孩到了山坡的合欢树下。

小女孩见她走过去，露出一丝笑容，随即扭头离开。

厉薇薇走到合欢树下，回头不见小女孩，露出了疑惑的神色。

这时陈亦度从树后走了出来，他看着自己朝思暮想的人那么真实地站在自己面前，心中百感交集。

厉薇薇似乎察觉出了异样，刚要回头，陈亦度就走上前去，从后面紧紧抱住了她，眼中含泪，喃喃地说："薇薇，我找你找得好苦啊！"

厉薇薇当场愣住，眼泪止不住地涌了出来。

晚上，四人围着餐桌而坐，陈亦度坐在厉薇薇身边。

厉薇薇一直低着头，似乎没有喜悦兴奋的心情。

胖大婶盛好粥递给陈亦度，尴尬地说："小陈啊，大婶不是有意要瞒你，实在是答应了薇薇没办法。"

陈亦度接过粥，挤出一丝笑容："我知道。"

瘦大叔对厉薇薇说："这回可不是大叔大婶说漏嘴的啊，这是老天爷要你们遇上的！"

厉薇薇只闷头喝粥，陈亦度关心地往她的碗里夹菜。

她突然把筷子一放："我吃饱了。"

说完，厉薇薇起身离开。

陈亦度看着她的反应轻轻叹气，跟在她身后也出去了。

见厉薇薇正在卧室内看着窗外发呆，陈亦度说："薇薇，跟我回去吧。"

厉薇薇拒绝："我在这儿住得很好，不想再回去了。"

陈亦度点头："那好，你不想走，我就留在这儿陪你。你要是一辈子不离开，我就在这里陪你一辈子。"

厉薇薇叹气："别耍孩子脾气了，这一年来我冷静下来想了很多，我选择离开就是不想和你、和过去的一切再继续纠缠，请你尊重我的选择。"

陈亦度说："我也想了整整一年，我告诉你，你的选择是错的！"

厉薇薇打断他："我不想听，请你出去，我要休息了。"

闻言，陈亦度表情有些受伤。

厉薇薇不看他，语气缓和了一些："明天一早你就离开吧。"

瘦大叔坐在小板凳上整理草药，陈亦度坐在一旁给他打下手。

陈亦度试探地问："大叔，这一年来薇薇过得好吗？"

瘦大叔叹气："去年薇薇刚来的时候害了一场大病，发着高烧整宿整宿地说胡话，一直过了四五个月才算是好利索。可病是好了，心却像死了。那段时间，这孩子成天闷闷不乐，一天说不了一句话。我家那口子看了心疼得很，就撺掇她去教村里的孩子们画画。整天跟孩子们玩在一起，薇薇脸上总算是有点笑容了。"

陈亦度听了，手里的动作一顿，难掩心痛。

瘦大叔瞥了他一眼："大叔告诉你这些没有怪你的意思，就是想让你知道薇薇这一年来过得不容易。这次你要能把薇薇接回去，一定好好对她，别让她再受委屈了。"

陈亦度听了，红着眼眶点了点头。

厉薇薇走到门口，将柴刀扔进竹筐里，边背竹筐边说："大叔大婶，我去山上采草药了。"

胖大婶狡黠地提议："薇薇，你一个人上山怪不安全的，阿度啊，你陪着薇薇去吧。"

"好！"陈亦度走到她跟前，试图接过竹筐。

厉薇薇不耐烦地挣开，背着竹筐头也不回地离开。

陈亦度二话不说，掉头跟上她。

他紧跟厉薇薇，后者加快脚步想把他甩开。

等走了一段路，厉薇薇回头张望，却发现陈亦度没有跟上来。

这时后面突然传来一声响动和陈亦度的痛呼，厉薇薇顿时紧张了，扔下竹筐往回跑。

厉薇薇刚跑过转角处，就被陈亦度一把抱住。

她拼命挣扎，陈亦度却抱紧不放，她顿时怒了："你骗我，陈亦度你放手！"

陈亦度倔强地说："不放！一放你就跑了。薇薇，别自欺欺人了！你心里明明在意我，就像我在意你一样。"

厉薇薇努力控制自己的情绪："我没有！"

陈亦度激动地说："你不在意我，怎么会宁可牺牲自己、背上莫须有的罪名也要救我？薇薇，你不在的这一年，我过得很不好。为了找你，我跑遍了能想到的每一个地方。如果不是老天可怜我，让我在这里遇见你，我想我这辈子都会在找你的路上度过。"

厉薇薇停止了挣扎，难过得眼里噙满泪水。

陈亦度低头吻上她，厉薇薇起先挣扎，随后慢慢顺从。

半晌陈亦度抬起头，认真地说："一年前你问了我一个问题，如果这一切从来没有发生，我们是不是还会在一起。我想了一年，也没有想清楚答案。"

厉薇薇听了，神情有些失望。

陈亦度深情地说："我不知道如果这七年不存在，我们还会不会在一起，但我知道即使经历了这么不堪回首的七年，我仍然爱你。"

她有所触动，看向陈亦度。

他轻轻握住厉薇薇的肩膀："我们不能改变已经发生过的事，但可以重新开始。我成立了新的公司，叫作'初心'。薇薇，跟我回去吧。"

厉薇薇犹豫了："我在设计界的名声已经毁了，回去只会给你带来麻烦。"

陈亦度鼓励她："难道你就要这样背着莫须有的罪名过一辈子吗？我认识的厉薇薇可不会轻易被打倒，与其畏畏缩缩，不如澄清真相，拿出作品，让他们都闭嘴。"

厉薇薇被激起豪气，脸上露出了笑容。

陈亦度迫不及待要带厉薇薇回去，胖大婶、瘦大叔和孩子们依依不舍地去村口送别两人。

厉薇薇不舍地说："别送了，大婶你们回去吧。"

胖大婶抹着眼泪说："薇薇，有事没事记得给大婶打个电话，让我们知道你一切都好。"

厉薇薇哽咽："我会的，再见。"

陈亦度牵起她的手说："大叔大婶，孩子们，我和薇薇会常常回来看你们的。"

两人一步三回头地离开，胖大婶、瘦大叔和孩子们站在树下向两人挥手。

莫凡坐在桌前，翻看文件。

康星敲门进来，支支吾吾地报告："莫总，面料的专利权被霍骁抢走了。"

莫凡从文件中抬头："霍骁？"

康星气愤地说："对，这小子根本就是故意和我们过不去。为了逼王厂长卖专利，我使了好些手段，结果被霍骁捡了个便宜！老大，我们要不要给霍骁点颜色看看？"

莫凡饶有兴趣地说："不用，霍骁最近变得越来越让我欣赏了，也许当初不该那么快和他撕破脸。对了，陈亦度那边怎么样了？"

康星回过神："陈亦度的工作室最近已经开始接到订单了。"

莫凡若有所思："你开始布局吧，这次出手一定要给陈亦度致命一击。"

晚上的慈善晚宴上，霍骁冷着脸，仿佛自带杀气，周围没有人敢上前和他寒暄。

莫凡见状笑了笑，主动迎上去和他搭话："霍总。"

霍骁喝了一口酒，看也不看他。

莫凡心平气和地说："听说玲珑接连抢了好几笔DU的订单，霍总真是好胃口。"

霍骁皮笑肉不笑地答："彼此彼此。"

莫凡真诚地说："霍总何必拒人千里呢，怎么说我们也是朋友一场。"

霍骁讥笑说："是吗，我怎么不记得有莫总这样的朋友？"

莫凡和气地说："好，就算不是朋友，可我们也不是敌人，完全可以一起发财。我倒是听说陈亦度的新公司已经小有名气，陈亦度跟你我都有过节，霍总就不怕他把公司做大，对付我们吗？”

霍骁不屑地冷哼："陈亦度今非昔比，我根本不放在眼里。"

莫凡好脾气地笑笑，仿佛毫不在意。

这时会场大门被推开，陈亦度和厉薇薇走了进来。

几乎同时，所有人的目光都集中到他们身上。

霍骁和莫凡见了，不由得神色震惊。

莫凡最先反应过来，收起阴沉的神色，走到两人面前，笑容虚伪："两位，好久不见。"

陈亦度神色平静，丝毫没有动怒。

厉薇薇冷笑，撞了下莫凡的肩膀，越过他往里走。

莫凡虚伪的面具破碎，眼里透出怨毒，转身冲着厉薇薇说："你们当这里是什么地方，想来就来？保安，怎么什么人都放进来？"

穿着黑西装的保安正要上前，大明星方雅伦向厉薇薇和陈亦度迎了过来。

"等等，厉小姐和陈先生是我的客人。"

莫凡恨得咬牙。

厉薇薇从霍骁面前走过，对他视而不见。

霍骁目光紧紧追随她，表情隐忍。

宾客们看着陈亦度和厉薇薇窃窃私语，方雅伦带着两人上台，走到话筒前。

"各位打扰了！我有一个重要的消息要向大家宣布。"

众人安静下来，目光锁定台上。

方雅伦缓缓开口："从今天起，我将正式担任服装品牌初心的代言人。"

众人哗然，又疑惑初心这个品牌根本从来没听说过。

方雅伦冲陈亦度做了一个请的姿势，自己退到一边。

陈亦度走到话筒前，风度翩翩地说："各位，初心是我和厉薇薇小姐新创立的女装品牌，将由我们二人共同担任设计总监。在风格和定位上，初心将会秉承我们一贯的理念。"

有宾客提出质疑："厉薇薇是被服装行业协会处以终身行业禁入的人，你怎么还敢请她当设计总监？"

陈亦度神色严肃地答："一年前的诬陷事件另有隐情，厉小姐是无辜的，我们已经请服装行业协会重新展开调查了。"

莫凡坐在台下，脸色很难看。

厉薇薇上前一步走到话筒前，傲气地说："我没有做过诬陷DU的事，至于你们相信与否于我也无关紧要。如果各位对我有意见的话，不妨拿出作品来和我一较高下。"

苏菲和珍妮等人听了，带头吹口哨和鼓掌。

厉薇薇见了，向着珍妮等人的方向露出一个笑容。

该说的说完了，陈亦度和厉薇薇一同离开了会场。

霍骁追上两人，焦急地叫住厉薇薇。

厉薇薇停下脚步，冷着脸不吭声。

陈亦度神色温和地说："我在外面等你。"

说完，他独自走开了。

霍骁恳求说："薇薇，玲珑婚纱设计总监的位置一直都为你空着，大家都在等你。"

厉薇薇淡然地说："我肯回来，不意味着过去的事可以一笔勾销。"

霍骁听得很难过："我不奢求你原谅我，但玲珑是你的心血，你难道就这样放弃了？"

"我当然不想我的心血付诸东流，但我更不想跟设计陷害我的人共事。服装行业协会已经重新展开调查了，相信用不了多久事情就会水落石出。"

话音一落，厉薇薇头也不回地离开了。

霍骁痴痴地望着她的背影，神色痛苦。

　　莫凡在不远处看着这一幕，露出若有所思的表情。

　　霍骁离开会场后，去酒吧买醉，一杯接一杯地喝酒，很快就有了醉意。

　　莫凡坐在他身边，惋惜地叹气："你为厉薇薇做了那么多，她不仅不知道感激，居然还联合陈亦度对付你，我都替你心寒！"

　　霍骁冷笑："薇薇和我决裂，好像也有你的一份功劳。"

　　莫凡一脸无辜："怎么能怪我呢，你和厉薇薇那点过往迟早会暴露，多亏了我你才早早看清了厉薇薇的真面目！"

　　霍骁不想多说，转身打算离开。

　　莫凡对着他背影，问："厉薇薇和陈亦度来势汹汹，霍总有没有兴趣和我联手？"

　　霍骁听了，不由得停下了脚步。

　　两人去了旁边的高级餐厅落座，莫凡喝一口酒，慢条斯理地介绍："这家店的血鸭很不错，堪比巴黎银塔的水平，霍总一会儿可要好好尝尝。"

　　霍骁有些心烦气躁地晃了晃红酒杯："莫总，你到底打算怎么对付厉薇薇他们，是不是也该跟我透个口风了？"

　　莫凡高深莫测地笑了笑："别着急，我的圈套已经设下了，很快就能收网，到时候我自然会告诉霍总该怎么配合。"

　　霍骁不甘心地还想追问，这时一位女侍者走到莫凡身边："请问您是莫凡莫先生吗？"

　　莫凡点头："我是。"

　　女侍者将一个信封递给莫凡："这是一位先生让我交给您的。"

　　莫凡接过信封打开，里面是一小块面料，还有一张七年前毒面料事件的剪报。

　　他顿时脸色一变，猛地站起身，气急败坏地问："给你信封的人现在在哪里？"

女侍者指指大门方向，可惜大门处空无一人："咦，刚刚还在那里的。"

莫凡四处打量，并没有发现可疑的人。

霍骁观察莫凡的反应，试探地问："莫总，信封里是什么？"

莫凡掩饰地说："没什么，有人恶作剧而已。不好意思，公司还有些急事，我先走一步了。"

看着他匆匆离开，霍骁脸上有隐隐的笑意，优雅地切下一块血鸭送入口中。

莫凡回去后，狠狠甩了康星一耳光，大发雷霆说："你不是说都处理干净了？这是怎么回事？"

康星委屈地说："我也不知道，我已经十分小心了，除了周德清没人能将我们和七年前的毒面料事件关联起来。"

莫凡问："周德清现在人呢？"

康星答："周德清按照吩咐帮我们进了这批毒面料后，现在正按照计划在乡下避风头。"

莫凡思索片刻后说："立刻安排周德清出国，只要他留在这里，对我们来说就是隐患。"

康星点头："好，我立刻就去安排。"

康星立刻下楼开车出去，早就等候在车库前的王秘书立即开车跟上。

康星的车停下，用两长一短的暗号敲门后，开门的人正是周德清。

远处车内，王秘书用望远镜监视两人的举动。

等康星离开，王秘书回去跟霍骁报告："找到周德清了。"

霍骁有些兴奋："太好了！"

王秘书的脸上不见喜色："周德清自身的利益和莫凡息息相关，想要说服他认罪，恐怕要费一番功夫。"

霍骁皱紧眉头："没时间了，莫凡似乎已经对薇薇他们下手了，我们必须加快行动。"

门口传来两长一短的敲门声，周德清开了门。

王秘书戴着墨镜站在门口："这里已经不安全了，莫老板派我来接你。"

周德清打量着他："为什么康星不来？我一直都是和他联系的。"

王秘书说："康星被抓了，你不知道吗？"

周德清脸色一变："被抓了？"

王秘书点头："没错，莫老板担心康星已经把你供出来了，所以让我立刻把你转移到别的地方。"

周德清慌乱了："那我去收拾一下东西。"

王秘书催促："那你快点，没时间了。"

周德清惊慌失措，转身去拿随身的钱包，王秘书趁机偷偷拿走了他的手机。

陈亦度带着厉薇薇去了工作室，她参观着工作室，不禁有些感慨。

看见工作室中央一块白布盖着一件婚纱作品，厉薇薇好奇地走到边上，伸手揭开白布，原来是精美绝伦的婚纱"初心"。

厉薇薇愣住了，感慨地看着初心。

陈亦度走过来，轻轻扶住她的肩，温柔地说："这是我按照我们以前的设计稿亲手做的，喜欢吗？"

厉薇薇在他唇上亲了一口，感动地说："很喜欢。"

晚上，陈亦度端来两杯热茶，递了一杯给厉薇薇。

她接过热茶，喝了一口，微笑着说："真好。"

陈亦度疑惑了："什么真好？"

厉薇薇看向他说："看着美景，喝着热茶，还有你在我身边。就像现在这样，真好！"

陈亦度微微一笑，单手搂住了她。

厉薇薇有些忧伤地说："要是时间能停在这一刻就好了。"

陈亦度亲了亲她的额头："小傻瓜，我们以后只会越来越好。"

第二天一早，曹钟脸色惨白，跌跌撞撞地跑进工作室。

厉薇薇问："出什么事了？"

曹钟哭丧着脸说："我们出口日本紫澜的那批货被检测出甲醛超标，现在不光会被退货，公司还有可能被工商局调查。"

闻言，三人脸色都是一变。

蒂凡尼大惊："怎么会甲醛超标？一定是那批布料有问题！"

曹钟支支吾吾地说："我刚刚联系了布料供货商，完全找不到人，对方像凭空消失了一样。"

蒂凡尼抄起木尺殴打曹钟："都怪你，让你别贪小便宜吧，现在被你害惨了。"

曹钟内疚了："对不起，都是我的错。"

厉薇薇面色冷静地问："你们觉不觉得这件事十分熟悉？"

陈亦度点头，脸上浮起冷笑。

康星门也不敲，慌慌张张地跑进来。

"老大，不好了，周德清不见了。"

莫凡面色一沉："怎么回事？"

康星说："我给周德清打电话他不接，于是亲自去找他，结果发现他家里没人，周德清一声不吭就跑了！老大，你说周德清是不是已经背叛我们了？"

莫凡冷静地说："先别急着下判断。"

这时康星的手机收到短信，是周德清发来的：转告莫老板，如果不想事情败露，明天下午三点，城郊旧工厂见。

莫凡看完信息，脸色阴沉。

康星气愤地说："周德清果然靠不住，不过我看他就是想多敲一笔钱，不敢真的怎么样。"

莫凡沉声说："你先出去。"

等康星离开，莫凡突然爆发，将办公桌上所有东西扫落。

霍骁手里拿着周德清的手机，王秘书调侃说："现在他们肯定吓得够呛，可惜我们不能亲眼看见。"

霍骁神色严肃地说："接下来每一步都至关紧要，这次绝不能再让他们逃脱！"

恰好经过的欧秘书刚好听到最后一句，顿时误会了，惊恐地捂住了嘴。

莫凡一个人在搏击馆反复练拳法，情绪暴躁。

"一个人练多没意思。"

听见这话，莫凡猛地回头，发现陈亦度就站在他身后。

陈亦度说："不如我陪你练练？"

两人站在场地正中，开始对打，互不留情。

莫凡一拳打向陈亦度，恨恨地说："你乖乖认输不好吗？为什么非要一遍遍地自取其辱！"

陈亦度压制住他，冷冷地说："邪不压正！为了薇薇，我一定会打败你！"

莫凡挣脱陈亦度，一拳打过去，冷笑说："打败我？也要看你有没有这个本事！"

两人几番过招，最后陈亦度出其不意，将莫凡压制在地上。

莫凡挣了挣没有挣开，神色震惊。

陈亦度也冷笑："保留实力的可不止你一个。"

他松开莫凡，退开两步，居高临下地说："莫凡，我们多年的兄弟情到此为止，从现在开始，我不会再对你手下留情！"

说完，陈亦度转身离开。

莫凡坐在地上，痛苦地闭上眼。

陈亦度走出搏击馆，看见厉薇薇在门口等他。

厉薇薇温柔地看着他说："以前你每次不开心都来这里，这么多年都没变。"

陈亦度愣了愣："原来你都知道？"

厉薇薇含笑说："我一直知道，但是不想来打扰你。"

陈亦度神色柔和："那你现在怎么来了？"

她调皮地眨眨眼："因为我仔细想了想，不管开心还是不开心，我们都应该一起面对。"

说着，厉薇薇冲他伸出手，陈亦度牵住。

十指紧扣，两人相视一笑。

跟霍骁商议后，王秘书回到旧工厂厂房里，把盒饭递给周德清。

周德清打开盒饭看了看，一脸不高兴，抱怨说："又是白菜豆腐。"

王秘书讽刺他："想吃好吃的？要不要我送你进城？"

周德清猛摇头："不用不用，还是安全第一。不过，兄弟，莫老板有没有说什么时候送我出国？"

王秘书不耐烦地说："快了快了，着什么急！"

这时候王秘书的手机铃响了，他一看来电显示，瞥了周德清一眼，直接走出厂房将大门虚掩。

周德清放下盒饭走到门口，透过门缝偷听。

王秘书背对着周德清讲电话，恭敬地说："莫老板的意思我懂，总要有个顶罪的。我会把人看好，您尽管放心！"

他一边说着，一边稍稍侧过身，用余光打量门的方向。

周德清听了王秘书的话，面色震惊。

王秘书挂了电话进来，周德清赶紧装作若无其事的样子。

王秘书看了看表，快到三点了，他说："我有事出去一趟，你自己待着别乱跑。"

周德清乖乖点头。

工商局的工作人员正查封陈亦度工作室，把工作室里的文件放进盒子里封存，然后搬走。

初心的员工们站在角落里窃窃私语，神色不安。

等工商局的人走了，陈亦度示意大家安静下来。

"大家不要慌张，这次的事初心完全是被人陷害的，相信法律会还我们一个公道！"

员工们听了，稍稍安心。

厉薇薇语气轻松地说："大家还愣着做什么，别忘了还有订单等着交货呢，还不快动起来！"

员工们这才回到各自的座位，开始工作。

欧秘书听说陈亦度的工作室被查封后，一不留神把那天偷听到的霍骁讲的话透露给了苏菲。

苏菲直接带着设计部的人拦下了霍骁，质问他："霍骁，厉总公司被查是不是你做的？"

霍骁疑惑了："你说什么？"

欧秘书苦口婆心地劝他："霍总，你回头吧，现在还来得及！"

霍骁厉声说："都给我住嘴！你们都给我听着，想恨我尽管恨！现在没有人可以阻止我离开，让开！"

众人被霍骁的气势压迫，让出一条路来，眼睁睁看着霍骁离开了。

霍骁赶到厂房，正好王秘书出来，冲他点了点头。

霍骁拿着小摄像机，刚躲在暗处，莫凡和康星就到了。

莫凡对康星说："你在外面等我。"

说完，他独自走进了工厂。

里面的周德清焦躁不安，刚想开门出去，就见莫凡打开了门。

周德清惊讶了："莫老板？"

两人退回厂房内，莫凡打量了一下厂房。厂房里有一张破旧的钢丝床，还有一些快餐盒。

他笑了笑："老周，看来你最近日子不好过啊。"

周德清不满了："还不都是托莫老板的福。"

莫凡志在必得地开口："有话直说吧，你要多少钱？"

周德清疑惑了："什么多少钱？"

莫凡以为他在装傻，继续威胁说："老周，你可要想清楚，大家是一条船上的人，出卖我们对你可没有好处。"

周德清气愤地说："这话该我说才对，莫老板要是想拿我顶罪，我就把你用毒面料陷害陈亦度和厉薇薇的事一五一十地告诉警察，看看到底是谁吃不了兜着走。"

窗口处，摄像头红色的灯光闪烁。

莫凡听得一愣："什么顶罪？"

周德清怒了："别装了，我都听到了，你把我藏在这里不就是为了让我顶罪吗？"

莫凡面色一变："我把你藏在这里？你说清楚，你究竟是怎么到这儿来的？"

周德清奇怪了："你们的人带我来的啊，那人说康星被抓了，之前的地方不安全。"

莫凡咬牙切齿地说："我们被算计了！"

周德清听得一脸茫然。

莫凡四处打量，发现了隐藏的摄像头，粗暴地扯下来。

周德清吃惊了："这是什么？"

莫凡不吭声，冷着脸将摄像头砸烂。

霍骁悄悄收起摄像机准备离开，只是没走两步他突然踢到了地上的钢管，发出声响。

莫凡听到声响，望向霍骁的方向大叫："什么人？"

霍骁意识到已经暴露，迅速跑开。

康星看到霍骁愣了一下，然后看到追着霍骁出来的莫凡。

莫凡指着霍骁，气急败坏地说："给我追，人证物证都不许留下。"

康星反应过来，连忙朝着霍骁离开的方向追去。

霍骁离开工厂后，匆忙上了自己事先停在街角僻静处的车子。

他把摄像机放在副驾驶座位上，慌忙启动汽车，打算离开。

此时传来一声巨响，霍骁抬头一看，只见康星已经抓着不知从哪儿弄来的一把破椅子，砸碎了车窗玻璃。

霍骁还没反应过来，康星已经整个人趴在破了的车窗上，一只手伸进车窗里试图去拿车座位上的摄像机。

霍骁挥开康星的手，两人在车内展开搏斗。

搏斗之中，摄像机掉落在副驾驶座下面，康星正要去捡，霍骁突然发动汽车，将车右转撞向围墙。

康星见状，急忙与霍骁抢夺方向盘。

车子在窄小的路上左右摇晃着乱撞，康星两只脚还挂在车外。

两个路人恰巧经过，吓得连连尖叫。

车上的康星不敌霍骁，眼看车子就要撞向围墙。康星突然拔出口袋里的钢笔，刺向霍骁的手。

霍骁的手受了伤，立刻处于下风，康星随即扭转方向盘。

车子撞上左侧的大树，霍骁的脑袋也重重地撞在车上，血肉模糊，当场晕死了过去。

康星看见霍骁满头是血，连忙惊慌地捡起摄像机，顾不得自己也受了伤，拿着摄像机慌忙逃窜。

看着康星慌忙逃走，两名路人立刻回过神来，一人连忙掏出手机打120。

很快，警车和救护车一起赶到现场。

莫凡的车停在DU集团外的街角，车上的康星已经换了一身干净的衣服，把摄像机交给他。

莫凡接过摄像机，随即把摄像机远远地扔到大街中央。此时正好一辆大卡车路过，把摄像机碾得粉碎。

康星害怕地说："我刚才一时失手，霍骁被我撞得晕过去了，不知道还有没有气。"

莫凡冷酷地说："做得好，霍骁偷听了我和周德清的对话，就算没有摄像机，他也是人证，灭了他的口更好。"

康星一惊，更加害怕了："那我怎么办？警察应该很快就会来找我，我成杀人犯了！"

莫凡呵斥一声："慌什么！我不会不管你的，这几天你先躲躲，我马上派人送你出国。"

康星听他这么说，稍微放下心来。

在工作室的厉薇薇接到欧秘书的电话，知道了霍骁被人袭击，重伤正在抢救的消息。

陈亦度立刻放下工作，陪着她赶去医院，手术室外灯亮着。

走廊尽头的王秘书刚刚接受完了马警官的询问，向两人走来。

厉薇薇不解地问："霍骁到底出了什么事？为什么会有人害他？"

王秘书纠结地说："这……要不然等霍总醒过来，您直接问他吧。"

欧秘书看不下去了，哽咽着说："都什么时候了，你还支支吾吾的，霍总弄不好就醒不过来了。"

王秘书叹气，到底说出了实情："其实霍总接近莫凡是去当卧底的，霍总之前发现莫凡要害厉总和陈总，所以他一直在寻找证据。这次他发现了莫凡和周德清暗中进行秘密交易，决定设计去录制两人的犯罪证据，没想到……"

闻言，众人惊呆了。

厉薇薇喃喃开口："这么说，我们都误会霍骁了？"

王秘书轻轻点头："霍总叫我一定要保守秘密，所以……"

欧秘书愤怒地打断他："叫你不说你就真的什么都不说，你知不知道霍总承受了多大的非议？没想到他背后竟然藏着这么大的秘密，这个挨千刀的莫凡！霍总，你可千万要挺住啊！"

这时候手术室灯灭了，医生走出来，众人赶紧迎上去。

厉薇薇问："医生，霍骁怎么样了？"

医生答："手术是做完了，但病人的伤势太重，现在依然处于昏迷状态，尚未脱离生命危险。"

看着病房内的霍骁依然在昏迷之中，身上插满了各种仪器设备的管子，厉薇薇一脸心痛，忍不住难过地落泪："霍骁，你真是全世界最傻的大傻瓜。"

陈亦度说："霍骁，你放心，我们一定会抓住凶手，替你报仇雪恨！"

王秘书站在走廊上，低着头一脸内疚悲痛："霍总就是太想拿到证据了，虽说周德清和莫凡对质的视频是最有利的证据，但这个风险实在是太大了。现在证据没找到，霍总还被害了。"

马警官在走廊外来回踱步："霍骁亲自去录制视频，也就是说他应该看到听到了莫凡和周德清勾结的事。除了视频，他本人也是重要人证！"

王秘书透过玻璃看了一眼ICU病房里的霍骁："可霍总这个样子……"

马警官打断他："我需要你们配合我们警方，争取尽快把这些凶手绳之以法！"

王秘书点头，请来厉薇薇和陈亦度。马警官低语几句，两人立刻答应了。

医院门口，众记者拿着长枪短炮把陈亦度和厉薇薇包围起来。

陈亦度对着镜头说："我们目前掌握的确切线索表明，霍骁被害完全是因为他掌握了七年前毒面料案的关键证据。"

记者问："陈总，初心和玲珑不是向来交恶吗？这次你为什么站出来替霍骁说话？还有，能透露你掌握的线索具体是什么吗？"

厉薇薇答："霍骁出事前他本人曾给我打过一个电话，说他已经掌握了非常有力的证据，足以揭露犯罪分子的罪行。"

陈亦度接着说："医生刚刚告诉我们，霍骁已经脱离了生命危险，不久就能苏醒。只要等他醒来，整个案件便可以真相大白，所有犯罪分子都将得到法律的严惩。"

警察局里，莫凡已经接受完了审讯，马警官无奈地把他送了出来。

莫凡有些嚣张地开口："警官，我能够理解你们警方破案的压力，但也请你们尊重我们守法公民的人身权利。我很忙，不可能一次次来配合你们毫无根据的质询，希望你们下次不要无的放矢，浪费时间。"

说完，他大摇大摆地走向门口。

此时，警察局的电视上正在播放新闻：霍骁即将苏醒，毒面料案即将告破。

莫凡听见新闻里的报道，心里一惊，虽然脸上依旧装作不动声色，嘴角却不自然地抽动了一下。

见状，马警官悄悄观察莫凡的表情。

莫凡回去后，把康星叫到旧厂房内，揪住他的衣领大声质问："你不是说做得很干净，霍骁被你撞死了吗？"

康星害怕地说："我见他伤得那么重，当时脑袋一蒙，哪里顾得上去看他是不是真死了。"

"现在霍骁马上就要醒来，想要活命，你必须在他开口说出真相之前，让他永远给我闭嘴。"

莫凡说着，狠狠把康星推在地上。

康星震惊了："老大，你这是让我去杀人？"

莫凡说："反正你已经做过一次了，这次不是他死，就是你亡，你自己选！"

康星摇头："我不能去杀人，我本来也不想弄伤他的。而且现在我已经被警察盯上了，这个时候我再下手，就是自投罗网。"

莫凡冷笑："你以为你现在什么都不做，就能全身而退吗？一旦霍骁说出真相，进监狱的人只有你一个而已！往来的秘密合同是由你去签字的，那些皮包公司的法人也都是你。"

康星闻言震惊了，愤怒地看着莫凡："你好卑鄙！"

说着，他顺手抓起手边的一条残缺的椅子腿，就要袭击莫凡。

莫凡使出搏击功夫，几下便把康星打飞了。

康星痛苦地倒在地上站不起来，莫凡冷笑："跟了我这么多年，看来你还是一点都不了解我。你干掉霍骁，我还是会遵守约定给你一笔钱送你出国，否则，你就等死吧。"

康星捂住被打痛的地方，露出无奈的表情。

莫凡朝门口走去，丢下一句："今晚，我等你的好消息。"

Chapter ⌄30

"傻瓜，一辈子那么长，多等几年算什么。"

放弃我，抓紧我

⌄⌄

〵〵

深夜时分，康星穿着医生的衣服，戴着口罩走在医院走廊里。

ICU病房门口，康星在窗外看了一眼里面的霍骁。确认霍骁所在的病房之后，他走到一边的墙角等机会。

片刻之后，值班医生走了出来。康星见状，悄悄潜入病房。

看到值班的小护士坐在一边打盹，康星连忙走到霍骁床边，伸手准备拔掉他的呼吸机。

此时一把枪顶在了康星背后，原来是马警官。

又有其他两个警察从门口进来，都举枪对准康星。

康星见状，惊恐地举起了双手。

被带到审讯室的康星，很快像竹筒倒豆子一般，把什么都交代了。

医院外的车子内，莫凡一直盯着手机看，康星却一直没给他来电话。

等天边露出晨曦，莫凡意识到不妙，立即发动汽车开走了。

马警官带着两个警察，拿着厚厚的资料走出DU集团。

警察说：“家里、公司，还有莫凡常去的地方都找过了，一无所获。”

马警官看了看表，对身边两名警察吩咐说：“距离康星被抓还不到五个小时，莫凡肯定没还走远。赶紧通知下去，控制一下机场、火车站、长途汽车站以及高速公路收费站等交通关卡，不能让他跑了。"

厉薇薇和陈亦度前来探视霍骁。

厉薇薇在他的病床前说："霍骁，对你行凶的凶手已经抓到了。"

陈亦度也说："警方正在全力缉捕幕后黑手莫凡，你可以安心了。"

此时医生来做每日的例行检查，看了看各项仪器的数据说："伤者的病情趋于平稳，生命体征稳定，可以说他已经脱离生命危险了。"

厉薇薇听了，含泪露出激动的笑容："我就知道，你不会那么没用，你一定会好起来的！"

陈亦度看着霍骁，也露出欣慰的笑容。

两人挽手走出医院，厉薇薇说："阿度，我现在觉得好幸福。为什么我们兜兜转转那么多年，经历了那么多事，才能真正在一起？为什么我们的幸福来得那么晚？"

陈亦度笑了："傻瓜，一辈子那么长，多等几年算什么。"

厉薇薇反驳说："你才是傻瓜，你知道这几年我等得有多辛苦吗？"

他点头："我知道，因为我和你一样。无数次醉酒后只叫你的名字，看到你掉眼泪总会难过好几天，嘴上说着忘记了，心里却无时无刻不在思念你。薇薇，谢谢你给了我一个机会，让我能重新审视自己的内心，能重新追寻自己的幸福。"

厉薇薇调皮地笑："喂，这句明明是我的台词，怎么被你抢去了！"

陈亦度紧紧抓住她的手："这一次我会牢牢抓紧你，再也不放开了。"

厉薇薇看着他，幸福地笑了。

陈亦度说："现在真相大白了，霍骁也没事了，我送你回去休息一下吧，你一整晚都没合眼了。"

厉薇薇摇头："我还不能休息，紫澜的蒋总那边……"

陈亦度打断她："蒋总我去拜访吧，我会跟他们解释一下毒面料的事，给他们一个折扣，争取挽回原有的订单。"

厉薇薇说："那我去工厂稳定一下供应链，争取尽快恢复生产。总之，挽回公司损失之前，我不能闲着。"

他还想争辩："可是……"

厉薇薇打断他说："可是什么，公司和家里，都是我说了算！"

陈亦度看着她，无奈地笑："好吧，我投降。"

陈亦度的车子停在制衣厂门口，厉薇薇从车上下来。

"我进去了，你路上小心。"

陈亦度说："一会儿我跟紫澜谈完就来接你！"

她笑了笑："好，我等你！"

陈亦度点头，随即开车离开。

厉薇薇刚要进门，在一边等候已久的莫凡突然蹿出来，一手捂住她的嘴，一手拽着她往外走。

厉薇薇惊恐地奋力挣扎，依然不敌莫凡。

写字楼门口，陈亦度和蒂凡尼顺利地跟客户谈完，面带笑容走了出来。

蒂凡尼感慨："这个蒋总还真是通情达理，不仅同意重新下单，还愿意等我们重新生产。"

陈亦度点头："销售问题是解决了，回头你把公关问题再抓一下，联系重要的媒体，愿意采访的可以来采访，不需要采访的我们提供案件真相的新闻素材，一定要让公司的形象得到修正。"

蒂凡尼答应下来："没问题。"

此时陈亦度的电话响起，来电显示是厉薇薇。

他接起电话说："薇薇，好消息……"

话音刚落，就被莫凡打断了："我倒是有个坏消息。"

陈亦度一惊："怎么是你？薇薇呢？"

厉薇薇在那边急切地说："阿度，你千万别理他，不用管我。"

莫凡冷笑："听见了吗？厉薇薇在我手上！立刻赶来惠河路37号的厂房，不许报警，一个人过来，否则你这辈子都休想再见到你的女人。"

说完，他直接挂断电话，电话听筒里只传来一阵忙音。

陈亦度看着手机，神情大变。

蒂凡尼好奇地问："出什么事了，你脸色这么难看？"

陈亦度来不及回答，急切地上了车，直接发动车子，从蒂凡尼面前开走。

蒂凡尼纳闷了："陈亦度，你搞什么名堂啊？"

蒂凡尼无奈，只好打电话叫里奥骑着摩托来接她，里奥到了后奇怪地问："不是说你坐陈亦度的车一起回来的吗？"

她抱怨说："别提了，那家伙莫名其妙就自己跑了。"

里奥笑了："肯定是我家薇薇把他召唤走了吧？"

蒂凡尼答："是啊，他接了厉薇薇的电话突然就不对劲了，然后二话不说就把我扔下了。"

里奥警觉地问："等等，难道薇薇出什么事了？说起来，我今天一直有一种不祥的预感。"

蒂凡尼突然想起来："莫凡还没被抓住，会不会……？"

里奥顿时反应过来："快报警！"

蒂凡尼听了，慌忙掏出手机拨打110。

马警官很快带着几名警察过来，接了两人上车。

"刚刚在赶来的路上，我已经根据你们提供的线索查询了陈亦度的通话记录。他的确接到过厉薇薇打来的电话，厉薇薇的主叫位置是惠河路的一家废弃厂房。"

里奥皱眉："薇薇没道理去那种地方的。"

马警官点头："种种迹象表明很可能是莫凡劫持了她，我已经报告总部，请求派支援警力到厂房集合。"

废弃厂房内，莫凡拿绳子绑着厉薇薇。

见莫凡挂了电话，厉薇薇皱眉："没想到你会变得这么可怕！"

莫凡冷笑："我可怕？是谁杀了我的父母，让我十二岁就成了孤儿？"

厉薇薇辩解说："那只是一场意外事故！"

莫凡说："要不是那场事故，我不会小小年纪就尝尽了世态炎凉；要不是那场事故，我不会在仇恨中苦苦挣扎二十多年；要不是那场事故，我怎么会走到今天这一步！"

厉薇薇反驳："那要问问你自己，遭受不幸的人很多，为什么只有你在二十多年里一点点地用你偏执的大脑，硬生生地把不幸变成了仇恨？我以前一直很恨你，但我今天真的很同情你，因为你在这样扭曲的世界观里活了二十多年，天天都活在仇恨的地狱里，天天都生不如死！"

莫凡怒吼："你给我闭嘴！"

厉薇薇说："警方已经发出了通缉令，你逃不掉的，别做无谓的挣扎了。"

莫凡大口喘着粗气，看着她说："我没想逃，今天是我的死期，但也是陈亦度的。"

说着，他亮出一把刀子，逼近厉薇薇："你是陈亦度最在意的人，你猜如果我对你下手，陈亦度会不会奋不顾身跟我搏斗，一刀把我杀了，跟他父亲一样也成为一个双手沾满鲜血的杀人犯？或者他眼睁睁地看着我把你杀了，然后怀着对我的仇恨，过一辈子跟我一样的地狱般的生活？"

厉薇薇听了，惊恐地瞪着莫凡。

莫凡看着她的反应，露出阴沉的笑容。

陈亦度焦急地进入废弃厂房，一边快步走进去，一边警觉地朝四周查看。

莫凡站在天台上，看着陈亦度走进了厂房。

"看见了吗，陈亦度已经来了。叫啊，快叫你的阿度来救你，叫得越惨越好！"

莫凡转过头对厉薇薇冷冷笑着，脸上带着一点就要得偿所愿的兴奋。

厉薇薇却很冷静，丝毫不见之前的惊慌，冷冷地瞪着他："你算错了一件事，陈亦度是很爱我，但他不会杀了你，更不会因为你杀了我就怨恨你一辈子。"

莫凡怒了："你凭什么这么说？"

她说："因为他跟你不一样，你就是个胆小鬼，只会用仇恨和偏激掩饰自己的懦弱！"

莫凡气得狠狠揪住厉薇薇："你说什么？"

此时陈亦度赶到天台上，见状高喝一声："住手！"

莫凡立刻用刀抵着厉薇薇的脖子，看着他脸色一沉。

"二十多年了，我总算等到了这一天！今天，我们俩的恩怨就在这儿做个了结吧。"

陈亦度冷静地说："时至今日，你有没有想过为什么你之前得到DU的计划会进行得那么顺利？"

他的问题让莫凡猛然反应过来，虽然知道陈亦度说得没错，但依旧嘴硬："那是因为我的计划天衣无缝！"

陈亦度说："我是故意把DU给你的，我早就发现你有问题了。"

莫凡问："你玩我？"

陈亦度叹气："我原本希望你得到DU之后能够平息心中的怨恨，就此收手。"

莫凡愤怒地说："你太天真了！你爸爸撞死我父母，这样的血海深仇是区区一个DU就可以一笔勾销的吗？当你阖家团圆的时候，你可知道我作为一个孤儿这些年吃了多少苦？如果不是为了复仇，我绝不可能坚持到今天！"

陈亦度痛苦地说："二十多年了，你已经对我、对薇薇做了那么多，放下吧，哥。"

莫凡怒吼着打断他："我不是你哥！好，你不动手，那我就跟你最爱的人同归于尽，让你也尝尝失去至亲的切肤之痛！"

说完，他突然拖着厉薇薇一起站到了天台的边缘。

陈亦度神色震惊，下意识地扑过去伸手去抓，却没能把两人带回来。

莫凡拉着厉薇薇似乎马上就要跳下去，两人的身影在风中摇摇欲坠，吓得厉薇薇发出一声惊惧的尖叫。

陈亦度见了，急得大声吼叫："哥，当年的事情其实根本不是你想的那样，那起车祸的罪魁祸首是你父亲。那天他是酒后驾驶，是他害死他自己和你母亲的！"

莫凡听了，怒吼说："不可能，你撒谎！"

他联想起当年，自己年纪小忽略了很多事。

现在陈亦度提起，莫凡顿时想起了那时候的莫父满脸红红的，分明是喝得醉醺醺之后开的车。

那么害死他父母的罪魁祸首果真是莫父自己吗？

陈亦度出示自己的手机，手机里是一份当年事故的鉴定报告照片。

"这是当年的事故鉴定报告，我花了一年的时间费尽周折才找到。因为怕你难以接受，一直在等待一个合适的时机告诉你，没想到最后却在这种情形下拿了出来。"

莫凡眼中噙着泪，摇着头依旧不愿意相信："我不要看，这是你伪造的！"

"你告诉过我，二十多年来一直在找一个当年资助过你的好心人。正是靠着这个好心人的捐助，你才能继续生活下去，勉强念到大学毕业。但这些年不管你怎么寻找，却一直没有他的消息。"

　　陈亦度说着从兜里掏出一份泛黄的汇款凭证："几个月前我在爸妈的老房子收拾东西的时候找出了这份汇款凭证，二十多年前这笔钱应该是我们家所有的积蓄。我爸一定是担心你不肯要他的钱，所以才隐瞒身份。虽然那起车祸的主要责任不在他，但毕竟让一个年幼的孩子失去了双亲，我想他是一直心怀愧疚的。"

　　莫凡听得崩溃，却知道陈亦度不可能拿这种事来骗他。汇款凭证不可能有假，尤其当初汇款的数字他没说过，陈亦度并不清楚。一想到二十多年来他执着的复仇到头来居然是一场乌龙和闹剧，他顿时跪在地上，失声痛哭："这不可能，不可能！"

　　他一心想要为父母向陈家寻仇，没想到陈家父母却是自己的恩人。

　　这些年来自己费尽心机，满腹算计，到头来却是一场笑话？

　　陈亦度继续说："虽然我们两家从这次意外之后就没有了交集，但是没想到十年之后我在大学里遇到了你，我们还成了最好的兄弟。"

　　莫凡打断他："接近你，认识你，只是我复仇计划的一部分！"

　　陈亦度叹气："不，这是老天让我来偿还我父亲对你们家的愧疚，让我来把你从仇恨中解救出来。二十六年了，放下吧，现在回头还来得及！"

　　闻言，莫凡却痛苦地摇头："不，已经来不及了！"

　　错把恩人当作仇人，他一辈子都不能原谅自己。

　　一念错，满盘错，莫凡自问还有什么脸继续在这个世界上活着？

　　除了以死谢罪，他实在想不到还能怎么祈求陈亦度的原谅。

　　思及此，莫凡突然张开手臂往后一跳，脸上带着释然的微笑：他知道得实在太晚了，还好现在一切都结束了。

　　只是在最后一刹那，他伸手把厉薇薇向陈亦度的方向用力一推。

　　黄泉路上只有他一个人就足够了，没必要再拖上其他无辜的人。

　　陈亦度上前一把抱住失声痛哭的厉薇薇，惊惶地想要伸手抓住莫凡，可惜实在太迟了，根本抓不住他。

"哥——"他眼睁睁地看着莫凡从自己眼前坠下，望了一眼自己空空如也的右手，不由得狠狠捶着地面，眼眶微红。

如果自己动作再快一点，或许就能救下莫凡，可惜现在说什么都太晚了……

"阿度，莫凡没事。"厉薇薇从惊慌中稍稍平静下来，拍了拍陈亦度，指着楼下。

原来楼下的警察早就赶到支起了气垫床，莫凡从楼顶坠下后重重掉在气垫床上，看样子并无大碍。

知道莫凡没死，陈亦度顿时松了一口气，他伸手替厉薇薇擦干脸上的眼泪，安慰她说："没事了，一切都过去了。"

两人看着对方，露出劫后余生的微笑。

两个月后，莫凡被判杀人未遂罪、商业欺诈罪、诽谤罪，数罪并罚，依法判处有期徒刑十五年。

马警官带陈亦度穿过幽暗的监狱走廊，去探视莫凡。

探视室里，陈亦度坐在外面，憔悴的莫凡在两名狱警的带领下，在他对面坐下。

两人相视，心中感慨万千。

陈亦度问："还好吗？"

莫凡点头，自嘲地说："只判了十五年，真是便宜我了。我听说巴黎警方控诉我纵火和故意杀人，是你竭力寻找证据帮我澄清的。"

陈亦度摇头："我只是还原事情的真相，秀场火灾完全是一场意外，杀人案是当地黑社会所为，本来就跟你没关系。"

莫凡神色动容："为什么，我一直在害你，你却还要救我？"

陈亦度真诚地看着他："因为你是我最好的兄弟。十五年比二十六年要短得多，你表现好还能争取提前释放。哥，我等你出来。"

莫凡哽咽："对不起，阿度……对不起……"

陈亦度看着他，眼里含着泪光，却露出微笑。

这天，住院多日的霍骁终于能出院了，他换下了病号服。欧秘书正在一边帮忙收拾东西。

霍骁稍微活动了一下身体："都两个月了，总算能放我出去了。要是再这么躺下去，我胳膊腿都快生锈了。"

欧秘书收起厚厚一沓注意事项："医生可说了，你就算出院也有一大堆注意事项，不能激动、不能熬夜、不能抽烟喝酒……总之我会看紧你的！"

霍骁开玩笑地问："公报私仇是不是？"

欧秘书故意一本正经地说："我这是对工作认真负责。对了，根据莫凡在法庭上的证词，服装行业协会已经撤销了对厉总的处罚，厉总现在可以重新做设计师了。"

霍骁听了，露出一丝欣慰的微笑。

此时，厉薇薇和陈亦度过来探望他。

厉薇薇问："你这是准备出院了？"

欧秘书点头："是啊，医生刚刚已经批准他出院了。霍总心急，这就着急要走。"

陈亦度说："这是喜事啊，咱们是不是该找个地方庆祝一下？"

霍骁看着两人挽着的手，有些心酸地说："陈亦度，我要向你借薇薇两小时。"

"借我？"厉薇薇一听，下意识地看向陈亦度。

霍骁却不等陈亦度回答，直接拉起她朝外面走。

陈亦度神色诧异，欧秘书直接拦在他面前："你都抱得美人归了，我们霍总就借两小时，你不会那么吝啬吧？"

霍骁开车载着厉薇薇离开医院，她内疚地说："霍骁，我全都知道了。"

霍骁问："知道什么了？"

厉薇薇说："莫凡被捕之后把之前所有的事和盘托出了，我才知道原来你之前做的一切都是有苦衷的，你做了那么多，忍受了那么多委屈，都是为了我。"

霍骁故作轻松地说："这不是身为你最要好的男闺密应该做的事吗，两肋插刀、赴汤蹈火啊！"

厉薇薇感动得哽咽："霍骁，对不起，我以前太冲动太鲁莽，我对你说了那么多伤人的话，对不起。"

霍骁笑了："傻瓜，我已经都忘了。"

霍骁的车子在蔷薇花屋门前停下，两人下了车。

厉薇薇问："这是什么地方？"

霍骁不说话，只是拉着她走进蔷薇花屋。

屋子里盛放着蔷薇，微风透过窗户吹进来，粉红色的花瓣在空中飞舞，仿佛童话中的梦幻之境。

厉薇薇被眼前的景象惊艳到了，听到霍骁说："你还记得七年前，你提着行李箱哭着来找我吗？你说你什么都没了，没了事业，没了家，甚至没有一个可以依靠的人，这句话我一直记着。"

厉薇薇说："后来你说服你爸在霍氏旗下成立了玲珑，帮我实现了我的设计师梦想。"

霍骁有些心酸地说："七年前我买下了这块空地，建造了这间房子。因为你的名字叫薇薇，所以我亲手栽下了这满屋的蔷薇花。七年了，我看着它们从小小的幼苗长得枝繁叶茂，满室绚烂。想象着有一天把这个家送给你的时候，你会是怎么样的兴奋表情。本来我是想把这间蔷薇花屋当作结婚礼物送你的，现在就算是祝贺你创办初心，还有跟陈亦度重新走到了一起。"

厉薇薇感动地说："谢谢你，谢谢你为我做的一切。"

霍骁说："你知道吗，其实我很早就放弃做你的未婚夫了。因为爱你，所以终于学会了放手，好让别人有机会爱你，给你你想要的幸福。我不只保护你，也好好保护着陈亦度。因为我要帮你实现你最后一个心愿，给你一个可以依靠的人。"

厉薇薇看着他，忍不住泪流满面。

一辆车在蔷薇花屋外停下，陈亦度和欧秘书从车上下来。

欧秘书不满地嘟囔："说你小气，你还真小气啊！我们霍总的人品难道你还不了解吗，他可是天字第一号的正人君子！"

陈亦度不理他，过去推门走进蔷薇花屋。

霍骁看见他进门，含笑对厉薇薇说："去吧，没有负担地去爱你所爱的人吧！别再犹豫，也别再回头。"

厉薇薇流着泪看了他一眼，随即走向陈亦度。

霍骁站在厉薇薇身后，看着她一步步走向陈亦度，只觉得心酸不已。

陈亦度抱住厉薇薇，她幸福地靠在陈亦度的肩头。

见状，霍骁露出一丝淡然的微笑，叫上欧秘书："走，别当电灯泡了，还有很多事等着我们呢！"

这天一早，玲珑公司召开内部会议，邀请所有的董事出席。

霍锐勇主持会议说："玲珑目前的状况大家都看见了，这一年来销量和品牌美誉度都呈直线下降趋势，总经理霍骁在医院当甩手掌柜，全公司上下都靠我一个人在苦苦撑着。对于霍骁，我这个当叔叔的，真是敢怒不敢言。"

此时会议室大门突然被推开，霍骁和霍锐强站在门口。

霍锐勇尴尬地看向霍锐强，又打量着霍骁："你出院了？"

两人在会议室落座，霍锐强宣布："各位，今天我来是向大家宣布一项重要的决定的。我年纪大了，很多事情都感到力不从心。未来应该是年轻人的，所以从今天开始我会逐步退出霍氏的管理，包括玲珑在内的整个霍氏集团将由我儿子霍骁接手，请大家支持他，拥护他。"

在座董事都有些诧异，霍锐勇第一个跳出来："我反对！霍骁和厉薇薇的婚事黄了，设计总监厉薇薇也出走了，整个玲珑的婚纱礼服业务被他们牵连，现在是每况愈下，这种情况下让霍骁来领导霍氏，谁能服气？"

霍骁颇有自信地说："勇总说的的确是事实，玲珑的婚纱业务的确做得越来越糟糕。所以我决定逐步削减传统的婚纱礼服业务，未来玲珑将会转型专注做女便装。至于厉薇薇，她和陈亦度新创立的品牌初心在国际时尚界崭露头角，发展势头非常强劲。目前他们正在融资阶段，我已经和他们达成了协议，霍氏将大规模注资初心，占股百分之三十三，我相信这将是霍氏集团又一个巨大的利润增长点。"

此言一出，在座众董事都是赞许地点头，霍锐勇顿时哑口无言。

董事赞叹："没想到小霍总有这样的远见和魄力，我完全赞同他出任霍氏集团新一任的董事长。"

其他董事连连附和，都表示没有异议。

霍锐强让出最前面的位置，霍骁接替父亲在最前面的位置就座，全体董事一起热烈鼓掌。

霍锐勇一声不吭，犹如斗败的公鸡一般。

霍骁说："谢谢各位对我的支持，我今天还有一个决定，我将给我叔叔勇总安排一个特别的岗位，以便于他能更好地了解公司，管理公司。"

霍锐勇愣愣地看着他，最后得知霍骁居然把自己下放到婚纱门店做导购。没把店里的销量翻三倍，就不能回来！

霍锐勇语噎，一副想死的表情。

因为被邀请参加里奥和蒂凡尼的婚礼，厉薇薇在工作室里试穿陈亦度亲自设计的伴娘服，陈亦度则是试穿厉薇薇亲自设计的伴郎服。

　　"镂空的蕾丝花边，缀有小碎花的透明褶皱，多层次的宽松裙摆，带来浪漫唯美的感觉。"

　　陈亦度一边赞叹，一边穿上一套新设计的西装。

　　厉薇薇也说："潇洒率性的翻领设计，单排扣、单开叉，严肃中略带休闲风格，棕褐色给人以亲切感，却也适合正式场合。"

　　两人挽手一起站在镜子前，十分般配的样子。

　　陈亦度笑了："看来我们多年之后再次合作互相担当对方的设计师，还是那么默契！"

　　厉薇薇说："我一直有个问题想要问你，为什么之前霍骁去巴黎调查失火的事会查到你在失火之前也去过秀场？"

　　陈亦度叹气："因为有个我爱的女人曾经跟我说，有一天她要穿着我设计的婚纱在我的秀场上嫁给我，所以那天我受了刺激之后，就跑到秀场去触景伤情了。"

　　厉薇薇盯着他说："想不到你看起来像座千年冰山，内心原来那么多愁善感。"

　　陈亦度假装生气，伸手胳肢她，厉薇薇笑着跌进他怀里。

　　他紧紧搂住厉薇薇，深情地说："幸好现在我心想事成，初心的大秀就定在两个月后，你有什么想法吗？"

　　厉薇薇甜蜜地笑了："你这算是求婚吗？"

　　此时曹钟拿着婚礼用的花球路过，以惊叹的眼光看着陈亦度和厉薇薇："简直是绝配啊！"

　　两人听了，相视而笑。

　　这时候穿着正式婚纱的蒂凡尼拉着穿着新郎礼服的里奥走出来。

　　蒂凡尼对着里奥抱怨说："你看他们两个那么喧宾夺主，把我们的风头都抢走了，到时候人家都不知道婚礼上谁是主角！"

　　里奥抓住她的手，深情地说："没关系，在我眼里你是全世界最美的。"

蒂凡尼娇嗔地说："就你最急，我还没准备好呢，你就向人家求婚。"

里奥说："我当然急啦，你那么好，万一哪天被人抢走了，我可怎么办？"

草坪上，蒂凡尼和里奥的婚礼正在举行。

仪式还没正式开始，众来宾正三三两两地说笑着。

霍锐强在王秘书的陪同下走向伴娘厉薇薇和伴郎陈亦度。

厉薇薇看见霍锐强，有些紧张地打招呼说："霍伯伯，您也来了？"

霍锐强挑眉："怎么，不欢迎我来凑热闹吗？"

厉薇薇连忙摆手："当然不是了，我还以为您一直都在生我的气。"

霍锐强说："你和陈亦度的事我都听霍骁说了，我不是冥顽不灵的老古董，做长辈的无非就是希望你们这些做小辈的过得好。薇薇啊，看着你现在一脸幸福的样子，霍伯伯真心祝福你们！"

厉薇薇感动地说："谢谢您的理解。"

此时，一边的人群中传出一阵喧哗声。

原来是霍骁带着歌迪亚出现在婚礼上，歌迪亚一边朝着众人挥手，一边站在舞台上。

"诸位，今天是个喜庆的日子，我也给大家带来了一份礼物。我在此郑重宣布，陈亦度先生和厉薇薇小姐共同创立的品牌初心将正式入驻枫丹百货。"

陈亦度和厉薇薇一听，满脸惊讶。

陈亦度忍不住问："歌迪亚女士，这到底是怎么回事？"

歌迪亚说："是霍先生说服了我，他告诉我玲珑将做一个巨大的战略结构调整，他愿意主动退出枫丹百货。而且他认为只有初心这个品牌才能代表中国婚纱礼服设计的最高水准。"

人群中，厉薇薇对霍骁投以感激的目光，后者悄悄冲着她调皮地眨了一下眼睛。

歌迪亚说："我为你们的爱情骄傲，也为你们有霍骁这样的朋友而骄傲。陈先生，厉小姐，我在巴黎等着你们。"

话音刚落，全场掌声雷动，陈亦度幸福地搂着厉薇薇。

在众人的欢呼声中，婚礼正式开始，蒂凡尼和里奥挽着手入场，众人笑着把花瓣撒向幸福的新人。

厉薇薇和陈亦度跟在两位新人身后，感受着喜庆的气氛。

里奥和蒂凡尼在众人的见证下交换戒指，又喝下交杯酒。

然后蒂凡尼在来宾的祝福声中准备抛花束，珍妮和众姑娘跃跃欲试。

花束一抛，不偏不倚正好打中厉薇薇。

厉薇薇抱着花束，幸福地和陈亦度拥吻。

（全文完）

图书在版编目（CIP）数据

放弃我，抓紧我：全二册 / 苏静初著. —长沙：湖南文艺出版社，2017.1
ISBN 978-7-5404-7805-6

Ⅰ. ①放… Ⅱ. ①苏… Ⅲ. ①长篇小说—中国—当代 Ⅳ. ①I247.5

中国版本图书馆CIP数据核字（2016）第236256号

上架建议：畅销·青春言情

FANGQI WO，ZHUAJIN WO
放弃我，抓紧我：全二册

作　　者：苏静初
出 版 人：曾赛丰
责任编辑：薛　健　刘诗哲
监　　制：毛闽峰　李　娜
策划编辑：钟慧峥　张园园
文案编辑：王　静
营销编辑：贾竹婷　雷清清
封面设计：利　锐
版式设计：潘雪琴
出版发行：湖南文艺出版社
　　　　　（长沙市雨花区东二环一段508号　邮编：410014）
网　　址：www.hnwy.net
印　　刷：三河市百盛印装有限公司
经　　销：新华书店
开　　本：787mm×1092mm　1/16
字　　数：539千字
印　　张：39
版　　次：2017年1月第1版
印　　次：2017年1月第1次印刷
书　　号：ISBN 978-7-5404-7805-6
定　　价：59.80元（全二册）

质量监督电话：010-59096394
团购电话：010-59320018